俄苏文学经典译著·长篇小说

梅勒什可夫斯基（1865—1941）

俄国现代主义文学的先驱，俄国象征主义文学的代表人物，也是"白银时代"重要的哲学家、宗教思想家。其代表性作品包括《基督和敌基督者》三部：《背教者朱理安》（一名《诸神死亡》），《雷翁那图·达·芬奇》（一名《诸神复活》）和《彼得与阿列克西》（一名《敌基督者》）。

郑超麟（1901—1998）

福建省漳平县人。中学毕业后，于1919年离乡赴法国勤工俭学。1922年6月，当中国旅欧的年轻马克思主义者在巴黎开会，成立"少年共产党"，郑超麟是十八名代表之一，其中有周恩来、赵世炎与尹宽等人。代表作《郑超麟回忆录》，代表译作有《俄国革命史》《共产主义ABC》等。

俄 苏 文 学 经 典 译 著 ·

长 篇 小 说

Russian

Literature

Classic.

NOVEL

Воскресшие боги.

Mereschkowski

诸神复活

雷翁那图·达·芬奇传

[俄]梅勒什可夫斯基 著

郑 超 麟 译

三联书店

图书在版编目（CIP）数据

诸神复活：雷翁那图·达·芬奇传/（俄罗斯）梅勒什可夫斯基著；
郑超麟译. —北京：生活·读书·新知三联书店，2018.11
  （俄苏文学经典译著·长篇小说）
  ISBN 978 - 7 - 108 - 06381 - 6

  Ⅰ．①诸… Ⅱ．①梅…②郑… Ⅲ．①达·芬奇（Leonardo，da
Vinci 1452—1519）一传记 Ⅳ．①K835．465.72

  中国版本图书馆 CIP 数据核字（2018）第 196406 号

责任编辑 韩瑞华
封面设计 钱　祺
责任印制 黄雪明
出版发行 生活·讀書·新知 三联书店
          （北京市东城区美术馆东街 22 号）
邮　　编 100010
印　　刷 常熟市高专印刷有限公司
排　　版 南京前锦排版服务有限公司
版　　次 2018 年 11 月第 1 版
          2018 年 11 月第 1 次印刷
开　　本 650 毫米×900 毫米 1/16 印张 46.25
字　　数 619 千字
定　　价 118.00 元

出版说明

　　本丛书是对中国左翼作家所译俄苏文学经典一次系统的整理和展现，所辑各书均为名家名译，这不仅是文献和版本意义上的出版，更是对当时红色文化移植的重新激活。

　　早在1948年生活书店、读书出版社、新知书店合并为生活·读书·新知三联书店前，三家出版社就以引介俄苏经典文学和社会理论图书等为己任。比如1937年生活书店出版托尔斯泰的《安娜·卡列尼娜》，1946年新知书店出版《钢铁是怎样炼成的》。1949年以后，虽然也有出版社对俄苏文学经典进行重译、重编，但难免失去了初始的本色，并且遗失了些许当时出版的有价值的译著；此外，左翼作家的译介因其"著译合一"的特点，在众多译本中，自有其价值；更重要的是，这些文学经典蕴含的对生活的热情、对信仰的坚守、对事业的激情在今天亦鼓动人心，能给每一位真诚活着的人以前行的动力。因此，系统地整理出版左翼作家翻译的俄苏文学经典是必要的。

　　我们在对书稿进行加工时，主要遵循了以下原则：

　　一、本丛书为重排本，由繁体字竖排版改为简体字横排版。

　　二、忠实原作，保持原译语言风格及表现方式；对书中人物及相关译名除必要的规范基本保留。

　　三、原书注释如旧，编者所出的注释，均以"编者注"标明，以示

2

与原书注释的区别。

四、对原书中各种错讹脱衍之处，直接订正。

五、数字只要统一、规范，基本沿用；对标点符号的用法，尽可能做到规范。

六、在不影响原译意的情况下，对个别表述可能有歧义的字句进行必要斟酌处理。

俄苏文学经典译著

总　序

生活·读书·新知三联书店推出"俄苏文学经典译著·长篇小说"丛书，意义重大，令人欣喜。

这套丛书撷取了1919至1949年介绍到中国的近50种著名的俄苏文学作品。1919年是中国历史和文化上的一个重要的分水岭，它对于中国俄苏文学译介同样如此，俄苏文学译介自此进入盛期并日益深刻地影响中国。从某种意义上来说，这套丛书的出版既是对"五四"百年的一种独特纪念，也是对中国俄苏文学译介的一个极佳的世纪回眸。

丛书收入了普希金、果戈理、屠格涅夫、陀思妥耶夫斯基、托尔斯泰、高尔基、肖洛霍夫、法捷耶夫、奥斯特洛夫斯基、格罗斯曼等著名作家的代表作，深刻反映了俄国社会不同历史时期的面貌，内容精彩纷呈，艺术精湛独到。

这些名著的译者名家云集，他们的翻译活动与时代相呼应。20世纪20年代以后，特别是"左联"成立后，中国的革命文学家和进步知识分子成了新文学运动中翻译的主将和领导者，如鲁迅、瞿秋白、耿济之、茅盾、郑振铎等。本丛书的主要译者多为"文学研究会"和"中国左翼作家联盟"的成员，如"左联"成员就有：鲁迅、茅盾、沈端先（夏衍）、赵璜（柔石）、丽尼、周立波、周扬、蒋光慈、洪灵菲、姚蓬子、王季愚、杨骚、梅益等；其他译者也均为左翼作家或进步人士，如巴金、曹靖华、罗稷南、高植、陆蠡、李霁野、金人等。这些进步的翻译家不仅是优秀的译者、杰出的作家或学者，同时他们纠正以往译界的不良风气，将翻译事业与中国反帝反封建的斗争结合起来，成为中国新文学运动中的一支重要力量。

这些译者将目光更多地转向了俄苏文学。俄国文学的为社会为人生的主旨得到了同样具有强烈的危机意识和救亡意识，同样将文学看作疗救社会病痛和改造民族灵魂的药方的中国新文学先驱者的认同。茅盾对此这样描述道："我也是和我这一代人同样地被'五四'运动所惊醒了的。我，恐怕也有不少的人像我一样，从魏晋小品、齐梁词赋的梦游世界中，睁圆了眼睛大吃一惊的，是读到了苦苦追求人生意义的19世纪的俄罗斯古典文学。"[1]鲁迅写于1932年的《祝中俄文字之交》一文则高度评价了俄国古典文学和现代苏联文学所取得的成就："15年前，被西欧的所谓文明国人看作未开化的俄国，那文学，在世界文坛上，是胜利的；15年以来，被帝国主义看作恶魔的苏联，那文学，在世界文坛上，是胜利的。这里的所谓'胜利'，是说，以它的内容和技术的杰出，而得到广大的读者，并且给予了读者许多有益的东西。它在中国，也没有出于这例子之外。""那时就知道了俄国文学是我们的导师和朋友。因为从那里面，看见了被压迫者的善良的灵魂，的酸辛，的挣扎，还和40年代的作品一同烧起希望，和60年代的作品一同感到悲哀。""俄国的作品，渐渐地绍介进中国来了，同时也得到了一部分读者的共鸣，只是传布开去。"鲁迅先生的这些见解可以在中国翻译俄苏文学的历程中得到印证。

中国最初的俄国文学作品译介始于1872年，在《中西闻见录》的

---

[1] 茅盾：《契诃夫的时代意义》，载《世界文学》1960年1月号。

创刊号上刊载有丁韪良（美国传教士）译的《俄人寓言》一则。[1] 但是从1872年至1919年将近半个世纪，俄国文学译介的数量甚少，在当时的外国文学译介总量中所占的比重很小。晚清至民国初年，中国的外国文学译介者的目光大都集中在英法等国文学上，直到"五四"时期才更多地移向了"自出新理"（茅盾语）的俄国文学上来。这一点从译介的数量和质量上可以见到。

首先译作数量大增。"五四"时期，俄国文学作品译介在中国"极一时之盛"的局面开始出现。据《中国新文学大系》（史料·索引卷）不完全统计，1919年后的八年（1920年至1927年），中国翻译外国文学作品，印成单行本的（不计综合性的集子和理论译著）有190种，其中俄国为69种（在此期间初版的俄国文学作品实为83种，另有许多重版书），大大超过任何一个国家，占总数近五分之二，译介之集中可见一斑。再纵向比较，1900至1916年，俄国文学单行本初版数年均不到0.9部，1917至1919年为年均1.7部，而此后八年则为年均约十部，虽还不能与其后的年代相比，但已显出大幅度跃升的态势。出版的小说单行本译著有：普希金的《甲必丹之女》（即《上尉的女儿》），陀思妥耶夫斯基的《穷人》《主妇》（即《女房东》），屠格涅夫的《前夜》《父与子》《新时代》（即《处女地》），托尔斯泰的《婀娜小史》（即《安娜·卡列尼娜》）、《现身说法》（即《童年·少年·青年》）、《复活》，柯罗连科的《玛加尔的梦》和《盲乐师》、路卜洵的《灰色马》、阿尔志跋绥夫的《工人绥惠略夫》等。[2] 在许多综合性的集子中，俄国文学的译作也占重要位置，还有更多的作品散布在各种期刊上。

其次翻译质量提高。辛亥革命前后至"五四"高潮前，中国的俄国

[1] 可参见笔者在《二十世纪中俄文学关系》（学林出版社，1998；高等教育出版社，2002）中的相关考证。
[2] 这套丛书中收入了这一时期鲁迅译的阿尔志跋绥夫的《工人绥惠略夫》（商务印书馆，1922）和张亚权、耿济之译的柯罗连科的《盲乐师》（商务印书馆，1926）。

文学译介均为转译本，且多为文言。即使一些"名家名译"，如戢翼翚译的普希馨《俄国情史》（即普希金《上尉的女儿》，1903）、马君武译的托尔斯泰的《心狱》（即《复活》，1914）、林纾和陈家麟合译的托尔斯泰的《罗刹因果录》（收八篇短篇，1915）等，也因受当时译风的影响，对原作进行改动或发挥之处颇多，有的译作几近于演述。1919 年以后，译者队伍与译风发生了根本上的变化。一批才气横溢的通俄语的年轻人加入了俄国文学作品翻译的队伍，其中有瞿秋白、耿济之、沈颖、韦素园、曹靖华等。以本套丛书入选译本最多的译者耿济之为例。耿济之早年在俄文专修馆学习，1919 年在《新中国》杂志上发表最初的译作，即托尔斯泰的《真幸福》（即《伊略斯》）和《旅客夜谭》（即《克莱采奏鸣曲》）等作品。20 年代初期，耿济之又有果戈理的《马车》和《疯人日记》、赫尔岑的《鹊贼》、屠格涅夫的《村之月》、奥斯特洛夫斯基的《雷雨》、托尔斯泰的《家庭幸福》和《黑暗之势力》、契诃夫的《侯爵夫人》等重要译作。此后他一发不可收，数十年间译出了大量的俄国文学名著，是中国早期产量最多和态度最严肃的俄国文学译介者。当然，这时期仍有相当一部分翻译家依然利用其他语种的文字在转译俄国文学作品，如鲁迅、周作人、李霁野、郑振铎、赵景深、郭沫若等。这些译者大多学养深厚，译风严谨。鲁迅在 20 年代前期和中期译出了阿尔志跋绥夫的《工人绥惠略夫》《幸福》《医生》和《巴什唐之死》，安德列耶夫的《黯淡的烟霭里》和《书籍》，契诃夫的《连翘》，迦尔洵的《一篇很短的传奇》等不少俄国文学作品。尽管是转译，但翻译的水准受到学界好评。

20 世纪二三十年代，中国文坛开始引进苏俄文学。1931 年 12 月，瞿秋白在给鲁迅的信中谈到：有系统地译介苏联文学名著，"这是中国普罗文学者的重要任务之一"。[1] 不少出版社在 20 年代末相继推出

---

[1] 瞿秋白：《论翻译》，见《瞿秋白文集》第 2 卷，人民文学出版社 1954 年版。

"新俄文学"作品专集。最早出现的是由曹靖华辑译、北平未名社1927年出版的《白茶（苏俄独幕剧集）》一书。而后，鲁迅、叶灵凤、曹靖华、蒋光慈、傅东华、冯雪峰和郭沫若等辑译的各种苏联文学作品集相继问世。这一时期，译出了不少活跃于十月革命前后的苏俄著名作家的作品。比较重要的有：拉夫列尼约夫的《第四十一》、革拉特珂夫的《士敏土》、绥拉菲莫维奇的《铁流》、法捷耶夫的《毁灭》、聂维罗夫的《不走正路的安得伦》、雅科夫列夫的《十月》、伊凡诺夫的《铁甲列车Nr. 14-6》、富曼诺夫的《夏伯阳》、肖洛霍夫的《静静的顿河》（前两部）和《被开垦的处女地》、奥斯特洛夫斯基的长篇小说《钢铁是怎样炼成的》、诺维科夫-普里波伊的《对马》、马雅可夫斯基的诗集《呐喊》、爱伦堡等人的报告文学集《在特鲁厄尔前线》和阿·托尔斯泰的剧本《丹东之死》等。

这一时期，作品被译得最多的作家是高尔基。最早出现的是宋桂煌从英文转译的《高尔基小说集》（上海民智书局，1928）。这部小说集中载有《二十六个男和一女》和《拆尔卡士》（即《切尔卡什》）等五篇作品。最早出现的单行本是沈端先（即夏衍）从日文转译的高尔基的《母亲》。[1] 30年代中国出版的有关高尔基的文集、选集和各种单行本更多，总数达57种，如鲁迅编的《戈里基文录》、瞿秋白译的《高尔基创作选集》、黄源编译的《高尔基代表作》、周天民等编选的《高尔基选集》（六卷）等。此外问世的还有：鲁迅等译的短篇集《恶魔》和《俄罗斯的童话》、史铁儿（即瞿秋白）译的《不平常的故事》、巴金译的短篇集《草原故事》、丽尼译的《天蓝的生活》、钱谦吾（即阿英）译的《劳动的音乐》、蓬子译的《我的童年》、王季愚译的《在人间》、杜畏之等译的《我的大学》、何素文译的《夏天》、何妨译的《忏悔》、罗稷南译的《四十年间》、赵璜（即柔石）译的《颓废》（即《阿尔达莫诺夫家

---

[1] 该书1929年由上海大江书铺出版第一部，次年出版第二部。

的事业》）、钟石韦译的《三人》、李谊译的《夜店》（即《底层》）和贺知远译的《太阳的孩子们》等。

进入 20 世纪 40 年代，由于苏德战争和太平洋战争的爆发，中国文坛把自己的目光转向了苏联卫国战争文学。1942 年在上海创刊（1949年终刊）的《苏联文艺》发表的各类作品的总字数达六百多万字，其中大部分是反映苏联卫国战争的文学作品。此外，仅就单行本而言，各出版社出版或重版的此类书籍的数量有百余种之多。这些作品极大地鼓舞了中国人民反抗外族入侵和黑暗统治的斗志。也许今天的人们已经淡忘了它们，有些作品从艺术上看似乎也有些逊色。但是，其中经受住了历史检验的优秀之作，仍值得我们珍惜。这一时期，苏联其他一些文学作品也有译介。值得一提的有：肖洛霍夫的《静静的顿河》（全译本）、叶赛宁、勃洛克和马雅可夫斯基合集的《苏联三大诗人代表作》、阿·托尔斯泰的《苦难的历程》和《彼得大帝》、费定的《城与年》、奥斯特洛夫斯基的《暴风雨所诞生的》、潘诺娃的《旅伴》、克雷莫夫的《油船德宾特号》、波列伏依的《真正的人》、卡达耶夫的《时间呀！前进》、列昂诺夫的《索溪》、冈察尔的《旗手》（第一部）、包戈廷的剧本《带枪的人》《苏联名作家专集》（共五辑）等。其中不少名著在这一时期初次被译成中文。可以说，至 20 世纪 40 年代末，苏联重要的主流文学作品译介得已相当全面。

1919 年以后的 30 年间，译介到中国的俄苏文学作品产生了巨大的影响。钱谷融教授曾经生动地描述过抗战时期他随学校迁至四川偏远小城，在那里迷上俄国文学的一些情景。他还表示自己"是喝着俄国文学的乳汁而成长的"，"俄国文学对我的影响不仅仅是在文学方面，它深入到我的血液和骨髓里，我观照万事万物的眼光识力，乃至我的整个心灵，都与俄国文学对我的陶冶薰育之功不可分。我已不记得最先接触到的俄国文学名著是哪一本了，总之是一接到它就立即把我深深地吸引住了，使我如醉如痴，使我废寝忘食。尽管只要是真正的名著，不管它是英、美的，法国的，德国的，还是其他国家的，都能吸引我，都能使我迷醉。但是论其作品数量之多，吸引我的程度之深，则无论哪一国的文学，都比不上俄国文学"。这样的感受和评价在那一时代的知识分子中并不罕见。

由于社会的、历史的和文学的因素使然，中国知识分子（特别是左翼知识分子）强烈地认同俄苏文化中蕴含着的鲜明的民主意识、人道精神和历史使命感。红色中国对俄苏文化表现出空前的热情，俄罗斯优秀的音乐、绘画、舞蹈和文学作品曾风靡整个中国，深刻地影响了几代中国人精神上的成长。除了俄罗斯本土以外，中国读者和观众对俄苏文化的熟悉程度举世无双。在高举斗争旗帜的年代，这种外来文化不仅培育了人们的理想主义的情怀，而且也给予了我们当时的文化所缺乏的那种生活气息和人情味。因此，尽管中俄（苏）两国之间的国家关系几经曲折，但是俄苏文化的影响力却历久而不衰。

在中国译介俄苏文学的漫漫长途中，除了翻译家们所做出的杰出贡献外，还有无数的出版人为此付出了艰辛的努力，甚至冒了巨大的风险。在俄苏文学经典的译著中，我们常常可以看到商务印书馆、中华书局、开明书店、文化生活出版社等出版社的名字，也常常可以看到三联书店的前身生活书店、读书出版社、新知书店的名字。这套丛书中就有：生活书店1936年出版的、由周立波翻译的肖洛霍夫的小说《被开垦的处女地》，生活书店1936年出版的、由王季愚翻译的高尔基的小说《在人间》，生活书店1937年出版的、由周扬和罗稷南翻译的列夫·托尔斯泰的小说《安娜·卡列尼娜》，新知书店1937年出版的、由梅益翻译的普里波伊的小说《对马》，读书出版社1943年出版的、由王语今翻译的奥斯特洛夫斯基的小说《从暴风雨里所诞生的》，新知书店1946年出版的、由梅益翻译的奥斯特洛夫斯基的小说《钢铁是怎样炼成的》，生活书店1948年出版的、由罗稷南翻译的高尔基小说《克里·萨木金的一生：四十年间》。熠熠生辉的名家名译，这是现代出版界在中国文化发展史上写就的不可磨灭的一笔。这套丛书的出版也是三联书店文脉传承的写照。

　　尽管由于时代的发展，文字的变迁，丛书中某些译本的表述方式或者人物译名会与当下有所差异，但是这些出自名家之手的早期译本有着独特的价值。名译与名著的辉映，使经典具有了恒久的魅力。相信如今的读者也能从那些原汁原味的译著中品味名著与译家的风采，汲取有益的养料。

陈建华

2018 年 7 月于沪上西郊夏州花园

目　录

译　者　序

　　意大利文艺复兴时代的画家雷翁那图·达·芬奇，自从十九世纪间发表了他遗下的笔记之后，引起了世人的注意，大家才知道：他不仅是最杰出的画家（中国学西洋画的人，无不知有蒙娜丽莎画像，因之亦无不知有画家雷翁那图·达·芬奇），而且是最杰出的雕刻家、建筑家、工程家、音乐家、解剖学家、博物学家、地质学家、物理化学家、哲学思想家……总之，凡是他所涉猎的科学和艺术部门，他无不精通，无不有新的发现。自有历史以来未曾见过像他这般多才多艺的人。近代科学上有许多发明，他当时已启其端倪了，可惜埋没在他的笔记之内，至十九世纪始为世人所知悉，于是发生了一阵雷翁那图研究狂。雷翁那图被尊称为第一个出现的近代思想家。近十年来，世界科学的发展和思想的混乱，第二次引起人去注意雷翁那图。一九三九年意大利开了"雷翁那图展览会"，一九四〇年全部展览品又搬到纽约"科学工业博物馆"去展览。不少研究雷翁那图的专著在各国出版。这位怪杰，在生活、艺术、思想各方面，至今仍有不少谜一样的东西为世人所不能了解。关于雷翁那图的研究将继续成为一个有兴趣的课题。

　　我们现在介绍的这部小说，作于四十年前，亦是当时解释"雷翁那图谜"诸著作之一，但小说本身也变成一部不朽的作品了。一来因为梅勒什可夫斯基是用那"时代"——即十五世纪和十六世纪之际意大利文艺复兴来解释"雷翁那图谜"的。原来这个"谜"乃是时代的谜，并不难解，因为这时代是承中古而启近代的"中古精神"和"近代精神"之冲突，无论以前以后，都未曾像这时代那般敏锐和微妙。这个冲突决定了这个时代的个性，同时也决定了雷翁那图的个性。与其他的人的解释相较，我们不能不认为梅勒什可夫斯基这个解释最近于真。二来因为梅勒什可夫斯基能够驾驭繁复的题材而写成一部"充满了美丽场面"（见克鲁泡特金著的《俄国文学史》对此书的评论）的小说。著者写雷翁那图，不能不写他的时代。应当说，著者原意是在写时代，故借那最足以代表时代的雷翁那图为线索。读者一定看得出：著者关于这个时代的知识是何等渊博；又如何以轻松而美丽的笔触，融化那些干枯无味的考古知识，使得四百年前的古人、古物、古事，宛然同出现于我们面前一般的生动和肖真。有几段写得何等动人，何等美妙，简直令人沉醉于最美丽的诗境！即使与研究雷翁那图无关，单凭其中艺术的美，也已足够使此书永为世界文学名著了。

著者梅勒什可夫斯基，在中国是个生疏的名字，但在世界文坛上并不是生疏的人。他生于一八六五年，在旧俄时代与高尔基齐名，自然是属于普希金和果戈理开始的俄罗斯文学系统的。但这是优点呢，还是缺点？据某批评家说：在俄国文学诸大家之中，梅勒什可夫斯基最没有俄国文学那种独特的作风。他的著作很不少，但重要的是《基督和敌基督者》三部作：《背教者朱理安》（一名《诸神死亡》），《雷翁那图·达·芬奇》（一名《诸神复活》）和《彼得与阿列克西》（一名《敌基督者》）。三部作开始于一八九三年，完成于一九〇五年。著者有其自己的历史哲学，写的不是个人，而是经过个人表现出来的时代精神。整个说来，这三部作的主题乃是历史上三个相续的文化：古代、中古和近代。第一部写的是古代和中古两文化相交替的时代即第四世纪中叶。当时基督教已由君士坦丁大帝定为国教了，但是朱理安皇帝继位之后图谋复兴古代多神教，即是图谋扑灭新兴的中古文化，而挽回临死的古代文化。这个图谋自然要失败的，但是两个文化之间剧烈的斗争最足表现各自的精神。第二部写的是中古和近代两文化相交替的时代，即意大利文艺复兴（十五世纪和十六世纪之际）。当时中古文化已经趋于没落了，一种新文化在复兴古代的旗帜之下兴起来。——我们知道这就是近代资本主义文化。

但是梅勒什可夫斯基理想一种未来的新文化，能够统一古代和中古，统一知和爱、美和圣、善和恶、认识和信仰、基督和敌基督者。这样理想的文化，梅勒什可夫斯基寄托其希望于斯拉夫民族，因之流入于神秘的斯拉夫主义了。第三部《彼得与阿列克西》，成了一部有名的神秘小说，著者自己也得到"神秘作家"的称呼。现在他是俄国白党亡命作家，与其他白党作家库卜林、蒲宁诸人一起在巴黎作寓公了（这是几年前的消息）。但是在这部《雷翁那图·达·芬奇》里面，我们还可以看见实证主义者梅勒什可夫斯基在描写宗教和科学、基督教和"异教"的冲突之中，他是如何站在科学和"异教"一方面呀！（当时的"异教"，即是那从基督教中古高压下复兴起来的希腊罗马古代精神，亦即是近代"科学"精神。）我们第一次介绍梅勒什可夫斯基到中国来，但介绍的不是神秘作家梅勒什可夫斯基，乃是反对中古迷信的作家梅勒什可夫斯基。——这是可告无罪于读者的。

译　者　一九四一年二月十七日

这个译本系以德文译本为根据。德文译者 Erich Boehme，出版者柏林 Verlag von Th. Knaur Nachf，译完后拿英文译本（*The Romance of Leonardo da Vinci*, translated by Bernard Guilbert Guerney, Garden City Publishing Company）校对一遍。英文本名为全译，其实删去甚多，尤其后半部。前十章译于一九三七年三月至八月，后七章则是最近译成的。

一九四一年八月十一日校后记

第一章

白色女鬼

　　佛罗伦萨[1]城鄂尔圣弥迦勒教堂附近，聚集着染业公会属下的铺子。屋子旁边都有呆笨的辅屋、堆栈，用倾斜的木柱支撑着的各式凸出的窗户；上面瓦盖互相紧挤着，以致底下只能望见一线的天，即使在白天，街上也是阴沉沉的。铺子门前，横梁上面，挂着在佛罗伦萨染色的外国毛织物样品。在那用平坦石头铺成的街道中央，有一条水沟流着从染缸倒出来的花花绿绿的污水。阔绰的铺子，门上还挂有画着染业公会徽章的招牌：红地，一团白羊毛，上面立着一只金色的鹰。

　　这样一家阔绰铺子里面坐着佛罗伦萨富商，染业公会理事，齐卜里

---

[1] 佛罗伦萨 Florenz，意文 Firenze，一译翡冷翠，意大利中部名城，当时是共和国，不仅在全意大利，即在全欧洲中也是文化最发达的。本书开始时（一四九四年，这年在意大利历史上很重要：往后几十年间种种重大事变，都是由于这年查理第八侵入意大利而开始的），佛罗伦萨正在爆发革命，最有力的统治家族梅狄奇家被赶走了，民众在萨逢拿罗拉领导之下，施行政治上、经济上、宗教风俗上种种改革。但在"哭党"和"狂党"对峙之下，萨逢拿罗拉的政权并不能持久。

亚诺·布翁拿可西先生，身边尽是商业文书和大本账簿。这位老先生易着冷，在这三月间天气，在那从他的堆满了货物的栈房发出来的潮湿的蒸气里面，他紧紧地裹着一件栗鼠袍子。这皮袍穿得很久了，肘弯处早已磨破了。一支鹅毛笔插在他的耳朵背后。用着那双微弱的近视的然而什么都看得见的眼睛，他正在审查——表面好像不经意，其实很细心地——一本大账簿的羊皮页子。每页上面都画有横线和纵线，右边记载负债，左边记载资产。货品名称是用一般大的圆形字体写在上面的，没有大写字母，也没有标点符号，数码也是用罗马式，而不用阿拉伯式。阿拉伯数码那时还被人看作肤浅的新花样，不适于记账之用。账簿第一页上用大字写着："此账簿以主耶稣基督及圣童贞玛丽亚之名开始于基督降生后一千四百九十四年。"

齐卜里亚诺先生审查完了最后一项账目，并小心改正了那当作抵押品收来的毛织物、胡椒、麦加姜和肉桂等清单上面一处错误之后，便疲倦地靠在椅背上，心里正在考虑一封商业上的信，要写给此时正在法国蒙伯里布市的他的代理人。

有人走进铺子来。老头子睁开眼睛，认得是他的佃户格里罗。他的在郊外穆农谷圣格尔瓦西奥地方的别墅旁边那些田地和葡萄园，就是佃户格里罗耕种的。

格里罗行了一个礼。他手里提着一个篮子，篮内是用碎草小心包裹着的暗黄色的鸡蛋。两只小鸡，绑着双脚，在他的腰带旁边头下足上地挣扎着。

"格里罗，是你吗？"布翁拿可西和颜悦色地说，他无论对高贵的人或对卑微的人谈话，都是和颜悦色的，"你近来怎样？今年春天很好不是吗？"

"对于我们上了年纪的人，春天是没有什么好处的，齐卜里亚诺老爷。春天到了，周身骨头都酸痛，好像就要到坟墓里去似的。今天带来了一些鸡蛋和一对子鸡，给您老人家过复活节。"停了一会，他加上这一句说。他和悦而狡猾地眯着一双淡绿色的眼睛。眼眶周围起了细微的浅褐色的皱纹，像惯常受日曝和风吹的人所特有的那样。

布翁拿可西向这老佃户道了谢，就开始谈起正经事来。

"那边，做工的人都备办好了吗？我们的事情到天亮时候就可以完工吗？"

格里罗担忧地叹了一口气，并倚靠在他的拐杖上面。

"一切都备办好了。做工的人也足够了。但是，老爷，我看，这事不如缓几时再做。"

"可是，老头子，前几天你不是自己说过吗，我们得赶快下手，免得夜长梦多？"

"不错，但我心里害怕。现在正在封斋时节，我们的事情又不是好事情……"

"有什么罪过我来担当好了。你用不着害怕，我不会害你的。我们果真能够挖到什么东西吗？"

"为什么挖不到呢？一切的预兆都告诉我们有东西可挖。我们的祖宗已经晓得磨坊背后'水地狱'近旁那个小丘了。夜间还有鬼火在圣卓梵尼上面发光。那里埋有很多很多这类东西！什么人都说，不久以前，有人在马里容拉一个葡萄园内淘井的时候，从黏土里挖了一个魔鬼出来。"

"你说什么？一个什么魔鬼？"

"一个铜制的魔鬼呀！头上有角，底下是生毛的山羊腿，还有蹄子。面孔是很滑稽的，好像哈哈大笑的样子。他一只腿跳着舞，弹着指头。因为年深日久，他全身都发绿了，起霉了。"

"他们拿他怎么处置呢？"

"他们拿他铸成一口钟，送给大天使弥迦勒教堂了。"

齐卜里亚诺先生气得跳了起来。

"你为什么不早对我说呢，格里罗？"

"那时您有事情出门去，您在塞拿，没在这儿。"

"你可以写信给我呀，我可以派人来，或者自己赶来呀。我是不吝惜钱的，给他们铸十口钟的钱，我也拿得出来的。这些蠢材！一个跳舞的潘[1]，给他们铸成了钟！恐怕还是希腊雕刻家斯谷巴斯[2]的作品哩！……"

"那些人果真是蠢材。不要责怪他们吧，齐卜里亚诺老爷。他们已经是自作自受了。自从新钟挂起两年以来，他们园里的苹果和樱桃都给虫吃了，橄榄也不结实。那口钟也没有一次发出好听的响声。"

"为什么?"

"何必我说呢? 那钟简直发不出可听的声音。它不会安慰基督教徒的心，它只莫名其妙地嗡嗡响着。当然啰，一个魔鬼怎能铸成一口好钟呢? 请您老人家不要见怪，也许神甫说得有理，他说: 地下挖出来的龌龊东西，是做不出好事来的! 所以我们须得小心在意去做，我们须得祈祷，须得请十字架帮忙，因为魔鬼是诡秘多端的，这杂种，他从这边耳朵钻进去，从那边耳朵钻出来。那只大理石手，就是去年查克罗在磨坊小丘那边挖出来的那只大理石手，也是魔鬼用来作弄我们的: 它专会弄出倒霉的事情。但愿上帝保佑我们! 只要想到这只手，心里就已经惊吓起来了。"

"告诉我，格里罗，你那时怎样找到这只手的?"

"那时是秋天，圣马丁节[3]前一天晚上。我们刚坐下吃晚饭，我的老婆刚端来一盘面包放在饭桌上，忽然我的教父的侄儿，我的雇工查克罗，冲进房子来。黄昏时候，我留他在田里，在磨坊小丘旁边，拔一根橄榄树头的，因为我要在那里栽种大麻。'老板，老板。'查克罗上气不

---

[1] 潘 Pan，罗马神话作 Faun，为森林田野之神，在希腊则为牧羊神。
[2] 斯谷巴斯 Scopas，纪元前四世纪时人。
[3] 圣马丁 St. Martin，圣马丁节在十一月十一日。

接下气地说，他的面孔很可怕，全身发抖，牙齿捉对儿厮打。'上帝保佑你，孩子。'我回答他。他接着说：'老板，田里出鬼了，树根底下一个死尸从土里爬出来了！不信时，您自己到那儿去，亲眼看一看！'于是我们点了灯笼，到那里去。天已经黑了，月亮在小林子背后升了起来。我们看见那根橄榄树头，那拔出来的洞里有个白色物事闪着光。我弯下身子，看见一只手从土里伸了出来。一只白手，指头尖尖的，十分可爱，像城里娘儿们一般。'倒霉，'我想，'这是个什么鬼？'我拿灯笼在洞里一照，那只手居然动了起来，指头还会招呼人。我忍受不住了，我喊了起来，几乎跌倒在地上了。可是我的外婆彭达，她是个稳婆，又是个巫婆，虽然老得很，身体还是结实的。她喊我们说：'怕什么，你们这些蠢材！你们没有看见，那只手不是活人的，也不是死人的吗？那是石头做的！'她握着那只手，从土里拔了出来，像拔一根萝卜。这手恰是在肘弯那里折断的。'由它去吧，姥姥，'我喊，'不要动它吧！我们还是把它埋在土里好，免得它出来惹祸。''不对，'她说，'这个办法不好。我们须得送它到教堂去，让神甫念咒镇压一下。'可是她欺骗了我，这老太婆。她没有把那只手拿到神甫那里去，她拿来藏在她的柜子里，那里什么东西都有：破布啦，膏药啦，草药啦，符箓啦。我同她吵了一场，我要她把那只手还我。她无论如何不肯交出来。从那时候起，她给人医病就灵验起来。谁害了牙痛，只要她拿着鬼手在面颊上抚摩一下，立刻就消肿了。发热、肚痛、癫痫种种病症，她也医治得好。母牛生小牛生不下来，苦痛得很，她拿着那只石手在母牛肚皮碰了一下，母牛便大叫一声，早把小牛产在草堆里了。这样灵验手段，远近都闻名，老太婆赚了好多的钱。但她没有一点福运。我们的神甫，董浮士蒂诺，简直不让我安静。他在教堂说教的时候，当着众人面前骂得我狗血淋头。他叫我作败家子，作撒旦的奴才。他还恐吓我，说要到主教那里控告我，说以后不分圣餐给我。那些野孩子在路上跟着我屁股后面跑，拿指头指着我说：'看哪，格里罗来了！格里罗是个巫师，他的姥姥是个巫婆！婆孙两人都把灵魂卖给魔鬼了。'您老人家可以想得到，没有一晚我能安稳睡觉，做梦我也看见那只大理石手在我前面，仿佛愈走愈近，用着那长而冷的指头，像抚摸我一般，抓着我的脖子，然后紧紧地捏住我，捏得我不能喘气。我要喊，但我喊不出来。……'这不是好意的玩笑。'我想。有一天早晨，外婆到草场去了，为的趁露水未干采点草药。那天我起了一个早，打开她的柜子的锁，取了那只手，拿来送给您老人家。那个旧货商人洛托情愿出十个索独买它，但您只给我八个索独。为这两个索独，我是不会同您老人家争执的，为您的事，我上天下地都去的。但愿上帝赐给你们一切幸福——你老人家，和安哲里佳太太，和可爱的少爷们和孙少爷们。"

"照你说的话看来，我们在磨坊小丘里面一定可以找到些东西。"齐卜里亚诺先生说，一面深思着。

"一定可以找到的，"老佃户回答，深深叹了一口气，"但我们要小心呀，不要让董浮士蒂诺知道才好。让他知道的话，我就要吃不了兜着走了。那时您老人家也是不得太平的，他可以鼓动许多人来，使您工作做不下去。好吧，托庇上帝的恩典吧！可是请您不要抛撇了我，您是我的恩人哪。请您在法官老爷跟前替我说一句好话。"

"为了磨坊司务同你争的那块地吗？"

"是的呀，老爷。磨坊司务是个诡计多端的家伙，他连魔鬼尾巴摆在什么地方都知道。我送法官老爷一只牛犊，他知道了就送他一只怀胎的母牛。我们官司没有打完，这牛就生小牛了。这流氓比我狡猾得多！我害怕法官老爷偏袒了他。尤其不幸的是，那只母牛竟产了一只公牛犊。请您老人家帮帮忙吧！只为您老人家，我才肯那样出力干这磨坊小丘事情。若是别人，我就不愿沾染这种罪过的！"

"你尽管放心吧，格里罗。法官老爷是我的好朋友，我会替你说好话的。现在去吧，到厨房吃点东西，喝点东西吧！今天晚上我们一起骑马到圣格尔瓦西奥去。"

格里罗恭恭敬敬行了一个礼,道了谢,就走了。齐卜里亚诺则走进铺子旁边他的小办公室里面,那里除了他,是不许别人进去的。

这小房子像一所博物馆,大理石和青铜做的各式东西陈列着和悬挂着,布头垫着的木板上放着古代钱币和奖章,雕像的碎块则凌乱地装在箱子里面。布翁拿可西的这些古董,是他的无数分店从世界各地替他搜集来的,从雅典、士每拿、哈里干拿斯、居比路、雷可西亚和罗底,从埃及内地和小亚细亚。

这位染业公会理事,检阅了他的宝藏,然后专心地思索毛织物捐税问题。一切事情彻底考虑过了以后,他才开始写那封给在蒙伯里地方的他的代理人的信。

可是,背后,在堆栈里面,那里货物堆得高到天花板,白天也只有圣母像前那只摇晃不定的小灯的亮光照着。此时正有三个青年人谈着话:多尔福、安东尼阿和卓梵尼。布翁拿可西先生的伙计多尔福是个红头发的青年人,态度活泼而善良,有一个狮子鼻,他正把量过的布匹尺寸记在账簿上。安东尼阿·达·芬奇是个旧式装束的青年,有一双玻璃样的鱼眼睛,稀疏的黑头发一束一束地耸得很高,他正在用卡那——佛罗伦萨通用的量尺——敏捷地量着布匹。卓梵尼·贝尔特拉非奥,米兰人,十九岁,是个腼腆和沉默的图画学徒,有两颗无邪而忧郁的灰色大眼睛,一个迟疑不决的面孔,他正叠着腿,坐在一堆捆好的布匹上,倾听着别人谈话。

"这个年头真真是无奇不有,"安东尼阿说,声音很低且带点讥讽口气,"现在异教的神灵已经给人从地下挖出来了?!苏格兰毛布,褐色,有绒毛,三十二尺六寸八分。"他插入几句话,面向多尔福。多尔福就把数码记在账簿上面。

接着,安东尼阿就把那匹量过的布卷好,轻快而灵巧地抛到指定的地位去。然后,他举起了食指,模仿萨逢拿罗拉修士的先知者口吻说:

8

"Gladius Dei super terram cito et velocite! ——上帝的刀剑快朝地上降落下来了！当日圣约翰在名叫拔摩的海岛上看见一个异象：一位天使捉住一条龙，那龙就是古蛇，又叫撒旦；天使把它捆绑一千年，扔在无底坑里，将无底坑关闭，用印封上，使它不得再迷惑世人，等到那一千年——一年要算一年半[1]——完了，现在撒旦从无底坑放出来了，一千年已经过完了。那些伪神灵，做'敌基督者'的先锋和奴仆，现在从天使封印过的土地里钻了出来，要来迷惑世人。住在地上和海上的人有祸了！——布拉班[2]毛布，平滑，十七尺四寸九分。……"

"你以为怎样，安东尼阿？"卓梵尼问，心里很害怕，又带着急想知道的好奇心，"这些兆头都表示……"

"不错，正是表示这个。当心哪！日子近了。现在人们不仅把古代神灵挖了出来，人们还制作同古代那样的新的神灵哩！现在雕刻家和画家都替摩罗[3]做事，摩罗就是魔鬼。他们把神庙做成了撒旦的殿堂。他们把龌龊的神灵做成了圣像，当作殉道者和圣者来崇拜，拿巴库斯[4]当作施洗约翰，拿淫妇维纳斯[5]当作圣母。这类的神像都要烧呀，烧成的灰都要随风播散呀！"

这位虔诚的染坊伙计的幽暗眼睛，发出了义愤的光辉来。

卓梵尼沉默着，他一点不敢反驳，只蹙着稀疏的小孩子般的眉毛，

---

[1] 一年要算一年半——这个时代，意大利人也叫作"五百年代"，即"一千五百年"之简称。原来原始基督教徒预言（见《启示录》第二十章）：基督降生后一千年，魔鬼或敌基督者就要出来统治世界。但这预言在第十世纪并没有实现，到了第十五世纪，世界从中古黑暗之下开始觉醒过来，那些宗教家以为魔鬼就要来了，但又不合预言的时间，只好附会说《启示录》说的一年要算一年半。

[2] 布拉班 Brabant，在比利时。

[3] 摩罗 Moloch——本是古代东方民族崇拜之神，以人为牺牲的，这里则是泛指一切偶像。

[4] 巴库斯 Bacchus——罗马神话中酒及欢乐之神，相当于希腊之狄昂尼索，见第四章注。

[5] 维纳斯 Venus——罗马神话中美和爱之神，相当于希腊之亚弗罗狄特。

在做着无可奈何的思索。

"安东尼阿,"过了一会他说,"我听说,你的堂兄雷翁那图·达·芬奇时常招收学徒在他的工场习艺。好久以来,我就有了一种心愿,要……"

"如果你要败坏你的灵魂的话,卓梵尼,"安东尼阿带着嫌厌的神气打断他的话,"你就到雷翁那图先生那里去吧。"

"为什么?"

"他虽然是我的堂兄,而且比我大二十岁,可是《圣经》上说得好:'经过一次两次教训之后,你就要离开邪教徒!'雷翁那图先生就是一个邪教徒,一个无神论者。撒旦的傲慢盘踞着他的精神。他想用数学和黑魔术去探索自然界的秘密。"

说到这里,安东尼阿便抬起眼睛望着天上,重复萨逢拿罗拉最近一次说教的话:

"我们的世界的智慧,在上帝面前只是荒谬罢了。我们看透这些学者了,他们都是走向撒旦窠巢去的。"

"你听人说过吗,安东尼阿?"卓梵尼再问,带着更加腼腆的神气,"雷翁那图先生此时正在佛罗伦萨,他是刚从米兰来的。"

"他来这里做什么?"

"他的公爵派他到这里来看看,豪华者罗棱慈[1]的遗物里,有什么好图画值得买没有。"

"好吧,他在这里,就由他在这里吧,同我不相干。"安东尼阿抢着说,一面更加敏捷地拿着卡那量布。

此时教堂里的晚祷钟响了。多尔福爽快地伸了一个懒腰,合起账

---

[1]豪华者罗棱慈 Lorenzo de'Medici, der Prächtige, 一四四八——一四九二,梅狄奇家重要人物,执掌佛罗伦萨政权多年,自己是诗人学者,又奖励文学保护艺术,对文艺复兴,他有促进力量。他的生活十分阔绰,故有"豪华者"的绰号。他是这个时代的重要人物,但本书中,他没有出场,此时他已死去二年了。

簿。工作做完了。店铺关门了。

卓梵尼走到街上来。灰色的，稍微带点红影子的天空，在潮湿的屋顶中间闪耀着。没有一点风，正在落着毛毛雨。

在一条小巷里，忽然有一阵歌声从打开的窗子内响了出来：

> 山上的姑娘哪，牧羊的女郎，
> 从何处来的，如此活泼和漂亮？

这歌是一种充满了青春的嘹亮的声音唱出来的。踏板的匀称的响声，使得卓梵尼猜出，唱歌的女郎正坐在织机前面。

他倾听着，忽然想起现在是春天了，他的心受了莫名其妙的感动，忧郁地跳着。

"娜娜！娜娜！你躲在哪儿，小鬼头？你耳朵聋了吗？来吃晚饭呀！面条要冷了。"

一阵木鞋的声音在砖石上面急速地响过去，以后一点响声都没有了。

卓梵尼还站了一会，呆呆地看进那开着的窗户里面去。那首春歌还在他的耳朵里响着，好像远处的牧笛声音：

> 山上的姑娘哪，牧羊的女郎……

他轻轻叹了一口气，就走入染业公会理事住宅里去了。他上了一道用腐朽的、摇晃的、虫蛀的栏杆围着的梯子，踏进一个做图书室用的大房间。卓尔曹·梅鲁拉[1]，米兰公爵的史官，此时正在这个房间里，低着头坐在一张写字台前面。

---

[1] 卓尔曹·梅鲁拉 Giorgio Merula——他代表文艺复兴初期思想，即所谓人文主义。

卓尔曹·梅鲁拉奉了他的主上的命令，到佛罗伦萨来，为的从罗棱慈·德·梅狄奇的藏书里选购些罕见的书籍。他每逢到这里来，总是下榻在他的朋友齐卜里亚诺·布翁拿可西先生家里的，这位染业公会理事也是一个嗜古成癖的人，同他一样。这位米兰史官在路上一家旅店里偶然认识了卓梵尼·贝尔特拉非奥，便与这个少年人结伴到佛罗伦萨来，同住在齐卜里亚诺家里。卓梵尼能写一笔秀丽的字，而他是需用一个好的秘书的。

卓梵尼踏进这房子来的时候，梅鲁拉正在十分注意审察一卷破碎不堪的书，表面看来似乎是一卷礼典书或颂歌集。他拿着一块浸湿的海绵揩拭着下地即死的爱尔兰绵羊皮做成的薄而软的书卷，用轻石擦了几行，又用一个刀片和一个折纸板磨平，然后拿起书卷对着亮光细看。

"亲爱的小东西，"他喃喃自语说，内心激动得很厉害，几乎说不出话来，"走出到上帝的亮光底下来吧，你们这些可怜的东西！你们是何等可爱，何等悠久啊！"

他弹着两个指头，抬起那个光秃的头，现出一副肿胀的遍布柔软而活动的皱纹的面孔，一个红蓝色的鼻子和一双表现乐天和快活神情的铅灰色小眼睛。在他身边窗板上面，放着一个瓦瓶和一个杯子。这位学者倒了酒，喝着，咳嗽一声，正要继续他的工作，忽然看见了卓梵尼。

"晚安，小修士。"老头子带着玩笑态度问他好。他叫卓梵尼作小修士，因为这小孩子总是循规蹈矩的。"我这里已经挂念着你了。'他哪里去了呢？'我想，'他爱上了什么女人吗？佛罗伦萨的姑娘是很有名的，恋爱也并不是什么罪过。'可是我在这里也未曾虚度我的光阴。像这样滑稽的事，你一定有生以来还未见过的！要我告诉你吗？不，还是不告诉你好，你要传扬出去的。这卷书是我在一家犹太人的旧货摊上发现的，我用很便宜的价钱买来。好吧，算了吧，我只告诉你一个人。"

他很神秘地用指头招呼卓梵尼走拢来。

"到这里来吧，走近亮光来吧！"

他指示一处写满了教堂用的尖细字体的书页给卓梵尼看。写的是宗教的赞美歌、祈祷文和诗篇，还附有粗笨的音符。然后他翻出另外一个地方，拿得同眼睛一样高，对着亮光。此时，卓梵尼发现，在梅鲁拉擦掉文字的那个地方，显出几乎看不出来的小小几行字，其实是旧式字体在羊皮上留下的微凹的无颜色的痕迹，不是字，而是早已磨灭的字的淡白的微弱的影子。

"怎样？看见了吗？"梅鲁拉得意地问，"那就是那些可爱的小东西呀！我不是说过，这是一件滑稽事情吗，小修士？"

"这是什么书，是谁的著作？"卓梵尼问。

"我还不知道哩！这大约是古代一卷诗集的残片，或者还是世界未曾知道的一种希腊诗歌的宝藏哩。没有我，它永远见不到光明！它将隐藏在赞美歌和忏悔诗底下直到世界末日为止……"

于是梅鲁拉给他解释说，大概是有个修士，中古时代一个抄写人，舍不得这片有价值的羊皮，便把上面异教文字擦掉了，写上新的文字。

太阳虽然没有冲出云围，却从云底薄层透射过来，拿着它的渐渐消失的玫瑰色光辉充满了这个房间。在这种斜阳光照之下，微凹地方，旧时文字的痕迹，看得更加清楚了。

"你看，你看，死人从坟墓里钻出来了，"梅鲁拉喊，快活得很，"这大概是一首歌颂奥林匹斯山[1]神灵的诗，你看，开头几行已经可以读的了。"

他从希腊文翻译出底下的诗句：

　　万寿啊，你，头上饰满葡萄叶的，慈惠的巴库斯！

---

[1] 奥林匹斯山 Olymp——希腊马其顿和帖塞利交界地山脉之总称，古代神话中以为是神灵居住之地。

> 万寿啊，你，用银弓射得很远的，威武的费布斯[1]，
> 迷人的神啊，你杀死了尼阿伯[2]的众儿女……

这里又是一首歌颂维纳斯的诗，就是你最害怕的那个女神呀，我的小修士！但这首颂诗很模糊，看不清楚：

> 万寿啊，你，金足的母亲，亚弗罗狄特神[3]，
> 神灵和人类都为了你颠倒梦魂……

诗句到此就断了，以下的混到教堂文字下面去了。卓梵尼放下了书。文字的痕迹变得模糊了，微凹地方看不出来并且同平滑的羊皮的黄颜色混在一起了，影子也消逝了。唯有礼典的痴肥的黑字和赞美歌的粗大而多角的音符，此时还看得见：

> 上帝啊，求你留心听我的祷告，不要隐藏不听我的恳求。求你侧耳听我，应允我，我哀叹不安，发声唉哼。……我心在我里面甚是疼痛，死的惊惶临到我身。

外面玫瑰色光辉已经黯淡了，房间里面变成一片黑暗。梅鲁拉从瓦瓶里倒了酒，喝了一口，又让卓梵尼喝。

"祝你康乐，小朋友！Vinum super omnia bonum diligamus！——万事不如杯在手呀！"

---

[1] 费布斯 Phobus——日神亚普罗之别称。
[2] 尼阿伯 Niobe——希腊神话中底比斯王后。她生了十四个儿女，就向女神列托夸耀，因为列托只有亚普罗和亚尔特尔斯两个儿女。这两兄妹为他们的母亲雪恨，把她的儿女都当她的面杀尽了，她因为悲哀而变成石头。
[3] 亚弗罗狄特 Aphrodite——即维纳斯。

卓梵尼不肯喝。

"好吧，愿上帝与你同在！我一个人喝，来祝你康乐好了。你今天有什么事情呢，小修士，这样没精打采的，好像什么人把你浸到水里过一般？那个假圣人安东尼阿又拿他的预言来吓唬你了吗？对他吐痰吧，卓梵尼，真的对他吐痰吧！这些伪君子吹的什么牛皮，叫魔鬼把他们收拾去吧！实说，你今天同安东尼阿谈了话没有？"

"当然谈过。"

"谈的什么？"

"谈过敌基督者，又谈过雷翁那图·达·芬奇先生……"

"对啦，对啦！你总在幻想什么雷翁那图。难道你中了他的巫术吗？听我说，小朋友，把那些呆念头排除出去吧！好好地当我的秘书，我要提拔你的。我教你拉丁文，我培养你做一个法学家、一个演说家或一个宫廷诗人。你将来要名利双收的。图画是什么？哲学家塞尼卡[1]已经把图画称为一种手艺，不值得自由人去做了。你看看那些画家，他们都是些鄙陋无知的人……"

"但是我听说，雷翁那图先生却是一位大有学问的学者。"卓梵尼回答。

"学者？算了吧！这个人连拉丁文都看不懂，把西塞禄[2]当作了昆提良[3]。若说希腊文，那他梦也未曾做到。学者是这样吗？笑话……"

"可是他发明了许多新奇的机器？"卓梵尼坚持他的意见，"而且他对于自然界的观察……"

"机器！观察！不行的，小朋友，这些玩意儿没有什么意思。我著过《拉丁文字之美点》一本书，搜罗了两千左右特别优美的新的语式。

[1] 塞尼卡 Lucius Annaeus Seneca，纪元前五年——纪元后六五年。
[2] 西塞禄 Marcus Tullius Cicero，纪元前一〇六——四三。
[3] 昆提良 Marcus Fabius Quintilianus，四二——一一八。

你梦想得到这种工作费了多少劳力吗？在机器旁边安设些复杂的轮子，或者考察鸟儿怎样在空中飞着，草木怎样长大起来。这不是什么学问呀！……消遣罢了，儿戏罢了！"

老头儿闭了嘴。他的面孔严肃起来。于是他抓住这个青年人的手，温和而正经地对他说：

"听我说，卓梵尼，还要记住我的话！我们的教师就是古代希腊人和罗马人。凡是尘世人类能做的事情，他们都做过了。我们只能够追随他们和模仿他们。俗语说得好：学生是强不过先生的。"

他吞了一口酒，狡猾地滑稽地看着卓梵尼的眼睛。他的柔软的皱纹忽然组成了一副笑脸。

"青春呀，青春！我仔细看了你，小修士，我很羡慕你。你是一朵青春的蓓蕾！酒，你不喝，见着女人，你就逃开了。你既沉静，你又虔诚。可是，在你的内心，魔鬼正住在那儿！我看透了你了。你等等看，小朋友，魔鬼就要从你心里出来的。你总是郁郁不乐的样子，但同你在一起也很有趣。你恰像今天这卷书一般，卓梵尼。上面写的是忏悔诗，但是底下，底下却是歌颂维纳斯的歌曲！"

"天黑了，卓尔曹先生。现在不是应当点灯的时候吗？"

"等着吧，由他去吧！我却愿在微茫夜色中说话，回忆着我的青年时代……"

他的舌头呆笨起来，他的话没有连贯。

"我知道了，好朋友，"他继续说，"你望着我，心里想：这老家伙喝醉了，胡说八道。可是这上面，我也有点东西！"

他得意地拿指头指着他的光秃的天灵盖。

"我是不爱吹牛的。你去问问第一流的博学家，他们会告诉你，在拉丁语文学上有人胜过梅鲁拉没有。马提亚[1]是谁发现出来的呢？"他

---

[1] 马提亚 Marcus Valerius Martialis，四三——一〇四，罗马诗人。

愈说愈加兴奋起来，"提布提那门残骸上的有名铭文又是谁辨认出来的呢？我常攀到那上面去，高到头脑晕眩。若是脚底下一块石头脱落了，我只能抓住一枝灌木，才免得倒栽下来。我整天地不怕太阳晒炙，在那上头揣测古代铭文并抄录下来。漂亮的乡下娘儿们在那里过路，笑着说：'姊姊妹妹，看那个兽头爬得那么高，他一定找寻什么宝贝哩！'我也同她们开开玩笑，她们走过去了，我还做我的工作。在常春藤和荆棘底下，在碎石子中间，我发现了两个字：Gloria Romanorum。"

好像倾听着这久已寂然了的两个大字的音响一般，他又沉重地庄严地喊着：

"Gloria Romanorum！——罗马人的光荣！唉，想这事情做什么呢，那个时代不会再来了！"他做了一个无可奈何的手势，举起酒杯，用着喑哑的声音唱着博学家们的饮酒歌道：

> 当我清醒时，
> 闭口无一语。
> 我生在酒肆，
> 我死在杯底，
> 我爱酒与歌，
> 拉丁文章美。
> 我饮我复唱，
> 赛过荷拉士[1]。
> 我心已陶然，
> 有酒须当醉。
> 齐起唱颂诗，
> 赞美巴库斯！

---

[1] 荷拉士 Quintus Horatius，纪元前六五——前八。

他咳嗽了几声，就不响了。……

此时房内完全黑暗了。卓梵尼几乎看不见老头子的面孔。

雨愈下愈大了，人们听见檐溜滴在水沟内的声音。

"不错，就是这个，小修士，"梅鲁拉带着大舌头说，"咳，我想说什么呢？对了！我的老婆是个美人儿……不，不，不是这话。……等一等。对了，对了……你还记得那首诗吗：Turegere imperio populos, Romane, memento? 你知道吗，他们都是伟大人物，全世界的统治者……"

他的声音颤抖起来，卓梵尼觉得卓尔曹先生的眼睛充满泪珠了。

"不错，是伟大人物！可是现在……唉，一提起就要惭愧的！就拿我们的罗督维科·伊·穆罗，我们的米兰公爵来说吧，我在他底下做官，我替他著作历史，而且用提多·李维[1]的笔法去写的。我拿这个怯懦的兔子，这个暴发户，去比拟庞培和恺撒[2]。但是在良心上，卓梵尼，在我的良心上……"

没有忘记他是个老官僚，他疑虑地向房门看了一眼，看看有人偷听没有，然后他屈身向着这青年人，在他耳旁低声说：

"在老梅鲁拉的良心上，爱自由的心情还是未曾消失的，而且永远不会消失的。但是，这话无论对什么人你都不要说！这个年头儿太糟糕了，从来没有一个时代这样堕落过。说到现在的人，哼！看到就要呕吐。尽是些矮草，刚刚长出地面来，可是鼻子就抬得高高的，并且拿自己同古人打比！这些人是什么东西，他们有什么可以夸耀的？有个朋友从希腊写信给我说：奇奥斯[3]地方一个修道院的几个洗衣婆娘，不久之前到海滨去洗衣服的时候，在曙色微茫中发现一个真正的古代神灵，

---

[1] 提多·李维 Titus Livius，纪元前五九年——纪元后一七年，罗马著名历史家。

[2] 庞培 Onejus Pompeius，纪元前一○六——前四八，罗马大将。恺撒 Julius Caesar，纪元前一○○——前四四，罗马大将。

[3] 奇奥斯岛 Chios——在希腊爱琴海上。

一个特里东[1]，生有鱼尾、鳍和鳞甲。愚蠢的娘儿们害怕起来，她们以为是魔鬼，都奔逃了。后来，她们回来再看，却是一个老的、衰弱的，而且似乎有病的。它躺着，肚皮贴在沙上，发着冷，正在太阳底下晒着它的绿色的多鳞甲的背脊。它的头是灰色的，眼睛是浑浊的，像婴孩的一般。那些卑贱女人就大起了胆子，念着基督教祈祷文围住了它，拿洗衣服的棒槌敲打它，她们把它像一只狗打死了。这最后的强大的海神，怕还是博塞顿[2]的一个儿孙哩！……"

老头儿闭了嘴，忧愁地垂着头，怜悯那个海神的两行醉泪流过他的腮边。一个仆人拿了灯来，关起窗户的遮板。异教情调的阴影完全消逝了。人们邀请吃晚饭。但梅鲁拉已经醉倒了，人们只好扶着他的臂膀上床睡觉去。

这晚上，卓梵尼·贝尔特拉非奥翻来覆去睡不着。他听着卓尔曹先生的无忧无虑的鼾声，心里想着那个近来比谁都更多盘踞他的心头的人，想着那个雷翁那图·达·芬奇。

卓梵尼受了他的叔父，玻璃画家鄂斯华德·英格临的委托，从米兰到佛罗伦萨来，购买绘画用的颜料，即是那类闪光的透明的颜料，这种颜料只有在佛罗伦萨才买得着。

玻璃画家鄂斯华德·英格临是格拉茨人，曾从有名的汉堡画师约翰·奇尔希习艺。此时他担任米兰大教堂北面圣器库窗子的工作。卓梵尼是个孤儿。他本是鄂斯华德一个哥哥，石工赖印霍德·英格临的私生子。他用着母亲的姓氏贝尔特拉非奥。母亲是伦巴底人，据叔父说，她是个水性杨花的女人，父亲就是为她而倾家荡产的。

---

[1] 特里东 Triton——希腊神话海中之神，上身是人，下体是鱼。这里打死的大概是一种海中动物。

[2] 博塞顿 Poseidon——宙斯的弟弟，主宰众水及海洋，与罗马之涅普顿相当。

　　卓梵尼是唯一的小孩子，在叔父的古板的家庭里长大起来。鄂斯华德·英格临的无穷尽的故事，关于种种魑魅神鬼、巫师、术士和邪祟的，使得这小孩子的灵魂阴郁起来。使他害怕得最厉害的，是那个从北方传到意大利来的故事，关于一个女怪，所谓"白眉毛妈妈"或"白色女鬼"的。当卓梵尼还极幼小，晚间在床上啼哭时，英格临叔父就拿"白色女鬼"来吓唬他了。这小孩子立刻住了哭声，把脑袋埋在枕头底下。虽然这样害怕，但他生了一种好奇心，渴想有一天能面对面看一看这"白眉毛妈妈"。

　　鄂斯华德送他的侄儿到画圣像画的本涅德托修士那里去习艺。

　　这是一位善良而朴实的老头子。他教卓梵尼在工作以前，须先祈祷全能的上帝，替罪人辩护的童贞玛丽亚，第一个基督教画家福音使徒路加，以及天堂上一切圣者。恳求他们帮助，须先穿起爱和敬虔、服从和忍耐的外衣，然后才去拿水和酒调和那蛋黄和乳状无花果汁做的探派拉[1]，才去用动物骨头烧成的炭末摩擦那旧无花果树或黄杨树做的画板。这用的炭末最好是母鸡或阉鸡的肋骨和翅骨烧成的，或者是阉羊的肋骨和胛骨烧成的。……

　　这老画师有好多好多的学说。卓梵尼预先知道，每逢谈起那个名叫"龙血"的颜色时，本涅德托修士准会扬起眉毛，表示鄙蔑的态度，说道："算了吧，不要去惹它吧，这种物事不会给你什么体面的！"他感觉到，本涅德托修士的师傅，以及他的师傅的师傅，准是说这几句同样的话的。同样，每逢他将他的艺术的秘密，他以为这是人类艺术和科学的最高成就，传授给卓梵尼的时候，他也准会显出一副安静的得意的笑容。譬如他规定，画青年人的面孔应当用城里喂的母鸡的蛋黄，因为这种蛋黄比乡下母鸡的要浅明些，乡下母鸡蛋黄带了点淡红颜色，却较适宜于画老年的浅褐色的身体。

---

[1] 探派拉 Tempera——油画发明以前一种绘画材料，用水、蛋黄或胶等调和起来的。

虽然画画有这许多讲究，本涅德托修士却是一个天真可爱的人，同小孩子一般。着手工作以前，他须斋戒，还须彻夜祈祷。他又须跪在地下祈求上帝给他力量和智能，然后提起笔来。每逢他画耶稣钉十字架像时，他准会泪流满面的。

卓梵尼爱他的师傅，认为是一切画师里面最伟大的。可是近来徒弟心里起了疑惑，尤其当本涅德托修士教他那条唯一的解剖学法则时，即说：男子全身之长为其面部长之八倍又三分之二。于此，他又带着谈起"龙血"时那种鄙蔑面孔添加几句说："至于女人的身体，那我们可以搁起不论的，因为女人的长度没有一定的比例。"这个见解他不可动摇地确信着，就像确信：鱼以及一切无理性的生物，颜色都是上暗下明的，或者男子比女人少了一根肋骨，因为亲爱的上帝取了亚当一根肋骨去创造夏娃。

有一次，他用着四种动物来象征四大元素：地是鼹鼠，水是鱼，火是火龙子[1]，风是避役[2]。但他把避役（卡麦龙）当作卡麦罗（即骆驼）的另一种写法了，所以他的简单的头脑把"风"设想作一只骆驼，张开大口，为的更好呼吸些。每当后辈画家嘲笑他这个误解时，他就用着基督教谦逊之德，忍受他们的嘲笑，但他心里仍旧确信：骆驼和避役是没有分别的。

这位虔诚画师的其他自然科学知识，也都是这样高明的。

卓梵尼心里早已发生疑惑了。新的迷惑人的鬼魔，即本涅德托称之为"俗世哲学之魔"的，缠住了他。未动身到佛罗伦萨来以前不久，他偶然得见雷翁那图·达·芬奇的几张图画，已有的疑惑更加厉害地侵袭他的灵魂，使他再无法抗拒下去了。

---

[1] 火龙子 Salamander——或名火蛇，相传能在火焰中生活。
[2] 避役 Chameleon——或名石龙子，能时常变换颜色，其名卡麦龙，与意文骆驼之名（卡麦罗——Cammello）相近。

那天夜里，当他在那无忧无虑地打着鼾的卓尔曹先生身边躺着时，他又审察他头脑里这种思想，已经是第一千次了。但愈审察下去，他的头脑愈加混乱起来。最后他决定祈求上帝帮助。在暗夜中，他抬起充满希望的眼睛向着天上，做如下的祈祷：

> 主啊，愿你帮助我，不要舍弃我啊！如果雷翁那图先生真是一个无神论者，他的科学真是罪过和诱惑，那就请你使我不再去想他，使我忘记他的图画，使我离开诱惑吧，因为我不愿意在你面前犯下罪孽。但如果这仍旧能够服侍你，用图画这项高尚艺术荣耀你的名，同时又能够知道那为本涅德托修士所不知道而我渴想知道的一切东西：解剖学、透视学以及关于光和暗的奇妙的法则。那么，主啊，就请你赐我坚定的意志，照耀我的灵魂，使我再不怀疑什么，又请你使得雷翁那图先生容纳我到他的工场习艺，使得本涅德托修士好意宽恕我并知道我在你面前是没有罪过的。

卓梵尼祈祷过后，心中感觉愉快和安静。但他的思想混乱起来了。他不知怎样想到玻璃匠手里拿着尖端烧成白热的器具在玻璃上割着，割得玻璃发出清脆可听的叫声；他又看见，那些把一片片割好的玻璃镶到框子去的柔软的铅条，怎样在推刨底下翻卷起来。一个声音，像叔叔说的一般，喊道："留点隙缝，多留点隙缝在边缘那里，以后玻璃就安得牢固了！"接着，一切都寂静了。他翻了一个身，就睡着了。

这夜，卓梵尼做了一个梦，以后他常常记起来，他好像朦朦胧胧地站在一个大教堂里面一个花花绿绿的玻璃窗子之前。这窗子画着收获神秘葡萄的故事，就是《福音书》上说的："我是真葡萄树，我父是栽培的人。"被钉十字架的人，赤身露体躺在酒榨上面，血从他的伤处流了出来。教皇、主教、皇帝，盛着血，装在桶子里面，然后把桶子滚开去。使徒们拿来一穗一穗的葡萄，彼得在上面踹着。后边，先知和教父在掘土并剪着葡萄。一桶满满的酒装在车上正驶过去。这车由福音动物[1]——狮、牛和鹰拉着，驾车的人就是圣马太天使。这一类玻璃画，卓梵尼在叔叔工场里常常见到，但从未见过这种颜色画的，那么深暗，同时又那么闪耀的颜色，像宝石一般。他尤其喜欢耶稣的深红色的血。从大教堂深处还响出了他素来爱听的一首歌的温柔的声音：

> 贞洁的花啊，
>
> 香喷喷的百合，
>
> 何等可爱啊，
>
> 你的血红的颜色。

歌声寂静了，玻璃图画也模糊起来了。忽然那个染坊伙计安东尼阿·达·芬奇的声音在卓梵尼耳边说道："快逃呀，卓梵尼，快逃呀！'她'在这里！"他正要问："谁呀？"但是他觉得"白眉毛妈妈"已经在他的背后站着。他全身一阵冰凉。突然，一只沉重的手，从后面抓着了他的颈项，扼住他。他以为就要死去了。

他大声喊了起来。他醒了，看见卓尔曹先生弯腰向着他，正在揭开他的被盖。

"起来呀，起来呀！迟一会，他们就撇开我们走了。现在正赶得上！"

"哪里去？什么事情？"卓梵尼还在半睡半醒地喃喃几声。

"你忘记了吗？到圣格尔瓦西奥去的！去发掘那个磨坊小丘呀！"

"我不跟你们去……"

---

[1] 福音动物——按自从第五世纪以来，基督教堂那些镶嵌画，常常用些动物来象征诸福音圣者：马可是只狮子，路加是头牛，约翰是只鹰，但马太则是个少年人。为什么如此象征，则各家解释是各不相同的。

"你不跟我们去？难道我把你弄醒来是白费力气的吗？我叫人把那匹黑骡子装上鞍子了，为的我们两个人坐得舒服些。现在起来吧，随和一点！不要固执！你害怕什么，小修士？"

"我什么也不害怕，只不愿意去……"

"听我说，卓梵尼，你崇拜的雷翁那图·达·芬奇先生也要到那里去的。"

卓梵尼跳了起来，赶紧穿衣服，再不说推诿的话了。

他们走出院子来。

一切都准备好，就要出发了。格里罗还在匆匆忙忙跑着，吩咐几句话。

齐卜里亚诺先生还有几个相识，雷翁那图·达·芬奇是其中一个，要等一会才动身，从另一条道路，直接到圣格尔瓦西奥去的。

雨停止了。北风吹散了云块。没有月亮的天空上闪耀着星星，像风中摇晃的小灯一般。松香火炬冒着烟，噼啪响着，进发着火花。

他们沿着黎加索里街，经过圣马可修道院，到了圣高卢门的有雉堞的塔。梦中惊醒来的守门兵咒骂了很久，不明白他们为的什么事情，直到得了一笔可观的酒钱之后，才肯放这队骑马的人出城去。他们沿着那个狭小而深凹的穆农谷走去，路上经过几个穷苦村庄，街道同佛罗伦萨城内的一般狭小，房子是用粗大的石头砌成的，高高的好像炮台。以后他们就到了圣格尔瓦西奥村农民的橄榄树林，在一个十字路上下了马，穿过齐卜里亚诺先生的葡萄园，到磨坊小丘去。

做工的人，已经带了铲子和鹤嘴锄在那儿等待他们。

小丘背后，那个叫作"水地狱"的泥潭那边岸上，有什么东西在树株中间闪着光，那就是布翁拿可西先生别墅的白围墙。下面，在穆农溪边，立着一座水磨。小丘顶上几株细长的扁柏在黑暗中高高耸向天空。

格里罗指定一个地方，他以为应该在那里掘下去。梅鲁拉则指定另一个地方，在小丘下面，人们发现那只大理石手之处。但那个工头，园丁斯特洛哥，却主张先在下面"水地狱"旁边掘起，因为他说"一切鬼怪总是在泥潭近旁活动的"。

齐卜里亚诺先生下令，在格里罗指定的地方掘下去。

铁铲响着，发出新挖的土壤的气味。

一只蝙蝠飞过去，翅膀几乎碰着卓梵尼的面孔。他吓得跳了起来。

"不要害怕，小修士，不要害怕！"梅鲁拉拉着他的肩膀，壮他的胆气说，"这里我们找不到什么魔鬼的，除非这只蠢驴，格里罗，是……谢谢上帝，我们以前也参加过几次发掘了。譬如在罗马城里，在四五〇奥林匹亚年[1]。"梅鲁拉看不起基督教纪元，他还用着古代希腊纪元。"那时教皇是以诺尊爵第八[2]，有几个伦巴底泥水匠在亚比亚街塞西里亚·默特拉坟墓近旁发现一个古代罗马石棺，上面刻着'克罗狄之女朱丽亚'几个字，棺内躺着一个十五岁小姑娘的尸首，全身涂蜡，看去好像睡着一般。生命的玫瑰颜色还未曾从朱丽亚脸上消失，似乎她还在呼吸。很多的一群人围着棺材不肯散去。还有人从远地到罗马来，为着看这姑娘。因为朱丽亚如此之美，即使能够用话把她的美形容出来，但没有看见她的人，听着也不敢相信的。教皇听见民众崇拜一个死的异教女人，便惊吓起来，命令人们夜间秘密地把她埋在平乔门旁边。是的，小朋友，这种发掘是可以碰到的。"

梅鲁拉带着轻蔑神气瞥了土坑一眼，这坑越挖越深下去。

一个工人的铁铲忽然响了一声。大家都弯下腰去。

"是骨头！"园丁解释说，"古时墓场范围直扩张到这里的。"

---

[1] 奥林匹亚年 Olympiade——古代希腊一种纪年，一年等于四年。此处提到的四五〇奥林匹亚年发掘事件是实有其事，那是在基督降生后一四八五年四月十八日在罗马城中圣玛丽亚新修道院地界内。这事当时好多人的笔记都有记载。据推测，这女尸的红晕的脸乃是蜡做的一种面具，并非真实的颜色。

[2] 以诺尊爵第八 Innozenz Ⅷ，一四八四——一四九二年在位。

人们听到圣格尔瓦西奥村里一只狗忧郁地拖长了声音吠着。

"他们捣毁了人家的坟墓,"卓梵尼想,"今夜不跟他们一道来多好! 我应当逃开的,离开这个罪过。……"

"是马的骨头。"斯特洛哥幸灾乐祸地解释说,一面把一个过半腐朽 的长的脑盖骨丢出坑外。

"果然不错,格里罗。你一定认错了地方了,"齐卜里亚诺先生说, "我们不要另找个地方挖挖看吗?"

"自然要的。为什么听一个呆子的话呢?"梅鲁拉插话说。他登时带 了两个工人到小丘底下去,叫他们在那里发掘。斯特洛哥不理会那个执 拗的格里罗,也带走了几个工人,开始在"水地狱"旁边寻找什么。

过了一个时候,卓尔曹先生得意地喊道:

"看哪,来这里看哪!我早知道,应当从那里掘起的!"

大家都赶到他那里去。但掘到的东西是没有价值的,一个未经雕琢 的大理石块。

虽然如此,却没有人回到格里罗那里去了,这老佃户独自在一个大 坑里面,给一盏破灯笼照着,仍然执拗地,全无希望地掘下去。

风已经停止了,空气比前暖和些。"水地狱"上面有雾升起来。人 们嗅到污水的气味,黄春花和紫罗兰的气味。天色渐渐发白。鸡啼第二 次。夜快完毕了。

忽然从格里罗所在的土坑深处发出一声惨痛的叫喊。

"救命哪,救命哪!我掉下去了!"

初时大家在那黑暗中看不见什么,因为格里罗的灯笼已经熄灭了。 人们只听到他在那里挣扎、啼哭和呻吟。

人们拿来别的灯笼,于是看见一个半埋在泥土里的砖砌的穹隆。大 概是个加意设备的地窖的顶盖,它载不起格里罗的重量,塌了下去。

两个年轻有力的工人小心地爬下土坑去。

"你在哪里,格里罗?手伸上来给我们!你伤得很厉害吗,可怜的朋友？"

格里罗没有作声。他的臂膀痛得很，他以为骨头断了，但不过是关节脱了臼，可是他还在做什么事情，他暗中摸索着，忍住痛在地窖周围爬着。最后他高兴地喊了起来：

"一尊偶像，一尊偶像！齐卜里亚诺老爷，一尊绝妙的偶像！"

"你喊些什么？"斯特洛哥不信任地对他说，"你又找到一个驴子的天灵盖了吧？"

"不是，不是！它只短少一只手，……腿、躯体、胸部，都是好好的。"格里罗喘息着说，他快活得几乎喘不过气来。

工人们拿绳子拴着肩膀，围着腰身，怕得穹隆在他们足下塌了下去，然后进入土坑，小心拆开那些破碎的腐烂的生霉的砖头。

卓梵尼半伏在地上，从工人们的弯曲的背脊中间，看进地窖深处去，从那里有一阵窒人的潮气和坟墓般的冰冷升了上来。

当顶盖差不多完全拆去之后，齐卜里亚诺先生命令说：

"大家站开，让我看一看！"

于是，卓梵尼看见土坑底面，砖墙中间，有一个没穿衣服的白色人体。它躺在那里，好像死尸躺在棺材里面一样，但在摇晃的火把照耀之下，它不像一个死人，它反而现出玫瑰颜色，生气和温暖。

"一尊维纳斯雕像！"卓尔曹含着敬意低声说，"一尊普拉克西特勒斯[1]雕刻的维纳斯！我向您道贺，齐卜里亚诺先生。即使有人拿米兰公国送给您，再加上热那亚[2]，您也不会比得到这尊雕像更加幸福的！……"

格里罗用力从土坑里慢慢地爬了出来，虽然他的额头伤处的血流过泥土玷污的面孔，那条脱了臼的臂膀也不能动弹，但他的眼睛还是射出

---

[1] 普拉克西特勒斯 Praxiteles——古代希腊人，约生于纪元前三六○年。
[2] 热那亚 Genoa，意文 Genova——意大利西方海港，当时是共和国。

胜利的光辉。

梅鲁拉赶紧走到他的跟前：

"格里罗，亲爱的朋友！我的恩人！我刚才骂了你，叫你作呆子，其实你是世界上最聪明的人哩！"

于是，他拥抱着并温柔地吻着格里罗。

"佛罗伦萨城里，建筑师菲力浦·布鲁涅勒斯基[1]，有一次在他家地面下也发现这样一个地窖，里头是墨邱利神[2]的大理石雕像。这大约是在基督教徒战胜异教徒并毁坏异教神像的时代，那些崇拜古代神灵的最后的人做的事情。他们将这些神像藏在这种地窖里面，因为他们理解这些神像的十全的美，又怕被人毁坏了。"这位史官解释说。

格里罗听着，高兴地微笑起来。他没曾留心到，有支牧笛在田里吹起来，羊群出栏时咩咩叫着，山丘中间淡白的天色也逐渐明亮了。远处，佛罗伦萨城上空，柔和的晓钟声互相叫应着。

"当心！当心！再往右抬一点。对了！离墙远一些！"齐卜甲亚诺先生对工人们喊，"你们好好抬呀，抬上来时没有碰破的话，我每个人赏五个古鲁梭银子。"

女神慢慢地升了上来。

带着同样的笑容，像当初从海波泡沫里上升起来时一般，她现在从阴暗地窖，从这千年坟墓，出现到地上来了。

> 万寿啊，你，金足的母亲，亚弗罗狄特神，
> 神灵和人类，都为了你颠倒梦魂！

---

[1] 菲力浦·布鲁涅勒斯基 Fillippo Brunelleschi，一三七七——一四四四。
[2] 墨邱利 Merkur——罗马商业之神，相当于希腊之赫尔谟。

梅鲁拉这样向她致欢迎辞。

所有的星都黯淡无光了，唯有启明星在朝霞辉映之下还像一颗钻石闪烁着。现在，女神在土坑边缘上对着启明星[1]抬起头来了。

卓梵尼看到了她的给曙光照耀着的面孔，吃了一惊，轻轻地说：

"白色女鬼呀！"

他跳了起来，要想逃跑，可是好奇心战胜了他的恐惧。此时即使有人对他说：他犯了万死罪孽，要永久沉埋地狱的，他也不肯转移他的眼睛，离开这赤裸的无邪的玉体，这庄严华美的面容了。在当初亚弗罗狄特神统治世界的日子，也未曾有人像今天卓梵尼那样充满诚敬地望着她的。

圣格尔瓦西奥的乡村教堂中，忽然钟声大响。大家不由己意地回头来看，都吓呆了。这钟在黎明的寂静当中响着，仿佛一种义愤填膺的叫喊。有时这颤抖的钟声突然停息了，像给快刀切断一般，但立刻又紧迫地，不要命地大响起来。

"耶稣基督保佑我们呀！"格里罗喊，拿双手捧着头，"神甫来了，董浮士蒂诺来了！你们看，路上的人！他们喊着，他们看见我们了，他们挥舞着手臂。他们到这里来了。……我完蛋了，我这不幸的人！"

此时有一队骑马的人走近磨坊小丘来，即是齐卜里亚诺先生的另一些相识，被邀请来参加发掘的。他们中途迷失了路，所以此时才赶到这里。贝尔特拉非奥匆匆看了他们一眼。他的全部精神虽然给女神吸住了，但一个新来客人的面貌引起他的注意。这位不知名的人的冷然而安静的表情，以及他看见维纳斯时那种深切的注意，与卓梵尼的兴奋和迷惘恰好成对比，给了卓梵尼以极深刻的印象。虽然没有将他那倾注在雕像上面的眼光转移开来，卓梵尼仍然感觉到这位有着不平常的面貌的人

---

[1] 启明星，晨星，即金星，亦即"维纳斯星"。

好久站在他的后面。

"这样办吧!"齐卜里亚诺先生考虑了一会说,"别墅离这里只有几步路。大门是坚牢的,他们打不进去。……"

"这话不错!"格里罗高兴地喊,"那么快些,朋友们,把她抬起走呀!"

他用慈父的温柔,尽心尽力保护这座神像。

他们平平安安抬过"水地狱"去。

扛抬的人刚刚踏进门去,董浮士蒂诺的双手高举的吓人姿态已经出现在小丘尖端上了。

别墅楼下是不住人的。一间大厅,四面有粉白的墙壁,上边有穹隆形的天花板,一向是用来放置农具和装橄榄油的大瓦缸的。厅中一个角头上堆着金黄色的麦秆,直堆到天花板一般高。

人们现在就把这女神小心平放在这乡村俭朴的睡床上面了。

大家都进门来,刚把大门关上,就听见外面大声呼喊和詈骂,门板被打得像擂鼓一般。

"开门! 开门!"董浮士蒂诺用他那破碎的声音叫喊,"我奉永生的上帝之名晓谕你们,开门呀!……"

齐卜里亚诺先生站在门内一个石阶上面,从那离地很高的格子窗望出去,看见外面群众并不十分多,于是含着他所特有的客气的微笑谈判起来。神甫简直不肯罢休,他要求交出神像,他说这是从公墓地下挖出来的。染业公会理事用了一个权谋,他果决而镇静地说:

"你们要当心!我刚才派了一个专差到佛罗伦萨城里的保卫团司令那里去,两个钟头内骑兵就要来了。用强暴侵入我的家屋是要受刑罚的。"

"劈开大门!"神甫大喊,"你们不用害怕,上帝跟我们在一起的!打呀!"

一个半瞎的麻皮老头子,带着忧郁的谦卑的面容,手里恰有一把斧头。这神父从老头子手上夺了斧头，用了全身力气向门劈去。

群众没有跟着他做。

"神甫！神甫！"那个谦卑的老头低声说，而且轻轻拉动董浮士蒂诺的肘弯，"我们都是些穷人，锄头在地下掘不出金子来的。这样做，人家要控告我们，抓我们去坐牢！"

群众一听见保卫团几个字，就有好多人在那里打主意，如何暗暗地溜开去。

"自然，如果他们是在自己地面下挖出来的话！但那是公家的土地啊，那是另一回事情啊。"有些人这样说。

"这自然是有界限的。照法律说……"

"什么叫作法律？法律就是一张蜘蛛网，小蝇给捕住了，但那大牛蝇一飞就通过去。老爷们是不管什么法律的。"另外一些人驳斥他们的话。

"这话也不错。自己的地产，自己做得主。"

外面正在嚷闹时，卓梵尼总是拿眼睛盯着隐藏在麦秆里的维纳斯。

初日的光线从侧面窗户射进来。那个还未曾洗掉泥土的大理石人体在日光之下闪耀，仿佛久经地下黑暗和寒冷，现在要出来晒晒太阳，借以休养和取暖了。柔软的麦秆也在朝阳之下射出光辉，围绕这位女神，好像一个素朴的然而庄严的金黄色的晕光。

卓梵尼又把他的注意力移到那位不知名的客人身上。

他此时正跪在维纳斯旁边，手里拿着圆规、测角器和那黄铜做的半圆弓，同数学上的器具一样，并开始测量这庄严华美的人体的各个部分。他的冷然的浅蓝色的眼睛和紧闭的嘴唇，表示同样的坚决、安静和深切的注意。他的头俯得这样低，以致他的金黄色长胡子垂在大理石上面。

"他在那里做什么？他是什么人？"卓梵尼愈想愈觉得奇怪，几乎害怕起来。他看那果敢的指头在女神肢体上迅速地滑过，摸索着肉眼不能见的大理石曲线，以此深入女神的美的一切秘密中去。

别墅门前农民群众，人数渐渐减少了。

"不要走！不要走，你们这些饭桶，这些出卖基督的人！你们害怕保卫团，但敌基督者的势力，你们就不害怕！"神甫叫骂起来，手臂伸向他们。"Ipse vero Antichristus opes malorum effodiet et exponet. 康特布利之安忱谟斯[1]夫子这样说。effodiet！——发掘出来！你们听见吗？那个敌基督者要将古代神灵从地下挖掘出来，再给世界的人看啊！……"

可是没有人听他的话。

"我们的神甫嘴巴很唠叨，"聪明的磨坊司务摇摇头说，"年纪那样老了，还发这样大的气，他们若是掘到银窖，那不知要……"

"但那尊偶像是银子雕的哩……"

"什么银子！我亲眼看到，是大理石雕的，而且一件衣服都不穿，那个不要脸的娼妇！"

"这种淫秽的东西，求上帝恕我胡说，是值不得沾手的……"

"你到哪里去，查克罗？"

"我要到田里去。"

"去吧，愿上帝保佑你。我也要到葡萄园去。"

神甫的满腔气愤，现在向着他的教民发泄了。

"你们原来是这样，你们这些忘恩负义的狗，这些奴才根性的人！你们撇下自己的神甫走开了吗？你们这些撒旦种子知道吗？不是我无日无夜替你们祈祷、号哭、斋戒和刻苦，你们这罪孽深重的村庄早已沉陷下去了。现在完了！我就离开你们，我跺下脚上的尘土。你们的土地该诅咒啊！你们吃的面包，饮的水，你们的牲畜，儿女和儿女的儿女都该

---

[1] 康特布利之安忱谟斯 Anselmus von Canterbury，一〇三三——一一〇九。

诅咒啊！我不是你们的神甫了，不是你们的灵魂牧人了！安那典马[1]！"

在别墅的寂静的一角，女神躺在她的金色草床上的地方，卓尔曹·梅鲁拉走近那个测量着雕像的不知名的客人身边。

"您想寻求神灵的体量比例数吗？"史官含笑问，带着艺术保护人的神气，"您要用数学公式将'美'表现出来吗？"

那人不作一声望着他，好像不明白他的问话，接着又埋头在他的工作里去。

圆规的两脚开了又合，又画着有规则的几何图形。他用安静的稳妥的动作，将测角器放在亚弗罗狄特的庄严的嘴唇上面，这嘴唇的微笑如此感动卓梵尼的心；然后把数算器上的角度，写在一个簿子上面。

"对不起，让我问一句，"梅鲁拉再努力一次，"有多少度数？"

"可惜我的仪器不大准确，"不知名的人不耐烦地回答，"为要测量比例数，我常把人面分为若干度，再依十二进法细分为分、秒、微等。"

"然而，"梅鲁拉反驳说，"照您说来，最小的单位不是比最细的头发还要细些吗？"

"一微，"那人解释，但他总是在沉思着，"等于全部人面的四万八千八百二十三分之一。"

梅鲁拉扬起眉毛，笑了。

"真是闻所未闻呀！我从来未曾想到，人们能够测量得那么准确！"

"愈准确，愈好。"那人简单地回答。

"哦，自然，自然！……然而，您知道，在艺术上，在美上，所有这些数学的测量，这些什么度啦，秒啦！……说一句老实话，一个艺术家，能够在陶醉的忘我情景和蓬勃的灵感袭来时，……总而言之，当神

---

[1] 安那典马 Anathema，诅咒之词。

的精神降临到他身上时……"

"是的,是的,您的话不错的,"那个不知名的人敷衍他,带着不耐烦的神气,"可是那也是有趣味的事,倘使知道……"

他又弯下腰去,而且拿测角器测量鬓角到下颚的度数。

"倘使知道!这是什么话?"卓梵尼心里想,"难道这种事情是可以知道的,可以测量的吗?何等荒谬的念头!他自己不觉得吗,不了解的吗?"

梅鲁拉好像要激怒论敌,同他争辩似的,便长篇大论谈起古人的尽美,以为今人万事都须模仿他们。可是,这位不知名的人只是静静地听着,直至梅鲁拉说完了话的时候,才含笑回他两句说:

"凡是能够从源头打水喝的人,是不愿喝那下游的水的。"

"对不起,"史官喊了起来,"让我再问一句:您把古人比作下游的水,那么谁是源头的水呢?"

"自然界呀!"不知名的人干脆地回答。

梅鲁拉不服气,在厅内大踏步走,愈说愈加兴奋起来。可是那个人再不同他争辩了,一味客气地敷衍他,冷然的眼睛里的不耐烦表情更加明白显露出来了。

卓尔曹终于发挥完了他的一切论据,再没有话可说了。于是这位不知名的人指示出大理石上一些低凹之处。这些地方无论在微弱的或强烈的光线之下,肉眼都看不出来的,唯有靠触觉,唯有用手在光滑的大理石上细摸,才能体会这无限精微的雕刻手段。以后,他才用一种深刻的探究的而非陶醉的眼光,观察女神的整个身体。

"在我想来,这人是没有感情的!"卓梵尼心里说,"他若是有感情的话,又怎能这样测量、探究和计算呢?这人究竟是谁呢?"

"先生,"卓梵尼在老头子耳朵旁边低声说,"听我说,卓尔曹先生。这位客人尊姓是?……"

"哦,你还在这里吗,小修士?"梅鲁拉回转身来答复他,"我把你完全忘记了。这位就是你所敬爱的人啦，你不认识他吗？他就是雷翁那图·达·芬奇先生啦！"

梅鲁拉于是把卓梵尼介绍给这位艺术家。

他们转回佛罗伦萨城里去。

雷翁那图骑马慢慢地走，贝尔特拉非奥步行在他旁边。此外没有别人。

橄榄树的潮湿的黑根中间点缀着绿草，蓝色的蝴蝶花带着纤细的不动的花茎，就生在绿草中间。

寂静得很，像初春清晨所能有的那般寂静。

"那就是他！"卓梵尼想，仔细观察他，觉得他的一切细微地方都是很有趣的。

雷翁那图有四十以上年纪，当他不说话，在沉思的时候，他的颦蹙的眉毛底下两颗浅蓝色的锐利的眼睛，现出阴冷迫人的神气。若是他说话的时候，眼中却含有和悦的情意。他的金黄色的长胡子，同那也是金黄的丛密的卷曲的头发，给他以庄严的相貌。他的面孔具有温柔的几乎同女人一般的美。身体虽然魁梧而有力，他的声音却是非常高亢而悦耳，不像男子的声音。美丽的手，连着雅致的纤细的指头，温柔得像女人的手一般。虽然卓梵尼从雷翁那图操纵马辔的样子看来，知道这手是有很大力量的。

他们走近佛罗伦萨的城墙。大教堂的圆顶和"旧宫"的塔，在朝阳照耀之下，已从薄雾中透露出来了。

"要就现在说，不然就永远不说！"卓梵尼想，"我必须下了决心，对他说：我愿进他的工场学艺去。"

雷翁那图拉住他的马，望着一只幼鹰，它正在向着穆农溪边芦苇丛中窥探它的口食。一只鸭子或者一只苍鹭吧。这鸟儿慢慢地匀称地在空中盘旋着，一会之后，它突然头下脚上地冲下来，像一块落地的石头，

自画像

一面狂叫着，在树梢背后消失了。雷翁那图的眼光随着它飞，每一转身，每一运动，每一展翅，都逃不过他的眼睛。鸟儿不见之后，他就打开那系在腰带上的一个簿子，在那上面写字，自然是记下他的对于鸟飞的观察的。

贝尔特拉非奥发现，他的笔并不是拿在右手，而是拿在左手。于是对自己说：他是使用左手的。可是他立刻联想到一种关于雷翁那图的极稀奇的传说，说他的著作是用照镜式字体写的，不是从左往右写，像别人一般，而是从右往左写，同东方人写字一样。据说，他这样写，是为的隐藏他的关于神和自然界的邪恶的异端的思想。

"要就现在说，不然就永远不说！"卓梵尼对自己再说一遍，此时他忽然想起安东尼阿·达·芬奇的严厉的话："到他那里去吧，若是你要败坏你的灵魂的话。他是个邪教徒，是个无神论者。"

雷翁那图含笑指示一株杏树给他看，这树细弱而孤独地长在一个小丘的尖端上面，几乎不曾生出叶子，却早已披满淡红色的花，果敢地得意地在蔚蓝天色阳光照耀之下摇曳和挥舞了。

卓梵尼在这幅自然图画前面却不觉得有什么乐趣。他的心，仿佛有什么东西重压着。

雷翁那图好像猜透他的忧愁一样，于是用那善良而温柔的眼睛望着他，对他说出以下的话，这些话，卓梵尼后来常常记起来的。雷翁那图说：

> 如果你要做一个画家，你就应当把一切悲哀和忧虑都搁到旁边去，除了艺术以外，什么都不要管！你的灵魂必须像一面镜子，它反映一切：一切物象，一切运动，一切颜色。——但它自身却是不动的和明亮的。

他们走进佛罗伦萨城门去。

贝尔特拉非奥到大教堂去，据说，这天早晨季罗拉谟·萨逢拿罗拉[1]修士要在那儿说教。

最后的风琴声音在圣玛丽亚教堂的能回音的穹隆底下响了。密密的人群将窒人的热气和衣裳窸窣的声音充满了这个大教堂。小孩子、女人和男人，是用帷幕隔开的。橡柱和圆顶之下，暗晦得神秘得像在阴森的树林子里一般。但底下，这里或那里，从阴暗的窗子射进来的阳光却用虹霓般的颜色照耀在活的人波和灰色的柱子石头上面。祭坛上，七臂烛台的红色火焰在阴暗中燃点着。

弥撒已经做完了。群众焦灼地等待说教师。他们的眼光都望着那个高高的讲坛。这讲坛是木料筑成的，紧靠在中堂的一根柱子，旁边有个螺旋形的梯子。

卓梵尼站在群众中间，听着身边的人低声谈话。

"他不久会来吗？"一个在拥挤中几乎喘不过气来的矮小的人带着埋怨的口气问道。他有一副苍白的正在滴汗的面孔，一根细带束着那贴在额头的头发。一定是个细木工。

"唯有上帝知道罢了！"一个制锅匠回答他，这是一个呼吸短促的魁梧的人，有一副红面孔和两个高耸的颧骨，"圣马可修道院里有一个疯癫的结巴的修士，叫作什么马鲁飞。他总是听这马鲁飞的话。马鲁飞说'是时候了'，他就来。最近，我们有一次等了四个钟头，大家都以为不会有说教了，结果他还是来了。"

"我的天，我的上帝！"细木工叹气说，"我从半夜起等到现在了。

---

[1] 季罗拉谟·萨逢拿罗拉 Girolamo Savonarola，一四五二——一四九八，佛罗伦萨圣马可修道院院长，费拉拉人，宗教改革运动之先驱者，竭力攻击教皇及教会的腐败、社会风化的堕落、上层分子骄奢淫逸的生活，尤其梅狄奇家族统治的佛罗伦萨城。他的生活和思想，同当时豪华者罗棱慈刚刚成对比。在他的四年（一四九四——一四九八）神权政治中间，佛罗伦萨颁布了种种改革法律，他死后同归于尽了，但他的影响既远且久，直至德国宗教改革运动。参见本书第七章及第九章。

我一点力气都没有了，眼睛也发昏了。我一点东西没有入口，能蹲一蹲也好。"

"我早对你说过了，达绵诺。须得趁早来这里等的。你看我们现在离讲坛那么远。等一会一句话都听不见的。……"

"不然，老朋友，你还是听得见的。放心好了，若是他叫喊起来，像响雷般说话，那时，不仅聋子听得见，连死人也听得见的。"

"他今天要说预言吗？"

"不，在挪亚方舟[1]没有说完以前，他是不说预言的。"

"你没有听过吗？挪亚方舟已经说完了，连最后一块板也说过了。他给了一个很神秘的注释，他说：方舟的长是信仰，宽是爱，高是希望。你们要赶快啊，他说，赶快进那救世的方舟去，不然门就要关闭啊！看哪，时候快到了，门快关闭起来了。好多人要啼哭的，他们不忏悔，没有进入方舟去。……"

"今天他要说洪水，说摩西第一书[2]第六章第十七节的事情。"

"据说，他看见过一个新异象，关于饥荒、瘟疫和战争的。……"

"华伦布洛沙地方来的兽医对人说：他的村庄夜间有好多军队在天空中争战，人们听得见刀剑冲击和甲胄接触的声音。"

"听说，伦夏塔·德·塞尔维的圣童贞女面孔上有血汗流出，这话是真的吗？"

"不错！而且鲁巴孔特桥的圣母像，每天晚上都掉眼泪。鲁莎婶婶亲眼看见的哩！"

"这不是什么好兆头，唉，不是什么好兆头！主啊，饶恕我们有罪的人啊！"

女人队中此时发生了骚动，一个老太婆给人挤得昏倒了。人们赶忙

---

[1] 挪亚 Noah——方舟故事见《创世记》第六章。
[2] 摩西第一书——即《旧约·创世记》。

把她扶起来，唤醒她。

"他还不来吗？我等不得了！"那个有病的细木工呻吟着说。他一面揩掉脸上的汗，几乎要哭出来。

群众等得精疲力竭了。

忽然如海的人头起了一阵波浪。大家交头接耳说话。

"他来了！他来了！他来了！不，那不是他。那是多美尼哥·达·贝沙修士。这就是他了！他来了！"

卓梵尼看见一个人，腰围一根绳子，身穿一件多米尼会修士的黑衣服，慢慢地走上讲坛，到那里就脱掉了那顶风帽。他的面孔瘦削得很，蜡一般黄。他有两片肿胀的嘴唇，一个钩鼻子和一个低下的额头。仿佛十分疲弱一般，他用左手支在讲台上面，那个紧握耶稣钉十字架像的右手，则高举起来并伸得很远。他一声不响，用那火一般的眼睛望着坛下群众。此时坛下寂静得连各人心脏的跳动都听得见。

修士的两只圆睁的眼睛，燃烧得比炭火还热。他没有作声。坛下紧张得几乎忍受不下去了，好像卜一瞬间群众就要失去耐性而大声惊喊起来。

然而还是寂静，比刚才更加寂静。

忽然，萨逢拿罗拉的一声震耳的刺心的几乎不是人的叫喊，冲破了这死一般的寂静：

"Ecce ego adducam aquas super terram! ——看哪，我要使洪水泛滥在地上！"

一种恐怖感传遍了所有群众，使人头发耸立起来。

卓梵尼吓得面孔铁青。他觉得好像地震，好像大教堂屋顶立刻就要倒塌下来，把他压碎了。在他旁边，那个大块头制锅匠牙齿咬得乱响，全身发起抖来，像一株随风摇动的垂柳。那个细木工完全缩作一团了，他把脑袋缩在肩膀中间，好像逃避一个打击，并且眼睛闭合起来。

这不是什么说教，这全是一派疯话，突然震撼了这整千整万群众，拖曳而去，好像暴风卷起那些枯干的落叶。

卓梵尼听着，差不多没有听懂。唯有几句话达到他的内心。

"看哪，天空已经墨黑了，太阳变成紫红了，像流出来的血一样。赶快逃走呀！硫黄和火就要像雨一般降落下来；烧红的石头当作冰雹，还有整块的岩石！'Fuge O Sian, quae habitas apud filiam Babylonis! ——与巴比伦人同住的锡安人民啊，应当逃脱！'意大利啊，灾祸要接二连三而来了。饥荒之后又有战争，战争之后又有瘟疫。这里有灾祸，那里有灾祸，到处都有灾祸。剩下的活人还不够来埋葬死人哩！屋内死尸积得那么多，以致埋葬死尸的人须得穿街过巷呼喊：'谁家还有死人？'于是死尸被人堆积在大车上面，直堆到车辕那里，被人搬去堆成一座高山焚烧了。他们又回来穿街过巷呼喊：'谁家还有死人？谁家还有死人？'你们都要出去到他们跟前，对他们说：'我家有死人。看哪，这死的是我的儿子，这死的是我的兄弟，这死的是我的丈夫。'他们收拾了，又往前走去，又呼喊道：'谁家还有死人？'佛罗伦萨啊！罗马啊！意大利啊！歌舞游宴的时代已经过去了！你们都害了病，害了不治之症。主啊，你是我的证人，你可以证明，我是要用我的言辞来扶持这一堆碎屑的。然而我扶持不下去……我的力量已经竭尽了！……我什么都不要了，我也不知道再说什么才好！我还能够啼哭罢了，泪尽而死罢了。怜悯哪，怜悯哪，在天上的主！唉，你们可怜的民众！唉，佛罗伦萨！……"

他张开了两臂，说这最后几句话，说得很轻，几乎听不到。这声音从群众头上飘过去，消失了，像风的萧瑟声音消失在树叶中间一样，又像一种无限同情的叹息。他把那死一般苍白的嘴唇紧压在十字架像上，精疲力竭地跪了下去，而且呜咽起来。接着，风琴弹出迂缓的沉重的音调，愈弹愈显出胜利和威吓的情景，好像夜间海洋的咆哮。

女人群中一个人突然用尖锐的声音喊道：

"怜悯哪！"

于是千百个声音，一声响似一声地回答了她，好像田里禾穗在大风中间一样，如海的人头中起了一阵又一阵的波浪，互相紧挤着，互相压迫着，如同暴风雨之下受了惊吓的羊群，人人都屈膝跪下了。民众忏悔的叫喊，沉落下去的人群向上帝求援的呼声，与风琴的怒吼和咆哮相呼应着，使得大地震动起来，使得石柱和圆顶都颤抖不已。他们呼喊说：

"怜悯哪！怜悯哪！"

卓梵尼倒在地下呜咽不已。他感觉那个大块头制锅匠全身重量都压在他的背上，也在那里呜咽，他是在拥挤中倒在卓梵尼身上的，他的呼吸热气吹得卓梵尼颈项很难过。他的身边，那个生病的细木工也呜咽着，孤单地、无助地同小孩子一样，并用刺耳的声音呼喊道：

"怜悯哪！怜悯哪！"

卓梵尼想起了他的骄傲，他的求知识的尘俗的渴望，他的离开本涅德托修士而去研究雷翁那图的危险的或许亵神的科学的志向；想起昨夜磨坊小丘上可怕的情景，复活起来的维纳斯，以及他初见这白色女鬼的美丽时那种有罪过的欢喜。于是他也举手向天，用着同别人一般悲哀欲绝的声调呼喊说：

"主啊，怜悯哪！我在你的面前犯了罪孽。愿你怜悯我并宽恕我！"

当他抬起流满眼泪的面孔时，他忽然看见雷翁那图·达·芬奇正在离他不远的地方站着。这艺术家站在那里，肩膀靠在一根柱子上，右手拿着那本顷刻不离的簿子，左手则在上面画着，他的眼睛还时常往讲坛上看，一定在希望还能再看一眼这说教师的脑壳。

在这疯狂的人群当中唯有雷翁那图一人保持镇静的态度。他的冷然的浅蓝色眼睛，他的像那些观察深刻的人所常有的紧闭着的娇嫩的嘴唇，并未曾显出什么讥讽神态，只有一种求知的欲望，同测量亚弗罗狄特神身体时一个样。

卓梵尼的眼泪停止了，他的祈祷也留在他的嘴唇边，说不出来。

出了教堂以后，他走近雷翁那图身边，请求允许看一眼刚才所画的图画。这艺术家起初拒绝他，可是卓梵尼请求得那么恳切，雷翁那图终于引他到一旁去，拿那本簿子给他。

卓梵尼看见一幅可怕的漫画。

这不是萨逢拿罗拉的面貌，而是一个与他相似的穿着一件修士衣服的奇形怪状的老魔鬼。因为自愿的苦行，面貌变成同鬼怪一般了，但他的骄傲和野心还未曾克服下去。下颚突出很长远，面颊以及下垂的差不多变黑的枯干死尸一般的颈项，满布了皱纹，眉毛粗硬得如同铁刷，那个满现执拗的几乎恶意的恳祈神情的非人的眼光，则是向上望着的。一切神秘、恐怖和迷信，使季罗拉谟·萨逢拿罗拉修士屈服于那个半疯狂的结巴的通灵者马鲁飞权力之下的，都可以从这幅漫画感觉得到，并被它用着知识的不可动摇的明确，不带愤怒，也不含怜悯地表现了出来。

卓梵尼记起了雷翁那图的话：

> 一个画家的灵魂必须像一面镜子，它反映一切：一切物象，一切运动，一切颜色。——但它自身却是不动的和明亮的。

本涅德托修士这个徒弟抬起头来望着雷翁那图，心中觉得：即使他，卓梵尼，得受永劫地狱的刑罚，即使他确信雷翁那图果真是敌基督者差遣的人，他仍是不能离弃这位画师的。一种不可抵御的力量拉住他向这个人去，他必须彻头彻尾认识得这个人。

两天之后，格里罗带了一个凶信奔到佛罗伦萨城齐卜里亚诺·布翁拿可西先生家里。这位染业公会理事那时正忙着一些意外的商业上的事情，因此没有闲空将维纳斯神像搬到城里来。据格里罗说，董浮士蒂诺神甫离开了圣格尔瓦西奥，就到邻近的山村圣谋利齐奥去，用天国刑罚作恐吓手段，煽动起那里的人民。夜间，他领了一群农民围住布翁拿可西别墅，打破了屋门，打伤了园丁斯特洛哥，并把守护维纳斯神像的人

都手足捆绑起来了。神甫对着女神念了一篇古老的祈祷文：oratio super
effigies vasaque in loco antiquo reperta。这位教会忠仆用这篇对着从古代
坟墓掘出的雕像和祭器而念诵的祈祷文，祈求上帝洁净那地下掘出的物
品上面的异教污秽，使之有益于基督教的灵魂并增进圣父圣子和圣神的
光荣——ut omni immunditia depulsa sint fidelibus tuis utenda per
Christum dominum nostrum。然后人们就把大理石雕像打碎了，将碎片
放入炉里烧成石灰，用以粉刷村立公墓的新筑的围墙。

老格里罗报这凶信时，为怜惜那尊神像几乎流出眼泪来。听到这个
消息以后，卓梵尼觉得心里反复考虑的一个问题，现在完全决定了。就
在同一天，他走到雷翁那图跟前去，请求这画师收他做徒弟，进那在米
兰的工场里去习艺。

雷翁那图就收他做徒弟。

不久之后，佛罗伦萨听到消息，说是查理第八[1]，法兰西最忠诚
的基督教国王，领着一支不可数计的大军，浩浩荡荡杀向意大利来了，
要去占领拿波里和西西利[2]，也许还要占领罗马和佛罗伦萨哩！

市民们感到极大的恐怖，因为他们看见萨逢拿罗拉的预言就要实现
了。灾祸来到了，上帝的刀剑朝着意大利降落下来了。

---

[1] 查理第八 Charles Ⅷ，一四七〇——一四九八年在位。
[2] 拿波里和西西利 Neopel（意文 Nopoli），Sizilien（意文 Sicilia）——皆在意大利南方，
此时合成一个王国，国王是亚拉贡尼家之亚尔丰梭。此次战事起因，可参看第三章。

第二章

看哪这个神——看哪这个人

> 沉重的鹰用它的双翅能在稀薄的空
> 气上面盘旋，庞大的船用它的风帆能在
> 海面鼓浪前进，为什么人类不能装设翼
> 翅以凌驾空气，制服风力而扶摇直
> 上呢？

雷翁那图在他的一本旧簿子上面读着五年前写下的这几句话。这些字句旁边还有一幅图画：一根圆铁棍装在一根辕木上面，辕木之上又装有若干翼翅，可以用绳子拉动。

现在，这架机器快造成功了，正放在他的面前，笨头笨脑的，怪模怪样的。

他这架新机器好像一只大蝙蝠。翼翅的骨架同骷髅的手一般，有五个多节的指头，关节地方都可屈伸活动。硝过的皮条和生丝绞成的绳索做成一条带子，连同一根杠杆和一块圆板，把指头拴系起来，同筋肉的作用一般。一根活动的棍子和一根接连的大棒可以把翼翅高举起来。罩套是坚韧的薄绸做成的，全不通空气，有如鹅掌的蹼膜，又可以展开和合拢。四个翼翅参差扇动着，同奔走的马足一样。每个翼翅都是四十英寸长和八英寸高。翼翅向后扇时，全机就向前冲，翼翅向下扇时，全机就向上举，飞行的人双脚立在踏蹬上面，脚部的力量，经过绳索、辘轳和杠杆传到翼翅去，使翼翅活动起来。人的头部则驾驶一个大舵，舵上满装羽毛，看来好像鸟儿的尾巴。

鸟儿要从地面上飞起时，在振翼以前必须用双脚高跳一下。蜡嘴雀的脚很短，若是把它放在地面上，它只能鼓翅而飞不起来。

现在有两个芦苇做得像梯子一般的东西，装在这飞行机器上面，代替鸟脚的作用。

雷翁那图从经验上知道，一架完善的机器同时必是美观的和匀称的。这两把不可缺少的梯子装在上面，非常难看，这点使这发明家心中忧闷。

他埋头在数学的计算上面，探究这机器的谬误之点，可是找不出来。忽然，他在一张密密地排满了图形和数字的纸上，乱涂几笔，于边缘写道"错了！"，然后又用表示气愤的大字添加一句诅咒的话说："到魔鬼那里去吧！"

算式愈算愈加紊乱起来。那个发现不出来的谬误愈觉得是重大了。

蜡烛焰摇晃不定，刺激人的眼睛。雷翁那图的猫，此时睡够了，跳在写字台上，伸伸懒腰，拱拱背，同那虫蛀的鸟皮囊玩耍起来。这鸟皮囊由一根长绳子吊在横梁上面，本是为研究飞行重心之用的。雷翁那图把猫推向旁边去，推得猫几乎滚落地下，并发出怨恨的叫声。

"那么躺着好了，你爱躺在哪里就躺在哪里，可是不要吵闹我。"

他和悦地用手抚摸猫的黑皮毛，摸得有火花迸发出来。猫缩起它的丝绒样的爪，乖乖躺卧下来，打着鼾，并把那双圆睁的神秘而温柔的绿眼睛抬起来，望着它的主人。

纸上又排满了图形、数字、括弧、分数式、方程式、平方和立方根号。

这夜便这样不知不觉地过去了。雷翁那图有两晚没有睡眠了。

从佛罗伦萨回到米兰后，整整一个月，雷翁那图完全埋头在他的飞行机器上面，几乎没有离开过他的屋子。

一株白刺槐的树枝从打开的窗户窥视进来，并散放些柔软而清香的花瓣在写字台上。月亮穿过那发出珍珠光泽的淡红色云幕，减少了一点光辉，照进房内来，同那正在消融的蜡烛的红光融化成一片。

房内满满都是些机器以及天文学、物理学、化学、机械学、解剖学等所用的仪器。车轮、杠杆、弹簧、螺旋、棍棒、弯管、唧筒以及其他机器零件，铜的、钢的、铁的和玻璃的，乱七八糟堆在那里，好像怪物或巨虫的肢体。此外，还有一口潜水钟；一个闪烁有光的水晶球，当作放大的眼睛模型以为光学上研究之用；一个马的骨架；一个空心的鳄鱼；一个人胎用酒精浸在玻璃瓶子内，像一条灰白色的大毛虫；一双船样的尖头鞋子为在水上行走之用；一个伶俐而忧郁地微笑着的黏土制的少女头或天使头，显然是从隔壁工场错放到这房里来的。房子的最内层还有一个熔炉，连着一架风箱，炉底黑口有火炭在炭灰底下燃烧着。

但是房中最触目的还是飞行机器的翼翅，它们高过一切，从地面直耸至天花板，一个还是空架子，其余的已经上好罩套了。在这些翼翅中间，地板上面，有个人伸长身子躺着，头向后仰，显然是在工作当中睡着了。他右手还紧握一把烟熏的铜瓢的把柄，有什么金属溶液从那里流到地面上去。一个翼翅的下端，装有芦苇架子的，正搁在这睡眠人的胸膛上，随着呼吸而颤动，同活的一般，并用上端轻敲着房子的天花板。

在月亮和蜡烛的摇晃不定的光照之下，这架机器和那个在翼翅中间睡眠的人，合起来好像就要振翅飞去的一只巨大蝙蝠。

月亮已经沉落了。米兰城隅，介在宫殿，和圣玛丽亚修道院中间的雷翁那图的屋子，周围那些园圃，发出了薄荷、莳萝、茴香、蔬菜以及草药的香味。燕子在窗上窠里呢喃着。池塘上，一些鸭子在互相追逐嬉戏。

烛光渐渐变暗了。已经可以听见隔壁工场里徒弟们说话的声音。

只有两个徒弟在那里，卓梵尼·贝尔特拉非奥和安得烈·沙莱诺。卓梵尼面前放着一个研究透视学用的器具，一个四四方方的木头框子，纵横各有若干细线。这些细线同纸上画的格子恰相符合。他正在那里画一个解剖学模型。

沙莱诺正将雪花石膏涂在一块菩提木板上，用作一幅图画的底色。他是个清秀少年，有两颗无邪的眼睛和一头金色的鬓发。他是雷翁那图宠爱的徒弟，师傅画天使时，时常拿他做模特儿。

"你的意见如何，安得烈？"贝尔特拉非奥问，"雷翁那图先生那架机器不久就做得成功吗？"

"那只有上帝知道，"沙莱诺回答，嘴里哼着小调，同时整理一下他的新鞋子的绣银线的缎面边缘，"去年他花了两个月工夫制造这种机器，不但没有造成功，而且惹出一场笑话。左罗亚斯特罗，那个弯腿的熊，一定要拿去飞。师傅劝阻他，但他不听。你可以想象当时的情景：这个滑稽的家伙，爬到屋顶上去，束着一根带子，带上挂满猪尿泡和牛尿泡，像一串念珠，免得掉下来时把骨头跌断了。他扇动翼翅，飞了起来，起初风扶助他，但是以后他忽然倒栽下来，他的脑壳直陷进一个粪堆里，幸而是个粪堆，他才没有受伤，不过一切尿泡一下炸裂了，像大炮那么响，邻近教堂塔上的乌鸦吓了一惊，都飞开了。我们这位伊卡鲁士[1]双脚在空气中乱舞，不能从他的粪堆里爬出来。"

此时，又一个徒弟，恺撒·达·塞斯托，走进工场来了。他的年纪不轻了，生着一副黄疸病的面孔和两只聪明的然而阴险的眼睛。他一只

---

[1] 伊卡鲁士 Icarus——希腊神话人物，他的父亲是个巧匠，替克列底国王米诺士建筑迷宫，后来父子被囚在迷宫之内时，便用蜡粘鸟羽缚在身上飞走了。伊卡鲁士飞得太高，太阳熔化了蜡，羽毛脱落，掉入海中淹死了。

手拿一块面包和一片咸肉，另一只手则端一杯酒。

"呸，这酒同醋一样！"他吐了一口痰，皱起了面孔，"这咸肉简直是鞋底皮。我真不解，他一年领二千杜卡薪俸，却让他的徒弟吃这种肮脏东西！"

"你倒那一桶酒喝吧，那桶在杂物房里楼梯底下。"沙莱诺劝他。

"那桶我也尝过了，还更难喝些。什么，你又有新东西了吗？"恺撒望着沙莱诺那顶时髦的红绒帽子说，"人家说，这里是个习艺的地方，哪知道过的是什么狗生活！厨房没有买新鲜咸肉，已有两个月了。马可赌咒说，师傅自己一个钱没有，所有的钱都花在那架倒霉的飞行机器上面去了。他让大家饿肚皮，却有钱买东西送给他的宠爱的徒弟！绒帽子哩！你也不怕羞，安得烈，你接受别人的布施？雷翁那图先生不是你的父亲，也不是你的哥哥，而且你已经不是什么小孩子了。……"

"恺撒，"卓梵尼插口道，他想把话头转到别的方面去，"你答应过我，要给我解释这条透视学法则。你还记得吗？等待师傅来解释是不行的，他这样忙着他的机器。……"

"是的。等着吧，有一天我们都要连同机器一起从烟囱里飞出去[1]的！让魔鬼拿去吧，这机器！不是由于这事情，那么就是由于别的事情。我还记得，有一次师傅正在画'最后的晚餐'时，忽然心血来潮，想要制造一个做米兰香肠的机器，于是那个大雅各的头未曾画好就丢下了，直等到这香肠机器制造成功，才有工夫去画。他那张最好的圣母像，有个时候也被他搁到一边去，为的是他要发明一种自动烧烤器，使得烧烤阉鸡和小猪时，各部分都烤得均匀。接着又是他的伟大的发明了，他发明了从鸡粪里提炼洗濯碱料的方法！信我说的话吧，没有一件蠢事，雷翁那图先生不兴高采烈去做的，只为的借此可以无须画图！"

---

[1] 从烟囱里飞出去——做魔鬼门徒的意思，因为相传那些巫师赴"群巫大会"时，是从烟囱飞出去的。

恺撒扭歪面孔，像害了痉挛病一般，他的薄薄的嘴唇扮出一种恶意的微笑。

"上帝为什么偏要拿天才赐给这种人呢?"他放低声音气愤地添加这一句说。

雷翁那图总是低着头坐在他的写字台前面。

一只燕子从打开的窗户飞了进来，在房子周围呢喃着，碰了几下天花板和墙壁，最后掉在机器的翼翅里像落了陷阱一般，它的活的小翅膀缠在线网中间飞不出来了。雷翁那图走到那里去，解救它出来，小心地拿在手上，怕它疼痛，吻着它那绸缎般的小黑头，然后送它从窗子出去。燕子飞了起来，欢喜地叫着，直飞到天边去，消失了。

"那么轻易! 那么简单!"雷翁那图想，一面用欣羡的忧愁的眼光望着飞翔的燕子。然后他回转身来看他的机器，看那只大蝙蝠的呆笨的骨架，带着厌恶的神气。

那个在地板上睡觉的人此时醒转来了。

那是雷翁那图的助手，佛罗伦萨城的一个灵巧的机器匠和铁匠，名叫左罗亚斯特罗或亚斯特罗·达·佩勒托拉。

他跳了起来，揩拭他那只独眼。另一只眼睛已经瞎了，有一次做工时，燃烧的火炉里跳出一星火，把它弄瞎了的。这笨重的大汉，有一副时常盖满煤烟的小孩子般天真的面孔，看来真像一个独眼怪齐克洛卜[1]。

"我贪睡了!"铁匠喊，一面捧着他的头，"让魔鬼抓我去吧! 师傅，您为什么不唤醒我呢? 我是很着忙的，我要在今天晚上以前也做好左边那扇翼翅，那么明天就飞得成功了。……"

"你这觉睡得很好，"雷翁那图回答，"你没有妨害什么事情。这机

---

[1] 齐克洛卜 Zyklop，希腊神话中的独眼怪。

器是用不得的。"

"什么？又用不得了吗？不，不，师傅，不管您怎么办，我是不愿再做一回这种机器的。您想，我们费了多少金钱和劳力！现在一切又都是白费的了！那么怎么办才好呢？这个机器还飞不成功吗？它不仅载得一个人，连一只大象都载得起哩！师傅，您看吧！您答应我再尝试一回，这次我拿到水上飞去。若是掉下来的话，我只当洗一次浴。我泅水的工夫简直像一尾鱼。我是不会淹死的。"

他合拢双手，拿祈求的眼光望着师傅。雷翁那图只摇摇头。

"耐心一点，我的朋友！凡事都有一定的时候。以后……"

"以后！"铁匠叹了一口气，几乎哭出来，"为什么不是现在呢？不错，只要上帝还活着，我总飞得成功的！"

"你飞不成功的，亚斯特罗。我用数学算过了。"

"让魔鬼拿去吧，您的什么数学！您的宝贝数学弄得我们头脑糊涂。您想，我们为这事忙了多少年头了？我们简直灵魂都疲累了。每个愚蠢的蜉蝣和甲虫，每个粪蛆变成的苍蝇，都飞得起来，唯有我们人类只能在地上爬，像毛毛虫一般。这不是气死人吗？我们还等待什么呢？飞行机器快做好了，放在这里，我只消拿去，做一番祷告，求它好好飞起来，我就乘着飞去了。"

忽然他想起了什么东西，面孔发出光彩。

"师傅！师傅！我还有话对您说。这刚才做了一个梦，一个奇怪的梦。"

"你又飞了吗？"

"不错。而且飞得很奇怪！听我说吧，师傅！我梦见在一个陌生的房子里，站在好多的人中间。大家都望着我，拿指头指我，都笑着。'好，'我想，'这回若是飞不起来，我就糟糕了。'于是我就向上跳，用力挥动我的手臂，我高升起来，起初感觉重得很，仿佛一座山压在我的肩膀上，但是以后愈来愈轻了。我渐渐升高，我的头已经碰到天花板。

一切的人都喊：'看哪，看哪，他飞了！'我索性从窗子飞出去，愈飞愈高，直飞到天上去。风在我耳边叫，我心里快活得很，我笑了，我想：我以前为什么飞不起来呢？难道以前忘记了吗？或者为了别的缘故？事情确是很简单的。要飞，简直无需要一个飞行的机器！"

外面楼梯上忽然起了一阵喧哗，有喊痛、詈骂和快步奔跑的声音。房门被撞开了，一个人冲进房里来，他有一头耸起的火红头发和一副生满雀斑的红面孔。他是雷翁那图的徒弟马可·督终诺，他一面骂，一面打着一个十岁左右的瘦削的男孩子，这孩子的耳朵给他捏着带到这房子来。

"上帝要降罚你的，你这野种！我要扯下你的耳朵的，贼骨头！"

"你为什么这样骂他，马可？"雷翁那图问。

"师傅，我求您惩办他！他偷了两颗银扣子，都是值十个弗罗璘[1]的。一个他已经换了钱，拿去掷骰子，输光了；一个他拿来缝在袍子上的夹缝里面，刚才给我寻出来了。我正要抓他的头发，可是他咬住我的手，咬得出血，这个撒旦种子！"

说这几句话，他的气愤又上来了，他又去抓这孩子的头发。

雷翁那图袒护这孩子，将他解救出来。于是马可从袋里掏出一束钥匙，他是替雷翁那图管账的，他喊道：

"钥匙在这里，师傅！我也够受了。我不愿同懒虫和小偷合住在一个屋子。今天不是他滚蛋，便是我离开这里！"

"你平一平气吧，马可！平一平气吧。……我要照规矩警戒他的。"

那些徒弟都从工场跑来这房子看热闹。此时一个女人，从人群中挤

---

[1] 弗罗璘 Florin，意文 fiorino——一种金币名，一二五二年始铸于佛罗伦萨，价值和杜卡（Dukaten，意文 Ducato）差不多。但后来当作计算单位，有作杜卡之三分之一者，即等于三十三索独又三分之一。

进来。那是厨娘马土邻娜。她刚从小菜场回来，手臂还挽着一个篮子，里面盛些葱、鱼、多汁的红番茄和一穗一穗的芬浓其菜[1]。看见了这小孩子，她就挥舞手臂，嚷闹起来，她叫喊的声音好像晒干的豆子从口袋裂缝流到地上去的时候一样。

恺撒也在这里凑热闹。他说，雷翁那图容忍这个"异教徒"在他的屋里，这乃是一件难以索解的事情。因为世间顽童所有不良的行为，这个雅可波[2]没有一件做不出来。最近，那只生病的老看家狗发家奴，才被他一块石头打断了腿，马厩上头的燕子窠也是他拆毁的。大家都知道，他最爱玩的事情，就是把蝴蝶的翅膀扯下来，看它痛苦来自己取乐。

雅可波躲在师傅身边，不肯离开一步。他的惊惧的眼光盯住他的那些敌人，像一只被猎犬追急的幼狼。他的清秀而苍白的面孔一动也不动。他没有哭，但当他望着雷翁那图时，他的凶恶的眼睛却含有一种腼腆的祈求神气。

马土邻娜咒骂着，要求雷翁那图把这个魔鬼种子结结实实敲打一顿，不然他要搅乱得大家都活不下去的。

"不要闹，不要闹！看上帝的面子闭起你们的嘴。"雷翁那图喊，他的面孔显出畏怯神气，他在这七嘴八舌纷纷嚷闹面前简直无法应付。

恺撒笑了，他幸灾乐祸地放低声音说：

"看到这种情景，就要使人恶心。那么无用的东西！连这么一个野孩子，他也管束不了。……"

最后，大家都嚷够了，闹够了，渐渐散去的时候，雷翁那图便喊卓梵尼来，和悦地对他说：

---

[1] 芬浓其菜——一种茴香。
[2] 雅可波 Jacopo——据雷翁那图笔记，雅可波是一四九〇年来他家的，那时十岁；此时当然不止十岁了。

“卓梵尼，你还未曾见过‘最后的晚餐’。我现在就到那里去。你想跟我去吗？”

这徒弟快乐得面孔红了起来。

他们出了房子，走到那个小庭院。庭院中央有一口泉水。雷翁那图在那里洗了脸。虽然两夜没有睡，他还是觉得新鲜而活泼的。

这天是个多雾无风的天气，有着灰白色的光，仿佛太阳经过一层水而照耀过来。这艺术家最爱在这样的天气之下做他的工作。

当他们站在泉水旁边时，雅可波走到他们那里去，手里拿着一个自己用树皮做成的盒子。

“雷翁那图先生，”小孩子羞怯地说，“我有件东西送给您。……”

他小心地揭开盒盖。一只大蜘蛛蹲在盒子里面。

“我捕捉它很费一番力气，”雅可波解释说，“它爬进石头缝里去了，在那里躲了三天。它是有毒的。”

小孩子的面孔忽然紧张起来。

“看哪，它吃苍蝇的样子！”

他捕了一个苍蝇，放进盒子里去，蜘蛛一见便冲上来，用他的毛腿擒住苍蝇，苍蝇一面振动翅膀，一面哼着，愈哼声音愈细了。

“它把苍蝇全吸干了！您看！”小孩子低声说，快活得痴呆了。他的眼睛燃烧着残忍的好奇心，他的嘴唇显出微弱的笑意。

雷翁那图也弯下身子，细察这奇异的生物。

卓梵尼忽然感觉到，面前这两副面孔现出同一个表情，仿佛两人同样喜欢这种残忍的事情，虽然这小孩子和这艺术家中间有天渊差隔的。

苍蝇吃完了，雅可波小心关起盒子，说道：

“我拿去搁在您的桌子上面，师傅。您还可以再见一次的。当它同别的蜘蛛打架时，比这还更好玩些。”

小孩子要走开了，但他还站了一会，抬起祈求的眼光。他的嘴角垂落下来，抽搐着。

"师傅，"他扮起正经面孔，低声说，"请您不要恼恨我。好的，我情愿离开这里。我好久就想：我必须走开了。但不是为别人的缘故，而是为您的缘故。别人说什么话，我都不管的。我知道，我在这里连累了您。唯有您是好人，别人都是坏人，同我一样坏。他们还会佯装，这我是不会的。我走了，我一个人过活去。那就好些了。可是，宽恕我吧，我请您，虽然……"

小孩子的长睫毛闪耀着泪珠。他垂下头来，更放低声音，再说：

"请宽恕我，雷翁那图先生！……这个盒子，我给您放在桌子上去。您留下它当作纪念物。这蜘蛛可以活得很久的。我要去对亚斯特罗说，请他喂养它……"

雷翁那图拿手放在小孩子头上。

"你要到哪里去呢，小弟弟？仍旧在这里住吧！马可就要宽恕你的，我也不恼恨你。去吧，以后留心一点，不要再做什么坏事了！"

雅可波望着他，不作一声，睁大了两颗疑惑不解的眼睛，没有表示一点感谢，只显出惊异，甚至恐怖。

雷翁那图用一种善意的温和的微笑，回答这小孩子的眼光，温柔地抚摸小孩子的头，好像他猜透了那个永久的秘密，天性上是恶的然而在一切恶事中又是无罪的一颗心的秘密。

"时候不早了，"师傅说，"走吧，卓梵尼！"

他们出了小门，沿着那两旁尽是人家花园、菜园和葡萄园围墙的没有行人的街道，走向圣玛丽亚修道院去。

贝尔特拉非奥近来很苦闷，因为他无力缴纳那说好了的每月六个弗罗磷的束脩给他的师傅。他的叔叔同他决裂了，不再给他一个钱了。卓梵尼向本涅德托修士借了点钱，缴纳两个月的束脩。这修士没有更多的积蓄，他把最后一个钱都给他从前的徒弟了。

卓梵尼要向师傅道歉。

"师傅，"他开始说，很难为情地，脸都红了，他的话吞吞吐吐说不出来，"今天是十四日了，照我们讲定的话，我应当在每月十日缴纳束脩。我心里很难过……可是我只有三个弗罗璘。您或者准我迟缴几天，我要想法弄钱去。梅鲁拉答应过我，要拿些什么东西给我抄写……"

雷翁那图睁开惊异的眼睛看他。

"你说的什么话，卓梵尼？但愿上帝保佑你！你说起这类事情，自己不害羞吗？"

徒弟的狼狈面孔，他穿的那双破布钉补的鞋子和那套破旧不堪的衣服，都明白告诉雷翁那图说：卓梵尼是十分穷困的。

雷翁那图皱起额头，谈到别的事情上去。

过了一会，他装出漫不经心的样子，摸摸口袋，掏出一块银子，说道：

"我请你做件事情，卓梵尼。等一会有空时，请你到街上去，替我买二十刀蓝图画纸、一捆红粉笔和几支鼬鼠毛笔。一点钱请你拿去。"

"这是一个杜卡。那些东西有十个索独就够了。余下的，我带回来……"

"你用不着拿还我。以后再说。请你不要再同我谈起钱的事情了。你听到吗？"

他掉过头去，指示朝雾中那些落叶松树的若隐若现的轮廓给徒弟看。那条笔直的"大运河"两岸都栽这种树，一直延长到眼睛看不见的地方。雷翁那图说：

"你注意到吗，卓梵尼，树的绿叶在薄雾中呈现天蓝色，在浓雾中则呈现灰白色？"

以后他还说了些意见，关于天上的云夏天映在有叶的树上和冬天映在光秃的树上时造成的种种不同的阴影。然后他再掉转头来向他的徒弟

56

说道：

"我知道很清楚，为什么你拿我当作一个悭客的人。我敢打赌，我猜得很对。当初我们商议每月束脩时，你一定注意到，我如何详细问你，如何把一切都记下来了：缴多少钱，每月哪一日缴，以及谁给你的钱等等。可是，你应当知道，这是我的一种习惯，一定是从我的父亲彼特罗·达·芬奇传下来的，他是位公证人，是世界上最谨慎和最有理性的人。这种习惯对我没有用处。信我的话吧，有好多次我自己也觉得好笑。我如此留意琐细的事情。我能够一丝不错地告诉你：安得烈那顶新帽子，羽毛费了我多少钱，丝绒又费了我多少钱。可是其他好几千杜卡花到什么地方去，我就不知道了。所以，卓梵尼，你以后不要再留意我这愚蠢的习惯了。以后你要用钱时，尽管对我说，并相信我，我会给你的，如同一个父亲给他的儿子……"

雷翁那图望着他，带着这样一种微笑，使得徒弟心里立刻轻松而愉快起来。

以后他叫卓梵尼注意看一株低矮桑树的奇异姿态。这树生在他们经过的一个花园里。他连带说出一种见解，以为不仅每株树，而且每片叶子，都有各自的特异的形态，无论何时何地找不到相同的，如同各人面貌一样。

卓梵尼觉得，雷翁那图谈起树叶时，用着刚才谈起徒弟贫困时一样关切的神气；觉得，对于自然界中一切有生命东西的这种关心，才使得师傅获得那么敏锐的眼光，好像通灵者一般。

底下肥沃的平原上，多米尼会的圣玛丽亚修道院从暗绿色的桑树背后显露出来。这是少年布拉曼特[1]建筑的，一座淡红色的砖墙屋子，带着帐幕形的伦巴底式圆顶和黏土烧成的装潢物，高耸在这白云满布的天空之下，十分有趣。

---

[1] 布拉曼特 Donato d'Agnolo Bramante，一四四四——一五一四。

他们走进这修道院的大膳堂去。

这是一间素朴的长条形的厅堂，墙壁刷得雪白，一条条暗色的梁从这端直长到那端去。厅内发出温暖的潮气、香烟以及素菜等的气味。近门一头狭面墙边，放着院长的小饭桌。小饭桌前面两旁则是众修士的狭长的饭桌。

寂静得很，连一个苍蝇在生尘的黄玻璃窗上嗡嗡的声音也听得见。院里厨房人声以及铁锅铁镬相击声直响到这里来。

膳堂那一端，即是同院长饭桌相对的另一面狭墙，有灰色的粗麻布遮盖着，前面搭了一个木头架子。

卓梵尼猜想，师傅画了十二年还未曾画好的那幅"最后的晚餐"一定是在那麻布后面。

雷翁那图爬上木架，揭开一个木板箱子。他的底稿、纸张、画笔和颜料都放在那里面。他从那里取出一本破烂的拉丁文小书，书中有好多眉批和夹注。他拿这书给徒弟，说道：

"你读《约翰福音》第十三章。"

接着他就把麻布幕揭开了。

卓梵尼举目看时，起初他不信面前是一幅壁画，而以为是真实的充满空气的长厅堂，是这间膳堂的延续，仿佛揭开布幕便看见另一间膳堂似的。这间膳堂天花板底横梁和纵梁也通到那间膳堂去，直到那边尽头处。这边早晨阳光同那边蓝色锡安山上面寂静的黄昏融和起来。锡安山风景，人们经过第二膳堂后面三个窗户可以看到。那间膳堂差不多同这间修士膳堂一样素朴，但挂有毛毡，显得更舒适些和更神秘些。那里的长饭桌也同这里修士吃饭时用的真实桌子一样，上面铺着同样的桌布，也有细长的条纹，四角也打了结，还可看见四方形的尚未展平的折痕，好像还是潮湿的刚从衣橱拿出来的一般。桌上摆的是同样的杯子、盘子、刀子和玻璃酒瓶。

卓梵尼读《福音书》：

> 逾越节以前，耶稣知道自己离世归父的时候到了。他既然爱世间属自己的人，就爱他们到底。吃晚饭的时候，那时魔鬼已将卖耶稣的意思放在加略人西门的儿子犹大心里了。……耶稣心里忧愁，就明说："我实实在在告诉你们，你们中间有一个人要卖我了。"门徒彼此对看，猜不透所说的是谁。有一个门徒是耶稣所爱的，侧身挨近耶稣的怀里。西门彼得点头对他说："你问问看，主是指谁说的。"那门徒便就势靠着耶稣的胸膛，问他说："主啊，是谁呢？"耶稣回答说："我蘸一点饼给谁，就是谁。"耶稣就蘸了一点饼给加略人西门的儿子犹大。他吃了以后，撒旦就入了他的心。

卓梵尼抬头望那图画。

使徒的面貌画得那么生动，卓梵尼以为听到了他们的声音和看透了他们的内心深处。他们的心给世间最难解的和最可怖的事情所震撼了，给罪孽的诞生所震撼了。一个神要由此罪孽而死去的。

犹大、约翰和彼得三个人的姿态，尤其给卓梵尼以深刻的印象。犹大的头还未曾画上去，他的稍微向后仰的身躯也只画了一个轮廓，他的手指现出痉挛的样子，紧紧抓住那个钱袋。由于一种仓促的动作，他碰翻了盐缸，盐从缸里倾了出来。

彼得勃然大怒，在他身后跳了起来，右手握着一把刀，左手搭在约翰肩头上，好像他要问这主所宠爱的门徒："谁是卖主的人？"他的气愤愤的银样的白头，发出火般的热烈，现出那般的急躁，如同后来他了解救主的受难和死是不可免的事情而呼喊"主啊，我为什么现在不能跟你去？我愿意为你舍命！"的时候一样。

约翰则靠近基督身边坐着。他的丝一般柔软的、上面光滑、下面卷曲的头发，他的好像要瞌睡样子的低垂的眼皮，他的谦逊地合拢起来的双手，他的椭圆形的面孔。这一切表现出天空一般地安静和明亮。所有门徒当中唯有他不痛苦，不害怕，不气愤。在他就实现了主的那两句话，即说："使他们都合而为一，正如你父在我里面，我在你里面。"

卓梵尼看着并想着。

"雷翁那图原来是这样啊！我以前还有疑惑，甚至还相信那些诬蔑的话！一个人画这样一幅图画，能够是无神者吗？哦，世上还有谁能比他更加同基督接近吗！……"

画师轻轻画了几笔，便完成了约翰的面孔。然后他从箱里拿出一块木炭，打算在空下的耶稣头部打一个底稿。

可是打不成功。……

他在耶稣头部面前思索十年之久了，可是他连初步底稿，至今都画不成功。

今天，画师在这幅壁画上光滑的空白地方，仍旧感觉惶惑和无力，这地方应当出现救主面容的，然而至今尚未现出。

他丢开木炭，用海绵揩掉刚才画上的轻轻几笔炭痕，然后就坐在图画面前，沉浸于深思里面，他往往这样坐着几点钟长久。

卓梵尼攀上木架，轻手轻脚走到师傅身边。他看见雷翁那图扮着一副郁郁不乐的面孔，好像突然变老了似的，一种顽强而紧张的思索神气，几乎可说在失望中的神气，表现在他的面孔上面。当画师碰到徒弟的眼光时，就和悦地问他说：

"你觉得这画怎样，我的朋友？"

"师傅，我能说什么话呢？这是世界上最杰出的，顶顶杰出的图画。除了您没有别人画得出来的。但我最好是不说什么话。我也不能说什么话……"

他说话的声音颤抖起来，像在流着眼泪。以后他又低低地几乎畏怯地添加几句说：

"不过有一点，我还在思索着，还不了解。犹大的面貌将怎样画呢，在这一切面貌中间?"

画师从箱里取出一块纸头,上面是一幅底稿,拿给徒弟看。

这是一幅可怕的,然而不是讨厌的,甚至不是凶恶的面孔。面上充满了无限烦恼和认识的苦味。

卓梵尼拿这来比较约翰的面貌。

"是的,"他低声说,"这面孔正是他,正是'撒旦进入他的心'这句话所指的人。也许他知道得比谁都多些。但那句话,他是不接受的,即说:'使他们都合而为一。'他自己却愿离众独行……"

此时恺撒走进膳堂来,背后跟着一个穿宫廷伙夫服装的人。

"我们终于寻到你了!"恺撒喊,"我们到处都找过了。……公爵夫人为了一件重大事情,派人来这儿,师傅。"

"大人高兴到宫内走一趟吗?"伙夫恭恭敬敬地接着说。

"有什么事情?"

"一件不幸事情,雷翁那图大人!浴室水管不灵了。早晨水管还是好好的,可是当娘娘刚坐到浴盆里,侍女将换下来的衣服拿到隔壁房子去时,热水龙头忽然损坏了,娘娘无法关闭。好在她还来得及从浴盆跳出来,不然她要在里面烫熟了。她起来大发脾气。内廷总管俺布罗曹·费拉里忙赔不是,但他声明,他早已多次通知大人这水管有毛病了……"

"蠢东西!"雷翁那图回答,"你看见我正在忙着画画吗?去找左罗亚斯特罗吧,他在半个钟头之内就会给你弄好的。"

"办不到的,大人。您不同我一道,我是不敢回去的……"

雷翁那图还要继续他的工作,再不理会这人怎么说。可是当他向那画耶稣头的空白地方再看一眼时,他便气愤地皱起了额头,做一个失望的手势,仿佛他突然明白这回仍旧是什么都画不出来的,于是锁起那口箱子,从木架上爬下来。

"好吧,就走吧!总归是一样的。你到宫内大院接我去,卓梵尼!

恺撒会带你去的。我在'巨像'旁边等候你。"

"巨像"就是过世公爵弗郎西斯果·司伏萨[1]的雕像。

足使卓梵尼惊异的，便是师傅扬长而去，也不再看一眼他的"最后的晚餐"，好像他高兴得到一个借口，可以抛弃他的工作了。他跟着火夫前去，为的去修理公爵夫人浴盆的热水管子……

"怎样？你还看得不够吗？"现在恺撒转脸对贝尔特拉非奥说，"这画确是十分神妙的，只要人们还未曾正确明白它的内幕。"

"你这话是什么意思？"

"没有别的什么意思。我不愿意使你失望。也许你自己将来可以明白。暂时还是让你快活一下……"

"我请求你，恺撒，把你所想的话通通告诉我，不要卖什么关子。"

"好的。但你以后可不要责怪我，说我公然把实话告诉你。凡是你要反驳我的，我都预先知道了，我将不回驳你。不错，这幅画是伟大的作品。从来没有一个画家，像他那样熟悉解剖学、透视学以及光暗法则。这画哪能不成为伟大作品呢？自然界一切东西他都表现出来了，甚至面孔上每条最细的皱纹，台布上每个折痕。可是这里头缺少一样，就是活的精神。这幅画上没有神，而且永远不会有神到那上面去。一切都是死的，在内心上一切都是死的。卓梵尼，你试仔细看看这些几何学的对称，这些三角形。你看上面那两个观照的三角形和那两个行动的三角形，基督则在正中央。右边一个观照的三角形：约翰是全善，犹大是全恶，彼得是善恶的判断，是正义。再右一个行动的三角形：安得烈、小

---

[1] 弗郎西斯果·司伏萨 Francisco Sforza，一四〇一——一四六六。他的父亲已经是有名的佣兵头领，无论哪个国家要打仗，只需用钱雇他，他便带了部下替你出力，不打仗的时候则过强盗的生活。弗郎西斯果继他父亲地位，势力更加雄厚，战无不胜，人们称他作"战争之父"。后来他娶了米兰公爵维士孔蒂家菲力浦·马利亚的女儿。一四四七年，米兰和威尼斯战争时，公爵死了，司伏萨带了部下佣兵打败威尼斯军队，立刻就与威尼斯媾和，回军米兰自己做起公爵（一四五〇年）。

雅各和巴多罗买。左边又是一个观照的三角形：腓力是爱，大雅各是信，多马是理性。再左又是一个行动的三角形：马太、达太和奋锐党的西门。这是拿几何学代替灵感，像数学代替美！一切都是思考出来的，计算出来，用天平称过的，用圆规量过的，一切都安排得合乎理智，直合到使人厌烦的程度。在神圣外表之下，这里埋藏着亵神的思想。"

"哦，恺撒！"卓梵尼回答，带点责备口气，"你不大了解师傅！为什么，为什么你总是这样恨他？"

"你有点了解他吗？你有点爱他吗？"恺撒问，带着恶毒的微笑，同时匆匆看了他一眼。恺撒的眼睛里发出如此难料的怨恨，使得卓梵尼不由己意地低下头来。

"你的评判是不公平的，恺撒，"停了一会他接着说，"这幅画还未曾画好。基督自己还未曾画上去。"

"基督未曾画上去！你相信吗，卓梵尼，基督会有一天画上去？我们等着看吧！但是你记着我的话：雷翁那图先生永远不会画成功他的'最后的晚餐'的，他画不出基督，也画不出犹大。因为，我的朋友，你知道：靠数学，靠知识，靠经验，虽然能够做出好多事情，却不能做到一切事情。这里是需要别的东西的。这里是个界限，他连同他的一切科学，永远超不过这个界限去！"

他们离开了修道院，走向宫殿去——"卓维亚门宫殿"去。

"至少有一点你是想错了的，恺撒！"贝尔特拉非奥说，"犹大已经画好了。"

"什么？画在哪里？"

"我亲眼看过的。"

"什么时候？"

"刚才，在修道院里。他拿他的草稿给我看。"

"给你看？哦，哦！"

恺撒拿眼睛望着他，慢慢地问，几乎不能自制的样子：

“好的。那么，画得好吗?”

卓梵尼一声不响，点一点头。恺撒从此在路上就不说一句话了。他深深地沉浸在默想之中。

他们到了宫门，就跨过吊桥，走进南墙塔去，所谓“菲拉勒特塔”。这塔各方面都有深的壕沟围绕着。塔内阴暗而郁闷，发出面包和大粪气味，如同一个兵营。佣兵们喧哗、调笑和咒骂，在那穹隆天盖之下起了回声。

恺撒有一张通行证。卓梵尼是个陌生的人，被人用不信任的眼光注视了一会，他的名字也被人记在警卫册子上面。

他们跨过第二道吊桥，那里再经过一次详细检查，然后走到空旷无人的宫殿内院，即是演武场。他们前面，在所谓“死壕沟”上面，黯然耸立着那个蓬拿狄萨伏依雉堞塔。右边是大礼堂的进口，左边则是通到宫殿内外人不能涉足的部分，所谓“罗克阔堡垒”，一个真正的老鹰窠。

广场中央有一个木头架子，木架周围有一些小架子、一些木片和仓促筑成的篱笆。这些木头都因为年深日久而变成黑色了，这里或那里现出了黄灰色的斑点。

一个黏土塑的骑马人像，足有十二英尺高，耸立在这木架和篱笆上面。这便是所谓“巨像”，雷翁那图的一个作品。

那只大马是暗绿色黏土塑的，后脚直立，耸向多云的天空，一个军人被践踏在马蹄底下，威风凛凛的骑马人则高擎着公爵权杖。

那就是那个有名的佣兵大头领，弗郎西斯果·司伏萨，一个流氓，他拿自己的血去换钱用，一半是军人，一半是强盗。他是罗曼雅贫农的子孙，从民间下层向上爬，猛如狮子，狡似狐狸，用了他的罪行、功业和聪明夺得最高权力，死时已经是米兰国的公爵了。

苍白色的带潮湿的阳光，投射在这“巨像”上面。

卓梵尼从那双下颔的皱纹，从那充满了掠夺欲的吓人的眼睛，看出了那饱满的野兽的慈善的安逸。但在塑像脚下，有两行铭文，是雷翁那图亲手刻在柔软的黏土上面的：

Expectant animi molemque futuram

Suscipiunt；fluat aes；vox erit：Ecce Deus!

最后二字"Ecce Deus! ——看哪这个神！"给了卓梵尼以极深刻的印象。

"一个神！"卓梵尼心里想道，一面注视这黏土"巨像"和这被牺牲的人，在胜利者，在这残暴的司伏萨的骏马铁蹄底下。他不禁回想到圣玛丽亚修道院那个平静的膳堂，那个蓝色的锡安山，约翰那个美丽的面庞和那位神的平静的最后晚餐。在这位神底下写着另外两个字："Ecce homo! ——看哪这个人！"[1]

此时雷翁那图走向卓梵尼身边来了。

"我的工作做完了。走吧！不然，他们又要把我拉回宫里去的。我相信，我嗅到了厨房饭菜的味道。我们须得趁他们没有觉察的时候，就溜走了。"

卓梵尼站着，低头无语。他的面容苍白了。

"对不起，师傅！……我正在沉思，我不明白，您怎么能够同时塑这'巨像'，又画那'最后的晚餐'？"

雷翁那图望着他，带着善意的惊讶神态。

"你为什么不明白这个呢？"

"哦，雷翁那图师傅！您没有看出来吗？这却是不可能的，您同时……"

---

[1]"看哪这个人！"——耶稣被兵丁戴上荆棘冠冕，穿上紫袍时，罗马巡抚彼拉多对众人说的一句话，见《约翰福音》第十一章第五节。以后图绘耶稣的像，底下常写这一句话。

"恰好相反，卓梵尼。我觉得这两件作品是互相激发的。我画'最后的晚餐'时的最好思想，恰是当我塑'巨像'时候得到的。反之，我在修道院做工，也喜欢想到这座纪念像。这是一对孪生的作品。我同时开始这两件作品，我希望也能同时成功。"

"同时吗，这个人和基督？不，师傅，这是做不到的！……"贝尔特拉非奥喊。他不能把他的思想更明白地表示出来，但他感到他的心在一种难忍的分裂之下痛苦着，于是他重复一句说：

"这是做不到的！……"

"为什么做不到呢？"师傅问他。

卓梵尼正待回答，但当他碰到雷翁那图的安静而惊讶的眼光时候，他就懂得再没有别的话可说了，懂得雷翁那图不会了解他了。

"当我看见'最后的晚餐'的时候，"贝尔特拉非奥心里想，"我仿佛觉得，我了解雷翁那图师傅了。但是现在我又一点不明白他。他究竟是个什么人呢？这两个人中，他的心究竟对着哪一个喊'看哪这个神'呢？或者恺撒的话是对的？上帝果真没有住在雷翁那图心里吗？"

晚上，屋里所有的人都睡着了的时候，卓梵尼因为睡不着，就走出院子去，坐在前面台阶旁边葡萄架底下的一只板凳上面。

院子成四方形，中央有一口泉水。卓梵尼背墙坐着，面对着马厩。左边是一堵石墙，有个小门开向那个通到维塞里拿门去的大街。右边是一个小花园的墙壁，一个门永远锁着。在这小花园里只有一幢屋子，除了亚斯特罗外，雷翁那图不让任何人进那里面去。雷翁那图自己时常单独一个人在那里面工作。

夜是寂静、温暖而潮湿的。淡弱的月光，透过闷热的云雾照射过来。

忽然，通到大街去的那个关闭的小门有人敲着。

楼下一个窗板打开了，有人探头出去，问道：

“嘉山德拉小姐，是您吗？”

“是的，请你开门！”

亚斯特罗从屋里走出来，开门。

一个女人穿着白衣裳，走进院子，在月光底下，白衣裳变成淡绿色，像烟雾一般。

起初那两个人只在小门旁边谈话，后来他们从卓梵尼身边走过，却没有发现他。屋檐和葡萄藤的黑影遮住了他。

一个年轻的姑娘坐在泉水的矮栏上。

她有一副奇异的面容，冷淡而僵硬，好像古代的雕像。她的额头是低的，眉毛是直的，下颚很小，眼睛是透明的，琥珀一般黄。但卓梵尼觉得最触目的，还是她的头发。这头发干燥、卷曲而轻飘，仿佛有它自己的生命。像梅杜莎[1]的蛇一般，它围着这姑娘的头，构成一个黑光轮，使得面容显得更苍白，嘴唇更红，那对黄眼睛更加透明。

“你听人说过安哲罗修士了吗，亚斯特罗？”年轻的姑娘问。

“自然听过的，嘉山德拉小姐。据说，教皇委派他去铲除一切邪术和异端。只要听见人谈起异端裁判法庭那些神甫大人，人们便要毛骨悚然起来的。但愿上帝保佑我们，不要落在他们手里！您要当心哪！而且要警告您的姨母！……”

“她并不是我的姨母。”

“就算不是您的姨母，那么总是一样的，我说的是细东尼亚太太，您就住在她的家里。”

“你也许以为我们都是巫姑吗，铁匠？”

“我没有这个念头。雷翁那图师傅给我解释，给我证明得很清楚，说世上简直没有什么巫术，而且照自然法则看来，也是不会有的。雷翁

[1] 梅杜莎 Medusa——希腊神话中女怪果贡三姊妹之一，她的一根根头发都是活蛇，她的眼睛最危险，谁被她看见了，谁都要化成石头。

那图师傅什么都知道，什么也不相信。……"

"什么也不相信吗？"嘉山德拉小姐反问说，"他也不相信魔鬼吗？也不相信上帝吗？"

"不要开玩笑！他是一个正派的人。"

"我并没有开玩笑。但是你知道，发生过何等奇怪的事情吗？有人告诉我，说异端裁判法庭那些神甫大人，在一个重要的无神论者家里搜到这人同魔鬼协定的一份契约，约中，这人答应，要借助于伦理学和一切自然法则，来否认巫术的存在和魔鬼的权力，为的是借此去巩固并发展地上的魔鬼国。所以现在人这样说：巫术是异端，但不相信巫术则是双料的异端。所以，你要当心哪，铁匠，你不要卖师呀，不要告诉别人说师傅不相信什么巫术呀。"

左罗亚斯特罗听到这个出乎意料的忠告，起初十分狼狈，后来他提出一些反驳，并设法替雷翁那图辩护。可是那个姑娘打断他的话：

"你们的飞行机器做得怎么样了？不久就可做好吗？"

铁匠做了一个失望的手势。

"做好吗？早得很！我们须得从头做起哩！"

"啊哈，亚斯特罗，亚斯特罗！你也相信这种胡闹事情吗？你还不明白，这一切机器都只为将真事隐瞒起来的吗？我确信，雷翁那图先生早就能够飞的。……"

"飞什么？"

"飞得同我一般呀！"

他沉思地望着她。

"您大概是做梦时候飞的，嘉山德拉小姐？"

"别人怎能看见我飞呢？你完全没有听人说过这件事情吗？"

铁匠摸不着头脑，急得乱搔耳朵背后的头发。

"哦，我完全忘记了，"小姑娘含着讽刺的微笑，继续说，"你们这里都是有学问的人，你们不相信什么奇迹的。你们只晓得你们的机械学。"

"让魔鬼拿去吧,什么机械学!我全身淹没在机械学里面,直到这上头。"铁匠回答并指着他的颈项。

然后,他合起双手恳求,喊道:

"嘉山德拉小姐,您知道,您是可以信托我的。倘若我多话,泄露出去,那我只有倒霉。天晓得,安哲罗修士有一天也会把我们抓去的!请您好心告诉我!一切事情详详细细告诉我!……"

"你要我说什么事情?"

"您是怎样飞的?"

"您要知道这个吗?不,我不说。知道太多,人是容易老的。"

她不响了。然后她盯着他的眼睛看了好久,接着低声又说:

"何必我说很多的话呢?事情不在说呀,是在做呀。"

"那么怎么样做呢?"他问道。他的面孔苍白了,声音颤抖了。

"先要知道一句咒语,然后再用一种油膏涂抹身体。"

"您有这种油膏吗?"

"有。"

"您也知道那句咒语吗?"

她只点一点头。

"那时我也能够飞吗?"

"试一试看。那时你就知道,我的方法是比你们的机械学更加可靠的。"

铁匠的那只独眼发出了非非妙想的贪欲的火焰。

"嘉山德拉小姐,请把您的油膏给我!"

她轻微地笑起来,笑得很奇怪。

"你是个怪异的人,亚斯特罗。刚才你还说什么秘密法术都是胡说,现在你自己忽然相信起来了!"

亚斯特罗低下头来,现出厌烦和执拗的神态。

"我想试一试看。只要达到我的目的，只要我能飞，那么是靠奇迹还是靠机械学，我都不在乎的。我等不得了!"

那个姑娘把手搁在他的肩膀上。

"上帝在上，你这样着急我也很难过。若是你最近还飞不起来，谁知道，也许你真要发疯了……好，就这样吧，我给你油膏并告诉你那句咒语。但是，亚斯特罗，我求你的事，你也须替我做。"

"我做的，嘉山德拉小姐。什么事我都做的。您说吧!"

那个姑娘手指着小花园围墙背后那个在月光底下闪烁着的潮湿的屋顶。

"让我进那里面去吧!"

亚斯特罗皱起了面孔，摇摇头。

"不! 不行。您无论要什么都行，但这件事是不行的!"

"为什么不行呢?"

"我答应了师傅，不让一个人进去的。"

"但你自己进去过?"

"不错。"

"里面有什么?"

没有什么秘密。真的，嘉山德拉小姐，没有什么特别的东西，不过是机器、机关、书籍、写本，还有奇异的花草、禽兽、昆虫。这些是旅客们从远方带来给师傅的。此外还有一株有毒的树。……"

"什么——有毒的? ……"

"是的，做实验用。他在树上安了毒药，为的研究毒药对于植物的影响。"

"请你告诉我，亚斯特罗，详详细细告诉我，你所知道的关于这树的事情。"

"这是没有多少话可说的。当春天开始，液汁升起来时，他在树干上钻一个洞，直钻到树中心，然后用一根空心的长针，将一种液体注射进去。"

"真是奇怪的实验！这是一株什么树呢?"

"一株桃树。"

"好，那么毒药也达到果子里面吗?"

"也许是的，等到果子成熟的时候才会知道。"

"有毒没有毒，外面看得出来吗?"

"不，看不出来的。所以他才不让一个人进花园里去，怕人们给这美丽的果子诱惑了，采去吃，就中毒死了。"

"你带着钥匙吗?"

"钥匙就在我的身上。"

"把钥匙给我，亚斯特罗!"

"什么话，您说什么话，嘉山德拉小姐！我在他面前，发了很重的誓。……"

"把钥匙给我!"嘉山德拉再说一遍，"那么我就设法使你今晚就飞起来。听到吗？今晚！你看油膏在这里!"

她从怀里掏出一个玻璃瓶，拿给他看，瓶里装满了一种深暗色的液体，在月亮底下闪烁有光。然后她拿面孔挨近他，用谄媚的声音低低对他说:

"你害怕什么，蠢头？你自己说过，里面没有什么秘密。我们迅速跑进去，一切东西都看一遍。……好吧，拿钥匙给我!"

"不要纠缠!"他回答，"我不放您进去的。您的油膏我不要用。你滚!"

"懦种!"姑娘鄙蔑地说，"你本来可以知道秘密的，但你没有胆子。现在我看出来，他确是一个巫士，他欺骗你，把你当作小孩子。"

他不响，忧郁地，面孔转向别处去。

她又靠近他的身边。

"好的，亚斯特罗，你不可以……我不要进花园里去。你只把门开一下，让我在外面看看。……"

"那么您不走进去?"

"不! 你只开开门，让我看看。"

他掏出钥匙，开了门。

卓梵尼悄悄站起来，看见围墙环绕的小花园深处有一株平常的桃树。但在灰白色烟雾中，绿色的浑浊的月光底下，这桃树对他现出了神秘的，像鬼怪一般的姿态。

那个姑娘站在小花园门限上，带着热烈的好奇心圆睁双眼向内观看。后来，她向前踏了一步，要走进去，可是铁匠把她拉回来。

她抗拒着，脱开他的臂膀，像一条蛇。

但他把她推到旁边去，推得很猛，使她几乎跌倒了。她立刻站稳了脚步，双眼盯住他。她的死人一般的苍白面孔此时怒冲冲的，十分可怕。此时她真像一个巫姑。

铁匠锁好了园门，走回屋里去，没有向嘉山德拉小姐告别。

她的眼睛追随铁匠的背影。以后她急步从卓梵尼身边走过去，溜出了那个临街小门，走向维塞里拿门去了。

院子又寂静起来了。雾愈来愈加浓厚了。一切都遮盖在、消失在浓雾之中。

卓梵尼闭起了眼睛。像做梦一般，他看见这株吓人的树竖立在自己面前，树上结着有毒的果子，潮湿的叶上凝着沉重的露珠，在绿色的浑浊的月光底下。于是他想起了《圣经》的话:

> 耶和华上帝吩咐那人说: 园中各样树上的果子，你可以随意吃，只是分别善恶树上的果子，你不可吃，因为你吃的日子，你必定死。

第三章

有毒的果子

公爵夫人贝特丽采每逢星期五总要洗她的头，而且把头发染成金色。染色之后，头发须得让太阳晒干。

为这目的，人们在屋顶上设立一些平台，周围用栏杆围着。

现在，公爵夫人就坐在宏丽的司伏萨别宫屋顶上这样一个平台上面，忍受如火的阳光的晒炙。这样的天气，连乡下看牛的人都要带着他们的牛去找寻阴凉地方的。

她穿一件白绸制的没有袖子的宽大衣服，头戴一顶阔草帽，为的不让太阳晒在面孔上。染成金色的头发从帽顶一个圆孔里露出来，披散在宽阔的帽檐上面。一个黄面孔的捷尔克塞女奴，用着那缚在一根棍子上的海绵沾湿公爵夫人的头发；一个细长眼睛的鞑靼女人则拿象牙梳子在头发上梳着。

这金色染料，乃是用五月间胡桃根液汁、番红花、牛胆汁、燕子粪、龙涎草、熊爪灰和蜥蜴脂肪等调制出来的。

在公爵夫人自己监督之下，此时，她旁边三角架上面，有一个长嘴的蒸馏器，像那些炼金术士所用的，正在那给阳光照得几乎看不出来的火焰上面沸腾着。蒸馏器里是淡红色的豆蔻水，其中夹着贵重的麝香、特拉刚树胶和当归。

两个女仆满身大汗。公爵夫人那只哈巴狗在这炽热的屋顶上也很不舒服，它喘息着对公爵夫人眨眼，含有责怪的意思，一面垂着它的舌头。当那伶俐的猴子同它开玩笑的时候，它也不像往常那样猖猖叫着。猴子在这炎热当中是很舒服的。那个小黑奴也是如此，他此时正擎着一面四周镶有珍珠和螺钿的镜子。

贝特丽采虽然总在努力扮起严肃的面孔，举动也尽量的庄重，以求适合她的身份。人们仍然难得相信，她现在已经十九岁了，已经结婚了三年，而且生过两个小孩子了。她的同小孩子一般丰满而微带褐色的面颊，她的圆圆的下巴之下几条无邪的皱纹绕着那个疲弱的颈项，她的像赌气般翘起的和紧闭的厚嘴唇，以及那瘦削的双肩、平坦的胸部、粗拙的急剧的几乎同男孩子一样的动作，使人觉得她是个娇生惯养的执拗而自负的女学生。虽然如此，她那双冰一般明亮的褐色眼睛仍然露出足智多谋的神气。那时代最聪明的政治家威尼斯[1]公使马里诺·萨努托，有一次在一封秘密报告中，告诉威尼斯政府说：这个小姑娘是政治界中一块坚硬的石头，比她的丈夫罗督维科公爵还要厉害，公爵什么事情都听老婆的话，而占得很多的便宜。

那只哈巴狗忽然狂吠起来。

一个穿着寡妇黑衣的老太婆，喘息着，呻吟着，从那联结屋顶与藏衣室的梯子走了上来。她一手捏着念珠，一手扶着拐杖。她的布满皱纹的面孔，足够令人见而生畏，倘若没有一个表示好意的微笑和一双像老鼠般眨动不停的眼睛来打破这个印象的话。

"唔，唔，唔！年纪大了真不惬意。……我几乎爬不上来了。但愿

---

[1] 威尼斯 Venedig，意文 Venezia——意大利东部亚德里亚海岸大城。当时是共和国。

上帝赐您幸福，娘娘！"

她用着奴婢般的谦卑神态，从地下拿起公爵夫人梳妆衣服的叉角，放在嘴唇上吻着。

"哦，细东尼亚太太，那话儿弄好了吗？"

老太婆从她的囊里拿出一个细心包裹着和塞着的小瓶子，瓶里装的是一种稍带白色的浑浊的液体。这是驴奶和山羊奶，同野缬草、天门冬根和白百合花球根调和起来的。

"本来哩，还须在热马粪里放一天两天，但是算了吧，我想这样已经可以了。但您拿来洗的时候，应当先用一块毛布滤过。您拿白面包屑沾着这水，在面孔上擦，每次擦上足够念三遍《信经》的时间。擦五个礼拜后，包您脸上褐色通通退掉。这水也是可以医治小疮的。"

"听我说，老太婆，"贝特丽采说，"你这药水里面又放了些巫术上惯用的讨厌的东西，像你不久以前给我的去痣毛油内的一样吗？譬如，蛇油戴胜血，在锅里烤焦的蛤蟆灰？若是有的话，赶快告诉我！"

"没有，没有，娘娘！别人胡说八道的话，请您不要听。我做事情都是很老实的，不敢瞒骗。因此大家都喜欢我。但说句老实话，这类讨厌东西有时也是免不了的。那位高贵的安哲里佳太太，打个比吧，去年夏天都是拿狗尿洗头，为的不使头发脱掉。她还为这事情感谢上帝哩，因为这个方法确实是有效的。"

说完，她弯下腰，在公爵夫人耳朵边报告些本城最近的新闻：盐业公会总理的夫人，那位年轻的菲丽贝塔太太瞒骗了她的丈夫，去同一个新来的西班牙骑士偷情。

公爵夫人不禁笑了起来。

"哦，细东尼亚太太，你确是个有趣的婆娘。这类事情，你究竟从哪里听来的？"

"相信老太婆的话吧！我说的话都是实情实理。说到良心上的事情，我也是晓得分别轻重的。……什么年纪有什么年纪该做的事情。我们女人，年轻的时候若是没有满足我们的爱欲，那么年老之后就要懊悔的。我们要这样懊悔，以至于容易落到魔鬼的爪里去。"

"你说话活像一个神学教授，细东尼亚太太。"

"我不过是一个愚蠢的老太婆罢了，娘娘。但是我说的话确是诚心诚意说出来的。我们一生唯有一个青春。我们老了以后，鬼来理会我们呢！那时我们只好看顾灶灰里的热火。人家把我们赶到厨房去，我们在那里，只好同猫一起咕哝着，只好计算钵子和锅子的数目。年轻女人该当享福，年老婆娘该当饿死。人家这样说。长得好看但没有爱，就像做弥撒没有念经一般。同自家老公睡觉真是没有一点味儿，还不如女修士们磨镜哩！"

公爵夫人义笑了米。

"你这个马泊六！"贝特丽采半开玩笑地点着指头恐吓她，但显然认为这闲话说得很有趣，"那位不幸的女人却是你引诱坏的。……"

"可是，娘娘，我请您不要这样说！您怎能说她是个不幸的女人呢？她快活得呢喃着，像一只小鸟。她天天感谢我。'现在，'她说，'我才分别出来，丈夫的接吻和爱人的接吻是有何等差异的。'"

"然而罪过哩！她的良心就不责备她了吗？"

"良心吗？您看，娘娘，即使修士和神甫同我说的不一样，我仍然认为爱情上的罪过是一切罪过中最自然的。一两滴圣水就可以将这种罪过洗涤干净了。此外，即使菲丽贝塔瞒骗了她的丈夫，那也不过是一报还一报，像人家时常说的，她做这次事情也许还不能抵偿她的丈夫自己的罪过，但至少要减轻几分她的丈夫在上帝面前的负担的。……"

"那么男人也是……"

"详细情形我不知道，但一切男子都是一样的。我相信，全世界没有一个男人不是宁愿只有一条臂膀，而不肯只有一个老婆。"

"这话怎讲？请你再说一遍！"

老太婆全神贯注地望着她，显然知道这玩笑开得太过火了，于是又弯腰在她耳朵旁边低声说了几句话。

贝特丽采再不笑了。

她做了一个手势。女仆都回避开了。唯有那个小黑奴还留在这儿，他一句意大利话都不懂。

周围只有寂静的天空，铅灰色的，像死了一般的，在炎热的空气里面。

"也许是谣传吧，"公爵夫人终于表示她的意见，"人们爱这样胡说八道的。……"

"不是，娘娘。我亲眼看到的，亲耳听到的，别人也可以给您证实我的话。"

"那天有很多的人吗？"

"大约有一万人。巴维亚宫殿前面广场都站满了。"

"你听到什么话呢？"

"伊萨伯拉太太带了那个小弗郎西斯果走出阳台上来的时候，一切的人都挥动着手臂和帽子。好多人哭着。'亚拉贡尼之伊萨伯拉万岁！'他们喊，'仗·嘉黎亚左，米兰[1]国正经君主，万岁！他的继承人弗郎西斯果万岁！杀死篡位奸臣！……'"

贝特丽采沉起了面孔。

"他们喊这样的话吗？"

"还喊更难听的话哩……"

"什么？你说吧，什么话都说吧，不要害怕！"

---

[1] 米兰 Mailand，意文 Milano——意大利北部伦巴底平原之大城，一个公国，本属于维士孔蕾家，一四五〇年给司伏萨家所篡。一四六六年弗郎西斯果·司伏萨公爵死后，由他的长子嘉黎亚左·马利亚继位。一四七六年，嘉黎亚左·马利亚被人暗杀，便由他的弟弟——弗郎西斯果的另一个儿子——罗督维科·伊·穆罗监国。穆罗把侄儿，公位的正式继承人，仗·嘉黎亚左禁在巴维亚宫内，不肯交还政权。由于米兰公位的争执，引起了极大纠纷。

"他们喊，娘娘，我的嘴闭不住了，他们喊：'杀死强盗！'"

贝特丽采吓了一跳，但她立刻又镇定起来，低声地问：

"你还听到什么话呢？"

"我确实不知道，应不应该对您说……"

"说吧，快一点！我要知道一切的事情。"

"您信我的话，娘娘。那天人群中有人传说：罗督维科·伊·穆罗[1]公爵殿下，仗·嘉黎亚左的恩人和监护者，却是把他的侄儿仗·嘉黎亚左[2]监禁在巴维亚宫殿里，并且雇用刺客和侦探包围着他。以后，民众就咆哮起来，要求仗·嘉黎亚左公爵出来同民众见面。可是伊萨伯拉太太声明：公爵卧病在床……"

细东尼亚太太很神秘地又在公爵夫人耳边说了几句话。

贝特丽采起初很注意听，后来生起气来转过脸去，呼喊说：

"你发疯了吗，老巫婆？你怎敢对我说这种话！不怕我叫人从这屋顶把你推下去吗？那时乌鸦也不能把你的老骨头收拾在一处的。……"

细东尼亚没有给这话唬住。立刻贝特丽采也就安静下来了。

"我不相信这个把戏。"她说，带了探询的神气望着老太婆。

老太婆只耸一耸肩膀。

"随您的便。但这是没有什么可怀疑的。请您听我说，这事情应当这样做，"她用着奉承的声调说了下去，"用蜡做一个小人，拿一只燕子杀了，拿它的心放在小人右胸，拿它的肝放在小人左胸，再拿一根针穿过去，念几句咒语，就够了。面孔同这蜡人相像的，那个人以后就慢慢地死去。……再高明的医生都没有办法医好他。……"

"住嘴！"公爵夫人打断老太婆的话，"以后不许你再说这话了。"

---

[1] 罗督维科·伊·穆罗 Lodovico il Moro Sforza，一四五一——一五〇八，此时是米兰国事实上公爵。

[2] 仗·嘉黎亚左 Gian Galeazzo Sforza，一四七〇——一四九四。

老太婆又谦卑地吻着那件梳妆衣服的叉角。

"娘娘,您是我的生命中的太阳,我爱您太爱得很了。这就是我的罪过。请您相信我的话,娘娘。每逢圣方济谷节日晚祷唱赞美诗的时候,我总要泪流满面,祈求上帝赐福给您。人家说我是个巫婆。但即使我将自己的灵魂卖给魔鬼,那也只是为着能够替您娘娘办事的。上帝可以证明我的话!"

好像深思的样子,她又添加几句话说:

"而且不用邪术也行的……"

公爵夫人不作一声,紧张地望着她。

"我来这里经过宫廷花园时,"细东尼亚放大胆子说下去,"看见园丁正将那些上好的桃子装在一个篮里。大概是送给仗·嘉黎亚左公爵的礼物吧?"

她停了一会,然后继续说:

"佛罗伦萨画师雷翁那图·达·芬奇的花园里,据说结了好多奇妙的桃子。可是——有毒的……"

"什么——有毒的?"

"我的侄女,嘉山德拉小姐,亲眼看见过的。"

老太婆又在公爵夫人耳边说了几句话。

公爵夫人没有回答一声。她的眼睛表情,仍是谁也看不出来。

她的头发此时已经晒干了。她站了起来,脱掉那件梳妆衣服,并走下楼梯到藏衣室里去。

藏衣室里立着三个大橱。第一个大橱好像教堂里装置祭衣的华丽的柜子,里面井然有序地挂着贝特丽采在这婚后三年中缝制的八十四套衣服。其中好多套绣着金,饰着宝石,以至于无须支架便能在地上直立起来。另有几套则透明得和轻飘得像蜘蛛网一般。第二个装的是鹰猎的器具和马鞍。第三个则藏着香水、香油、漱口水、油膏、白珊瑚和珍珠做的牙粉。此外还有无数盒子、瓶子、瓢壶、蒸馏器等。总而言之,一个女性炼金术士的实验室。室内还有雕刻图画的和装着铁板的箱笼等物。

当婢子打开一个箱子，取出一件新制的衬衣的时候，就有一阵香味从细麻衣服中间发出来，原来有几束拉文狄香草放在这些衣服中间，还有几个绸制的小袋，内中装着在阴影中枯干的溪荪花和大马色玫瑰的粉末。

贝特丽采一面穿衣服，一面同女裁缝谈论一件新衣的样式。这新衣是她的姊姊曼土亚[1]伯爵夫人，厄斯忒之伊萨伯拉刚才派快差送来的。伯爵夫人也是一位讲究时髦的贵妇。两姊妹互相竞赛装饰和豪华。贝特丽采羡慕伊萨伯拉的审美趣味，事事都要模仿她。这位米兰国公爵夫人派了一个秘密专使驻在曼土亚，那里有什么时新式样出来，她马上就可知道。

贝特丽采穿起一件衣服，这衣服的样式她特别喜欢，因为能把她的矮小身材抬高了些。衣料上有长条的绿丝绒和金绣。两个滚着灰绸带的衣袖狭窄得很，而且依照法国式样，都开了一些洞眼，所谓"窗子"，里面穿的折叠很多很窄的衬衣，就从这些"窗子"露出它那雪白的麻布颜色。一个轻飘的阔眼的金丝网，覆着那编成一条辫子的头发。一个窄边的金环围着她的头。一个小小的红宝石蝎子就嵌在这金环上面。

贝特丽采通常需要很长时间来穿她的衣服。在这时间内，用公爵自己的话来说，一只大商船也足够装货开往印度去的。

当她忽然听到远处的角声和犬吠时，她才记起了，今天是定好的打猎的日子。因此她才赶忙起来。她衣服完全穿好出来了，还顺路去望一望她的那些侏儒的住所。这住所被戏称为"巨人之家"，乃是模仿她的

---

[1] 曼土亚 Mantua，意文 Mantova——意大利北部，当时是伯国。

姊姊厄斯忒之伊萨伯拉[1]宫内玩偶小屋而设立的。

椅子、床铺、家具、宽阔而低矮的梯级，还有一个小祈祷室，室内一个小祭台。那个博学的侏儒雅那基就是穿着特制的大主教衣冠站在这台上做弥撒的。这一切都同侏儒的身材相称。

这个"巨人之家"内充满了喧哗、哄笑、哭啼和叫喊，种种式式的声音，有时还能令人毛骨悚然，像在马戏班或疯人院一般。因为这里，在这令人窒息的污秽的狭小地方，住着、生着、养着和死着那些猴子、鹦鹉、驼子、黑奴、呆女、卡尔米克人、丑角、小兔、侏儒以及其他的逗人发笑的人物，公爵夫人时常整天同着这些人物玩耍。

现在是要行猎去的，她不过顺便到那里面看一眼，问一问她的小黑奴那尼谟的病状。这黑奴是她不久之前从威尼斯弄来的。那尼谟的皮肤这样墨黑，据他的从前的主人说，世界上再没有比这更美的了。公爵夫人同他玩耍，仿佛玩着一个活的傀儡。可是这小黑奴突然生病了。他的好多人称赞的黑皮肤原来不是完全本然的，原来上面涂上了一种漆，使这皮肤显出黝黑的光泽。现在这漆渐渐消失了，这使得贝特丽采十分忧愁。昨天晚上那尼谟病势加重，人们甚至替他的生命担忧。公爵夫人听见这个消息很着急。他皮肤虽然褪色，公爵夫人还是喜欢他的。她现在命令，赶快给这小黑奴洗礼，至少免得他死时还是一个异教徒。

她走下楼梯来的时候，就碰到她所宠爱的小呆女摩尔干霫娜，一个年轻的秀丽的姑娘，但是呆得十分有趣，用贝特丽采的话说，连死人都会给她逗笑了的。

摩尔干霫娜爱偷东西。她把偷来的东西藏在一个房角里破损的地板下面的老鼠洞中，然后就心满意足地走开了。若是有人和颜悦色地问她："说一句诚实话吧，你把那儿藏在什么地方？"那她就会狡猾地拉着

---

[1] 厄斯忒之伊萨伯拉 Isabella d'Este，一四七四——一五三九，这位伯爵夫人也是这时代有名人物，她奖励文学和艺术，精于鉴赏。她的宫廷和她的收藏都是很有名的。

问话人的手，引他到那个地方，把偷来的东西指给他看。若是有人喊她说"你走过这条浅水的河流吧"，那她就高高地卷起裙子，不晓得一点羞耻。有几次她的呆性发作了，她整天哭着一个小孩，而这小孩是并未存在过的，她从来未生过小孩。她闹得大家鸡犬不宁，人们没有办法，只好把她关在一个堆放什物的房子里面了。

今天摩尔干啻娜正在楼梯角坐着，双手抱着膝头，均衡地摇动着，哭出了痛苦的眼泪。

贝特丽采走到她面前，抚摸她的头发。

"不要哭！心里放明白一点！"

呆女抬起她的蓝色的天真的眼睛望着公爵夫人，哭得愈加悲惨。

"唔，唔，唔！我的心爱的孩子，给他们拿去了。为什么呢，为什么呢，上帝？他并没有得罪了谁。有了他，我才会安静，会快乐的。……"

公爵夫人走下了院子，打猎的人已经在那儿等着她。

她骑在一匹贡察加的种马场出产的褐色巴勃牡马上，姿势十分英勇，不像一个女人，倒像一个熟练骑士。她的身边围满了前驱马队、臂鹰人、调犬人、驯马人、侍童、女官等。"真是一位女人国大元帅"，穆罗公爵这样想，心里得意得很，当他走出宫殿前面有屋檐的过道上看他的夫人出发行猎的时候。

公爵夫人鞍子背后蹲着她那只猎豹，这豹身上穿了一件绣金的绘有纹章的制服。她的左手拳头上立着一只雪白的居比路种鹰，这鹰是苏丹赠送的，鹰头上那顶绿玉帽子也是苏丹送的，鹰爪上挂着种种铃子，响起来和谐好听，为的是这鹰迷失在浓雾或芦苇中时，容易寻找。

公爵夫人这日很高兴，同人家开玩笑，她要高声大笑，她要骑马奔跑。她含笑转回头来望她的丈夫。公爵此时还能够对她喊道："当心哪，你的坐马野得很！"以后，她向女官们打一个招呼，便同她们赛跑起来。起初在大路上，以后则跨过田野、运河、小丘、壕沟和篱垣。

那些调犬人不久就落在后头了。贝特丽采跑在一切人前面，她那只大獒总追随在她身边。唯有一个人能够同她并马而行，那就是骑在一匹西班牙种黑色牝马上的那个最活泼和最豪迈的女官，吕克列沙·克里威利小姐。

公爵暗中爱着这个吕克列沙小姐。现在，当他看见她和贝特丽采两人并马而行的时候，他自己糊涂起来，不知道这二人中，他最爱的是哪个。但他仍只关心他的夫人。每逢马跳壕沟时，他就闭起眼睛不忍观看，他的呼吸停滞着。

他责怪公爵夫人，不该这样蛮干。但他并不发气。他明白自己肉体上的衰弱，因此暗中对于贝特丽采的英勇，愈觉得可以夸耀。

行猎的人都消失在蓓奇诺河平坦岸上的柳树和芦苇丛中去了，那里有很多野鹅和苍鹭。

公爵回到他的小办公室去。他的秘书长，正在那里等候他，继续中断的工作。这是一位大员，驻外公使都归他管辖，他叫作巴多罗买阿·嘉尔哥先生。

穆罗公爵坐在一个高高的靠背椅上，他的修饰得很好的白手温柔地抚摸着那剃得光光的面颊和那圆圆的下颔。

他的端正的面容表现出坦白易亲的态度，这是最狡猾的政治家所特有的。那个大鹰鼻，那副突出的，好像尖起来的，优雅地波动着的嘴唇，使人想起了他的父亲佣兵大头领弗郎西斯果·司伏萨。但据诗人所说，弗郎西斯果是狮子而兼狐狸，现在他的儿子却只继承了而且增加了狐狸的狡猾，而没有他那种狮子的勇敢。

穆罗穿一件简单的然而裁制得很好的衣服，是织有花纹的淡蓝色绸子缝的。他的头发剪成时髦的样式，梳得光光的，一根紧贴一根，覆盖着耳朵和额头，差不多到了眉毛那里，好像一头丛密的假发。他无论接待什么人，都是很有礼貌的。

"您得到详细的报告了吗，巴多罗买阿先生，关于法国大军从里昂出发的事情？"

"直至现在还没有得到报告，殿下。每天晚上总推说明天，到了明天早晨又推延到后天去了。国王整天玩着同战争不相干的事情。"

"他的情妇叫什么名字？"

"人家告诉我许多名字，因为他有许多的情妇。国王陛下是厌故喜新的。"

"您写信给贝尔曹奥梭伯爵，"公爵说，"您说我给他三万……不，那太少了，……我给他四万，……五万杜卡，再送送礼。叫他不要爱惜钱了！我们将用金制的链子把国王从里昂拉到这儿来。而且您也懂得，巴多罗买阿，自然是我们私下说的，我们也许还要给国王陛下寄几张这儿的美人倩影去。此外，那一封信写好了吗？"

"写好了，殿下。"

"拿给我看！"

穆罗心满意足地摩擦着那双柔软的白手。每逢他布置政治阴谋蜘蛛网的时候，他的心就要感到一种熟悉的惬意的紧张，如同在做一种困难而危险的游戏一般。现在他勾引外国军队，这些"北方蛮子"到意大利来，他的良心并不谴责他，因为迫使他走这条极端道路的，乃是他的那些敌人，首先是亚拉贡尼之伊萨伯拉，仗·嘉黎亚左的夫人，她是最凶恶的敌人，因为她公然攻击他，罗督维科·伊·穆罗公爵，说他篡夺了他的侄儿的公位。她的父亲，拿波里国王亚尔丰梭，为替女儿和女婿复仇起见，拿战争来恐吓穆罗，要他退位。穆罗孤立了，此时没有办法，只好求救于法兰西国王查理第八。

"主上帝啊，你的指示是高深难测的！"公爵想，正当他的秘书长在一堆文件中寻找那封信稿的时候，"现在，我的国土、意大利以至于整个欧罗巴，都须仰求这个'十不全'的救助了，这个登徒子，这个痴子，所谓法兰西国最忠心的基督教国王。我们大司伏萨的子孙，须得匍匍在他的面前，还须替他拉皮条哩。这就是政治！同狼一起生活的人，须得学狼一般嗥叫的。"

他读那封信，觉得这信写得很好，特别是这信以外还要寄五万杜卡给贝尔曹奥梭伯爵去贿赂国王陛下的心腹左右，此外还有意大利美女的迷人玉照。

"但愿上帝降福给你的背十字架的大军，最忠心的基督教国王陛下！"信内有一段这样写着。"奥松尼的门户都为你开着。请莫踌躇，请你以胜利者的资格走进这些门户，你当代的汉尼拔尔[1]！意大利民众都想舐舐你的甜蜜的枷轭，他们盼望你，神所膏沐的，好像当初救主复活之后，列祖盼望他来地狱拯救一般。靠着上帝和你的有名的炮兵，你将不仅占领拿波里和西西利，还要占领苏丹领土哩。你将使异教徒皈依基督教，将进军直到圣地，从不信上帝的撒拉森人[2]之手夺取耶路撒冷和圣陵，而使得全世界都仰望你的大名。"

一个驼背和秃头的老头子，脸上有一个长长的红鼻子，在这小办公室门外鬼鬼祟祟地向里面窥看。公爵和悦地对他微笑，并做了一个手势，要他再等一会儿。

门小心地关起来，老头儿不见了。

秘书长还要商议其他的国事，可是穆罗已经没有心思听他的话，时时望着房门了。

巴多罗买阿先生明白公爵心里想着其他的事情，便结束了他的报告，走开了。

公爵小心地向周围看看，垫起脚跟，走到房门口来。

"伯尔拿图！喂，伯尔拿图！你在这儿吗？"

---

[1] 汉尼拔尔 Hannibal，纪元前二四七——一八三，迦太基大将，曾侵入意大利，几乎占领罗马。
[2] 撒拉森人 die Sarazenen——即阿拉伯回教徒。

"在这儿，殿下。"

于是，这位宫廷诗人伯尔拿图·伯令聪尼带着神秘的谦卑的神气跳进房里来，正要跪下去吻他的主公的手。可是公爵不让他跪下。

"事情怎么样了？"

"好得很。"

"她分娩了吗？"

"昨天晚上她生了一个孩子。"

"她的身体好吗？我们要不要派医生到她那儿去？"

"她的身体好得很。"

"谢谢上帝！"

公爵画了一个十字。

"你看见那孩子吗？"

"看见的。一个同图画一般的清秀孩子。"

"是男孩还是女孩？"

"一个男孩子。他哭着，喊着。他有一头金色头发，同母亲一样，但那双小眼睛，闪着光，团团转，颜色是黑的，样子是聪明的，正是殿下的眼睛。一眼就看得出，这是龙种了！一个小赫丘利[1]神在摇篮里！采西丽亚太太快活得几乎发狂了。她叫我来请问：要叫他什么名字？"

"我早就想过了，"公爵回答，"我说，伯尔拿图，我们要叫他作恺撒。这个名字，你觉得怎样？"

"恺撒吗？这确是一个好名字，好听，又有古风。不错，不错，恺撒·司伏萨，这是一个英雄该称的名字。"

"好。男人说什么话没有？"

"那位尊贵的伯尔迦弥尼伯爵，仍是好意的，和气的，同往常

---

[1] 赫丘利 Hercules——希腊神话中英雄，本是宙斯和凡人所生之子，宙斯之妻希拉妒他，遣两条蛇去害他，他在摇篮中生生把这两条蛇勒死了。

一样。"

"一个好人!"公爵说,十分确信。

"一个挺好的人!"伯令聪尼附和着说,"我敢断言,他是一个具有稀有的优点的人。这样的人现在是很难得找的。若是他的风湿病不大厉害的话,他今天晚上准来赴宴,并向殿下道喜的。"

这谈话中提到的采西丽亚·伯尔迦弥尼伯爵夫人,好久以来就是穆罗的情妇了。结婚后不久,贝特丽采就打听出公爵的这个关系而大大地吃醋,并扬言要回娘家——费拉拉[1]公爵厄斯忒之厄尔果[2]那里去。穆罗不得已,只好在费拉拉公使面前庄重宣誓:从此以后不敢再有外遇了。为保证这个誓言,他叫采西丽亚同那个破落的老伯爵伯尔迦弥尼结婚。伯爵是一个没有廉耻的人,什么卑鄙龌龊的事情都做得出来。

伯令聪尼从袋里摸出一张纸头,拿给公爵看。

这是一首十四行诗,为庆贺这个新生婴孩而作的。诗中设为问答口气。诗人问太阳神,为什么用云彩将自己掩盖起来?太阳谦和地诙谐地回答道:他是在这新生的太阳,在穆罗和采西丽亚的儿子面前,感到惭愧和妒意,才把自己隐藏起来的。

公爵和悦地接受了这首十四行诗,他从钱袋里拿出一个杜卡,赐给这位诗人。

"此外,伯尔拿图,你该不至忘记星期六是公爵夫人的生日吧?"

伯令聪尼慌忙在他那件半像朝服半像叫花子衣服的袍子上当作口袋用的夹缝里面,掏出一大堆油垢的纸条来。在种种式式荒唐的诗篇,譬如追悼安哲里佳太太的死鹰的诗,安慰巴拉维齐诺爵爷的匈牙利种苹果斑病马的诗等等中间,他找到了所要的诗。

---

[1] 费拉拉 Ferrara——意大利东北,公国。
[2] 厄斯忒之厄尔果 Ercole d'Este,在位一四七一——一五〇五。

"这里有三首诗，请您挑选一首，殿下。我对别加士[1]发誓，你一定中意的。"

在当时，那些王公们利用他们的宫廷诗人，如同乐器一般，不仅去歌颂他们的情妇，而且去歌颂他们的正经配偶。当时的社会风气也要求这类诗篇把正经夫妇间的爱情描写得同尘世中不一样，有如罗拉和佩特拉克[2]间的爱情一般。

穆罗很用心地读着那几首诗，他自命为鉴识此道的人，衷心内是个诗人，虽然从来未能写过一首诗。第一首十四行诗中，有三句他很喜欢。夫对妻说：

> 你的咳唾落在地面之上。
> 那里就开出了花朵，
> 犹如春天的紫罗兰。

在第二首诗里，诗人把贝特丽采比作女神狄安娜[3]，并说野猪和麋鹿一定以为十分幸福的，能够死在这样一位美丽的女猎人手里。但公爵殿下最合意的，还是第三首十四行诗，里面说但丁[4]请求上帝准许他降落凡尘，因为他的贝特丽采已经下凡化身作米兰国公爵夫人了。"主上帝啊，"但丁喊，"你既然又送她下凡去了，那么也允许我到她身边伺候一会儿吧，让我瞻仰一下现在享受着贝特丽采赐给的幸福的那一个人。"这个人就是罗督维科公爵。

穆罗和悦地拍着诗人的肩头，允许拿布给他做皮袍的新面子。伯尔

---

[1] 别加士 Pegasus——梅杜莎被杀，流出的血中，产生了一匹马，叫作别加士，有翼能飞，后来用以象征诗人的灵感。

[2] 佩特拉克 Francesco Petraca，一三〇四——一三七四。

[3] 狄安娜 Diana——罗马神话中掌管狩猎之女神，与希腊之亚尔特弥斯相当。

[4] 但丁 Dante Alighieri，一二六五——一三二一，但丁的爱人也叫作贝特丽采。

拿图也晓得趁这机会再讨一块狐皮来做领子。他扮起一个诉苦的和可怜的面孔，说他这件老皮袍已经薄了，透明了，"像给太阳晒干了的面条一般"。

"去年冬天，"他带哭声说下去，"我没有木头烧火，不仅把我的楼梯栏杆拆来烧掉了，连圣方济谷的木屐也给我扔进火里去！"

公爵大笑起来，允许给他柴火。

诗人充满了谢意，立刻作了四行诗：

> 你允许，拿面包赐给你的奴隶吃，
> 这样你就从天上给他降下吗哪[1]。
> 缪斯[2]九神，还有美音之神费布斯，
> 都要向你，穆罗啊，歌颂"和散那[3]"！

"你今天好像诗兴极浓，伯尔拿图。那么听我说，我还需要一首诗。"

"一首情诗？"

"不错。但要写得十分动情。"

"给公爵夫人吗？"

"不是。但是你，你不要对人胡说！"

"哦，殿下，您侮辱了我的人格！难道我曾经……"

"好的，我的意思也是……"

"我的嘴巴很紧的，紧得像一尾鱼！"

伯尔拿图神秘地恭敬地闪动他的眼睛。

---

[1] 吗哪 Manna——摩西带了以色列人出埃及，走到旷野没有东西吃，上帝降下一种东西，叫作"吗哪"，给他们做食粮。

[2] 缪斯 Musen——希腊神话九姊妹名字，掌管九种文艺之神。

[3] 和散那 Hosianna——光荣称颂之意。

"必须写得十分动情吗？但是怎样呢？是求爱呢，还是感谢呢？"

"是求爱。"

诗人沉思着，皱起了额头。

"是一位有夫之妇吗？"

"不是。是一位年轻处女。"

"哦。但我必须知道叫什么名字。"

"什么？知道名字做什么用？"

"情诗若是求爱的，没有名字就不行的。"

"叫作吕克列沙小姐。你没有现成的吗？"

"现成的是有的。但是新作的诗总比较好些。请您允许我到隔壁房间去一会儿，我已经感到，这首诗会作得很好的。诗句已经涌上来了。"

一个侍童走进房里来报告：

"雷翁那图·达·芬奇先生求见！"

伯令聪尼赶快抓起纸笔，走过一个门，不见了。雷翁那图则从另一个门踏进房里来。

见面行过礼之后，公爵便同这位画师谈起新开的大运河，"司伏萨运河"。这运河将塞西亚河和蕾奇诺河联结起来，而且用一个小运河网去灌溉伦梅里那地方的草地、田园和牧场。

雷翁那图主持这个开河工程，虽然他并没有宫廷建筑师的头衔，他甚至不是宫廷画师，他只有一个宫廷乐师的名义，那是好久之前他因为发明一种乐器而得到的。他的头衔不过比伯令聪尼所有的宫廷诗人头衔稍微高一点罢了。

画师很详细地解释了所有的计划和工作，以后就请求指拨往后工程所必需的款项。

"要多少？"公爵问。

"一里路五百六十六杜卡，总共一万五千一百八十七杜卡。"雷翁那图回答。

罗督维科皱起了额头。他想起了刚才为贿赂法国幸臣而付出的五万杜卡。

"数目太大了,雷翁那图先生!你真的要害我破产了。你总是要求些办不到的事情。布拉曼特也是一个能干的建筑师,他从来没有要过那么多的钱。"

雷翁那图耸一耸肩膀。

"随您的便,殿下。那么请您委托布拉曼特主持这个工程吧。"

"算了吧,不要赌气。你知道,我总是袒护你的。"

他们两人于是讨价还价起来。

"好了。明天还有工夫谈起这事的。"公爵做了结论,他总习惯于把事情的决定尽可能地延缓下去的。

公爵随手拿起雷翁那图的簿子翻着,里面是未完的画稿,建筑图案和计划。内中有一张画着一个大坟墓,一个人造的山,山顶立着一座多柱的庙宇,同罗马的万神庙一般,圆屋顶开了一个圆洞,可以看见陵庙的内部,规模是超出埃及金字塔以上的。大小尺寸在旁边详细记着,还有一个详细的图样注明梯子、过道以及那些足以安置五百个骨灰坛的地位。

"这是什么建筑?"公爵问,"你什么时候想出来的,打算给谁用的?"

"就是这样子。不给谁用的。这是幻想的图画……"

穆罗惊讶地望着他,一面摇摇头。

"真是奇怪的幻想!一个陵庙,给奥林匹斯山诸神的或给底但族[1]的。仿佛一场梦,或者一篇神话。……而你却是一位数学家!"

他又翻出了一张图画,一个具有双层街道的城市的图案,上层给主

[1] 底但族 Titanen——古代巨人族,与神相争。

人用的，下层给奴隶、牲畜用的，下层还有好多管子和沟渠流着秽水。这是恰切认识了自然法则而草成的城市图案，但是给那些良心上不因地位不平等和主奴分别而感觉不安的人所用的。

"这不坏，"公爵说，"你以为果真能够建筑这样一个城市吗？"

"能够的，"雷翁那图回答，他的精神振作起来，"我好久以来就梦想着，殿下也许会来尝试一下，至少在米兰郊外建筑这样一个城市，五千个屋子给三万人居住。现在人群拥挤在一块，过的是污秽生活，吸的是恶浊空气，传播瘟疫和死亡的一切种子。那时他们就会疏散一点，舒适一点了。殿下有意实现我的计划吗？那将是世界上最美丽的城市……"

画师瞧见了公爵脸上现出一种微笑，便闭口不说下去。

"你是一个怪人，雷翁那图先生！一个滑稽人物！我相信，若是让你放开手做去，你将翻天覆地，使得国家离乱的。你看不到吗，甚至最卑贱的奴隶也要起来反对你的双层街道的？他们将对着你所夸奖的什么清洁，你的世界上最美丽城市的一切水管和沟渠，吐唾沫，而逃回到他们的老城市去。因为污秽和拥挤，总要比屈辱好些。——哦，这又是什么建筑？"他再问，指着次一张画稿。

雷翁那图也给他解释这张图画，原来这是一个妓院的图案，各个房间、门户和过道，这样布置，使得嫖客能绝对保持秘密，不必害怕同他人碰头。

"这确是一件好事！"公爵喊，完全兴奋起来，"实在的，你想不到我是何等厌烦那在城里藏垢纳污的地方不断发生的盗案和命案！若是房子能像你这样布置，那一定能有秩序和安全了。我一定要照你的图案造一个屋子。此外，"他带笑再说下去，"我看你是什么事情都在行的。没有什么事情被你视为不屑一顾。一个给诸神用的陵庙，跟着就来一个妓院！是的，还有别的东西，"他又说下去，"我记得古代有个历史家说起了所谓'狄翁尼士[1]执政之耳'的故事：一种装在墙内的'听管'，使得这个执政能在他的房子里面听到别人在其他房子里的一切谈话。你以为怎样？我的宫里可以装这样一个'狄翁尼士之耳'吗？"

公爵说这段话时，起初有点局促不安，但后来感觉到在这位艺术家前面无须乎惭愧，他又泰然自若了。雷翁那图没有去想别的事情，没有去想这"狄翁尼士之耳"是坏事还是好事，只是把它看作一种新颖的科学设备，并且很高兴，在装设这类管子时，能得极便利的机会，来研究音波振动的法则。

伯令聪尼手里拿着刚作好的十四行诗，出现在门口。

雷翁那图起来告辞。穆罗请他晚上吃饭。

艺术家走了以后，公爵便叫诗人来，念新作的诗给他听。

"火龙子，"诗中这样说，"生活在火焰当中，本是很奇怪的。但一个姑娘，冰一般冷在我的燃烧着的心中住着，而她的处女的冰又不会为我的爱的热火所融化了？这岂不是更加奇怪得多吗？"

公爵认为写的特别动情的，还是最后四行：

> 我唱着，像一只天鹅；我唱着，我要死了。
> 我向爱神恳求：怜悯哪，我全身燃烧了！
> 可是那神，他不管，反而更煽红了我的热心一颗。
> 他笑着对我说："要熄灭它，只有用你的眼泪如河！"

晚餐以前，公爵在等待他的夫人行猎回来时，还巡视了一下他的家政。他到马厩里看一眼，这马厩连着它的柱廊，很像希腊的一个神庙。他又到新建的华美的乳酪场里看一眼，在那里尝了一点新鲜的乳酪。他走过了无数的仓库和地窖，而到了园圃和畜栏。这里，每件琐细的事

---

[1] 狄翁尼士 Dionys——古代叙拉古执政，纪元前四世纪时人。

物，都足以愉悦家主的心：郎格独^[1]产的那只红褐色母牛乳头上滴出的奶，刚生产了小猪的那只肉山一般的母猪的母性的骄傲的喘声，牛奶栅里榛木桶子装的乳脂的黄色泡沫，以及丰满的谷仓之中的蜂蜜香味。

一种静穆的幸福的微笑，现出在穆罗面上。他的家政确是十分丰裕的！他回到宫殿内，坐在走廊那里，休息一会儿。

时候不早了，但离太阳下山还远得很。从蓄奇诺河岸上潮湿的草地刮来一阵新鲜的和芬芳的微风。

公爵的眼光飘过他的领土：许多运河和沟渠交织成的网络，灌溉着草地和田园，这当中匀称地种着苹果树、梨树和桑树，由葡萄藤联结起来。从摩塔拉，直到亚毕亚特格拉梭，还向前去直到地平线的远处，就是玫瑰山的雪顶在烟雾中闪烁着的地方。这广阔的伦巴底平原都是花红草绿的，同上帝的乐园一样。

"主啊，"穆罗感动得赞叹起来，并抬头望着天上，"这一切，我都应当感谢你！我还指望别的什么呢？从前这里是个荒漠。我同雷翁那图两人开了这些运河，灌溉了这些田地，现在每穗田禾，每根小草，都在感谢我，正如我感谢你一般，我的主啊！"

不久就听到猎犬吠声，行猎人的呼唤也响过来了。牧场的矮树丛后面，那只红色媒鸟已经隐约可辨了。这是空心的鸟皮，装着鹧鸪翅膀，用来诱引老鹰的。

公爵同着内廷总管巡视一下那罗列着肴馔的桌子，看看一切都准备好了没有。公爵夫人同请来赴宴的客人都走进饭厅来了。雷翁那图也在客人之内，他今晚要在这个别宫内过夜的。

大家做了一个祈祷，都坐下来。端上新鲜的蓟菜，那是快差用篮子从热那亚赶送来的；还有肥胖的鳝鱼和鲤鱼，那又是曼土亚池塘的产物，厄斯忒之伊萨伯拉的一件礼品；还有冰冻的阉鸡胸肉。

[1] 郎格独 Langue d'oc——法国南方。

人们用三个指头和用刀吃饭，但不用叉子，那时还以为叉子是种不能容许的奢侈品。水晶柄的金叉子，则是专给小姐太太们吃浆果和糖果用的。

好客的公爵，频频劝人加餐。人们吃得很多，喝得很多，几乎是没有节制了。最优雅的太太和年轻的小姐那样贪吃，全不害羞。

吕克列沙紧靠在贝特丽采身边坐着。

公爵看着她们两人，心里十分惬意。他很喜欢看见她们并排坐着，看见他的夫人在那里恭维他的爱人，拿最好吃的东西放在她的盘子里，在她的耳朵边低声说着话，有时忽然现出温柔的神态紧握着她的手，几乎是热恋的情态，像年轻娘儿们所常有的。

人们谈说行猎的事情。贝特丽采叙述一只鹿如何突然地从林子里窜出来，用头上的角触着她的坐马，几乎使她从鞍上翻下地来。

人们嘲笑那个呆子曹达——一个吹牛好斗的人，他把一只家猪当作野猪拿来宰了，这家猪是行猎的人带来林子里做饵用的，人们同呆子开玩笑，把这猪赶到他的两腿中间。曹达叙说他的武功，十分得意，仿佛杀了一只卡力顿野猪[1]。人们作弄他，最后还把那只杀死的猪扛来，为的堵住他的夸口。他现在装作生气的样子。事实上，他乃是一个老奸巨猾的人，不过装作呆子罢了。他的狡诈的眼睛不仅知道家猪和野猪的区别，而且能够分辨什么是好的玩笑和什么是坏的玩笑哩。

笑声愈来愈大。喝了许多的酒，大家的面容更加活跃了，红晕了。上了第四道菜以后，那些年轻的贵妇都在桌子底下暗暗放松那过于窄小的围腰。

酒侍献上一种淡薄的白葡萄酒和一种温过的掺有阿月浑子、肉桂、

---

[1] 卡力顿野猪 Kalydonischer Eber——卡力顿大猎是希腊神话中有名的故事。卡力顿王得罪了猎神亚尔特弥斯，猎神遣了一只凶猛野猪去骚扰他，他的王子邀集了好多英雄才杀死这猪。

丁香等香料的浓厚的居比路红酒。

每逢斟酒给公爵殿下时，那些酒侍便要郑重其事地呼唤起来，仿佛举行一种神圣仪式。他们从柜子内取下一个杯子，主膳官便拿着那拴在一条金链子上的"独角"插在酒里三次。这酒若是有毒，角上必然变黑，并有血点滴出来。还有其他类似的物品，一个蟾蜍石和一根蛇舌，则是用来试验食盐的。

伯尔迦弥尼伯爵，采西丽亚的丈夫，公爵请他坐在首席。他今晚特别高兴，几乎可说是放浪的，虽然他年纪很大，而且害着风湿病。他指那只独角兽的角说道：

"我敢断言，殿下，法国国王也未曾有这样一只角子的。这角的确大得惊人！"

"嘻，嘻，嘻！"公爵宠爱的呆子，那个驼背的雅那基，捧腹大笑起来。他摇着他的响器，一个盛满了豌豆的猪尿泡，并使他那顶装有驴耳朵的彩色帽子上的铃子响着。

"小爸爸，小爸爸！"他对公爵喊，手指着伯尔迦弥尼伯爵，"你信他的话吧，无论哪一种角，他都熟悉的；不但是兽头上的角，还有人头上的角[1]。嘻，嘻，嘻！谁有一只母羊，谁就生的有角。"

公爵举起手指威吓着呆子。

现在，银喇叭在高台上吹出震耳的声音，欢迎烧烤的菜了。这是填满了栗子的一个大野猪头，还有一只孔雀，内部有巧妙的设备，使得尾巴和翅膀都会动弹。最后端来一个极大的糕，做成堡垒模样，里面发出了号角的响声，当人们剖开那重脆弱的皱皮时，忽然有个全身饰满鹦鹉羽毛的侏儒从糕里跳了出来。他在桌上乱跑乱转，直到人们把他捕住了，关在一个金笼子里，那里他模仿着红衣主教亚斯干尼奥·司伏

---

[1] 人头上的角——西方人说人头上生角，就是中国人说头上戴绿帽子之意。

萨[1]的那只有名的鹦鹉，用着滑稽的声音，念了一篇《天父》祈祷文。

“公爵，”贝特丽采问，脸对着她的丈夫，“我们今晚享受这样丰盛的筵席，应当感谢哪一件喜事呢?”

穆罗没有回答她。他只暗中亲切地向伯尔迦弥尼伯爵看了一眼，采西丽亚的这位幸福的丈夫心里就明白这个盛筵是为庆贺那个新生的恺撒而设的了。

为了这野猪头，人们几乎吃了一点钟。人们从从容容地吃着，按照那句格言，就是说：“人在吃饭之时不会变老的。”

快要完席的时候，那位塔蓬修士，那个大块头，绰号“大老鼠”的，惹起了哄堂的笑声。

这位闻名遐迩的大饭桶，各地王侯都争着聘他，米兰公爵用了许多诡计才能把他从乌比诺[2]诱到这里来的。据说他有一次在罗马，拿一件骆驼毛做的主教道袍切成碎块，拌了酱油，竟吃下了三分之一。这事惹得教皇十分开心。

公爵做了一个手势，人们就端了一盘塞满糖渍榅桲的大肠放在塔蓬修士面前。这位修士画了一个十字，把袖子卷得高高的，用着令人难信的贪欲大嚼这道肥腻的菜。

“基督用五个饼和两尾鱼喂饱五千人的时候，这家伙若是在旁边的话，剩下来的零碎一定不够两只狗吃的!”伯令聪尼喊起来。

客人们又爆发了响亮的笑声。这儿的一切人这样爱笑，随便一句谐谑都是一粒火星，立刻爆发出欢乐的大炮。

唯有沉默寡言的雷翁那图，寂寞地坐在众人中间，保持一种无可奈何的厌倦神态。他的恩主这类消遣光阴的事情，他早已见惯了。

当金黄色橙子浸在银碟上芬芳的麦尔瓦西酒里端上来时，伯令聪尼

[1] 亚斯干尼奥·司伏萨 Ascanio Sforza——穆罗的兄弟。
[2] 乌比诺 Ubino——意大利中部，当时是公国。

的同行，另一个宫廷诗人安多尼阿·卡梅里·达·比斯多亚，便站起来诵一首诗。诗中"艺术"和"科学"对公爵说："我们都是奴隶，但你来了，你解放了我们。穆罗万岁!"四大元素，地、水、火、风，也歌唱道："上帝之下第一人，他操纵宇宙大舵，他转动命运轮子，但愿他万寿千秋!"诗中也歌颂到家族的关系，以及穆罗和仗·嘉黎亚左叔侄间的和睦。诗人把这位好心的摄政比作鹈鹕，据说鹈鹕是用自己的肉和血喂它的儿女的。

筵席散后，主人和宾客都到所谓"乐园"那里去：一个设备得像几何图形的花园，园内有修剪齐整的黄杨树，长春树和桂树的荫道，又有装屋檐的过路迷阵、凉亭和藤架。一块绿草地中央有个喷泉，散播清爽的凉气，人们在草地上铺下地毡和绸制靠垫。男男女女无拘无束地躺在一个小戏台前面。

台上扮演一幕布劳都斯[1]著的《光荣的兵士》。拉丁文的诗虽然使看客听而生厌，但由于崇拜古人，人们还是装着专心致志去听的。

戏演完后，青年男女就走到一块较大的草地上，去跳舞和捉迷藏。他们跑着，互相捕捉着，在盛开的玫瑰花丛和橘树中间，他们高声大笑同小孩子一样。年纪较大的人则玩着骰子骨牌或下着棋。那些没有参加游戏的年轻姑娘、已婚太太和青年骑士，则紧紧挤成一个圈子坐在喷泉周围大理石阶上，轮流讲说故事，如同薄伽丘[2]的《十日谈》所说的。

另外一个草地上，人们在跳圆轮舞，一面唱着已作古人的罗棱慈·德·梅狄奇得意的歌曲：

青春何美好，

---

[1] 布劳都斯 Marcus Accius Plautus，纪元前二五四——一八四。
[2] 薄伽丘 Giovanni Boccaccio，一三一七——一三七五。

惜哉易蹉跎，

今时不行乐，

明朝唤奈何！[1]

跳舞完后，狄安娜小姐，一个白皙的温柔的姑娘，伴着大提琴柔和的音调唱了一首哀怨歌曲，曲中感叹爱人而不得人爱，是何等的痛苦。

游戏和笑语都止息了。大家静听着，都沉浸在深思之中。小姑娘唱完之后好久，还没有人敢冲破这个寂静。唯有喷泉的水潺潺响着。最后的斜阳，将松树的黑色而平坦的末梢和喷泉的高高溅起的水珠，染上了淡红颜色。

以后大家又谈起来了，笑起来了。音乐奏起来了，而且直到夜里，直到萤火虫闪烁于暗黑的桂树丛中和一钩新月照耀在碧空上头的时候，这幸福的"乐园"内，布满了橘子花香气的寂寥的朦胧当中，总是响着这样的歌调：

今时不行乐，

明朝唤奈何！

穆罗看见宫内四个高塔，有一个上面射出灯光。米兰公爵的御用星士长，咨议员兼枢密顾问俺布罗曹·达·罗萨特先生，此时正在那上面

---

[1] "青春何美好……"此诗原文如下：

Quanto è bella giovinezza,

Che si fugge tuttavia!

Chi vuol esser lieto, sia:

Di doman non c'è certezza.

这是豪华者罗棱慈作的关于狄昂尼索和亚丽安妮恋爱的一篇长歌中的叠句，非常有名，隔了五百年，至今还有人爱唱。有人以为这四句诗可以象征当时昙花一现的文化。

坐着，守着一盏孤单的小灯和他的那些天文仪器，观察天上宝瓶宫内即将到来的火、木、土三星会聚，这对于司伏萨家气运是有重大意义的。

公爵想起了一件什么事情。他向吕克列沙小姐告辞，刚才他们两人在一个隐僻的亭子里谈心。他现在走回宫里去。他看了钟，等待星士给他规定的某分某秒的服药时间。当他把大黄丸子咽下去以后，他就翻出他的怀中历书来看，读着底下一段记载：

八月五日十点九分钟，一次热烈的祈祷，跪下，合着双手，举头望天。

公爵赶紧走向祈祷室去，怕赶不上所定的时刻。若是差了时辰，这个占星学上的祈祷便要没有效力的。

祈祷室内朦胧一片，只有一盏小灯点在圣像面前。公爵恰好崇拜雷翁那图·达·芬奇手画的这幅圣母像，因为这是照采西丽亚·伯尔迦弥尼的模样画的，画做圣母正在给一朵百叶玫瑰祝福的情景。

穆罗在一个小沙钟上计算八分钟，然后跪下来，合着双手，做了一个忏悔祈祷。

他祈祷得很久，很热烈。

"圣母啊！"他低声说，模糊的眼光望着天上，"请你保护我，解救我，并施恩于我，还有我的儿子马西弥良诺，还有新生的男孩恺撒，还有我的女人贝特丽采和采西丽亚太太。还有我的侄儿仗·嘉黎亚左哩！因为从我的心，你，最纯洁的贞女，你可以知道我对侄儿是从无恶意的。我为他祈祷，虽然他的死也许可以使我的国家，以至整个意大利，得免除那个可怕的永难挽救的灾祸。……"

这时，他想起了那些法学家替他辩护，以为米兰公位应当归他的理由。他们说：他的哥哥，即仗·嘉黎亚左的父亲，只是元帅弗郎西斯果·司伏萨的儿子，而不是公爵弗郎西斯果·司伏萨的儿子。因为是在弗郎西斯果登上公位以前生的，至于他罗督维科，则是他的父亲登上公位以后才生的，所以他是唯一的公位继承人。

但现在，在圣母像面前，他却觉得这个理由有点可疑，于是结束他的祈祷说：

"即使我在你面前犯过什么罪孽或者将犯什么罪孽，那么，圣母，你是知道的，我做这事，并不是为了我，而是为了我的国家的福利，为了全意大利的福利。因此，你要在上帝面前替我辩护，而我要荣显你的名，建筑米兰华美的大教堂，建筑巴维亚修道院，以及好多其他的东西。"

祈祷做完了，他便拿起蜡烛，穿过万籁无声的宫殿内暗黑的厅堂而走向他的寝室去。在一个厅堂中，他碰到吕克列沙小姐。

"看哪，连爱神都来扶助我！"公爵心里想。

"殿下。"小姑娘喊，跑到公爵面前。她急得话都说不出来。她要向他下跪。穆罗用了许多力量才阻止她跪下来。

"给我恩典哪，殿下！"

她对穆罗：她的哥哥，马太·克里威利，现任造币局长，一个轻薄的人，但她很喜欢他，他近日赌钱，把一笔很大的国库的钱输掉了。

"您放心好了，小姐。我会替您的哥哥想法子的。"

他沉默了一会儿。然后他用一种深深的叹息，再说下去：

"那么您也答应我，不再给我为难了？……"

她用着惊惧的，无邪的，同小孩一般明亮的眼睛，望着他。

"我不懂得您的意思，殿下……"

她的天真的惊愕，使她更加美丽动人。

"我的意思是说亲爱的姑娘……"他感情激动得连话都说不下去，他忽然用一种几乎是粗暴的动作急忙搂抱她的腰。"我的意思是说，……是的，你看不出吗，吕克列沙，我早已爱你？……"

"放了我！放了我啊！殿下，您做的什么事！贝特丽采娘娘……"

"不要害怕！她不会知道的。我会保守秘密的……"

"不，殿下，我不！她是那么宽宏，待我那么好，……放了我，放了我啊！"

"我要救你的哥哥，无论你要求什么，我都答应你。我要做你的奴隶。不过你要怜悯我！……"

他含着泪，用了颤抖的声音，轻轻念着伯令聪尼的诗：

> 我唱着，像一只天鹅；我唱着，我要死了。
> 我向爱神恳求：怜悯哪，我全身燃烧了！
> 可是那神，他不管，反而更煽红了我的热心一颗，
> 他笑着对我说："要熄灭它，只有用你的眼泪如河！"

"放了我，放了我啊！"小姑娘绝望地再说一遍。

他低下头来，嗅着她的呼吸的新鲜气息，嗅着麝香和紫罗兰的香味，于是贪婪地吻着她的嘴唇。

吕克列沙在他的怀抱内好一会儿失去了知觉。

然后，她叫喊起来，挣脱了身子，逃跑了。

公爵走进了他的寝室，看见贝特丽采已经熄了灯，上床睡觉了。一架巨大的床，立在房子中央一个高地上，好像陵墓，上面有蓝绸的床顶，四边挂着绣银的帐子。

他脱了衣服，揭开一角被盖，这被像主教的祭衣一般，绣了好多金子和珍珠，是费拉拉公爵送的一件结婚礼物。他睡下来，在他的女人身边。

"贝采，"他放低声音，温柔地说，"贝采，你已经睡着了吗？……"

他要去抱她，但贝特丽采把他推开去。

"为什么？……"

"不要吵我！我要睡觉……"

"为什么？……你说一声，为什么？贝采，亲爱的贝采！你不知道，我何等地爱你……"

"是的，是的，我早知道了。我们几个人，你都爱的——我和采西丽亚，还有那个莫斯科女奴，那个红头发的呆女，你不久之前才在我的更衣室角隅拥抱过她……"

"那不过是开玩笑……"

"我谢谢你这样的玩笑！"

"真的，贝采，你近日这样地阴冷，这样地板起面孔！自然是我的不对，我承认。这是我的一种不好的脾气……"

"你的脾气多得很哩，公爷！"

她翻转身子来，气愤地对他说：

"你一点不害羞！为什么撒谎呢？你以为我不知道你吗？我没有看穿你吗？请你不要妄想，以为我是吃醋的！我只是不愿意，你听到吗？我只是不愿意做你的情妇当中的一个。"

"这话冤枉人的，贝采！我拿我的灵魂在你面前发誓！世界上没有一个女人，我曾像爱你一般爱过。"

她不响，只惊愕地听着，不是听他的话，而是听他说话时的声调。

他确是没有撒谎，或至少没有完全撒谎：他愈同别人偷情，就愈加爱她。他施于她的温柔，由于羞惭、恐惧、自咎、怜惜和懊悔，而更加增长起来。

"饶恕我，贝采，饶恕我一切！因为我那么热爱你……"

于是她宽宥他了。

他将她搂抱在怀内，在黑暗中看不到她。他以为看见了刚才那两颗惊惧的无邪的眼睛，嗅到了麝香和紫罗兰的香味，仿佛觉得是把别一个搂在怀里。他同时爱着两个：这是罪过，这又是快乐。

"你今天确是风骚得很！"她悄悄说，暗地里也很得意。

"听我的话，爱人，我仍是这样热爱你，同起初几天一样！……"

"胡说!"她笑了起来,"羞也不羞!我们还是谈点正经的事情。'他'又要康健起来了……"

"路易基·马良尼不久才对我说,他活不了的,"公爵回答,"暂时的痊愈是不会经久的,他一定要死去的。"

"天晓得!"贝特丽采反驳说,"人家那样用心调理他!听我说,罗督维科,我真佩服你这样无忧无虑!你忍受人家侮辱像一只羔羊,还要夸口政权在我们手里哩。不如完全丢开你的政权吧,免得整天整夜战战兢兢像一个窃盗,免得向那个私生子什么法兰西国王下跪,免得仰赖那个无耻的亚尔丰梭的宽宏度量,也免得向亚拉贡尼家那个恶巫婆[1]乞求恩典。据说她又怀孕了,还要添加一条蛇在那受诅咒的窝巢里!我们一生一世都要这样过活。你试想想,罗督维科,我们一生一世!而这,你还要叫作:政权在手里哩!……"

"但是医生都是一致的意见,认为他的病是好不了的,"公爵回答,"不过是迟早问题罢了……"

"你等着吧!十年前就说他要死了……"

两个人都不响。

忽然,她伸出臂膀搂抱他,整个身体紧紧贴着他,在他的耳边说了几句什么话。他颤抖起来。

"贝采!……愿基督保佑你,圣母也保佑你!再不许你,听到吗?再不许你同我说这种话……"

"若是你害怕时,……我来做好吗?……"

他没有回答。过一会儿之后,他问:

"你在想什么?"

"我想那些桃子……"

"不错,我命令了园丁,把最熟的桃子采下给他送去……"

---

[1] 亚拉贡尼家巫婆——指仗·嘉黎亚左之妻伊萨伯拉。

"不是，我想的不是这个。我想的是雷翁那图·达·芬奇先生的桃子。你没有听人说过吗？"

"没有。这桃子有什么意思？"

"那是——有毒的！"

"什么——有毒的？"

"是这样的。他在桃树上安下毒药，做一种实验，也许是一种邪术。细东尼亚太太同我说过这件事。果子是非常好看的，但是——有毒的……"

两个人又都不响了。他们紧紧搂作一团，在寂静和黑暗之中，心里想的是同一个事情，两个人都在听着别一个人的心是如何愈跳愈快起来。

最后公爵用着父亲般的温柔吻了贝特丽采的额头，在她身上画了一个十字：

"睡吧，最爱的人！愿上帝与你同在！"

这夜公爵夫人梦见极好看的桃子，在一个金盘上面。她给桃子的美丽所诱引了，拿起一个尝了一口，汁很多，味道极好。忽然有个声音在她的耳边说："有毒的！有毒的！有毒的！"公爵夫人吃了一惊，但她自制不住，仍旧把果子吃下去了，一个又一个都吃完了。

她以为就要死了，但她愈觉得轻松，心里愈觉得快活。

公爵这夜也做了一个奇怪的梦。他在"乐园"里喷泉底下那个绿草地上走着，忽然看见远处坐着三个女人，穿一色的白衣裳。她们互相拥抱着，同姊妹一般。他向她们走去，认出一个是贝特丽采，一个是吕克列沙，还有一个是采西丽亚。他心里异常高兴，他想："谢谢上帝，她们三个终于和解了。她们早就应当和解的。"

塔上的钟敲了午夜十二点，别宫内所有的人都睡了。唯有高处，屋顶上，公爵夫人染金头发用的木搭平台上面，有个人坐着，就是那个女侏儒摩尔干嵓娜。人家把她关在堆放什物的房子内，她从那里逃出到这上面来，哭着她那未曾存在过的孩子：

"我的心爱的孩子给他们拿去了，我的小孩给他们打杀了。为什么呢，为什么呢，上帝？他并没有得罪了谁。有了他，我才会安静，会快乐的。……"

夜是明亮的，空气是透明的，以至远处地平线上，玫瑰山顶，从未融化的水晶一般的冰帽，也辨认得出来。

睡着的宫殿上面，那个女疯子还啼哭了很长久，如同一个不祥之鸟在那里鸣叫。

她忽然叹了一口气，抬起头来，望着天上，便不作声了。

一切都寂静了。

女侏儒微笑着。蓝的星星在闪光，神秘地，无邪地，恰同她的眼睛一样。……

第四章

群巫大会

　　米兰维塞里拿门外一个僻静区域，距离干塔拉那运河堤岸和税关不远的地方，有一幢摇摇欲倒的小屋子孤独地立着，屋上有一个给烟熏黑的歪斜的大烟囱，无明无夜在那里喷烟。

　　这是稳婆细东尼亚太太的屋子。楼上租给炼金术士嘉黎屋托·萨克罗布斯果先生居住。她自己和嘉山德拉小姐则住在楼下。嘉山德拉小姐是嘉黎屋托的弟弟，那位商人路易基·萨克罗布斯果的女儿。这商人是个大旅行家，他为寻访古物之故，毫不厌倦地到处奔走，走遍了希腊、多岛海上诸岛、叙利亚、小亚细亚和埃及。

　　路易基搜集了他能到手的一切东西：优美的雕像，带有苍蝇化石的琥珀块，一块伪造的荷马墓碑，一卷真实的幼里披得[1]悲剧，还有德谟斯典[2]的锁骨。……

―――――――――――

[1] 幼里披得 Euripides，纪元前四八〇——四〇六，希腊三大悲剧家之一。
[2] 德谟斯典 Demosthenes，纪元前三八五——三二二，希腊大演说家。

108

有些人把他看作疯子，有些人说他吹牛和欺骗，又有些人则认为他是位了不起的人物。路易基的幻想满含了异教事物，他虽然死时仍是一位良好的基督教徒，但他一本正经地去崇拜"最神圣的墨邱利神"，并认为这位有翼的神使当值的星期三是特别有利于缔结商业契约的。他在探求古物时，毫不害怕艰难和困苦。有一次，他已经坐船开行了十里路了，他听到人家谈起一个他尚未读过的有趣的希腊碑文，于是他又回到岸上来，为的抄录这个碑文。当他在某次翻船丧失了一批极有价值的古代写本时，他着急得连头发都灰白了。人们若是问他：为什么这样倾家荡产，为什么毕生冒着这样艰难和危险，那他总是用着同样的话回答说：

"我要起死回生呀！"

在柏禄奔尼[1]，斯巴达废墟近旁，那个小城弥斯特拉乡间，他爱上了一个小姑娘，她的面貌好像古代亚尔特弥斯[2]女神的雕像。她是一个穷酒鬼、村教堂执事的女儿。路易基娶了她，带她回意大利来，同时还带回一卷新的《伊利亚特》抄本，一个赫卡[3]女神的大理石雕像的碎块，一些陶土水瓶的破片。生了一个女儿，路易基就把她取名作嘉山德拉[4]，为的纪念伊士基勒[5]悲剧中的女主角，即亚加绵农的女俘房。那时他正在崇拜这位女英雄。

他的妻不久就死去了。当他又要出发旅行去的时候，便把这失母的女儿寄养在一个老朋友家里，一个从君士坦丁堡来的希腊学者。这个学者是受了司伏萨家之聘到米兰来的哲学家德美特留·哈尔孔底拉斯。

[1] 柏禄奔尼 Peloponnes——希腊半岛南端之总称。
[2] 亚尔特弥斯 Artemis——希腊神话中之月神及猎神，即狄安娜。
[3] 赫卡 Hekat——希腊神话中冥司女神。
[4] 嘉山德拉 Cassandra——嘉山德拉本是特洛伊国王卜廉的女儿，城破被俘，给希腊联军总帅亚加绵农做奴隶。她原是亚普罗之爱人，亚普罗传她预言术。事迹见伊士基勒的悲剧《亚加绵农》。
[5] 伊士基勒 Aschylus，纪元前五二五——四五六，希腊三大悲剧家之一。

　　这位七十岁的老学者，是个阴沉、虚假和狡诈的人，表面上装作非常热心于基督教会，其实他同当时在意大利的许多希腊学者一样——红衣主教贝沙里翁[1]便是他们的领袖——乃是古代哲学最后的代表人，新柏拉图派格弥斯托士·卜列东[2]的私淑弟子。卜列东是四十年前在柏禄奔尼斯巴达废墟附近那个弥斯特拉城死去的，嘉山德拉的母亲就是这城的人。卜列东的生徒们教训人说：大柏拉图的灵魂是从奥林匹斯山降落下来的，为的传播智慧于人间；卜列东也是这个灵魂所化生的。但那些基督教学者则反对此说：他们认为这位哲学家要复兴敌基督者，那个叛教者朱理安皇帝[3]的邪教，即对于古代奥林匹斯山诸神的崇拜；他们又认为人们不能拿学问上的证据和辩论去反对这种学说，人们只有用异端裁判法庭和柴堆上的火焰去扑灭它。人们征引卜列东自己说的话——据说他死前三年曾对他的那些信徒说："我死了几年之后将有一个唯一的真理照耀地上万族万民，一切的人都将以一致的精神趋向于一个唯一的信仰。——Unam eandemque religionem universum orbcm esse suscep-turum."人们如果问他：是哪一种信仰，是基督教的，还是回教的？那他就回答："不是基督教的，也不是回教的，乃是一种同古代异教没有差别的信仰。——Neutram，sed a gentilitate non differentem."

　　那个小嘉山德拉，便是在这希腊学者德美特留·哈尔孔底拉斯家中那种严肃的然而虚伪的虔诚空气里养育起来的。这女孩子并不了解柏拉图式观念的哲学机锋，她只用那零星听来的话构成了奥林匹斯山诸神即将复活起来的一种巫术故事。

─────────────

[1] 贝沙里翁 Bessarione，一三九五——一四七五。

[2] 格弥斯托士·卜列东 Gemistos Plethon，一三五五——一四五〇。

[3] 叛教者朱理安皇帝 Kaiser Julianus Apostata，三三一——三六三，罗马恺撒，在位三六一——三六三，古代晚期一个哲学家，属于新柏拉图派，反对基督教，所以被后代基督教徒称为"叛教者"。他死后，古代希腊罗马之宗教就绝灭了。梅勒什可夫斯基另一部小说《诸神死亡》就是写朱理安皇帝事情的。

这女孩胸前挂着父亲赠送的一件防护热病的法物，一个雕有巴库斯神像的宝石。无人在旁时，她常常拿出这个古代宝石，对着太阳观看。在这石英雕刻物的暗紫色光辉中，她看见了那个裸体少年巴库斯，好似一幅异象。这巴库斯，又叫狄昂尼索[1]，一手拿着一枝酋苏杖，一手提着一串葡萄，一只纵跳的豹子正要用舌头去舔那串葡萄。这女孩子的心于是充满了对这位美貌尊神的爱。

路易基先生为了他的古董，把家产荡完了。他害了一场疟疾，死在一个牧人的茅舍里。在那刚由他发现出来的一个菲尼基神庙的颓垣当中，死时同叫花子一般穷。那时，嘉山德拉的伯父，那个炼金术士嘉黎屋托·萨克罗布斯果先生，恰好多年漫游之后回到米兰来了。他租了维塞里拿门外那个孤寂的小屋子，他的侄女和他一同住着。

卓梵尼·贝尔特拉非奥时常想起他偷听到的那天夜里嘉山德拉小姐和机器匠左罗亚斯特罗二人关于那株毒树的谈话。以后，他在德美特留·哈尔孔底拉斯家中碰到嘉山德拉，他得了梅鲁拉的介绍，到这位老希腊学者家中找寻抄写工作去的。他听好多人说这小姑娘是个巫姑，但是嘉山德拉的神秘的美吸引了他。

差不多每天晚上，当卓梵尼在雷翁那图工场里做完工作之后，他总要去拜访维塞里拿门外那个孤寂的小屋子，为的看看嘉山德拉。他们二人然后一同出去，到一个小丘上坐着谈话。这小丘在这安静的黯淡的运河旁边，离堤岸不远，在一堵半倒塌的圣拉德恭达修道院的墙壁近旁。

---

[1] 狄昂尼索 Dionysos——即巴库斯。据希腊神话，是宙斯与底比斯城建立者卡德谟士之女塞美列所生之子。塞美列被宙斯的雷火烧死，但狄昂尼索在胎中无恙，后来成为神，司酒及欢乐，扈从甚多，男者称为沙提尔或潘，女者称为马那德。每年节期颂拜者极多。以纵饮狂欢为此节期之特色。按狄昂尼索之崇拜本系一种新宗教，与早期希腊崇拜奥林匹斯山神灵之宗教不同，乃纪元前六世纪间从北方特拉西传至希腊来的，其陶醉、再生、轮回等教义全非荷马时之希腊所有。这宗教传来后，希腊生活及思想皆为之改观，实是文化趋于烂熟时期之一种结晶品。后来，新旧宗教冶为一炉，狄昂尼索就被人附会为宙斯的儿子了。

他们谈了很久。一条几乎看不出来的给牛蒡、接骨草和荨麻盖满了的小径，通到这个小丘来。没有别人到这里来的。

这是一个闷热的黄昏。有时刮起一阵旋风，使得大路上白灰尘卷转起来，树叶沙沙作响。然后风又息了，比前还更寂静些。远处有隐隐的雷声，好像从地底下发出来的。夹杂在这雷声中间，人们还可听到一个不和谐的琵琶的尖锐声音和税关人员的带醉的曲调，从近旁一个小酒店里响了出来。这天原是星期日。

天边有时闪着淡白的电光。然后，对岸那个摇摇欲倒的小屋忽然从黑暗中显露出来，还有那个砖砌的大烟囱，炼金术士熔炉内的黑烟一阵阵从烟囱喷了出来。人们还看见那个瘦长子教堂执事拿着他的钓竿站在生满苔藓的堤岸上，看见那条笔直的运河，以及两行直伸到远处去的松树和柳树，看见被喘息的驽马拉着走的几条从大湖来的平底船，以及船上装的建筑大教堂用的白大理石块，还有在水中拖着的长缆。但只有一瞬间，立刻这一切又都消失在黑暗中了，如同看见一幅异象。唯有炼金术士的火光还在运河中暗黑的水面上映照着。从堤岸方面吹来了一阵死水的气味，萎枯的羊齿、煤脂和朽木的气味。

卓梵尼和嘉山德拉坐在运河近旁他们常坐的地方。

"无聊得很！"小姑娘说，伸一个懒腰，并交叉着纤细的白手指在她的头上，"天天一个样。今天同昨天一样，明天同今天一样。那个长腿蠢执事总是在堤岸上钓鱼，总是钓不到鱼，那些船总是给可怜的驽马拉着，实验室的烟囱总是冒着烟，嘉黎屋托先生总是在那里面找寻金子，他总是找不到金子，小酒店里那个讨厌的琵琶也总是这样响着。但愿发生一点新的事情才好！或者是法国人打来，把米兰毁灭了，或者是长腿执事从水里钓起一尾鱼，或者是伯伯寻到了金子。……我的天，这生活多么无聊！"

"是的，我也感觉过的，"卓梵尼回答，"我自己也有好几次这样难受，以至于想要自杀。但是本涅德托修士教了我一篇极美妙的祈祷文，可以把这忧郁之鬼赶开。您要我教你吗？"

小姑娘摇摇头。

"不，卓梵尼。也许我愿意的，但好久以来，我就不能对你们的神祈祷了。"

"我们的神？难道除了我们的神，除了唯一的上帝以外，还有别的什么神吗？"

一个突然的闪电照亮了她的面貌，只一会儿就不见了。他从未曾看见她这样神秘，这样忧郁，而又这样美丽。

她不响了，她用手理着她那柔软的黑头发。

"听哪，我的朋友。那是好多年以前的事情，在我的故乡。我还是一个小孩子，有一天，我的父亲带着我旅行去，我们去探访一个古代庙宇的废址。这庙筑在一个海岬上，周围都是海。白鸥叫着，怒吼的波涛冲着黑石，这些黑石给咸水腐蚀了和磨尖了，同缝针一般。海水泡沫溅得很高，落下来，沿着这些石针，如同潺湲的小溪流着。我的父亲在一个大理石块上抄录那半已磨灭的碑文。我独自一个人在庙前台阶上坐得很久，倾听海波声音并呼吸那夹杂苦艾气味的新鲜空气。然后我走进这荒废的古庙去。淡黄色的大理石柱仍旧耸立在那儿，经过了这么长久时间几乎没有什么伤损。蔚蓝的天在这些石柱中间几乎显出了黑色。上面高处有些罂粟花生在石缝里面。周围完全是寂静的。唯有那隐约可辨的海的咆哮，好像唱祈祷歌一样，还在这圣地响着。我倾听着，忽然我的心颤抖起来。我跪在地下，我向这神祈祷，向这不为人知的受人侮辱的神，他从前是住在这里的。我吻那大理石铺板，我哭了。我爱他，因为地上再没有人爱他，没有人向他祈祷了。我哭他，因为他已经死了。从那天起，我就未曾向一个神这样祈祷过。那是一座狄昂尼索神庙。"

"您怎么胡说八道的，嘉山德拉！"卓梵尼说，"这是罪过的，亵神的！并没有一个什么狄昂尼索神，从前也未曾有过。"

"从来未曾有过吗？"小姑娘用着一个轻视的微笑回答他，"那么那些神父大人，你却是信他们的话的，怎能教训人说：当基督胜利时候，那些被推翻的神都转变为有力的恶鬼？那么有名的占星学家，卓尔曹·达·诺伐拉，又怎能在书上写下那些根据正确观察天象而做的预言？他说：木星和土星的聚会造成摩西的学说，和火星的聚会造成加勒底人的学说，和太阳的聚会造成埃及人的学说，和金星的聚会造成回教，和水星的聚会造成基督教，而将来和太阴的聚会又必然要造成敌基督者的学说，那时死去的诸神都要复活起来了！"

天上响了雷，雷雨愈来愈近了。电闪更加明亮了，闪时，人们可以看见一大片乌云渐渐移向这边来。在这闷热的使人不快的寂静当中，琵琶声音听得更加清楚。

"嘉山德拉呀，"贝尔特拉非奥喊，带了恳求的神气，忧愁地合起双手，"您没有看见，魔鬼正在诱惑您，要使您堕落吗？这万恶的魔鬼是该诅咒的呀！……"

小姑娘迅速掉转身子来，双手放在他的肩上，低声说：

"他从来未曾诱惑过你吗？你既然是这样正派的，卓梵尼，那么为什么离开你的教师本涅德托修士，而到这无神的雷翁那图·达·芬奇的工场里习艺呢？又为什么到这儿来会我呢？难道你不晓得我是一个巫姑吗，不晓得巫姑是恶的，比魔鬼还恶的吗？你不害怕跟我在一处会败坏你的灵魂吗？……"

"上帝救救我们！"他低声说，颤抖得很厉害。

她不作一声，走近他的身边，用着她的像琥珀一般透明的黄眼睛紧紧盯着他。此时，一个闪电冲出云层，照亮了嘉山德拉的面孔。这面孔苍白得同那个大理石女神的面孔一样，当她从那磨坊小丘底下千年坟墓里在卓梵尼面前复见天日时候。

"就是她，"他想，心里十分害怕，"就是那个白色女鬼呀！"

他努力一下要跳起来，但不能够。他觉到嘉山德拉的滚热的呼吸吹在他的颊上，又听她在耳边说：

"若是你愿意，卓梵尼，我便告诉你一切，什么都告诉你。若是你愿意，我的亲爱的，我们便一起飞到那里去，飞到'他'那里去，那里是好的，那里不会无聊的。那里一点都不要害羞。同做梦一般，同在天堂里面。那里一切都是容许人做的。你要跟我去吗？"

他的额头流出冷汗。可是好奇心制胜了他的惊恐，于是他问：

"到哪里去？……"

他的面颊几乎碰到了她的嘴唇。她回答，声音非常之细，仿佛热情地，欣羡地叹了一口气：

"到——'群巫大会'去呀！"

一个极近的雷声惊天动地响了起来，好像眼睛看不见的地底下的底但族人发出一个可怕的笑声，庄严地，满含威吓的快乐地响了过去，慢慢地又在没有气息的寂静当中回响着。

树上，连一片叶子都没有动弹。琵琶声音也停止了。

就在这个时候，响起修道院的忧郁的整齐的钟声，天使晚祷钟声。

卓梵尼画了一个十字。嘉山德拉站了起来，说：

"该回家去了。时候不早了。你没有看见火把闪光吗？那是穆罗公爵领了一群人骑马来访嘉黎屋托先生的。我完全忘记了，原来今天伯伯要在公爵面前做一个实验：把铅变做金子。"

人们听得到马蹄得得声音。骑马的人从维塞里拿门沿着运河走近了这炼金术士的屋子，他在等待公爵的时候，把将要进行的实验的最后准备都已弄妥帖了。

嘉黎屋托先生一向便是拿寻找"智者之石"做他的终身事业。

他在波伦拿大学医科毕业之后，就在当时享盛名的神秘科学专家，伯尔拿图·特列维散尼伯爵那里充当助手。以后，他就在种种可能的质料当中寻找那足以转变一切的水银：在食盐和硇砂里，在各种金属里，在纯净的铋和砒里，在人类血液里，在胆汁和头发里，以及在动植物里。他寻找了十五年。父亲遗留给他的六千杜卡财产，都从他的熔炉烟囱里飞散了。自己的钱用光以后，他向别人借钱。他的债主们把他送进债务监里去。他逃脱了。以后八年之间，他拿鸡蛋做试验，他足足消耗了二万颗鸡蛋。以后，他又同教廷书记官恩利戈合作研究硫酸，不幸中了硫酸蒸气的毒，病了，卧床不起十四个月，没有人理他，几乎死掉了。他忍受贫困、屈辱和迫害，做个走方郎中，游遍了西班牙、法兰西、奥地利、荷兰、北非洲、希腊、巴勒斯丁和波斯。匈牙利国王拿严刑拷问他，要他吐出转化金属的秘密。他年老倦游了，但并未绝望，接到穆罗公爵的聘请，终于回意大利来，而且得到宫廷炼金术士的头衔。

他的实验室中央立着一个耐火黏土造的笨重火炉，附有无数的小室、火门、坩埚和风箱。在一角上，灰尘掩盖底下，放着几块生锈的矿滓，好像凝固了的熔岩。

工作台上摆满了无数复杂的器具，杯子、蒸馏器、漏斗、盖子、容受器、研臼、长颈玻璃瓶、蛇管、大瓶和小盒。有毒的盐类，碱类和酸类，发出了辛辣的气味。整个神秘的世界，都包藏在金属当中。奥林匹斯山上的七尊神，天上的七行星：金中是日，银中是月，铜中是金星，铁中是火星，铅中是土星，锡中是木星，活动的闪光的水银中，则是那个永久灵活的水星。这里还有些带着野蛮名字的东西，足使外行人吓一跳，譬如：月宫辰砂、狼乳、亚奇耳铜、星石、安德罗丹马、安那加里斯、拉奔提加和亚里斯托罗奇亚。此外还有一滴极可宝贵的狮子血，费了好多年劳力才得到的，这血可以医治一切疾病并永久保持青春，现在正在发着红光，像一颗红宝石。

这位炼金术士，正坐在他的工作台旁边。嘉黎屋托先生既瘦又小，皱襞得像一个老冬菰，但还是活泼的和健旺的。他两手撑着头，仔细观察一个瓶子，这瓶在淡蓝的细长的酒精火焰上烧着，有什么液体在里面煮着，轻轻地沸腾。这是所谓"维纳斯油"，一种绿玉颜色的透明的液体。一支正在旁边燃点着的蜡烛，从这瓶子透过光来，映出深绿的颜色在一卷打开的羊皮书上，这是阿拉伯炼金术士查比·阿卜达拉的著作。

嘉黎屋托听到楼梯上行步和说话的声音。他站了起来，赶紧看一眼这整个实验室，看看一切都弄妥帖没有，然后向他的用人，那个默默无言的助手，做了一个手势，叫他再添点炭在熔炉里，他自己就走出去迎接来探访的人了。

客人们兴致很好。他们刚吃了晚饭，喝了麦尔瓦西酒。随从公爵的人中有御医长马良尼，他对于炼金术也极在行，还有雷翁那图·达·芬奇。

小姐太太们走进来了，这隐士般房屋立刻充满了香味，绫绸触动声，女性的低语以及莺燕一样啭叫着的笑声。

一位太太袖子绊着了一个玻璃蒸馏器，把它拂落地下了。

"没有关系的，太太。请您不要介意！"嘉黎屋托和悦地说，"我现在捡起碎片来，免得伤害了尊足。"

另一位太太拿起了一块盖满煤烟的铁滓在手里，她的浅色的发出紫罗兰香气的手套立刻就玷污了。一位年轻骑士拿出一块花边手巾来，替她揩拭这污垢，暗中压了一下她的小手。

那位总是披散着一头金黄头发的狄安娜小姐，由于感觉有趣而颤抖起来，她碰着了一盏盛满的水银，泼了几滴出来。当这闪光的小球在桌上乱滚时，她喊道：

"看哪，看哪，这多么奇怪！液体的银子啦！它自己走起来，它是活的啦！"

她拍着小手，快活得几乎跳了起来。

"听说，铅变金子时，我们要在炼金术火焰里看见魔鬼，这话是真的吗？"活泼而狡狯的菲丽贝塔问，她就是盐业公会总理那个老头子的太太，"先生们，你们不以为来到这儿看这实验，是一种罪过吗？"

菲丽贝塔是很虔诚的。人家说，她的爱人要她什么，她都答应，唯独不许吻她的嘴唇，因为她认为在祭坛前是用她的嘴唇宣誓忠实于婚约的，嘴唇能保无罪，她便不算完全失节了！

那位炼金术士走近雷翁那图身边，对他耳语说：

"先生，请您信我的话，像您先生这样一个人来光顾敝庐，我是看得很贵重的……"

他用力紧握着画师的手。雷翁那图正待回答，但老头子点点头阻止他说话：

"哦，自然，自然！……在别人看来是个秘密！但是我们两人，我们是互相了解的，不是吗？……"

然后，他转回身来，含笑，极客气地对着其余的客人：

"求得我的恩公，公爵殿下好意的允许，还有面前各位小姐太太的允许，我现在就来做这神通变化的实验。各位，我请你们留心看看。"

为的不让人家怀疑这实验起见，他于是拿出一个坩埚给人看，一个耐火黏土造的整齐的厚壁的罐子。他请求每个参观的人仔细检查这坩埚，拿指头去摸摸，去敲敲，相信这里面做不出什么花头。同时，他又告诉人说：那些炼金术士往往用一种双重底的坩埚，把金子藏在夹底中间，等到上面一重底因为炽热而炸破之后，金子便露出来了。铅炭、风箱、搅拌金属使之冷却所用的棍棒，以及其他一切器具，凡可以暗藏金子或显然不能暗藏金子的，他也都拿出来给人仔细检查。

然后，他把铅切成小块，丢在坩埚里面，并拿坩埚放在熔炉中炽热的火炭上。那个默默无言的斜视的助手，面孔这样苍白、忧郁和无生气，以致使得一位太太几乎晕过去了，因为她把这站在阴影中的助手当作了魔鬼。这助手现在活动起来，推拉那个巨大的风箱。在那发出尖锐声音的气流之下，火炭就燃烧起来了。

嘉黎屋托此时找寻他的客人谈话。谈话当中，他有一回引起了普遍的欢笑：当他把炼金术称作"贞洁的妓女"（Casta meretrix）的时候，因为它有许多的求爱者，大家都被它欺骗了，大家都认为可以到手，可是直到现在还没有一个人能够拥抱它——in nullos umquam pervenit amplexus。

御医马良尼，一个肥胖笨重的人，有一副肿胀的、聪明的和尊严的面孔，他听了这老头子的闲谈，不禁气愤起来，他摩擦着额头。最后，他忍耐不住了，他催促道：

"先生，现在不是下手的时候吗？铅已经滚沸了。"

嘉黎屋托拿出一个蓝色小纸包，小心谨慎把它解开。里面是一种橙黄色的、像玻璃般灿烂的、油腻的粉粒，气味同烧焦的海盐一样。这便是秘密的丹药，炼金术士的无价之宝，那个能行奇迹的"智者之石"——Lapis philososoforum。

嘉黎屋托用刀尖挑起一颗几乎看不清楚的小粒，并不比芥菜籽大些，他拿来包裹在白蜂蜡里，连蜡搓成一个小团，丢在沸腾的铅里面去。

"您的丹药有什么力量呢？"马良尼问。

"我计算好了，这丹药一分，可以把二千八百二十分的铅转变成为金子，"嘉黎屋托回答，"自然，这丹药还不是完全的，但我希望不久就可以把它的力量增加到一分对百万分的比例。那时，一个黍粒重的丹药，化在一桶水内，只用一胡桃壳这样的水泼在一个葡萄园内，每年五月，我们就有熟葡萄吃了。Mare tingerem, si Mercurius esset! ——只要我有足够的水银，我就能够把大海变成金子！"

马良尼耸耸肩膀，嘉黎屋托先生的吹牛，使他气愤起来。他企图拿经院哲学的智辩术和亚里士多德的三段论法，来证明这种转变是不可能的。这位炼金术士只微笑着。

"等着吧，学士先生！我现在要给您一个三段论法，这您将难得驳覆的。"

他丢了一把白粉末在炭火上面。一阵烟云充满了实验室。同时又有一种彩色的火焰，同虹彩一般，有时蓝色，有时绿色，有时红色，升了起来，并发出尖锐的叫声。

旁观的人都骚动起来。菲丽贝塔事后对人说，她在红焰当中看见了一张魔鬼嘴脸。这炼金术士用一个长铁钩揭开那烧成白热的坩埚底盖，埚里金属物在沸腾、起沫和蒸发。坩埚又盖起来了。风箱喘息着，号叫着。可是十分钟之后，当人们用一个细长铁棒插进那滚沸的金属熔液再拿出来时，大家都看见棒端上悬着一滴黄色液体。

"好了！"炼金术士宣布说。

黏土坩埚从火炉上拿起来了。人们让它冷却，打破它。于是在那些惊愕得不能作声的观客眼前，一块金子落到地下了，响着，又闪着光。

炼金术士指着那块金子，得意扬扬地转向马良尼：

"Solve mihi hunc syllogismum! ——请您替我解答这个三段论法啊！"

"闻所未闻的，……不能相信的，……违反了自然界和伦理学的一切法则！"马良尼张口结舌说不出来，他完全迷惘了，张开了两臂。

嘉黎屋托先生，面孔苍白了，眼睛火红了。他举头望天，喊道：

"Laudetur Deus in aeternum, qui partem infinitae suae potentiae nobis, abjectissimis suis creaturis, communicavit. Amen! ——荣耀归于永生的上帝啊，他平分了他的无限的权力给予我们，我们却是他的最卑陋的创造物。阿门！"

现在人们拿起那块金子，放在染了硝酸的试金石上检查，结果石头上留下了黄澄澄的丝纹。这金子比匈牙利金和阿拉伯金还更纯净些。

大家都包围了这个老头子，祝贺他，同他握手。

穆罗公爵引他到旁边去。

"你要正直忠心替我办事吗？"

"我愿意多有几条生命，完全用来服侍殿下！"炼金术士回答。

"但是，你要注意啊，嘉黎屋托，不要让其他的王侯……"

"殿下，若是别人知道去什么了，那您就像处治一只癞皮狗般，把我吊起来好了。"

他沉默了一会儿。然后他行了一个极卑屈的鞠躬礼，添加一句话说：

"只愿您再赏我……"

"什么？又要钱吗？"

"哦，这是最后一次了。上帝可以替我做证，这是最后一次了……"

"多少？"

"五千杜卡。"

公爵想了一会儿，还了价，减了一千杜卡，就答应他了。

夜已深了，贝特丽采娘娘在宫里会着急的。于是人们动身走了。屋主人送客出门去，每个客人都赠送一小块新金子以为纪念。雷翁那图还留着未走。

其余客人都送走了以后，嘉黎屋托便到雷翁那图跟前来，问他：

"师傅，您觉得这个实验怎样？"

"金子是藏在棍棒里的。"雷翁那图安静地回答。

"在什么棍棒里？……您说这话，有什么意思，师傅？"

"就藏在您拿来搅拌铅的那支棍棒里。我什么都看见了。"

"你们刚才不是把那支棍棒也检查过了吗？……"

"不是的。那是另外的一支……"

"什么另外的呢？请您……"

"我对您说过，我什么都看见了，"雷翁那图带笑再说一遍，"您不要否认，嘉黎屋托！金子是在空心棍棒里藏着。当棍端木头烧焦了时候，金子就掉下坩埚里去了。"

老头子膝头发起抖来。他扮出了一副卑屈乞怜的面孔，像一个给人当场捉获的贼子。

雷翁那图走向他去，把手放在他的肩膀上。

"不要害怕！别人不会知道的，我不会泄露出去的。"

嘉黎屋托抓住他的手，无精打采地说：

"您果真一点不泄露出去吗？"

"不，我不愿意害您吃苦。但您为什么要做这种事情？……"

"哦，雷翁那图先生！"嘉黎屋托喊，他的眼睛刚才现出那样说不尽的失意，现在又充满了那样说不尽的希望了，"今晚的事情，表面看去好像是个骗局，但我敢向上帝发誓，我做这事情，只是为着一个时候，为着很短的时间，而且为着公爵的洪福和科学的胜利。因为我已经发现到'智者之石'了，我确实发现到了！目前我虽还没有，但我敢断言，它是已经发现了的，等于是已经发现了的，我已经知道了正确的道路。您也明白，在这类东西里面，正确的道路才是主要的事情。只要再做三次四次实验，我便可以达到目的了！我不这样做那怎么办呢，师傅？为去发现那最伟大的真理，不是值得撒一个小谎吗？……"

"怎么可以这样做，嘉黎屋托先生！显然我们是在玩那捉迷藏的游戏。"雷翁那图耸耸肩回答他，"您也同我一样明白，什么金属转变都是胡说，并没有什么'智者之石'存在，而且也不会存在的。炼金术、巫术、黑魔术，以及其他非立足于精确实验和数学考察之上的一切学科，不是欺骗，便是发疯。这些，都同那随风飘动的走方郎中的旗帜一个样，只有愚蠢的村夫才会相信的。……"

炼金术士总是拿明亮的惊讶的眼睛，望着雷翁那图。忽然，他把头歪到一边去，狡狯地眹动眼睛，笑道：

"您这话说得不漂亮，师傅，的确说得不漂亮！我也是一个内行的人，不是吗？您仿佛以为我们不知道：您是最伟大的炼金术士，最深奥的自然秘密的占有者，一个当代的赫尔谟·特里斯墨季斯托[1]，一个

---

[1] 赫尔谟·特里斯墨季斯托 Hermes Trismegistos——埃及炼金术及巫术之神。

普罗米修斯[1]。"

"我吗?"

"不错,自然是您呀。"

"您是个滑稽家嘉黎屋托先生!"

"不,您才是个滑稽家哩,雷翁那图先生!哦,哦,您真是个会佯装!我一生中已经见过好多炼金术士,他们同守财奴一样藏匿着科学的秘密。但像您这样一个人,我却是未曾见过的!"

雷翁那图极注意地望着炼金术士。他想发脾气,可是发不出来。

"那么您果真相信吗?"他问,不由得微笑着,"您果真这样相信吗?"

"您问我相信不相信吗?"嘉黎屋托喊起来,"您要知道,先生,即使亲爱的上帝此时降落在我面前,对我说:'嘉黎屋托,世界上并没有什么智者之石的。'那我仍然要回答他:'主啊,正如你确实创造了我一般,世界上也确实有一个智者之石的,我一定会找到它!'"

雷翁那图不再回答什么了,也不气愤了。他只蛮有趣味地听着。

当谈话转移到魔鬼帮助奥秘科学问题时,这炼金术士便带着一种鄙视的讥讽的微笑说:魔鬼乃是整个自然界中最可怜的东西,世界上再没有比魔鬼更柔弱的了。这老头子是专心信仰人类理性的权力,他断定说:科学没有什么事情做不到的。

忽然好像想起了什么滑稽好玩的事情,他问雷翁那图,时常看见元素神没有。画师告诉他从来未曾见过时,他又不肯信了。他得意地详细描摹元素神的形状说,火神萨拉曼德的身体是细长的,约有一个半指头长,身上粗糙而多斑点;风神西尔飞德的身体则是透明的,蔚蓝的像空气的样子。以后,他又叙说在水中居住的南芙和翁丁,地底下的容姆和

---

[1] 普罗米修斯 Prometheus——底但族人之一,从天上偷了火给予人类,因之被宙斯锁于高加索山上,也是炼金术士崇拜之神。

俾美，活在植物里的杜达尔，以及住在宝石中间的稀罕的狄亚梅。

"我简直无法给您形容，这些是何等的善良。"他以此结束了他的话。

"为什么这些元素神只献身给少数人看，大多数的人却看不见呢?"

"他们怎么能给大家看呢? 他们都害怕那些粗人，那些淫棍、醉鬼和大食客。他们喜欢天真和无邪。没有凶恶和奸诈的地方，才有他们出现。他们平常都是胆怯的，同林间的野兽一样，隐藏在各自的元素里面，不让人家看见。"

一个梦一般的温柔微笑，显出在老头子的面孔上。

"这是一个何等古怪的，可怜的，然而又逗人喜爱的人物啊!"雷翁那图心里想。他现在已不讨厌这炼金术士的胡说了。他小心谨慎同这老头子说话，好像对付一个小孩子。他已经准备承认他占有种种秘密了，只为的免得伤犯了嘉黎屋托先生的感情。

他们分别的时候，同要好的朋友一样。

雷翁那图离开以后，这位炼金术士又埋头拿"维纳斯油"去做一次新的实验。

这时，女房东细东尼亚太太正在实验室楼下她的房子里，同嘉山德拉一起，坐在很旺的灶火面前。一捆燃烧着的柴枝上面烧着一个铁锅，里面煮着大蒜和萝卜，做晚餐用的。老太婆用她的皱褶的指头的单调的动作，从纱筒上扯出线来，卷着，急转的纺锤一上一下。嘉山德拉看她纺纱，心里在想："天天都是一个样，今天同昨天一样，明天又同今天一样! 蟋蟀叫着，耗子咬着，纺锤转着，柴枝烧着。天天闻着大蒜和萝卜的气味。……"老太婆又唠叨了，用着同往常一样的话，好像她拿一把钝锯在锯木头。她说：她，细东尼亚太太是一个穷苦女人，虽然别人造谣，说她埋了一满罐金子在葡萄园底下。这话是胡说。嘉黎屋托先生使她破产了。伯父和侄女，两个人一同骑在她的颈项上。她是发了慈悲

124

心才容留他们，供养他们。但嘉山德拉已经不是小孩子了，她应当想一想终身大事。伯父若是死去的话，她就比叫花子还要穷。她为什么不同亚毕亚特格拉梭镇那个有钱的马贩子结婚呢，向她求婚好久了？马贩子年纪虽然不小，但他是个又懂事又虔诚的人，他有一爿店，一座磨坊，一个橄榄园，还有一架新油榨。但愿上帝赐她好运！她为什么还不答应呢？她等待什么呢？

嘉山德拉小姐听着，窒人的"无聊"抓住了她的咽喉，扼勒她，压迫她的太阳穴。这无聊比痛苦还厉害，几乎使她高声哭喊起来。

老太婆从锅里拿出一个蒸发热气的萝卜，插在一根尖木签上，用刀削了皮，涂了厚厚一重葡萄酱，便放在没有牙齿的口里咀嚼着。

小姑娘用惯常的姿态伸了一个懒腰，交叉起纤细的苍白的手指放在她的头上，扮出一个无可奈何的面孔。

晚餐之后，老太婆便昏昏欲睡了。她垂下了头，像一个愁苦的巴尔采[1]女神，眼睛渐渐闭合起来了。她的唠叨含糊不明了，评论马贩子的话也前后不连贯了。嘉山德拉悄悄从衣服底下拿出她的父亲路易基先生赠送的那件法物，一个宝石挂在一条纤细的绳子上，还带着她的体温。她拿起这法物放在眼睛前面，对着灶火的光。她看到了巴库斯的肖像。在这石英雕刻物的暗紫色光辉中，出现了那个裸体少年巴库斯，好似一幅异象，他一手拿着一枝菖苏杖，一手提着一串葡萄，一只纵跳的豹子正要用舌头去舐那串葡萄。嘉山德拉的心于是充满了对这位美貌尊神的爱。

她深深叹了一口气，又藏起了那件法物在她的胸前，以后她腼腆地说道：

"细东尼亚太太，今天晚上，他们在巴科·狄·费拉拉和本涅文地方聚会。……姨娘，亲爱的，好人！我们不去跳舞，只到那里看看热

[1] 巴尔采——Parze——命运女神之名。

闹，一会儿就回来！我以后就听你的话，你要什么，我就做什么。我要向那马贩子骗一件礼物，只要你答应我们一同飞去，今天就飞去，现在，马上就飞去！……"

她的眼睛发出了疯狂的欲望。老太婆望着她，那两片皱襞的淡蓝色嘴唇忽然裂开了一条大缝，露出那颗唯一的黄牙齿，好像野猪的长牙。她的面孔是可怕的，同时又是很有趣的。

"你想去吗？"她问，"想得很吗？真的吗？尝出味道来了吗？看哪，你这疯姑娘！天天晚上你都想飞，不受人家劝阻！但是不要忘记了啊，嘉山德拉，这罪过是要由你的灵魂担当啊！不是你提起，我今天不会想起这事的。我做这，只是为了你……"

老太婆慢条斯理地从房间这头走到那头，细心关好窗板，一切隙缝都用布条塞起来，锁起房门，用水浇灭灶内火炭，点起一支巫术用的残余的黑蜡烛，并从铁箱子里拿了一瓦罐有辛辣气味的油膏出来。她做时，现出迟疑的和深思的神态，但她的手战栗着，同醉了酒一样。她的小眼睛有时浑浊和迷乱，有时因邪欲而热红起来像两块火炭。嘉山德拉拖了两个大木槽在房子中央，这木槽平时是用来揉和面团的。

细东尼亚太太一切都准备好了以后，便把衣服脱了，脱得精赤条条。她拿瓦罐放在两个木槽中间，自己骑马式坐在一个木槽上一根扫帚上面，用瓦罐里肥腻的淡绿色油膏涂遍了全身。一种刺激人的气味充满了房间。这种为巫术飞行用的油膏，是用有毒的莴苣、塘蒿、芹叶钩吻、白英、曼陀罗华根、罂粟、菲沃斯草、蛇血以及巫姑杀戮的没有经过洗礼的婴孩的脂肪等等做成的。

嘉山德拉掉转头去，为的不要看老太婆的使人恶心的裸体。最后一瞬间，她的愿望已经确定要实现时，她的心坎深处反而生起嫌厌来了。

"怎样，你还不动手吗？"老太婆蹲在木槽里面埋怨说，"你刚才催促我，现在自己又装模作样了。我是不愿单独飞去的。衣服脱了吧！"

"我就脱。熄了火吧，细东尼亚太太！有亮，我就不能……"

"你看，多么假贞洁！等一会到山上时，你就不害羞了？……"

她吹灭了烛火，用左手画了一个十字，这是巫术内应用的亵神记号，向魔鬼致敬的。

嘉山德拉脱了衣服，但汗衫没有脱，然后她跪在木槽之内，赶快用油膏涂擦身体。

暗中听得见老太婆在喃喃念诵无意义的不连贯的咒语：

"厄茫赫汤，厄萌哈汤，巴鲁德，巴力贝过特，亚斯他录……帮帮忙哪！阿哥拉，阿哥拉，巴特里沙，帮帮忙哪！"

嘉山德拉贪婪地吸了几口巫术油膏的强烈的香气。她的皮肤发起热来，脑袋里面一切东西都在周转。一种肉欲意味的战栗传过她的背脊。她的眼前有红绿圈圈在闪光，在互相纠缠起来，忽然，好像从远地来的，响着细东尼亚太太的得意的锐利的叫喊：

"嘎！嘎！从底下往上面去！不要碰破了头，不要碰破了头！"

嘉山德拉骑在一只黑山羊上，从烟囱飞了出去，柔软的羊毛擦得她的光屁股很觉舒服。她的灵魂陶然了，她喘息着，像飞上天去的燕子那样叫着：

"嘎！嘎！从底下往上面去！不要碰破了头。我们飞呀！我们飞呀！"

那个老丑的姨娘细东尼亚，披散了头发，精赤条条地，骑在一把扫帚上，就在她的身边飞着。

她们飞得很快，空气钻进她们的耳朵，像起了风暴。

"向北方飞去！向北方飞去！"老太婆喊，调动她的扫帚，如同一匹驯熟的马。

嘉山德拉飞时醉醺醺的。

"我们的机械师，那个可怜的雷翁那图·达·芬奇，还有他的飞行机器！"她忽然想起这事来，更加觉得是好玩的。

她飞上了天空，黑云一团一团地在她底下，蓝色闪电在云里放光。她的头上是明朗的天宇，一轮满月，大得像磨坊轮子，照得人眼睁不开来，隔她这样近，似乎她用手就可以抓到。

然后，她握住山羊的卷曲的双角，又转向下面，像一块落下的石头一直倒栽下来。

"哪里去？哪里去？你要跌断颈骨的！你完全疯了吗，鬼丫头？"细东尼亚姨娘责骂她，几乎跟她不上。

现在她们接近地面低飞了，低得甚至听得到沼泽里在睡眠的草叶的声响。磷火替她们引路，蓝色的朽木闪着光。鸱鸮和其他夜鸟，在暗黑的森林中发出悲惨的叫声。

她们飞过了阿尔卑斯山尖峰，山顶透明的冰块在月光之下闪烁。以后她们就飞到海面上来。嘉山德拉用手掌盛起海水，泼向高处，看见碧玉颜色的水珠，十分高兴。

她们愈飞愈快了。路上碰到的旅客也渐渐加多：一个灰白蓬头发的坐士坐在一个木桶内；一个大肚皮的快乐的教士，面孔红得像西楞[1]神一样，骑在一根火棒上；一个十岁小姑娘，金黄的头发，无邪的面孔和蔚蓝的眼睛，也骑在一把扫帚上；一个年轻的红毛蛮女，光着身体，骑在一只咆哮的野猪上；此外还有好多人。

"哪里来的，姊妹们？"细东尼亚姨娘问她们。

"从希腊来的，从刚底亚[2]岛来的。"

别的声音则回答：

"从瓦棱西亚[3]来的，从布洛根[4]来的，从弥郎道拉附近萨迦鲁齐来的，从本涅文来的，从诺尔察来的。"

---

[1] 西楞 Silen——狄昂尼索的教师，终日醉醺醺的大肚皮老人。
[2] 刚底亚 Kandia——即克列底岛。
[3] 瓦棱西亚 Valencia——西班牙东部地中海岸大城。
[4] 布洛根 Brocken——德国北方山名。

"哪里去的?"

"到比田去的!到比田去的!大公羊,'比田之公羊',在那里举行婚礼。飞呀,飞呀!都到那里赴晚间筵席呀!"

如同一群乌鸦,他们飞过那个昏暗的平原。

月亮在浓雾中像血一般红。远处有一个孤寂的乡村教堂的十字架在发光。那个骑在野猪背上的红巫姑,号叫着飞进教堂里去,把大钟摘下来,用尽全力扔在泥潭里面。当那钟掉在泥土里发出轰轰声音时,红巫姑不禁大笑起来了,她的笑声好像狗吠一样。金黄色头发的小姑娘,欢喜得忘了形,在扫帚上双手乱拍。

月亮躲藏在乌云后面。蜜蜡捻成的大绿烛照耀之下,烛焰是浅蓝色的,有如电闪。那些跳舞的巫士和巫姑,他们的黑炭一样的大影子,爬着,跑着,一下纠缠起来,一下又散开了,在那雪一般白的垩质山顶上。

"嘎!嘎!开会呀!开会呀!从右向左转!从右向左转!"

整千整万,无穷无尽的,如同秋天枯萎的黑叶,他们围绕那只高踞在一个小岩上面的"夜羊"飞着。

"嘎!嘎!赞美'夜羊'哪,赞美'比田公羊'!我们的辛苦已到尽头了,我们恣意行乐呀!"

空心的死人骨头做的风笛,吹出尖锐的嘶嘎的叫声;绞死的人皮做成的鼓上,用一根狼尾巴敲着,发出沉重的"笃,笃,笃"声音。几大锅内,煮着非常好吃的说不出味道的吓人的物品,但没有放盐,因为主人不喜欢盐。

在偏僻的角隅有人交媾:女儿和父亲,兄弟和姊妹,一只绿眼睛的有趣的豺狼和一个百合花一般白的温柔娇艳的小姑娘,一个面目模糊全身生毛的妖怪和一个龇牙露齿不知羞惭的女修士。一双双淫秽的人儿,到处皆是。

一个肥胖大巫婆，雪白的身体，善良而愚蠢的面孔，正在含着母性的微笑，喂两个初生小魔鬼的奶。这两婴孩贪婪地抓住一边一个垂下来的大奶，大声吞咽乳汁进去。

有几个三岁小孩，还不能参加大会，只好在场地边缘看守一群蛤蟆。这些蛤蟆都是用圣饼饲养的，满身是凸起的小瘤，都悬着金铃并穿着红衣主教道袍做的华丽衣服。

"来跳舞吧！"细东尼亚姨娘再忍不住了，便拉嘉山德拉跳舞去。

"若是马贩子看到了怎么办呢？"小姑娘带讽刺地反问她一句。

"叫狗把他吃掉吧，你的马贩子！"老太婆回答。

她们二人配起对来跳舞，转着，转着，像一阵旋风，四面和着喧哗、叫喊、咆哮和笑声。

"嘎！嘎！从右向左转！从右向左转！"

一个同海豹一样的潮湿的长胡子，刺在嘉山德拉颈项背后；一根细长而坚硬的尾巴在她前边呵痒；有一个人捏了她一把，捏得很痛，而且很无耻；另一个人则用口咬她，在她耳边说了一句肉麻的调情话。可是她并不抵抗。她以为愈受人戏弄就愈美妙，愈加吓人也就愈加使人陶醉。

忽然，大家都痴呆地立住了脚，像在地下生了根，死一般的寂静。

从黑宝座上，那个不知名的就蹲踞在宝座上面，发出一种迟钝的声音，同地震时候一样：

"你们接受我的礼物吧：柔弱的人得到我的刚强，忠厚的人得到我的骄傲，愚蠢的人得到我的聪明，愁苦的人得到我的欢乐。你们都拿去吧！"

一个面貌慈祥的白须老头儿，他本是异端裁判法庭的一位大官，却在这里当巫人祭司长，总在做着黑色的弥撒，他现在用庄严的声音宣告说：

"Sanctificetur nomen tuum per universum mundum, et libera nos al omni malo! 你们拜呀！你们拜呀！你们这些有信仰的人！"

大家一齐拜伏在地下了，而且仿效教堂曲调，唱出了亵神的歌词："credo in Deum, patrem Luciferum, qui creavit coelum et terram. Et in filium ejus Beelzebul……"

当最后的歌声止息了，重新恢复寂静之时，那个地震般声音又响起来了：

"引导到我这里来啊，我们童贞的新娘，我的无疵的鸽子！"

祭司长问道：

"你的新娘，你的无疵的鸽子，叫什么名字？"

"嘉山德拉小姐！嘉山德拉小姐呀！"轰隆的声音回答。

这年轻巫姑听到了她的名字时，觉得脉管里血液凝成了冰，头发一根根倒竖起来。

"嘉山德拉小姐！嘉山德拉小姐呀！"人群中传遍了这个呼声。她在那儿！我们的女主在那儿！福哉，嘉山德拉！"

她两手蒙住了面孔，想要逃跑了，可是无肉的指头、鸟爪、兽蹄、象鼻和毛茸茸的蜘蛛脚，都向她伸去，抓住了她，脱了她身上的汗衫，把她赤裸裸地战兢兢地送到宝座面前。

羊骚臭和坟墓般的冰冷拂过她的面孔。她低下头来，什么都不要看。

于是那在宝座上的说道：

"到这里来啊！"

她的头垂得更低了，她见到了她的脚底下一个在黑暗中放光的和发焰的十字架。

她把最后的气力都集中起来，压制了嫌厌，向前踏一步，抬起头来，望着此时正立在她的面前的。

于是，发生了奇迹。

山羊皮从他身上脱下来了，像一条蛇皮。于是，古代奥林匹斯山的狄昂尼索神，又叫巴库斯神，就立在嘉山德拉面前，嘴唇上现出一个永久欢乐的微笑，一手高擎笆苏杖，一手提着一串葡萄，一只豹子在他旁边跳跃，要用舌头去舐那串葡萄。

在这一瞬间，群巫大会便转变为巴库斯神的无遮喜筵了。那些老巫婆都成了年轻的马那德[1]，那些奇形怪状的鬼魔都成了山羊腿的沙提尔[2]。原来是死板的白垩岩石，现在也成了阳光照耀下灿烂的大柱了。柱间可以望见远处蔚蓝的海，嘉山德拉看到了希腊一切神灵都聚会在光焰四射的云端上面。

那些马那德们和沙提尔们敲打铙钹，互相用刀戳进胸膛，挤出红的葡萄汁盛在金盘内，同自己的血调和起来，兜着圈子跳舞，并歌唱道：

"万岁啊，狄昂尼索万岁！伟大的神灵都复活了！复活的神灵万岁！"

裸体少年巴库斯张开臂膀去拥抱嘉山德拉；他的声音同雷一样，使得天地都震动了。

"来吧，来吧，我的新娘，我的无疵的鸽子！"

嘉山德拉投入这美神的怀抱中了。

鸡啼了。有雾气和烟熏的辛涩的潮气的臭味。某处，非常遥远的地方，有一个钟响了，叫人祈祷。钟声使得这山上慌乱起来。马那德们仍旧变成丑陋的巫婆，山羊脚的沙提尔们恢复奇形怪状魔鬼的原形，狄昂尼索神又化身为那个骚臭的"夜羊"了。

"回家去！回家去！飞呀！逃命呀！"

"我的火棒给人偷去了！"那个西棱神面孔的大肚皮教士不要命地哭喊，他钻来钻去同疯了一样。

---

[1] 马那德 Maenade——狄昂尼索的女侍从。
[2] 沙提尔 Satyr——狄昂尼索的男侍从。

"野猪，野猪，到这里来！"裸体的红毛女人叫唤着，在黎明潮湿当中，她一面战栗，一面咳嗽。

快要下山的月亮，从乌云背后露了出来。那些吓散了的巫人便在月光照耀底下成群结队地飞了起来，如同一群黑蝇，飞开了白垩山顶。

"嘎！嘎！从底下往上面去！不要碰破了头！逃命呀！飞呀！"

那只"夜羊"悲鸣了一会，就沉没在地底下去了，四周发出了窒人的硫黄臭气。

晨钟大声响起来了。

嘉山德拉，在维塞里拿门外小屋的黑暗房间地板之上，醒转来了。

她觉得不舒服，仿佛大醉以后的情景。她的头铅一样重，她的身体疲乏得如同散碎了一般。

忧郁地响着圣拉德恭达修道院的钟声。这中间还听到有人在敲屋子大门，敲得很急，大概已经敲了很久了。嘉山德拉倾听着，听出了是她的求婚者亚毕亚特格拉梭镇马贩子的声音。

"开门哪！开门哪！细东尼亚太太！嘉山德拉小姐！你们都是聋子吗？我全身淋得像一只狗。这样的天气，难道要我转回去吗？"

小姑娘无精打采地立起身来。她走近那严密关闭的窗子，把细东尼亚太太小心塞在夹缝里的布条取出来。一条淡蓝色的浑浊的晨光照在全身赤裸的老巫婆身上，她在她那翻倒的木槽旁边地板上面睡着，像一个死人。嘉山德拉从一条缝隙望出去。

原来天在下雨，雨水像从桶里笔直倒下来一样。嘉山德拉透过模糊的水帘，看见了爱她的那个马贩子站在屋子大门前面。他的旁边，一只长耳朵的小驴拖了车子，低着头立在那里。一只牛犊，四足被捆绑着，嘴伸出车子外边来，在那里鸣叫。

马贩子毫不倦怠地敲打屋门。

嘉山德拉等待着，不知道这事将怎样完结。

最后，楼上实验室一扇窗板开了。那个老炼金术士蓬松头发，睡眼朦胧地往外看，扮出一副厌恶的气愤的面孔，每逢他梦中醒转来，明白了用铅变金是不可能的时候，他总要扮出这个面孔的。

"谁打门?"他问，探头窗外看下去，"你要什么? 你完全疯了吗，老糊涂? 上帝要罚你的! 你没有看见屋内人人都在睡觉吗? 滚你的蛋去吧!"

"嘉黎屋托先生，做做好事吧! 您为什么这样骂我? 我为一件大事到这里来的，为令侄女的事情。您看，我带来了一只吃奶的牛犊，要送给她。"

"见鬼去吧!"嘉黎屋托喊，冒起火来，"滚到魔鬼尾巴底下去吧，混蛋东西，带了你的牛犊一起滚吧!"

窗子又关闭起来了。马贩子完全糊涂了，他安静了一分钟。以后，他又醒悟转来，并以加倍的力气，拿拳头去敲打屋门，好像要破门进去似的。

小驴子头垂得更低了。雨同长江大河一样流下它那无可奈何地下垂着的湿淋淋的耳朵。

"主上帝啊，这一切多么地无聊!"嘉山德拉小姐低声自言自语，并闭起了眼睛。

她不由得想起了群巫大会的荒淫生活，想起了"夜羊"变成狄昂尼索神，以及伟大神灵的复活。于是她思索道:

"这一切，是做梦呢，还是实事? 大概只是一场梦，目前进行的才是实事。星期日之后，接着就是星期一……"

"开门哪! 开门哪!"马贩子现在是用嘶哑的，不要命的声音在那里喊。

大点水珠沉重地单调地从屋檐滴到污水坑里去。牛犊悲惨地叫着，修道院的钟声忧郁地响着。……

第五章

愿你的旨意成功

  鞋匠谷波罗，米兰城一个市民，深夜里醉醺醺回归家中，被他的发妻打了无数的鞭子。据他自己说，把一只懒惰的驴子从米兰赶到罗马去，也无须打这么多鞭子。第二天早晨，当他的老婆到隔壁旧货铺老板娘那里去尝尝冻猪血味道的时候，谷波罗发现他的钱袋还有几角钱没有给老婆搜去的，于是，他把铺子交给伙计照管，自己就出门去喝一杯早酒了。

  他双手插在破旧的裤子袋里，懒懒地沿着屈曲而昏暗的街道走去。这条街十分狭小，一个骑马的人若是碰到一个步行的人时，足尖或者马刺不免要擦过步行人的身上的。街上发出热橄榄油蒸气的臭味，腐蛋、酸酒以及生霉的地窖空气的臭味。

  谷波罗哼着一支小调，举头望着两旁高屋子中间一线暗蓝色的天。主妇们在横街而过的绳子上面挂了许多褴褛衣服在朝阳之下曝晒。谷波罗只好说一句聪明的格言来排解，这格言他自己是从未遵守过的：

  "每个妇人，无论是善的是恶的，都须尝尝鞭子的味道。"

为的缩短道路，他从大教堂内穿过去。

这里面拥挤得很，宛如在市场上。虽然犯者要罚罪，一群一群的人还是从这个门走进来，从那个门走出去的，他们甚至带着骡马同走。

教士们哼他们的祈祷文，忏悔室内有人低声说话，祭台上点着灯烛。但是这中间，街上顽童们在玩跳背戏，狗子走来走去嗅着，褴褛的乞丐则互相撞碰。

谷波罗在这些游手好闲的人中间停了一会儿。他倾听两个修道士吵嘴，一面狡狯地微笑着。

一个红头发的矮小的方济谷会[1]修士，赤足的齐普拉师兄，生就一副圆圆的同肥腻的蛋饼一样的面孔，正在向他的敌手多米尼会[2]修士提摩推阿师兄证明说：圣方济谷在天堂中已经坐上那个因鲁西飞[3]的堕落而出空的座位了，因为圣方济谷有四十点与基督相同，而且圣母自己也不能够分别他的创瘢和基督的十字架伤痕。那个阴沉的高大的具有一副苍白面孔的提摩推阿师兄，则拿圣迦德怜[4]的伤痕去对抗圣方济谷的伤痕，因为她有荆棘冠冕留下的血痕，而他没有。

当谷波罗从大教堂暗处走出到亚伦古广场时，他必须闭起眼睛，因为阳光太强烈了。这是米兰城里最热闹的广场。好多卖杂货的、卖鱼的、卖估衣的、卖蔬菜的摊子，还有无数的箱子、盆子以及小贩的地摊，乱七八糟安放着，只留了一条窄小的地位给人走路。自古以来，商贩们就在大教堂前面广场占据各自的地盘了，无论什么法律，无论怎样

[1] 方济谷会——一二一〇年圣方济谷所创立，主旨在拯救灵魂。属于此会之修士，皆穿暗黑色袍、连风帽、木屐、腰围绳索。
[2] 多米尼会——圣多米尼（一一七〇——一二二一）在都尔所创立，主旨在教人忏悔。中古时代惨无人道之异端裁判法庭就是这会修士所主持的。修士皆穿白衣、黑袍、尖风帽。这两修士会互相冲突有如水火。
[3] 鲁西飞 Luzifer——本是一位天使，因为有智识，明亮，以致骄傲了，故被谪落阴间，到坑中极深之处。见《旧约·以赛亚书》第十四章。亦即撒旦之别名。
[4] 圣迦德怜 St. Katharina——三〇七年殉道。

罚款，都不能把他们赶走。

"瓦特里拿出产的生菜要吗！——柠檬要吗！——橙子！——蓟菜！——龙须菜，好吃的龙须菜！……"卖菜女人这样兜揽顾客，那些卖旧衣物的女人也在论价叫喊，就像母鸡的声音。

一只顽皮的驴子，驮着高积如山的黄蓝葡萄、橙子、番茄、萝卜、白菜花、芬浓其菜、葱根。它的身体几乎看不见了，它用刺耳的声音叫着："噢，噢噢！"赶驴的人用鞭子敲打它那磨损得光光的肋骨，一面"突罗，突罗！"地呼喊。

一长队的瞎子，各人手拿一根拐杖，由一个明眼的人领导着，在唱一首悲哀的诗歌。

一个走方的牙医，獭皮帽上挂有一串人牙穿成的念珠，正站在一个坐在地下的人背后，把这人脑壳夹在自己两腿中间，并用一根大钳子敏捷地拔了一个牙齿出来。

顽童们给一个犹太人做了一个"猪耳朵"，并将他们的环子滚到行人们两腿间去。这些街童当中最顽皮的，就是那个黄头发狮子鼻的法凡尼基阿，他从带来的老鼠笼子里放出一只老鼠，用一根扫把赶它，一面大声吆喝着："看哪，它在那儿！它在那儿！"这老鼠钻进一个满身肥肉的卖菜女人巴巴沙的宽大裙子里去，她正在织一只袜子。她高跳起来，大声叫喊，仿佛开水淋了她一样。她高高卷起了裙子，为了驱逐老鼠，惹得旁观的人哄然大笑。

"等着吧，我要拿石头打破你这猴子脑壳的，野种！"她气愤地叫骂。

法凡尼基阿站得远远地对她吐吐舌头，快活得跳起舞来。

在吵嚷声中，一个驮夫掉转头来，他头上顶了一只大肥猪。医生卡巴德阿先生的坐马吓了一跳，走向旁边去了，碰翻了旧铁器商人摊子上一大堆的厨房用具，盘子、罐子、锅子、铲子、锉子，乱七八糟倒在地下，发出了震耳的声音。卡巴德阿先生在惊吓中把马缰绳丢开了。现在在赶马，在带哭声喊着："站着，站着，你这鬼尸！"

群狗在吠。好奇的面孔从窗子伸出来。

笑声，骂声，叫喊声，呼哨声，以及驴子的鸣声，充满了全广场。

鞋匠看这情景，十分开心，他含笑想道：

"我们尘世间的生活，将是何等的美好呀，倘若没有什么母夜叉来消磨男子汉，像铁锈侵蚀钢铁一般！"

他抬起头来，用手遮住阳光，望着一个巨大的建筑物。这建筑物还未完成，周围尚有高高的木架。这就是民众为庆祝玛丽亚诞生而建立的大教堂。

高官和细民都参加这个教堂建筑。居比路国女王送了好些值价的绣金的圣杯布来。那个穷苦的旧货店老板娘迦德怜娜，不管未来冬天如何寒冷，也献出她那件唯一的破旧的皮衣，约值二十个索独，给童贞玛丽亚，为大祭坛之用。

从孩提时代起，谷波罗就追随着这建筑物的进展了。这天早晨，他看见一个新筑的塔，心里很觉高兴。

石工们在用劲捶敲。离"大医院"不远的圣司提反码头上，人们从三桅船里卸下了"大湖"石矿运来的大块发光的白大理石，人们从码头再搬到这新建筑物底下去。绞盘转着，铁链响着。工人们同蚂蚁一般，在木架上爬来爬去。

而这巨大的建筑物便这样升高起来了。无数屋尖、大塔和小塔最明亮的白大理石筑成的，同钟乳石一样向蓝色天空高耸着。民众的一种永久的赞美歌，为庆贺童贞玛丽亚的诞生而唱的。

谷波罗沿着陡峭的石级走下到德国人提巴图开的地窖酒店，这地窖成穹隆形，窖内堆满了酒桶，阴凉得很。

他一面有礼貌地向其他的酒客致敬，一面坐在一个熟友锡匠斯加拉部罗身边，要了一杯葡萄酒和一些热的茴香饼。他深思地喝了一口酒，咬了一块饼，说道：

138

"我教你一个乖，斯加拉部罗。你切切不要讨老婆！"

"这话怎讲？"

"你看哪，老朋友，"鞋匠仍旧深思地说下去，"讨老婆这件事情，恰恰像拿手放到装长虫的麻布袋里去，为得摸出一尾鳝鱼！与其有个老婆在身边，宁愿半身不遂好！"

隔壁桌子上，一个滑稽家，绣金匠马斯卡勒罗，正在向几个衣衫褴褛的酒客讲述地图上没有的柏临春那国的奇迹。一个空想的乌托邦，据说那里香肠生在葡萄藤上，那里你一个小钱可以买一只肥鹅，此外还贴你一只鹅雏，那里还有一座磨碎的乳酪堆成的大山，山上有人居住，他们整天无事都在搓粉条和面团，在鸡汤里煮熟之后，便向山下抛去，山下人要捡多少就有多少，这山近旁还流着一条酒河，没有人喝过比这更好的酒，酒里未掺一滴水！

此时有个满颈瘰疬的矮子奔进酒店里来，那是玻璃匠谷谷略，他的眼睛是半盲的，像一只还未能辨别物体的小狗，但他特别喜欢饶舌，传播新闻。

"诸位客官，诸位客官，"他很庄重报告消息，一面脱下那顶布满灰尘的穿了洞的帽子，并揩掉脸上的汗，"我刚才从法兰西人那里来的！"

"你说什么，谷谷略？他们已经到这里了吗？"

"自然哪！他们已经到了巴维亚。……呸，让我先喘一下气。我差不多累死了。我上气不接下气地跑了来。但愿没有人在我以前带这消息来才好。我想。……"

"这里有一壶酒。你喝吧，你告诉我们！他们好不好，那些法兰西人？"

"坏人，诸位客官，他们是坏人！要当心，不要同他们亲近才好。他们都是粗鄙、放肆、不信上帝的家伙，一句话：都是野蛮人！他们有铳，有八寸长的火枪，有铜做的火蛇，有铁铸的放射石弹的大炮。他们的马同海怪一样，耳朵和尾巴一齐截去了。"

"他们人数很多吗？"一个名叫马索的人问。

"多得眼睛都看不完！他们像蝗虫一样，冲下来，整个平原都给占满了。不知道后面还有多少哩！上帝为惩罚我们的罪过，降下这个黑死疫，遣派这些北方魔鬼到这儿来！"

"你为什么这样骂他们，谷谷略？"马斯卡勒罗插话说，"他们不是我们的朋友，我们的同盟军吗？"

"什么同盟军！当心你们的袋袋吧！这种朋友，比最凶恶的仇家还坏些。他们出钱买你牛角，却把整只肥牛都吞食了。"

"不要再说蠢话吧，告诉我们近情理的事情！法兰西人为什么是我们的仇家呢？"马索再问。

"他们是我们的仇家，因为他们践踏了我们的田禾，砍伐了我们的树木，夺去了我们的牲畜，他们还抢劫农民，奸淫妇女哩。法兰西国王虽然是个痴子，但他见了女人就要疯了。他有本簿子，贴了许多意大利美女的裸体肖像。'上帝保佑我们，从米兰到拿波里路上的闺女，我们一个都不肯放过的。'他们这样说。"

"这杂种！"斯加拉部罗喊，用拳捶桌子，捶得连酒瓶和酒杯都跳了起来。

"我们的穆罗还听法兰西人支使，要东就东，要西就西哩！在他们看来，我们简直不是人。'你们是强盗和凶手，'他们说，'你们拿自己正经的公爵来毒害了，一个无辜的青年给你们谋杀了。所以亲爱的上帝降罚你们，把你们的国土给了我们！'我们拿这些家伙当作客人招待，可是他们拿我们的饭菜先给马尝尝！'这些饭菜里究竟藏有你们毒害公爵用的毒药没有？'他们这样说。"

"你撒谎，谷谷略。"

"我若是撒一句谎，我情愿眼睛都瞎掉，舌头都烂掉！……你们听听，他们怎样夸口。他们说：'我们先要征服意大利所有国家，占领一切海洋和陆地，攻取君士坦丁堡，俘虏土耳其苏丹，把十字架插在耶路撒冷的橄榄山上。然后我们回来用上帝名义审判你们。你们还不降服的，有祸了：你们的名字要从世界上涂去了！'"

"不妙，伙计，"绣金匠马斯卡勒罗说，"不妙，不妙！从来没有过这样糟糕的事情。"

大家都默不作声。……

提摩推阿师兄，那个多米尼会修士，刚才在大教堂内同齐普拉修士辩论的，现在举起双手向天上，庄严地喊道：

"所以上帝的大先知，季罗拉谟·萨逢拿罗拉才说：'看哪，就要来一个人，他无须拔剑出鞘就可征服意大利。佛罗伦萨啊，罗马啊，米兰啊！歌舞游宴的时代已经过去了！忏悔呀，忏悔呀！仗·嘉黎亚左公爵的血，该隐所流的亚伯[1]的血，在向丰上帝申请复仇呀！'"

"法兰西人来了！法兰西人来了！你们看哪！"谷谷略指着两个兵士，他们刚走进这地窖里来。

一个是喀士刚[2]人，长条子，年纪很轻，淡红色的胡子，清秀而大胆的面孔，他是法国骑兵上士，叫作邦尼华。另一个则是毕加底[3]人，炮兵格罗·季约尸，一个肥胖的强壮的老兵，有公牛的脖子，火红的面孔，凸出的龙虾眼睛，耳朵上还挂了一个黄铜环子。两个人都有点醉意了。

"在这受上帝诅咒的城里，我们究竟能找到一杯好酒喝吗？"上士问，并敲敲他的伙伴的肩头，"这些伦巴底酸酒刺激人的喉咙，简直同醋一样！"

邦尼华张开四肢，扮出嫌厌和无聊面孔，坐在一个桌子旁边，傲慢

---

[1] 该隐，亚伯 Kain，Abel——都是亚当的儿子，兄弟不和，该隐杀了亚伯。事见《创世记》。

[2] 喀士刚 Gascogne，法国西南。

[3] 毕加底 Picardie，法国西北。

地望望其他酒客，拿锡罐在桌上敲着，用不连贯的意大利话喊道：

"白的，不掺水的，最陈旧的！还要些卤的香肠！"

"不错，不错，老弟！"格罗·季约尸叹了一口气说，"我只要想起了家乡的布尔根第酒，或者我们的美妙的波纳酒，这酒的颜色同我的丽桑的头发一样金黄，哦，那时，我就要心碎了。人家说得不错：有是民，即有是酒！所以——老弟，给我们的亲爱的法兰西国干一杯吧！'谁敢害法国，天必降之殃！'"

"他们瞎扯些什么？"斯加拉部罗低声问谷谷略。

"他们骂人。他们诅咒我们的酒，称赞他们自己的酒如何好。"

"你们看看，这些法兰西公鸡如何夸口，"锡匠气愤地说，"我的手痒了起来，痒得很，想给这些家伙一顿教训。"

那个大肚皮细长腿的酒店老板，德国人提巴图，皮带上悬挂一大串钥匙，正从桶里倒出半布伦塔葡萄酒在冰凉的瓦壶内，端给这两个法国人，他嫌厌地望一望这外邦的酒客。

邦尼华一口气就干了一杯酒。这酒他觉得很好，但他故意吐一口水，扮出厌恶的面孔。

这时候，酒店老板女儿在这里经过了。绿塔是个秀丽的姑娘，一头金发，两颗善良的蓝眼睛，同她的父亲一样。

那个喀士刚人狡狯地向他的伙伴眨眨眼，无耻地捻着他的胡子。然后，他再喝一口酒，并唱起查理第八的军歌：

查理要立大战功，
一手征服意大利，
打破耶路撒冷城，
攀登橄榄山上去。

格罗·季约尸也用嘶哑的声音和着唱。

当绿塔回来，羞怯地低下头，在这两个法国兵士身边经过时，上士忽然抱住她的腰，想把她拉到自己大腿上来。

她推开这法国兵，挣扎出来了，跑走了。

邦尼华跳了起来，赶上她，用酒气喷喷的嘴粗暴地吻她的面颊。

小姑娘大声叫喊起来，她的瓦罐掉落地下了，破了，她掉转身子，在法国人脸上重重打了一个嘴巴，打得他一时仓皇失措。

酒客都哗然大笑了。

"有种，小姑娘！"绣金匠喊，"凭圣格尔瓦西奥名义发誓：这样有力的嘴巴，我一生未曾看过。这家伙该当受她这一打的。"

"算了吧，不值得在这里打架！"格罗·季约尸想法把邦尼华拉回来，但这喀士刚人不听伙伴的话。酒意忽然都冲到他头上去了。他佯装笑脸，对姑娘喊道：

"等着吧，我的美人儿！现在我不是吻你的面颊，我要正对你的嘴接吻了。"

他奔向她去，碰翻了一个桌子，赶上她，正要吻她，但锡匠斯加拉部罗的坚强的手，从后面抓住他的衣领。

"你这杂种，你这不要脸的法国淫棍！"斯加拉部罗一面咆哮着，一面摇着邦尼华的身体，把他的颈子愈捏愈紧，"等着吧，你要挨一顿揍，以后你永远不会忘记，调戏一个米兰青年姑娘该受什么刑罚的！……"

"滚开，你这混蛋！法兰西万岁！"格罗·季约尸喊，他现在也气愤起来了。

他拔出剑来。若不是马斯卡勒罗、谷谷略、马索及其他行会朋友也冲了上来抓住他的臂膀的话，锡匠背后要被他刺穿的。

在碰翻了的桌子、板凳、酒桶、破瓶以及积酒的凹地中间，开始一场野蛮的打架。

提巴图看见了刀剑和流血时，便吓得逃出地窖来了，他在全广场叫喊：

"杀人啊！行凶啊！法兰西人打劫啊！"

人们敲起市场的钟。布洛列托广场上的钟应和着。胆小的商人闭起他们的铺子。卖旧货的和卖水果的女人，赶紧收拾起她们的货物。

"所有的圣者，我们的保护者，圣卜洛达西奥，圣格尔瓦西奥，救救命啊！"巴巴沙哭喊。

"什么事？失火了吗？"

"打死他们！……打死法兰西人！……"

那个小法凡尼基阿快活得跳舞起来，吹着呼哨，并用尖锐的声音叫喊：

"打死他们！……打死法兰西人……！"

保卫团出现了，团丁都拿着火枪和钺斧。

他们来得恰好，此时还能将两个法国兵从民众拳头底下解救出来，迟一会儿就要酿成人命重案了。他们逢人便抓，鞋匠谷波罗也给抓了去。

鞋匠的老婆在喧闹声中跑来，合起了双手，喊道：

"老总，抬抬贵手呀！把我的当家的放掉呀！交给我呀！我一定要教训他一顿，教他以后再不敢到街上同人打架了。说实在话，老总，这家伙确是不值得人拿绳子拴他的！"

谷波罗忧愁地惭愧地低下头来，他装作没有听到老婆威吓的样子，他避开她的眼睛，躲在保卫团丁的背后。

未完成的大教堂木架上，一个青年石工正沿着狭窄的绳梯往上爬，爬到离大圆顶不远之处一个细长的小钟塔上去，为的是将一个女殉道者圣迦德怜的小雕像送到这钟塔尖端上面装置去。

周围耸立着钟乳形的高塔，长针，穹隆屋顶雕成幻想花叶的石头，无数的先知，殉道者，天使，龇牙咧嘴的魔鬼面相，神话上的禽鸟，美人鱼，女面鸟，以及生有尖刺翅膀的张开大口如承溜的毒龙。所有这些

五头

都是用纯净的炫人眼目的白大理石雕成的，石上含有烟雾一样的蓝色阴影，使人想起一座冬天给灿烂的繁霜所掩覆的大森林。

四周完全寂静。唯有大声呢喃着的燕子在石工的头上飞过。下面市场嘈杂的声音，在这里听来好像一群蚂蚁叫唤。那边，无限的伦巴底翠绿平原的地平线上，阿尔卑斯山的雪峰在放光，这些山峰也是尖而白的，正如这里大教堂的高塔和屋顶。有时，石工仿佛听到底下风琴声音，好像从这大教堂内部，从它的石心的深处，发出叹息声和祈祷声。于是，他觉得这个大建筑物好像是活的，好像在呼吸、在生长、在渐渐耸向高空，好像一种永久的赞歌庆贺玛丽亚生日，好像一切时代和一切民族的一首颂诗献于这最神圣的童贞女，献于这如日光辉之圣母。

忽然广场上喧哗声音高大起来。塔上的钟嗡嗡响了。

石工住了脚，往底下看。他头脑晕眩了，眼睛黑暗了，他觉得底下整个大建筑物都动摇起来，他所攀缘的细长钟塔弯折了，像一根芦苇。

"完了，我要掉下去了！"他想，心里十分害怕，"主啊，取我的灵魂去吧！"

他用一种最后的努力，紧紧抓住他的绳梯的一级，闭起了眼睛，低声喊道：

"福哉玛丽亚，救苦救难的！"

他好过些了。

上面吹来一阵阴凉的微风。

他深深地呼吸一口气，提起所有的力量继续爬上去，再不注意底下的声音了。他愈爬愈高向着寂静的明朗的天空，他满怀喜乐地再说一遍：

"福哉玛丽亚，救苦救难的！"

同在这个时候，建筑委员会的那些委员也在大教堂一个宽广的几乎平坦的屋顶上走着，他们都是意大利的或外国的建筑师，奉了公爵命令来讨论大教堂圆盖上建筑大塔之计划的。

雷翁那图·达·芬奇是其中一个。他发挥他的意见，但委员会的委员们认为太大胆，太不合常规，太自由，并且违背教堂建筑术传统了，都不赞成他的意见。

人们辩论着，得不到一致的结论。……有些人断言内部支柱力量太小负担不起。"等到大塔和小塔都建筑好了，"他们说，"这整个建筑物一定就要塌倒下来的，因为这是那些无知的人开始筑的。"其他的人则相反，他们以为这大圆盖可以历劫不坏的。

雷翁那图同往常一样，并不参加辩论，他孤寂地不作一声站在旁边。

一个工人走到他身边，交给他一封信。

"师傅，下面广场上有个骑马的差人，从巴维亚来的，等候您老人家回话。"

雷翁那图拆开那信，读道：

"雷翁那图，请你立刻来！我必须见你一面。——仗·嘉黎亚左公爵。十月十四日。"

雷翁那图向那些建筑委员告辞，下到广场去，立刻骑上马，走向从米兰骑马几个钟头可到的巴维亚宫去了。

宽大的公园里，栗树、榆树和枫树，在秋天太阳照耀之下，发出了金色和紫色光辉。枯萎的树叶同蝴蝶一般飞舞着落在地面上。生满了杂草的喷泉再没有水喷出了，没有人照料的花坛上有几丛奄奄欲毙的翠菊。

雷翁那图在宫殿近旁碰到一个侏儒，仗·嘉黎亚左公爵手下的老呆子，唯有他还忠心于他的主人，其余一切奴仆都离弃这个垂死的公爵了。

侏儒立刻认出了雷翁那图，一拐一跳地赶来迎接他。

"公爵病好些了吗?"画师询问。

侏儒没有回答，只做了一个没有希望的手势。

雷翁那图正要继续沿着大路走去。

"不是，不是，不走那条路！"侏儒阻止他，"那条路上会给人看见的。殿下请您悄悄地走进去。……若是公爵夫人伊萨伯拉知道了一点风声的话，人们是不肯让您见殿下的面的。我们最好从旁边走，这里有一条小路……"

以后，他们就走进一个旁塔，上了楼梯，穿过一列以前很阔绰而今没有住人的荒凉的房间。镶金的摩洛哥皮挂毡破烂得同抹布条一样，蜘蛛网织在公爵宝座的绸缎天盖底下，秋夜的风将公园里黄叶从破碎的玻璃窗吹了进来。

"恶人！强盗！"侏儒叹息说，并将荒凉的景况指给雷翁那图看，"相信我的话吧，这里的事情，确是惨不忍睹的。我早就要离开了，要到海角天涯去了，若不是公爵尚在的话。现在除了我这个可怜的十不全以外，是没有人忠心公爵的！……这里，请！就在这里！……"

他开了一个门，让雷翁那图走进一个窒息的阴暗的房间去，房内有很强烈的药味。

按照医术规则，放血的时候必须在蜡烛光底下，室内窗户必须闭得紧紧的。理发匠的助手拿一个铜盆盛着流出的血。理发匠自己，一个谦逊的老头子，衣袖卷得高高地，正在割开公爵的脉管。医生，"太医官"，带着一副庄严的面孔，站在旁边，眼镜架在鼻梁上，身上穿一件暗紫色丝绒缝的医学博士袍子，里面是栗鼠的皮毛。他没有参加理发匠的工作，只拿眼睛望着，因为一动手术器具，就是有损医生尊严的。

"天黑以前还要再放一次血！"他用命令口气说，当手臂捆好，病人又躺在枕头上的时候。

"老爷，"理发匠恭敬地和畏怯地提出异议，"我们不可以推延几时再放吗？免得失了过多的血……"

医生含笑鄙蔑地望望他。

"你说这话不害羞吗，老兄？我教你一个乖：人身上总共有二十四磅血，即使取去了二十磅，对于生命和健康也是没有危险的。你从一个井里取去污水愈多，留下的井水就愈加新鲜。吃奶的小孩子，我也毫不过虑地要人放血哩。谢谢上帝，我的办法都能够奏效。"

雷翁那图留心听这两人谈话。他要反驳医生的话，但他对自己说：同医生辩论是没有结果的，正如同炼金术士辩论一样。

医生和理发匠都走出去了。侏儒把枕头扶正了，把病人的脚仔细盖在毡子内。

雷翁那图向屋子周围一看，床上挂了一个鸟笼，里面有一只绿毛小鹦哥。一张小圆桌上放着纸牌和骰子，旁边立着一个玻璃缸，缸里有水，几尾金鱼在水中游泳。一只小白狗蜷成一团，在公爵脚边睡觉。这些便是这个忠心的侏儒为愉悦他的主人而弄来的玩物。

"你把那封信打发去了吗？"公爵问，没有睁开他的眼睛。

"啊哈，殿下，"侏儒赶紧回答，"我们等了好久了，我们以为殿下睡着了。雷翁那图先生早在这儿……"

"早在这儿？"

病人高兴得微笑起来，挣扎着想坐起来。

"终于看到你了，师傅！我害怕你不来的……"

仗·嘉黎亚左握着艺术家的手，他的美丽的还在青春的面容——他今年才二十四岁——泛上淡红色，生动起来。

侏儒离开了房子，在门口守卫着。

"我的朋友，"病人继续说，"你一定听到人说过吧？……"

"什么，殿下？"

"你不知道吗？好，若是这样，我就简直用不着谈起了。可是，不管它，我还是告诉你好，以后我们一起把来当作笑谈。一般人都在说……"

他停住了，直看进画师的眼睛去，并用轻微的讽刺口气说完了他的话：

"一般人都在说——你是谋害我的凶手。"

雷翁那图以为病人在发谵语。

"是的是的，这不是事实！这是何等的胡说！你——能谋害我吗?!"公爵又说下去，"大约三个星期前，穆罗叔叔和贝特丽采婶娘那边，送了我一篮桃子做礼物。伊萨伯拉夫人坚决相信，自从我吃了那些果子以后，就一天病重一天了。她认为我是中了慢性毒药而渐渐衰羸的。据说，你的花园里有一株树……"

"这是实话，"雷翁那图回答，"我的确有这样一株树。"

"你说什么？……竟有这个事情吗？……"

"不！谢谢上帝保佑我，倘若那些桃子真是从我的花园出来的话。现在，我明白了这谣言是从那里发生出来的。为去研究毒药的效力，我曾在一株桃树上安了毒。我自然告诉我的徒弟，左罗亚斯特罗，说桃子是有毒的。可是这个实验没有成功，那些果子一点没有害处。大概是我的徒弟爱饶舌，把这个实验说给外人听了……"

"哦，我现在明白了！"公爵喊起来，很高兴，"我的死，没有一个人负疚的。虽然如此，他们还是你猜疑我，我猜疑你，还是互相仇恨，互相畏惧。……我怎样能够把我们现在的谈话通通告诉他们听呢！我的叔叔自以为他是我的凶手，但我知道，他是一个好人，不过柔弱，胆子小。他为什么要害死我呢？我自愿地把政权交付给他。我什么都不需要。……我将离开他们，我能够自由自在生活，在隐僻处所，同我的朋友一道。我也能够到修道院当修士去，或者做你的徒弟，雷翁那图。但没有一个人肯信我确实不贪求什么权力的，为什么呢，上帝啊，他们为什么要害死我呢？他们拿着你的无辜的树株结成的无辜的果子，不是来毒害我，而是毒害他们自己，他们这些可怜人，这些瞎子！……以前我以为是个不幸的人，因为我活不了的。可是现在，我什么都明白了，师傅。我再不贪求什么了，我也再不害怕什么了。我觉得舒服、安静和愉快，仿佛夏天脱了一套满身尘土的衣服，而走进明亮的清凉的水里沐浴一样。哦，我的朋友，我不能够把我的意思恰当表达出来，但是你懂得，我想说的是什么意思。你自己也是那样的……"

雷翁那图不作一声，含着静穆的微笑，紧握他的手。

"我知道的，"病人更高兴地说下去，"我知道你会了解我的。……你还记得，有一次，你对我说，观察机械学，自然必然性的永久法则，将使人极其谦逊和宁静吗？当时，我不懂得你的意思。但现在，在病中，在寂寞和热昏的时候，我时常想起你，想起你的容貌和声音，你说的每一句话。师傅！你知道吗？我有好多次感觉到，我们两人是经由不同的道路达到同一个目的，你是在生的时候，我是在死的时候……"

房门忽然开了，侏儒带着惶恐的面孔快步走进房里来，说道：

"杜鲁达太太求见！"

雷翁那图要走开，但公爵阻止他。

仗·嘉黎亚左的老乳母走进房里来，手里拿着一个盛有淡黄色浑浊液体的小瓶，那是"蝎子油"。

盛夏时节，当太阳停在天狼星座的时候，人们就捕捉蝎子，把它们活生生地浸在百年陈的橄榄油内，再加上十字草根、解毒草和蛇草，在烈日下曝晒五十天。病人天天晚上用这蝎子油涂擦胳肢窝、太阳穴、肚皮和心坎。那些隐婆说：世上再没有比这更好的药物了，不仅可以抵制一切毒药，而且可以防止邪术魔魔和巫蛊。

老太婆看到雷翁那图坐在床缘的时候，她就愕然站着，面孔都苍白了。她的手发起抖来，那小瓶几乎掉落地下了。

"全能的上帝保佑我们啊！圣母玛丽亚！……"

她画了一个十字，喃喃念诵祈祷文，退到门那儿去，离开了房子；她跑了，尽她的脚力所能快跑，带这可怕的消息给伊萨伯拉夫人，她的女主人。

杜鲁达太太坚决相信：恶人穆罗和他的帮凶雷翁那图，即使不是用毒药，也是用"恶眼"，用巫术，或用其他撒旦邪术，致使公爵这样近于死亡的。

公爵夫人伊萨伯拉正在祈祷室内圣像面前跪着祈祷。

当杜鲁达太太报告她雷翁那图在公爵房内时，她突然跳了起来，大喊：

"做不到的事情！谁放他进来的？"

"谁放他进来的吗？"老太婆喃喃说，一面摇她的头，"您信我的话，娘娘，我不明白他是从哪里进来的，这个被诅咒的鬼。好像他是从地下钻出来的，或者从烟囱进来的。这分明是一件不祥的事情。我好久以前就同娘娘说过了。……"

一个侍童走进祈祷室来，恭敬地跪下一膝：

"娘娘在上，请问娘娘和公爵殿下，可能容许法兰西国最忠心的基督教国王来此求见吗？"

查理第八的行宫就在这巴维亚宫楼下，穆罗为他铺设得十分阔绰。

国王吃了午饭以后休息的时候，要人念《罗马城的奇迹》一书给他听，这书是他不久之前命人从拉丁文译成法文的，书中所说很不可靠。

查理少时是个给父亲吓怕了的多病的孤寂的小孩，他的愁惨的青春就在荒凉的俺拔斯离宫度过的，那时他拿骑士小说来充实他的幻想，这使他的本来愚鲁的头脑更加混乱起来。他做法兰西国王时，还是一个善良的、没有经验的和过分畏怯的二十少年；他自视为小说上冒险的英雄，如同书中说的漫游的圆桌骑士，郎西禄和特里斯丹[1]等一样；现

---

[1] 郎西禄，特里斯丹 Lancelot, Tristan——传说中，阿士斯王手下之骑士。所谓"圆桌骑士"十二人中，此二人常成为罗曼斯之主角。

在他要把所读一切通通实现出来了。这位"马斯[1]神的苗裔和朱里亚·恺撒的后人"——那些宫廷史官这样称呼他——现在统领大军进了这伦巴底,要去征服拿波里、西西利、君士坦丁堡和耶路撒冷,要去推翻土耳其苏丹,连根铲除穆罕默德邪教,并将圣陵从那些不信上帝的人的枷轭底下解放出来。

国王此时一面虔诚地听人念诵关于"罗马奇迹"的书,一面已经在咀嚼他将来占领这大城时所获得的那种光荣的味道了。

他的思想渐渐紊乱起来。他觉得心窝内一阵痛,头脑沉重得很,这是昨天晚上同米兰娘儿们一道吃晚饭时太过放纵了的结果。这些婆娘中有一个,叫作什么吕克列沙·克里威利吧,她的玉容,他整夜做梦都还见着。

查理第八身材矮小,面貌十分难看。他的弯曲的双腿,同编织用的长针一般狭细;他的肩头是窄小的,而且一边高些,一边低些;他的胸部凹陷进去;他有一个过分的大钩鼻,纤细的淡红色头发,不生胡子,只生些罕见的淡黄色的柔毛。手臂和面孔时常像害痉挛病一样抽搐着。两片厚嘴唇总是张开着好像小孩子。一双高扬的眉毛。一对凸出的淡白的近视的大眼睛。这一切给了他一种愁惨的漠然的同时紧张的表情。这是低能的人所常有的。他的言语很难了解,且不连贯。据说他有六个脚指头,为遮盖这个缺陷,所以宫廷里时兴一种宽头软鞋,同马蹄一般圆,用黑丝绒做的。

"提波,喂,提波!"他喊他的贴身侍仆,并中止了念书,仍用他惯常的漠然面孔,说话吞吞吐吐地,仿佛在一字一字地想,"我……那么……我以为我口渴。怎样?发胃气。什么?给我酒喝,提波!"

红衣主教布里松纳走进房里来报告:公爵在等候陛下光降。

"什么?什么?怎样?公爵?好的,就来……我只喝一点……"

---

[1] 马斯 Mars,罗马战神。

查理从一个廷臣手里拿起了杯子。但布里松纳阻止他，并问提波说：

"是我们自己的酒吗？"

"不是的，大人。这是这儿地窖里的酒。我们自己的酒已经喝完了。"

红衣主教就把那杯酒泼掉了。

"陛下，请恕罪！这里的酒能够危害御体健康的。提波，你命令酒侍速到营里去，取一桶行军用酒来。"

"为什么？怎么样？什么事情？"国王十分惊讶地怪叫着。

红衣主教在国王耳边说了几句话：他害怕毒药，因为敢毒害自己的正经公爵的人，什么卑鄙手段都做得出来的，而且小心总不会害事，即使没有什么确凿的证据。

"哦，胡说！为什么要这样？我口渴得很，"查理反驳，一面气愤地抽动一边肩膀，可是他终于迁就了。

传旨官向前走去了。

四个侍童共擎一个用蓝绸缝的用银线绣了法国百合花国徽的美丽的华盖，在国王头上。内廷大臣披了一件黄鼬鼠皮镶边的红丝绒大衣在他的肩上，衣上绣有金蜜蜂，还绣着一句骑士格言"蜂王无螫"。以后，全队就开动了，穿过宫内惨淡的荒凉的厅房，到那将死的人的卧室去。

查理在那祈祷室经过时，看见了公爵夫人伊萨伯拉。他恭敬地脱下帽子，正要走向她去，行一个法国古礼，即吻这贵妇人的嘴唇，并把她当作"亲爱的妹妹"同她说话。

可是公爵夫人已经先走来迎接他了，并匍匐在他的脚前。

"陛下！"她开始说她预先准备好的言辞，"请你怜悯我们哪！上帝会酬报你的。庇护不幸的人哪，侠义的骑士！穆罗把我们的一切都抢夺去了，他篡窃了公位，又毒害了我的丈夫，仗·嘉黎亚左，米兰国正经的公爵。在我们自己家里，我们也是给凶徒们包围着的……"

查理不大了解她的话，而且差不多没有听。

"什么？什么？怎样？"他结结巴巴地说，仿佛刚睡醒来一般，一面痉挛地抽搐一边肩膀，"好，好，不要这样，……我请您……算了吧，妹妹……起来啊，起来！"

但她不起来，她抓住他的手，吻着，要拥抱他的膝盖，终于带哭声，确然是失望地叫喊：

"若是您再不管我，陛下，我只好自尽了！……"

国王现在完全没有办法了，他的面孔痛苦得皱起来，好像他自己就要流出眼泪。

"好，但是，但！……我的天……我可不能……布里松纳，请你……我不知道……你对她说……"

他心里极想由此跑走了。她并没有激起他的怜悯，因为即使在卑屈和失望中，她仍是十分骄傲和美丽的，好像悲剧中一位高尚的女英雄。

"尊贵的夫人，请您放心好了！您及尊夫仗·嘉黎亚左爵爷的事情，陛下一定尽力帮忙的。"红衣主教安慰她，很有礼貌，但冷冷地，又带点施恩人的口气，把公爵的名字用法文说出来。

公爵夫人望一望布里松纳，并留心观察国王的面孔。她忽然不响了，好像她此时才明白：她在同谁说话。

他站在她的面前，那么丑陋的，可笑而又可怜的，同小孩子一样张开两片厚嘴唇，带着畏葸的，紧张而又漠然的微笑，并睁大了两颗淡白色的凸出的眼睛。

"我，跪在这个十不全的脚下，匍匐在这个低能儿的面前吗？我，我是亚拉贡尼之费迪南的孙女！"

她站立起来。她的苍白的面颊泛上了红色。国王觉得他必须说一两句什么话，必须打破这个难忍的沉默。他拼命地努力一下，抽动一边肩膀，眨眨眼睛，可是他只能同平常一样喃喃几句"什么？什么？怎样？"，以后他就结结巴巴起来，做一个没有办法的手势，不响了。

公爵夫人用一种显然轻蔑的眼光盯着他看。查理不由得低下头来。

"布里松纳，我们再向前走吧。什么？什么？怎样？"

侍童推开了门。查理便走进公爵的卧室去。

窗子都打开了。秋天向晚静穆的阳光，穿过公园内金黄色高树梢射进窗里来。

国王走近病人的床前，称他作表弟，并询问他的病状。

仗·嘉黎亚左用一种和悦的微笑回答他，这使得查理心中立刻轻松起来。他的狼狈神情消失了，他渐渐安静下来了。

"愿主上帝赐陛下旗开得胜马到成功，"谈话中间，公爵曾这样说，"将来，陛下到耶路撒冷参拜圣陵的时候，请莫忘记替我的可怜的灵魂祈祷，因为那时我就已……"

"哦，不，不，亲爱的弟弟！哪能有这回事呢？您说的什么话呢？为了什么呢？"国王打断了他的话，"上帝是很慈悲的，您的病不久就可以好。……我们要一道出去打仗，去打那些不信上帝的土耳其人。您将想起我的话！什么？什么？怎样？……"

仗·嘉黎亚左摇摇头："不。——我怎么能够！"

他用一种深刻的探索眼光看进国王的眼睛里去，并添加几句话说：

"倘使我死了，陛下，请您照顾我的孩子弗郎西斯果，还有我的女人伊萨伯拉。她是很不幸的，世界上没有一个人给她……"

"天哪，天哪！"查理喊，十分受了感动。他的厚嘴唇颤动了，口角低垂下去，面容上发出不常见的善意，突然地，仿佛给一种内心光明所照耀一样。

他急速屈身向那病人，用急躁的温柔拥抱他，并结结巴巴说：

"我的弟弟！我的亲爱的！你——可怜的，可怜的人……"

这两个人互相微笑着，像两个可怜的病孩子。他们的嘴唇合在一处，做一个兄弟的接吻。

国王离开了公爵房间以后，便喊红衣主教到身边来。

"布里松纳！喂，布里松纳！你知道吗，我们必须稍微……那么……什么呢？……帮助一点！……这样是不行的，不行的……我是一个骑士……必须庇护他……你听到吗？"

"陛下，"红衣主教回答，有意避开话题，"他是必须死去的。我们怎能帮助他呢？我们只有害了自己：穆罗公爵是我们的同盟……"

"穆罗公爵是个恶人。他是……不错……一个凶手……"国王喊，眼睛发出真诚的愤怒。

"那么怎样办呢？"布里松纳耸耸肩回答他，并带一种优雅的施恩人式的微笑，"穆罗公爵并不比别人恶些，也不比别人好些。这是政治，陛下。我们大家都只是人……"

酒侍献上一杯法国酒给国王。查理一下就喝干了。这酒使他活泼起来，而且驱除了他的那些暗淡的思想。

与酒侍同时，还有罗督维科公爵的一个专使走进来，他来请国王今晚赴宴。查理拒绝这个邀请。那位专使加意恳求。当他看见一切请求都没有效力的时候，他就走到提波面前，在耳边说了几句话。提波点点头，表示他明白了，一面把嘴伸向国王的耳朵去：

"陛下，吕克列沙小姐……"

"什么？什么？怎样？谁是吕克列沙小姐？……"

"就是陛下昨晚屈尊同她跳舞的那位贵女。"

"哦，不错。当然的。一定的……我知道了……吕克列沙小姐……娇艳的……她也来赴宴吗，你说？"

"她一定来的。她恳求陛下……"

"她恳求……哦，哦！好，那么怎么样，提波？什么？你的意见是？……也许我能够……总是一样的……这是……明天我去打仗了……最后的一次……请向公爵谢谢，先生！"他转向那位专使，"告诉他，我就……那么……什么……为我的缘故……"

国王拉提波到旁边去：

"听我说，吕克列沙小姐是什么人？"

"穆罗公爵的爱人，陛下。"

"穆罗的爱人。哦，哦，可惜！……"

"陛下，您只要说一句话，我们立刻就弄妥帖了。你若是高兴的话，今天晚上就可以……"

"不，不。不行的。我在这里是客……"

"穆罗会认为这事是很荣耀的，陛下。您还不大认识这地方的人……"

"好，都是一样的，由你去。是你的事情……"

"您完全放心好了，陛下。只要一句话……"

"不要问了……我不情愿……我说过了——是你的事情……我什么都不知道……由你去办……"

提波不作一声，只恭恭敬敬行了一个鞠躬礼。

国王走下楼梯时，阴沉着他的面孔，努力思索，得不到办法，他揩拭额头。

"布里松纳！喂，布里松纳！……你的意思怎样？……我要说什么话？……哦，不错，不错……我们要替他抱不平的……他是无辜的……受害的……这样是不行的……我是骑士……"

"陛下，请您暂时放开这些顾虑吧！实在的，我们现时确是没有办法的……将来或者可以，我们打了仗回来的时候，……我们打败了土耳其人，占领了耶路撒冷的时候……"

"哦，不错，耶路撒冷！"他的眼睛睁大了，嘴唇周围现出了模糊的同做梦一般的笑意。

"主上帝的手引导陛下走到胜利，"布里松纳继续说，"上帝的指头替十字军指点道路。"

"上帝的指头！上帝的指头！"查理第八重复说，庄严地，眼睛望着天上。

158

八天之后，青年公爵就去世了。

死前不久，他还要求他的妻，让雷翁那图再来一趟。但伊萨伯拉拒绝他。杜鲁达太太告诉她说：中了巫术的人总有一种对自己有害的，然而不可抑制的愿望，要求见那施行巫术的人。老太婆愈加努力地用蝎子油去涂擦病人的身体，医生仍旧给他放血酷刑以至于死。

他和和平平地死去了。

"主上帝呀，愿你的旨意成功！……"[1] 是他的最后一句话。

穆罗命令将遗体从巴维亚移到米兰来，停放在大教堂内。

那些高官贵爵齐集在米兰宫殿内。罗督维科表示说：他的侄儿英年早逝，使他心中感受说不出的痛苦，他提议，将公位的合法继承人弗郎西斯果，仗·嘉黎亚左的幼年儿子，迎来做米兰公爵。大家一齐反对他这个提议。他们认为一个幼年人是担负不了这样庞大的权力的，他们以民众的名义请求穆罗自己拿起公爵的权杖。

他假意推辞。最后他迁就他们的请求，表面装作是违反他的意志的。

人们拿来一件华丽的绣金衣服，新公爵穿起来，骑上马，走到圣俺布罗曹教堂去，随从一群他的徒党，他们高声叫喊："穆罗万岁！公爵万岁！"喇叭吹着，大炮轰着，教堂钟响着。民众却不作一声。

"市集广场"上，市政厅南面，鄂绪柱廊上边，一个传令官，在各行会理事、体面市民、父老、家长等面前，宣读神圣罗马帝国皇帝马克西米良[2]的诏书，赋予穆罗公爵种种特权：

> 朕今将一切行省、县邑、城市、乡村、宫殿、要塞、山岳、牧场、平原、森林、草地、荒野、河川、湖泊、猎区、鱼塘、盐井、

[1]"愿你的旨意成功……"——这本是耶稣的祈祷词，见《马太福音》第六章第十节。
[2]马克西米良皇帝 Kaiscr Maximilian，一四五九——一五一九。

矿洞，以及附庸陪臣、侯、伯、子、男，以至于修道院、教堂、教士等之产业，皆钦赐予卿，罗督维科·司伏萨，及卿之苗裔；朕今允准，封赐，升任，选拔卿及卿之子、孙、曾孙等，为伦巴底之君主，永世勿替。

几天以后就要举行庄重仪式，将米兰城最神圣物品，基督十字架上一枚钉子，迎入大教堂去。

穆罗希望，经过这番仪式之后，就可以收买人心并巩固他的权力了。

晚间，亚伦占广场上，提巴图酒店前面，有群众聚会。锡匠斯加拉部罗、绣金匠马斯卡勒罗、毛皮匠马索、鞋匠谷波罗和玻璃匠谷谷略，也在群众里头。

多米尼会修士，提摩推阿师兄，正站在人群中央一个木桶上面说教：

"亲爱的兄弟们！当圣海伦在异教女神维纳斯的一个庙宇地下发现出异教徒埋下的钉死基督的十字架以及其他拷打主耶稣的刑具时候，君士坦丁皇帝[1]便在这些神圣的惊人的钉子当中取出一枚，叫一个铁匠把来嵌在他的战马的络辔上，为的以此实现先知撒迦利亚[2]的预言。这位先知曾说：'当那日，马的铃铛，将归耶和华为圣。'于是这个不能言说的圣物便保佑了他战胜罗马帝国的一切仇敌和抗命者。皇帝死后，那钉子失落了。以后，过了好久时间，我们米兰的伟大的圣俺布罗曹[3]才又在罗马城中旧铁器商人保林诺店里找到它。他将这枚钉子带

---

[1] 君士坦丁皇帝 Kaiser Konstantin，二七二——三三七。
[2] 撒迦利亚 Zacharia——此语，见《旧约·撒迦利亚书》第十四章第二十节。
[3] 圣俺布罗曹 St. Ambrosius，三四〇——三九七。

回米兰来。从那时起，本城就占有这枚极可宝贵的极神圣的钉子了，人们当时就是用它将全能的神的右手钉在救世木上面的。这钉子恰长五寸半，比罗马城那枚钉子要长些和粗些，而且是尖头的，至于罗马城的则是钝头的。这钉子钉在救主手里足有三个钟头之久。这是有学问的神甫亚列细奥用好多很巧妙的三段论法证明过了的。"

提摩推阿师兄歇了一会，然后他举手向天，大声叫喊说：

"但是今天，亲爱的兄弟们，发生了一件骇人听闻的亵渎神圣的事情：穆罗，那个恶人，那个凶手，那个篡窃者，要以一种目无神圣的祝会来败坏我们民众；他要拿这枚最神圣的钉子来稳固他的动摇的宝座……"

人群中骚动起来。

"你们知道吗，亲爱的兄弟们，"修士继续说，"穆罗委托谁制造一个机器，把这神圣钉子送到大教堂祭坛头顶那个大穹隆上面去？"

"是谁呢？是谁呢？"

"是那个佛罗伦萨人，雷翁那图·达·芬奇呀！"

"雷翁那图？谁是雷翁那图？"有几个声音问。

"我们晓得他，"另外一些人回答，"用桃子毒死青年公爵的，也就是他……"

"一个巫士！一个邪教徒！一个无神论者！"

"可是，我听人说过，"谷波罗畏葸地反驳，"雷翁那图先生是个很好的人。他没曾得罪一个人。他不但对人，连对禽兽也是好的……"

"住嘴，谷波罗！你胡说八道！"

"一个巫士不会是好人的！"

"哦，我的孩子们，"提摩推阿宣告说，"将来有个时候，人们还会论那个诱惑人的大魔鬼说'他是好的，他是温和的，他是完全的'哩！因为他的面貌将与基督相似，他将有一种可爱的甜蜜的声音同牧笛吹奏时候一样。他将狡狯地假装良善诱惑好多人，他将从四面八方号召来好多民众，仿佛一只鹧鸪用假冒的呼唤，引诱其他鸟巢的幼雏到自己巢里来一样。当心哪，亲爱的兄弟们！看哪，黑暗世界的魔王，这个尘世的主宰，走近来了，他的名字叫作'敌基督者'。他装作人形走近来了。那个佛罗伦萨人雷翁那图就是敌基督者的一个奴仆，一个先驱者！"

那个玻璃匠谷谷略，以前还未曾听人说起雷翁那图，这时他很自信地宣告说：

"真的，这话是实在的。他把灵魂卖给撒旦了。他用自己的血签了卖魂契。"

"怜悯我们哪，至高的圣母！发发慈悲呀！"那个卖菜女人巴巴沙求告着，"昨天，斯塔玛大姐才告诉我这话，她是本城监狱刽子手家里洗衣服的，她说，这个雷翁那图——他的名字不该在夜里说出口的！——从绞刑架上偷去尸首，用刀切做块，一重重剖开，将肠子拿了出来……"

"这事情，你不懂得，巴巴沙，"谷波罗正正经经地插话说，"这是一种学问，叫作什么解剖学……"

"据说他发明一架机器，能同鸟儿一样飞到天空去。"绣金匠马斯卡勒罗说。

"古时那个生翅膀的恶龙贝里亚就是反叛上帝的，"提摩推阿师兄宣告说，"行邪术的西门也是要飞往空中去的，可是给保罗使徒打下来了。"

"他在海面上行走，同在陆地一样，"斯加拉部罗说，"他说：'主耶稣在水面上行走，我也能在水面上行走。'他说过这样亵渎神圣的话。"

"他藏身在一个玻璃钟内，沉到海底下去。"毛皮匠马索说。

"哦，亲爱的兄弟们，不要相信这句话！他用什么钟？他变了一尾鱼就能游泳，变了一只鸟就能飞。"谷谷略说。

"这样一个永劫不得翻身的妖魔！叫他毙命吧！"

"异端裁判法庭那些神父大人，为什么这样纵容他！他是该送到柴堆上焚死的。"

"须得拿根白杨木从他的喉咙插进去!"

"不好了,不好了!我们该受罪了,亲爱的兄弟们!"提摩推阿师兄哭喊,"那枚神圣的钉子呀,那枚神圣的钉子在雷翁那图手里呀!"

"那不行!"斯加拉部罗喊,握起两个拳头,"即使要我们的命,我们也不让圣钉受了污辱的。我们去吧,从这无神论者手里夺取圣钉回来吧!"

"替圣钉报仇吧!替我们的被人谋害的公爵报仇吧!"

"你们干什么事?"鞋匠喊,合起了双手,"巡夜的马上就来了。保卫团团长……"

"叫魔鬼抓去吧,什么保卫团团长!谷波罗,你害怕,你就躲到老婆裙子底下去吧!"

这一群人,拿着大棒、小棍、斧头和石块,穿街过巷而去了,一路上高声咒骂和叫喊。那个修士走在群众面前,手里拿着一个耶稣钉十字架像一面念诵《诗篇》:

愿上帝兴起,使他的仇敌四散,叫恨他的人从他面前逃跑。他们被驱逐如烟被风吹散。恶人见上帝之面而消灭,如蜡遇火熔化。

松香火把爆响着,发着浓烟。在火把的血红光焰照耀之中,一钩寂寥的新月呈现淡白的颜色。静静的星星都看不见了。

雷翁那图正在他的工场里制造那架机器,要把圣钉送上穹隆高处去。左罗亚斯特罗已经做好了一个圆龛,外罩玻璃,还有金射线,里面就准备安置那件圣物。卓梵尼·贝尔特拉非奥坐在工场的一个黑暗角隅,时时向师傅偷瞥一眼。

在潜心研究轱辘和杠杆如何传力问题当中,雷翁那图竟把他的机器完全忘记了。

他刚才做完一个困难的算题。理性的内在必然性（数学法则）证实了自然界的外在必然性（机械学法则）。两个大秘密合流为一个更大的秘密。

"人们将发现不出那么简单而又那么美妙的东西同一个真实的自然现象一样的，"他想，含着平静的微笑，"神性的必然性，以其法则逼迫着每一种效果从最短的道路去追随各自的原因。"

他在灵魂中觉到那种他所熟悉的感情，好像在突然显露的深渊面前的虔诚的惊讶感情。这感情，是不能拿来与人类所能觉到的他种感情相比较的。

在那架送上圣钉用的机器草图空白地方，在许多数字和算式旁边，他写了几行字。这几行字在他心里响着，仿佛一篇祈祷文：

> 你的正义是何等奇妙啊，你，一切运动事物之最初推动者！你绝不从任何动力取去它的必然影响的规律和方式。因为如果一种动力欲将一个形体推动到百寸距离之处，这形体半路上碰到障碍了，于是依照你的命令，这反跃力便造成新的运动，使得那段未走之路恰恰给新的震动和冲击所代替了。你的必然性是何等神性的啊，你，一切运动事物之最初推动者！

忽然屋子大门擂鼓似的敲打起来，人们听得见《诗篇》歌声，以及激昂的人群的狂野的咒骂和叫喊。

卓梵尼和左罗亚斯特罗赶忙跑出去，看看发生什么事情。

那个厨娘马土邻娜，大声叫喊冲进房内来。她衣服半开，头发散乱，一定是从床上爬起来的。她喊：

"救命哪，不得了了，强盗抢来了！圣母玛丽亚救救我们哪！"

马可·督终诺拿了一支火枪走进来，赶紧关起窗板。

"什么事情，马可？"雷翁那图问。

"我不知道。那些流氓要冲进屋子来。一定是修士们煽动起来的。"

"他们来这里干什么？"

"魔鬼才懂得这些疯子的用意哩！他们要讨那枚圣钉。"

"不在我这里啊，此时还在大主教亚沁波狄的圣器所内啊！"

"这话，我已经对他们说过了。他们不肯听，在外面破口大骂。他们说阁下毒死了仗·嘉黎亚左公爵，他们叫阁下作巫士，作无神论者哩！"

街上喊声愈来愈大了。

"开门哪，开门哪！不然我们就要放火烧掉这个该诅咒的窠巢了。等着吧，雷翁那图，你这永落地狱的敌基督者，我们一定要剥你的皮！"

"愿上帝兴起，使他的仇敌四散。"提摩推阿修士在外面带哭声歌唱，他的歌声之中还夹杂有街童法凡尼基阿的尖锐的呼哨。

那个小孩子雅可波急忙奔进工场来，跳上了窗沿，踢开一扇窗板，正要跳出外面去，但雷翁那图抓着他的衣角。

"你要到哪里去？"

"去喊保卫团来呀！团长正带人巡夜，此时就在近旁经过的。"

"你疯了？愿上帝保佑你，雅可波！他们抓到你，会把你打死的。"

"他们抓不到我的。我爬过墙去，到特鲁拉妈妈菜园内，然后走牛蒡沟，再爬过后院子去。……即使他们把我打死了，那总比打死您好些的。"

这小孩还用一种温柔眼光看看雷翁那图，勇敢地对他笑，赶紧脱出他的手里，就跳下窗子去了。他从外面喊道："我请救兵去！你们不要害怕！"然后，他又把那扇窗板闭起来了。

"一个小魔鬼，"马土邻娜摇摇头说，"但危急时候，他是有用的。也许他果真请得救兵来……"

此时，楼上一块玻璃窗打破了。

厨娘大喊一声，合起双手，跑出房外去，黑暗中摸索着地窖的陡峭的阶梯，滚了下去。事后，她自己对人说，她爬进一个空酒桶里去，若不是别人拉她出来，她会在那里躲到天亮的。

马可跑上楼去，闭起窗子。

卓梵尼面孔苍白了，丧魂落魄地，回到工场里来，他什么都不管，正要回到他的角隅坐去。但他瞥一眼雷翁那图，于是向师傅走去，跪在师傅的面前。

"什么事？你要什么，卓梵尼？"

"师傅，众人都说……不错，我知道，不是事实，……我不相信，……但请您说吧，……上帝在上，请您说一句……"

他说不下去，他兴奋得连呼吸都要窒塞了。

"你怀疑吗？"雷翁那图说，一面忧郁地笑着，"你也许以为他们说的是真话吗？以为我是凶手吗？"

"一句话，只要一句话，师傅，由您嘴里说出来的……"

"我能给你说什么话呢，我的朋友？说话有什么用呢？总是一样的，你不会相信我的，你既然起了疑心……"

"哦，雷翁那图先生，"卓梵尼悲叹着说，"我痛苦得很，……我不晓得怎么办才好，……我要疯了，师傅……救救我呀！怜悯我呀！我忍受不住了！……说吧，说：这话不是实话！……"

雷翁那图不响。

然后，他转过头去，用颤抖的声音说道：

"你也同他们一样吗？你也来反对我吗？"

此时，大门敲得同响雷一样，使得整个屋子都震动起来。锡匠斯加拉部罗正在用斧头劈开门。

雷翁那图倾听群众的咆哮。他的心皱缩起来。他感到他所熟知的那种静静的悲哀，那种无限的孤寂。

他垂下头来。他的眼光落到刚才写下的那几行字：

你的正义是何等奇妙呵，你，一切运动事物之最初推动者！

"不错，就是这样，"他想，"一切都是好的，一切都是从你而来的……"

他微笑着。他用深深的谦逊重复仗·嘉黎亚左公爵临死时说的一句话：

"愿你的旨意成功。于地上如同成功于天上！"

第六章

卓梵尼·贝尔特拉非奥的笔记

一四九四年三月二十五日，我进入佛罗伦萨画师雷翁那图·达·芬奇的工场习艺。

以下是我的学习计划：透视学，人体的量度和比例，模拟优良画师的绘画，模拟自然景物。

我的同学马可·督终诺今天给我一本关于透视学的书，是师傅所说的话记录下来的。

这书开头这样说：

肉体所感受的最大快乐，是太阳光，精神所感受的最大快乐则是数学真理的明确性。所以人们必须将透视学安置于其他一切人类研究和学术的前面，因为在透视学中，射光线的观察（眼睛的最大快乐）是伴随着数学的明确性的（精神的最大快乐）。但愿那位自

168

称为"我是世界之光"[1] 的人，来启导我，并帮助我，将透视学，即研究光的科学，发挥出来。我将这书分成三篇：第一篇关于远近物像大小之变化，第二篇关于颜色深浅之变化，第三篇关于轮廓明暗之变化。

师傅照顾我，像照顾一个儿子。当他知道我没有钱的时候，他就拒绝接受我约定的每月脩金。

师傅说：

"等到你将来学会了透视学，并熟记了人体比例以后，你在路上走的时候，就须专心注意观察人的一切运动：他们怎样站立和怎样行走，怎样说话和怎样争辩，他们怎样笑和怎样打架，打架时他们自己扮出什么面孔，劝和的人以至于袖手旁观的人又扮出什么面孔。这一切，你都要记住，并尽可能快地用铅笔画在颜色纸订成的小簿子上；你时时刻刻应当将这簿子带在身边。旧的画满了，就换一本新的，但旧的还须留着，并好好保存着。不要忘记：你无论何时都不应当毁弃或涂去这些图画，而应当加意保护着！因为自然界中形体的运动有无限繁复的样式，任何人的记忆力都不能遍记的。所以你应当将这些草图当作你的先生和师傅。"

我现在身边就带了这样一本簿子，现在我每天晚上也把当天从师傅听来的可注意的话记在这簿子上面。

今天，我在估衣巷离大教堂不远的地方碰到我的叔父，那个玻璃画家鄂斯华德·英格临。他告诉我：他同我脱离关系了，因为我住在无神论者和邪教徒雷翁那图家里，已经败坏了我的灵魂了。现在我是完全孤单了，在这广大世界上没有一个亲人了，没有亲族没有朋友，除了师傅

[1]"我是世界之光"——耶稣说的话，见《约翰福音》第八章第十二节。

以外。我仿效雷翁那图的奇妙的话，祈祷说："但愿主，'世界之光'，来启导我，并帮助我学会透视学，即研究他的光的科学。"这难道是一个无神论者所说的话吗？

无论我如何烦闷，我只需望他的脸上一眼，我的心立刻就轻松而愉快起来了。看他的眼睛哪！明亮的、淡蓝色的、同冰一般凉冷的。他有何等温柔的可爱的声音！还有他的微笑！即使最凶恶的最顽固的人，也不能违抗他的劝说的言辞，当他要从他们口里听到一个"是"或一个"否"的时候。每逢他坐在写字台旁边，沉思着，用着娇柔的指头以惯常的缓慢的运动轻轻梳理着他那同小姑娘头发一样柔软的金黄的长而弯曲的胡子时，我时常长久地观察他。他同人说话，往往眯着一只眼睛，扮出狡狯的微含讥讽的善良的面孔。那时他的眼光，从密密的睫毛露出来，似乎一直钻入人的灵魂深处。

他穿着很简单，花花绿绿的衣服和时髦的样式，他都不喜欢。他也不爱香味。但他的衬衣是用精致的棱城[1]亚麻布缝制的，而且总是雪一般白。他的黑丝绒无檐帽上没有一点装饰，没有奖章，也没有羽毛。黑短衣之外，他还穿一件暗红色外套，长到膝盖头，褶痕正直旧时的样式。他的动作是庄重和平静，虽然一身朴素衣服，他无论在哪里，同地方上贵人做一处，或在民众群中，他总现出特异的不能忽视的情态。没有一个人同他一样。

他知道一切，能做一切，他是个优越的弓弩射手、优越的骑马人、泅泳人和斗剑人。有一次，我看见他同民众中最有力气的人比赛，那是要把一个小钱在教堂里面向上抛去，抛到大圆顶的正中央。雷翁那图先

---

[1] 棱城 Rennes——法国西北名城。

生，以他的灵巧和体力，超出其他众人之上。

他是使用左手的。他的左手，表面看来那样温柔和雅致，同大姑娘的手一样，但能拗折马蹄铁，揿转一个黄铜的钟舌。可是当他画美丽少女的面容时，他仍是用这只手在纸上图绘极透明的极微细的阴影，他用木炭或铅笔那么轻微地接触着，像一只蝴蝶的翅膀轻轻拂过一样。

今天饭后，我看他正要画完一幅图画，这是童贞玛丽亚低头静听大天使报知喜讯时的画像。在那饰着珍珠和一对鸽子翅膀的头布之下，一束一束头发突露出来，给天使翼翅鼓起的微风吹动着。这些发束同佛罗伦萨姑娘们头上的一样，表面似乎满不经意的，其实编织得异常巧妙。这些蜷缩发辫美得很，同一种奇异的音乐那样迷人。她那低垂的眼皮底下，穿过暗黑的睫毛透射出来的眼睛，又是十分神秘的，恰如在波浪中央一朵可望而不可即的水花。

忽然那个小孩子雅可波急急忙忙冲进工场来。他跳着，拍着手，喊道：

"奇丑的妖魔！这样的奇丑！雷翁那图先生，赶紧到厨房去吧！我给您引了两个美人儿来，您一定会快活的！"

"哪里引来的？"师傅问。

"从圣俺布罗曹教堂门口引来的。他们是柏卡摩地方的叫花子。我告诉他们，若是肯给您画像，他们就可以得到一顿晚饭吃。"

"叫他们等一会。我这幅画就可画好的。"

"不，师傅。他们不肯等的。他们很着急，因为今夜还要赶回柏卡摩。您去看一下吧，包您不会懊悔的！值得的，确实值得的。您绝不会想到，世间有这样奇丑的人！"

师傅把未画完的童贞玛丽亚画像推到旁边，便走往厨房去了。我跟着他。

我们看见了两个老头子，是两兄弟，很威武地坐在板凳上面。两个

人都是肥胖，仿佛患水肿病，颈项上都有极难看的长长下垂的大肉瘤。这个病，是柏卡摩附近山居的人常有的。其中一个还带了老婆在他身边，一个干枯的皱缩的老太婆，人家叫她诨名作"蜘蛛"，确很相像。

雅可波的面容，放射骄傲的光辉。

"您看哪！"他低声说，"我不是说过，他们会中您的意吗？我知道，您要的是什么……"

雷翁那图坐在这些奇形怪状的人旁边，叫人拿酒来给他们喝，拿饭菜来给他们吃，和颜悦色地问他们的话，并用种种荒唐的笑话，逗他们发笑。起初他们有点畏怯，望着他，不十分信任他。他们还是不明白为什么到这里来的。可是当他给他们讲起那个犹太死人的好笑的故事时候，"蜘蛛"不由得笑得前俯后仰。话说，波伦拿地方一个犹太人死了，当地的法律是不许犹太人埋葬的，他的同教人没法，只好把他切成碎块，装在一个坛子内，拿蜂蜜和香草泡起来，同其他货物一起，用船运到威尼斯去，可是半路上，有个基督教徒旅客不知道，竟把这坛人肉吃光了。不久三个人都喝醉了，他们大声笑，扮起极难看的面孔。我惶惑地低下眼睛，转过头去，不愿看这形状。但雷翁那图用着深刻而热烈的好奇心观察他们，同科学家在做一个有趣的实验一般。当他们的丑态发挥至最高点时候，他就拿起纸来画这些奇丑的面相，就用着刚才画童贞玛丽亚的神性微笑时所用的那支铅笔和那种热忱。

晚上，他给我看好多的画稿，不仅有人像，而且有禽兽的画像。里面有可怕的形象，好似发热病时病人所见的。兽相之中露出一点人相，人相之中也露出一点兽相。从这个形状很容易转成那个形状，使得人害怕起来。我记起了一只满身尖刺的箭猪的嘴，它有一个下垂的轻松而弛缓地颤动的下唇，在一种可怕的人性的笑意当中，露出了扁桃状的白而长的牙齿。我也忘记不了一个老太婆的脑壳，她的头发杂乱纠缠向上竖起，脑后只有一根微细的辫子，天灵盖是光秃的，鼻子是扁平的细小的，像一个瘤，嘴唇却是特别地厚，使人想起了松软的油滑的菌蕊，生在朽烂的树干上面。但是最可怕的事情，却在于我觉得，所有这些怪物，我似乎都认识的，似乎都见过的，却在于它们都具有诱惑人的力量，使人厌恶，同时又吸引人，像一个神秘的深渊一般。人们看见了它们，要感到一阵恐怖，但人们的眼睛是不愿离开它们的，正如不愿离开童贞玛丽亚的神性的微笑。

在这两方面，人们都要惊愕的，仿佛人们看见了一个奇迹。

恺撒·达·塞斯托告诉我：雷翁那图在街上人群拥挤当中每逢看到一个特别丑陋的人，就能够整天跟在他后面走，观察他，努力记住他的面貌特点。据师傅说，在人类中，最丑的人也是罕见的，同最美的人一样，普通常见的都是介于美丑中间的人。

他想出了一种奇异方法去记忆人类的面容。这就是他把人的鼻子分为三类：直的、弯的和向内钩曲的。直鼻子，或短，或长，或钝，或尖。弯鼻子，或在上部弯，或在下部弯，或在中间弯。面容的其他部位也是这样细分下去。所有这些无数的门、类、科、属，都有一定的数码，并记在一本特别设置的簿子上面。师傅在路上看见一个可注意的面容时，他只需画那鼻、额、眼、颐的门类便够了，如此靠着记忆中的号码，他在脑中已经构成了一个活生生的面容的画像。以后，回到家来，他就安安静静地将注意到的那些部分集拢起来，成了一个画像。

此外，他还发明了一个小调羹，来计量颜料分量，同数学那般正确，为的画出人眼几乎不能分别的那种由明渐暗或由暗渐明的颜色。譬如要画一种阴影，需要十调羹的黑颜色，那么要画更浓一级的，就需要十一调羹了，以后就是十二调羹，十三调羹等等了。在用调羹盛颜色时，每次都须把堆满的部分刮去，并用一个玻璃测角器将上面弄平，同市场上用升斗量谷粒一样。

马可·督终诺是雷翁那图的最勤勉最热心的徒弟。他工作着像一只牛，他十二分正确遵从师傅的一切规则。可是他愈加努力，似乎就愈少成功。马可是固执的：他的脑中定了一个计划，他再不愿抛弃的。他坚决相信，只要坚忍和耐劳，什么事情都可以办到。他并不放弃将来也成为一个伟大艺术家的希望。他比我们一切的人都更喜欢师傅的这类发明，这类发明是要将艺术转变为机械学的。前几天他带了那本面容分类数码的簿子到布洛列托广场去，那儿在人群中选取了几张面容，依照数码填在表格上面。可是，回家以后，他无论如何努力，都无法把这些分离的部位凑成一个活生生的面孔。那个黑颜色小调羹，他也是弄不好的，无论工作时候如何计算得正确，他所画的阴影仍然是不透明的不自然的，所画的面容同木雕的一样，没有一点吸引力。马可宣称，他还未曾完全正确遵照师傅所定的一切规则，于是他加倍勤奋地去工作。但恺撒·达·塞斯托则是幸灾乐祸的。

"这位勤谨的马可，是艺术界内一个真正的殉道者！"他说，"他的榜样就给我们证明：所有这些受人称颂的规则，这些调羹和表格，都是一个臭钱不值的。仅仅知道小孩是如何生出来的，这还不能够真的生一个小孩出来。雷翁那图不过是在自欺欺人，他说的是一回事，做的又是一回事。当他画画时，他是不想什么规则的，他纯然凭着他的灵感画去。但可惜，他不以做一个大艺术家为满足，他还想做一个大科学家哩！他要把艺术和科学，灵感和数学调和起来。可是，我担心，一个人赶两只兔子，结果一只都捉不到的。"

恺撒的话，也许含有一点真理！但他为什么这样怨恨师傅呢？雷翁那图却宽恕他一切，宽容地听他的恶意的讥诮的言论，尊重他的理智，从不对他生气。

我观察他如何画那幅"最后的晚餐"。清早，太阳刚出山的时候，他就起床，离开家里，到修道院膳堂去。他整天都在工作，直至天黑为止，画笔没有离开他的手，他也不想吃饭和喝水。以后，又是过了一星期或两星期，他连画笔都不去碰一下了。但每天他总要在这图画面前木架上站两三个钟头，观察、审查他所画过的东西。有好多次，在中午最热的时候，他把一件开始了的工作推到旁边，急急忙忙穿过寂静的街巷，也不知道在遮阴的一边走，像给一种无形的力量追逐一般，奔往修道院去，攀上木架画了两笔或三笔，又走开了。

最近几天他在画约翰使徒的头。今天就可以画成功。但我很惊异，他今天不出门，而且从清早起就同小雅可波一道忙着观察土蜂、黄蜂和苍蝇的飞行。他如此专心致志研究这些飞虫的躯体构造以及它们的翼翅，仿佛世界的命运依赖于这个研究似的。当他发现苍蝇是拿后腿做舵用，他欢喜得发狂。照师傅的意见说，这个发现，对于构造一架飞行机器，是非常有用的和重要的。也许吧？但因为研究苍蝇的腿而把约翰使徒的头丢开一边了，这总是很惋惜的事情。

今天我又着急起来了。苍蝇虽然忘记了，但"最后的晚餐"也是忘记了。师傅绘了一个很复杂的很精致的徽章，以为公爵所计划，此时尚未存在的"米兰图画学院"之用。无数的线条互相纠结缠绕成为一个四方形，包围着一行拉丁铭文："Leonardi Vinci Academia"——"雷翁那图芬奇学院"。[1]他工作时这样用心，好像整个世界中，除了这个困难的然而无目的的游戏以外，再没有别的东西了。我相信，尘世间没有一种力量能使他放开这游戏。我再忍耐不住了，我放大了胆子给他提醒了那个未画完的约翰使徒的头。他只耸一耸肩膀，眼睛还不离开他的缠线图，不过在牙缝里喃喃两句：

---

[1]"雷翁那图芬奇学院"——替雷翁那图做传的人，关于这个学院有不同的意见，大多数认为这个学院根本未存在过，那种缠线图不过是他的一种游戏，但有几个人以为确有这个学院，写《雷翁那图·达·芬奇传》的 müntz 就坚持这种见解。

"那个头跑不掉的，以后还有工夫的。"

"有时，我也明白恺撒气愤的道理了。"

穆罗公爵委托他在宫内墙上装设一种听管，叫作什么"狄翁尼士之耳"。这听管使得公爵在一个房间内能听到其他房间说的一切的话。起初师傅非常热心去装设这种管子。但不久，他的兴趣就冷淡了。同他平常做的事情一样，他总是用种种式式的托词，把工作拖延下去。公爵催促他，不耐烦起来。今天早晨，宫内派人催过师傅好多次了。但他正忙着一种新工作，在他看来，这工作是同装设"狄翁尼士之耳"一般重要的。他在做植物实验。他把一条南瓜藤所有的根通通切去了，只留下一丝小根，他用很多水在这小根上面蘸着。他高兴得很，这条南瓜藤竟不会干枯的，用他的话说，"母亲"幸而能养大了她的一切儿女——六十个长形的南瓜。他用何种耐性，何种热忱，注视着这植物的生命！昨天晚上，他一直在菜园里坐到天明，观察宽大的叶子如何吸取夜露。他说："地给植物以水，天以露，太阳则以灵魂。"他恰是相信，不仅人有灵魂，动物甚至植物也有灵魂的。这个，本涅德托修士则认为是属于外道邪魔的见解。

他爱一切的动物。有时他整天地观察并描画猫儿，研究猫儿的性情和习惯，譬如怎样游戏、争斗、睡眠、洗脸、捕鼠、拱背、谑狗等等。或者他用同样的兴趣，隔着玻璃观察大瓶内的鱼、蜗牛、软体动物、发虫、墨鱼以及其他在水中生活的动物。这些动物若是互相争斗和吞食，他的脸上就要呈现一种深刻的静穆的满足。

他同一个时候做千百种事情。他一件工作未曾做完，便开始新的工作了。况且，对于他，每件工作都像一种游戏，而每种游戏都像一件工作。他是多方面的和无常态的。恺撒以为江水倒流，比雷翁那图集中一种观念并实行到底还容易些。他称师傅作天地间最大的"一事无成者"。

他并断言：从他的一望无际的工作中，产生不出一件合理性的东西来的。据说，雷翁那图写过一百二十卷书"关于自然界"。但这乃是一些偶然的片段，个别的记录和零星的纸条，一共在五千页以上，杂乱无章地放在一块，弄得师傅自己都糊涂了。当他需要某种记录时，他也不晓得在哪里寻找才好。

他的求知欲是何等强烈啊！他对于自然界有何等良好的锐利的眼光啊！他如何注意那别人注意不到的事情啊！他什么都惊异，都快活，都渴羡，同小孩们一样，同乐园中始创的人一样。

有好多次，他关于日常生活说了一句话，这话，人们无论何时都不会忘记，即使人们活到一百岁，这话依然留在记忆里头，揩拭不掉的。

前几时，师傅走进我的房间时曾说：

"卓梵尼，你觉到了吗：小房子使得精神集中起来，大房子则激励精神去活动？"

又说："阴雨天时，物件的轮廓要比在太阳光下显著得多。"

以下是从他昨天同铸铁师谈论公爵定铸的大炮时的谈话录下来的："炮管底和炮弹中间所装火药之爆发，其影响就好像一个人他用背靠墙，用两臂尽全力将一个重物向前推去。"

在关于抽象机械学的谈话中，他有一次曾说："每种力都是趋向于克服自身的原因的，如果它将这原因克服了，它也就死灭了。冲击是运动之子，是力之孙，它们的共同祖先就是重。"

同一个建筑家争辩之时，他不耐烦地喊："您怎么不懂得这个呢，先生！这是如日之明的！那么，在建筑学上说来，一个拱门是什么意思呢？一个拱门不是别的，正是两个相对立的相联合的弱体造出来的力。"那个建筑家惊讶得张开了大口！但我听到这几句话，立刻什么都明白了，仿佛人们忽然拿来一支燃点的蜡烛到一个黑暗房间里面。

他又在约翰使徒头上工作两天了。

可是不幸得很！他的不停的忙碌，为了苍蝇翼翅、南瓜、猫，"狄翁尼士之耳"，纠缠的线条，以及诸如此类的重要事情，却害了他了。他又画不成功了，他抛开工作，而且，像恺撒所说的，退回到他的几何学去，好像蜗牛缩进硬壳里一般。他声明说：一嗅到颜色，一看见画笔和麻布，他便要呕吐了。

我们便是这样，完全交付偶然去支配，听从上帝的命令，一天又一天地生活着。我们坐在海滨，坐待好风降临。但只要他不再弄那飞行机器就好，否则，什么都完蛋了！那时，他就要埋藏在他的机械学里面，我们莫想得见他一面。

我注意到了，每逢他经过好多次推托，经过怀疑和动摇以后，终于再去工作时，就有一种好像恐惧的感情支配了他。他总是不满意于他所创作的。

那些作品，别人认为再圆满没有了，他则找出缺点来。他总是趋向于最高超的事物，不可达到的事物。趋向于人手所不能表现的事物，不管这手的技艺是如何无限地高明的。所以他也几乎未曾做出一件完成的东西。

今天来了一个犹太商人，要把马卖给我们。师傅要买一匹褐色牡马。犹太人劝说他将一匹牝马连牡马一齐买去。犹太人祈求，恳请，哀告，饶舌，十分长久，迫得雷翁那图——他本是爱马的，他确实识得马的好坏——终于含笑让步了，也买了那匹牝马，让他欺骗去了，只为摆脱了这个犹太人。我在旁，我什么都听到了，我很惊讶。

"你惊讶些什么？"后来恺撒问我，"老是这个样子，无论哪个人都能压服他。他是一点也不可以依靠的。他不能有一个坚定的决心，一切都是游移两可的。我们或他人，是或否。看风怎样吹。没有一点坚定心，没有一点男子气。总是柔软的、动摇的和容易屈挠的，仿佛他的体内没有一根骨头，无论碰到什么力量都是衰弱的。玩耍时，他能拗折马蹄铁。他发明了杠杆，能把佛罗伦萨圣卓梵尼的大理石雕的洗礼盆高举到空中去，如同高举一个麻雀窠。可是要做真实的行为，需要意志的力量时，他就连一根草也举不起了，连一只瓢虫也不敢得罪了！……"

恺撒还咒骂了好久，他显然是夸张了的，他简直是诽谤师傅。可是，我觉得，他这些话，除了谎言以外却也有点真理。

安得烈·沙莱诺病了。师傅看护他，晚上不睡觉，坐在他的床头。但雷翁那图反对服药。马可·督终诺暗中拿丸药给病人吃。他发现了，便拿来丢到窗外去。

当安得烈自己示意，放一次血也许病会好。他认识一个理发匠，放血本事很高明的。此时，雷翁那图认真发起脾气来了。他用难堪的话咒骂一切医生，其中有几句话这样说：

"我忠告你，不要去想怎样医病，宁可去想怎样保持你的健康好了。保持健康最好的方法，就是拒绝一切医生。医生的药品是不会比那些炼金术士的丹药高明些的。"

以后，他又用一种善良的狡猾的微笑和悦地再说：

"这些骗子安得不会发财呢，既然大家都努力积赚许多钱财，为的以后交付给医生使用，交付给这些毁坏人类生命的家伙！"

师傅用滑稽的故事、寓言和谜语，娱悦病人。这些，沙莱诺是很喜欢的。我看着，听着，我惊异师傅的神态。他是何等的快活呀！

这里抄录他的几个谜语：

"人类残暴敲打他们所赖以为生的东西。猜一事？——打麦。"

"森林诞生女儿，这女儿注定要反转来杀害自己的父母。猜一物？——斧头的木柄。"

"兽皮强迫人类去打破沉默，去诅咒，去高声大喊。猜一事？——

踢皮球。"

他好多钟头制造大炮，演布算题或绘画"最后的晚餐"，疲倦了以后，时常拿这类谜语来消遣，同小孩子一样。他还将这类谜语记在簿子上面，就在未来的伟构的草图旁边，或在他刚发现的自然界法则旁边。

为着赞美公爵的慷慨好施，他想出一个稀奇而含义深远的寓言，并拿来画在纸上。穆罗画成"幸运之神"的姿态，他保护一个青年人，这人给那个带有"蜘蛛"面相的可怕的"贫困之神"追赶着，逃到他的身边来；他拿大衣掩盖这青年人，并拿他的金权杖威吓这可怕穷神。公爵很满意这幅图画，并要雷翁那图拿来绘在宫内一堵墙上。这种寓意画，现在成了宫廷中时兴物品了，似乎比师傅的其他一切作物都更受人家欢迎。小姐、太太们、骑士们，以及达官贵人，都包围着他，要求这种寓意深远的绘画。

他替公爵的一个情妇，伯爵夫人采西丽亚·伯尔迦弥尼，画了一幅"嫉妒"：一个衰迈的老太婆，两乳下垂，身披一件豹子皮，满满一筒下毒的舌头搁在肩头上，胯下骑着一架死人骸骨，一个杯子盛满了蛇擎在手里。

然后，他也必须替公爵的另一个情妇，吕克列沙·克里威利，画一幅也是"嫉妒"，免得她感觉落了后尘：一株胡桃树的一个树枝，被人拿棒敲打，并尽力摇动，恰当果子完全成熟时。旁边写了几个字："为了做好事"。

最后，他又必须为公爵的正经夫人，贝特丽采娘娘，画一幅"辜恩"：一个男人在日出之时，将蜡烛吹灭了，这烛却是照了他一夜的。

可怜的师傅，无分日夜都不得休息了：委托书，请求信，以及娘儿们的小条子，积了一大堆，他不知道怎样推辞才好。

恺撒发起气来："所有这些愚蠢的骑士格言，这些甜蜜的寓意画，是宫廷里吮痈舐痔者流做的事情，不是像雷翁那图这样的艺术家所当做的。这是一种耻辱!"我觉得,恺撒这话不对。师傅并不贪图荣显。这些寓意画不过是给他消遣罢了,恰如他的谜语和数学问题,恰如童贞玛丽亚的神性微笑和纠缠的线条组成的图案。

他计划写一本《图画论》的书。他好久以前就开始了,但照他的老习惯,至今还未写完。他何时能写完,唯有上帝知道罢了。近来,他费了好多工夫,教我空气透视和线条透视,教我光和暗。在这中间,他引用了他的书以及他的关于艺术的零星思想。我把我所记得的,通通写在这里。

愿主上帝酬谢师傅对我的一切爱心和智慧,他引导我走上这门高尚学问的大道!有日获见我这几页笔记的人,请他们祈祷时,也兼替上帝的谦逊仆人,愚鲁的门徒卓梵尼·贝尔特拉非奥的灵魂祈祷,也兼替他的伟大的师傅,佛罗伦萨人雷翁那图·达·芬奇的灵魂祈祷啊!

师傅说:"一切的美,虽能在人身上消逝了,但在艺术当中是不会消逝的。"

"谁轻蔑绘画,谁就是轻蔑那哲学上的精微的世界观,因为绘画乃是自然界的嫡生的女儿,确切点说,它的孙女儿。一切已成事物都是自然界创造出来,而这些事物又创造了绘画学。所以我说,绘画是自然界的孙女儿,是上帝的一个血亲。谁亵渎绘画,谁就是亵渎上帝。"

"画家必须是博学多能的。艺术家啊,愿你的繁复性同自然现象一样地无限!上帝开始的工作,你当接续下去;你也当努力,不是去增多人手的作品,而是去增多上帝的永久创造物。你不要模仿他人。你的每件作品应当成为一个新的自然现象。"

"凡是认识自然现象的原初的一般规则的人,就容易博学多能,因为一切形体,无论是人类的或动物的,其结构方式总相类似。"

"你要当心，不使金钱贪欲窒塞了艺术爱好！你要想到，荣誉的谋赚是比谋赚的荣誉更加伟大的。对于富人的纪念，富人死后便消失了；对于智人的纪念则永不会消失，因为智慧和科学是它们双亲的嫡生子，不是私生子，像金钱一样。你尽管爱荣誉吧，你不要害怕贫困。你当想到，那些生在富人家庭的哲学家，自愿过贫困的生活，为得免使财富玷污了他们的灵魂。"

"学问把灵魂维持在青春状态，并减轻老年的苦楚。你应当积聚智慧，积聚甜蜜的食粮来供养你的老年！"

"我认识一些画家，他们为取悦于俗人之故，无耻地在他们的图画中涂上黄金色和蔚蓝色。他们还傲然宣告，他们也能同其他大师画得一样好，只要人家付他们更多的钱。啊，我诅咒这些蠢材！谁阻止他们去创作优美的图画呢？去宣布：'这幅画值这样多价钱，那幅画则便宜些，另一幅画则是市场货色？'并以此去证明各种价钱的图画，他们都能画的？"

"贪财欲也时常使好画师降为工匠。譬如我的同乡和同业，佛罗伦萨人佩鲁基诺[1]，别人委托他画图，他画得这样快，以至于有一天他的老婆喊他吃午饭时，他在木架上回答说：'拿饭菜到这上面来吧，趁这工夫，我还可以画一个圣像。'"

"凡是从未对自己发生怀疑的艺术家，他的成就一定不大。你的作品若是比你自己估量的还高，那是你的好处；若是恰合于你所估量的，那你就不幸了；若是比你估量的还要低些，那你就大大倒霉了。那些人的作品一定是不高明的。他们自己惊异说：上帝帮助了他们画成这美丽的东西！"

---

[1] 佩鲁基诺 Perugino，原名 Pietro Vannucci，一四四六——一五二四。

“你应当耐心静听关于你的图画的一切意见，考虑一下指责你的错误的人说的话对不对。他们若是对的，你就应当改正错误；他们若是不对，那么你就当作完全没有听到他们的话好了。唯有确实值得给以忠告的人，你才可以指出他们的错误。”

“敌人的判断时常是比朋友的判断更恰当更有用。在人当中，恨几乎都是比爱来得更加深刻。恨你者的眼光总是比爱你者的眼光锐利些的。真实的朋友同你自己一样。但敌人是与你不同的。这便是敌人的强处。恨投射了光明到爱所看不见的好多地方去。记着这一点吧，不要看轻你的敌人的指责吧！”

“鲜艳的颜色得到群众的欢迎。但真正的艺术家不应当献媚于群众，而应求取特选的人的赞赏。艺术家的得意和目的，并不在于鲜艳的颜色。他却是在他的图画中设法造成一种奇迹：使得光和暗能把画中平面高凸起来。谁轻视了暗，并为光而牺牲了暗，谁就好像一个饶舌者，他为了好听空言而牺牲话中真意。”

“首先，你要当心，不要把轮廓画得粗糙了。你画在一个青春的娇柔的身体上面那种暗影，边缘切勿画成死板得同石头一样，而应当画成飘浮的轻快的透明的，好像空气。因为人的身体也是透明的，你只拿指头对着太阳照照，便不难明白。太过鲜艳的光色画不出美丽的阴影。你要当心鲜艳的颜色：你试观察，男女面貌，在黄昏时候，在太阳躲藏云后的沉阴日子，或在街上高墙中间的阴影地方，是何等温柔和美丽。这是最圆满的光色。你画的暗影应当渐渐地消失于光明之中，必须像烟雾或轻声的乐音消失一般。你当想到，光和暗之间还有一种中介物，一种两可的东西，同时含有二者的本性，好像光的暗或暗的光。你，艺术家，你必须寻找这个。——这里便含有那感动人的美的秘密！”

他这样说，然后他举起手来，仿佛他要把这些话深深印在我们的记忆里面。他又用一种描写不出的表情重复上面的话说：

"你们要当心一切鲜艳的和刺激的！你们画的暗影应当消散如烟，如远方音乐的声调！"

恺撒注意听师傅的话。他含着讽刺的微笑，抬起头来望雷翁那图，要反驳什么话，但他又沉默了。

过了一会儿以后，已经谈到别的问题了，师傅说：

"谎言是非常可鄙的，拿谎言来赞美上帝，连上帝都要低屈下来的。实话则十分美妙，最卑微的事物受了实话所称赞，也高尚起来。实话和谎言之区别，恰好同光和暗之区别一样。"

恺撒想起了什么话。他用探索的眼光望着师傅。

"恰好同光和暗之区别一样吗？"恺撒重复说，"但您刚才自己说过，师傅，您说光和暗之间还有一种中介物，一种两可的东西，同时含有二者的本性，好像光的暗或暗的光！那么，实话和谎言之间也是这样吗？……可是，不，这是不可能的。……真的，师傅，您这个譬喻，对于我的精神乃是一种不好的诱惑。因为一个艺术家，他在光和暗之融融中找寻那感动人的美的秘密，他必能自问：是不是实话也能渐渐地转化为谎言，同光转化为暗一般……"

雷翁那图起初皱起额头，仿佛他听到徒弟的话而错愕了，或简直气愤。但以后，他笑了。他回答说：

"不要诱惑我吧！从我面前滚开去，撒旦！"

我本来等待他回答别样的话。我以为恺撒的话，用这样一句轻松的笑谈去回答是不够的。无论如何，这些话引起了我好多困惑的思想。

今天黄昏的时候，我看见他，冒着雨，在一条污秽发臭的狭巷中站着，专心注意观察一堵有潮湿斑点的石墙，这墙似乎一点趣味都没有。他在那里站了很久。街童们拿指头指点他，在他背后窃笑。我问他在这墙上看什么。

"你看，卓梵尼，何等奇妙的怪物：一只张开大口的奇默拉[1]！那旁边还有一个具有娇柔面庞和飘动鬈发的天使，在这怪物面前逃跑。偶然之神在这里造了一些画像，一个大画师还画不了这样好哩！"

他用指头指点墙上斑点的轮廓，果真奇怪，我看见了他所说的东西。

"好多人也许认为这类画像只是愚昧无理的，"师傅继续说，"但由我自己的经验我知道，这类画像对于刺激精神去发明、去创意这方面来说，是何等有用！我时常在墙上，在各种不同石头接缝上，在裂痕上，在静水面生霉的花样上，在盖满灰的渐渐熄灭的火炭上，在云的轮廓上，见到最奇妙的风景画：有山，有谷，有岩石、河流和树木，甚至还见到神妙的战斗、形容不出的罕见的美丽面庞、稀奇的魔鬼、怪物以及好多其他奇异的画像。我从其中选择出我所能用的，并完成它。譬如，倾听远处钟声时，你也能够随意从这混杂的音响中，听出你所想的每个名字，每句话。"

他比较哭时和笑时，脸上筋肉所构成的条纹。眼旁的、口旁的和颊上的，差别很少。不过哭的人把眉毛扬起来，并挤成一处，又皱起了额头，垂下了嘴角。至于笑的人则把两边眉毛张开，嘴角抬高起来。

最后他说如下的话：

"每逢人笑或哭，恨或爱，惊恐而变色或痛苦而叫喊的时候，你应当平心静气地去观察。你要看，要学，要研究，要观察，为的去认识人类感情的各种表现。"

恺撒告诉我，师傅喜欢陪伴死囚去行刑，观察他们各种痛苦和惊怖的面孔。他那种好奇心，探索不幸的死囚临死时最后的筋肉抽动，甚至

---

[1] 奇默拉 Chimära——希腊神话中，狮头羊身龙尾口中喷火之怪兽。

186

使刽子手惊愕起来。

"你不会明白，他是怎样一个人的，卓梵尼！"恺撒带着苦笑再说，"他在路上看见一条毛虫，要拿起来放在一片树叶上，免得人家踏死它。但如果他的老脾气发作时，我相信，他自己的母亲哭时，他也会只在旁边观察的，观察她眉毛怎样动，额头怎样皱以及嘴角怎样垂了下去！"

师傅说："你要研究既聋又哑的人那种满含表情的动作！"

"当你观察人的时候，你要当心，不要给人知道你在观察他。他不知道的时候，他的动作，他的笑和他的哭，就更加自然的。"

"人类动作的繁复性，同他们的感情的繁复性一样地无限。艺术家的最高目的，就在于将灵魂上的感情从面貌和肉体动作中表现出米。"

"你要注意：你所描画的面貌必须含有那样强烈的感情，使得看画的人相信，你的画像会令死人欢笑或哭泣的。"

"倘若你画着可怕的、忧愁的或发笑的相貌，那么这相貌在看画的人身上引起的感情，必须也能表现为同样的肉体动作，使得人觉得这看画的人也是参与所画的动作的。你若是没有做到这一点，那么，艺术家啊，你要知道：所有你的一切努力都是白费了的。"

"一个艺术家具有瘦骨嶙峋的手，他就喜欢描画那具有同样的瘦骨嶙峋的手的人。肉体上各种部分都是如此，因为每个人都喜欢那同自己相像的面貌和身体。所以一个丑陋的艺术家，也选取丑陋的面貌做他的图画模型，反之亦然。你要当心，你所画的男女，无论是美是丑，都不要使人觉得是孪生的兄弟和姊妹。这是意大利好多画家所特有的一种缺点，因为图画上最危险的和最叛逆的缺点，正是自己身体的再现。我相信，这是因为灵魂本是自己肉体的造型者，它当初按照自己的样子造成了肉体，现在借助于画笔和颜色来创造新的形体时，由于偏爱的缘故，就重复当初造过的那种形态了。"

"你要努力使自己的作品不致排拒看画的人，像冬天冷空气使刚起床者生畏的样子，而要吸引他的灵魂，好似夏日早晨新鲜的空气诱惑睡眠者起床。"

以下是图画的历史，师傅用几句话告诉我们：

"罗马时代以后，画家们都是互相模仿的，艺术衰微了好几个世纪。以后卓托[1]来了，他是佛罗伦萨人，他不以模仿他的师傅齐马布[2]为满足。他坐在一个荒凉的山地，那里唯有山羊和其他动物，他给自然界本身所刺激去从事艺术。起初他在石头上描画他所牧养的山羊以及在那一带生活的其他动物的形态和动作。经过了长久练习之后，他不仅超过了同时代一切画师，而且超过了过去许多世纪。卓托死后，绘画艺术又衰微了，因为人又只晓得模仿过去的范本了。如此延续了一个世纪，直至于托马索[3]起来，他也是佛罗伦萨人，人家叫他作马萨楚，他以他的完善的作品证明出那些模仿前人范本，而不以自然界为师的人，浪费了多少的精力。自然界本是一切教师的教师。"

"第一件绘画作品，乃是某人将太阳照在墙上的一个人影轮廓描摹出来。"

师傅说起，一个艺术家如何必须为他的图画预储画稿，他给我们举出他所构想的洪水图做例：

"雷闪照耀的漩涡给龙卷风拖起的一株大橡树的枝条，好多人攀缘

[1] 卓托 Giotto di Bontone，一二七六——一三三六。
[2] 齐马布 Cimabue，一二四〇——一三〇二。
[3] 托马索 Tommasso Guidi，一名 Masacio，一四〇二——一四四三。

在这些枝条上面；大水的泛滥，水上一堆一堆破碎家具，人们企图以此救活性命；高山顶上有些畜群给大水包围着，牲畜们互相践踏、挤压和排斥；有一群人，手里拿着兵器在抗拒猛兽，保护这最后一小块陆地；中间有些人紧握着手，将手咬到出血；有些人则塞住耳朵，怕听轰隆的雷声；有些人以为闭起眼睛还不够，他们叠起双手，压在眼皮上面，为的不看这威吓人的死神；又有些人则正在自杀，或用绳子勒咽喉，或用刀剑刺通身体，或从山坡上跳进大水里去；母亲在诅咒上帝，一面抓住自己的儿女，拿他们的脑壳在石头上砸碎；发臭的尸体在水面上漂流，互相冲撞，反跃着同灌满空气的皮球一样；飞鸟栖在这些尸体上面，或者精疲力竭地从空中掉落在还未死去的人畜身上，因为它们在别处找不到栖足的地方了。"

我听沙莱诺和马可两人说，雷翁那图好多年来就向旅行家和其他看过大水、龙卷风、飓风、岩崩和地震的人询问这类情形，因此知道了这么确切的细节。同一个科学家那样，他十分有耐性，一点一滴地，搜集种种图样，作为一幅绘画的草稿，这绘画也许永无完成的时候。我记起了，当他讲述洪水时，我有着看见他的图画上那些丑状怪形时同样的感觉，一阵恐怖，但又吸引人。

还有一事我也惊奇。我觉得，师傅在描画这些惊人的图样时，神情是安静的，不关心的。

当他谈起那在水中映照着和抽动着的电光时，他说："反射的光辉，在离观看者较远的水波上必须画得重些，较近的水波上则画得轻些。按照光在平滑面上的反射法则，必须画成这个样子。"

当他谈起那在漩涡中互相冲撞的尸体时，他添加几句话说："你若是描画这种冲撞，你可不要忘记了机械学的法则，即投射角是等于反射角的！"

我不自觉地微笑起来，我想："这又是他的老脾气，在这种教训里面！"

师傅说：

"欺骗人的，并不是经验，这位为一切艺术和科学所从出的母亲，而是幻想：幻想允许人以经验所不能给的东西。经验是无辜的，但我们的好虚荣的和愚蠢的愿望则有罪过。经验将谎言和实话分别开来，以此教我们只朝向那可能的事情努力去，而不要由于无知而去贪图那做不到的事情，免得我们因失望而陷于颓丧了。"

别人不在旁时，恺撒便给我提起这几句话，他带着鄙蔑的神气，皱起了额头，说：

"又是说谎和装假！"

"他这几句话为什么是说谎，恺撒？"我惊讶起来，问他，"我看来，师傅……"

"不要努力于什么不可能的事情，不要贪图什么做不到的事情吗？"他说下去，没有听我的话，"也许有人相信他这话吧！不，我们不是这样呆的，他不应当对我说这话。我看透了他……"

"你看到了什么，恺撒？"

"就是这个：他毕生都只努力于那不可能的事情，贪图那做不到的事情。请你说一句：想要发明一些机器，使得人能像鸟儿一般飞到空中去，或者能像鱼儿一般在水里游泳。这个难道不叫作努力于不可能的事情吗？还有洪水的恐怖呢？还有潮湿斑点里和云端里神话般的怪物呢？还有他的神性的天使一般画像的美丽形态呢？是从经验来的吗？是从他的数学的鼻子表格或计量颜料的调羹来的吗？……他为什么要自欺欺人呢？他为什么要说谎呢？他使用机械学，来行他的奇迹，为的装设翼翅飞上天去，为的在占有自然力当中将自然力转变为超人类本性和反人类本性的东西，转变为超自然法则和反自然法则的东西，不管是走向上帝去或走向魔鬼去，总之是走向未知的事情、不可能的事情去的！因为他并非真的相信，他不过好奇而已。但他信得愈少，他就愈加好奇。他心中好像有一盆热炭，一种不能熄灭的火焰，无论什么知识、什么经验，都不能满足他！……"

恺撒的话，使我的心充塞了不安和恐惧。最近几天我都想着这些话：我情愿忘记了，但我忘记不了。

今天师傅好像针对着我的怀疑，说：

"微少的知识使人骄傲，丰富的知识则使人谦逊。所以空心的禾穗高傲地举头向天，而充实的禾穗则低头向着大地，向着它们的母亲。"

"那么，师傅，"恺撒用他的惯常的刻薄的试探的微笑问道，"为什么人说：最明亮的天使鲁西飞有了丰富的知识，却不谦逊，反而骄傲，以致被打落地狱去呢？"

雷翁那图不回答。他沉默了一会儿，然后给我们讲了一段寓言：

"一点水滴，有一天忽然想起要升到天上去。靠了火的帮助，它变成微薄的蒸汽飞上去了。到了高空，它遇见冰冷的空气，于是它缩作一团，变重了。它的骄傲转成了惊恐。它成了雨点降落下来，干燥的土地把它吸进去。这水滴因在地下监狱里面，须得长久忏悔它的罪过的。"

我相信，人们同他相处愈久，就愈少认识他。

今天，他又同顽童一般玩弄人。恶作剧得很！晚间，我坐在楼上我的房子里，还未上床睡觉，正在读我的心爱的书：《圣方济谷之花》。忽然，我们的厨娘马土邻娜大声哭喊，全屋子都响彻了：

"火！火！救命呀！屋子失火了！……"

我赶紧冲下楼去，我吓了一大跳，因为工场充满了浓烟。师傅给一种电闪般的蓝色火焰照耀着，正站在浓烟中间，像一个古代术士。他一面有趣地笑着，一面望着马土邻娜和马可。这厨娘手臂乱舞，面孔吓得铁青，马可正带了两桶水赶来，他会将水倒在桌子上面，不管什么图画和手抄本的，倘若不是师傅阻止他，喊他，说这不过是玩笑罢了。此时，我们看见，浓烟和火焰都是从一个灼热的铜锅内发出来的，是一种白粉造成的，一种含有松脂的香粉，是他为着造成假火灾之用而发明出来的。我不知道，两人中，哪一个对这次恶作剧更欢喜些，是雷翁那图自己呢，还是那个小流氓雅可波，他这类行为中所缺少不了的伙伴？他如何笑马土邻娜的惊恐，笑马可的救火水桶！凭上帝发誓，这样笑的人绝不会是坏人的。

可是在这快乐和欢笑当中，他也忘不了，将从马土邻娜脸上观察来的皱纹，像惊恐时候人类面上所表现的，描摹下来。

他几乎未曾谈过女人。只有一次，他说过，人类对待女人也是无法无天的，同对待动物一样。此外，他还嘲笑现时流行的"柏拉图式的爱"。一个钟情的少年，朗诵一篇悲哀欲泣的十四行诗，模仿佩特拉克的笔法做的。雷翁那图写了三行诗回答他，这恐怕是师傅毕生所写的唯一的诗，因为师傅是个拙劣的诗人：

> 佩特拉克倘若如此热烈喜爱罗拉，
> 那是为的桂花[1]好做香料，放入香肠和烤雀，
> 这样的勾当，要我叹赏，我可没有那般愚呆。

恺撒说：雷翁那图一生忙着机械学和几何学，以致没有工夫去谈恋爱；然而不敢担保他还是个童男，因为他至少必有一次同女人性交过——不是为着淫欲，像其余的凡人一样，而是由于好奇心，要做科学的观察、解剖学的观察；那时，他一定也是毫不动情地用数学精神去研究爱的神秘的，仿佛研究其他一切自然现象一般。

我有好多次感觉到，我不应该同恺撒一起议论师傅！我们简直在窥探他，像侦探那样观察他。恺撒每逢能够投一个暗影到师傅身上去的时

---

[1] 桂花——佩特拉克爱人的名字，罗拉——Laura，本是意大利文"桂花"之意。

候，总要感到一种恶意的快乐。他何求于我呢？他为什么企图毒害我的灵魂呢？我们现在常到维塞里拿门外运河税关旁边那个小酒店里去。我们在半布伦塔的廉价的酸酒面前闲谈着，店里尽是一些船夫，他们一边詈骂，一边玩着龌龊的纸牌。我们秘密谈话，同密谋什么罪行一样。

今天恺撒问我，知不知道雷翁那图在佛罗伦萨时被人告发犯鸡奸罪。我不敢相信我的耳朵，我以为恺撒酒喝醉了或者在胡思乱想。但他把这桩事详详细细告诉我。

在一四七六年，那时雷翁那图二十四岁，他的师傅，有名的佛罗伦萨画家，安得烈·维洛启奥[1]，四十岁。有人在一个圆木箱里投了一封匿名书，控告雷翁那图和维洛启奥二人有同性恋爱关系。这种圆木箱叫作"鼓"，佛罗伦萨主要几个教堂柱上都有挂的。投这匿名信的"鼓"则是挂在圣玛丽亚大教堂柱上的。同年四月九日，"掌管黑夜及修道院之官吏"——ufficiale di notte e monasteri——审问此案，宣告被告二人皆无罪，但附有一个条件，即若再受控告时仍须问罪。——Assoluti cum conditione, ut retamburentur. 以后还有人再控告一次，七月九日审判时，雷翁那图和维洛启奥二人完全被宣告无罪了。其他的事情没有一个人知道。不久之后，雷翁那图便完全离开维洛奇奥的工场，而搬到米兰来居住了。

"这当然是无耻的诽谤！"恺撒用讥讽的眼光添加几句说，"虽然，我的朋友卓梵尼，你还未曾觉到，他的心如何充满了矛盾。他的心是一座迷宫，你看到吗，甚至魔鬼也要在里面折断腿的。那里面充塞着疑谜和秘密。一方面也许他真是一个童男，但他方面……"

忽然，我的全身血液都贯注到心里来。——我跳了起来，喊道：

"你怎敢说这话，流氓?!"

"你发什么气？我请你……好的，我再不说这话了。你平平气吧！

---

[1] 安得烈·维洛启奥 Andrea Verrocchio，一四三五——一四八八。

我确实没有想到，你会这样重视那件事情！……"

"我重视什么？哪一件事情？明白说呀！不要卖什么关子，说什么双关的话！……"

"胡闹吗！为什么这样兴奋？我们两个老朋友，难道为了一件小事情吵起来吗？我们还是祝你的健康喝一杯吧！In vino veritas……"

于是我们喝酒，并继续闲谈下去。

不，不，够了！我愿赶快忘记一切。以此为止了！以后我再不同他一起议论师傅了。恺撒不仅是他的敌人，还是我的敌人。恺撒是个恶人。

我不好过——我不知道是因为在这该诅咒的小酒店里喝了酒作祟呢，还是由于我们谈论的话。每一想起，人们喜欢诬蔑伟大人物，便觉得这是很可耻的事情。

师傅说：

"艺术家呀，你的强处，就在于孤寂里面。如果你是单独一个人，那你是完全属于自己的；如果你和一个伙伴在一起，那你只有一半属于自己，或者还更少些，要看你的朋友是谨慎的或不谨慎的；如果你有更多的朋友，那你就更加倒霉了。你会说：我离开他们，一个人孤独过活，为的不受阻碍，专心观察自然界。那么我就告诉你：你难得办到，因为你将没有力量拒绝人家拉你，拒绝去听别人闲谈。你将是一个不好的朋友，而且又是一个更不好的工作者，因为没有人能服侍两个主人。但你会回答：我将走得很远，连他们的谈话都听不到。那么我也告诉你，他们会认为你是疯子的，而你就完全孤单了。你若是一定要朋友的话，那么就拿你的工场内画家和徒弟做朋友好了。其他一切友谊都是危险的。记住这话吧，艺术家，你的强处就在于孤寂里面。"

现在我明白了，雷翁那图为什么要远离女色？为的能安心观察之故，他需要多量的自由。

安得烈·沙莱诺时常诉说无聊，埋怨我们的单调而寂寞的生活，他说：别个画师的徒弟们生活比这里有趣得多。他喜欢装饰，同小姑娘一样；他装饰起来没有人看，心里很难过。他爱节日、喧闹、盛会、拥挤的人群和钟情的眼光。

今天师傅听他的宠爱门徒的埋怨和诉苦，用惯常手势抚摸他的柔软的长卷发，和悦地微笑着，回答他说：

"不要忧愁，小弟弟。下次宫里有什么祝会时，我带你同去。现在要我说一段寓言吗？"

"要的，请您说，师傅！"安得烈说，他快活起来，坐在师傅脚旁的地板上。

"大路旁边一个高丘上，离花园围墙不远的地方，有一块石头搁在花、草、树、苔中间。一天，它看见底下大路上有好多石头搁着，它要到它们那里去。它自言自语道：'我在这些柔弱的短命的花草中间有什么快乐呢？我愿意到底下同我的亲族和弟兄做一处，我愿意在石头中间居住，它们是同我一样的。'于是它滚下去，到大路上，在它称为亲族和弟兄中间。可是，这里，重车的轮子压迫它，骡马的铁蹄和行人的钉靴践踏它。即使它暂时能逃避到较高的地方去，稍微喘息一下气，但尘土和兽粪又盖满了它。此时，它便忧愁地望着从前的地位了，望着花园里孤寂的处所了，它觉得那里好像乐园。那些人都要这样的，安得烈，他们放弃了冷静的观照，而堕落到那充满了永久邪恶的人群感情中去。"

师傅不许人伤害任何生物，哪怕是一根小草。那个机器匠左罗亚斯特罗·达·佩勒托拉告诉我，雷翁那图从早期青年时代起就不吃肉了。他并说：将来必有一个时候人人都同他一样食素，而且把杀害动物看作同杀害人类一样可恶的。

有一次，我们在新市场一家肉店经过，他带着厌恶的神情，指着木架上死牛、死猪、死羊给我们看。他说道：

"是的，人类真是动物之王，或者确切点说，离兽之王，因为人类的兽性发展得最高了……"

停了一会，他又带着轻微的忧愁，添加几句话说：

"我们将我们的生命建立在其他动物的死亡上面！人类和动物永远互相吞噬，彼此互为葬身的墓场。……"

"这是自然界一条法则，您自己却时时赞美自然界的仁慈和智慧的，师傅，"恺撒反驳他，"我不明白，您为什么要以禁止肉食，来违反这条自然法则，即是命令万物互相吞噬的一条自然法则。"

雷翁那图望着他，安静地回答他：

"自然界有无限的快乐来发明新的形式和创造新的生命，而且创造得比时间所能毁灭它们的还要快些。所以自然界这样布置，使得这些物类给那些物类做食粮，为的腾出空间以为即将到来的物类之用。所以自然界时常降下瘟疫到物类过多的地方去，尤其是人类，人类生产增加总超过死亡减少，因为人类少为其他动物所吞噬。"

雷翁那图便是如此心平气和地解释自然界法则，他不气愤，也不埋怨。但他自己是遵守另外一条法则行事的，他拒绝那牺牲活物而来的一切食粮。

昨天晚上，我长久读着那本永不离身的书《圣方济谷之花》。方济谷也爱动物，同雷翁那图一样。他时常几个钟头长久地站在他的蜂园内许多蜂巢中间，观察蜜蜂如何营筑它们的蜡房，如何将蜜充实其中，以此来代替祈祷时赞美上帝的智慧。有一次，他在一个孤寂的山上，用上帝的话向禽鸟说教。禽鸟一排一排地坐在他的脚下，静听他说话。他说教完了以后，禽鸟都激动起来，拍着双翅，张开小嘴，将头挤在这位圣者的衣裳中间，好像要对他说，它们明白了他说教的话。他替它们祝福，它们快快活活唱叫着，飞开去了。

我读了很长久。以后我就睡了。梦中，我仿佛觉得听到鸽子翼翅轻轻拍动的声音。

我醒来很早。太阳刚升起来。屋子内大家都还在睡觉。我到院子里去，为的拿清凉的泉水洗脸。一切都是很寂静的。远处钟声同蜜蜂嗡嗡声音一样。空气新鲜而带潮湿。忽然，我听见，像在梦中一般，无数翼翅拍动的声音。我抬起头来，于是看见雷翁那图在他的高鸽棚的梯子上面。

他的给朝阳照耀的头发，围绕着他的头，像一位圣者的晕光。他孤寂而快乐地站在天空之中。一群白鸽咕噜着拥挤在他的脚下。它们在他周围飞着，无疑猜地栖在他的肩上、手上和头上。他抚摩它们，并从自己口里喂它们。以后，他像祝福一样举起手来。鸽子飞了起来，翅膀响得有如绸缎的声音，它们都飞开了，像一阵白雪，消失在蓝天中去。他含着温柔的微笑追望着鸽子的背影。

于是我想，雷翁那图好像圣方济谷。圣方济谷是一切活物的朋友，他称风作他的兄弟，称水作他的姊妹，称地作他的母亲。

愿上帝宽恕我！我又堕落了，又同恺撒到那该诅咒的酒店去了。我说起了师傅的仁慈。

"你说这话，卓梵尼，是因为师傅不食肉，只靠上帝的草木为生吗？"

"若是这样的意思呢，恺撒？我知道……"

"你知道什么！雷翁那图师傅这样做，并不是出于仁慈，而是简单，因为这事好玩，有趣，同其他一切事情一样。这是一种怪癖……"

"为什么是怪癖？你说什么话？……"

他笑起来，佯装快乐的样子：

"好的，好的！我们不要争辩。等着吧，回家去，我拿师傅几幅奇妙的图画给你看看。"

回家以后，我们轻手轻脚地同小偷一样，溜进师傅的工场里去。他不在那儿。恺撒摸摸索索，在工作台上一个大书堆底下拖出一本簿子来，翻了几张图画给我看。我知道，这事做得不对，但我自制不住，我热烈地翻着看。

这是一些巨大的炮身、炸弹、多管大炮，以及其他的战争器械，上面也画着柔和的光影，同他的美丽的圣母像上一样。我记得有一个开花弹，半寸高，叫作 Fragilita——"脆弱"。恺撒给我解释其中的构造。这开花弹是青铜铸成的，里面塞满了苎麻、石膏、鱼胶、羊毛、柏油和硫黄；用坚硬牛筋缠绕的铜管子，曲曲折折，构成了一个迷宫管子，里面装着火药和子弹；这迷宫穿过了开花弹。这些管子的出口，成为螺旋形缠在开花弹外边。爆炸时，这些管口喷出火来，开花弹非常迅速地跳着，转着，像一个大陀螺，并射出火箭。图画旁边空白地方，有雷翁那图亲笔写的几行字："这是一种制造得很好看很有用的炮弹，从炮管射出之后，只消足够念'福哉玛丽亚'祈祷文的时间，就可以爆炸了。"

"福哉玛丽亚！"恺撒重复说，"你说好不好，朋友？拿基督教祈祷文用在这里，是很奇怪的。福哉玛丽亚在这怪物旁边！你看他想出奇奇怪怪的事情！……你知道，他将战争叫作什么？"

"叫作什么？"

"叫作'最兽性的蠢事'。发明这类机器的人，口里说这种话，说得不坏吧？"

他将册页翻过去，又给我看一辆战车的图样，车上装了巨大的铁镰刀。这战车非常猛烈冲进敌方军队里去。巨大镰刀的钢刃，同剃头刀一样快，好像大蜘蛛的腿，在空中旋转，那时齿轮一定发出尖锐的叫声的。镰刀割着人，一块块人肉落在地下，血成了河。周围都是断腿、断臂、头颅和破烂的肉体。

我还记得另一张图画。在一个兵工厂院子里，一群群赤身露体的工人，同鬼怪一般，抬起一个张开大口的巨大炮管。工人们强壮的筋肉在可怕的努力之下紧张起来，他们手足并用地攀着和抵着一个用绳子缚在起重机的大绞盘的杠杆。其他的人则将那放在两个圆轮上的一根轴子滚到那里去。我一看这些赤身露体在空中摇晃的互相拥挤的工人，不禁毛骨悚然了。这好像魔鬼的军械库，地狱的锻冶场！

"现在，你说什么话呢？我说的是不是实话呢，卓梵尼？"恺撒问，"这些图画不是很有趣吗？你看，这就是那个圣者，他爱惜生物，不吃肉，将毛虫从道路上捡起来免得行路人践死它！二者兼而有之，今天是地狱的魔鬼，明天是天堂的圣者。一个双重面孔的雅奴士[1]神：一面朝向基督；另一面朝向敌基督者。请你研究一下，哪个面孔是真的，哪个面孔是假的!? ……或者两个面孔都是真的吗？……而这一切又都画得很轻松，很神秘，动人而美丽，仿佛是玩笑，是游戏！"

我默不作声地听他说。一阵冰凉，死一般的冰凉，侵袭我的心。

"你怎么样了，卓梵尼？"恺撒问，"看你的样子！可怜！对这一切事情，你太认真了，我的朋友。……等着吧，'能忍耐者有福'。你习惯了这个以后，就什么事情都不会惊异的，恰恰同我一样。现在再到'金龟'酒店去吧，我们再喝一个：

> 有酒须当醉，
> 齐起唱颂诗，
> 赞美巴库斯！"

我没有回答，我用手盖着面孔，逃跑了。

什么，这难道是同一个人吗？一个替鸽子祝福，现出无邪的微笑，同圣方济谷一样；一个则在地狱锻冶场中，发明这生着溅血的蜘蛛腿的钢铁怪物？这是同一个人吗？不，不能够是这样的，这种思想是忍受不了的！其他一切都可以，唯有这个不行！一个无神论者，比这样同时做

---

[1] 雅奴士 Janus——罗马时期之神，一头两面，一面望过去，一面望未来。

上帝和撒旦的仆人还更好些，比同时兼具基督和司伏萨强盗两副面孔还更好些！

今天马可·督终诺说：

"雷翁那图先生，好多人责备您和我们，您的徒弟们，说：我们太少到教堂去做礼拜了，说：我们休息日也做工作同平日一样。"

"那些假虔诚的人，要怎么说，就随他们说去好了，"雷翁那图回答，"你们的心不要给他们迷惑了，我的朋友！研究自然现象乃是神所喜欢的一种事业。这是同做礼拜一样好的。我们发现自然界法则，便是以此去赞美那第一位发明家，赞美那创造宇宙的艺术家，并学着去爱他。因为对于上帝的大的爱，是从大的知生出来的。谁知道得少，他爱得也少。你爱创造主，若只因为你所期望于他的暂时的恩惠，而不是因为他的永久的善和强，那么你就同狗一样了，狗摇摇尾巴，舐舐主人的手，只希望得到一口美味的食物。你们试想想，如果狗能了解主人的灵魂和智能，那它一定多倍爱它的主人的！记住吧，孩子们：爱是知的产儿；知得愈高深，爱得也就愈热烈。《福音书》上也说：'你们要灵巧像蛇，驯良像鸽子。'[1]"

"灵巧的蛇和驯良的鸽子，可以合在一处吗？"恺撒问，"在我看来，两样之中只能选择一样……"

"不，两样都要的！"雷翁那图说，"两样同时要的！有这一样没那一样是不行的。完全的知和完全的爱，是同一个东西。"

今天我读保罗使徒的书翰，在《达哥林多人前书》第八章中，我发现如下的话："知识叫人自高自大，唯有爱心能造就人。若有人以为自己知道什么，按他所应当知道的，他仍是不知道。若有人爱上帝，这人

---

[1] "灵巧像蛇，驯良像鸽子。"——见《马太福音》第十章第十六节。

乃是上帝所知道的。"

使徒说：知是由爱而出；雷翁那图则说：爱是由知而出。谁的话对呢？我不能判定，而没有判定这个问题，我是活不下去的。

我觉得，我好像迷困在可怕的迷宫里面。我呼唤，我叫喊，但没有听到一个回答。我走得愈远，迷得愈加厉害。我在什么地方呢？我将得到什么结果呢，若是你，主啊，也抛弃了我?!

本涅德托修士啊，我何等想念回到你的清静的小室去，向你表白我的一切苦恼，投在你的怀抱当中，要你怜悯我，卸去我的灵魂的重担！亲爱的父啊，我的谦逊的羔羊啊，你实现了基督的教训了："精神贫弱的人是有福的。"

今天又发生了一件不幸的事情。

宫廷史官卓尔曹·梅鲁拉先生和他的老朋友诗人伯尔拿图·伯令聪尼两人，在宫里一个无人的厅房内谈话。那是刚吃了晚饭以后。梅鲁拉酒喝醉了，又发了老脾气，夸耀他的自由精神的思想，同时表明他鄙视当代庸庸碌碌的君主。他也不尊敬穆罗公爵。他批评伯令聪尼的一首十四行诗，说这诗人不该称赞穆罗对仗·嘉黎亚左公爵的所谓恩惠。他简直称穆罗作凶手，将正经的公爵毒害了。可是，公爵在一个遥远的房间，从那设备巧妙的听管，所谓"狄翁尼士之耳"里面，听到了这个谈话，他命将梅鲁拉逮捕起来，关在保护宫殿的要塞底下的地牢内。

雷翁那图对此有什么感想呢？这"狄翁尼士之耳"就是他装设的，他没有去分别是善是恶，只为的去研究有趣味的自然法则，"如同玩笑和游戏"像恺撒所说的，他做其他的一切，也都是这样：那些怪异的战争机器，爆炸弹、铁蜘蛛——它的那些长腿一下能将半百人切成碎块！

使徒说："因此，基督为他死的那软弱弟兄，也就因你的知识沉沦了。"[1]

爱果真是从此类知识出来的吗？或者，知和爱也许不是同一个东西吗？

师傅的面貌有时如此明朗和无邪，如此表现鸽子般的纯洁，以至我准备一切都宽恕他了，一切都相信他了，重新要将我的灵魂交付给他了。可是忽然，他的娇嫩的嘴唇的神秘的皱纹现出了一个表情，使得我战栗起来，我仿佛经过明亮的水层，看进深渊里去。于是我又觉到他的灵魂里仿佛有一种秘密，我不由得想起了他的一个谜语：

"最大的河流是在地底下流的。"

仗·嘉黎亚左公爵死了。

人们说，上帝可以替我做证。我写这几行字时，手都颤了不能写下去，我是不信这话的！人们说：雷翁那图是凶手，他用他的毒树结的果子毒死了公爵。

我还记得，那个机器匠左罗亚斯特罗·达·佩勒托拉怎样将这该诅咒的树指给嘉山德拉小姐看。我悔不该看见这树！现在我还觉得它立在我的面前，就像那天夜里月光之下浑浊绿雾中的情景，潮湿的叶子上凝着毒水珠，果子静悄悄地在生长，死亡和恐怖包围着它。《圣经》上的话又响进我的耳朵中来："只是分别善恶树上的果子，你不可吃，因为你吃的日子，你必定死。"

我有祸了，我，这该入地狱的人！从前，在我的本涅德托修士的安乐的静室里，我是何等无邪而纯真，同乐园里始造的人一样！但我犯罪了，我的灵魂受了狡猾的蛇的引诱，吃了分别善恶树上的果子。看哪，

---

[1]"因此，基督为他……"——见《达哥林多人前书》第八章第十一节。

我的眼睛睁开了，我看见了善和恶、光和暗、上帝和魔鬼，我也看见了我是赤身露体的、孤独的和贫穷的。于是我的灵魂就死灭了。

我由深处向你呼喊，主啊，愿你听我恳求的声音，愿你保佑我！我同钉在十字架上的那个强盗一样呼喊你的名说："主啊，你得国降临的时候，求你纪念我！"[1]

雷翁那图又去画基督的面容了。

公爵委托他制造一架机器，将圣钉升上去。

他将拿这迫害基督的刑具，为了精确计算缘故，放在天平上称，看有几两几钱重，仿佛把来当作一块旧铁。在他看来，神圣物品不过是数字中的一个数字，不过是机器的一个部分，同绳索、轮子、杠杆和轱辘一个样。

使徒说："小子们哪，如今是末时了。你们曾听见说那敌基督者要来，现在已经有好些敌基督者出来了。从此我们就知道如今是末时了。"[2]

晚上，群众围攻我们的屋子，要求交出圣钉，他们喊道："巫士！无神论者！谋杀公爵的凶手！敌基督者！"

雷翁那图听到群众的咆哮并不愤怒。马可要开火枪，但他阻止了。师傅的面容是安静的，难测的，同平时一样。

我跪在他脚下，请求他只给我说一句话，来解除我的疑惑。我向上

---

[1]"主啊，你得国……"——见《路加福音》第二十三章第四十二节。
[2]"小子们哪……"——见《约翰一书》第二章第十八节。

帝宣誓，我一定信他的话的，但他不愿或不能对我说什么话。

小雅可波从窗子跳出去，抄到群众背后，走过几条街道就碰到巡夜的，保卫团长带的骑兵队。他领他们到我们屋子来，来得恰好，那时被攻打的门在群众冲击之下已经动摇了。兵队从背后攻击群众。为首的人都逃走了。雅可波头上中了一个石子，几乎打死了。

今天我在大教堂里，参加圣钉盛会。

星士规定的时辰一到，钉子就升起了。雷翁那图的机器工作得很巧妙。绳索和轱辘都看不见。那个罩着玻璃和嵌着金射线的圆龛，装了钉子，在香烟缭绕当中，仿佛自己升上去的，同日出一般。这是机械学的一种奇迹！合唱队歌唱着：

> Confixa clavis viscera,
>
> Tendens manus vestigia
>
> Redemptionis gratia
>
> Hic immolata est Hostia.

圣龛停止在大祭坛上面阴暗的穹隆中间，周围还有五盏长明灯。

大主教祈祷说：

"O, Crux benedicta, quae sola fuisti digna protare Regem coelorum et Dominum. Halleluia！"

群众都跪下去，合唱着"哈利路亚"！

穆罗，那个篡位者，那个凶手，含着眼泪，举手向着那个圣钉。

以后人们就拿葡萄酒、烧烤全牛、五千升豆子和五千斤猪肉，来款待群众。群众把被谋害的公爵忘记了，他们大吃大喝，而且高声欢呼："穆罗万岁！圣钉万岁！"

伯令聪尼作了一篇六律诗，说上帝所宠爱的穆罗亚古士督[1]的温和的统治之下，将有一个新的黄金时代，从那枚旧铁钉放射到世界中来。

公爵离开大教堂时，走到雷翁那图身边，拥抱他，吻他，称他作他的亚奇默德[2]，感谢他的奇妙的机器，并应许他司伏萨别宫种马场的一匹纯血种的巴勃牝马，此外还有两千个杜卡赠送他。然后，他和悦地拍着师傅的肩头，说：师傅从此可以安心完成"最后的晚餐"图画中的基督像了。

现在我明白了《圣经》上的话："心怀二意的人，在他一切所行的路上，都没有定见。"[3]

我忍受不住了！我完了，我丧失理智了，由于这个心怀二意，由于基督面相内藏着敌基督者的面相。主呀，为什么离弃我呢！

我必须逃走了，再迟几时要悔之莫及了。

夜里，我起来，将我的内外衣服和书籍捆作一包，拿起行杖，暗中摸索着下楼到工场里去，放了三十个弗罗璘在桌子上，这是最近六个月的束脩，为筹这一笔钱，我把母亲给我的一个绿玉戒指卖掉了。没有向一个人告辞——大家都在睡觉——我永远离开了雷翁那图的屋子。

本涅德托修士告诉我，自从我离开他以后，他每天晚上都替我祈祷；他做了一个梦，梦见上帝引我回到救恩的道路上来。

本涅德托修士要到佛罗伦萨去，为的探望他的生病的兄弟，一个多

---

[1] 亚古士督 Augustus——本是罗马第一代皇帝的名字，这里用作君主之通称。
[2] 亚奇默德 Archimedes，纪元前二八七——前二一二，古代希腊有名数学家和物理学家。
[3] "心怀二意的人……"——见《雅各书》第一章第八节。

米尼会修士，在圣马可修道院里，季罗拉谟·萨逢拿罗拉就是那里的院长。

赞美你并感谢你，主啊！你从死亡的阴影里，从地狱的咽喉里，将我拯救出来。

今天我舍弃尘世的智慧，这是被七头蛇的印章盖了印的，这兽在黑暗中来了，它的名字叫作敌基督者。

我舍弃有毒的知识树上的果子，虚荣的理智的骄矜和不信上帝的科学，它的父亲就是魔鬼。

我舍弃异教的美的一切诱惑。

我舍弃那不属于你的意志，你的荣耀，你的智慧的一切东西。基督啊，我的上帝啊！

拿你的唯一的光照耀我的灵魂吧，从那该诅咒的彷徨解救我出来吧，坚定我在你的道路上的步骤使我双脚不至动摇吧，用你的翼翅的阴影荫蔽我吧！

赞美主啊，我的灵魂！我要颂赞主，当我还活着的时候。我要为我的主唱赞美歌，直至我命终为止！

两天以后，我要跟本涅德托修士到佛罗伦萨去了。得了他，我的第二个父亲的同意，我要进圣马可修道院当预备修士去——在上帝特选的伟人，季罗拉谟·萨逢拿罗拉那里。

上帝救了我了！

卓梵尼·贝尔特拉非奥的笔记到此为止。

第七章

焚烧虚荣品

自从贝尔特拉非奥进圣马可修道院当预备修士以后，一年多的时间过去了。

有一天下午，将近一四九六年谢肉节的末日，季罗拉谟·萨逢拿罗拉坐在他的静室内写字台边，正在画着不久之前上帝显示给他的一个异象。两个十字架悬垂在罗马城上，一个是黑的在那致人于死的飓风之中，旁边写着"神性愤怒的十字架"；另一个则在天蓝色当中放射光芒，旁边写着"神性仁慈的十字架"。

他觉得很疲乏，在发热、颤抖。于是，他放下笔，将头搁在臂膀上，闭起眼睛，想着早晨那位虔诚的巴果罗修士报告他的关于教皇亚历山大第六[1]的话。巴果罗修士，是他派往罗马打听消息去的，刚从那里回来。

---

[1] 亚历山大第六 Alexander VI，俗名 Rodrige Lenzuoli Borgia——一四九二年到一五〇三年之教皇，本为西班牙世家子。

怪异的景象一幕一幕在他脑中飘过去，同《启示录》的异象一样：波尔查家徽上画的那只同古代埃及亚卑士[1]神相似的红牛；代替上帝的柔顺的羔羊而献给罗马教皇的那只金牛犊；饭后，在梵蒂冈[2]宫厅堂内，当着教皇、他的亲生女儿以及一群红衣主教面前扮演的那些无耻的夜戏；六十岁教皇的年轻情妇美丽的朱丽亚·华纳丝被画作圣母神像受人崇拜；亚历山大的两个大儿子，董·恺撒[3]（瓦棱西亚红衣主教）和董·卓安（罗马教会护教将军），由于争爱同胞妹妹吕克列沙[4]而互相仇愤，好像该隐和亚伯一般。

季罗拉谟发起抖来，当他想起了巴果罗在他耳边说的几句话：关于父女乱伦的事情，关于老教皇对吕克列沙·波尔查小姐的恋爱。

"不，不，上帝可以替我做证，我不相信这话的。这是造谣诬蔑！……绝对没有这种事情！"他总是这样对自己说。但暗中，他觉得，在波尔查家这个可怕的窠巢里，什么事情都做得出来的。

萨逢拿罗拉额头上流出了冷汗。他跪在那耶稣钉十字架像面前。

此时他的静室的门有人轻轻敲着。

"是谁呀！"

"是我，师傅。"

季罗拉谟认出是他的助手和密友多米尼哥·本维奇诺的声音。

"教皇的全权代表，里恰图·培琪大人请求见您一面。"

"好的，叫他等一等。叫雪尔卫斯特罗师弟到我这里来。"

雪尔卫斯特罗·马鲁飞修士是一个神志失常的人，患着癫痫病。季

---

[1] 亚卑士 Apis——古代埃及人崇拜之神，牛身，头上有三白角。
[2] 梵蒂冈 Vatikan——教皇之宫殿。
[3] 恺撒·波尔查 Cesare Borgia，一四七六——一五〇七，这时代极重要人物，事迹见第十二章及第十三章。
[4] 吕克列沙·波尔查 Lucrezia Borgio，一四八〇——一五一九。

罗拉谟却以为他是神宠所寄托的，爱他，害怕他，并拿阿葵诺之多马士[1]大博士的精致的经院哲学的一切规则，借助于巧妙的推论、逻辑命题、省略推理、警语和三段论法，去解释他所见的种种异象。如此，雪尔卫斯特罗的疯话，他人认为是一个痴子的胡言乱语的，季罗拉谟则以为有什么预言的意义。马鲁飞一点也不尊敬这位院长，时常当着别人面前骂他、辱他，甚至于打他。季维拉谟谦逊地忍受这种侮辱，无论什么都听他的话去做。如果佛罗伦萨群众是给季罗拉谟权力所支配的话，那么季罗拉谟自己也就是操纵在这个疯癫的马鲁飞手里了。

马鲁飞走进静室来，坐在一个房角地板上面，一面挖着赤裸的脚丫，一面哼着一支单调的小曲。他满脸雀斑生着一个尖鼻子，下唇垂挂着，两颗浑浊的淡绿色眼睛像在流泪模样。他的表情是呆板和可厌的。

"师弟，"季罗拉谟说，"教皇从罗马派了一个代表到这儿来了。你说，我可以见他吗？我应当回答他什么话？你没有见到什么异象，听到什么声音吗？"

马鲁飞扮出一个愚蠢的面孔，学几声狗吠，又学几声猪叫。他有特别的天才，能学动物的叫声，学得很像。

"亲爱的师弟，"萨逢拿罗拉恳求道，"做点好事吧，你说一句话！我的灵魂要苦死了。你祈求上帝，请他给你说预言的精神吧……"

那个疯子吐吐舌头，扮了一个鬼脸。

"为什么这样麻烦我呢，你这该入地狱的牛皮客，你这没有头脑的鹌鹑，你这绵羊脑壳！唉，叫耗子把你的鼻子咬掉好了！"他突然凶恶起来，咒骂着，"这汤是你自己煮的，现在也要你自己去喝！我不是你的先知，也不是你的顾问。"

然后他用探究的眼光望着萨逢拿罗拉，叹了一口气，换了另一种音

---

[1] 阿葵诺之多马士 Thomas von Aquino，一二二四——一二七四，中古最有名之经院哲学家。

调较低声地较和悦地又说下去：

"我替你难过，师兄，你这样愚蠢我很替你难受。……你怎么知道，我的异象是从上帝来的，不是从魔鬼来的？"

他缄默了，闭起了眼睛。他的面孔僵硬得同死人一般。萨逢拿罗拉相信他看见一个异象，于是诚惶诚恐地动也不动，等待着。但马鲁飞又睁开眼睛了。他像在倾听什么东西，慢慢转过头去，看出窗户外面，用一种善良的愉快的几乎有理性的微笑，说道：

"那些鸟儿！你听到吗——那些鸟儿？现在田野间一定长了绿草，开了黄花。唉，季罗拉谟师兄，你捣乱得够了，你的骄傲满足了，你也使得魔鬼高兴了！丢了手吧！现在须得想想上帝的事情！走吧，我们两个人要离开这恶浊的世界，到那可爱的荒野去！"

他一面摇动身子，一面用好听的低微的声音唱道：

> 到那翠绿的林子去呀，
> 到那静悄悄的地方。
> 那里有清凉的泉水喷流呀，
> 那里有小鸟儿歌唱。……

忽然，他跳起来，缠在他身上的忏悔铁链叮叮当当响着。他跑到萨逢拿罗拉跟前去，抓着他的手，急得上气不接下气地在他耳边说：

"我看见了，看见了，看见了！唉，你这魔鬼儿子，你这驴子头，耗子要咬掉你的鼻子的！……我看见了！……"

"说呀，师弟！快点说呀！"

"火呀！火呀！"马鲁飞喘着气说。

"唔，还有呢？……还有什么呢？"

"一个柴堆上的火，"雪尔卫斯特罗继续说，"还有一个人在火焰里面……"

"谁呀？"季罗拉谟问。

马鲁飞只点点头，没有立即回答。他的淡绿色眼睛盯着萨逢拿罗拉的面孔，低声笑着，完全是一个疯人。然后，他屈下身子，在院长的耳边说道：

"你呀！……"

季罗拉谟吓了一跳，蹒跚倒退了好几步。

马鲁飞站直身子，出了静室，走开了，一面响着他的链子，一面哼着他的小曲：

> 到那翠绿的林子去呀，
> 到那静悄悄的地方。
> 那里有清凉的泉水喷流呀，
> 那里有小鸟儿歌唱。

季罗拉谟镇静了以后，就叫人去传教皇的全权代表里恰图·培琪来见。

这位教皇代表踏进萨逢拿罗拉的静室来，播散着麝香，响着他那件教袍式样的长绸衣。这衣服缝得很时髦，紫罗兰的颜色，边缘镶着暗褐色的狐皮，还有倒卷起来的威尼斯式衣袖。里恰图·培琪先生，在一切的动作里，在聪明的优越的微笑里，在明亮的几乎坦白的眼睛里，在新鲜的光滑的面颊上那对笑窝里，都呈现出一种热诚的品性，这是罗马宫廷一切属员所特有的。

他请求圣马可院长给他祝福，敏捷而殷勤地行了一个鞠躬礼，吻着这院长的瘦削的指头，以拉丁语致辞，用的是精美的西塞禄式的辞藻，句子说得十分从容而流畅。

他绕一个大圈子，先从一般所谓"恭维话"说起。他说起这位佛罗伦萨说教师的令誉。然后他转到本题来，他说：季罗拉谟神父如此执拗不肯到罗马去，这使得教皇陛下很不高兴，而这不高兴是有道理的。但为了热心于教会的福利，于所有信仰基督的人的团结，于世界的和平缘故，而且不是希望有罪的人死亡，而是希望他得救，所以他奉派来此忠告圣马可院长：院长若能悔改自新，仍旧可得教皇陛下恩宠的。

这位院长抬起头来，低声问道：

"先生，您看怎样：教皇信仰上帝吗？"

里恰图不回答，好像没有听到或者装作没有听到这个不该问的问题。他还是不离开本题，他暗示说道：只要季罗拉谟神父肯屈服，那么最高的教会官职，红衣主教的帽子，就会落在他头上的。他急速屈身向着萨逢拿罗拉，用指头触着他的手，带着阿谀的微笑，添加几句话说：

"一句话，季罗拉谟神父，只要一句话，你就得到那顶红帽子了！"

萨逢拿罗拉用着坚定的眼光瞪视他，说道：

"若是我不屈服呢，先生？若是我不缄默呢？若是我这愚鲁的修士拒绝岁与红袍并不受红帽子的诱惑呢？若是我仍旧像一只忠实的狗，继续守护主人的房屋，不停息地吠着，不因一块甜饵而塞住喉咙呢？"

里恰图惊异地望着他，微微皱起了额头，扬起了眉毛，深思地审视着自己的扁桃形的光滑的指甲，并把戒指弄端正了。然后，他慢慢从袋里取出一卷文书，摊开了，送给院长看。这是驱逐季罗拉谟·萨逢拿罗拉修士出教的圣旨，一切都写好了，连教皇签字以及那颗"渔玺"[1]也有了。教皇在这文书中称季罗拉谟作败德之子和可憎厌的虫豸。

"您等待我的回答吗？"这修士问，当他读完了这卷文书以后。

教皇代表不发一言，只低头行礼。

于是萨逢拿罗拉全身站立起来，将这教皇圣旨摔到里恰图脚下去。

"这就是我的回答了！回罗马去吧，到那里说去，说我已经接受这

[1] 渔玺——教皇御用之玺，上刻彼得捕鱼图。

个教皇，这个敌基督者的挑衅，要同他决斗了。我们看看，是他把我逐出教会呢，还是我把他逐出教会！"

静室的门轻轻开了，多米尼哥修士探头进来看。他听到院长高声说话，赶忙跑来，看看发生什么事情。其他的修士也拥挤在室门外面。

里恰图已经向室门望了几次了，他终于谦恭地对这位教师说：

"请允许我提醒一句，季罗拉谟神父，我是奉旨来此做秘密谈判的……"

萨逢拿罗拉走到室门去，完全把门打开了。

"你们听哪！"他大声叫喊，"大家都听哪，因为这种卑鄙手段，我不仅要向你们这班师兄弟宣布出来，我而且要在佛罗伦萨全民众面前宣布的。人家要我选择两条路：或者将我逐出教会，或者给我红衣主教的道袍！"

他那双深凹的眼睛在低陷的额头下燃烧起来，像两颗火炭，丑陋的下唇颤巍巍地向前突出来。

"看哪，时候到了！我就要出发攻击你们罗马的高官贵爵了，就像攻击异教徒一样。我要将钥匙插进锁里去，我要打开那个令人憎恶的柜子。于是将有一阵臭气从你们的罗马发出来了，使得人们呼吸都为之窒息。我要说几句话，使得你们吓青了面孔。世界的根基都要震动了，受了你们陷害的上帝教会也要听到我的声音：'拉撒路[1]出来呀！'它将复活，并从坟墓爬了出来。……我要的不是你们的主教帽子呀，不是你们的什么红帽子呀！我要的唯有死人的红帽子呀！主啊，拿你的殉道者的血冠给我啊！"

他跪落在地下，呜咽着，将苍白的双手向那耶稣钉十字架像伸出去。

里恰图·培琪趁这混乱的瞬间，轻巧地溜出室门，急急忙忙跑

---

[1] 拉撒路 Lazare——拉撒路葬了四天，为耶稣所救活。见《约翰福音》第十一章。

开了。

那位预备修士卓梵尼·贝尔特拉非奥，也挤在众修士当中，听到了萨逢拿罗拉所说的话。

师兄弟们散开以后，他就下楼到这修道院的大庭院去，坐在长走廊内他平时爱坐的地方，每天这个时候，他总是安静而孤寂地坐在那儿的。

修道院白墙壁围绕之内，生长着几株桂树，扁柏和一丛大马色蔷薇，季罗拉谟院长喜欢在这蔷薇遮阴之下说教。据传说，这些蔷薇，晚间有天使来浇灌的。

这预备修士翻出《保罗达哥林多人书》来读：

"你们不能同时喝主的杯，又喝魔鬼的杯；不能同时吃主的筵席，又吃魔鬼的筵席。"

他又立起身来，在这走廊内走来走去。最近在圣马可修道院度过的一年，所有的思想和感情，此时一幕一幕地在他的灵魂内现出来了。

在初时，他觉得，当了萨逢拿罗拉的徒弟是一种高超的灵魂上的幸福。季罗拉谟师傅时常带领徒弟们，于清早时候，出城外散步去。他们沿着一条陡峭的小径，好像通到天上去一般，登上菲索勒高丘。人们从那上面，隔着几个小丘可以看见佛罗伦萨城在亚诺河谷内立着。院长坐在一片绿草地上，绿草内长着好多紫罗兰、铃兰和蝴蝶花，给太阳晒暖的扁柏幼干也流了树脂出来。修士们有的躺卧在他的脚下，编织花环、闲谈、跳舞和喧闹，同小孩一样，有的则弹奏提琴、琵琶和四弦琴。这些乐器，好像是贝托·安哲里哥[1]修士在他的"天使合唱图"中所画的。

萨逢拿罗拉没有讲什么学理，也不说教。他只亲亲密密地同徒弟们说话，他自己玩着和笑着，好像一个小孩子。卓梵尼望着萨逢拿罗拉脸

---

[1] 贝托·安哲里哥 Beato Angelico，原名 Giovanni da Fiesole，一三八七——一四五五。

上的微笑，他觉得，所有这些人，在这给蓝天围绕着的菲索勒高丘上充满了音乐和歌唱的地方，简直是同天使们在乐园里面一样。

萨逢拿罗拉走到斜坡上去，好像母亲望着睡眠中的儿女一般，亲密地望着下面在清晨薄雾里的佛罗伦萨城。初次的晨钟从下面响了上来，好像睡眼朦胧的小孩子的笑语声。

但在夏天夜里，萤火虫像人目不能见的天使的柔和的烛光在空中飞来飞去的时候，他则坐在圣马可庭院内香喷喷的蔷薇丛下，给徒弟们讲述圣迦德怜肉体上的血癍，她的天堂的爱的伤痕，同救主的创伤相似，并发出玫瑰的香气。

> 创伤的痛楚让我尝够，
> 还有十字架上的苦恼——
> 你的儿子的刑罚难熬……

修士们唱着。于是卓梵尼渴慕萨逢拿罗拉所说的创伤也会发生在自己身上，圣杯里放射出来的火焰会有一天燃烧自己的肉体，像用火红的铁条燃烧十字架伤痕一样。"耶稣，耶稣，我的爱！"他叹了一口气，几乎因喜悦和渴慕而昏倒了。

有一次，萨逢拿罗拉派他去看护一个害重病的人，这是他和其他预备修士们时常做的工作。这病人住在加勒支别墅里，离佛罗伦萨城两迈尔路远，在鸟丘南坡近旁。罗棱慈·德·梅狄奇在这别墅内住了很长久，而且是在那里去世的。在一个荒凉而寂静的房间内，从关闭的窗板裂缝透进一缕阳光来，微弱得很，像在坟墓内一般。卓梵尼看见了一幅图画，是桑德罗·菩提色利[1]画的"维纳斯女神诞生图"。身上一丝不

---

[1] 桑德罗·菩提色利Sandro Botticelli，原名 Alessandro Filippepi，一四四七——一五一五。

挂，同睡莲一样白，潮湿的，好像散发有盐味的海上空气。她站在一片贝壳上，随波滑溜着。沉重的金色发束，蛇一样地围绕着她。这女神用一种羞答答的手势，将这些发束压在她的下身为的遮掩她的不便之处。她的华美的肉体呈现出有罪过意味的乐趣，但那无邪的嘴唇和天真的眼睛则是充满了神性的忧愁的。

这女神的面庞，卓梵尼似乎在哪里见过的。他盯着她看，看了很长久。忽然，他记得，在这桑德罗·菩提色利的另一幅图画上，在他的圣母像上，已经见过这同样的面庞，这同样的哀哀欲泣的小孩子眼睛，这同样的无邪的嘴唇了。于是卓梵尼灵魂里发生了难以言语形容的纷扰。他低下头来，离开了这个别墅。

当他沿着狭窄的径路走下佛罗伦萨城去时，他看见蔷薇丛中有根十字架竖在一个墙龛里面。他跪下去，在这十字架面前，并开始祈祷，为的驱除魔鬼的诱惑。在墙的另一边，花园里，大概也是这丛蔷薇的遮阴之下，卓梵尼听到弹琵琶声音。有个人大喊一声，有种声音畏葸地轻轻说：

"不，不，放了我吧……"

"亲爱的！"另一个声音说，"你，我的爱人，我的爱！"

琵琶掉到地下，弦索叮当地响着。听到一个接吻的声音。

卓梵尼跳了起来，又喊："耶稣！耶稣！"但他不敢再添一句"我的爱"了。

"这里也有，"他想，"这里也有'她'！在圣母的面庞里，在圣歌的字句内，在遮掩十字架的蔷薇花香气中间！……"

他两手掩起面孔，逃走了，好像无形中有什么东西追赶着他。

回到修道院后，他便走到萨逢拿罗拉跟前去，向他忏悔一切。院长教他常用的办法，就是以禁食和祈祷做武器，来同魔鬼斗争。可是，当这预备修士向他说明诱惑他的，并不是肉体淫欲的魔鬼，而是异教精神的美的妖怪时，萨逢拿罗拉竟不理解。起初他很惊讶，后来他严厉地说：那些伪神除了邪恶的情欲和骄傲之外再没有什么了，而这二者都是丑陋的，唯有基督教德性之内，才有美存在。

卓梵尼离开了他，没有得到一点安慰。自从那天起，忧郁和反抗之鬼就缠住他了。

有一天，他听到季罗拉谟院长关于绘画的议论。季罗拉谟要求每幅图画都必须是有用的，都必须教训人，灌输健全的思想于人心中。佛罗伦萨人若能叫刽子手将一切迷惑人的图画都销毁了，那他们就做了一件上帝所喜欢的事业的。

萨逢拿罗拉对于科学也是这种论调。

"那是呆子，"他宣告说，"他才会设想：伦理学和哲学能扶持信仰的真理。难道强光需要弱光吗？神性智慧需要人性智慧吗？那些使徒和殉道者，何尝知道什么伦理学和哲学？一个老太婆不能读书和写字，只晓得在神像面前热烈地祈祷，那她是比一切哲人和学者更能认识上帝的。到了末日审判时，无论什么伦理学和哲学都不能拯救他们。荷马和维琪尔，柏拉图和亚里士多德，他们都是走向魔鬼窠巢里去的！他们都同美人鱼[1]一样，用狡猾的歌唱迷惑人的耳朵，却把灵魂引上永久败坏的道路去了。科学拿石头代替面包送给人。你们看看那些遵奉尘世学说的人，他们的心都是石头做的！"

"谁知道得少，他爱的也少。大的爱，是大的知识的产儿……"现在卓梵尼才觉到这几句话含有深奥的意义。正当季罗拉谟修士这样诅咒艺术和科学的诱惑时，卓梵尼就想起了雷翁那图的聪明的话语、他的安静的面孔、他的冷然的眼睛、他的充满了魅惑人的智慧的微笑。这位预备修士此时还未曾忘记那毒树的可怕的果实，那铁蜘蛛，那"狄翁尼士之耳"，那升起圣钉的机器，那藏在基督面容里面的敌基督者的面容。可是他现在觉得，仿佛那时他没有完全了解师傅，没有猜出师傅的心底

[1] 美人鱼 Siren——海中女怪，能以美妙之歌迷人，使经过之船倾覆。

最后秘密，没有解开一切线索所归集的那个大疙瘩，一切矛盾都可以因解开这疙瘩而得到解决的。……

他在圣马可修道院最近一年的生活，此时便这样回忆了一遍。当他在阴暗的走廊内走来走去，沉浸于深思之中的时候，天已经向晚了。冷落的晚祷钟声敲起来了，修士们排成黑队走进祈祷室去。

卓梵尼没有跟他们一道去祈祷。他坐下在他的老地方，又打开保罗使徒的书翰来读。他给魔鬼的花言巧语所蒙蔽了，竟至于在他心里修改了《圣经》的语句：

> 你们只能同时喝主的杯，又喝魔鬼的杯；只能同时吃主的筵席，又吃魔鬼的筵席。

他苦笑着抬起眼睛望天，他看见了那颗长庚星，那星闪耀着，宛如最美丽的阴间天使鲁西飞的光辉。

干是他想起了一个古老传说，是他从一位有学问的修士处听来的。伟大的奥里根[1]教父曾经重提这个传说，佛罗伦萨人马太·巴尔弥里也曾将这传说写进他的诗作《生命之城》里面去。据说，当魔鬼还在同上帝作战时，天堂里有一部分没有加入上帝的军队，也没有加入魔鬼的军队，他们只无所偏袒地站在旁边观看这回争斗。但丁论他们说：

> 有些天使不附逆，
> 但也不忠于上帝，
> 只在局外守中立。

这些自由的忧愁的精灵，非恶亦非善，非暗亦非光，同时也属于善

---

[1] 奥里根 Origenes Adamantios，一八五——二五四，有名的教父哲学家。

恶光暗两方面。后来，上帝胜利了，他们受了最高的裁判，被谪降到尘世中来，到这天堂和地狱的中间地位，到这矇眬之谷，恰合他们的身份，于是他们就变成人类了。

"谁知道呢，"卓梵尼接着他的有罪过的思想思索下去，"谁知道呢? 也许不是坏事，也许人们为着那唯一者的荣耀，必须同时喝这两个杯子。"

于是他觉得，并不是他说这几句话，而是另外一个人，这人从他的背后，屈身，用冰凉的爱抚的气息，附耳对他说道:"同时的! 同时的!"

他吓得跳了起来，转回头去看。虽然没有什么在这罩在黄昏的蜘蛛网里面的孤寂的走廊内，他还是面无人色战战兢兢地画了一个十字。然后他逃出了走廊，跨过庭院去，直逃到祈祷室内才停止了，深深呼吸一口气。室内此时燃点了蜡烛，修士们正在唱晚祷诗。他跪下在石板上面，开始祈祷:

"主啊，救我呀，解除我的彷徨呀! 我不要喝两个杯子。我的灵魂只渴慕一个杯子，你的杯子，你的唯一的真理，主啊!"

可是神的恩宠好像露水一样，只润湿一下蒙尘的小草，却不能凉爽他的心。

他回到他的静室去，躺在床上睡着了。

将近天明时候，他做了一个梦。他同嘉山德拉小姐两人合骑在一只黑山羊上，凌空而飞。"赴会去呀! 赴会去呀!"那个巫姑在他耳边说。转过大理石一般白的面庞向着他，还有血一般红的嘴唇和琥珀一般明亮的眼睛。于是他认出了尘世的爱的女神，眼里却含有超尘世的忧愁: 白色女鬼呀! 一轮满月照着她的赤裸的肉体，她发出如此甜蜜和神秘的香气，使得卓梵尼牙齿颤抖起来。他拥抱着她，紧贴着她。"我的爱! 我的爱!"她吃吃地说，她笑了，山羊的黑皮载着他们两个人，像一架柔软的温暖的床。他以为这就是"死"了。

太阳光、晨钟和小孩子高声说话，唤醒了卓梵尼。他下楼到庭院来，看见了一群小孩子，穿的一色白衣裳，手里拿着橄榄树枝和小小的红十字架。这就是所谓"圣军"。一群的小孩子检察员，是萨逢拿罗拉为维护佛罗伦萨城善良风化而建立的。

卓梵尼走进小孩队里去，听他们谈话。

"你有什么事情告发吗？"一个"队长"问，一个十四岁的清瘦少年，板起了面孔好像军官。被问的人是一个伶俐而狡狯的红头发斜视小孩，有一双张开的耳朵。

"报告，费德里奇队长。是的，我要告发一桩事情！"被问的小孩回答，身子站得直直地同兵士一样，恭恭敬敬地望着这位队长。

"我知道了。你的婶婶又掷骰子赌钱了吗？"

"不是，队长……不是我的婶婶，是我的后娘。也不是骰子……"

"唔，对啦，"费德里奇自己改正说，"那是李比的婶婶，她上星期六掷骰子，而且诅咒上帝。那么你告发什么事情？"

"我的后娘，队长……上帝应当惩罚她的……"

"不要啰啰唆唆，朋友！我没有这样多闲空。我事情忙得很……"

"是，是，队长。那么请你看：我的后娘同她的汉子，那个修士，把我的父亲地窖里一桶红葡萄酒都喝完了，趁父亲到马里容拉年市去，不在家里的时候。那个修士叫她到鲁巴孔特桥圣母像前去点一支蜡烛，祈求圣母保佑，不使父亲记起他有那一桶酒。她果真照着做了。父亲回家来果真没有记起来，她就快活了，她做了一个蜡桶，样子好像她和那个修士喝干的那只酒桶，把来挂在圣母像旁边，感谢圣母帮助她欺骗她的男人。"

"这是罪过，一件重大的罪过！"费德里奇沉起面孔宣告说，"这事，你怎么知道的，辟波？"

"我从马夫口里问出来的。马夫是从后娘的丫头那个鞑靼女人那里听来的。那个鞑靼女人又是……"

"住在什么地方?"队长严厉地打断他的话。

"在圣伦夏塔教堂附近,罗棱采托马鞍店里。"

"好,"费德里奇结束了这个谈话,"我们今天就要侦查这个案件。"

一个清秀的幼小的孩子,大约六岁吧,靠在庭院一角墙上,悲苦地号哭着。

"你哭什么事情?"一个年纪比较大的男孩子问他。

"他们把我的发卷剪去了!……我早知道他们要剪头发,我就不来的……"

他用手摸着给修道院理发匠剪得一塌糊涂的金色头发。凡是新入"圣军"的人,都要把头发剪短的。

"唉,路加,路加!"那个年纪较人的男孩子带着责备神气,摇摇头,说,"你这个念头是有罪的!你应当想想那些殉道的圣者:异教徒砍下他们的手足的时候,他们还在赞美上帝哩!现在不过剪了你的头发,你就要哭!"

路加不哭了,殉道的圣者的榜样给他深刻的印象。但忽然,他吓得扭歪了面孔,又号哭起来,比刚才更大的哭声。他一定害怕,那些修士们为上帝缘故也许会将他的手足砍下来的。

"对不起,"一个大块头老太婆,急得满脸通红,在向卓梵尼问话,"尊驾看见一个黑头发蓝眼睛的男孩子到这儿来吗?"

"他叫什么名字?"

"叫笛诺。笛诺·德·加尔波。"

"哪一队里的?"

"这我可不知道,我的天!我已经找了一整天,到处奔跑,问这个,问那个,我没有办法了。我已经是头昏眼花了……"

"是您的儿子吗?"

"是我的侄儿。一个乖巧的安静的孩子。他本来好好读书,……有一次,那些野孩子诱了他到这吓人的军队来。请您想想:一个温和的柔弱的小孩！据说，他们在这儿是同人家掷石头打架的……"

这位婶娘又呜咽并啼哭起来。

"是您自己的错，"一个体面市民对她说，这人年纪比她大些，穿的是旧式的衣服，"小孩子们好好敲打一顿，就不会有这种愚蠢念头的！真是骇人听闻的事！修士和小孩要治理国家。鸡蛋要想比母鸡更聪明些！真的，这类发疯的事情，世界上还未曾有过的。"

"这话不错。是的，是的。鸡蛋要想比母鸡更聪明些！"那位婶娘赞成他的话，"那些修士说：尘世间将来要造成一个乐园。我不知道究竟怎样，但目前尘世间已经是地狱了。每个家庭里面都在争吵、流泪和叫喊……"

"您听说吗？"她说下去，带着神秘的神气附在这位市民的耳朵边说，"最近，萨逢拿罗拉修士在大教堂内告诉所有的人说：'你们做父母的，虽然把你们的儿女送到天涯海角去，他们还是要回到我身边来的。因为他们都是我的！'……"

一个老市民冲到小孩子群中去。

"啊哈，你这撒旦奴才，我毕竟找到你了！"他喊，捏着一个小孩子的耳朵，"等着吧，我要好好教训你一顿的，看你下次还敢离开家屋，还敢同这些野孩子做一伙，还敢不服从父亲……"

"我们应当服从天堂上的父亲，比尘世间父亲还更服从些。"小孩子用低微的然而坚定的声音回答。

"你要当心，多尔福！莫叫我把脾气发作出来啊。……走吧，回家去吧！不要再反抗了。"

"放手吧，爸爸。我不跟你去的……"

"什么，你不跟我去吗？"

"不！"

"叫你好看！"

父亲打了儿子一个耳光。

多尔福动也不动。他的变成没有血色的嘴唇一点都不颤抖。他只向天抬起头来。

"斯文一点,斯文一点,先生!不许敲打小孩的!"几个保卫团赶忙跑来呼喊说,他们是执政府派到这里来保护"圣军"的。

"滚开吧,你们这些流氓!"老市民气愤地呼喊。

那些兵士要将小孩子拉回来,但父亲捏紧他,口里咒骂着,不肯放开他。

"笛诺!笛诺!"那位婶娘叫起来。她远远地看见她的侄儿了,向他冲去,但保卫团把她拦回来。

"不要拦我呀,不要拉我呀!天哪,这是什么世界呢!笛诺!我的小孩!笛诺!"

此时"圣军"行列中起了波动。无数的小手挥舞着红十字架和橄榄树枝,清朗的孩童声音唱着歌,向那刚走进庭院来的萨逢拿罗拉敬礼:

"Lumen ad revelationem gentium et gloriam plebis Israel. ——是照亮外邦人的光,又是你民以色列的荣耀。"

小姑娘们包围着这位院长,拿黄的春花、淡红的雪钟花和深紫的紫罗兰撒在他身上。然后在他面前跪下,拥抱并亲吻他的双脚。

在太阳光照耀之下,他不作一声,含笑,温和地,给那些小孩子祝福。

"荣耀归于基督,他是佛罗伦萨的王!荣耀归于童贞玛丽亚,她是我们的太后!"那些小孩子呼喊。

"整队!立正!开步——走!"几个小孩子队长喊口令。

于是,音乐震耳地吹奏起来,旗帜飘扬了,全军开动了。

原来这日要在旧宫前面,执政府广场上,焚烧"虚荣品"的。"圣军"现在是最后一次巡游佛罗伦萨全城,去搜索那些表示尘世浮华的"虚荣品和禁忌物"的。

人群离开了庭院以后，卓梵尼才看见那位染业公会理事，鄂尔圣弥迦勒教堂近旁一家阔绰铺子的老板，古董收藏家，齐卜里亚诺·布翁拿可西先生那尊古代维纳斯女神雕像就是在他的地产，圣格尔瓦西奥村磨坊小丘上发掘出来的。

卓梵尼走到他跟前去，两人谈了起来。齐卜里亚诺先生告诉他，雷翁那图·达·芬奇从米兰来佛罗伦萨有几天了，公爵委托他到这儿来，从那些被"圣军"蹂躏过的宫殿内购买几件有价值的艺术品。卓尔曹·梅鲁拉为了同样目的，也到这儿来了，他坐了两个月牢，但现在一部分由于雷翁那图的说情，公爵放了他，并照旧恩待他。

这位富商请卓梵尼引他到院长那里去，他们一起走向萨逢拿罗拉的静室去了。

贝尔特拉非奥站在门口，听着染业公会理事和圣马可院长的谈话。

齐卜里亚诺先生，愿出二万二千弗罗璘，购买那今天要在柴堆上焚烧的一切书籍、图画、雕像以及其他的艺术宝物。[1]

院长拒绝他。

富商考虑了好久，然后再添加八千弗罗璘价钱。

这回，季罗拉谟修士简直不回答他。修士的面容始终是严肃的和无情的。

齐卜里亚诺动着那凹陷的没有牙齿的嘴，好像在咀嚼东西。他把那件陈旧的狐皮袍子大襟紧紧盖在冻僵的膝头上，叹了一口气，眯着两颗柔弱的眼睛，用着他的均匀的低微的和令人惬意的声音再说：

"季罗拉谟神父，我虽然要破产了，但我仍愿将全部财产，四万弗罗璘，通通给您。"

萨逢拿罗拉抬头望着他，问道：

---

[1] 购买虚荣品——一说是当时在佛罗伦萨的一位威尼斯商人，愿出两万塔勒尔向执政府购买的，执政府不许，而且使人绘下这商人的肖像，放在"虚荣品"堆中焚烧了。

"如果您要破产了，这些物事又不能给您什么利益，那么您为什么要白费力气呢？"

"我是生长在佛罗伦萨的，我爱我的祖国，"这商人很坦白地回答他，"我不愿意外邦人议论我们，说我们同野蛮人一样，焚毁了哲人和艺术家的无辜的作品。"

修士惊讶地看着他，问道：

"哦，孺子，你能像爱尘世祖国一样，爱你的天堂祖国就好！……但你不须过虑：唯有该当灭亡的物事才会在柴堆上焚毁的。因为邪恶的东西不会美——你们所赞美的哲人自己证明过这话了。"

"您保得住吗，神父？"齐卜里亚诺问，"小孩子们在科学和艺术作品里果真能够毫无错误地分别什么是善什么是恶吗？"

"'婴孩的嘴说出真理，'"修士回答，"'你们若不回转，变成小孩子的式样，断不得进天国。''我要灭绝智慧人的智慧，废弃聪明人的聪明。'主说。我白天和夜晚都替这些小孩子祈祷，求天上圣灵保佑他们能够发现艺术和科学的那些虚荣品，这是他们单靠理智所不能了解的。"

"我请求您再考虑一下！"染业公会理事结束了谈话，站起来了，"或者至少一个部分……"

"请您不必多言，先生！"季罗拉谟修士打断他的话，"我决定了以后再不会动摇的。"

齐卜里亚又像咀嚼东西一样动着他的没有血色的老年嘴唇，喃喃数语。萨逢拿罗拉只听到最后的"疯了"两个字。

"疯了！"萨逢拿罗拉抓着这两个字发挥一篇道理，他的眼睛射出光辉，"波尔查家的金牛犊，在那亵神的宴会中献给教皇的，难道不是疯了吗？那个篡位奸徒穆罗，用一架魔鬼机器将圣钉送到教堂高处，难道不是疯了吗？你们围绕金牛犊跳舞，你们像发疯一般喧闹，为着赞美你

们的上帝，那个玛门^[1]！还是让我们这些质朴的人，为了赞美我们的
上帝，那个钉十字架的基督，来做点疯狂和愚蠢的事情吧！你们嘲笑在
外面广场上十字架前跳舞的那些修士。等着吧，还有其他的事情哩！我
们要看看，你们将说什么话，你们这些聪明人。倘若我不单指使那些修
士，还要指使佛罗伦萨全体民众，无分老少男女，都围绕那个神秘的救
世木头跳舞，做一个神所喜悦的狂欢，像当初大卫在至高的上帝的旧会
幕内约柜面前跳舞时候一个样！"

　　卓梵尼离开萨逢拿罗拉静室，走向执政府广场去。他在大街上遇到
那群"圣军"。

　　小孩子们拦住两个黑奴抬的一乘软轿，轿里坐着一位艳妆的太太。
一只小白狗在她怀里假寐，一只绿毛鹦哥和一只小猴子栖在一根横棍
上。奴仆和护卫跟随着这乘轿子。

　　那是才从威尼斯来此不久的一位校书，列娜·格丽华，那些女人当
中的一个，威尼斯共和国当局尊称她们作"可敬的娼妇"，或者戏称为
"玛摩拉——亲爱的"。在那个便利于旅客而编制的有名的《全体校书花
名册和价目表》中，列娜·格丽华的名字是用大字列在特殊的地方，旁
边写着价目："四个杜卡——重要节日前夜加倍，为了敬畏圣母的
缘故。"

　　扮着克列奥拍特拉^[2]的姿势或示巴女王^[3]的姿势，列娜正躺在她
的靠背枕上，读着恋爱她的一位青年主教的情书，书中附有一篇十四行
诗，末了几行诗句说道：

---

[1] 玛门 Mammon——尘世荣华之神，或财神。
[2] 克列奥拍特拉 Kleopatra，纪元前六九——前三〇，埃及女王，曾为罗马大将恺撒的
　　情人。
[3] 示巴女王——阿拉伯南方一国之女王，曾访所罗门问道。

每逢我倾听着你的迷人的话句，

列娜啊，我的魂灵儿早已离开了尘世，

我的魂灵儿飞到了永久的高天，

那里有神性的美，出自柏拉图的观念。

这位校书正在想作一篇十四行诗回答他。她的诗作得很高明。她对人说：若是可以由她自己支配的话，那么她的整个时间都要在正派男子的学院里消磨的。她这话并非没有理由。

"圣军"包围着那乘轿子。一个队长，多尔福，走上前来，举起红十字架在他的头上，庄严地呼喊：

"以耶稣，佛罗伦萨国王，和童贞玛丽亚，我们的太后名义，我们命令你抛弃这些有罪过的玩物，这些虚荣品。你若不愿抛弃，就有疾病缠到你身上的！"

那只小狗醒了，开始叫吠。猴子嗤嗤叫着。鹦鹉拍着双翼，并念诵女主人教它的诗句"Amor che a nullo amato amar perdona"。

列娜正要对她的护卫做个手势，叫他们驱散这些小孩子，但忽然她的眼光落在多尔福身上了。她用指头招呼他近前来。

这小孩子低着头走近来了。

"拿下来那些玩物，拿下来！"小孩子们叫喊，"玩物和虚荣品通通拿下来！"

"他长得好清秀！"列娜低声说，没有留心群众的叫喊，"你听我说，我的小阿东尼[1]，我自然很乐意抛弃这些小物事，为的得到您的欢心。不幸的就是，这些物事并不是我自己的。我是从犹太人那里租来的。属于这个狗子，这个不信上帝的犹太人的东西，基督和童贞玛丽亚却不愿

---

[1] 阿东尼——希腊神话，叙里亚国王推亚和他的女儿士每拿所生之子，非常美丽，为亚弗罗狄特的情人。

领受的，不是吗?"

多尔福抬起头来望她。列娜带一种几乎看不出来的微笑，对他点点头，仿佛证实了他的秘密的思想，然后换一种音调，用那唱歌一般的柔软的威尼斯方言对他说道:

"住在圣三一教堂附近，桶匠胡同。你只问威尼斯来的列娜校书。我等着你……"

多尔福向周围望望，看见他的同伴都在附近一个街角上和反对萨逢拿罗拉的一群人，所谓"狂党"，发生冲突了:他们互相詈骂，互相掷石头，再不注意那位校书了。他要喊他们回来攻打列娜。可是他忽然仓皇失措，面庞泛上了红霞。

列娜笑起来，两片红唇中间露出尖而白的牙齿。克列奥拍特拉或示巴女王，忽然现出了威尼斯"玛摩拉"的原形，变成了无耻自荐的街头野鸡了。

黑奴抬起轿子来，那位校书于是毫不慌乱地走她的路。小狗又睡在她的怀里了，鹦哥展开它的毛羽，唯有不安静的小猴子还在扮鬼脸，并用手去抓这高才妓女写字的那支笔，她此时刚把回答青年主教的第一行诗句写下来了:

> 我的爱情这般纯洁，宛如天使的气息……

多尔福走在他所统带的一队小孩前面，踏上了梅狄奇宫的台阶，此时他却没有以前那般英勇的气概了。

在阴暗的房间内，那里一切都表现过去时代的伟大。小孩子们觉得有点畏怯和局促。

人们赶快打开窗板。喇叭吹着，大鼓擂着。这些小检察员，在欢乐的叫喊、哗笑和圣诗歌唱之下，散开了，穿过大厅小房，为的奉行上帝意旨裁判科学和艺术的诱惑物，并依照圣灵所赐予的恩典去搜寻那些虚荣品和可恶的画像，把来堆在一处。

卓梵尼留心观察他们的工作。

孩子们皱起了额头，双手反叉在背后，扮出同法官一般威严的样子，在那些伟人、哲学家和古代异教英雄的雕像中间走来走去。

"毕达哥拉斯[1]，安那西门内斯[2]，赫拉克里特[3]，柏拉图，马克·奥勒尔[4]，厄比克特[5]。"一个男孩子一字一字地读那大理石像和青铜像的台座上面刻的拉丁文人名。

"厄比克特!"费德里奇打断他的话，皱起额头，装个内行人的样子，"那是一个异教徒，他主张一味行乐，他不信有神存在! 我们必须把他烧掉的。可惜是一个大理石雕像……"

"那不相干，"那个活泼的斜视的辟波说，"我们还是要处治他的。"

"不对，"卓梵尼喊，"你们弄错了，把厄比克特当作厄比鸠[6]了!"

但这话说得太迟了。辟波拿起一个锤子，后退一步，很灵巧地把这位哲人的鼻子敲下来，孩子们哄然大笑了。

"不管他是厄比克特，还是厄比鸠，总是一样的——两只靴子凑成一双! 他们都是走向撒旦窠巢里去的!"他重复萨逢拿罗拉爱说的一句话。

在菩提色利一张图画面前，人们起了争论。

多尔福说这画是可恶的，因为画着裸体少年巴库斯，身上中了爱神

---

[1] 毕达哥拉斯 Pythagoras——纪元前六世纪希腊哲学家和数学家，一说历史上并无其人。

[2] 安那西门内斯 Anaximenes——纪元前五世纪希腊伊奥尼学派哲学家。

[3] 赫拉克里特 Heraklit——纪元前六世纪希腊伊奥尼学派哲学家。

[4] 马克·奥勒尔 Mark - Autel——二世纪罗马斯多伊派哲学家。

[5] 厄比克特 Epictet——一世纪罗马哲学家，本为奴隶，学说属于斯多伊派，禁欲，谦逊，与厄比鸠哲学刚立于正相反的地位。但这二人名字相仿佛，常常被人误认。

[6] 厄比鸠 Epicur——纪元前三世纪希腊哲学家，一译伊壁鸠鲁。

的一支箭。但费德里奇，他同多尔福比赛对于这类虚荣品的知识，他走近一步，仔细看这图画，他说画的不是什么巴库斯。

"依你说，那是谁呀？"多尔福问。

"是谁吗？看哪，他还问！你们没有看出，画的是殉道圣者司提反[1]吗？"

孩子们迟疑不决地站在这谜样的图画前面：若真是一位圣者，他的裸体哪能呈献如此异教性的美丽？他的面上痛苦的表情，为什么差不多同肉欲的陶醉一个样？

"不要听他的话！"多尔福喊，"这是无耻的巴库斯。"

"你撒谎，你这无神者！"费德里奇喊，举起他的十字架当作武器。

两个小孩子打起来，扭作一团。伙伴们用了好多力气，才把他们拉开了。那幅图画还是原封不动。

此时那个活泼的辟波同着路加钻进一个暗黑的小房子去了。路加再不哭他的被剪去的鬈发了，他早已高兴起来了，因为他觉到以前从未参加过这样有趣的事情。这房间里面，窗户近旁，一个高台座上，立着一个花瓶，同穆拉诺地方威尼斯玻璃工厂出产的一样。紧闭的窗板有一条裂缝，太阳光从那里射进来，照在花瓶上，瓶子好像一颗宝石在暗中发光，呈现种种的颜色，宛如一朵巨大的紫茉莉花。

辟波爬到桌子上去，垫起脚跟走近那个花瓶，仿佛这瓶子是活的，能够逃走的。他做个滑稽样子伸伸舌头，扬起他的斜视眼上面的眉毛，并用指头去推那个瓶子。花瓶摇晃了，像一朵温柔的花，掉落地下了，闪着光，悲惨地响了一声，破碎了，而且再没光辉射出来了。辟波在周围跳跃，如同疯了一般，把他的红十字架往上面抛掷，又接在手里。路加圆睁两颗眼睛，露出破坏欲的狂喜，也在那里跳着，叫着，而且拍着两只小手。

---

[1] 圣者司提反 St. Stephan——基督教第一个殉道者，见《使徒行传》第六章。

230

他们远远听到伙伴大声欢呼的时候，便回到大厅里去了。

那里，费德里奇发现了一个堆藏物件的小室，里面放着无数的箱子，其中有很多"虚荣品"，最有经验的小孩子也未曾有一次看到这样多的。那是一些谢肉节和化装跳舞时用的面具和服装，梅狄奇家那位"豪华者"罗棱慈喜欢干这玩意儿的。孩子们都拥挤在小室门前。在一支脂油烛光下，他们看见厚纸板做的奇形怪状的潘神面孔、巴库斯徒党用的玻璃制的葡萄穗、亚摩尔[1]神的箭袋和翼翅、墨邱利神的棍棒、涅普顿神的三股叉。最后，在哄堂笑声之下，还出现了雷神宙斯的电闪，木头做的，镀金的，上面织满了蜘蛛网。此外还有差不多给耗子吃光的亚林比山鹰的可怜的标本，尾巴断了，碎毛布从那穿了洞的肚皮突露出来。

忽然，一只老鼠从一个丰满的浅褐色假头发里钻了出来，这假发大概是当时装维纳斯神用的。小姑娘们大声叫喊。一个最小的孩子则跳到椅子上去，衣服直卷到膝盖头上面，害怕得很。

一阵冷战通过小孩子群中，他们厌恶这些异教旧物，这些已死神灵的坟墓灰尘。给喧哗和烛光所吓怕的蝙蝠，飞到天花板底下，冲来碰去。这蝙蝠的阴影，他们觉得好像魍魉精灵一般。

以后，多尔福跑来了，报告上面还有一间关得紧紧的小房子，一个矮小老头在门前把守着，秃脑袋，红鼻子，凶恶得很，气愤地骂人，不让人进去。

他们都到那里去，调查这件事情。卓梵尼认出，把守这个神秘房门的老头子，原来是他的朋友，卓尔曹·梅鲁拉先生，那位搜集古书的有名学者。

"钥匙拿来！"多尔福对他喊。

"谁告诉你们，钥匙在我身上？"

---

[1] 亚摩尔 Amor——亚弗罗狄特的儿子。

"宫殿看门的人说的！"

"走开吧，走你们的路吧！"

"哦，哦，老头子，你要当心啊！你剩下的几根头发不要让我们拔去啊！"

多尔福做了一个手势。卓尔曹先生走到门上去，用他的胸膛去保护那门。小孩子冲到他的身上，用他们的十字架打他，搜他的袋子，找到那把钥匙，把门开了。这是一间小书房，里面有好多极有价值的书籍。

"这里，看哪，在这里！"梅鲁拉指示他们，"你们要找的一切东西都在这个角头上的。不用爬到架子上面去，那里什么都没有。"

但那些小检察员不听他的话。落到他们手里的东西，尤其装订华美的书籍，都给他们丢做一堆。然后，他们把窗子完全打开了，为的将厚本大书从那里直接丢到街上去，街上早有一辆装着"虚荣品"的车子等着。提布尔[1]，荷拉士，渥维德[2]，亚普勒友[3]，亚里斯托芳[4]。稀罕的写本，珍贵的版本，都在梅鲁拉眼前飞过去了。

卓梵尼看见，老头子从那堆书里抽出一本薄薄的小书，巧妙地藏在怀里。那是马色利努的一本著作，记载叛教者朱理安皇帝的生平的。

梅鲁拉看见地板上有个写本，是索福克列斯[5]的悲剧，写在绸样的羊皮上的，开首字母饰着好看的花纹。他贪婪地冲到那里去，抓起那本书，悲惨地恳求道：

"乖乖！亲爱的小乖乖！请你们饶恕索福克列斯吧！他是所有诗人中最无罪的人！不要动他吧！不要动他吧！……"

他拼命地把那本书压在胸前。当他觉得这些书页，如此温柔好像活

---

[1] 提布尔 Albius Tibullus，纪元前五四——前一八，拉丁诗人。

[2] 渥维德 Publius Ovidius Naso，纪元前四三——纪元后一四，拉丁诗人。

[3] 亚普勒友 Apulejus——拉丁讽刺家，二世纪时人。

[4] 亚里斯托芳 Aristophanes，纪元前四四四——前三八〇，希腊喜剧家。

[5] 索福克列斯 Sophokles，纪元前四九五——前四〇六，希腊三大悲剧家之一。

着似的，将要被人撕碎了，他不禁流下泪来，悲哀地哭着，放开这个写本，怒冲冲地叫骂道：

"你们这些小虱子知道吗？这位诗人的每行诗句，在上帝面前，比你们的发昏的萨逢拿罗拉所有的预言都更神圣得多哩！"

"闭起你的鸟嘴，老头子，再胡说，我们就要将你连同你的书籍一起从窗口丢下去了。"

他们又冲到老头子身上去，将他推出书房外面。

梅鲁拉跌倒在卓梵尼的怀抱之中。

"走吧！赶快离开这里吧！我不愿亲眼看见这件罪恶。"

他们离开宫殿，经过玛丽亚教堂，走向执政府广场去。

旧宫阴暗的高塔前面，鄂堪雅杜廊旁边，已经搭起一个柴堆，宽约三十寸，高约一百二十寸，搭成尖塔形，八个角，分做十五层。

第一层，即最低的一层，放着面具、服装、假须、假发，以及谢肉节用的其他物品。上去三层放着自由思想的书籍，从安那克列翁[1]和渥维德起直到薄伽丘的《十日谈》和普尔齐[2]的《大摩尔甘特》。再上去放着妇女首饰、油膏、香水、镜子、粉扑、修指器、烫发剪、拔毛钳子。又再上去，则是乐谱、琵琶、曼陀林、纸牌、棋盘、小球、大球——人们用来娱悦魔鬼的一切游戏器具。以上便是可恶的图画、美女肖像等。最高一层就是异教神灵、英雄和哲学家的各种颜色的蜡像和木像了。但高耸在这一切上面的，还有一尊巨像，里面装满火药和硫黄，这是特制的魔鬼像，一切"虚荣品"的创造者，画得十分难看，一身的毛，山羊腿，同古代潘神一个样。

黄昏到了。空气是清凉的、明朗的和纯净的。天上出现了几颗星星。广场上群众扰扰攘攘，不敢高声说话，诚惶诚恐，像在教堂里面一

---

[1] 安那克列翁 Anakreon，纪元前五六三——前四七八，希腊抒情诗人。
[2] 普尔齐 Luígi Pulci，一四三一——一四八七。

样。萨逢拿罗拉一派的人，所谓"哭党"，唱着他们的歌曲。曲调、韵脚和格律，都套着旧时谢肉节歌曲，唯有词句是新作的。卓梵尼听着，忧郁的词句和愉快的曲调中间的不调和，他听来觉得十分滑稽的：

> 三两希望六两爱，
> 二两忏悔三两信，
> 一齐投入祈祷火，
> 用心搅拌求匀称，
> 火中锻炼足三时，
> 再加忧惧和安命，
> 不限斤两不论数，
> 但求神慧从此生。

在"比萨檐"下站着一个人，戴一副铁眼镜，束一条皮围裙，还有一根细皮带围着那光滑而油腻的稀薄头发。他高举着那双粗糙的沉重的手，正在向一群工匠说教，这些工匠大约也是属于"哭党"的，同他自己一样。

"我，罗伯图，不是贵官，也不是富人，我只是佛罗伦萨的一个裁缝匠，"他说，一面拿拳头捶着胸膛，"我告诉你们，众位兄弟：耶稣，佛罗伦萨国王，在好多次启示中详详细细传给我一个上帝所喜悦的新政体和新法制了。众位兄弟，你们想要没有贫富贵贱分别人人都平等的一个国家吗？"

"要的，我们要的！说呀，罗伯图，怎样才办得到呢？"

"只要你们有信仰，就容易办了。一件事，两件事——就成功了！第一，"他用右手食指压下左手的大拇指，"实行一种所得税，叫作累进制的什一税。第二，"他又压下一个指头，"召集一个普选的议会，由上帝当主席……"

他停顿了一会，取下眼镜来，仔细揩干净了，再戴上去，不慌不忙地咳嗽几声，并开始扮起一个执拗的然而谦逊的自满面孔，用一种单调的声音，解说什么是累进的什一税和什么是上帝主席的普选议会。

卓梵尼听了很长久，以后他觉得索然无味，便走到广场的另一面去了。

那里，在微茫暮色之下，修士们像阴影一般，穿来穿去，忙着最后的准备工作。多米尼哥·本维奇诺修士是这事情的总监督。卓梵尼看见一个人撑着拐杖走到这位修士跟前去，年纪并不大，似乎害风湿病的，眼皮僵硬，手和脚都在颤抖，一阵痉挛通过他的脸上，好像中了枪弹的鸟儿翅膀颤动一样。他拿一大卷东西交给修士。

"什么？"多米尼哥问，"又是图画吗？"

"是解剖学。我完全忘记了。但昨夜，我梦中听到一个声音。'桑德罗，你的工场顶楼上柜子里面还有虚荣品呀！'我起床来，上到那儿去，找到了这些裸体图画。"

修士接了那个卷子，带一种快意的几乎诙谐的微笑，说：

"我们今晚要点一把美妙的火，菲里配辟先生。"

那人看看这"虚荣品"堆成的尖塔。

"主啊，主啊，赦免我们的罪过啊！"他叹息说，"若是没有季罗拉谟修士，我们一定要没有忏悔，没有洗净罪过，而死去的。谁知道呢，我们现在能不能找到救恩，能不能折赎我们的罪过？"

他画了一个十字，捏起念珠，祈祷起来。

"这人叫什么名字？"卓梵尼问他身边一个修士。

"叫作桑德罗·菩提色利，硝皮匠马良诺·菲里配辟的儿子。"那个修士回答他。

天完全暗了时，群众中发生一阵交头接耳的声音："他们来了，来了！"

黑暗中，那些小检察员来了，都穿着长长的白衣服，不作一声，没有唱歌，也没有持火炬。他们抬着一尊小耶稣像：一手指着他的荆棘冠，另一手则给民众祝福。小孩子之后来了修士，大小教堂的教士，执政，八十人议院议员，神学博士和学士，保卫团骑兵，吹喇叭的和撑旗子的。

广场上寂静得很，仿佛在等待执行死刑。萨逢拿罗拉踏上旧宫前面的石台阶，高高举起他的耶稣钉十字架像，用庄严的洪亮的声音叫喊：

"奉圣父、圣子和圣神之名——点火吧！"

四个修士，各人手持燃点着的松香火炬，走到尖塔去，四面点起火来。

火焰噼啪地响着，烟升上去，起初是灰色的，后来是黑色的。喇叭震耳吹着。修士们高声合唱赞美诗。小孩子清脆的声音也和唱着，"是照亮外邦人的光，又是你民以色列的荣耀"。

旧宫塔上钟响了，佛罗伦萨一切教堂的钟都应和着它的有力的黄铜响声。

火焰愈烧愈明亮了。旧羊皮书柔软的页子皱缩起来，仿佛是活的，在那里动着，以后就化为灰烬了。从安置谢肉节面具那一层，忽然有个假须，好像在燃烧着的线团，跳到空中去。群众快活得叫喊起来。

有些人祈祷，有些人啼哭，有些人笑着、跳着、挥舞着手臂和帽子，另有些人则在说预言。

"你们唱呀，唱一首新歌给主听呀！"一个跛脚鞋匠叫喊，睁着两颗半迷乱的眼睛，"一切都要倒塌的，众位兄弟，一切都要在涤罪之火里烧得干干净净的，就像这些虚荣品和玩弄物一样，一切，一切，一切，教会、法律、政府、官衙、艺术和科学。没有这块石头留在那块石头上不被拆毁的。以后将有一个新天和一个新地！上帝将拭干我们眼里的一切眼泪，那时将没有死、没有哭、没有烦恼、没有病痛！是的，来呀，主耶稣！"

一个大肚皮青年妇人，大约是穷苦工匠的老婆，带着衰惫的和痛苦的面容，跪了下去，向着柴堆火焰伸出双手，好像她在火焰当中看见了基督。她痉挛地叫喊，高声呜咽，如同一个疯子：

"是的，来呀，主耶稣！阿门！阿门！来呀！"

卓梵尼看见了一幅给火光照耀着，但尚未烧到的图画——雷翁那图的一件作品。

在一个山湖水边，晚照之下，站着一丝不挂的雪白的列达[1]。一只大天鹅，用一边翅膀抱着她的腰，同时伸出它那细长的颈项，好像要用胜利的爱的叫声震撼那寥廓的天空和土地一般。列达脚下，水藻，禽兽，昆虫，萌生的根芽，幼虫和蛹中间，闷热的潮湿里面，那两个新生的孪生子，半神半兽的卡斯托和普鲁斯，在匍匐爬行着，他们是刚从一个巨蛋的破壳里爬出来的。列达的肉体连最隐秘的皱纹都显露出来了，她以母爱的眼光望着她这两个小孩，却带一种贞洁而又淫荡的微笑，拥抱着天鹅的颈项。

卓梵尼看见火焰愈烧愈近这幅图画，他的心吓得要失去知觉了。

此时，那些修士在广场中央竖起了一个高大的黑十字架。他们手牵着手，牵成了三个圈子，象征三位一体。为的表示信徒们因焚烧虚荣品而感受的灵魂快乐，他们于是跳起圆舞来，起初慢慢地，后来愈跳愈快了，最后简直像一阵旋风在十字架周围旋绕着。他们唱道：

大家呼喊，像我一样呼喊，
永远地疯狂，疯狂，疯狂！
在主面前谦卑，
跳舞吧，不用愧耻！

[1] 列达 Leda——按希腊神话列达是斯巴达国王丁达尔之后。宙斯幻化一只天鹅与之私通，生下了卡斯托和普鲁斯两个孪生兄弟。

列达像之一

像大卫王一般跳舞，
高高卷起了道服——
当心哪，在跳舞时候，
不要有人落在后头！
我们为了爱而陶醉，
爱主，那钉十字架的，
他流血为了我们，
我们喧闹而欢欣。
我们疯狂，疯狂，疯狂，
在基督之中疯狂……

旁观的人看着都头昏了，他们手和脚也动起来。老头子、小孩子和女人，忽然从站的地方跳出来，回旋地舞着。一个肥胖修士，没有头发，满脸疱疮，失足滑倒地下，碰破了头，血流了出来。人们费了好多力气，才把他拉走，没有给人践踏死了。

深红的摇晃的火光照着鬼脸一般的面孔。那个大十字架屹然不动，立在旋转的人群中央，投射一片巨大的阴影。

我们挥动十字架，
跳呀，跳呀，跳呀！
像大卫王一般跳舞。
兜个圆圆的圈子，
我们的圈子愈兜愈圆，
谢肉节就在眼前。
尘世的智慧，你滚吧，
还有人类的骄夸！
我们要像婴孩一样真诚，

列达像之二

始终做个上帝的愚人。
我们愚蠢，愚蠢，愚蠢，
在基督之中愚蠢！

火焰烧到列达那里了，红红的火舌舐着那个一丝不挂的雪白的肉体，这肉体现在现出了玫瑰颜色，好像是活的，更加神秘，更加美丽了。

卓梵尼望着她，四肢颤抖了，面上吓得没有一点血色。

列达最后还对他微笑一次，然后一阵亮，像一朵白云混合在红霞里一样，消失在火光之中，永远地消失了。

尖塔顶端那个大魔鬼像，着了火。他的装满火药的肚皮爆炸了，轰隆一声，听的人耳朵都要震聋。一根火柱冲上天去。那个怪物在他的火宝座上，慢慢摇晃着，低下头来，倒塌了，化成灰烬了。

又是震耳的喇叭声和铜鼓声。所有的钟都敲响了。群众爆发一种可怕的胜利的叫喊，好像魔鬼自身连同全世界上一切虚伪、痛苦和罪恶，都在这柴堆圣火上灭亡了一样。

卓梵尼双手抱着头要想逃跑。于是有一只手落在他的肩膀上。他回头一看，他看见了师傅的安静的面容。

雷翁那图握着他的手，从人群中引他出来。

他们两人离开了那充满了恶臭烟云和给将灭的柴堆火焰所照亮的广场，穿过一条暗黑的小街，走到亚诺河边去。

这里寂静无人，唯有滔滔河水的声音。一钩新月照着小丘的安静的尖顶，那里凝了霜，映出了银色的微光，星星放射着严肃而又温柔的光芒。

"你为什么离开我呢，卓梵尼？"雷翁那图问。

徒弟抬起头来，要说什么话。但他说不出话来，他的嘴唇颤抖得很厉害。他哭了起来。

"请饶恕我，师傅……"

"对我方面，你是没有什么可以引咎的。"艺术家回答。

"我自己不知道，我做的什么事。"贝尔特拉非奥继续说，"我怎么能够呢，上帝啊，我怎么能够离开您呢！……"

他要说起他的狂疯，他的苦恼，他的可怕的彷徨，关于上帝的杯子和魔鬼的杯子，关于基督和敌基督者。可是，他又感觉到，同当初在司伏萨雕像前面时一样：雷翁那图不会了解他的。因此他只用着一种没有希望的恳求神气，看进师傅的眼睛里去。那般明亮、安静而又难测的眼睛，同天上的星星一个样。

师傅不问什么话了，好像他猜透了一切。带一种无限同情的微笑，他放一只手在卓梵尼头上，说道：

"上帝保佑你，我的可怜的弟弟！你知道我总是爱你像自己的儿子。你若还愿意做我的徒弟，那我是喜欢你再进我的工场来的。"

他仿佛自言自语地再说几句，几乎听不见的，说得特别简短，同谜语一样，他习惯用这个方式来掩盖他的最隐秘的思想。他说：

"感情愈浓厚，就愈加痛苦。这是一种伟大的殉道精神！"

钟声、修士们的歌唱、疯狂的群众的叫喊，远远地传来，但再不能打破包围这师徒两人的深深的沉默了。

第八章

黄金时代

　　一四九六年岁末，米兰国公爵夫人贝特丽采写了一封信给她的姊姊伊萨伯拉，曼土亚君主弗郎西斯果·贡察加[1]伯爵的夫人：

高贵的太太，亲爱的姊姊：

　　我和我的丈夫罗督维科爵爷，敬祝您和高贵的弗郎西斯果爵爷，健康和欢乐！

　　遵照您的愿望，我现在寄给您我的儿子马西米良诺的一张肖像。不过您不要以为他真是这样小！我们本来要依照他的真实身量画出来寄给您，但我们害怕，因为保姆说：这样会妨害他的发育的，他发育得很快，我隔了几天再看他时，我总觉得他大得多了，因此我非常满意，非常高兴。

　　我们很忧愁：我们的呆侏儒那尼谟死了。您是认识他，而且爱

――――――――――

[1] 弗郎西斯果·贡察加 Francesco Gonzaga，一四六六――一五一九。

他的。您一定能明白，平时我损失了什么东西，总希望别的来补偿。可是补偿我们的那尼谟的，连自然界本身也创造不出来哩。自然界当初用尽一切力量才将最稀罕的愚蠢和最媚人的丑陋合为一身，创造出他，以娱悦君主。我们的诗人伯令聪尼作了一首诗追悼他说："他的灵魂若在天上，整个天堂都要因他而哗笑；他的灵魂若在地府，那只三头狗色伯鲁[1]也要闭口不吠，快活起来了。"我们把他埋葬在玛丽亚修道院内我们的祖墓旁边，同我的心爱的猎鹰和永不能忘记的母狗普提那葬在一起，为的我们死后还不至于缺少这类娱悦人的物品。我足足哭了两夜。为了安慰我，罗督维科爵爷答应我，圣诞节要送我一张华美的银制便椅，以为帮助胃肠消化之用，上面刻有马人和拉皮特人[2]战争的图画。这便椅内部是纯金做的，上面天盖是深红色丝绒做的，还绣着公爵的家徽。一切都同洛特林根[3]大公夫人那只便椅一般。这样的便椅，不仅全意大利的女主都没有，而且教皇、皇帝和土耳其苏丹也未曾有过。它是比有名的巴萨达便椅还更好看些的。当初马提亚曾用他的短诗描写那个便椅。现在梅鲁拉也替我的便椅写了一首六律诗，开头这样说："Quis cameram hanc supero dignam neget esse tonante Principe! ——谁能否认这把椅子堪为天上最高的响雷之神之御座！"

罗督维科爵爷希望那位佛罗伦萨艺术家雷翁那图·达·芬奇能在这便椅里面装个乐器，一种小风琴。但雷翁那图拒绝了，他借口"巨像"和"最后的晚餐"两件工作太忙，无暇做这件事。您请求我，亲爱的姊姊，派这个画师到您那儿住一个时候。我是很喜欢答

[1] 色伯鲁 Zerberus——希腊神话，看守地狱的猛狗。
[2] 马人和拉皮特人 Zentauren und Lapithen——拉皮特国王结婚时邀请各地英雄赴宴，云块所生的马人们也在邀请之列。这些半人半兽怪物醉了酒，抢去了新娘，惹出一场大战，结果大败而逃。
[3] 洛特林根 Lothringen——即现属法国之洛兰。

应您的，不仅暂时，而且永远送他去您那儿。但罗督维科爵爷过分地看重他——我不知道为什么缘故——无论如何不肯放他。请您不要太过于惋惜这事了，因为这个雷翁那图太忙于炼金术、魔术、机械学及诸如此类的疯癫勾当，没有多少工夫去画图画，人家委托他的事情，他做得那么迟缓，连一个天使也要忍耐不住的。此外，我听人说，他还是一个邪教徒，一个无神论者哩！

不久之前我们去猎狼。人家不许我骑马，因为我怀了五个月身孕。我看他们打猎，站在一辆为我特制的车子的高踏板上，好像教堂的讲台。然而这不是什么娱乐事情，这简直是受罪！狼逃进林子里去时，我几乎哭出来了。哦，若是我自己坐在马上的话，我决不让它逃脱的。我宁愿跌断颈骨，但那狼，我总要捉到的。

您还记得吗，姊姊，我们从前一道骑马去打猎的情景？那时彭德细拉小姐掉下壕沟去，几乎碰破了天灵盖。还有在顾士那果猎野猪的事情呢？还有踢皮球呢？还有钓鱼呢？……那是何等美妙的时代！

现在我们尽可能地行乐，我们玩纸牌，我们溜冰。这个消遣法是一位青年贵族从弗兰德[1]传到我们这里来的。今年冬天严寒得很，不仅池塘，连一切河流都结冰了。雷翁那图在官内花园溜冰场上用雪做了列达像和一只天鹅，又白又硬，同大理石一般，可惜到春天就要融化了。

那么您怎么样过日子呢，我的亲爱的姊姊？您培养成功了那些长毛的猫吗？您若是得到一只蓝眼睛的红小猫，就请您送给我，还有您答应过我的那个小黑奴。我的那只绸样的母狗生下的小狗，我也要送给您还礼的。

请您莫要忘记，太太，莫要忘记把那件蓝缎子短衣的式样寄给

---

[1] 弗兰德 Flandern——现分属于荷兰和比利时。

我，那件有貂皮斜领的。上次信中，我就请求过了。请您立刻就寄给我，最好明天早晨就派人乘快马带给我。

请您也给我一杯那种医治小疮的灵验的药水，还给我一些外洋来的檀香木，做磨光指甲之用的。

维琪尔的纪念像怎么样了，曼土亚湖唱美歌的天鹅的纪念像怎么样了？您的青铜若不够用，我们可以送您两尊旧大炮，都是用极好的铜铸的。

我们的星士预言将有战争，而且夏天很热。——据说，狗子将要发疯，君主们将要生气。您的星士怎么说？别国星士的话总比自己的更可信些。

我现在送给您一种医治"法兰西病"的药方，以为您的尊贵的丈夫弗郎西斯果爵爷之用，这是我们的医官路易基·马良尼配成的，据说很有效验。清早起来空心时候必须用水银摩擦，而且必须在每个月新月之后逢单的日子。我听人说，这个病症乃是某几个行星的不祥的会合所引起的，尤其是水星和金星的会合。

我和罗督维科爵爷，敬求您，亲爱的姊姊，以及您的荣名的丈夫弗郎西斯果伯爵的眷顾。

贝特丽采·司伏萨上

这封表面看来完全是普通问候的信，却含有虚伪和政治作用。公爵夫人对姊姊隐瞒起她的家庭纠纷，这一对夫妇间并不是和和气气过活的，像这封信所说的样子。她恨雷翁那图，也不是因为他的"邪术"和"无神"，而是因为他曾经受了公爵委托，替采西丽亚·伯尔迦弥尼画像，采西丽亚是她的最可恶的情敌，是穆罗的有名的爱人。最近她还疑心她的丈夫有另一种恋爱关系，即是同她的女官吕克列沙小姐的关系。

米兰国公爵那时达到他的权力的最高峰。弗郎西斯果·司伏萨，这个大胆的佣兵头领，一半是军人，一半是强盗，他的儿子现在梦想要做统一的意大利的最高君主了。

"教皇是我的忏悔师，皇帝是我的总司令，威尼斯城是我的账房，法兰西国王是我的走卒。"穆罗夸口说。

"Ludovicus maria Sfortia, Anglus Dux mediolani. ——罗督维科·马利亚·司伏萨，安格卢米兰公爵。"他这样签字，因为他自认为是安内亚[1]的伙伴，特洛伊英雄安格卢的后裔。雷翁那图所塑的"巨像"，纪念他的父亲的，底下写着"Ecce Deus! ——看哪这个神!"也是要表明司伏萨家神性的地位的。

但无论外表上如何得意，公爵暗中却在忧虑和惊惧。他知道民众不爱他，而且把他看作篡位者。有一天聚集在亚伦古广场上的民众，远远看见仗·嘉黎亚左的未亡人携着她的长子弗郎西斯果经过时，便高声呼喊："正经的公爵弗郎西斯果万岁!"弗郎西斯果只有八岁，但已经表现出聪明和美丽。民众把他看作一个神，希望他做统治的君主，像威尼斯公使马里诺·萨努托某次所报告的。

贝特丽采和穆罗两人明白：他们寄托于仗·嘉黎亚左之死的希望并没有实现。这人虽死，他们仍然不能成为米兰国的正经君主的。死去的公爵的影子从墓内出来化身为这个小孩。

全米兰都在传说一些神秘的预兆。人们说，夜里宫殿塔上有光，仿佛火灾的反映，宫殿厅房里头也听到可怕的呻吟。人们也说，仗·嘉黎亚左入殓时左边眼睛不愿闭合，这是表示不久有个近亲要死去的。亚尔波圣母像的眼皮会颤动。蒂奇诺门一个老太婆养的母牛产下一只两颗头的牛犊。有一天，公爵夫人在罗克阕宫一间僻静的厅房内，看见一个异象，吓得昏了过去，醒来后不肯告诉人一句话，连她的丈夫也不知道她

---

[1] 安内亚 Aeneas——据传说，特洛伊城被希腊联军攻破后，这个英雄带了一些人逃出来，漫游了好多地方，最后定居于意大利。维琪尔的有名史诗《安内亚》就是叙述他的漫游故事的。

究竟看到了什么。

近来，她差不多完全失却了那种恶作剧的轻狂的情态了。公爵是极喜欢她这种情态的。她感觉到这次分娩已经有种种不祥的预兆。

十二月某天晚上，雪花铺满了城内街道。黄昏愈加寂静无声的时候，穆罗坐在那送给他的新爱人吕克列沙·克里威利的小宫殿内。

炉中的火光，映射在那装有描绘古罗马建筑物嵌工的涂漆的门扇上，在饰金的有格子形的天花板上，在挂有镶金的摩洛哥皮毡的墙壁上，在乌木做的椅凳和铺着暗绿色丝绒的圆桌上。桌上现放着几卷乐谱，一本波雅图[1]的小说和一只螺钿做的曼陀林。此外还有一个琢磨过的瓶子装着 Balnea Aponitana 一种药酒，在当时高贵的小姐太太中间是很流行的。墙上挂有一幅吕克列沙的肖像，是雷翁那图手绘的。

火炉上面悬着一个出于卡拉多梭之手的黏土浮雕：空中飞着的鸟儿在啄葡萄；裸体生翅的小孩子，既像基督教天使，又像异教爱神，在跳舞，在玩着那些迫害耶稣的神圣刑具：钉、枪、苇子、海绒和荆棘。在炉火的淡红色反照之下，它们都好像是活的。

寒风在烟囱里怒吼着。在这雅致的书房内，一切都现出舒适和幽静。

吕克列沙小姐坐在穆罗脚下一个丝绒垫子之上。她的面貌很忧愁。穆罗温柔地责怪她，说她好久不到贝特丽采娘娘那里请安去了。

"殿下，"小姑娘低着头说，"我请您不要勉强我去。我是不晓得说谎的……"

"你说什么话！这叫作说谎吗？"穆罗有点惊讶地回答，"我们不过隐瞒了某件事情。雷神宙斯不也是对他的夫人瞒起了他的恋爱秘密吗？

---

[1] 波雅图 Matteo Boiardo，一四三四——一四九四，意大利诗人，著有《钟情的罗兰》。

还有提秀士[1]呢？费德拉[2]呢？美狄亚[3]呢？古代一切的英雄，一切的神灵呢？难道我们柔弱的凡人能够抵抗爱神的威力吗？难道秘密的罪过不比公然的罪过好些吗？我们隐瞒了我们的罪过，就为的不害别人去受诱惑，这本是基督教怜悯心所要求的。凡没有诱惑而有怜悯的，就不是什么恶事，或者差不多不是什么恶事……"

他含着一种狡狯的微笑。吕克列沙摇摇头，她从底下抬起头来望他，用着严肃的、小孩子般诚实的、无邪的眼睛，直看着他的面孔。

"您知道，殿下，您爱我，我是何等的幸福。但是有好多次，我宁愿死了，而不肯去欺骗贝特丽采娘娘，她爱我如像爱一个妹妹……"

"算了吧，算了吧，我的小姑娘！"公爵说，并拉她到怀抱中来，一手抱着她的腰，另一手则抚摸她的黑黝黝的头发，这头发梳得很光滑，垂在耳朵上面，给一个细金环束着，额头上金环的中央有个钻石在发光。她垂下长而丛密的睫毛，没有兴奋和激动，冰冷地贞洁地任他抚摸……

"哦，你知道，我何等爱你，你，我的恬静的，我的驯良的人儿。我只爱你一个人！"他轻轻地说，贪婪地吸着他所熟悉的麝香和紫罗兰的气味。

房门忽然开了，公爵还来不及让小姑娘离开他的怀抱，就有一个慌慌张张的侍女冲进房内来。

"小姐，小姐！"她张口结舌喘不过气说，"底下，屋门前面……主上帝啊，宽恕我们有罪的人啊！……"

"说明白一点！"公爵严厉地说，"是谁在门外？"

"贝特丽采娘娘！"

---

[1] 提秀士 Theseus——雅典英雄，抛弃了救他性命的爱人。
[2] 费德拉 Phädra——提秀士之妻，为救提秀士，叛了她的父亲。
[3] 美狄亚 Medea——帮助她的爱人约逊偷金羊毛，不惜背叛她的父亲，杀死她的兄弟。

穆罗面孔吓青了。

"给我钥匙！给我另一个门的钥匙！我从院子那边后门走出去。钥匙在哪里呢？快点，快点！"

"娘娘手下的骑士也在后门守着哩，"侍女喊，失望地合起了双手，"全屋子都给包围住了。"

"不好了，中计了！"公爵说，双手捧着头，"她怎么知道的呢？什么人泄露了消息呢？"

"不是别人，一定是细东尼亚太太！"侍女插话说，"那个可恶的巫婆，常常带着她的香水和油膏混进这里来，不是没有意思的。我早对您说过了，小姐，我要您当心！……"

"我们怎么办好呢？我的天，我们怎么办好呢？"公爵面无人色吃吃地说。

从街上传来一阵捶打屋门的声音。侍女又奔往楼梯去了。

"把我藏起来吧，吕克列沙！把我藏起来吧！"

"殿下，"吕克列沙反对，"贝特丽采娘娘既然起了疑心，她一定全屋子都要搜查的。我们公然去迎接她不更好些吗？"

"不，不，上帝保佑你，你说什么话，吕克列沙！去迎接她吗？你没有想到她是什么样的女人！主啊，一想到将要发生什么事情，我就害怕死了。……她怀有身孕哩！把我藏起来吧，把我藏起来吧！"

"我的确不知道，哪里……"

"不管什么地方。你要哪里就哪里，可是，快一点！"

公爵全身都颤抖起来了。这时，宁可说他像当场被人捉获的贼子，而不像什么安格卢的后裔，传说中特洛伊英雄，安内亚伙伴的后裔。

吕克列沙引他经过她的寝室到藏衣室去，把他藏在一个旧时样式装金的白室大壁橱中，高贵的妇女常用这种壁橱储藏她们的衣服。

穆罗爬进一个角隅去，躲在衣服背后。

"何等愚蠢!"他想,"我的天,何等愚蠢!好像弗郎哥·沙克畜[1]写的或薄伽丘写的滑稽小说。"

可是此时他并不觉得好笑。他从怀里取出圣克利斯朵夫[2]遗骸做的一件法物,又取出与此相像的另一件法物,那是当时流行的,用一小块埃及木乃伊做的。这两件法物本来差不多,他在黑暗中匆匆忙忙分别不清楚,因此为安全起见,这两件法物他都吻了一下,一面在身上画十字,并喃喃念诵一种祈祷文。

忽然他听到他的夫人和他的爱人说话的声音,她们踏进这藏衣室来。他吓得全身冰冷了。她们说话十分和气,好像全无这一回事。公爵夫人显然是要吕克列沙带领她参观这个新屋。贝特丽采一定是未曾拿到确凿的证据,不愿意露出她的猜疑心。

这是女人间的争锋斗智。

"这里也有衣服吗?"贝特丽采用着漠然的声音问,就走到那个衣橱跟前,穆罗正站在里面,与其说是活的,宁可说是死的。

"只有一些破旧的家常衣服。娘娘想看一看吗?"吕克列沙回答。

她于是打开了橱门。

"听我说,小心肝,"公爵夫人继续说,"那件衣服藏在哪里呢?您知道的,那件很中我的意的衣服?就是夏天在巴拉维奇诺家开跳舞会时您穿的那件。暗蓝色的樱桃上面——您记得吗?有好多金毛虫,夜里闪着亮,同萤火虫一样。"

"我记不清楚了。"吕克列沙安静地回答,"哦,对啦,在这里,"她赶快添加两句话说,"一定在那边橱里的。"

穆罗躲藏的橱门也没有关,她就陪着公爵夫人到另一个衣橱去了。

"而她还说她不会说谎哩!"公爵想,心里很快活,"何等有急智!

---

[1] 弗郎哥·沙克畜 Franco Sacchetti,一三三五——一四〇〇,意大利小说家。

[2] 圣克利斯朵夫 St Christophorus——十三世纪时人。

是的，是的，娘儿们！我们当公侯的人干政治的事情，都应当向她们请教的！"

贝特丽采和吕克列沙离开了藏衣室。

穆罗呼吸比较自由了，但他还是把那两件法物紧紧握在手里：一件是圣者骸骨，一件是木乃伊。

"我情愿捐两百个杜卡到圣玛丽亚修道院，买灯油和蜡烛，以为侍奉救苦救难的圣母之用，若是这回能平安无事的话！"他用热烈的信心，低声祈祷说。

侍女跑来了，把橱门完全打开。她带着一种恭敬而滑稽的面孔请公爵走出来，并报告他危险已经过去了。公爵夫人和颜悦色地向吕克列沙告辞，就走了。

他诚敬地画了十字，回到书房去，喝一杯 Balnea Aponitana 压压惊，看看吕克列沙，她又在火炉旁边坐着，垂下头，双手捧着面孔。他微笑着，然后同狐狸一般轻手轻脚走到她背后去，弯下腰来，拥抱着她。

她吓了一跳。

"放了我吧！放了我吧！您走开吧！刚才发生了这样事情，您还能够……"

但公爵不听她的话，只一声不响地吻遍了她的面庞、她的颈项和她的头发。他从来未曾见她如此漂亮过，好像刚才在她身上发现的女人说谎本事，更增加了她的迷人的魔力。

她撑拒着，但她的挣扎愈来愈加衰弱了。最后，她闭起了眼睛，含着无可奈何的微笑让他亲吻嘴唇……

十二月的寒风，在火炉烟囱里怒吼着。在火焰的淡红色反光当中，有一群欢笑的裸体小孩子，在巴库斯的葡萄藤下跳舞，并玩弄着迫害耶稣的神圣的刑具。

一四九七年元旦，米兰宫廷开了一个跳舞会。这跳舞会筹备了两个月之久，布拉曼特、卡拉多梭和雷翁那图·达·芬奇都参加了筹备工作。

下午五点钟左右，客人就开始涌进宫殿去了。这天一共邀请了两千人。

大风雪飘满了一切街巷和道路。积雪的宫墙雉堞、枪眼以及安置炮口的突出的石台，高高耸向昏暗的天空。在院子里，马夫、走卒、跟班、轿夫以及其他仆役，围着一堆柴火取暖，在那里喧哗笑闹。大宫进口以及通到罗克阔内院去的铁吊桥旁边，拥挤着镀金的笨重车子、旅行马车、六马车等。那些太太和老爷，裹着贵重的莫斯科皮袍，就从车里走出来。结了冰的窗子射出了辉煌的灯光。公爵亲兵、土耳其卫兵、希腊护兵、苏格兰弓兵和身披铁甲手执重斧的瑞士佣兵，在候见室中排作两行，客人们沿着这条长长的人巷走去。前面站着一排侍童，同小姑娘一般清秀，一律穿着饰有天鹅毛的两色制服，右边是玫瑰色丝绒缝的，左边是蓝色缎子缝的，胸前用银线绣了司伏萨和维士孔窦的家徽。制服缝得这样窄小，以至于各人身体上的曲线都呈露出来，唯有前面胸带底下有些短的狭的圆管形的褶襞。他们手里擎着燃点着的蜡烛，同教堂烛一般长，是用红蜡和白蜡做的。

客人走进候见室时，一个传令官，身边带着两个喇叭手，就要高声报告客人的名姓。

一列灯火辉煌的大厅在客人面前开启了。这是"红地白鸽子厅"，绘有公爵行猎图的"金厅"，从上至下挂满缎子的"朱红厅"。缎子之上用金绣着正在吐焰的火灾和救火的水桶，用来象征米兰国公爵的无限的权力，能够随意煽起战争的火焰，随意拿和平之水熄灭之。在布拉曼特所建筑的小巧的"黑厅"中——这厅是给小姐太太们梳妆用的——人们看见穹隆天花板和墙壁上，有雷翁那图的未完成的画图。

盛装的人群，喧哗嘈杂像一窝蜂。衣服都是鲜艳的彩色，无限制地奢侈，甚至奢侈到令人嫌恶的程度。不尊重祖宗传下的一切礼仪，时常愚蠢而可厌地夹杂些外邦的种种样式，这样的服装，当时一个讽刺家已经看出是外力侵略意大利使之降为奴隶的预兆了。

女人穿的衣裳绣了好多金线，饰了好多宝石，上面有笔直的沉重的硬挺的褶襞，差不多像教堂衣服，而且非常牢固的，曾祖母可以一直遗传给曾孙媳妇。领口开得很深，以至于肩膀和胸部都露出来。金网子以下的头发，按照伦巴底风俗，无论已婚太太和未婚小姐，都须编成一条硬挺的辫子，加上假头发和带子，这辫子一直垂到地板上去。当时时兴把眉毛画得淡淡的，眉毛太多的女人就用特制的钢铁钳子将过多的眉毛拔去。不擦粉涂朱的，被人认为不懂礼节。人们使用很强烈的香料，麝香、龙涎香、灵猫香，以及居比路出产的一种使人麻醉的带刺激性的香粉。

人群中有些处女和少妇具有伦巴底人所特有的一种美丽，带着空气一般透明的烟一般轻飘的阴影在那白皙的无光泽的皮肤之上，在那温柔娇嫩的面庞曲线之上。雷翁那图是很喜欢画这种美女的。

馥兰特·波罗摩太太，一个黑眼睛黑头发的女人，早已驰名的美女，被人尊为跳舞皇后。她的深红色丝绒衣服上，用金线绣着一个扑火焚身的飞蛾——是对恋爱她的人的一种警告！

可是吸引识美的人的注意力的，却不是馥兰特太太，而是狄安娜·巴拉维奇诺小姐。她的眼睛凉冷而透明同冰一样，她的灰色头发，她的漠然的微笑，她的差不多像大提琴一样的缓缓的声音。她穿一件简单的衣服，是柔软的白绫绸缝的，还有长绸带，暗绿色的像海藻一样。在这辉煌和喧闹的人群当中，她似乎是陌生的、孤寂的和忧愁的，宛如一朵白睡莲，月光照耀之下，在渐变泥潭的水池当中睡着。

喇叭和铜鼓响起来了，客人走进罗克阆堡的大"球厅"去。散布金星的蓝色天花板之下，挂着十字形的烛架，上面点着蜡烛，好像火红的葡萄。从那作为奏乐地方用的高台，挂下了绸布，还有桂叶、常春藤以及杜松编织的索子。

到了星士规定的某点某分某秒钟的时候——因为据一位公使报告，公爵若是没有预先占星过，就不愿走一步路，换一件汗衫，或吻一下他的夫人的——穆罗和贝特丽采就走进大厅来。两人都穿着鼬鼠皮的绣金袍子，拖着长长的衣裾，由男爵、附庸、侍从、廷臣等牵着这些衣裾。公爵胸前纽扣上有一粒红宝石，非常之大，发射灿烂的光芒，是他从仗·嘉黎亚左那里夺来的。

贝特丽采形容消瘦，十分难看。这个姑娘样的差不多小孩子样的怀孕身体，带着平坦的胸部和粗野的男孩子的动作，使人觉得非常奇特。

穆罗做了一个手势。内廷总管举起棍子，音乐台上便奏起乐来了，客人们都在这罗列珍错的桌案前找寻各自的位子。

发生了一种纷扰。莫斯科大公派来的公使，但尼罗·马弥洛夫不愿意坐在威尼斯共和国公使的位子之下。大家劝告马弥洛夫，但是这位固执的老头子全不听话，总是坚持他的理由："我不坐的，这简直是侮辱我。"

好奇的和讥诮的眼光，从各方面向他投射来。

"什么事？又是莫斯科人闹别扭吗？一种野蛮民族！争论座位，什么礼节都不懂，不该邀请他。野蛮人！说话哩——你们听到吗？——完全同土耳其人一样！是畜生吗！"

那个敏捷轻快的曼土亚人波加林诺，替俄国人当翻译的，赶紧走到马弥洛夫跟前：

"但尼罗大人！但尼罗大人！"他用断断续续的俄国话说，一面带着谦恭的姿势，鞠躬行礼，"不行的，确实不行！您要坐下去。此地的礼节本是这样。同人家争座位是无礼的事情。公爵要发脾气的！"

那位青年随员尼启大·卡拉恰洛夫走到老公使跟前来，他也是外交部的官员。

"但尼罗·顾士弥奇，小爸爸，请你不要生气！在别人的修道院不能实行自家的戒律。这里都是外国人，他们不晓得我们的礼节，很容易发生麻烦的事情！若是他们赶我们出去呢，我们就要丢脸的……"

"住嘴，尼启大，住嘴！你年纪轻轻的，要教训我老头子吗？我知道我做的什么事情。这座位排得不对的！我绝不愿坐在威尼斯公使下面。这是对于我们的使节一种重大的侮辱。自古道：公使的面子就是主君的面子，公使的说话就是主君的说话。我们的主君正是统治一切俄罗斯人的自主的正教君主……"

"但尼罗大人！但尼罗大人！"那个翻译波加林诺还在着急劝告他。

"莫管我！你放什么屁，你这异教徒猴儿崽子？我说过，我不坐的，所以我不坐的。"

马弥洛夫的两颗熊样的小眼睛，在紧蹙的眉毛底下，露出了愤怒、骄傲和不可屈挠的强项。他的镶有绿玉的手杖头，紧握在他的拳头之内颤动不已。世界上显然没有一种力量可以使他让步的。

穆罗喊威尼斯公使到跟前来。他向公使道歉，用着迷人的和悦态度，这本是他的拿手好戏；他对公使表示他的一番特殊的好意，请求给他个人便利，调换一个位置，为的避免争吵和解释。他又向公使保证：没有人看重这些野蛮人的无聊的好胜心的。但事实上，穆罗极为重视"俄罗斯大公"的好感，因为他希望经过大公的斡旋，能够同土耳其苏丹签订一种有利的条约。

威尼斯公使只向马弥洛夫抛了一眼，含着一种鄙视的微笑。他轻蔑地耸耸肩膀，说：殿下这话不错，一个受过"人文主义"光明启发的人是不值得同人家争持筵席座位的。他于是坐下了那重新给他指定的位子。

但尼罗·顾士弥奇没有听懂他的对手的话。但即使他听懂了，他也不会惭愧，也仍旧坚持他的权利的。他记得，十年前，即一四八七年时，教皇以诺尊爵第八某次隆重宴会中，莫斯科公使狄弥特里和马努伊·拉列夫占得教皇御座底下最荣耀的位置，即仅次于罗马元老，古代统治世界之城的代表人。基辅[1]大主教萨瓦·斯比里东一篇书翰中所说的话不是没有意思的，他宣布莫斯科大公为拜占庭的双头鹰的唯一继承人，这双头鹰将东方和西方联合起来，在它的翼翅遮阴之下，因为"万有主宰的上帝"，书翰中这样说，"把两个罗马，旧罗马和新罗马，都推翻了，为的二者都犯了异教行为之罪。他建立了第三个神秘的城，把一切光荣、权力和恩宠都交付于它，居于北方的第三个罗马，正教的莫斯科。至于第四个罗马，那是直到世界末日也不会有的"。

但尼罗·顾士弥奇，不管别人敌视的眼光，居然得意扬扬地摸着灰色的长胡子，把大肚皮上的带子和红丝绒面的貂皮袍子端整一下，尊严地咳嗽几声，便坐在他争来的位子上了。一种朦胧的陶醉的感情充满了他的灵魂。

尼启大和那个翻译坐在桌子末端，靠近雷翁那图·达·芬奇。

这个说大话的曼土亚人讲述他在莫斯科国看见的奇观，真事之中掺杂了一些幻想。雷翁那图希望从卡拉恰洛夫口里听到一些更可靠的事情，于是就经过翻译同他谈起话来。他问起这外交官，关于这个远方国土，如此激起他的好奇心，好像一切过分的和谜样的东西：关于无穷无尽的荒原，关于严酷的寒冷，关于巨大的河流和森林，关于极北海洋的潮汐，关于北极光，以及关于他的到莫斯科去的朋友；那个伦巴底人画师安东尼阿·索拉里，在那里参加建筑"花岗石宫"的，和波伦拿人建筑师阿利斯托耆·福拉梵耆，在那里用华美的建筑物修饰克里姆林广场的。

"先生，"活泼的、好奇的和调皮的爱梅里拿小姐问那坐在她旁边的翻译，"我听说这个奇异的国家所以叫作'俄罗斯'，因为那里长了好多的玫瑰花。这话是真的吗？"

波加林诺禁不住大声笑起来，他回答这位小姐说：俄罗斯虽然名字

---

[1] 基辅 Kijew——乌克兰大城。

同玫瑰花[1]相近，但那里玫瑰花比无论哪个国家都要少些。为了证实他的话起见，他讲了一段意大利平话，关于俄罗斯的寒冷的：

"佛罗伦萨城的商人到波兰去做买卖。他们要从那里到俄罗斯去，但人家拦阻他们，因为那时波兰国王正在同莫斯科大公打仗。佛罗伦萨人要买貂皮，因此邀请俄罗斯商人到两国交界的波里斯典河岸上来。双方都怕被人俘虏去，所以莫斯科人在那边岸上，而意大利人在这边岸上，隔了一条河谈判起来。但冷得太厉害了，他们的话没有传到对岸，早在空中冻结起来了。聪明的波兰人于是在河中烧起一堆大火，而且在他们算好的传来的话冻结的地方。河里的冰坚硬得好像大理石，无论烧什么火都不会融解的。火旺了时，那些冻结了一个钟头而悬挂在空中的话语，就渐渐融解了，起初轻轻地响着，好像春天初融的檐溜，后来佛罗伦萨人就听得清清楚楚了，虽然莫斯科人早已离开了对岸。"

这段平话得到各方面的欢迎。小姐太太们都用怜悯而好奇的眼光望着尼启大·卡拉恰洛夫，如此不幸的，如此被上帝诅咒的国土的居民。

但此时尼启大完全痴呆了望着一道从未见过的菜：一个大盘子盛着裸体的安德录美达[2]，用柔软的阉鸡胸肉做的，被钉在一个干乳酪做的岩石之上，还有她的救命恩人，用小牛肉做的生翅膀的配秀士[3]。

人们吃肉的时候，一切食具都是紫红色的和黄金色的。鱼来了，又换成银白色的了，为的相当于水的颜色。人们端来银色的面包，银色的柠檬，放在碟子里当作生菜吃的，最后在一盘大鲟鱼、九目鳗和小鲟鱼之上，还有一个用白鳝鱼肉做的安菲特丽特[4]，她乘坐一辆螺钿车子，给海豚拉着，在那海波样的淡绿色的颤动的肉冻之上经过，肉冻内心有

---

[1] 俄罗斯与玫瑰花——意文俄罗斯作 Rosia，与玫瑰花（rosa）声音相近。
[2] 安德录美达 Andromeda——亚比西尼亚国王的女儿，献给海怪做牺牲，钉在一个岩石之上；适逢配秀士经过，杀了海怪，救了她，而且娶她做妻子。
[3] 配秀士 Perscus——宙斯和丹娜的儿子，梅杜莎就是他杀死的。
[4] 安菲特丽特 Amphitrite——海神博塞顿之妻。

火，照得很明亮。

以后就是无数的甜点心。杏仁酥、玉山果、核桃、焦糖杏仁等构成的画像，都是依照布拉曼特、卡拉多梭和雷翁那图的图样做成的。内中有赫丘利拿着赫斯配里登女郎[1]们的金苹果，有希波里特和费德拉，有巴库斯和亚丽安妮，有宙斯和丹娜，总之奥林匹斯出的全体神灵。

尼启大用着小孩子的惊讶眼光望着这些奇巧事物，但是但尼罗·顾士弥奇一见这些无廉耻的裸体女神便吃不下饭了。他在胡须里喃喃咒骂道："敌基督者的厌物！异教徒的淫秽！"

跳舞开始了。那时候的种种舞法："维纳斯和扫鲁士""残酷的命运""古皮多"，都是很纤缓的，因为娘儿们长而重的衣裳不容许迅速的动作。男伴和女伴渐渐地接近，又渐渐地分离，用着隆重的仪式，矫饰的鞠躬，含情的叹息和甜蜜的微笑。女伴们举步须像孔雀和天鹅一般。跳舞时音乐是低声的，温柔的，几乎忧郁的，充满了欣羡的感情，好像佩特拉克的小曲。

穆罗手下的总司令，嘉黎亚左·桑塞维里诺，一个好修边幅的青年公子，这天穿着一身雪白衣裳。他的反卷的长袖子有玫瑰色的里子，他的白鞋子饰着钻石。他的漂亮的然而弛缓的倦怠的女人样的面孔，迷惑了好多贵妇。群众当中起了一阵喝彩声音。当他在跳"残酷的命运"时，好像偶然的，而其实是故意的脱落一只鞋，或从肩上引下围巾，而照旧安然地跳去，带着百无聊赖的神气，这是被人当作最优雅的姿态的。

但尼罗·马弥洛夫看了他很长久，然后吐一口痰，说："啊唷，你这小丑！"

公爵夫人本来喜欢跳舞的。但这天晚上，她的内心感觉重压和忧

----

[1] 赫斯配里登女郎——黑夜之女儿，看守希拉的金苹果。

愁。唯有旧时养成的应酬习惯帮助了她去尽她的主妇的责任，去回答高贵客人的新年祝词和殷勤戏谑。她好几次感觉她不能再支持下去了，好像须得跑开或者哭出眼泪来。

她坐立不安，在这些满满是客人的大厅中间穿来走去。她到了一个隐僻的小房子，青年男女在闪烁的炉火照耀之中围成一个狭小的圈子，坐着闲谈。

她请问谈的什么题目。

"谈柏拉图式恋爱啦，娘娘，"一个女人回答，"安东尼阿托·弗列果梭先生要给我们证明：女人让男子在嘴唇上接吻不算失节的，只要这男子是以天堂的爱对待她。"

"您怎么样证明呢，安东尼阿托先生?"公爵夫人顺口问一句，闪动着她的眼睛。

"娘娘问起了，那么我就说：嘴唇，说话的工具，乃是灵魂出入的门户。两个人嘴唇若是合起来做一个柏拉图式接吻了，相爱者的灵魂一定趋向于嘴唇，以之为自然的出路。所以柏拉图不禁止接吻，所罗门王在那表示人类灵魂同上帝神秘结合的《雅歌》中也说：'愿他用口与我亲嘴。'"

"对不起，先生，"旁听人中，一位老男爵，一位带着直率而粗豪面孔的乡下骑士，打断他的话说，"也许我不懂得这些微妙道理，但是请您说一句：一位丈夫看见他的女人在情人怀抱当中，这事他可以容忍吗?……"

"自然，自然，"那位宫廷哲学家回答，"按照天堂的爱之智慧说来……"

"那么婚姻呢?"

"唉，我的天！我们说的是爱呀，不是婚姻呀！"美丽的馥狄里基太太打断男爵的话，不耐烦地耸着她的袒露的雪白肩膀。

"但是，太太，依照人类的一切法律说来，婚姻也是……"男爵又开始说。

"什么法律！"馥狄里基太太轻蔑地翘起了嘴唇，"在这样的高尚谈话当中，先生，您怎能够提起人类的法律来说呢，提起庸夫俗子的这种可怜的创造品，它把神圣的观念，'爱人'观念，转变为什么'夫'和'妻'的粗鄙字眼！"

男爵惊讶起来，张开了两臂。

弗列果梭先生再不理会他了，继续说着天堂的爱的秘密。

贝特丽采知道，这位安东尼阿托·弗列果梭先生有一首非常淫秽的十四行诗，在这宫廷里得到极大欢迎。这首诗是歌颂一个漂亮童子的，开头说：

> 万神之王认错了人，当他劫去加尼梅[1]时节……

公爵夫人觉得无聊。

她悄悄离开那个房子，到邻接的大厅去。

这里，那位从罗马到米兰来的有名诗人塞拉菲诺·达葵拉，绰号叫作"唯一者"的，正在朗诵他的诗歌。这位"唯一者"是一个瘦小的人物，身上仔细洗过、剃过、梳过和洒过香水，生有一张小孩子的淡红面孔，腐坏的牙齿，油汪汪的眼睛，还含着多情的微笑，一种恶作剧的狡狯情态时常从那永不停息的欢乐眼泪中间透露出来。

贝特丽采看到吕克列沙也在包围诗人的那一群贵妇当中，不禁面上苍白了，但立刻镇静起来，扮出照常的和悦容色走到她跟前去，吻了她。

此时一个大块头半老徐娘，出现在门上，她穿着花花绿绿衣服，涂

---

[1] 加尼梅 Ganymed——宙斯的美貌的酒侍，是宙斯豢养的鹰从伊达山诱到奥林匹斯山上来的。

抹了好多脂粉，非常难看，用手帕掩着她的鼻子。

"您怎么啦，笛昂尼沙太太？您碰破鼻子啦？"调皮的爱梅里拿小姐假装同情问她。

笛昂尼沙叙说，在跳舞的时候，大概因为热和疲倦流了鼻血。

"这是一个好机会，可以给'唯一者'先生写一首爱情诗的。"一个廷臣插话说。

"唯一者"跳起来，伸出一只脚，深思地拿手摸着头发，头向后仰，眼睛望着天花板。

"莫作声！莫作声！"那些太太含着敬意低声说，"'唯一者'先生在作诗哩！娘娘，请您到这儿来，这儿听得清楚一点！"

爱梅里拿小姐拿起琵琶，轻轻弹着弦索。和着这个音响，那位诗人便用一个腹语人的庄严迟钝而无生气的声音，朗诵他的十四行诗。诗中说，爱神给一位钟情的人的请求所感动了，于是用他的箭朝向这残忍美人的心窝射去，但一条带子遮住了他的视线，箭射错了，不是她的心，却是她的：

> 美丽的鼻子中了一箭。
> 宛如红露，点点的血鲜，
> 湿透了雪般白的手绢。

小姐太太们大声拍手。

"好得很！好得很！没有人比得上的！多快！多容易！我们的伯令聪尼算什么，他整天工夫才作一首十四行诗！哦，小心肝，信我的话，当他抬头望天时，我觉得脸上有什么东西好像微风吹过去，一种超自然的东西……我心里十分害怕。"

"'唯一者'先生，您喝一杯莱茵葡萄酒好吗？"一位小姐殷勤地问他。

"'唯一者'先生，请用清凉的薄荷锭！"一位太太献薄荷锭给他。

她们强使他坐在一张椅子上，替他扇风。

他简直开心死了，他眨动眼皮，好像一只喂饱的猫儿。

然后他又朗诵一首十四行诗，歌颂公爵夫人的，诗中说：雪花因为赛不过她的皮肤的洁白，气愤了，想出一种狡狯的报仇方法，即是变成了冰，所以公爵夫人最近在宫中庭院散步时候滑了一跤，几乎跌倒了。

以后他又朗诵一首诗，歌颂一位缺了一个门牙的美人的：这是爱神的一种狡狯，爱神正躲在她的口中，利用她的缺牙做箭眼来射箭。

"天才，天才！"一位小姐喊，"后世的人，将要拿'唯一者'的名字同但丁并列的。"

"他还高过但丁哩！"一位太太插口说，"难道但丁能够教我们这许多精微的爱情，同'唯一者'所教的一样吗?"

"小姐，太太，"诗人谦虚了一下，"你们太夸张了。但丁也是有大功绩的。总之，各人有各人的意向。在我自己，则我愿意为了获得你们的称赞而牺牲但丁那种荣名的。"

"'唯一者'呀！'唯一者'呀！"崇拜他的女人们赞叹说，激动得几乎昏过去了。

塞拉菲诺再朗诵一首十四行诗，诗中叙述一位美人家里失了火，人们跑来救火，可是熄灭不了，因为他们须得先用水浇熄自己心内的火焰，这火焰是他们看见了美人而燃起的。此时，贝特丽采再忍不住了，就离开了那个地方。

她回到主厅去，命令她的侍童里恰德托——一个童子，他绝对服从她的命令，而且她好几次觉得，在恋爱着她的——上楼去，拿一个火把在她的寝室门口等候她。她急步穿过那些拥挤着客人的辉煌的厅房，到了一条冷僻的走廊，那里唯有几个守卫兵士倚着长矛打瞌睡。她开了一个小铁门，走上一架阴暗的螺旋形梯子，这梯子是通到四方形北塔内一个穹隆形大房间，公爵夫妇的住室去的。她手执一支蜡烛，走到一个装在石墙内的橡木小橱跟前，公爵的重要文书和秘密信件都保存在这里面。她将那从丈夫身上偷来的钥匙插进锁眼去，正要开锁，可是发现这锁已经破坏了。她拉开小橱的铜门，只看见空无一物的抽屉。她心里明白：穆罗已经发觉钥匙被偷了，已经把信件藏到另外地方去了。

她站着，不知道怎么办才好。

外面，雪块在飞舞，同白色的鬼怪一般。

风怒吼着，有时像人叫号，有时像人啼哭。夜风的呼声，唤起了她所熟悉的那些可怕的旧思想。

公爵夫人的眼光落在"狄翁尼士之耳"圆管口的铁盖上面，这听管是雷翁那图所装置，联络楼下厅房和公爵夫妇寝室的。她走到听管跟前去，揭开那沉重的盖子，倾听着。一阵阵音浪传到她的耳朵，好像人们经过空洞的海螺壳听到的远处海涛冲击声音。参加祝会的人群的喧哗笑语当中，音乐的温柔声调当中，夹杂有夜风的咆哮和锐叫。

突然，她觉得，不是从下面传来，而是有人在她耳朵旁边低语说：

"伯令聪尼！……伯令聪尼！……"

她喊起来，面孔都苍白了。

"伯令聪尼！……我自己怎么想不起来呢？是的，当然的！我可以从他那里知道一切。找他去吧！可是不要让一个人知道！人家要发现我失踪的……不管它！我要知道一切，我再忍受不住这种欺骗了！"

她记起了，伯令聪尼为了生病，没有参加今晚跳舞会。她对自己说：此时他一定独自一个人在家里的。她唤侍童里恰德托前来，这侍童正在房门口站着。

"吩咐两个轿夫抬一乘软轿在底下花园秘密小门口等着我。但是，要我喜欢你的话，你就要当心不教一个人知道！听到吗？不教一个人知道！"

她伸手给他亲吻。侍童赶快走开执行她的命令去。

贝特丽采回到她的寝室，披了一件皮斗篷在肩膀上，还戴了一个黑

264

绸面具，几分钟之后，她就坐上软轿抬往耆奇诺门去了，伯令聪尼家里就在这城门近旁。

　　诗人伯令聪尼把他的破旧小屋叫作他的"蛤蟆洞"。他虽然得到好多的馈赠，但生活很浪漫，所有的财物都给他喝酒赌钱花光了。所以"贫困"跟随着他，拿他自己的话来说："好像一个不可爱的然而忠实的老婆。"

　　他躺在一张破烂的三足床上，一根木柴作为这床的第四条腿，垫褥穿了许多洞，坚硬得很。他喝了第三杯劣酒，正在构想一篇给采西丽亚太太那只宠狗的墓志铭。诗人看着火炉内最后一块炭都燃烧完了，无法取暖，只好将那虫蛀的栗鼠皮袍当作盖被，盖在他的纤细的鹤腿上。他听着风的咆哮，心里想着今夜的寒冷。

　　今晚宫廷跳舞会正待表演他献给公爵夫人的那篇《天国》寓言诗剧的，他没有去并不是因为生病。他好久就生病了，瘦得这样厉害。据他自己说："解剖学家可以在他身上研究人类全部筋、肉、骨骼的。"但即使他只剩一口气，他也要参加这个跳舞会。他不去的真因，乃是吃醋。他宁肯在这"蛤蟆洞"内冻死，而不愿眼见他的敌手的胜利。这个无耻流氓，这个骗子，什么"唯一者"先生，他的无聊的打油诗已经弄得上等社会那些蠢鹅都头脑糊涂了。

　　一想到这个"唯一者"，伯令聪尼的苦胆汁就升上心坎。他握起了拳头，在床上暴跳起来。这房里那么冷，使得他不得不镇静，依旧躺下去。他颤抖着，咳嗽几声，把盖被裹得紧紧的。

　　"那些混账东西！"他咒骂说，"作了四首十四行诗，关于柴火的，作得如此美丽！可是我一片柴火都没有，……墨水还要冻冰哩，那时我就写不成了。我可以折下楼梯上栏杆来烧火吗？有栏杆没有，都不在乎的，体面的客人不会到我这里来，至于那个重利盘剥的犹太人要跌断脖子，那却不是什么重大的损失。"

可是他还是爱惜他的梯子。他的眼光落在破床下当作第四条床腿用的一根木柴。他考虑一会：究竟整夜挨冷好些，还是睡在动摇不定的床上好些。

风从窗子裂缝钻进来，哭着，笑着，像巫婆在烟囱里面。伯尔拿图下了最后决心，起来拉出支床的木柴，劈成小片，丢到火炉内去，火焰光耀起来，照着这愁惨的房间。他蹲在地下，伸出冻成蓝色的手到炉火前去，炉火就是这位寂寞诗人的最后的朋友。

"猪狗不如的生活！"伯令聪尼想，"我为什么不如别人家呢？神圣的但丁当时在那没有人知道什么司伏萨家族的时候，曾为我的远祖，有名的佛罗伦萨人，写了几行诗：

> 伯令聪·贝尔蒂，
> 我看见他走去，
> 腰围着骨和皮……

当我来到米兰的时候，宫里那些佞幸还不晓得辨别什么叫作八行诗，什么叫作十四行诗哩。让他们知道新诗的美的，不是我是谁呢？希波克冷泉水[1]化成大河，几乎泛滥起来。这难道不是我的功劳吗？现在卡斯塔里之水[2]似乎也流进'大运河'里去了。但我得到什么报酬！我好像一只狗，躺在狗窝的干草上活活饿死！……没有一个人认识我这个穷困诗人，好像我戴了一个假面具，好像我满脸生了麻子。"

他读着他向穆罗公爵诉苦的长诗中几行诗句：

---

[1] 希波克冷泉水 Quell Hippokrene——意为"马踢泉"，在希腊赫里恭山侧面，相传系神马别加士脚踢岩石涌出来的，为后代诗人灵感之源泉。
[2] 卡斯塔里泉水 Kastalisches Wasser——在巴那斯山下，相传亦为诗神饮用之泉水，南芙卡斯塔里，为了逃避阿波罗，溺死于此泉中，故有此名。

> ……我一生中没有听到其他的答话，
> 只听：位置都有人了，你回家去吧。
> 怎么办呢？我好像完了蛋！
> 我不是请求一顶愚冠——
> 请你将诗人当作一只蠢驴，
> 主公啊，他会替你推磨！……

他苦笑着，垂下他的秃头。

现在他蹲在炉火前面，既瘦又长，带着那个酒糟鼻子，活像一只生病的挨冷的鸟儿。

忽然楼下有人敲门。他听到害水肿病的唠叨的老娘姨，睡醒来在那里咒骂，以后就是一阵木鞋子走过砖地的响声。

"那个鬼到这里来？"伯令聪尼十分惊异，"又是那个犹太人来讨利息吗？这些该入地狱的异教徒！他们晚上也不让人家安静的……"

楼梯板上踏着响。门开了，一位穿貂皮袍子的贵妇人走进房里来，脸上戴一个黑绸面具。

伯尔拿图跳起来，呆呆地盯着她看。

她一声不响，走向一把椅子。

"当心，太太！"屋主人警告她，"椅子靠背断了。"

然后，他恭恭敬敬地问道：

"高贵的太太光降敝庐，这种荣幸，我应当感谢哪位神灵呢？"

"她一定向我求诗的。一首爱情小诗吗？"他心里想，"一定是的，那么我就有点进款了。即使够买这一冬的柴火也好。她这个时候，一个人到这里来，是很奇怪的吗？……但我不是默默无闻！有好多女人暗中崇拜我。"

他高兴起来，走到火炉跟前去，很慷慨地将最后一片木柴也丢进火里去了。

高贵的太太取下了面具。

"是我，伯尔拿图。"

他大喊一声，后退几步，必须扶着门柱才不至倒下地来。

"耶稣！圣母玛丽亚！"他圆睁双眼，说不出话来，"娘娘！……高贵的公爵夫人！……"

"伯尔拿图，请你替我办一件事，我要重谢你的。"贝特丽采说。然后她向周周看看，问道："没有人偷听我们说话吗？"

"放心好了，娘娘！除了老鼠以外没有人听的。"

"那么听我说，"贝特丽采慢慢说下去，一面举起锐利的眼光望他，"我知道，你替公爵写了爱情诗给吕克列沙小姐。你一定有公爵委托的信件。"

他面孔苍白了，眼睛睁得更大，呆呆地对着她看。

"你不要害怕，"她再说，"没有人知道的。我答应你，我要重重酬谢你，如果你给我那些凭证。我要替你装金，伯尔拿图！"

"娘娘，"他终于勉强说出话来了，"不要相信这话！……这是别人造谣的……我没有这种信件……上帝可以替我做证……"

她的眼睛射出怒火，稀疏的眉毛蹙成一处。她站起来，逼人的锐利的眼光没有离开他；她走到他的跟前去。

"不要说谎！我什么都知道了。给我公爵的信，不然你就没有命了！听到吗——给我信！你要当心，伯尔拿图！我带来的人在底下等候。我到这里来，不是同你开玩笑的。"

他跪下在她的面前。

"随您的意思，娘娘！我没有什么信……"

"没有吗？"她问，屈身向着他，直看进他的眼睛，"你说没有吗？"

"没有……"

"等着吧，你这该落地狱的皮条客！我要强迫你说出真话。我用自己的手捏死你，你这杂种！"她喊，同发狂一样，果真用她的温柔的指头去捏诗人的颈项，捏得如此有力，使得他不能喘气，他的额头青筋暴涨起来。他没有反抗，只垂下双手，无可奈何地眨动着眼睛。此时，他更像一只可怜的病鸟儿。

"她捏死我了！天哪，她捏死我了！"伯令聪尼心里想，"好的，由她捏死……我却不出卖公爵的。"

伯令聪尼一生只是宫廷小丑，只是放浪的光棍，作诗卖钱的人，但他未曾卖主求荣过。他的血管里流着高贵的血，比罗曼雅佣兵的血，暴发户司伏萨的血还更纯洁些。现在他准备证明这个。他又想起了但丁的诗：

> 伯令聪·贝尔奋，
> 我看见他走去，
> 腰围着骨和皮……

公爵夫人又清醒了。她带着嫌厌神气，放松了诗人的颈项，一脚踢开他，走到桌子旁边，拿起那盏塌扁的锡灯，灯芯快烧完了。她向着隔壁房间的门走去。她早已发现这个房间，她想那里一定是诗人的书房。

伯尔拿图跳起来，站在房门口，要拦阻她的路。公爵夫人没有作声，只盯他一眼，他不由得低下头来，拱起背脊，退到旁边去。

她走进这穷困诗人的书房。房内发出生霉的书籍的气味。没有装潢的墙壁上石灰已经剥落了，现出了暗黑的潮湿斑点。凝了冰的窗子的破碎玻璃，用破布塞起来。倾斜面的写字台上，沾满了墨水，放着一些鹅毛笔，留下了吟哦时拔毛及咬啮的痕迹，此外还有种种式样的纸张，大约是诗稿。

贝特丽采把灯放在一个书架上，再不理会屋主人了，开始搜查他的文书。

她翻出一大堆十四行诗，写给会计官的、仆役长的、厨子和酒侍的：带开玩笑，诉苦并请求金钱、柴火、酒、衣服和食粮。在一首诗中，诗人请求巴拉维奇诺爵爷，万圣节时送给他一只塞满榅桲的烧鹅。另一首诗，题为《穆罗赠采西丽亚》，诗中把公爵比作丘比德，把公爵夫人比作优诺。诗人叙述，有一天穆罗赴爱人约会时，半路上遇到雷雨，不得不退回家里来了，因为嫉妒的优诺预感到她的丈夫有外遇，于是从头上扯下冕旒将珍珠当作雨点和冰雹，丢到地下去。

忽然，她看见一个做得很讲究的乌木盒子放在大堆纸头之下。她打开了盒子，里面有一包信，用绳子小心捆扎着。

伯尔拿图一直留心她的动作的，此时吓得合起了双手。公爵夫人先看了他一眼，然后看信。她看见吕克列沙的名字，认出公爵的笔迹。她知道找到她所要的了：这是公爵的信，以及公爵委托的写给吕克列沙的情诗底稿。她抓起这包信，藏在胸前衣服之内，丢给诗人一袋杜卡，好像人们拿一根骨头丢给狗子一般。她不说一句话，就离开了这个房子。

他听到走下楼梯和关闭屋门的声音。他在屋子中间站了好久，仿佛头上打了一个霹雳。他觉得地板动摇起来，好像是在惊涛骇浪中的海船上面。

最后，他精疲力竭地躺下去，在他的摇晃的三脚床上，不久就睡得同死人一样了。

公爵夫人回到宫里来了。

客人们已经发觉她的失踪了，大家悄悄地探询：究竟发生了什么事情。公爵是坐立不安的。

贝特丽采走进大厅来，面孔有点苍白，走到她的丈夫跟前，告诉他：饭后觉得疲倦，回到里面去躺了一会儿。

"贝采，"公爵说，抓住她的冰凉的手，这手在他手里轻轻颤动着，"你若是身体不好，那就告诉我，为了上帝的缘故！不要忘记，你是怀了胎的。你愿意的话，今晚祝会的第二部分可以推延到明天去。这一

270

切，我是为你而筹备的，我的爱！"

"不，没有推延的必要，"公爵夫人回答，"你放心好了，维科。我好久以来没有觉到像今天那么好过。我是那么快活……我要看'天国'表演。我还要跳舞哩！……"

"那就好，谢谢上帝，我的爱，谢谢上帝！"公爵说，放心了，恭敬而又温柔地吻着他的夫人的手。

客人们又回到"球厅"里去，那里装设着宫廷机械师雷翁那图·达·芬奇发明的某种机关，为表演伯令聪尼写的"天国"之用的。

大家都坐下，熄了灯火之后，雷翁那图的声音喊道：

"好了！"

一条药线烧起来，不久，排成环状的几个水晶球就在黑暗当中发光，好像透明的冰球。这些水晶球里面装满了水，给无数花花绿绿的明亮的小火焰映照着。

"看哪，"爱梅里拿小姐指着雷翁那图，对邻座一位太太说，"看他的面孔哪！真是一位魔术师！他还要将整个宫殿举到空中去哩，好像神话中所说的！"

"不应当玩弄火的，"邻座太太说，"怕要烧掉房子的！"

水晶球背后，藏着一些圆圆的黑箱子。一个白翅膀天使，从一个箱子中钻出来，唱这诗剧的序曲，唱道：

　　　　大君运转他的圆球……

这句诗时，天使指着穆罗，意思是说：穆罗治理他的臣民好像上帝运转天上的星宿。

此时，这些圆球在机关轴上旋转起来了，配合着奇异的、轻微而好听的响声，好像这些水晶球互相接触而奏出毕塔哥拉斯派所说的那种神秘的音乐。这是雷翁那图发明的一种玻璃钟，用乐键敲击奏出来的。

这些行星忽然停止转动。星球之上依次出现了相应的神灵：丘比德、阿波罗、墨邱利、马斯、狄安娜、维纳斯、萨土恩，一齐向贝特丽采行礼。

水星之神墨邱利说：

> 你出现了，古代星宿都黯然无光，
> 你是天空的明镜，是生命的太阳，
> 你的美困惑了，迷醉了万神之王，
> 光明中之光明啊，奇观中之奇观！

金星之神维纳斯跪下一膝，在公爵夫人面前：

> 我的魔力因你而化成埃尘，
> 从今，我不敢以维纳斯自称，
> 如同失败的星宿，我屈服于你的光明，
> 新的太阳啊，欣羡你，我藏起了色身。

月神狄安娜请求丘比德说：

> 父啊，让我去服侍女神中的女神。
> 把我当作女奴，送给米兰国公爵夫人。

土星之神萨土恩，打断他的勾命镰刀，呼喊说：

> 愿你的一生，安乐幸福而和平，
> 一个黄金时代，有如旧时的萨土恩。

　　最后，木星之神丘比德，将希腊的三"优美"和基督教的七"主德"奉献给公爵夫人。以后整个奥林匹斯山，"天国"，又转动起来了，在天使的白翅膀和挂满绿灯——象征希望——的十字架荫蔽之下。男女神灵一齐歌唱一首颂赞贝特丽采的诗，伴着水晶球音乐和观客的喝彩声音。

　　"请问，"公爵夫人问她的邻座卡斯拍·维士孔蒂先生，"这里为什么没有优诺呢？她是丘比德的嫉妒的妻，她从头上扯下冕旒将珍珠当作雨点和冰雹，丢到地下去。"

　　公爵听到了这几句话，急忙转回头来，看着贝特丽采。她笑得如此奇异而勉强，使得穆罗心内忽然感觉一阵冷战。但公爵夫人立刻镇静下来，说起别的事情了，她只把衣服里面那包信紧压在她的胸膛。复仇的预感迷醉了她，使得她精神奋发，安静，而且几乎快活的。

　　客人们到另一个大厅去，那里要表演另一出戏。黑奴、豹子、恶龙、狮鸟和马人，拉着努玛·滂皮留[1]、恺撒、亚古士督和特拉扬[2]等人的凯旋车，还有寓意的图画和文字，表示这些英雄不过是穆罗的前驱而已。最后，一群独角兽拉来一辆车子，上面有一个大球，球上有一个军人躺着，穿着一身铁锈的甲胄。一个裸体的金童，手拿桑树枝[3]从甲胄缝中钻出来，这是表示：感谢穆罗的统治，旧的黑铁时代死去了，新的黄金时代诞生出来。大家非常惊异，因为这个金童乃是一个活的孩子。童子身上涂了厚厚一层黄金，觉得很不舒服。他的受惊吓的眼睛闪着泪珠。

　　他用着颤抖的忧郁的音调，唱一首歌，向公爵致敬，歌中有如下单调的几乎不祥的叠句：

---

[1] 努玛·滂皮留 Numa Pompilius——传说中第二个罗马王，约公元前七世纪时人。
[2] 特拉扬 Trajan——罗马皇帝，在位九八——一一七。
[3] 桑树枝——意大利文叫作 Moro，和穆罗的名字同音。

不久我就回到你们人类当中，
我回来，换上一副新的美容，
奉了穆罗召唤，我又回来——
我这无忧无虑的黄金时代。

人们绕着"黄金时代"车子周围跳起舞来。

无穷尽的祝词，使得大家都厌烦了，人们不愿意听了，但童子还站
在那上面，动着渐渐僵硬的涂金嘴唇，带着无可奈何的面孔，仍旧
唱着：

奉了穆罗召唤，我又回来——
我这无忧无虑的黄金时代。

贝特丽采同卡斯拍·维士孔蒂一起跳舞。有时觉得一阵呜咽或惨笑
塞住她的喉咙。太阳穴血管跳动很厉害，痛得忍受不住了。她的眼前一
片黑暗，但她的面孔还装作无忧无虑的样子，她微笑着。

跳舞完了之后，她离开人群，又静悄悄地溜走了。

公爵夫人到那个偏僻的宝藏塔去，那里，除了她和公爵之外，不许
别人进去的。

她从侍童里恰德托手里拿起蜡烛，命令他在门外等候，而自己一个
人走进那个高大的房子，里面既暗又冷，同地窖一般。她坐下来，拿出
那包信，解开绳子，通通摊在桌子上面。她正要读信，忽然一阵风，带
着锐利的呻吟，呼哨和咆哮，从烟囱刮进来，怒吼着，号叫着，吹彻了
全塔，几乎把烛火吹熄了。以后，又悄静无声。贝特丽采以为听到了远
远的跳舞音乐，还有一种几乎听不清楚的声音，那是下面地牢之内铁链
的响声。

此时她感觉到，有个人站在她背后黑暗的房角。熟知的恐怖袭击了

她。她知道，不应当去看的，但她忍耐不住，她掉转头来。房角里，站着她曾有一次见过的：高高的，黑黑的，比黑暗还黑，穿着殓衣，低垂着头，戴一顶修士的风帽，戴得很低，所以面貌看不清楚。贝特丽采要叫喊，要唤里恰德托进来，可是她说不出话。她跳起来，要逃跑了，但她的双腿抖得很厉害。她跪下地去，低声说：

"是你呀……又是你呀……你来干什么？"

于是，他慢慢抬起头来。

她看见了过世公爵仗·嘉黎亚左的面孔，不是死的，也不吓人。她还听到他的声音：

"请饶恕我，你可怜的，可怜的人……"

他向着她前进一步。一阵非人世所有的冷气侵袭了她。她大喊起来，不是人的叫声了，她失去了知觉。

里恰德托听到这声叫喊，奔进房内来，看见她昏倒在地板之上。他急急忙忙跑去寻找公爵，穿过几条黑暗的只有几处点着卫兵昏暗灯笼的过道，到了灯烛辉煌人群拥挤的厅房里！他疯了一般叫喊道：

"救命呀！救命呀！"

是午夜了。跳舞会中笼罩着最放纵的欢乐空气。人们正在举行一种新式跳舞，其中男女舞伴须排成长队依次走过那个"忠实爱人凯旋门"的。一个男子装扮"恋爱之神"，手里拿只长喇叭，坐在拱门上面。底下站着几个"裁判官"。若是"忠实的爱人"走来了，"爱神"吹出温柔的曲调向他们致敬，"裁判官"也喜喜欢欢让他们通过"凯旋门"。不忠实的，则无论如何努力都走不过这魔术门去的，那时喇叭吹出震耳的声音，"裁判官"也拿着糖果乱向他们抛掷，而这些不幸的人在讽刺的评论之下，不得不逃跑了。

公爵刚刚以"最忠实的爱人"资格通过这个拱门，最温柔最甜蜜的喇叭声音欢迎他，好像牧笛吹出的，好像斑鸠的歌唱。

此时，人群分开了。里恰德托冲进厅内来，拼命地叫喊：

"救命呀！救命呀！"

他看见了公爵，就冲到他跟前去。

"殿下，娘娘病了，……快点！……救她去！"

"病了？又病了？"

公爵双手捧着头。

"哪里？在哪里？说清楚一点！……"

"在宝藏塔里……"

穆罗举足奔跑，跑得这样急，以至于胸前金鳞锁碰着响，梳得十分美丽的发卷也在他头上跳动，特别有趣。

"忠实爱人凯旋门"上那位"爱神"还在吹喇叭，最后觉得底下出了什么乱子了，就不响了。

好多人跟在公爵屁股后头跑。忽然全体人群都骚动起来，发生恐怖，好像一群羊拥挤到门口去。"凯旋门"倒了，被人践踏在脚底下。那个吹喇叭的人，刚刚来得及跳下来，只有一条腿脱了臼。

有人喊：

"失火了！"

"果然失火了。我刚才不是说过吗，不应当玩弄火的！"不赞成雷翁那图的水晶球的那位太太叫喊，合起了双手。

另一位太太大声叫起来，准备着昏倒了。

"不要慌！并没有失火！"有些人安慰说。

"那么，为什么事情？"另一些人询问。

"公爵夫人忽然病了。"

"她要死了！有人毒她的！"一位廷臣忽然得了什么暗示，冲口而出，立刻便信了自己所说的话。

"没有这事，……公爵夫人刚刚在这里，……她还跳舞哩！……"

"您没有听人说吗？过世公爵仗·嘉黎亚左的未亡人，亚拉贡尼之伊萨伯拉，要替她的丈夫报仇，……用一种慢性的毒药……"

"上帝保佑我们啊！"

隔壁大厅还在奏乐。那里的人不知道此事。人们正在跳"维纳斯和扫鲁士"。女人含着温柔的微笑，用金链子拉着她们的男舞伴，当作俘虏；男人若是发出欣羡的叹息而跌倒匍匐地下时，女人就扮出胜利者的姿势，用脚踏在他们的颈项上面。

一位侍从冲进来，挥舞手臂，对那些乐师呼喊说：

"停止音乐！公爵夫人病了。"

听了这个喊声，大家都转头来看。音乐停止了。唯有一张大提琴，一个重听的半盲的老头子拉的，还在寂静之中响了好久，哀怨地颤动着。

几个仆役匆匆忙忙抬过一架狭长的木床，上面有坚硬的垫褥，床头有两块横板做枕头用的，两边各有一个把手，底下有根横棍安放产妇的脚。这架木床平时保存在宫内藏衣室里，年代很久，司伏萨家各代女主都是在这床上分娩的。这架产妇用床，此时，在跳舞厅中辉煌灯烛之下，盛装贵妇群中经过，引起了奇异而不祥的印象。

大家面面相觑，心里都明白了。

"若是受了惊恐，或者跌了一跤的话，"一位老太太说，"那就应当立刻拿红绸剪成小块，拌着鸡蛋清吞咽下去。"

另一位太太则以为红绸没有效力，她必须拿七个鸡蛋胚，放在一个蛋黄里面吃下去。

此时，里恰德托——他已经走到楼上一个厅房来了——听到隔壁房里一声惨痛的叫喊，吃了一惊，停止脚步，恰逢几个女人拿着满篮衣服、暖炉和热水桶急急忙忙在那里经过，他指着房门问一个女人说：

"里面怎么样了？"

那个女人没有回答他。

另一个女人，一个老太婆，大约是稳婆，扮出严厉的面孔望着他，对他说：

"走开去吧！你在这里碍手碍脚地干什么？小孩子不要问这种事情！"

房门开了一瞬间，里恰德托看见房内，脱下的衣裳堆里，现出了他所如此无望，如此天真爱着的那个女人的面孔：通红的脸，满头大汗，发束紧贴在额头，张开的嘴不断地喊痛。这童子吓得面无人色了，急忙用手盖住自己的面孔。

他的身边，种种式式的女人在低声商议：保姆、女医、巫姑、稳婆等。各人有各人的办法。有的主张用蛇皮缠缚产妇的右腿，有的主张将产妇放在铁锅内沸水之上，有的主张拿她的丈夫的头巾捆着她的肚皮，有的主张用烧酒泡鹿茸和胭脂虫给她喝。

"应当拿一块鹰石放在右边胳肢窝，一块磁石放在左边胳肢窝，"一个最热心的衰老女人喃喃说，"这是最要紧的事情。一块鹰石或一块绿玉！"

公爵从房里奔出来，坐在一张椅子上，双手捧着他的头，呜咽着，好像小孩子。

"主上帝啊！主上帝啊！我忍受不下去了，……我难过死了，……贝采，贝采，……我有罪的，我该入地狱的。"

他想起了，刚才公爵夫人看见他时，怒冲冲地叫喊："滚开去吧！滚开去吧！到你的吕克列沙那里去吧！……"

那个热心的老太婆走到他跟前，端来一个锡盘子。

"请您吃这个，殿下！"

"什么东西？"

"狼肉。这是一种老方法：丈夫吃了狼肉，产妇就要轻松些。狼肉，殿下，这是最要紧的事情。"

公爵扮起无可奈何的面孔，努力吞咽一块坚硬的黑肉，这肉哽在他的喉咙之内没有下去。

老太婆屈身向着他，喃喃念诵：

> 我们的父，你在上，
>
> 七只公狼，一只母狼，
>
> 在天空，又在人间。
>
> 清风吹散了不祥，
>
> 保佑我们无灾无难。

神圣呀，神圣呀，神圣呀——奉唯一的永恒的三位一体之名。急急如律令。阿门。"

御医长路易基·马良尼从病人房里出来，其他的医生陪着他。

公爵赶紧走到他们面前。

"怎么样了，现在？"

他们不响。

"殿下，"最后，路易基说，"凡是能做的事情，我们都做过了。我们希望上帝施恩于……"

公爵抓住他的手。

"不，不！……一定有个办法的，……这样是不行的，……为了上帝的缘故！……想个办法吧，想个办法吧！……"

医生相互看了一眼，好像占卜者的神气，觉得必须做点事情来安慰公爵。

马良尼皱起了额头，用拉丁话对一个红面孔的青年医生说：

"三两清水蜗牛汤，加上豆蔻和研碎的红珊瑚……"

"放一次血好吗？"一个善良而畏葸的老头子问。

"放血吗？我也想到了，"马良尼回答，"不幸火星在巨蟹宫，黄道第四宫，而且又受了逢单日子的影响……"

老头子无可奈何地叹了一口气，就不响了。

"师傅，您以为怎样？"另一个医生向马良尼说，一个双颊红红的自负的轻佻的人，有着快乐而漠然的眼睛，"蜗牛汤内可以放点三月间牛粪吗?"

"唔,是的,"路易基深思地赞同他的意见,一面摩擦鼻梁,"牛粪吗?自然,自然!"

"天哪,天哪!"公爵叹气。

"请您放心好了,殿下,"马良尼转脸向着他,"我给您保证,凡是科学上规定的……"

"滚到魔鬼那里去吧,连你们的科学一起滚吧!"公爵突然叫喊起来,气愤地握起了拳头,他再忍耐不住了,"她要死了,她要死了——你们听到吗?你们还用什么蜗牛汤和牛粪……你们这些混蛋!……你们通通要挂到绞刑架上去的!……"

他急得要死,在房里跑来跑去,听着不停息的痛喊。

忽然他的眼光落到雷翁那图身上。他把艺术家拉到旁边去。

"听我说!"公爵昏头昏脑地说着,自己显然不知道说些什么,"听我说,雷翁那图,这些医生合起来都不如你。我知道你晓得种种秘密,……不,不,你不要反驳我,……我知道……唉,我的天,我的天……这种叫喊!……我要说什么呢?对啦,帮助我,我的朋友,帮助我,做点事情……牺牲我的灵魂也愿意的,只要我能够帮助她——哪怕只在短短的时候,只为的不听见这种叫喊……"

雷翁那图正要回答什么话,但公爵已经忘记他了,跑去迎接那些刚走进来的教士和修士。

"来了!谢谢上帝!你们带什么来?"

"一块圣俺布罗曹的遗骸,一条助产女圣马加里特的带子,一颗圣克利斯朵夫的牙齿,还有一根童贞玛丽亚的头发。"

"好的,好的!去吧,祈祷吧!"

穆罗要同他们一起进病人房子去,但恰在此时一声非常可怕的叫喊使得他不得不塞住耳朵逃开了。他跑过几间阴暗的厅房,然后停在几盏灯照耀着的不大明亮的祈祷室内,跪在圣像面前。

"我犯了罪了，圣母啊，我犯了罪了，我这该受诅咒的。我杀害了一个无辜的青年，仗·嘉黎亚左，我的正经主子！但你大慈大悲的圣母，唯有你能替罪人说情，请你俯听我的祈祷，施恩于我！我愿牺牲一切，愿为救赎我的一切罪过而祈祷，只要你救救她！拿我的灵魂去吧，我替她死吧！"

无意义的不连贯的思想，拥挤在他的头脑之内，妨害他祈祷。他不知怎样想起了不久之前他听到的一个笑话：一位船主在飓风当中船快下沉的时候，向童贞玛丽亚许愿，将来要点一支大蜡烛，同船桅一般大。一个船伙问他，哪里有钱买那么多的蜡呢？他回答说："莫作声！现在我们救命要紧，这个问题以后还有工夫去想的。此外，我希望，圣母得了一支较小的蜡烛也许能够满意的。"

"我为什么想起这种事情呢，我的天！"公爵醒悟起来，"难道我疯了吗？……"

他努力一下，把思想集中起来，又开始祈祷。

但他的眼前，好像有冰球一样的明亮的水晶球飘浮着，转动着，他也仿佛听到了温柔的音乐，以及那个金童用凄惨的声调唱的叠句：

> 不久我就回到你们人类当中，……
> 奉了穆罗召唤，我又回来。

以后，一切都消逝了。

他醒来时，自以为只过了二三分钟。可是，离开祈祷室，他就看见冬季灰色的晨光从那给雪风吹拂的窗子透射进来了。

穆罗回到罗克闼厅内去。这里万籁无声。一个女人携着一篮褓褓经过。她走到他跟前，说道：

"娘娘产下来了。"

"她还活着吗？"他说不出话来，面无人色。

"活着的，谢谢上帝！但是小孩子已经死了。娘娘身体很疲弱，她请殿下去说话。殿下去吗？"

他走进房里去，看见枕头上一张面孔，同小女孩子的那么小，两颗凹陷的大眼睛好像给蜘蛛网蒙蔽着的——一张安静的，熟悉而又陌生的面孔。他走上前去，屈身向着她。

"叫人请伊萨伯拉来……快点……"她轻轻说。

公爵叫人请去。不久，一个瘦长女人，带着忧郁的严肃的面孔走进来，她就是亚拉贡尼之伊萨伯拉，过世公爵仗·嘉黎亚左的未亡人。她走近这临死者床头。大家都离了房子，除了忏悔师和穆罗以外，他们两人也站到旁边去了。

这两个女人互相耳语了好一会儿。以后，伊萨伯拉吻了贝特丽采，同她告别，跪下来，用手蒙着面孔，祈祷。

贝特丽采又喊她的丈夫到床头来。

"维科，宽恕我！不要哭！你想想，我是永远同你在一起的，……我知道唯有我是你……"

她没有说完，但他明白，她的话的意思是说："……唯有我是你所爱的。"

她用一种静亮的、好像从无限远地方来的眼光，望着他，轻轻说：

"吻我呀！"

穆罗的嘴唇碰着她的额头，她还要说什么话，但说不出来，只能叹了一口气，用着几乎听不见的声音：

"在嘴唇上……"

一个修士读送终祈祷文。亲近的人又回到房里来了。

穆罗的嘴唇不肯放开这个永别的接吻。他觉得，她的嘴唇如何渐渐冰冷了。在这最终接吻里，他领受了他的配偶的最后的气息。

"她归天了。"马良尼说。

众人都画了十字，跪下地去。穆罗慢慢立起身来。他的面孔是呆板的，没有表现痛苦，只有可怕的使人难以相信的紧张。他呼吸困难而急速，好像在十分用力攀登高山。忽然，他挥舞两臂，挥舞得很奇怪而不自然，他大喊一声"贝采！"便倒在死尸身上去了。

在场的人当中，唯有雷翁那图保持着镇定。他用一种深刻的探究的眼光，观察公爵。在这一瞬间，艺术家的求知欲压过了其他一切的感情。他观察重大苦痛在人类面容上和肉体动作上之表现，好像在从事一种奇怪的不平常的实验，好像在观察一种美丽的新的自然现象。没有一丝皱纹，没有一毫筋肉抽动，逃过他的无所不见的不动情的眼光。

他要尽可能快地将穆罗的绝望而悲哀的面容，画在他的怀中簿子上，所以他下楼到僻静的厅房去。

这里，蜡烛余烬冒出烟来，溶化的蜡滴在地板之上。在一个大厅内，他从那倒塌的受人践踏的"忠实爱人凯旋门"上跨步而过。恭维穆罗和贝特丽采的那些华美的象征事物，努玛·滂皮留、恺撒、亚古斯督和特拉扬等人的凯旋车，以及黄金时代的车子，在这寒冷的晨光中现出了愁惨和不祥的情景。

雷翁那图走到那业已熄灭的火炉旁边，向四围一看，确定这间大厅内没有旁人之后，便拿出怀中簿子和铅笔，开始描画起来。忽然，他看见那个装扮"黄金时代"的童子就在火炉旁边一个角隅，冻僵了，睡着了，缩作一团，双手抱着膝盖，头搁在膝盖之上。冷却的炭灰的最后热气，再不能温暖他的涂金的裸体了。

雷翁那图轻轻触动他的肩膀。童子没有抬起头来，只迟钝而悲哀地呻吟着。艺术家把他抱在怀里。童子睁开了两颗紫蓝色的害怕的大眼睛，流出泪来。

"回家去！回家去！"

"你家在哪里？你叫什么名字？"雷翁那图问他。

"李比，"童子回答，"回家去，回家去！我很不好过，很冷……"

他的眼睛又闭起来了。好像在发谵语一样，他喃喃说：

> 不久我就回到你们人类当中，
> 我回来，换上一副新的美容，
> 奉了穆罗召唤，我又回来——
> 我这无忧无虑的黄金时代。

雷翁那图脱下了披肩，把这童子裹在里面，放在一个椅子之上，然后到隔壁小房子去，唤醒那些趁纷乱的时候喝醉了睡在地板上打鼾的仆人。他从一个仆人口里知道：李比是一个穷困老鳏夫、新布洛列托街的一个面包匠的儿子，他的父亲以二十个斯古独代价将他租给人装扮"黄金时代"的，虽然有些人好意警告他：小孩子会因涂金而死。

艺术家寻找他的温暖皮袍，穿起来，回到李比那里去，把他小心藏在皮袍之内，便离开宫殿了，为的在一家药铺购买必需的药料洗去童子身上的金粉然后送他回家去。

他忽然想起了刚才开始的图画：穆罗面上罕见的绝望表情。

"不相干，"他想，"我绝不会忘记的。重要的乃是：高扬的眉毛上面那些皱纹，以及嘴唇边那种奇异的、明显的好像狂喜的微笑。在人类面容上，无论最大的痛苦或最大的快乐，都要现出这种微笑。——两个世界，像柏拉图所说的，在基本平面上是分离的，在尖顶上则接合一起。"

他觉得小孩子在他身上冷着打战。

"我们的'黄金时代'！"艺术家想，含着一种忧郁的微笑。

"我的可怜的小鸟儿！"他含着无限的同情，低声说。他把童子包裹得更加温暖，如此温柔和爱抱紧在他的胸前，使得这个病童子做梦，梦见他过世的母亲怀抱着他，给他唱催眠歌。

公爵夫人贝特丽采死于一四九七年一月二日星期二早晨六点钟。

公爵足有二十四小时以上守在他的夫人尸体旁边。他不理别人安慰，不睡觉，也不吃饭。亲近的人害怕他发疯了。

星期四清早，他叫人拿纸张笔墨来，写了一封信给厄斯忒之伊萨伯拉，过世公爵夫人的姊姊，通知她贝特丽采逝世的消息。信中有一段这样说："若是我自己死了，那还容易忍受些。我请求您不要派人来吊唁，免得触景生情增加悲痛。"

同日中午，他容纳亲近的人的劝告，吃点东西，但他不肯在桌子上吃，他叫里恰德托端了一个没有铺布的木板在他面前，就在那上面吃饭。

筹备奉安事情，公爵起初委托给他的秘书长巴多罗买阿·嘉尔哥。但后来关于丧队次序请求他指示时候，他觉得做这种工作很有兴趣，于是就以筹备黄金时代新年祝会时那种热心来指导这次丧事工作了。他努力工作，关心极琐细的事情，十分精密确定黄白大蜡烛的重量，祭台上铺的金绣以及红黑丝绒的尺寸，还有多少小钱、豆子、咸肉施舍于穷人以为死者灵魂纪念等等。当他寻出布匹来缝宫廷仆役的丧服时，他还要摸摸布料，对着亮光细看，研究质地的好坏。他也为自己特别定做一件"大丧之服"，用粗糙的布料做的，故意弄出许多洞眼和裂缝，使人觉得，他在绝望悲哀之中，撕裂自己衣服。

星期五黄昏的时候出丧下葬。丧队前头是走卒、传令官，他们吹着银制的长喇叭，上面挂着黑绸旗帜，鼓手擂着丧礼进行曲，骑兵戴着面甲，手执丧旗骑在骏马之上，马背蒙着画有白十字架的黑丝绒。以后是各修道院的修士、各教堂的教士，各人手持燃点着的六磅重蜡烛，还有大主教以及他的全体扈从。枢车上面盖着银绣的罩套，立着四个银制的天使，中央戴着公爵冠冕。穆罗随在枢车后面，他的兄弟红衣主教亚斯干尼奥·司伏萨陪伴着他，还有皇帝陛下的公使，西班牙、拿波里、威尼斯和佛罗伦萨的公使。以后就是枢密顾问、侍从、巴维亚大学博士和学士、体面商人、米兰城每区十二个送葬代表，以及无穷无尽的民众。

丧队那么长，前头已经走进圣玛丽亚修道院，后头还未曾离开宫殿。

几天之后，公爵立了一个墓碑，在他的下地即死的小儿子列昂的坟墓之上。碑文写得很有趣，是穆罗自己用意大利文起的稿子，叫梅鲁拉译成拉丁文的：

> 吾不幸，未见光明即已辞谢尘世。吾之死，使吾母丧失生命，使吾父丧失贤配。如此悲惨命运之中唯有一事足资安慰者，即诞生吾之父母皆足以配匹神明：罗督维科与贝特丽采，米兰国公爵与公爵夫人。一四九七年一月某日立。

这碑文用金字描在黑大理石板之上。列昂的小墓也在圣玛丽亚修道院内、贝特丽采的坟墓近旁。穆罗在那里徘徊了很久。他分担了石工的素朴的喜悦。这石工完成了小墓碑之后，退后几步，远远地望着，偏着头，闭起一只眼睛，心满意足地弹着舌尖，说：

"这不是什么墓碑啦，这是玩耍的东西啦。"

是寒冷的清朗的早晨。屋顶上的积雪在蓝天之下闪着白光。水晶一般明亮的空气里面含着有如铃兰香味的新鲜气息，使人以为是雪的香味。

雷翁那图从寒冷和阳光之下走入了铺挂黑绸的房子，窗板关得密密地，点着丧事蜡烛——他好像走进一个墓窖。贝特丽采下葬后几天公爵简直不肯离开这个阴暗的静室。

公爵同画师谈起"最后的晚餐"，这幅图画从今要点缀贝特丽采的永久安息地了。以后他说：

"雷翁那图，我听说，你照护了那个童子，那晚不祥的祝会上扮演

'黄金时代'之诞生的童子。他现在怎么样了?"

"殿下,娘娘奉安那日,他就死去了。"

"死去了?"公爵惊讶起来,但立刻又高兴了,"死去了? ……凑巧得很……"

他垂下头来,深深叹了一口气。然后,他忽然抱着雷翁那图:

"是的,是的,一定是这样的!我们的'黄金时代'死去了,和我的亲爱的夫人同时死去了。我们把它和贝特丽采一起埋葬了,它不愿也不能比她多活几时的!不是吗,我的朋友,这不是一种含有深意的巧合吗,一种很好的象征吗!"

在深切的悲哀之中过了一整年。公爵不肯脱下那件故意弄出裂缝的丧服,也不肯在桌子上吃饭,必须近侍将饭菜放在一块木板之上,端在他的面前。

"自从公爵夫人死后,"威尼斯公使马里诺·萨努托报告说,"穆罗就虔诚起来了。每次礼拜他都参加,他斋戒、绝欲——至少人们这样说——存着敬畏上帝的思想。"

白天公爵还有几次分心到国家大事去,虽然这时也觉到贝特丽采不在了。但晚上则悲痛万分。他时常梦见她,如同十六岁的小姑娘——当初结婚时,她正是这样年纪,任性的、恶作剧的女学生的脾气,纤瘦而微带褐色,好像一个男孩子。她如此腼腆,好多次躲在衣橱里不肯去接待宾客,又如此害羞,结婚三个月之后还同女战士一样用指甲和牙齿抵御他的"爱的攻击"。

一天晚上,贝特丽采周年忌日之前五天,她托梦给公爵,仿佛当初在她心爱的顾士那果别宫,那个清静的大池塘旁边的情景。捕了很多的鱼,桶子都装得满满的。于是她想出一种新奇的游戏:他把衣袖卷得高高地,从湿淋淋的网里取出捕来的鱼,一把一把仍旧丢到水里去。她笑了。看见鱼儿恢复自由的快乐,看见鱼鳞在透明池水中急速地闪耀,她也很高兴。光滑的鲈鱼、鳟鱼和鲥鱼，在她手里跳跃，溅起的水珠在阳光照耀之下好像金刚石一般。可爱的小姑娘眼睛和双颊发出快乐的光辉。

他醒来时，枕头上湿透了眼泪。

早晨，他到玛丽亚修道院去，在他的夫人墓前祈祷，同院长一道吃饭，谈了好久的话，关于当时意大利神学家争执得很激烈的问题：圣母玛丽亚童贞受孕问题。天黑时候，他从修道院直接到吕克列沙小姐家里去。

虽然替他的夫人居丧，虽然敬畏上帝，公爵却未曾同他的两个情妇断绝关系，而且还更密切些。近来吕克列沙小姐和采西丽亚伯爵夫人结了很好的交情。采西丽亚被人称为"博学的女英雄"，称为"当代沙浮[1]"，其实是一个简单得有点浪漫的女人。贝特丽采死后，她得到一个好机会，把她从骑士小说读到的好久以前就梦想着的那种恋爱上的慷慨行为，实现出来。她决定，把她的爱，同她的青年情敌的爱，结合起来安慰公爵。吕克列沙起初颇为腼腆而且有点醋意，但"博学的女英雄"用宽宏度量征服了她。无论出于自愿或勉强，吕克列沙终于接受这个奇特的友谊了。

一四九七年夏天，吕克列沙给公爵生了一个儿子。采西丽亚伯爵夫人争着做教母，而且非常疼爱这个小孩，她的"小孙子"，像她自己所说的，虽然她自己也给公爵生下了几个儿女。穆罗的最大的心愿便如此实现了：他的两个情妇成了好朋友了。他委托宫廷诗人写一首十四行诗，诗中把采西丽亚比作晚霞，把吕克列沙比作朝霞，公爵自己，无以慰藉的鳏夫，则比作黑夜，在这两位光彩焕发的女神中间徘徊着，却永久远离了太阳——贝特丽采。

穆罗走进克里威利宫中他所熟悉的舒服的房间时候，看见这两个女

[1] 沙浮 Sappho——古代希腊有名的女诗人，纪元前六世纪时人。

人一块儿在火炉旁边坐着。她们都穿着孝服，同所有宫廷贵妇一样。

"殿下身体好吗？"采西丽亚，那个"晚霞"询问。她和"朝霞"完全不同，但并不减少丰韵。她有无光泽的白皮肤、火红的头发和一双温柔的绿眼睛，同山湖静水一般透明。

公爵近来有一种习惯，喜欢向人诉说身体如何不好。这晚虽然不觉得比平常坏些，他还是扮出一副痛苦的面容，深深叹了一口气说：

"您想想看吧，太太，我的身体怎么会好呢？我心里只想念一件事情，即是如何能快点永息在我的小鸽子旁边，坟墓里面……"

"哦，不，不，殿下！不要说这样的话！"采西丽亚喊起来，合起了双手，"这是罪过！您怎能这样说呢？贝特丽采娘娘听到了要说什么话呢？一切痛苦都是出于上帝的意志，我们只有含着感恩的心情忍受一切……"

"自然，"穆罗附和她的话，"所以我也不怨天尤人，谢谢上帝！我知道，上帝照应我们比我们自己更周到些。忍受痛苦的人是有福的，因为将得到安慰的。"

于是，他紧紧握着他两个爱人的手，抬起眼睛望着天花板。

"上帝要酬谢你们的，爱人，你们没有抛弃我这不幸的鳏夫！"

他用手帕揩拭眼泪，以后从他的丧服口袋内取出两卷文书。一卷是赐书，公爵将维哲梵诺地方司伏萨别宫广大的地产赐给圣玛丽亚修道院。

"殿下，"伯爵夫人惊讶起来问他，"我以为您倒是非常喜欢这片地的，不是吗？"

"地吗？"穆罗苦笑着回答，"唉，太太，我不单是不喜欢这片地了。人难道非有地不可吗？"

伯爵夫人觉得他又要说到死上面来了，于是带着温柔的责怪神气，用她那玫瑰颜色的手掌掩住公爵的嘴唇。

"那一卷文书又说些什么呢？"她好奇地询问。

他的面孔晴朗起来，从前那种快活的俏皮的微笑又出现在他的唇边了。

他给她们读第二卷文书。这也是赐书，里面详列田地、牧场、森林、村庄、猎区、鱼塘、厂屋以及其他附属品，都赏赐于吕克列沙·克里威利小姐和他的私生子仗·保罗。那个以产鱼出名的顾士那果别宫，过世的公爵夫人所爱住的，也列在这卷赐书之内。

穆罗用着因感动而颤抖的声音，朗读赐书的最后数行：

……此女以其神奇而稀罕之爱情专注于我，品德崇高，与我相处，使我感受无限温馨，使我烦忧之心涣然冰释。

采西丽亚快活得拍着双手，含着泪珠，用一种母性的温柔围抱她的女友的颈项。

"你看哪，小妹妹，我早对你说过了：他有一颗黄金的心！现在，我的小孩子保罗就是米兰国最富有的人了！"

"今天是什么日子？"穆罗问。

"十二月二十八日，殿下。"采西丽亚回答。

"十二月二十八日吗？"穆罗沉思地重复说。

去年今日，正在这个时辰，过世的公爵夫人出现在这个克里威利宫，穆罗几乎在他的情妇怀抱之内给她捉获了。

他向周围看看。房内一切同去年一个样，一样的明亮和舒服。当时寒风也是这样在烟囱内号叫着，火炉也是这样发着熊熊的有趣的火光，火炉之上一群黏土雕的裸体爱神在跳舞，在玩着那些迫害基督的刑具。铺有绿丝绒的圆桌之上，依然放着那瓶 Balnea Aponitana，那些乐谱和那只曼陀林。通到寝室和藏衣室的门也都开着，看得见那只衣橱，公爵那日逃避他的夫人时，就是躲藏在那里面的。

他想：那多么好，倘若此时还能再听一次底下敲打屋门的吓人声音，再见一次受惊的侍女冲进房子来，口里喊着"贝特丽采娘娘"！他自己再像被人发觉的贼躲在衣橱里去，听着亲爱的夫人骇人的声音而四肢颤抖！

穆罗垂下头来，两行眼泪流过他的面颊。

"唉我的天！你看，他又哭了，"伯爵夫人采西丽亚着急起来，"尽你的力量温存他吧，吻他吧，安慰他吧！他哭成这个样子，你不害羞吗？"

于是，她轻轻地把她的情敌推到她自己的爱人的怀抱中去。

伯爵夫人这种不近人情的友谊，好久就引起吕克列沙一阵厌恶的感觉了，好像那种使人恶心的香气，迫得她要立起身来，走开去。她低下头来，满脸通红。但她不得不接受公爵伸出的手。穆罗汩眼模糊地对着她笑，把她的手压在自己心坎之上。

采西丽亚从小圆桌上拿起曼陀林，扮作一种姿势，恰像十二年前雷翁那图给她画的肖像，那幅有名的"当代沙浮"画里的一样。她弹着、唱着佩特拉克的小曲，关于他在天堂上重见罗拉的：

> 我的精神遨游于太清，
> 访寻吾爱，她已不在凡尘。
> 我看见她在第三圈里现身，
> 美得多了，却没有那般骄矜。
> 她伸手给我，叫我静听：
> "这个圈子联系了你我的命运；
> 为了我，你曾遭受万苦千辛。
> 我呢，黄昏未降早已结束白日的旅程！"

公爵取出手巾，像做梦一般悲伤欲绝地翻起他的眼睛。他呜咽一下，伸出双臂，好像要去拥抱一个虚空的幽灵，他重复最后一行诗句道：

> 你呢，黄昏未降早已结束白日的旅程！

"我的小鸽子！是的！是的，黄昏尚未降！你们两位知道吗？我相信，她此时正在天堂之上望下来，她替我们三人祝福……哦，贝采，贝采！"

他轻轻地倚靠着吕克列沙的肩膀，呜咽数声，装作不经意的样子拥抱她的腰。她撑拒着、她害羞着，他偷偷吻着她的颈项。这一切，采西丽亚的锐利的母性的眼光都已看见。她立起身，将穆罗指给吕克列沙，好像一个妹妹把害重病的哥哥付托给女朋友一般。她自己踮起脚跟走开了，不是走到寝室去，而是走到与之相对的房间，随手关了门。"晚霞"是不嫉妒"朝霞"的，她由长久经验知道不久也要轮到她，享受了黑头发之后，公爵要更加想念火红头发的。

穆罗向周围看着。他用一种有力的几乎粗暴的动作抱起吕克列沙，把她拉到大腿上来。为过世夫人啼哭的泪珠尚留在他的眼里，但那优雅地波动着的嘴唇已经现出活泼的俏皮的微笑了。

"好像女修士一样，一身的黑衣服，"他说，乱吻她的颈项，"一身素朴衣裳，你穿起来那么好看！黑的颜色更加显出你的雪白的颈项！"

他解开了她胸前的玛瑙纽扣，她的玉体忽然呈现出来，在黑色丧服掩映之下更加光辉夺目，吕克列沙用双手盖住面孔……

在有趣地摇晃着的火炉红焰之上，卡拉多棱雕刻的那些裸体爱神或天使仍旧在跳舞，仍旧玩着迫害救世主的那些刑具：钉、枪、苇子、海绵和荆棘。在这动摇不定的火焰反映之下，这些生翅膀的小孩好像是活的，好像在巴库斯的葡萄藤底下，互相映眼，互相耳语，俯视穆罗公爵和吕克列沙小姐，他们的圆肥肥的双颊好像就要爆发为哈哈大笑的样子。

　　曼陀林的含情的叹息和伯爵夫人采西丽亚的歌声，从远处响到这里来：

　　　　我看见她在第三圈里现身，
　　　　美得多了，却没有那般骄矜。

　　火炉上那些小爱神，倾听着佩特拉克的天堂恋爱小曲，在那里嗤嗤笑着，好像疯了一般。

第九章

双身人

"我请您看看这地图！您看，印度洋内塔卜罗班岛偏西之处，写着：'美人鱼，海怪。'克利斯朵夫·哥伦布[1]亲自告诉我：他觉得很奇怪，他到过那个地方，但没有看见什么美人鱼。您为什么笑呢?"

"不，不，没有什么，季多。请您说下去吧，我听着。"

"哦，我知道了，我早知道了，雷翁那图先生，您以为世间本来没有什么美人鱼！那么，对于那些叫作'司却普得'的东西，您有什么看法呢？据说，它们的脚掌可以翻过来当作遮阳伞用。还有那些叫作'俾美'的东西呢？它们的耳朵非常大，一边可以做垫被，一边可以做盖被。还有那种树木呢？上面结的不是果子而是蛋，长着黄绒毛的鸟儿从这蛋里孵出来，同小鸭子一样，鸟肉好像鱼肉味道，持斋日子也可以吃的。还有那个海岛呢，有一次几个水手上岸去，生了火，烧好了晚饭，

---

[1] 克利斯朵夫·哥伦布 Christophorus Colombus，一四四六——一五○六。他于一四九二年发现新大陆。

才明白这不是岛而是一条大鲸鱼。这一切是在里斯本[1]时，一个老航海家告诉我的，他是个信实可靠的人，他凭救世主的血和肉发誓：他所说的都是实话！"

以上的对话，是新大陆发现之后五年棕树星期日[2]前两天，即一四九八年四月六日，在佛罗伦萨皮货巷离旧市场不远货栈楼上一间房子里说的。这个货栈属于鹏波·培辣尔底的商行，他也在塞维拉[3]开有分行，而且打造船只要往哥伦布发现的新地做买卖去。季多·培辣尔底先生是鹏波的侄子，少时就喜欢航海。他本要参加发斯哥·达·伽马[4]的世界周航的，可是害了当时初出现的一种可怕的病症。这病症没有一定的名称，意大利人叫作"法兰西病"，法兰西人叫作"意大利病"，波兰人叫作"德意志病"，莫斯科人叫作"波兰病"，土耳其人又叫作"基督教病"。他请教过所有的医生，他也在一切有灵验的神像面前挂过蜡制的阳具，但都没有效力。他完全残废了，成了半身不遂，但还保持着精神上的活跃。他爱听航海家的经历故事，他读书看图直到深夜，他做梦在大洋航行，发现了前无人知的国土。

航海器具：铜制赤道仪、四分仪、六分仪、测星仪、罗盘、地球仪等，使这房子好像一间船舱。通到阳台去的门开着，由那里可以看到，四月间向晚晴朗的天空渐渐晦暗起来了，有时吹来一丝微风，灯焰便晃动一下。从底下货栈传来外国香料的气味：印度胡椒、生姜、肉桂、豆蔻和丁香。

"不错，就是这样，雷翁那图先生！"季多结束他的谈话，一面用手摩擦那小心包裹着的病腿，"'信能移山'，这话说得不错的。哥伦布若

---

[1] 里斯本 Lissabon——葡萄牙首都。
[2] 棕树星期日——每年复活节前的星期日，当年耶稣于是日进耶路撒冷，据《约翰福音》说，是日好多人手拿棕树枝出城迎接他。
[3] 塞维拉 Sevilla——在西班牙南方。
[4] 发斯哥·达·伽马 Vasco da Gama，一四五〇——一五二四，周游世界之第一人。

是同您那样怀疑，那他什么事都做不成功！我们要承认：值得忍受种种难以言传的痛苦的，值得年才三十便有灰白头发的，为的成就这种发现，为的找到了天堂的位置！"

"天堂的位置？"雷翁那图惊讶起来，"您这话什么意思，季多？"

"什么？您还不知道吗？您简直没有听说过哥伦布先生在阿佐尔群岛[1]上观察北极星所得的结果吗？他由此观察证明说：地球并非球形，并非苹果的样子，像以往人们所假设的，而是梨子的样子，有个突起部分，好像女人的奶头，天堂就在这奶头上面一座山上，山高得很，山顶碰得到月亮那儿。"

"然而，季多……这是违反一切科学理论的……"

"科学！"季多打断他的话，带着鄙视神情耸一耸肩膀，"您也知道吗，先生，哥伦布对于科学有什么意见？我给您引一段他自己说的话，从他的预言书上引出的，他说：'帮助我成就我所成就的，不是数学，不是地图，也不是什么理性根据，唯一的是以赛亚[2]关于新天新地的预言。'"

季多不响了。惯性的关节痛又发作了。他请雷翁那图喊用人来，把他抬回卧房去。

剩下一个人在房里，这艺术家便审查哥伦布研究北极星运动所写的算式，他发现这里面有好多明显的错误，他几乎不敢相信自己的眼睛。

"何等的无知！"他惊讶起来，"这人是在暗中两手摸索偶然碰到了新大陆。他什么都看不见，同瞎子一个样，他简直不知道，他发现的是什么。他以为这是中国，是所罗门的俄斐[3]，是尘世上的天堂。将来，他死时，还不知道这究竟是什么地方哩！"

---

[1] 阿佐尔群岛 die Azorische Inseln——在大西洋中，共有九岛。
[2] 以赛亚 Jesaja《旧约》的一位先知，这预言见《以赛亚书》第六十六章第二十二节。
[3] 俄斐 Ophir 古代犹太人传说产金子的地方，见《列王纪上》第九章第二十八节。

296

　　雷翁那图再读一遍一四九三年四月二十九日哥伦布的第一封信，他向欧洲报告他的发现："有大功于今世之克利斯朵夫·哥伦布之书信，关于最近发现之恒河以外印度岛屿。"

　　雷翁那图整夜都在研究算式和地图。有时，他走出阳台外面，看看天上的星，想起这位"新天新地的先知者"，这位具有小孩子精神和心思的幻想家。他不知不觉拿自己的命运去比较哥伦布的命运。

　　"他知道得何其少，而成就得何其多！我呢，我有那么多的智识，却一点不能动弹，好像残废的人，同这个培辣尔底一个样。我一生都在努力趋向于未知的世界，可是至今未曾走近一步。人家说，是信仰成就这个事情。可是完满的信仰和完满的知识，不是一而二二而一的吗？我的眼睛不是比哥伦布看得更远吗？这个盲目的先知者，也许人类的命运本来是如此吗：为要知道，必须睁开眼睛，为要成就则又当盲瞎？"

　　雷翁那图没有留心到夜已经过完了。星星都熄了光了。淡红的曙色映照在屋顶瓦檐之上，在这旧砖屋墙里倾斜梁柱之上。听得见巷内行人嘈杂声音。

　　有人敲门。他开了门。卓梵尼走进来，提醒师傅说：今天，棕树星期六，要举行"火试"的。

　　"什么叫作'火试'？"雷翁那图问。

　　"多米尼哥·达·贝沙修士代表季罗拉谟·萨逢拿罗拉，朱良诺·龙狄内里修士代表敌党，两人要一齐从柴堆火内走过。谁能平安无事从火内出来，就是在上帝面前证明谁的道理是正确的。"贝尔特拉非奥解释说。

　　"好的，……去吧，卓梵尼。我祝你今天看个好热闹。"

　　"您不一道去吗？"

　　"不。你看，我忙得很。"

　　徒弟已经要告辞了，但再努力一次，再做一次请求。

　　"我来时，路上碰到保罗·索孟齐先生。他通知我，要来接我们，带我们到一个很好的位置去，那里什么都看得见。可惜您没有工夫。我想……也许……您知道，师傅，'火试'是定在中午举行的。那时您能够做完工作的话，我们去看还来得及。"

雷翁那图笑起来。

"你一定要我去看这个奇迹吗?"

卓梵尼低下头来。

"好的，那时候我大概没有什么事情的。我去就是了。"

到了约定的时候，贝尔特拉非奥回到师傅这里来，保罗·索孟齐同他一道来，一个很轻快活动的人，几乎同水银一个样，他是穆罗公爵在佛罗伦萨的最重要的侦探，又是萨逢拿罗拉的死对头。

"有这个话吗，雷翁那图先生? 您真的不同我们一道去吗?"保罗嚷起来，用着难听的尖锐声音，扮着滑稽的面孔和姿势，"胡闹吗! 像您这样一个大科学家，不去看这种物理学实验，那谁个有资格去看呢?"

"人家果真准许这两个人走进火里去吗?"雷翁那图问。

"我怎么知道呢? 事情果真到了那种地步，多米尼哥修士当然也不害怕走进火里去的。不是他一个人。两千五百个市民，穷的、富的、有学问的、无知识的、女的、少的，昨天晚上都到圣马可修道院声明，他们愿意参加'火试'。所以，我可以对您说: 这样疯狂的事情，使得有理性的人也都头脑糊涂了! 甚至我们的哲学家和自由思想家也害怕起来: 果真有个修士平安无事从火里走出来的话，那将怎么样呢? 不，先生，倘若这两个人通通烧死了，您试想想那些'哭党'将扮出什么面孔呢!"

"这是不可能的，萨逢拿罗拉绝不会相信这个事情的!"雷翁那图深思地说，好像在自言自语的样子。

"他并不相信这个事情，"索孟齐回答，"或至少他并不完全相信这个事情。此时若能取消前议，他是很高兴的。可惜太迟了。他把民众煽动起来，现在得到报应了! 民众已经满口流涎了，他们要看奇迹，别没有话说。因为这里也含有一种数学，先生，而且同您的数学一般地有趣。既然有个上帝，为什么不显个把奇迹给人看呢？譬如使得二乘二不等于四，却等于五，以便符合于信徒们的祈求，为的教像你我一般的无神的自由思想家惭愧无地！"

"好的，那么走吧！不是该去的时候吗？"雷翁那图说，用着不掩饰的嫌厌眼光看看保罗。

"不错，不错，是该去的时候了！"保罗热心说，"再说两句话就去。您知道吗，这整个'奇迹'是谁挑拨起来的？是我呀！所以我希望您能恰切估计这件事情的意义，雷翁那图先生。除您以外，谁有这个资格呢？"

"为什么恰恰是我呢？"艺术家嫌厌地反问。

"您装作好像不明白的样子！我是一个老实人，您自己也看得出来的，我的心地十分坦白，但我也有了一点哲学气。我知道了修士们拿来搅扰我们的那些胡说一斤值几文臭钱。在这一点上，我们两人是同志，雷翁那图先生。所以我说，现在轮到我们得意的时候了。理性万岁！科学万岁！因为无论有没有上帝存在，二乘二总归等于四的！"

三个人一起动身走了。大街小巷充满了扰攘的人群。各人脸孔上都含着同样的看热闹和好奇的表情，像雷翁那图清晨在卓梵尼脸孔上所看到的。

在织袜巷离鄂尔圣弥迦勒教堂不远之处，墙龛里立着安得烈·维洛启奥雕的多马使徒青铜像，这使徒正拿他的指头去摸索基督的伤痕，那里人群特别地拥挤。有几个人很热心地念着墙上张贴的布告，其他的人倾听着。这布告是用红色大字印的八条神学纲要，由"火试"来证明或反驳的：

——上帝之教会必须改革。

——上帝将惩戒教会。

——上帝将改革教会。

——教会改革之后，佛罗伦萨亦将改革，并将超越一切民族之上。

——不信上帝之人将改邪归正。

——以上一切将立刻实现。

——教皇亚历山大第六驱逐萨逢拿罗拉出教之命令不生效力。

——不承认此驱逐命令之人并无罪过。

雷翁那图、卓梵尼和保罗三人挤进人群当中。他们停住了脚步，听听众人的议论。

"就算是这样好了，朋友，但不由得人害怕起来，"一个老工匠表示他的意见说，"希望不要弄出什么罪过才好。"

"怎么会弄出罪过来呢，菲力浦？"一个青年工匠回答他，带着轻薄的自负的微笑，"我以为绝不会弄出什么罪过的。"

"这是一种试探，朋友，"菲力浦仍坚持他的意见，"我们祈求一个奇迹。可是我们有看奇迹的资格吗？经上说的好：'不可试探主你的上帝！'[1]"

"莫作声，老头子！你胡说些什么？'你们若有信心像一粒芥菜种，就是对这座山说：你从这边挪到那边，它也必挪去，并且你们没有一件不能作的事！'[2]上帝必定显出一个奇迹来的，若是我们有信心的话！"

"一定的！一定的！"人群中好多声音附和着他。

"谁先走进火里去呢？是多米尼哥修士，还是季罗拉谟修士？"

---

[1]"不可试探主……"——见《马太福音》第四章第七节。又见《申命记》第六章第十六节。

[2]"你们若有信心……"——见《马太福音》第十七章第二十节。

"两个人同时走进去的!"

"不,季罗拉谟修士只管祈祷,他自己不走进火里去。"

"为什么不进去呢?他不进火里去,叫谁进去呢?多米尼哥先进去,以后季罗拉谟进去,他们之后,我们有罪的人也要分享上帝这种恩典,凡在圣马可修道院报过名的人都要走进火里去。"

"听说季罗拉谟神父要叫死人复活起来,这话可靠吗?"

"不错,有这话。先试试火,以后再来显复活奇迹。我自己见过他写给教皇的信。'人家要给我一个敌手呀,'信内说,'我们两人一齐到坟墓前去,挨次喊道:出来呀!死人得了谁的命令,从墓内复活起来,谁就是先知者,另一个则是骗子。'"

"等着吗,朋友,还有别的事情哩!只要你们有信心,你们还可以亲眼看见人子的面孔,看他怎样驾云而来哩,还要发生前所未有的异兆和奇迹哩。"

"阿门!阿门!"群众叫起来。面孔都灰白了,眼睛射出疯狂的火光。

群众涌动起来,把这三个人带着走。卓梵尼还看一眼维洛启奥雕刻的像。无信心的多马正拿他的指头抚摸救世主的伤痕,在他脸上那个温和而狡猾、无畏而含疑问的微笑当中,卓梵尼看出了与雷翁那图微笑相似的神气。

到了执政府广场附近,他们更加觉得拥挤,保罗不得不恳求一个保卫团骑兵,在那儿经过的,领他们到议会门前石砌的看台去,那里留下几个座位给外国公使和本城体面市民的。

卓梵尼有生以来未曾见过如此广大的民众。不仅整个广场,连一切阳台、高塔、窗子甚至屋顶上都挤满了人。有些人攀缘在装在墙内的铁灯台上面,在栅栏、屋檐和承溜上面,有些人甚至挂在那令人眩晕的高处,好像在空中飘荡。人们为争位置打起架来。一个人跌下来了,立时死在地下。

街口都给木架和链子封锁起来，只留下三条街可以通过，保卫团把守在街口，只让不带武器的成年男子一个个地走进广场来。

保罗指着柴堆给两个同伴看，并对他们解释其中的构造。从看台脚下那只代表本城徽志的青铜狮子开始直到"比萨檐"下为止，叠起一堆狭而长的木柴。中间有条小路给受试的人经过的，路底铺着石、沙和黏土，两旁木柴砌成的墙壁涂着柏油并撒着火药。

从瓦克雷查街走来了方济谷会修士——萨逢拿罗拉的敌党，背后，多米尼会修士也来了。季罗拉谟修士穿着白绸道袍，手里捧着圣体函在太阳之下闪光，多米尼哥修士则穿一件火红色丝绒衣服，他们两人走在最后。

"你们要将能力归给上帝，"多米尼会修士们歌唱道，"他的威荣在以色列之上，他的能力是在穹苍。上帝啊，你从圣所显为可畏！"[1]

民众应和着修士的歌唱，并用震撼的叫声回答道：

"和散那！和散那！奉主名来的，是应当称颂的！"[2]

鄂堪雅柱廊今天用木板隔成两半，萨逢拿罗拉的敌党占住靠近议院那部分，他的本党则占住其他部分。

一切都准备好了可以点火了，可以走进火里去了。

每逢主持这次"火试"的委员们从旧宫走出来的时候，民众便肃静无声了。但他们只到多米尼哥修士身边，低声同他说话，以后又回宫内去。朱良诺·龙狄内里修士不见了。

不安和紧张到了几乎不能忍受的地步。好多人踮起脚跟，伸出颈项，为的看清楚一点，另有些人则在画十字，手摸念珠，做一种素朴的

---

[1] "你们要将能力……"——见《诗篇》第六十八章第三十四节和三十五节。
[2] "和散那！和散那！……"——见《马可福音》第十一章第九节。按这是耶稣进耶路撒冷时，民众欢迎他的话。

幼稚的祈祷，反复念着同样的话："显一个奇迹吧！显一个奇迹吧！显一个奇迹吧，主啊！"

没有风，郁闷得很。清早起就可以听到远处的雷声，愈响愈近来了。太阳晒得热烘烘的。

有几个体面市民从旧宫内走到看台上来，他们都是议院议员，穿着深红色的长袍子，好像古代罗马人穿的。

"老爷！老爷！"一个小老头子慌慌张张地跟在他们背后叫喊，鼻梁上架着圆眼镜，一支鹅毛笔插在耳朵后头，大约是议院的书记，"会还未曾开完哩。我请你们进去一下，正要投票表决哩……"

"魔鬼抓他们去吧，连着他们的鸟票！"一个市民回答他，"我已经够受了！那些愚蠢的演说，害得我耳朵都痛起米。"

"他们还等待什么呢？"另一个人问，"这两个人既然愿意烧死，就让他走进火里去吧。事情不就完了吗？"

"但是我请您想想，这是人命重案啊！"

"蠢东西！世界上少掉两个呆子，并不是什么不幸事情啊！"

"您说他们要烧死吗！但他们应当按照教会的一切章程以及经典的规定来烧死的，问题就在这里！这是一个很复杂的神学问题！"

"如果是神学问题，那应当派修士向教皇请示去。"

"这里说不上教皇不教皇、修士不修士。我们应当想想民众，诸位先生！若是能够恢复本城安静的话，我们自然可以牺牲一切神甫和修士的，不仅可以促成他们进火里去，而且可以叫他们进水里、空气里和土地里去。"

"进水里去就够了！我提议：拿一个大桶装满水，把这两个修士都浸到里面去！谁从水里出来没有沾湿的，谁的道理就正确。这个办法至少是没有危险的！"

"诸位听到刚才的新闻吗？"保罗窃笑着插口说，毫无一点敬意，"我们的可怜的朱良诺·龙狄内里修士吓得尿屎直流。人们替他放过血，免得他吓死了。"

"你们只是在那里开玩笑罢了，诸位先生，"一个具有聪明而忧郁面孔的尊严的老头子说，"我听到本城头等公民说这样的话时，我不知道活着好还是死了好！真的，我们的建立本城的祖先一定要垂头丧气的，倘若他们料想到后代的人能够堕落到如此可耻的地步！"

那些委员总是急急忙忙在议院和柱廊两方面奔跑。谈判似乎得不到一个结局。

方济谷会的人断定说：萨逢拿罗拉在多米尼哥的袍子上行了魔术。多米尼哥于是脱下了袍子。里衣上也可以行魔术的。他只好走进宫里去，脱得光光的，然后穿起另一个修士的衣服。人家不许他到季罗拉谟修士身边去，怕萨逢拿罗拉再给他行魔术。人们也要求他放下手里拿的十字架，他同意了，但他声明：没有捧着圣餐，他是不肯走进火里去的。这里，方济谷会的人便宣布：萨逢拿罗拉一派人想把基督的血和肉烧在火里。

多米尼哥和季罗拉谟无论如何向他们解释，都不成功，无论如何说明圣餐是烧不了的，火只能烧去可灭的"样相"，不能烧去永存的"实体"。说到这里又爆发一种经院哲学的论争了。

民众开始发出怨声。

此时，天上盖满乌云了。

旧宫背后狮子街那里忽然传来几声狮吼，原来那里一个园子中豢养着几只狮子作为佛罗伦萨城的徽志。狮子饿了，拖长了吼声，大概因为这天人们忙着布置"火试"，忘记去喂狮子了。

这好像是广场上那只青铜狮子的怒吼，气愤它的民众的无耻的。

但民众应和着这猛兽的吼声，用一种更吓人的人类饥饿的呼喊：

"快点！快点！进火里去，季罗拉谟修士！显一个奇迹吧！显一个奇迹吧！显一个奇迹吧！"

萨逢拿罗拉正在圣杯前祈祷，好像忽然清醒起来。他走到柱廊边缘，用着惯常的命令姿势高举他的手臂，禁止民众喧哗。

但民众不肯沉默下来。

后排"比萨檐"下"狂党"群中，有人叫喊：

"他害怕了！"

这声叫喊立刻传遍了群众。

"狂党"的铁甲骑兵向后排冲过来。他们要冲到柱廊这里来，冲向萨逢拿罗拉身上，把他践踏在马蹄底下。

"打死他们，打死他们，那些讨厌的伪君子！"愤怒的声音狂喊着。

野兽般的面孔出现在卓梵尼眼前。他闭起眼睛，不愿看见；他以为再一瞬间，人们就要抓住季罗拉谟修士，把他撕裂成碎块了。

但恰在此时发了一声响雷，一个闪电照彻天空，大雨倾盆而下，佛罗伦萨人好久以来未曾见过这样的大雨了。

这阵急雨并不长久。但雨过之后也就谈不上什么"火试"了。木柴堆成的两壁中间那条道路，成了一条湍急的水沟，仿佛从屋顶檐溜倾注而下的。

"好呀，那些修士！"人群中有人笑道，"他们要进火里去的，如今却陷入水中了。这才是真正的奇迹哩！"

一队兵士护送萨逢拿罗拉通过狂怒的群众。

暴雨之后继以微雨。

贝尔特拉非奥的心痉挛起来，当他看见季罗拉谟修士如何跟跄脚步，低垂着头，风帽直盖到眼睛上，白绸袍子溅满了污泥，在蒙蒙细雨之中匆忙走过……

雷翁那图看着卓梵尼的苍白面容，便握着他的手，领他出了人群外面，好像当年焚烧"虚荣品"的时候一个样。

第二天，艺术家又坐在培辣尔底家那个船舱般的房子里面，正在向季多先生说明：哥伦布关于天堂的位置在梨子形地球的奶头上那种见解，是荒谬无稽的。

季多起初注意听他的话，也提出异议，反驳他，后来忽然不响了，沉起了面孔，好像为真理缘故气愤雷翁那图。不久他又喊腿痛，叫人抬回卧房去。

"我做了什么事情使得他难过呢？"艺术家自问说，"他想要的，不是真理，而是一个奇迹，同萨逢拿罗拉的门徒们一个样！"

他翻阅一本旧簿子，眼睛偶然落在几行字上，那是那个可纪念的日子，民众围攻他的家里，向他索取圣钉那日写的：

> 你的正义是何等奇妙啊，你，一切运动事物之最初推动者！你绝不从任何动力取去它的必然影响的规律和方式。因为如果一种动力欲将一个形体推动到百寸距离之处，这形体半路碰到障碍了，于是依照你的命令，这反跃力便造成新的运动，使得那段未走之路恰恰给新的运动和冲击所代替了。你的必然性是何等神性的啊，你，一切运动事物之最初推动者。你以你的法则强迫一切效果依照最短道路去追随各自的原因。这便是一个奇迹！

于是，他想起他那幅"最后的晚餐"，想起基督的面孔，他寻找了那么多年，至今还未寻找到。他现在觉得，上面这几句话，关于最初推动者的，关于神性必然性的，以及说"你们中间有一个人要卖我了"这话的人的完满的智慧中间，必定有某种关联存在。

晚上，卓梵尼来了，报告这天的消息。

执政府命令季罗拉谟修士和多米尼哥修士二人离开国境。"狂党"探知这两人还在踌躇不肯走的时候，便携带枪械和大炮，跟随无数的民众，把圣马可修道院包围起来，而且攻进祈祷室去，修士们正聚集在那里做晚祷。他们起来抵抗，拿燃点着的蜡烛、烛台、木制的和铜制的十字架做武器。在火药的烟雾和火灾的光照当中，他们的样子是很可笑的，好像疯了的鸽子，同时又是很可怕的，好像魔鬼一般。一个修士爬到屋顶上去，从那里丢下石头。另一个修士则跳上祭台，站在耶稣钉十字架像面前放火枪，放一枪便喊一句："主上帝是应当称颂的！"

修道院被攻破了。修士们劝萨逢拿罗谟逃走。但他同多米尼哥两人宁愿束手待缚。他们被送往监牢去了。[1]

执政府的兵士无论如何努力，或者装作努力，都不能保护这两个囚徒免受群众糟蹋。

有些人从背后打季罗拉谟修士的耳光，一面模仿"哭党"的歌调哼着：

"说呀，喂，说呀，上帝的伟人！谁个打你的？说呀！"

另有些人四体落地在他的脚前爬来爬去，好像在街上泥泞里寻找什么东西，他们学着猪叫说：

"小钥匙呢！小钥匙呢！有人看见季罗拉谟的小钥匙吗？"

这话是暗示萨逢拿罗拉说教中时常爱提起的那把"小钥匙"，他恐吓着要拿来开启罗马的"腐臭柜子"的。

当初加入圣军的小孩子、当小检察员的，现在拿烂苹果和臭鸡蛋向他抛掷了。

那些挤不进人丛中来的，则从远处喊着同样的骂人的话，好像百骂不厌似的：

"懦种！懦种！懦种！犹大！叛徒！屁精！巫士！敌基督者！"

卓梵尼一直跟随萨逢拿罗拉到旧宫里面那个监牢大门口。

季罗拉谟修士走进监房门的时候——他直到行刑之时，未曾离开这个监房，一个滑稽家伙用脚踢他屁股，喊道：

---

[1] 萨逢拿罗拉之塲合——马基雅维利在所著的《君主论》中，论到这件事，他认为萨逢拿罗拉之失败在于没有武装。当群众开始对他不信任时，他没有办法来保护他的信徒们，也没有办法来强迫不信他的人信他。他是个拙劣的政治家，他所开始的道路不能彻底走下去。

"你的预言都在这儿实现了！"

第二天早晨，雷翁那图带着卓梵尼离开了佛罗伦萨。

一到米兰，画师就专心致志于拖延了十八年之久的工作——"最后的晚餐"中救世主的面容。

就在没有成功的"火试"那一天，即一四九八年四月七日棕树星期六，法兰西国王查理第八完全出人意料地死去了。

他的讣告，对于穆罗，不啻是晴天霹雳。因为以路易十二[1]之名继承法兰西王位的，乃是司伏萨家的不共戴天之仇人——奥尔良公爵。他是前朝米兰公爵的女儿瓦棱菩娜·维士孔菩的孙子，他自以为是伦巴底全土的唯一合法继承人；现在他计划占领这个国土，并要把"司伏萨强盗窝"捣毁成灰。

查理第八未死以前，米兰，穆罗宫廷里，曾举行一次"学术辩论会"，公爵觉得很有兴趣，决定两个月之后还要举行一次。好多人以为为着即将到来的战争之故，穆罗会停止这第二次辩论会的。他们想错了，穆罗是最会装假的，他故意向他的敌人们表明：他并不把他们当作一回事；表明：在司伏萨家温和统治底下，伦巴底全土更加繁荣"黄金和平的花果"，复兴起来科学和艺术，而他的宝座并不是专靠武力维持的，也是靠他成为全意大利最开明的君主，成为文艺保护人这点荣名来维持的。

在罗克阅堡那个大"球厅"里，聚集着巴维亚大学的博士、教授和学士，戴着四方形的红帽子，披着大红缎面鼬鼠披肩，戴着紫色的羚羊皮手套，腰带旁边还挂着绣金的荷包。宫廷贵妇一律穿着华美的跳舞衣服。穆罗脚下宝座两旁坐着吕克列沙小姐和采西丽亚伯爵夫人。

[1] 路易十二 Louis XII，一四六二——一五一五。

卓尔曹·梅鲁拉以一篇演说宣布开会。他把公爵比喻作配里克列[1]、厄拍米农达[2]、西庇阿[3]、加图[4]、亚古士督·梅成[5]、特拉扬·提多[6]以及好多其他的伟大人物。他证明：新雅典（米兰）是超过旧雅典之上的。

然后开始一场神学的论争，关于圣母玛丽亚童贞受孕的。

以后是医学的论争，关于美女是否比丑女更富于生产力？鱼胆治疗托比亚[7]是否自然？女人是否是不完全的自然产物？救世主在十字架上被枪扎穿时流出的水是由体内哪个器官出来的？女人是否比男人好淫些？

以后是哲学的论争，关于基本元素是多型性还是一型性问题。

"这个题语表示什么意思？"一个没有牙齿的、生就一双婴孩样浑浊眼睛的老头子，含着恶毒的微笑问道，他是一个很厉害的经院哲学博士，他总要如此精细判别"实质"和"外相"，使得没有人听懂，以此来弄得他的论敌头脑糊涂。

"基本元素，"另一个人发表意见说，"既不是实体，也不是属性。但每种行为不是实体便是属性，所以基本元素不是行为。"

"我的意见，"第三个喊道，"认为每个被创造的实体，无论精神的或肉体的，都是属于物质的。"

经院哲学老博士只摇摇他的头，好像他的论敌们所能反驳的话，他预先都知道了，他只吹一口气，就可以将他们的诡辩通通吹破了，好像

---

[1] 配里克列 Perikles——纪元前五世纪时雅典政治家，当时希腊文化最为发达。
[2] 厄拍米农达 Epaminondas——纪元前四世纪底比斯大将。
[3] 西庇阿 Scipio——纪元前二世纪罗马执政。
[4] 加图 Cato——纪元前二世纪罗马政治家。
[5] 梅成 Mäcenas——罗马骑士，亚古士督恺撒之亲信，死于纪元前八年。
[6] 提多 Titus——罗马皇帝，在位七九——八一年。
[7] 托比亚 Tobias——《旧约》伪经《托比亚书》人物。

蜘蛛网一般。

"我们可以假定，"第四个发挥说，"世界是一株树，那么树根就是基本元素，树叶就是属性，树枝就是实体，花就是有理性的灵魂，果就是天使本质，而上帝就是照料这株树的园丁。"

"首级基本元素是一元性的，"第五个叫喊说，没有听别人的话，"次级的是二元性的，三级的则是多元性的。一切又都是趋向于统一。——Omnia unitatem appetunt."

雷翁那图总是同往常一样，一声不响孤单地听着，有时唇边现出一种聪明的微笑。

休息了一会之后，一位数学家，方济谷会修士路加·巴楚里[1]，拿出水晶做的多面体模型给大家看，并证明毕塔哥拉斯定理，关于那构成全宇宙的五个最初创造的有规则形体。然后他朗诵一首诗，诗中这些形体自颂自赞说：

科学的最甜蜜最美丽的果实，
早已刺激远古一切哲人，
去探寻我们的隐秘的原因。
我们辉映着无形体性的美丽，
我们是一切世界的本根。
柏拉图欣羡我们的奇妙的和谐，
还有毕塔哥拉斯和欧几里[2]。
我们充塞了永存的天体，
多么完美啊是我们的样态，
一切形体都从我们领受度量和法则。

---

[1]路加·巴楚里 Luca Paccioli ——意大利数学家，约生于一四四五年。
[2]欧几里 Euklid——纪元前三世纪希腊几何学家。

采西丽亚伯爵夫人在公爵耳旁说了几句话，一面指着雷翁那图。穆罗唤艺术家到身边来，请求他参加辩论。

"先生，"伯爵夫人自己也对他说，"请您给我一点面子……"

"你看，连太太们都请求你哩，"公爵说，"不要再谦让推托了！有什么关系呢？你给我们说些真正有趣味的东西。我知道，你的头脑装满了奇奇怪怪的事物……"

"请您原谅，殿下！我心里很愿意的，采西丽亚太太。但真的，我不会。我不能够……"

雷翁那图没有佯装。他确实害怕在大庭广众面前说话，他也不能够说。他的言语和他的思想中间有一条永久的鸿沟间隔着。他仿佛觉得，每一个字，不是说得过火，便是说得不够，不是改变了意义，便是撒谎。他在日记簿上写下来的意见，也常常改作、涂抹或修正。谈话之中他时常讷讷不能出口，时常糊涂了，中断了，找寻恰当字眼，但寻不着。他把那些演说家和著作家称作爱说闲话的人和糊乱涂鸦的人，但他暗中却欣羡他们。完全平凡的人却能圆滑而流利地说话，这事使他生气，同时又使他诚心喜欢："上帝究竟拿这种才能赐予好多人的！"他心里这样想。

但雷翁那图愈加坚决拒绝，太太们就愈加顽固请求。

"先生！"她们把他包围起来，燕语莺声联合请求他，"请您！看哪，我们大家都请您！说一点吧，说点真正好玩的东西！"

"说点将来人类要怎么飞的。"馥狄里基太太提议说。

"还是关于魔术的好！"爱梅里拿小姐反对这个提议，"关于役鬼术！这是很有趣味的！关于关亡术！怎样唤死人从墓中出来的……"

"莫挖苦我，小姐！我敢向您说，我从来未曾唤过死人……"

"好的，总是一样的。那么说点别的事情。但要是真正能使人骇怪的，而且不要数学……"

雷翁那图从来不会拒绝他人的请求，无论请求的是谁，是什么事情。

"我的确不知道，小姐。"他惶惑地说。

"他答应了！他答应了！"爱梅里拿拍手呼喊说，"雷翁那图先生要说话了。你们听哪！"

"什么事情？怎么样？是谁呀？"那位神学院院长问，他因年老迟钝，耳朵重听。

"是雷翁那图！"他的邻座，一个青年医学学士在他耳朵旁边喊。

"关于雷翁那图·比萨诺，那个数学家吗？是不是？"

"不是。是雷翁那图·达·芬奇自己说话。"

"达·芬奇？是博士还是学士？"

"不是博士，也不是学士，连大学也未毕业哩，是个艺术家罢了。他就是画'最后的晚餐'的那个雷翁那图。"

"是画家吗？他要讲演关于绘画的事情吗？"

"恐怕是关于自然科学的事情。"

"自然科学？难道现在的艺术家变成科学家了吗？雷翁那图？我没有听过这个名字。他写过什么东西？"

"没有写过什么东西。他没有发表过一本书。"

"没有发表过一本书吗？"

"据说，他用左手写字，"旁边有人插口说，"用一种秘密字体，为的不让人家懂得。"

"不让人家懂得吗？用左手写字吗？"那位院长愈听愈加惊讶起来，"好的，那么一定是些很有趣味的东西。是不是？为的工作疲倦之后消遣一下，我想。为的叫公爵和这些漂亮娘儿们开心一下。"

"也许是有趣味的东西。我们等着瞧吧。"

"好的。您早应当这样说的。自然，宫里的老爷太太们要寻开心的。这些艺术家是滑稽的人物！他们晓得逗人家发笑。那个呆子布发马谷，据说也是这样一个滑稽人物。好的，我们要瞧瞧这个雷翁那图是什么样的人……"

他把眼镜揩拭干净，为的能看清楚一点这将要表演的把戏。

雷翁那图最后一次向公爵投射求饶的眼光。公爵微笑着皱起了额头。采西丽亚伯爵夫人点着指头恐吓他。

"我若不说几句，他们更加要恼恨我的！"艺术家心里想，"我不久又须请求青铜来铸那个'巨像'了。唉，不管他，总是一个样的，我随便给他们说些东西，只为的敷衍他们。"

他下了最后决心，走上讲台去，向到会的学者们看了一眼。

"我须得预先声明，诸位先生，"他结结巴巴地说，脸红起来，好像小学生，"这完全出乎我意料之外的，只为的满足公爵的愿望，这话就是说——我要说，……我以为，那么干脆一句话，我要说点关于贝壳的事情……"

接着，他说起那些化成石头的海栖动物，那些海藻和珊瑚的痕迹，在离海甚远的岩洞和高山上发现出来的，由此证明，自从远古以来，地球表面有如何重大的变迁：现在是大陆和高山，从前则是海底。水本是自然界的活动力量，自然界的"车夫"，它创造并毁坏山岳。海岸渐渐向海中央伸张去；夹在陆地中间的内海渐渐露出海底，结果只剩下一条河床，流入大洋去。譬如波河已经排尽伦巴底全土的水了，整个亚德里亚海将来也要如此。尼罗河将来要把地中海变成沙丘和平原，同埃及和利比亚一样，那时要从直布罗陀[1]那里流入大洋的。

"我确信，"雷翁那图做结论说，"学者们以往所忽视的动植物化石之研究，将要建立一种簇新的科学之基础，关于地球的、关于地球的过去和未来的……"

雷翁那图的思想是如此明了和确定，无论他态度如何谦逊，仍是如此充满对于科学的不可动摇的信仰，与巴楚里的模糊的毕塔哥拉哥斯派

---

[1] 直布罗陀 Gibraltar——地中海流入大西洋之海峡。

幻想和博学博士的死经院哲学完全两样。所以他的话说完之后，好多人面孔上显出了彷徨失措的神气："现在怎样呢？怎么办呢？喝彩呢，还是嘲笑呢？是新的科学呢，还是一个无知者的夸诞呢？"

"我们诚心希望，我的亲爱的雷翁那图，"公爵深思地微笑着说，好像大人同小孩子们说话一样，"我们诚心希望你的预言实现出来，希望亚德里亚海干了，那时候那些威尼斯人、我们的敌人，就要困在他们的海港里，好像螃蟹困在沙滩上一般了。"

所有的人都附和着笑了，笑得过分地喧闹。方向已经有了，宫殿定风旗便随风飘动。巴维亚大学校长迦卜里尔·皮洛凡诺先生，一位银丝头发的壮伟老头子，面貌很庄严，但是非常平凡的，他的有礼而谨慎的微笑，附和着公爵的屈尊的笑语，说道：

"您刚才告诉我们的话，是非常有趣味的，雷翁那图先生。我只要提醒一点，即是：这些小贝壳，自然界中一种偶然的、虽然好玩却完全无邪的玩意儿，您想在这上面建立一种新科学，我们若是像过去人们所做的，拿洪水来解释它们的起源，那不是简单得多吗？"

"是的，是的，洪水！"雷翁那图抢着说，现在他不腼腆了，宁可说态度十分自然，好多人以为太不客气，甚至以为有点僭妄，"我知道，大家都说是洪水。但这种解释不得当。请您自己判断一下：按照量过洪水的人自己所说的话，当洪水时水面高过最高的山以上十五寸。那么由狂涛涌来的贝壳，一定是从上面沉下山去的，从上面的，迦卜里尔先生！不是从旁边的，更不会在山底下，在地内岩洞里面。此外，也一定是没有次序的，随波涛高兴涌到哪里就是哪里，决不会在同样高度，一层叠一层的，如我们现在观察到的样子。而且还请您注意以下的事实，这是很有趣味的：那些共同生活的动物，如软体动物、乌贼、牡蛎等，总是聚集在一处，反之那些单独生活的动物，又是单独存在的，恰恰同我们今天在海滩上所能观察到的样子。我自己屡次考察过贝壳化石的位置，在托斯堪那[1]、伦巴底和毕孟[2]等地方。您也许要说：这些动物不是波涛涌来的，乃是随着洪水上涨升到高地来的。但这种反驳也不难答辩。因为这些动物行走很慢，同蜗牛一样，即使不更慢些。它们不会游泳，只能依靠介壳的运动在沙和石头上爬，每天至多只能爬三四寸远。那么，请您告诉我，迦卜里尔先生：据摩西说，洪水只有四十天长久，这样一种动物怎能于这短短时间内爬过那隔在蒙费拉山和亚德里亚海岸间二百五十迈尔的道路呢？唯有那些看不起实验和观察的人，才会说那种话，他们是凭照书本，凭照饶舌文人的幻想，去判断自然界的，而没有相当的兴趣，用自己眼睛去看看自己所说的东西。"

来了一阵难受的沉默。大家都觉得校长反驳的理由是很薄弱的，他把雷翁那图看作生徒是不对的，雷翁那图反而可以把他看作生徒。

最后，穆罗的宠臣、宫廷星士俺布罗曹·达·罗萨特先生，征引老卜里尼[3]的话提出另一种解释，他说：这些化石不过表面上现出海栖动物形态，其实是由于星宿的神异影响而发生于地土之中的。

雷翁那图听到"神异"两字，不禁唇边显出一种无可奈何的厌烦的微笑。

"但您将怎样解释这种事实呢，俺布罗曹先生?"他答辩说，"即是：同一个星宿对于同一个地方的影响，造成了不同的动物化石，不仅动物种类不同，而且年龄也不同。我恰好发现出，人们检查贝壳的截断面，可以详细算出这些动物活了几年，甚至于零几个月，好像在牛羊角上或树干上计算年龄一样精确。您要怎样说明，有些是原封不动的，有些是破损的，有些里面还含有沙、泥土、蟹螯、鱼刺、鱼齿，或者给波涛滚圆的石粒，像海滩上所见的呢？还有高山岩石上留下的叶子的薄痕呢？

---

[1] 托斯堪那 Toscana——意大利中部，佛罗伦萨城即在此区域内。

[2] 毕孟 Picment——意大利东北部。

[3] 老卜里尼 Plinius der Aiterer——罗马学者，死于公元七九年。

还有附着于贝壳之上的化成石头的压成丝团的海藻呢？这一切从哪里来的呢？难道都是星宿的影响吗？若是要这样判断的话，那么我相信，整个自然界中就没有一种现象不能拿'星宿的神异影响'来解释的！那时，除了占星学以外，一切科学都是胡说的了……"

经院哲学老博士请求发言，得到发言之后，他便指责：这个论争根本走错了道路。二者必居其一：或者发掘出来的化石问题是属于低等"机械"科学，与形而上学没有相干，那就不值得讨论，因为今天的会不是为讨论非哲学问题而召集的；或者是属于真正的最高科学——辩证法，那么人们只能按照辩证法的规则来讨论，即是把思想提高为纯粹精神的观照。

"我知道，"雷翁那图说，现出更加无可奈何、更加厌烦的神气，"我知道您说的什么意思，先生，这一点，我自己也曾仔细想过了。但那都是不对的。"

"都是不对吗？"老头子含着讥讽笑起来，忽然现出了恶毒的面相，"若是不对的话，先生，就请您指教我们！请您好心指教我们吧，您的意见认为什么才是对的？"

"哦不，我绝不要……我敢对您说……我只要谈一谈贝壳……您看，我以为……总而言之，没有什么高等科学和低等科学的分别，有的只是一种建立在经验之上的科学……"

"建立在经验之上吗？哦，哦！那么请您允许我问一句：如此说来，您将置形而上学于何地呢，柏拉图的、亚里士多德的、卜洛丁[1]的以及论到神、精神和世界的古代一切哲学家？难道这一切都是……"

"不错，这一切都不是科学！"雷翁那图安静地回答，"我承认古人的伟大，但其伟大之处并不在这个方面。在科学范围内，他们是走错了道路的。他们要去认识那非认识力所能及的东西，而认识力所能及的，

---

[1] 卜洛丁 Plotin——新柏拉图派哲学大师，死于二七〇年。

316

他们反而不屑一顾了。他们自己走错了路，还要领导别人走入错路至好几个世纪之久。人们既然谈的是一些不可证明的东西，他们自然不能达到一致的见解。每逢没有合理证据之处，人们便以大声叫喊代替之。可是，真正知道的人，是无需要叫喊的。真理的话只有一种，这话一说出来，争论者的叫喊必然都要止息。若是还有叫喊的话，那就证明真理还未曾发现。难道在数学上有人争论：二乘三等于六或等于五吗？争论三角形内角之和等于或不等于两直角吗？这里，一切矛盾都在真理面前消失了，所以为这科学服务的人能够和和平平地享受这个科学，而在那些冒牌的诡辩的科学则不然……"

他还要添加几句话，但看了论敌一眼之后，他便不响了。

"好呀，雷翁那图先生，我们现在牵涉那么远了！"经院哲学博士笑得更加恶毒，"我知道，我们两人可以互相了解的。不过唯有一点我不明白，请您原谅我这个老头子！怎么样呢？我们关于灵魂、上帝、死后生命的知识，这些都是与自然经验没有相干的，都是'不可证明的'，如您所说，但业已被《圣经》证明为颠扑不破了的，这些难道是……"

"我没有说这个话，"雷翁那图沉起面孔打断了他的话，"我所说的没有牵涉上帝启示的圣书在内，因为这些圣书乃是最高的真理……"

人家不让他说下去。会堂中发生普遍的骚乱。有些人叫喊，有些人哗笑，有些人从椅子上跳起来，气愤的面孔直对着他，另有些人则只鄙夷不屑地耸耸肩膀，转开了面孔。

"够了！够了！""让我来回答他，诸位先生！""还用得着回答吗，胡闹！""胡说！""我请求发言！""柏拉图和亚里士多德！这一切难道不值一个臭蛋吗？""人们怎敢说这种话？""我们的圣母的真理、教会的真理呀！""邪说！邪说！无神论！"

雷翁那图不响了。他的面孔是安静而忧愁。他感觉到他的孤寂，在这些自以为替科学服务的人们中间，他看见那条鸿沟，隔在他自己和他们中间。他不是气愤他的那些敌人，而是气愤自己，因为他不会及时沉默，不会避免这回争论，因为他虽然有丰富的经验，仍旧给幻觉的希望所诱引了，以为只消将真理告诉人家，人家就能够接受的。

公爵，他的底下的高官以及宫廷贵妇等，对于这个争论觉得非常好玩，虽然他们好久就未曾听懂一句话了。

"好得很！"公爵高兴得喊起来，摩擦着他的双手，"简直是一场大战。看哪，采西丽亚太太，他们就要打架的。那边那个小老头子，气得发疯，他全身颤抖，举起拳头来吓人，帽子也脱下来了，正在挥舞着。还有那个穿黑衣服的，坐在他背后穿黑衣服的，看哪，满口都是泡沫！这一切为的什么呢？为的——那些化成石头的贝壳！这些学者真是奇异人物！他们确实是很苦恼的。还有我们的雷翁那图哩！他平时是那么安静的……"

大家都笑了，看这些学者的辩论快活得很，好像在看公鸡打架。

"现在我须得援救我的雷翁那图了，"公爵说，"不然，那些红帽子先生要把他撕成碎块的……"

于是他走进那些咬牙切齿的战士中间。他们就不响了，纷纷让开道路，好像人们泼了油在狂涛之上，穆罗的微笑就已足够调和形而下学和形而上学的冲突了。

他邀请客人吃饭，而且和颜悦色地添加几句话说：

"诸位先生，你们争论过了，你们争得疲倦了。现在，够了！你们也必须补养一下。我敬请诸位就座！我希望，我的煮好的那些鳞介，产自亚德里亚海的——谢谢上帝，这海现在还未曾干掉，不至于像雷翁那图先生的化成石头的贝壳那样，惹起如此激烈的争论吧！"

筵席上，路加·巴楚里正坐在雷翁那图身边，在他耳旁低语道：

"别人向您进攻时，老朋友，我没有帮您说话，请您不要见怪。他们没有正确了解您。然而您本可以同他们相调和的，因为彼此都不妨害。人们无论何时都不应当走极端的，那么一切就可以和解，可以一致了……"

"我完全同意您，路加师兄。"雷翁那图回答。

"那就好！凡事总要和平谅解的。莫怪我说直话，为什么要争吵呢？形而上学是很好的，数学也是好的。大家都有立脚地。你让我们一点，我们让您一点。老朋友，对不对呢？"

"对得很，路加师兄！"

"好了，好了！那么以后就不会有什么误会了。各人得到各自的权利……"

"一头牛犊吃两头母牛的奶。"艺术家心里想，一面望着这位修士兼数学家的狡猾的面孔，面上生着两颗伶俐的老鼠眼睛，懂得如何调和毕塔哥拉斯和阿葵诺之多马士的。

"祝您健康，师傅！"雷翁那图的另一个邻座，那个炼金术士嘉黎屋托·萨克罗布斯果，举起酒杯，带着内行人的面孔，屈身向他，"您很巧妙地引诱他们上钩了，叫魔鬼抓去吧！您用了一个非常美妙的譬喻！"

"什么譬喻？"

"又来了！这不漂亮，师傅！我以为您无须乎瞒骗我。谢谢上帝，我们俩都是内行人！我们决不会互相拆穿的……"

老头子狡猾地眨动眼睛：

"您问：什么譬喻吗？我要告诉您的：地土好比是硫黄，太阳好比是盐，海洋的水曾经淹过山顶的，好比是水银，那个活动的液体。如何？是不是？"

"不错，嘉黎屋托先生，正是这样！"雷翁那图笑起来，"您把我的譬喻解释得很恰切！"

"我把它解释出来了吗？看哪！可见，我也懂得一点！而那个化成石头的贝壳正好比是炼金术士的秘密，那个'智者之石'，它是由太阳

（盐）、地土（硫黄）和水（水银）的结合而产生出来的。这便是金属间神圣的相互转变。"

老头子举起了食指，扬起了给他的炼金术火炉烧焦了的眉毛，发出了一种善良的天真的笑声。"而我们的那些戴红帽子的学者先生，竟至于一点也不懂得！现在，我们喝一杯祝您的健康吧，雷翁那图师傅，而且敬祝我们的科学炼金术繁荣发达吧！"

"我高兴得很，嘉黎屋托先生！现在我明白了，什么都瞒不过您的。我答应您，以后再不在您面前佯装了。"

筵席散后，客人都告辞走开了。公爵只邀请了少数几个人到一间阴凉而舒适的房子里去，叫人拿来了酒和果子。

"哦，好玩，好玩得很！"爱梅里拿小姐兴致勃勃地说，"我从未曾想到会如此滑稽有趣。说老实话，我以为我一定要厌烦的。然而比跳舞会还更有趣味哩！这样的学术辩论会，我天天都喜欢来听的。他们如何气恼雷翁那图，如何叫喊！可惜他们不让他把话说完。我还想听听他说起他的巫术，说起役鬼术哩！"

"我不知道，是否确实的，也许只是一种传说，"一位老贵族说，"据说雷翁那图脑子里有如许异端邪说，以至于再不信仰上帝了。他专心去研究自然科学，以为做一个哲学家还比做基督教徒好些……"

"胡闹！"公爵很坚决地宣布说，"我认识他的。他有一颗金子做的心。唯有说话是那么勇敢，实际上他连一只跳蚤都不肯伤害。人家说他是个危险人物。好，人家找到一个该当害怕的人了！异端裁判法庭那些神父大人无论如何叫喊，我是不容许人家伤损我的雷翁那图的一根头发的。"

"后代的人也要感谢殿下恩德的。"巴达沙·卡斯蒂容尼[1]行了一

---

[1] 巴达沙·卡斯蒂容尼 Boldassare Castiglioni，一四七八——一五二九，当时一个有名的作家。

个恭敬的鞠躬礼说。他是乌比诺宫廷的一位漂亮先生，到米兰作客来的。"殿下保护这样一个不平常的、可说世间特有的艺术家。可惜他如此忽略艺术，他的精神又如此专注于奇奇怪怪的幻想……"

"您的话说得不错，巴达沙先生，"穆罗赞同他的意见，"我时常对他说：丢弃这一切哲学吧！可是您知道那些艺术家的脾气的，简直没有办法，无论怎样说，他们都不听。他们都是些怪人……"

"殿下这话说得非常之对，"一位高官插口说，他是盐税局长，早就要说点关于雷翁那图的事情了，"他们都是些怪人！他们时常想出一些令人惊讶的事情。不久之前，我到雷翁那图的工场去，为的请他在一只陪嫁箱子上画一幅寓意画。'师傅在家吗？'我问。'不，他出去了，他很忙，没有工夫替人画画。''他忙着什么事情？'我问。'他要确定空气的重量。'我以为人家在嘲弄我。但以后我碰到雷翁那图。'真的吗，师傅，您在哪里研究空气的重量？''不错。'他说，望着我，好像望一个呆子。空气的重量！您觉得怎样，太太？一阵温柔的春季微风有几磅几两几钱重？"

"这还不稀奇哩，"一位生就一副愚蠢的好虚荣的面孔的青年侍从说，"我听说，他发明了一只小船，无需用桨可以逆流而上。"

"无需用桨？完全自动的？"

"是的。用轮子，靠水蒸气的力量。"

"一只小船，用轮子？恐怕是您自己杜撰出来的吧？……"

"我敢用我的名誉向你保证，采西丽亚太太，这话我是从路加·巴楚里修士那里听来的，他还看过这机器的图样哩！据雷翁那图的意见，蒸汽含有很大的力量，不仅小船，连大洋船都推得动哩！"

"听哪听哪！我早就说过了啦！这就是巫术，就是役鬼术啦！"爱梅里拿小姐喊了起来。

"不错，他是个怪人，这是不能否认的，"公爵带着善意的微笑做了结论，"但我还是喜欢他。有他在场，就有很多的趣味，决不会沉闷无聊的。"

沿着维塞里拿门外一条冷静的街道，雷翁那图转回家来。道旁山羊在吃草。一个给太阳晒褐的童子，拿着竿子赶一群鹅。黄昏的天空是明亮的。唯有北方看不见的阿尔卑斯山上面，压着金边的云块，同石头一般沉重。云块中间，一颗孤寂的星在天边闪烁着。

雷翁那图心里想着他亲见的两次斗争：佛罗伦萨的奇迹斗争和米兰的学术斗争。他感觉这两种斗争好像"双身人"，"此身"与"彼身"是何等相似，同时又是何等差异！

一座摇摇欲倒的小房子外面的石阶上，坐着一个六岁左右的小姑娘，正在咬着一块夹有烧葱头的黑面饼。

雷翁那图停止了脚步，招呼小姑娘到面前来。她含着惊惧眼光望着他，但后来显然信任他的笑容了，她也微笑着，用着她的赤裸的褐色小腿小心走下石阶来，阶上乱七八糟堆着厨房垃圾、蛋壳、螃蟹壳等。他从袋里拿出一个橙子，糖渍的，而且涂了金，外面还用纸头小心包裹着，这种糖果宫里很多，他在宫里宴会时常爱藏几个在袋里，为的散步时候送给街上的小孩子。

"是金做的吗？"小姑娘低声说，"一个金做的球球啊！"

"不是球球，是一种果子。你咬一口看看，里面甜得很。"

小姑娘不能决定咬下去。她望着这从未见过的糖果，没说一句话，心里快活得很。

"你叫什么名字？"雷翁那图问。

"马鸦。"

"马鸦，你听过公鸡、山羊和驴子一道出去钓鱼的故事吗？"

"没有。"

"你要我讲给你听吗？"

他用他的姑娘样的温柔雅致的手，抚摸着她那柔软而散乱的头发。

"来吧，我们坐下来吧。等一等，我还有些茴香饼。我知道，那个金果子，你舍不得吃的。"

他伸手到袋里去摸索。

石阶上出现一个年轻女人。她看看雷翁那图和马鸦，和悦地对两人点点头，就坐在纺车旁边。

以后屋子又出来了一个驼背老太婆。她也有一双明亮的眼睛，同马鸦的一个样，大概是小姑娘的祖母。她也看了雷翁那图一下，忽然合起了双手，当她认识了他的时候。她屈身在那个纺纱的女人耳边低低说了几句话。那个年轻女人跳了起来，喊道：

"马鸦！马鸦！快点来！"

小姑娘还在迟疑。

"快点回来，你这没家教的丫头！等着吧，我要把你……"

马鸦吓怕了，赶快走上石阶去。祖母夺过了她的金果子，丢到围墙那边邻家院子去，那里有猪的噪叫声音。小姑娘哭了起来。但老太婆在她耳边说几句话，手指着雷翁那图。马鸦立刻停了哭声，圆睁两颗惊怖的眼睛呆呆地望着雷翁那图。

雷翁那图别转脸去，垂下头，不作一声，走开了。他明白，老太婆认识了他，听人说过他是个巫士，现在以为他要用他的"恶眼"来迷惑马鸦了。他加紧了脚步，好像逃跑的样子；他头脑如此糊涂，手还在袋里摸索着现在没有一点用处的茴香饼。

在这对受惊吓的无邪的小孩子眼光面前，他感觉到孤独，比较在那称他作无神论者要打死他的疯狂的群众面前，以及那嘲笑真话如同嘲笑疯子梦呓的学者们集会面前，还更孤独些。他感觉到自己同别人隔离得这样远，好像孤独的黄昏之星在无希望的明亮的天边上一个样。

回家以后，他就走进他的工作室。这屋子连着布满尘埃的书籍和那些科学仪器，在他看来，比一间牢房还更愁惨些。他坐在桌旁，点起蜡烛，拿出一本簿子，专心从事于不久之前开始的关于形体在斜面上运动法则之研究。

数学能使他宁静，好像音乐一样。这天晚上数学也给予他的心以熟知的惬意的宁静。演算完了以后，他从桌子抽屉里拿出他的笔记簿，他的左手用照镜式字体写下了在学术辩论会时引起来的思想。

书蠹和文士，亚里士多德的徒子徒孙，饰着孔雀羽毛的乌鸦，拾人牙慧的应声虫——他们鄙视我这个发明家。我可以回答他们好像当初马留士[1]回答罗马贵族一个样："你们拿他人的事业替自己增光，而我自己的事业的果实你们却不要我享受哩。"

自然研究家和古人应声虫，这两种人物中间之差异，好像一种物体和这物体在镜子里面的映象之差异一样。

人们以为我不是同他们一样的文士，因此我没有权利写和说关于科学的意见，因为我不能够正确表达我的思想。他们并不知道，我的强处并不在于语言文字，而在于经验，经验就是一切善于著书的人的教师。

我不愿意，我也不能够像他们一样，去繁征博引古人的著作。我依靠那比书籍更真实的东西，依靠经验，它是一切教师的教师。

蜡烛光不甚明亮。他晚上不眠时的唯一朋友，那只猫，跳到桌子上来，淡漠地咕噜着、献媚着。那颗孤独的星从窗子生尘的玻璃照进来，更遥远地、更无望地。雷翁那图望着这颗星，心里想着马鸦那双注视他的无限惊怖的眼睛。但现在他不难过了，在他的孤独地位上，他又明亮而坚定起来了。

唯有他的心坎最深处，他自己也不认识的地方，激起了一种不可解

---

[1] 马留士 Cajus Marius，纪元前一五七——前八六，罗马大将，建立几次大战功。

的苦恼，几乎是良心咎责，好像冻结的河流的冰盖底下涌出一股热泉，仿佛他果真有什么事情需要对马鸦负疚的。他要宣告自己的无辜，但他不能够。

第二天早晨，雷翁那图要到圣玛丽亚修道院去，为的继续画基督的面容。

那个机器匠左罗亚斯特罗，携带簿子、画笔和颜料箱，在屋子门前等待他。艺术家走出院子时，看见那个马夫那斯塔曹在屋檐底下很勤奋地用刷子洗刷一匹灰白相间的牝马。

"贾宁诺怎么样了？"雷翁那图问。贾宁诺是他的一匹心爱的马。

"很好，"马夫懒懒地回答，"但是那匹斑马走不动了。"

"斑马吗，"雷翁那图很不快活地说，"好久了吗？"

"四天了。"

那斯塔曹没有看主人一眼，不作声，很不乐意地更加用力去刷马屁股，刷得马焦躁起来，四脚乱踏。雷翁那图要看看那匹斑马，那斯塔曹便引他到马厩去。

卓梵尼·贝尔特拉非奥走到院子，为的用新鲜泉水洗脸的时候，他听到了那种尖锐的高亢的有点女性的声音，这是师傅所特有的，每逢他突然发起那种暴烈的然而对任何人都无危险的脾气的时候。

"是谁呀，是谁呀，告诉我，你这羊头、你这蠢材，是谁叫你去喊兽医来医马的？"

"可是，我请您想想，师傅，马有病了，总归是要医的……"

"医什么东西！你以为这些臭油膏就……"

"油膏不相干的。但是那些话、那些咒语……您完全不明白的，所以您这样发气……"

"滚开，到魔鬼那儿去吧，连着你的那些咒语！这个糊涂庸医哪能医马呢，他不懂得马身体的构造，不懂得一点解剖学……"

那斯塔曹抬起他的肿胀的昏睡的眼睛，莫名其妙地望着他的主人，而且扮出一种看不起人的面孔来说道：

"什么解剖学！……"

"混账！滚你的蛋，离开我的屋子！"

那个马夫连眼睫毛都没有动。根据长久的经验，他知道主人突然的愤怒过了以后，自己会来请求他留住的，因为雷翁那图素来看重他是个识马性的人，又很爱惜马匹。

"我本来要请求老爷准许我告辞的，"那斯塔曹回答，"老爷欠我三个月工钱。还有干草哩，那不是我的过错。马可没有给钱买燕麦。"

"什么？有这回事？马可哪能不给钱呢，我已经嘱咐了他……"

马夫耸耸肩膀，别转脸去，表示他不愿意继续谈论这件事情。他像煞有介事地咳嗽了几声，又去洗刷马匹，好像要在马身上出气一般。

卓梵尼一面有趣地微笑着注意听他们谈话，一面用手巾揩擦那给冷水弄红了的面孔。

"师傅，怎么样？我们去吗？"亚斯特罗问，他等得不耐烦了。

"等一等，"雷翁那图回答，"我要问问马可燕麦的事情，看这奴才撒谎没有……"

他走进屋里去。卓梵尼跟随着他。

马可在工场里用功。同往常一样，他十分精确地遵照师傅的一切规定，拿一把铅制小调羹，照着那张填满数字的表格，在量那画阴影用的黑颜料。他的额头流出汗珠，颈上青筋暴涨起来。他喘息着，好像在把一块大石头滚上山去。紧闭的嘴唇、拱起的背脊、顽固地高耸起来的红发束，以及那双带着臃肿而粗大指头的红手，好像在表明：坚忍和努力足以克服一切。

"哦，师傅，你还没有走吗？我请您……您还有工夫替我审查这个算式吗？我一定算错了的。"

"好的，马可。现在我先问些别的事情。真的吗，你没有拿钱买燕麦给马吃吗?"

"当然我没有给钱买燕麦。"

"你这是什么意思呢,朋友?我确同你说过了,"艺术家继续说下去,用着渐渐变成惶恐不安的眼光看他的管家的严肃面孔,"我确同你说过了,你无论如何必须给钱买燕麦的。你忘记了吗?"

"我记得。但没有一个钱。"

"你看,我也想到这一层了。又没有钱了!你试想想,马,你考虑一下,马必须吃燕麦的!"

马可没有回答,他只气愤地丢开了画笔。卓梵尼看出这两人面上表情完全改变了,现在师傅变成了徒弟,而徒弟变成了师傅。

"请您听我说,师傅,"马可板起面孔说,"您请求我替您管家,叫我不要把这类事情麻烦您。为什么现在您又同我说起这类事情呢?"

"马可,"雷翁那图带着责怪神气喊道,"马可,我上星期才给您三十个弗罗璘!"

"三十个弗罗璘!请您算一算:还了巴楚里的账四个,给那个叫花子嘉黎屋托·萨克罗布斯果两个,给刽子手五个,他从绞刑架上偷了死尸给您做解剖用的,此外为修理温室的火炉和玻璃,我又花了三个,那里养着您的那些癞蛤蟆和鱼虾,而且那个生着条纹的魔鬼就整整花了六个金杜卡哩……"

"你说的是长颈鹿吗……?"

"不错,就是长颈鹿。我们自己连饭都没得吃,还要养这种该入地狱的畜生!您要怎样处置它,就处置它好了,它总归要饿死的……"

"既然这样,马可,就由它死去吧,"雷翁那图回答,"那时我就解剖它。它的颈骨构造是很有趣味的……"

"颈骨构造!唉,师傅,您没有这一切癖嗜就好,什么马啦、死尸啦、长颈鹿啦、鱼虾啦以及诸如此类的畜生,那时我们就可以舒舒服服过活了,无须乎向什么人低头。每餐有一块面包吃不更好些吗?"

"每餐一块面包！好像我自己除了每餐面包之外还希冀什么更好的生活！此外，我很明白，马可，你一定高兴得很，倘若我的一切动物通通死去，这些我费了好多辛苦、用了好多金钱才弄来的，我如何需要它们，你简直想象不到。你总是要贯彻你的意志。"

师傅的声音如此失望和怨恨，马可沉起面孔不响了，而且低下头来。

"这怎么好呢？"雷翁那图说下去，"我们将成了什么样子呢，马可？没有燕麦！这却不是开玩笑的事情！从来未曾穷到这种地步的……"

"一向就是这个样子的，以后仍旧是这个样子的，"马可回答，"有什么办法呢？一年多了，公爵没有给我们一个大钱。俺布罗曹·费拉里天天都推说：明天，明天，……他简直是戏弄我们……"

"戏弄我们？"雷翁那图喊起来，"等着吧，我要教训他一顿，看他还敢戏弄我们不敢！我要到公爵面前控告他去。是的，那个俺布罗曹，我要吓唬他一下的，但愿上帝降给他灾殃！"

马可只做了一个手势，好像要说：倘若某人吓唬了某人的话，那绝不是雷翁那图吓唬这位宫廷会计官！

"不必谈这话了，师傅！真的，算了吧！"他劝告说，他的僵硬而顽固的面容忽然换上了一副良善、温柔而带点施恩人的表情，"上帝是仁慈的，我们总归能够想到办法。您一定要的话，那我仍可以想法，使得喂马的燕麦也有着落的……"

他知道，为这目的，他必须动用自己的一部分钱，这钱他平时准备寄给他的生病的老母亲的。

"不单是买燕麦的事情！"雷翁那图喊起来，精疲力竭地坐落在椅子上面。他的眼睛映动起来，眯成一条缝，好像面前吹着一阵猛烈的冷风。"听我说，马可。我还有别的话对你说。下个月，我一定要用八十个杜卡，因为我……那是……我借了债……唉，不要这个样子看我！"

"借债？借谁的债？"

"那个钱商阿诺图。"

马可完全无望地合起了双手。他的红发束摇晃起来。

"那个钱商阿诺图吗？好，我恭喜您！我一定要说，您这事情做得好！您知道这家伙是个畜生吗？比犹太人、比回教徒还更混账些！他不是基督教国的人。唉，师傅，师傅，您做了什么事呢？您为什么不对我说呢？"

雷翁那图低下头来。

"我十分迫切需要钱用。不要恼恨我！……"

停了一会之后，他用畏惧的可怜的声调添加两句说：

"拿账簿来。也许我们发现出一些意外的款项。"

马可虽然确信一个大钱也不会发现出来，但因为除了顺从他的突如其来的不能持久的激动之外，没有别的方法可以安慰师傅，所以只好照他的愿望去拿账簿来给他看了。

雷翁那图远远看见账簿拿来时候便苦恼地皱起了额头。他看这本绿色封面的熟悉的大书，用着平常人看自己身体裂开大缝的伤口时一样的面孔。

师徒两人埋头在账目上面。这位大数学家，现在连加法减法都要算错了。这中间，他忽然发现了几千杜卡的款项没有着落。他追寻着，在他的钱柜里面，在一堆布满灰尘的纸头里面。但找不到所寻的东西，反而找到了一些无用的亲笔写得很详细的小账单，譬如一张关于沙莱诺的外套的：

绣银缎子	十五里拉四索独
红丝绒做绲边用的	九里拉
带子	九索独
纽扣	十二索独

雷翁那图气愤地拿来撕碎了，一面咒骂着将纸片丢到桌子底下去。

卓梵尼从师傅的面孔上看出了人性弱点的表情。此时，他想起了一个崇拜雷翁那图的人所说的话："在他身上，一个新的赫尔谟·特里斯墨季斯托神和一个新的底但族普罗默德结合起来。"他含笑想道："他原来如此：不是神，也不是底但族，乃是一个人，同我们大家一样。我为什么害怕他呢？哦，你这可怜的可爱的人！"

两天过去了。果然不出马可所料，雷翁那图忘记了钱的事情，好像他从来未曾想过这件事。第二天，他就向马可讨三个弗罗璘，为的购买一件洪水以前的化石，而且扮着这样天真的面孔，使得马可不好意思拒绝他，害他难过，只好从那为母亲积下来的自己的私蓄里，拿出三个弗罗璘给他。

无论雷翁那图如何请求，宫廷会计官总不肯支付他的薪俸。那时公爵自己也缺少钱用，因为拿了好多钱去准备同法国的战争。雷翁那图到处借钱，凡是认识的，他就去借，甚至借到自己徒弟的私蓄去。公爵连那座司伏萨纪念像，也不叫铸成了。黏土塑像、铸铜模型连同铁架、金属溶液的导管、铸床和熔炉，通通造好了。但艺术家拿他开的需要的青铜的单子送上去时，穆罗吓了一跳，发起脾气来，拒绝接见他。

一四九八年十一月底，雷翁那图为饥寒所迫，没有办法，写了一封信给公爵。雷翁那图的遗稿中有这一封信的底稿。信内零碎的、不连贯的句子，好像一个人的结结巴巴的说话，他感到十分羞惭，不懂得如何去求乞：

> 爵爷，我知道，您正忙于国家大事。但我又害怕，我今缄默，将来要激起我的恩主的愤怒，所以我敢提起我的不值一顾的穷困，以及陷于停息地位的艺术……
>
> ……自从两年以来，我没有领得一个钱薪俸，……其他替殿下服役的人大都有外水可赚，他们能够等待。但我，以我的艺术，这

艺术，我却愿意为某种能获利的事情而放弃的……

……我的一生都替殿下服役，而且我时时准备着奉行一切命令的……

……关于纪念像的事情，我简直搁起不说，因为我明白，时局……

……我心里很难过，为的赚钱维持我的衣食，不得不中断我的工作，而去从事一些不相干的事情。五十六个月之久，我须得维持六个人的生活，而我只得到五十个杜卡……

……我确实不知道，如何去使用我的能力……

……我应当想想荣誉呢，还是顾念每餐的面包？……

十一月某天晚上，雷翁那图疲惫地回到家里来，这一整天他都用来同人家谈话，很费力气的谈话——同那位慷慨的卡斯拍·维士孔蒂先生，同那个钱商阿诺图，还同刽子手，他索取两个怀孕的女人尸首的钱，若不付他，他要到异端裁判法庭那里告发去的。他先到厨房里去，为的烘干他的衣服，以后亚斯特罗给了他钥匙，他就到他的工作室去了。他走近房门时，听见房里有人说话。

"门是锁着的，"他心里想，"这是怎么一回事呢？难道有歹人在里面吗？"

他细心听着，听出了他的徒弟卓梵尼和恺撒的声音。他猜到他们在偷阅他的秘密文字，他从来未曾拿给人看的。他要开门进去，但他设想如果这样当场捉获了他们，他们将拿什么面孔对他呢？他自己替他们惭愧。他脸红起来，向周围一看，仿佛自己做了什么对不起人的事情。于是踮起脚跟，离了房门，穿过整个工场，到了另一边才喊起来，声音特别大，他们一定会听到的：

"亚斯特罗！亚斯特罗！拿火来！你们都躲到哪里去了？安得烈！马可！卓梵尼！恺撒！"

工作室内的声音停止了。有什么东西响了一下，仿佛玻璃杯坠地破碎的声音。以后窗子开合一下。他还静听着，不肯走进去。他的心里没有气愤、没有痛苦，只有恶心和嫌厌……

雷翁那图并没有猜错：卓梵尼和恺撒果然是从院子爬窗进来，在写字台的抽屉里翻腾，偷阅他的秘密文字、图画和笔记。

卓梵尼脸色苍白，拿着一面镜子；恺撒屈身在镜子上面，读着其中映出的雷翁那图的反面字体：

太阳之颂赞

我必须责怪厄比鸠，因为他曾说过：太阳实在只像我们看见的那么大。苏格拉底看不起这个崇高的星球，以为只是一块炽热的石头，这事我也觉得很奇怪。我愿意我能使用颇为尖刻的字眼去责备那些人，他们宁愿去崇拜人，而不愿崇拜太阳……

"我可以不念下去吗？"恺撒问。

"不，我请你，"卓梵尼说，"把这篇东西念完。"

那些崇拜类人的神灵的人，他们是十分错误的，因为即使人身变作同地球一般大，那仍旧比最小的恒星还要小些，仍旧是宇宙中一个渺茫的小点子罢了。此外，一切的人都是要腐朽的……

奇怪得很，恺撒惊讶说："这是什么意思呢？他崇拜太阳。而那个以自己的死克服了死的，在他看来简直是不存在。"

他翻过一页。

这里还有点东西，你听着：

　　　　　欧洲各处广大的民众，都要痛哭一个死在亚洲的人……

"这话，你懂得吗？"

　　"不懂。"卓梵尼低声说。

　　"说的是受难日星期五[1]！啊！我再念下去：

　　　　　你们这些数学家啊！你们拿出光来照照这种胡说吧！没有肉
　　　　体，精神是不能存在的；没有肉，没有血，没有骨，没有舌，没有
　　　　筋的地方，也就不能有声音和运动。

以下的给他涂抹了看不清楚。现在结论来了：

　　　　　至于其他一切关于精神的定义，那我都让神父大人和民众导师
　　　　说去，他们都是依赖上天降下的灵感去认识自然界的一切秘密的。

哼，这些纸头如果落在异端裁判法庭的神父大人之手，雷翁那图先生一
定不会太平的。这里还有一个预言：

　　　　　人们要无所事事，要轻蔑穷困和劳动，而过着奢华的生活，住
　　　　在官殿里拿了不可见的财宝去换取可见的财宝，而且要说：这是崇
　　　　奉上帝的最好的方法。

这里说的是出卖赦罪书的事情啊！"恺撒解释说，"萨逢拿罗拉能够说出
这个话的。这是投一块石头到教皇花园里去……

――――――――――

[1] 受难日星期五——耶稣钉十字架之日。

　　那些死了千年的人要喂养那些活着的人。

这话我不懂，对于我太高深了……哦，不错，自然。'死了千年的人'就是那些殉道者、那些圣者、修士们利用他们的名义来敛钱……

　　他们要对那些有耳朵而不能听的东西说话，要在那些有眼睛而不能看的东西面前点灯。

说的是圣像。

　　女人们要向男人们述说她们的情欲和她们的秘密丑事。

说的是忏悔。你说好不好，卓梵尼？怎么样？一个怪人！你试想想：他这类谜语是为谁而想出来的？而这里面又没有什么真正的恶事。不过是一种消遣、一种游戏，拿亵神的思想来游戏……"
　　恺撒翻过几页，再念道：

　　好多靠所谓奇迹来谋利的人都在欺骗愚蠢的民众，至于揭穿他们欺骗的人，则要给他们铲除了。

这话说的一定是萨逢拿罗拉的火试和那打破奇迹信仰的科学。"
　　他放下簿子，眼睛看着卓梵尼。
　　"够了吗？还需要别的证据吗？事情是完全明白的。"
　　贝尔特拉非奥摇摇头。
　　"不，恺撒，这一切都不是铁证。如果人们能够找到一个地方，那里他完全坦白地说……"
　　"完全坦白地？不，小朋友你莫想这个！他的本性原是这样的。一切都是两可的，他狡狯而多遁词，同女人一个样。所以他这样喜欢谜语。你试捕捉他的过往看看，他自己还不认识自己。在他看来，他本身就是最大的疑谜。"

"恺撒这话有道理。"卓梵尼心里想，"宁可有公开的亵神思想，而不要这种讥讽，不要无信心的多马的这种微笑，他拿指头去抚摸救世主的伤痕……"

恺撒拿给他看一张用橙黄色铅笔画在蓝纸上的小图画，夹杂在机器图样和算式中间的。画的是圣母同她的儿子在沙漠中的情景，她坐在一块石头上，用指头在沙面上画三角形、圆形和其他图形：圣母教她的儿子几何学——一切科学的源泉！

这幅奇怪的图画，卓梵尼看了很长久。他要读底下写的字，拿镜子放在旁边。恺撒看进去，他刚刚读了开头几个字："必然性，永久的导师……"雷翁那图的声音就在工场响起来了：

"亚斯特罗！亚斯特罗！拿火来！你们都躲到哪里去了？安得烈！马可！卓梵尼！恺撒！"

卓梵尼吓了一跳，面孔苍白了，镜子脱了手，掉在地下，破碎了。

"不祥的兆头。"恺撒笑起来。

好像被人发觉的窃贼，他们赶忙将那些纸头放回抽屉里去，捡起镜子碎片，开了窗子，跳在窗板上，攀缘着雨水管和缠绕屋墙的葡萄大藤，爬下院子去。爬时，恺撒抓不着东西，掉下去，几乎跌断了腿。

这天晚上，雷翁那图在数学里得不到常的宁静。他时而站起来，在房里踱方步，时而坐下去，开始一幅图画，立刻又搁到旁边去了。他的灵魂里发生一种无名的苦恼，好像他必须下个决心，但不能够。他的思想总要顽强地回转到同一点上面去。

他想着：卓梵尼如何从他这里逃到萨逢拿罗拉那里去，以后又转回来，回来之后有一时是很宁静的，专心致力于艺术。但自从那次不祥的火试以来，尤其自从那个"先知者"被处死刑的消息传到米兰以来，他变得比以前更加愁惨、更加无助了。

师傅看出卓梵尼何等苦痛，要离开他，但不能够。感到徒弟心里爆发一种斗争，这心太灵敏了，一定要感觉痛苦，然而又太软弱了，不能克服内中的矛盾。雷翁那图好多次觉得，他必须把卓梵尼攘走，把他驱逐出去，为的拯救他，但没有勇气这样做。

"只要我知道，用什么方法能够帮助他就好！"艺术家在考虑着。

他苦笑起来。

"我迷惑了他，他中了我的魔术！众人的话也许是实在的。我有一双'恶眼'……"

他走上那阴暗而陡峭的楼梯，敲着卓梵尼的房门。没有人回答，他自己开门进去。这小房子内阴暗得很，听到雨打屋顶和秋风萧瑟的声音。挂着圣母像的一角有盏小灯摇晃着。一个黑色的基督钉十字架像挂在白墙之上。贝尔特拉非奥和衣伏在床上，很不惬意地缩成一团，好像一个生病的小孩子，膝盖头曲得弯弯的，面孔埋藏在枕头之内。

"卓梵尼你睡着了吗？"师傅问。

卓梵尼跳了起来，轻轻喊了一声，伸出双手，好像撑拒的样子，圆睁两颗迷乱的眼睛，呆呆地望着师傅，含有无限的惊怖，好像在马鸦的眼睛里所表现的。

"你怎么样了，卓梵尼？是我啊！"

贝尔特拉非奥好像清醒过来，慢慢地用着他的手揩拭眼睛。

"啊，是您吗，雷翁那图师傅？我好像……我做了一个可怕的梦……那么是'您'吗？"他再问一次，用着锐利的眼光不信任地注视他，仿佛未敢完全断定似的。

师傅坐在床边，把手放在卓梵尼的额头上。

"你发热，你病了，为什么早不告诉我呢？"

卓梵尼要转过脸去，但忽然他又注视雷翁那图，他的嘴角垂下来，颤抖着。他合起了双手，低声恳求道：

"师傅，撵我走吧！自己，我是不走的；但我不应当再留在您这儿了。因为我……是的，是的，我做了卑鄙的行为，我背叛了您……"

雷翁那图抱起他，拉他到身边来。

"你说什么话，小弟弟？上帝保佑你！我看出来了，你何等痛苦！如果你以为有什么对不起我的地方，那么你知道我饶恕你一切的。也许将来有个时候，你也饶恕我……"

卓梵尼静静地抬起了他的两颗惊讶的大眼睛，由于一种不可抵御的冲动把身体紧贴在师傅身上，把他的面孔埋藏在师傅胸前，丝一般柔软的胡子里面。

"即使有一次，"他结结巴巴地说，一面呜咽着，全身都颤动起来，"即使有一次我离开了您，您可不要以为我不爱您。我自己不明白我究竟怎么样了，可怕的思想迫害着我：我要发疯了，上帝抛弃了我，哦，您不要以为……不，我爱您过于世界上任何人，过于我的第二个父亲本涅德托修士。没有人能像我那样爱您……"

雷翁那图温柔地微笑着，抚摸他的头、他的沾湿了眼泪的面颊，安慰他，好像安慰一个小孩子。

"好的，好的，现在不要哭了！我知道你爱我的，我的可怜的愚昧的小弟弟。一定又是恺撒同你说了什么话吧？"他添加几句说，"你为什么听他的话呢？他是聪明的，然而是不幸的，他也爱我，虽然他自以为恨我。有好多的事情，他不懂得……"

卓梵尼忽然静止了。他停了哭，用一种奇异的探索的眼光直看进师傅眼睛中去，他摇摇头。

"不是，"他慢慢说，好像用了好多力气才说出话来，"不是，并不是恺撒，而是我自己……不，不是我自己——是'他'……"

"他？——谁呀？"师傅问。

卓梵尼更加紧贴在师傅身上。他的眼睛又因为惊怖而圆睁起来。

"不，不是……"他轻轻说，几乎听不到，"我恳求您，不要谈起'他'……"

雷翁那图觉得卓梵尼在他的怀抱里颤抖起来。

"听我说，孩子，"他严厉地，然而亲切地说，不是完全自然的，却像医生同病人说话一个样，"我看出了你有什么事情存在心里。你必须告诉我一切，我要知道一切。听到吗，卓梵尼？那时你会轻松些的。"他想了一会，再添加一句说："告诉我，你刚才说的是谁呀？"

卓梵尼畏惧地向周围一看，将他的嘴唇凑在雷翁那图耳旁，一面喘息着低声说：

"是您的——'彼身'呀……"

"我的'彼身'？这话是什么意思？你做梦看见他吗？"

"不，醒着时候……"

雷翁那图瞪眼看了他一会。在某一瞬间，他有种印象，以为卓梵尼在说谵语。

"雷翁那图师傅，前天，星期二晚上，您没有到这里，没到我的房子里来吗？"

"没有。你自己不知道吗？"

"哦，我知道的……那么，您看，师傅，那一定是'他'了"

"你怎么会想到我是个'双身人'呢？我有个'彼身'呢？这是怎么一回事呢？"

雷翁那图觉得卓梵尼自己愿意叙说一切。他希望，徒弟把心里的话讲出来，可以轻松一些。

"怎么一回事呢？是这样的。'他'到我房里来，同您今天一个样，也是这个时候，也坐在我的床边，恰像您现在的样子。'他'说话做事，都同您一样，面貌也同您一样，但——好像是镜子照出来的。"他"不是使用左手的。我立刻想到：也许不是您；'他'知道我这样想，但'他'不露出来。'他'装作仿佛我们两人都不知道这个。直至'他'临走时，才回头问我：'卓梵尼，你从来没有见过我的"彼身"吗？如果你见到的话，你不要害怕！'那时，我便明白一切了……"

"你现在还相信吗，卓梵尼？"

"我哪会不相信呢，既然我见过'他'，像我现在见到您一样，而且'他'同我说过话……"

"关于什么事情？"

卓梵尼双手盖住了面孔。

"你还是说出来好，"雷翁那图劝告他，"不然你存在心里，只有苦恼罢了。"

"说的是一些不好的事情啊，"贝尔特拉非奥回答，同时用无望的恳求的眼光看着师傅，"一些吓人的事情。他说，宇宙间一切只是机械学罢了，一切都好像那个生有转动的腿的可怕的蜘蛛，那是'他'——不，那不是'他'，那是您发明的……"

"什么蜘蛛？哦，对了，我想起来了。你一定在我房里见过战争机器的图画吧？"

"以后他还说，"卓梵尼说下去，"人们所称为神的，其实乃是永恒的力，这力推动这个生有血淋淋铁腿的可怕的蜘蛛，而且在神看来，一切都是一样的：真和假，善和恶，生和死。人们没有一件事情能够逃过他，因为他同数学一个样，二乘二绝不会等于五的……"

"好的，好的。你不要难过！够了。我已经知道了……"

"不，雷翁那图师傅，再等一会。您还未曾知道一切。请您听我说下去，师傅！'他'说：基督也是空来一趟的，他死了，并未曾复活，未曾以死克服了死，而是在坟墓中腐朽了。'他'说这话时，我哭出眼泪来。'他'怜悯我，要安慰我：'不要哭。''他'说，'我的可怜的愚昧的小弟弟。没有什么基督，只有爱，只有伟大的爱，它是伟大的知识的产儿。凡知一切的人就爱一切。'您看，'他'总是拿您的话来说！'从前，''他'又说，'爱是从柔弱、从奇迹信仰和无知里出来的，现在则是从刚强、从真理和知识里出来的了，因为那蛇没有撒谎。你们吃了知识树上的果子，你们就变成同上帝一个样。'听了这话以后，我就明白'他'是从魔鬼那里来的，于是我诅咒'他'。但'他'走开了，又说'他'还要来的……"

雷翁那图如此注意听他说，仿佛这并不是病人的谵语。他觉得，卓梵尼的眼光，现在差不多安静下来了，在控告他，直刺进他的最神秘的内心去。

"但最吓人的，"徒弟轻轻说，同时慢慢离开了师傅的怀抱，用锐利的眼光盯着他，"最吓人的，却是'他'说这些话时，含着笑容……是的，是的，完全同您现在一样……您……"

卓梵尼忽然变了颜色，扭歪了面孔。他把雷翁那图推开了，用着刺耳的疯狂的声音叫喊道：

"你……你……又来了……假冒别人的样相来了……上帝在上，滚开去吧，灭了吧，你这该入地狱的！……"

师傅抬起头来，用着命令的眼光看他，说：

"上帝保佑你，卓梵尼！现在我看出来了，你确实是离开我好些。你记得，《圣经》上说过：'惧怕的人在爱里未得完全。'[1] 你若是完全爱我的话，就不会惧怕的，就会明白：这一切只是梦呓和迷信，我并不是众人所想象的那种人，我并没有什么'彼身'，我也许比那些骂我做敌基督者差遣的人还更真诚地信仰我的基督和救世主。前途珍重，卓梵尼！上帝与你同在！你不要害怕，雷翁那图的'彼身'不会再来探望你的……"

他的声音颤抖起来，表现出没有气愤的无限的忧愁。他站起来，要

---

[1] "惧怕的人……"——见《约翰一书》第四章第十八节。

走开了。

"果真是这样吗？我拿实话告诉他了吗？"他反省着，在这一瞬间，他感觉到，他准备要撒谎了，如果必须撒谎才能拯救卓梵尼的话。

贝尔特拉非奥跪下来，吻着师傅的手。

"不，不，我以后再不敢了！我明白，这是梦呓。我相信您，您一定知道，我将排除这类可怕思想。只需您饶恕我，师傅，请您饶恕呀！不要抛弃我呀！"

雷翁那图用着说不出的同情眼光看他，屈身向他，吻着他的头。

"那么，当心哪，卓梵尼！你要记得，你许诺了我的，……现在，"他用惯常的安静的声调再说，"我们赶紧下楼去，这里冷得很。你未曾完全复原以前，我不放你上楼的。此外，我有一件迫切的工作，你可以帮助我。"

雷翁那图领了卓梵尼到工场旁边他自己的寝室来，煽起炉里的火。火噼啪响着，令人舒适的红焰照亮全室时，他说必须预备一块木板，为一幅新图画之用。

雷翁那图希望，病人能因劳动而宁静下来。

果真是这样。卓梵尼渐渐产生工作的兴趣了，带了一种正经严肃的面孔，好像从事于非常有趣和重要的活动。他帮助师傅将一种毒药水溶解在酒精内之二硫化砷和升汞——灌注在木板之上，防止生蠹。然后，他们上了第一重料，把所有接缝和裂口都用雪花石膏、扁柏漆和乳香的混合物涂满了，并用一块平滑的磨铁去磨平高低不齐的地方。工作落在雷翁那图手里总是轻松而迅速的，好像游戏一般。他一面做工，一面教授种种经验，譬如教人如何捆束画笔，从那包在铅头内的最粗最硬的猪鬃笔，到那插在鹅毛管内的最细最软小栗鼠毛笔，又如教人为使留色剂容易干燥起见，须在其中掺和那带有赭石的威尼斯绿等。

松脂和乳香的令人舒适的新鲜气味，充满了房间，激起了工作的兴趣。卓梵尼用全身力量，拿一块羚羊皮沾着热麻油摩擦那块画板。他的身体温暖起来，再不发冷战了。他停了一会儿，为着喘气，他将他的红晕的脸转向师傅。

"摩擦下去，不要害怕疲倦，"雷翁那图鼓励他，"油冷了，就吸不进去的。"

卓梵尼拱起背脊，分开两腿，咬紧嘴唇，提起精神再做下去。

"好，你现在觉得怎么样?"雷翁那图问。

"很好。"卓梵尼回答，快活地微笑着。

其他的徒弟也到这温暖的明亮的房间来了，围着那个盖满丝绒般柔软的黑煤烟的伦巴底式大砖灶，那里听着潇潇细雨和飒飒秋风十分舒服。那个时常怕冷的然而总是无忧无虑的安得烈·沙莱诺来了，那个独眼怪左罗亚斯特罗·达·佩勒托拉也来了，还有雅可波和马可·督终诺。唯有恺撒·达·塞斯托没来，每逢这种友谊的聚谈时，恺撒总是不在的。

雷翁那图将木板放在旁边，让它干燥。他教徒弟们用什么方法去提取真正纯净的油，调颜料用的。人们拿来一个大瓦盆，里面盛着澄清的核桃稀浆，这些核桃用新鲜水浸过六次了，现在分泌一种白色液料，表面厚厚一层琥珀一般黄的脂肪漂浮着。雷翁那图拿棉花搓成几个长条子，同灯芯一样，一端放在盆子里，另一端则垂在一个白铁漏斗上，这漏斗插在玻璃瓶颈里面。油升到棉花上面来，由那里滴下瓶子，透明的，同金子一般的颜色。

"看哪，看哪!"马可呼喊，高兴得很，"何等纯净!我做的，总是浑浊的，无论我滤过多少次。"

"你一定没有把核桃的外皮剥掉，"雷翁那图解释说，"以后要显在画布上的，弄得一切颜色都昏暗了。"

"你们听到吗?"马可得意地喊，"最美妙的艺术作品会给薄薄一层核桃的皮弄坏了，可是，每逢我说必须以数学一般精确遵照师傅所有法则去做的时候，你们总要取笑我。"

徒弟们专心注意看着师傅制油，一面闲谈着、说笑着。夜虽然深了，却没有人想去睡觉。他们不断地将柴火丢进炉内去，每丢一片，马可就要心痛一下，但他们不理会他的。好像偶然的聚会所常见的情形一样，笼罩着一种没来由的普遍欢乐的气氛。

"我们来讲故事吧。"沙莱诺提议。于是他就先讲一个，讲得有声有色：一个教士复活节星期六往各人家里祝福去，到一位画家工场里时，便用圣水洒在一幅图画之上。"你为什么要这样？"画家问他。"这是我的好意，因为书上写的有：一件好事将从上面得到百倍的酬赏。"画家没有回答什么。可是教士走时，画家从楼上窗子倒了一桶冷水在他头上，喊道："现在从上面百倍酬赏你了，为了你弄坏我的图画这件好事。"

故事和笑话一个跟着一个说下去，愈说愈加有趣。大家都是兴高采烈的，但最快活的还是雷翁那图。

卓梵尼看见师傅十分爱笑。他的眼睛眯成一条缝，面上显出天真的素朴的表情。他摇摇头，揩拭眼里的泪珠，爆发一种清脆的笑声，这对于他的高大身材和强壮体格是很不相称的。他发气叫喊的时候，也是这个高亢的女人样的声音。

半夜时分，大家觉得肚子饿了，没有吃点宵夜不肯上床睡去的，尤其因为晚餐颇为淡泊，马可款待师徒们是很刻薄的。

亚斯特罗把储藏室里所有一切通通搬来了：一块残余的火腿，一点乳酪，几十个橄榄和一块陈旧的小麦面包，没有酒。

"你把酒桶摇过没有？"别人问他。

"摇过了，而且翻转过来了，但一滴都没有流出来。"

"啊哈，马可马可，你怎样款待我们呢？没有酒，我们将怎么办呢？"

"你们只晓得喊马可，马可！没有钱，我有什么办法呢？"

"钱有了，酒就要来了。"雅可波喊起来，一块金币抛得高高的，用手掌接着。

"你哪里得来这块钱，小鬼？又是偷来的吗？等着吧，我要把你的耳朵扯下来的！"雷翁那图点着指头威吓他。

"不，不，师傅，这钱，我不是偷来的，凭着上帝说话！若不是掷骰子赢来的话，我情愿坠落地狱，情愿烂掉舌头！"

"好，你要当心，若是拿贼子的酒来款待我们的话……"

雅可波跑到邻近的"绿鹰"酒店去，那里还未曾关门，因为瑞士佣兵要喝通宵的。这小孩子带了两锡罐酒回来。

酒使得大家更加欢乐。小孩子斟着酒，好像加尼梅，把酒罐举得高高的，使得红酒起了玫瑰色泡沫、白酒起了金黄色泡沫。他心里高兴，能够用自己的钱请客。他做出种种滑稽的姿势，在房里跳来跳去，假装醉鬼的嘶嗄声音唱着一位被开革的修士的无耻歌曲：

> 见鬼去吧，道袍、念珠和风帽，
> 哈哈，嘻嘻，嘻嘻，哈哈！
> 年轻的姑娘啊，你这般美貌，
> 同着你，我们现在要来胡闹……

或者游方学者作的一首巴库斯弥撒的颂诗：

> 谁个在自己酒内掺和了水，
> 包管他下地狱时候全身淋漓，
> 热烘烘的炉火升在地狱门里，
> 魔鬼要把他烤焦了，才放他进去。

卓梵尼觉得，他有生以来吃饭和喝酒，从未曾像现在这样快活过。

现在在雷翁那图家里，吃着这种石头一样的乳酪、藏了多日的面包以及喝着雅可波的可疑的也许真是偷来的钱买来的酒时，大家喝酒恭祝师傅的健康，恭祝他的工场的光荣，恭祝大家脱离贫困，各人并互相恭祝。最后，雷翁那图对徒弟们看了一眼，含笑说道：

"诸位朋友，我听说：圣方济谷把忧郁叫作最大的罪过，他而且说：凡是要求得到上帝恩宠的人，就应当时时刻刻欢乐。所以我们为了圣方济谷的智慧干一杯酒吧，我们恭祝在上帝之中的欢乐吧！"

大家都有点惊讶，但卓梵尼懂得师傅说这话的用意。

"哎，师傅，"亚斯特罗带着责怪的神气，摇摇头说，"您说什么欢乐，我们怎能谈得上欢乐呢，当我们还像毛虫、还像粪蛆那样，在地下爬来爬去时，别人为什么事情干杯，我不管。我自己则为人类的翼翅、为飞行机器而干杯！必须到了有翅膀的人类飞上云端去时，才有真正欢乐可言。什么重力、什么机械学法则，都叫魔鬼抓去吧，这些只会妨碍我们……"

"不对，不对，小朋友，没有机械学，你是飞不了的！"师傅笑起来，打断他的话。

众人散开之后，雷翁那图仍不让卓梵尼上楼去。他帮助徒弟在他的寝室内安设一个床铺，就在渐渐熄灭的舒适的炉火旁边。然后他拿出一幅彩色铅笔画，给卓梵尼看。

这画上少年人的面孔，卓梵尼觉得很熟悉。起初他以为这是一幅肖像画，有点像季罗拉谟·萨逢拿罗拉修士，他少年时候一定是这个样子，又有点像米兰放高利贷的人人憎恨的犹太富人巴鲁果的十六岁的儿子——一个多病的爱梦想的少年，他完全耽于"卡巴拉"神秘学说，做犹太法士们的生徒，法士们认他做以色列未来之光的。

但贝尔特拉非奥细看这个生着丛密的淡红头发、低下额头和肥厚嘴唇的犹太童子时，便认出是基督，自然不是圣像画上所见的基督。可是，他觉得这样的面孔从前见过的以后忘记了，现在忽然记忆起来。

基督头

头垂着，好像一朵花在柔弱的草茎上面。那两颗低垂的小孩子般无邪的眼睛，使人预感到橄榄山上那次最后的挣扎。那时他就惊恐起来，极其难过，便对门徒们说："我心里甚是忧伤，几乎要死！"他就稍往前进，俯伏在地，祷告说："阿爸，我父啊，倘若可行，求你叫这杯离开我，然而不要照我的意思，只要照你的意思。"第二次，他又去祷告说："我父啊，这杯若不能离开我，必要我喝，就愿你的意旨成全。"第三次祷告，说的话还是与先前一样。于是，他和死相挣扎着，祷告更加恳切，他的汗珠如大血点滴在地上。

"他祈祷什么呢？"卓梵尼思索着，"必须要成就的事，他怎能求其不成就呢？这事本是他自己所愿意的，他就为这事而到世界上来的。难道他同我一般懦弱吗？他也必须流着血汗，同这个可怕的'彼身'相挣扎吗？"

"你怎么样了？"雷翁那图问，他刚才有一会离了房子，此时才回来，"好像你又……"

"不，不，师傅！哦，你不知道，我何等舒服，何等轻松，现在什么都过去了……"

"谢谢上帝，卓梵尼！我同你说过了，就要过去的。留心着，以后不再有这种情形……"

"以后不会有了，请您放心！现在我明白了，"他指着这幅图画，"我明白了，您爱他，没有人像您那般爱他，……即使您的'彼身'，"他添加几句说，"再显灵在我面前，我也知道驱逐他的方法了，我只消提醒他这幅图画就够了。"

卓梵尼从恺撒口里知道，雷翁那图已经画成了"最后的晚餐"中的基督面容。他要看一看，他向师傅要求过好多次，雷翁那图答应他，但总不带他去。

一天早晨，师傅终于带他到圣玛丽亚修道院膳堂去了。在约翰和西庇太儿子雅各中间，十六年来留下的熟悉的空白地方，在开向黄昏天空和锡安山远景的窗子方框地位上，卓梵尼看见了基督的面容。

几天之后，向晚时分，卓梵尼从炼金术士嘉黎屋托·萨克罗布斯果家里穿过干塔拉那运河旁边荒凉的区域走回家里来：师傅委托他到那里拿一本稀罕的数学书的。

暴风和温暖之后，现在来个平静而寒冷的天气。路上污秽轨迹里积水之处布满脆弱的冰条；低下的云几乎碰到了落叶松的淡紫色的光秃树梢，树上有残破的乌鸦巢。天黑得很快，唯有极遥远的天边还剩下一长条黄铜色的晚霞。运河水没有结冰，安静的、沉重的、铁一般的黑水，好像没有底似的深。

卓梵尼思索着雷翁那图画的两幅基督面容，虽然他不愿承认这思想，而且努力用他的精神的一切力量摒除出去。他只需闭起眼睛，便看见这两幅画同活人一般，出现在他的面前：一幅同他相亲切接近的，充满了人类弱点，那个在橄榄山上流出血汗挣扎着、小孩子一般祈求着一个奇迹的人的面容；另一幅则是超人地安静、聪明、陌生而可怕的。

于是卓梵尼想到，无论有如何不可解决的矛盾，这二者也许都是真实的。

他的思想紊乱得很，好像在发热病的时候。他的头如火烧着，他坐在窄狭黑运河岸一块石头之上，精疲力竭地弓着背，他的双手捧着那颗垂下的头。

"你在这里干什么？你好像亚赫龙河[1]岸一个钟情人的影子。"一种讥讽的声音说。卓梵尼觉得有只手落在他的肩膀上，他吓了一跳，转回头来，看见了恺撒。

在那好像生尘的蜘蛛网包围着他的冬天暮色里，在那留有残破乌

---

[1] 亚赫龙河 der Acheron——希腊神话，冥间之河名。

348

鸦巢的淡紫色的光秃的落叶松树底下，恺撒的瘦长的身子、他那副窄狭的苍白的生病的面孔，以及那件灰色大衣，看来真像一个不祥的幽灵。

卓梵尼站起来，两人一声不响地并肩走着。唯有他们脚下干枯叶子发着响声。

"他知道，我们近日偷翻他的纸头吗?"恺撒终于问起来。

"他知道。"卓梵尼回答。

"自然他不生气的! 我早就料到了。什么都宽恕!"恺撒笑起来，恶意而勉强。

他们又不响了。一个乌鸦呱呱叫着，飞过运河去。

"恺撒，"卓梵尼轻轻问，"你见过'最后的晚餐'上基督的面容吗?"

"见过了。"

"你的意见怎样? 你喜欢不喜欢?"

恺撒急忙转过脸来。

"你呢，你喜欢不喜欢?"他问。

"我不知道，我觉得……"

"坦白说吧! 你不喜欢，是不是?"

"不然。我喜欢的。不过我不知道。好几次我有一种思想，以为这恐怕不是基督! ……"

"不是基督? 那么是谁呢?"

卓梵尼没有回答，只放慢他的脚步，垂下头来。

"听我说，恺撒，"以后他深思地说，"你见过另一张基督面容的画稿吗，用彩色铅笔画的，差不多画成小孩子的样子?"

"我知道，画成红头发的低下额头的犹太青年的样子。他的面孔好像老巴鲁果的儿子，那个杂种。你提到这幅画，有什么意思? 你更喜欢这幅吗?"

"不，……我不过这样说。你看，这两幅基督的面容何等地不同！"

"不同？"恺撒惊讶起来，"你说什么话！这却是同一个人的面容，'最后的晚餐'里面的不过更老十五岁罢了。……此外，"他再说下去，"也许你有道理。但是，即使是两副不同的面容，也是相像的，同'双身人'的两个'身子'一样。"

"'双身人'？"卓梵尼重复他的话，全身震动起来，立住了脚步，"你怎么说，恺撒？'双身人'？"

"不错。为什么你这样害怕？你还未曾注意到吗？"

两人又不响了，继续走去。

"恺撒！"贝尔特拉斯奥忍耐不住了，忽然喊起来，"你没有看出来吗？师傅在'最后的晚餐'里所画的那位全能者、全知者，能够在橄榄山上挣扎直至于流出血汗？能够做人性的祈祷、像小孩一般祈祷、恳求一个奇迹吗？'我知道必须要成就的事，我就为这事而到世界上来的，现在我求其不成就？阿爸，我父啊，倘若可行，求你叫这杯离开我！'但是这个祈祷里，却包含一切，听到吗，恺撒，却包含一切！没有这个祈祷便没有基督。无论是什么智慧，我都不愿意拿这个祈祷去交换。没有这样祈祷的，就不是人，他就不会痛苦。像我们一样痛苦，就不会死，像我们一样死……"

"你以为这样吗？"恺撒慢慢地说，"确实的，不错，不错，我懂得你的意思了！哦，当然，'最后的晚餐'里面的基督是不会如此祈祷的……"

天完全黑了。卓梵尼须得努力才能看见同伴的面孔。他觉得这面孔好像改变得很奇怪。恺撒忽然停住了脚步。他举起手来，用着沉重的庄严的声音说：

"你要知道他画的是谁吗？既然不是那个在橄榄山上祈祷的，既然不是你的基督，那么，听我说：'太初有道，道与上帝同在，道就是上帝。这道，太初与上帝同在。万物是借着它造的；凡被造的，没有一样不是借着它造的。'[1] 于是'道成了肉身'。你听到吗：上帝的理性、道，成了肉身！他的门徒们从他口里听到'你们中间有一个人要出卖我了'，都惊惶、气愤而恐怖起来，唯有他是安静的，无论对什么人，他都亲近而又隔远，对那挨近他的胸怀的约翰是如此，对那出卖他的犹大也是如此。因为，在他看来，没有善也没有恶，没有生也没有死，没有爱也没有恨；在他看来，唯有天父的意志，那永恒的必然性：'不要照我的意思，只要照你的意思。'这话也是你的基督说的，当他在橄榄山上祈求一个不可能的奇迹的时候。所以我说：这两个是'双身人'！感情属于尘世，观照的理性则是超出感情之外的。你记得吗？这是雷翁那图说的话！使徒们，这些伟大人物的面容和动作之中，他把尘世间一切感情都画上了，但说'我已经胜了世界'[2]、'我与父原为一'[3] 这些话的人，乃是观照的理性，乃是超出感情之外的。你也记得雷翁那图关于机械学法则所说的话吗：'你的正义是何等奇妙啊，你，一切运动事物之最初推动者！'他的基督就是这个最初推动者，就是一切运动之起点和中心，而自己是不动的；他的基督就是永恒的必然性，在人类中便自知为并自爱为神性的正义，为天父的意志：'公义的父啊，世人未曾认识你，我却认识你，我已将你的名指示给他们，还要指示他们，使你所爱我的爱在他们里面。'[4] 听到吗？爱是从认识出来的。'伟大的爱是伟大的认识的产儿。'唯有雷翁那图一个人了解主这些话，而且把这些话化身在他的基督像里面了，这基督是爱一切的，因为知道一切的。"

　　恺撒不响了。在这愈来愈暗的寒冬暮色里，没有一点声息，他们并

---

[1] "太初有道……"——见《约翰福音》第一章。
[2] "我已经胜了世界"——见《约翰福音》第十六章第三十三节。
[3] "我与父原为一"——见《约翰福音》第十章第三十节。
[4] "公义的父啊……"——见《约翰福音》第十七章第二十五节和第二十六节。

步走了好久。

"你还记得吗，恺撒，"卓梵尼终于说出话来，"三年以前，恰好同今天一样，我们也是在这郊外走着，争论关于'最后的晚餐'的事情。那时你嘲笑师傅，你断定说：他永远画不成救世主面容的。我反对你的意见。现在你站在他方面来反对我了。你知道，我绝没有料想到，你，恰恰是你，能够这样评论他的！"

卓梵尼要看看同伴的面孔，但恺撒急忙别转脸去。

"我很高兴，"贝尔特拉非奥做结论说，"你在爱他。是的，恺撒，你爱他也许更甚于我。你要恨他，但你爱他。"

恺撒慢慢转回来他的苍白的扭歪的面孔。

"你说什么话？我爱他！我为什么不爱他呢？我要恨他，但我必须爱他。因为他在'最后的晚餐'中所成就的，没有人了解，也许他自己也不如我这般了解，我却是他的最切齿的仇人啊！"他又伴笑起来，"但是人的心不是很奇怪的吗？我们既然牵涉到这样远，那么我就告诉你实话，卓梵尼。我却是恨他的，我恨他比那时还更厉害些。"

"为什么呢？"

"倘若只是因为我要有我自己的个性呢？你听到吗？无论做什么都可以，但绝不愿只做他的耳朵、他的眼睛、他的脚指头！雷翁那图的徒弟都是些鸡雏在老鹰巢内。科学的规则、量颜料的小调羹，以及什么鼻子表格，马可喜欢，就让他喜欢去吧！我却要知道，雷翁那图若是事事都依照他自己定下的规则，他如何能够创造救世主的面容！哦，当然，他教我们，他的鸡雏们，如何照老鹰的样子飞翔。出于他的好心，因为他怜悯我们，好像怜悯他的看家狗养下的那些瞎眼小狗，或者他的那只跛马，或者他陪伴去刑场为的看脸上筋肉抽动的那些罪犯，或者秋天时那些翅膀冰僵的蟋蟀。他像太阳一样，把他的用之不尽的恩惠也赐予我们。不过你知道，朋友，各人有各人的嗜好的！有些人甘心做那冰僵的蟋蟀，或者一条毛虫，师傅像圣方济谷一般，从地下捡起来，放在青叶子上，免得给过路的人践踏死了。但另有些人，你知道，卓梵尼，譬如是我吧，我宁愿他干干脆脆把我踏死，无须乎假惺惺的⋯⋯"

"恺撒！"卓梵尼喊起来，"既然如此，你为什么不离开他呢？⋯⋯"

"那么你自己为什么不离开他呢？你像一只飞蛾，已经给烛火烧焦翅膀了，还要飞进火焰里去。我也许要在同一个火里烧死的。然而，天晓得？我还有一种希望⋯⋯"

"什么希望？"

"唉，一种不相干的，也许狂妄的希望。虽然如此，我仍旧设想：倘若另有一个人出来，不像他，却与他同等——不是佩鲁基诺，不是波果农[1]，不是菩提色利，也不是大曼特雅[2]。我知道师傅的价值，他们当中没有一个比得上的，而是一个完全未知名的人物！我只愿见一见另一个人的光荣，只愿向雷翁那图先生表示：一个蒙他的恩没有给他踏死的虫豸如我，居然能够去崇拜别人，能够伤犯他，因为他虽然蒙着羔羊的外皮，虽然怜悯一切、宽恕一切，他的内心仍然蕴藏着魔鬼的骄傲！"

恺撒话没有说完，就停住了。卓梵尼觉得，恺撒用着颤抖的手来握他的手。

"我知道，"以后恺撒用完全不同的、几乎腼腆的恳祈的声音说，"我知道，这绝不是你自己想出来的。谁对你说：我爱他？⋯⋯"

"他自己。"贝尔特拉非奥回答。

"他自己？哦，哦！"恺撒说，说不出的错愕，"那么他以为⋯⋯"

他的声音窒息了。

两人相互看了一眼，大家忽然明白，再没有什么话可说了，各自的

---

[1] 波果农 Borgognone，一名 Ambrogio da Fossano，一四六〇——一五二四。

[2] 曼特雅 Andrea Mantegna，一四三一——一五〇六。

思想和痛苦都应付不暇了。

一到岔路口，两人就分手了，没有告别，一声不响地。

卓梵尼跟跟跄跄地走他的路，低垂着头，什么都看不见，也不知道走向哪里去。在笔直的长运河岸上光秃的落叶松树中间荒凉地方走，运河里面静止的沉重的铁一般黑的水，没有反映一颗星光，他带着僵硬的纷乱的眼光反复着：

"'双身人'！……'双身人'！……"

一四九九年三月初，公爵的会计官完全出人意料地支付给雷翁那图以积欠了两年的薪俸。

那时流行一种传说：穆罗听到威尼斯教皇和法兰西国王订立了反对他的三角同盟的消息，吓得很厉害，他决定法国大军一攻进伦巴底来的时候，他就要逃往德国，到皇帝的宫廷去。为着保证逃亡期间臣民能忠实于他起见，他于是减低了租税，还清了欠款，而且赠送许多礼品给他的近臣。

不久之后，雷翁那图得到了公爵的一件恩赐。赐书中这样说：

罗督维科·马利亚·司伏萨，米兰国公爵，将前属于维塞里拿门外圣维多修道院之产业共土地十六亚克及葡萄园一座，赐赠予著名艺术家佛罗伦萨人雷翁那图·达·芬奇。

艺术家准备向公爵谢恩去。接见时间约定在黄昏的时候，但雷翁那图直等到深夜才得见面，因为穆罗事情忙得很。他整个白天都消磨于同会计和秘书谈话，审查军需、兵械、大炮、火药等数目单；他置身在无穷无尽的欺骗和背叛网子里面，解开旧的结而系下新的结。在这网子中，若是他可以做主的，像蜘蛛一样，那他是高兴的，但现在他觉得倒像是陷入蛛网的苍蝇了。

国家大事办完以后，公爵便走到布拉曼特走廊去，这走廊靠在米兰宫殿一条壕沟旁边。

夜是寂静的。有时可以听到喇叭声音、卫兵的拖长的呼唤，以及吊桥上生锈的铁索的震响。

侍童里恰德托拿来两支蜡炬，插在墙上铁烛台里面，此外还端给公爵一个金盘，盘内盛着切碎的面包。由于火光所引诱，几只白天鹅从一个角里出来，在壕沟的黝黑水面上游了过来。公爵倚着栏杆，丢下小块面包到水里去，看着天鹅如何捡起来吃，如何无声无息地用胸膛冲破水面。

这些天鹅是过世的贝特丽采的姊姊伯爵夫人厄斯忒之伊萨伯拉所赠送的。这是曼士亚明楚河[1]平静的港汉出产的动物，这一带富于芦苇和垂柳，自古以来就有好多的大鹅生活着。

穆罗一向喜欢天鹅，最近特别地关心它们，每天晚上都要亲手喂它们。这是办理国家大事，忙于政治、战争、自己的和别人的阴谋苦心焦思之后，他的唯一的休憩。天鹅使他回忆到他的童年时代，那时他也曾在维哲梵诺幽静的盖满绿萍的池塘之上亲喂天鹅。

但这里，在米兰宫殿壕沟之内，夹杂在炮眼、高塔、火药库、子弹堆和大炮管子里头，在月光底下淡蓝银色烟雾当中，他觉得这些幽静的纯洁的白水鸟比平时更加好看些。天鹅底下映出一重天空，水面几乎是辨不清楚的；天鹅轻轻地摇摆着，在水面上滑过，四面八方都给星星包围着，很神秘的同幽灵一般，夹在两个天空中间——上面的天空和下面的天空，这两个天空同时是隔远而又接近的。

公爵背后一个小门响了。那位侍从普斯忒辣探头出来，他恭恭敬敬行了一个鞠躬礼，便走到穆罗身边，呈给他一张纸头。

"什么东西?"公爵问。

---

[1] 明楚河 Mincio——波河的一个支流。

"库藏官波贡绰·卜塔先生交来的，是一张军械、子弹和火药的数目单。他说十分抱歉，此时还来搅扰殿下，但是开往摩塔拉的运货车天亮时就要出发了……"

穆罗抓起纸头，揉成一团，丢到地下去：

"我同你说过好多次了，叫你晚饭以后不要再拿国事来麻烦我！我的天，我相信，不久，人家夜里也不让我安眠的！……"

侍从鞠躬倒退到门口去，一面喃喃几个字，声音很低，公爵若是不喜欢，就可以当作没听见的：

"雷翁那图先生，……"

"哦，对啦，雷翁那图。你为什么早不提醒我呢？让他进来吧。"

以后他又把脸转向他的天鹅去，心里想道：

"雷翁那图不会搅扰我的。"

穆罗的肿胀的黄面孔，连着两片纤细的、狡猾而凶险的嘴唇，现出了一种善意的微笑。艺术家走进走廊里的时候，公爵就用看他的天鹅时那种微笑来迎接他，一面还不停地丢面包块到水里去。雷翁那图要跪下去，公爵阻止他，并吻着他的额头。

"欢迎，欢迎！我们好久没有见面了！你好吗，我的朋友？"

"我必须向殿下谢恩……"

"算了吧！这一点哪能酬谢你呢？只需给我时间，我还要按照你的功绩赏赐你的。"

以后他就同艺术家闲谈起来，问他近来的工作、发明和计划，尤其关于公爵所认为最不可能的和最近于神话的东西，关于潜水钟、滑水鞋和人类飞翼。但雷翁那图一提到当前事情时候，譬如宫殿的设防、马特散那运河的开凿、纪念像的铸造等，公爵便扮起厌烦而无聊的面孔，中止了谈话。

公爵忽然沉入于深思状态，近来他时常如此的。他默无一语，垂下头来，现出了离群返己的神气，好像完全忘记他的客人了。

雷翁那图向公爵告辞。

"好，上帝与你同在，上帝与你同在！"公爵心不在焉地向他点点头。可是当艺术家已经走到门口时，公爵又喊住他，走到他身边，双手放在他肩头之上用着一种忧愁的眼光深深看进他的眼睛去。

"前途珍重！"公爵说，他的声音颤抖起来，"前途珍重，我的雷翁那图！谁知道，我们两人还能再见一面吗？……"

"殿下要离开我们吗？"

穆罗沉重地叹了一口气，没有回答。

"是的，我的朋友，"他沉默了一会，又说下去，"我们聚首一处有十六个年头长久了，由你的方面我只有得到好处，而你大概也未曾从我得到什么坏处的！人家爱怎么说，就怎么说吧。千百年之后，人家提到雷翁那图的名字时，也会好意想到穆罗公爵的。"

艺术家本来不喜欢什么感情激动的场面的，碰到这种必须说几句客气话的机会，他也只能够说这么两句：

"我希望能有好多条生命，一齐都替殿下办事……"

"我相信你的话，"穆罗说，"你将来有个时候也要想起我的，而且要怜悯我的……"

他的话没有说完，便高声呜咽起来，用力拥抱雷翁那图并吻着他：

"好，上帝保佑你，上帝保佑你！"

雷翁那图走了以后，穆罗还在走廊内坐了很久，玩赏他的那些天鹅。他的心里发生一种感情，非言语所能表达的。他觉得，雷翁那图混杂在他的暧昧的也许有罪过的生活里面，就好像这些白天鹅游泳在米兰宫殿壕沟的黑水之上，夹杂在炮眼、高塔、火药库、子弹堆和大炮管子中间，同样地无用而美丽，同样地纯洁而童贞。

唯有将烬的火炬慢慢滴下来的蜡泪，打破深夜的寂静。蜡炬的淡红色光辉与浅蓝的月光融成一片，那些天鹅梦一般神秘地给星星包围着，同幽灵一般夹在两个天空中间——上面的天空和下面的天空，这两个天空同时是隔远而又接近的，它们轻轻地摇摆着，跟着底下它们的"彼身"在暗黑的水面滑溜而过。

虽然夜很深了，雷翁那图从宫里出来之后，还要到圣方济谷修道院去，他的徒弟卓梵尼·贝尔特拉非奥正在那里养病。四个月之前，同恺撒谈论两幅基督面容以后不久，卓梵尼便害起一种热病了。

这是一四九八年十二月末某天，卓梵尼去探访他从前的师傅本涅德托修士，在那里遇见一位从佛罗伦萨来的客人，多米尼会修士巴果罗师兄。由于本涅德托和卓梵尼两人请求，巴果罗修士便给他们讲述萨逢拿罗拉死时的情况。

死刑定在一四九八年五月二十三日早晨九点钟执行。刑场设在旧宫前面执政府广场，即是当初焚烧"虚荣品"和举行"火试"的地方。一条临时搭成的长木桥的尽头叠起一个柴堆，柴堆上面耸立一个绞刑架，一根粗大木柱插在地内，上面连着一根横木，三条绳圈和铁链挂在横木之上。无论木匠装置这根横木时，如何努力去缩短它或延长它，这绞刑架看来总好像是十字架的样子。

看热闹的人非常之多，同"火试"那日一样多，广场上人头攒动，窗子、阳台以及屋顶都充满了人。

死囚从宫门走出来了：季罗拉谟·萨逢拿罗拉、多米尼哥·本维奇诺和雪尔卫斯特罗·马鲁飞。他们在那条长桥上走了几步，就立在教皇亚历山大第六特派来的魏松主教的公案前面。主教站起来，握着季罗拉谟的手，用着吞吞吐吐的声音宣读开革教籍文书。他不敢抬起眼来，萨逢拿罗拉却直盯着他的面孔。开革文书最后两句话，他读错了："Separo te ab Ecclesia militante atque trimphante. ——我驱逐你离开这在争斗的和在胜利的教会。"

"militante, non triumphante; hoc enim tuum non est. ——在争斗

的，但不是在胜利的，因为这不属于你的权力之内。"萨逢拿罗拉纠正他。

人们将死囚的衣服脱了，只留下衬裤没有脱，叫他们向前走去。他们还须停住两次，一次在教廷委员们的公案前面，听着宗教法庭的判决书，另一次则在"佛罗伦萨共和国八人委员会"的公案前面，听着奉民众名义的死刑宣告。

走到桥尽头时，雪尔卫斯特罗修士跟跄一下，几乎跌倒了，多米尼哥和萨逢拿罗拉也跟着跟跄起来。事后知道，原来是街上的顽童，从前在"圣军"里充当小检查员的，躲在桥底下，用削尖的棍子从木板缝里刺上来，为的刺伤这些走上绞刑台的人的脚板。

那个痴呆的雪尔卫斯特罗·马鲁飞修士应当第一个上吊的。他带着疯癫的面相，好像不知道来此做什么的样子，走上了梯子。刽子手将绳圈套住他的颈项时，他双手攀着梯子，抬头望天，呼喊道：

"主啊，把我的灵魂交到你手！"

然后，忽然像明白的人一样，一点不怕，也不用刽子手帮助，从梯子上跳下来。

多米尼哥修士很快活，不耐烦地等待着轮到他，双脚轮流跳踏着。人家向他做个手势时，他急忙走到绞刑架来，面上堆下了笑容，好像他一溜烟就要升上天堂去似的。

雪尔卫斯特罗底尸首悬挂在横木的一边，多米尼哥的则悬挂在另一边。中间的地位等待着萨逢拿罗拉。他走上梯子，然后站住对底下看，眼光向群众瞟了一下。忽然寂静下来，恰像他在圣玛丽亚大教堂说教时那般的悄静无声。可是当他将头套入绳圈去的时候，有人喊道：

"显一个奇迹吧，先知！"

没有人懂得：这话是讥讽呢，还是疯狂信仰的一种叫喊。

刽子手把他踢下梯子。

一个老年工匠带着温和的虔诚的面孔，已经在柴堆下守了好几个钟头了，现在当萨逢拿罗拉悬挂起来时，他便赶快画了一个十字，将他的燃点着的火炬插进柴堆下面去，口中念着萨逢拿罗拉当初焚烧"虚荣品"柴堆时所念的话：

"奉圣父、圣子和圣神之名！"

火焰烧得很高，但风把它吹向旁边去。群众骚动起来，互相拥挤着，吓得奔跑了，听见呼喊：

"一个奇迹！一个奇迹！一个奇迹！火烧不着他们的！"

风止了，火焰又高烧起来了，烧到了死尸。捆绑季罗拉谟双手的绳子给火烧焦了，断了，手放松了，垂下来，好像在火里动着。好多人觉得好像萨逢拿罗拉最后一次给民众祝福。

柴火熄灭以后，只有烧焦的骨头和肉块挂在铁链上时，萨逢拿罗拉的徒弟们拥挤到绞刑架去，要去收拾殉道者们的骨烬。但保卫团把他们赶开，把残余骨肉装在一个小车上，车向旧桥推去，要从那里倾下河内。但半路上那些"哭党"居然偷到了一点灰，还有一部分所谓萨逢拿罗拉的没有烧去的心……

巴果罗修士讲完以后，拿一件这种尸灰做的法物给听讲的人看。本涅德托修士拿起来，吻了很长久，而且用他的眼泪沾湿了它。

以后，这两个修士便做晚祷去了。卓梵尼一个人留着。

他们回来时，看见他失去了知觉倒在地下一架耶稣钉十字架像前面。他的僵硬的指头还紧握着那件法物。

卓梵尼陷在不生不死的状态，足有三个月之久。本涅德托修士没有片刻离开他。更深夜静在病人床头坐着，倾听他胡言乱语时，这位善心的修士时常惊吓起来。

卓梵尼幻想着萨逢拿罗拉、雷翁那图，以及那幅圣母像，她用指头在荒漠沙上画着几何图形，教小耶稣以永恒的必然性的法则。

"你祈祷什么呢？"病人在说不出的痛苦当中时常反反复复这样说，"你不知道没有奇迹吗？不知道这杯不能从你面前撤去吗？恰像直线是两点之间最短的距离，而不会成为别的样子。"

还有一个异象使他苦痛。两个完全不同的，然而像"双身人"一样酷肖的基督面容：一个充满了人类的悲痛、懦弱——那在橄榄山上祈求奇迹的人的面容；另一个则是可怕的、陌生的、那个全能者、全知者的面容，那个成了肉身的"道"，一切运动事物之最初推动者。二者好像两个永远面对面互相决斗的敌手。卓梵尼仔细看他们的时候，那个谦逊者、悲痛者的面容，就渐渐昏暗了、模糊了，变成雷翁那图当初替萨逢拿罗拉写照的那个鬼怪，而且指责着他的"彼身"，称之为"敌基督者"……

本涅德托修士救了贝尔特拉非奥的生命。一四九九年六月初，卓梵尼已经相当恢复健康能够走路的时候，不管这位善心的修士如何恳求和警告，他仍旧回到雷翁那图的工场去。

同年七月底，法兰西国王路易十二的大军，在鄂比义、卢森堡之路易和仗·查谷谟·特里武佐[1]的统率下，越过阿尔卑斯山而攻进伦巴底来了。

---

[1] 仗·查谷谟·特里武佐 Gian Giacomo Trivulzio，一四四八——一五一八。

第十章

静波

　　罗克阕堡西北塔一个蒙着铁皮的小门，通往一间地窖去，那里放着无数的橡木柜子。这就是穆罗公爵的宝藏库。门上有一幅雷翁那图作的未完成的壁画，把墨邱利神画作威风凛凛的天使。一四九九年九月一日夜间，宫廷会计官俺布罗曹·费拉里和税收主管官波贡绰·卜塔，同着他们的助手，把金杜卡和珍珠——他们一瓢一瓢地挖起来，同谷粒一般——以及其他贵重物品，从柜子里拿出来，装在皮袋之内，小心封印了。仆役们把袋子搬到花园去，放在骡子背上。已经装满了二百四十袋，由三十只骡子驮着了，但将烬的蜡烛仍旧照耀着柜的成堆的金杜卡。

　　穆罗坐在宝藏库门口，一张堆满账簿的写字台边。他心不在焉地、呆呆地望着蜡烛火焰，没有去注意那些人的工作。自从得到他的总司令嘉黎亚左·桑塞维里诺遁逃以及法国大军向米兰行进的消息之日起，他就陷入于这种罕见的痴呆状态了。

　　所有财宝都从地窖搬出去以后，会计官便问公爵：那些金银食具应当搬走呢，还是留着。穆罗皱起额头看他，好像在集合一切思想来了解他所说的话的样子，以后他做了一个难解的手势又别转脸去了，仍旧痴呆地望着火焰。俺布罗曹先生重复一句时，穆罗简直没有听他。会计官得不到一点回答，便同着他人走开了。唯有穆罗留在那里。

老侍从马里奥罗·普斯特拉报告新任宫堡司令伯拿狄诺·达·哥特求见。穆罗用手抹着面孔，抬起头来，说：

"好的，好的，自然。让他进来。"

他不信任世家贵族出身的人，宁愿提拔下层分子。他把在上的人降下去了，把在下的人抬上来。他手下的高级官员大多是烧火的、种园的、煮饭的和赶骡的等类人的子孙。这个伯拿狄诺的父亲原先是宫廷仆役，后来做了御厨总管，他自己少时也曾穿过仆役衣服。穆罗把他提拔起来直到国家大员地位，现在更全心信任他，将米兰宫殿堡垒——穆罗在伦巴底的权力的最后支柱——防守之责托付给他了。

公爵接待这位新司令，非常客气，请他坐下，将宫堡形势图展开给他看，并给他解释宫堡守兵同本城居民交通的信号。需要紧急援助时，白天在宫殿大塔上挂一把钩镰刀，晚上则点三支火炬；兵士叛变时，挂一条白被单在篷那·狄·萨伏依塔上；缺少火药时，用一条绳子拴着一把椅子从城垛垂下来；缺少酒时，挂一条女人裙子；缺少面包时，挂一条男人黑裤；一只瓦制夜壶表示需要一个医生等等。这些信号是穆罗自己想出来的，他的内心这样得意，好像一切拯救希望都建立在这些信号上面似的。

"那么，你可以明白，伯拿狄诺，"他做结论说，"一切都是预先料到的！一切东西都给你准备得很丰富：钱，火药，粮食，军器。三千名兵士也预支了薪饷，这个宫堡可供你防守三年之久，但我只请求你支持三个月。三个月之内，我没有请救兵来时，你爱怎么办，就由你怎么办！我的话到此为止了。前途珍重！上帝保佑你，我的孩子！"

他拥抱这位新司令，同他告别。

司令走后，穆罗命令侍童安下行军床。他做了祈祷，躺下去睡，但他睡不着。于是他又点起蜡烛，从行囊里取出一小包文书，在其中找寻一首诗：这是伯令聪尼的同行，一个叫作安东尼阿·卡梅里·达·比斯多亚写的，他背叛了公爵，他的恩人，而逃到法国人方面去了。这首诗内，他把穆罗和法国的战争，描写作有翼的司伏萨恶龙和高卢老公鸡的决斗：

> 我看见，公鸡和恶龙互相斗争，
> 互相纠缠着，咬啮着，斗个不停，
> 公鸡早已啄下敌手一个眼睛。
> 恶龙想要腾跃起来，但不能够，
> 公鸡用着利爪抓住了它的咽喉，
> 它努力挣扎，它在痛苦之中咆哮。
> 恶龙死了，高卢得到了胜利，那公鸡！
> 这业畜，它当初曾以与天同高自诩，
> 现在不仅受人，而且受畜生所轻视，
> 连靠腐尸为食的乌鸦也看它不起。
> 他始终是个懦种，
> 唯因我们不和，才显为一位英雄。
> 你既揖盗开门，引狼入室，
> 篡夺了政权，毒死了亲侄，
> 穆罗啊，这就叫作自作孽不可逭，
> 唯有死，你才能脱离这场天降的灾难。
> 过去的幸运若还留在你的心窝，
> 你就应当明白，罗督维科：
> 那人的痛苦将加倍难忍，
> 他说：以前我也曾享受过幸运！

一阵忧愁的、同时气愤的感情充满了穆罗的心，他觉得是无辜受辱的。他不由得想到一首奴性的颂诗上去，不久之前也是这个卡梅里·达·比斯多亚写来颂赞他的：

> 人人都要惶恐而悚惧，望着穆罗的荣光，
> 都要痴呆了，好像在梅杜莎面前一样！
> 和平握在你手里，你又操纵着争战，
> 你一脚跨上天空，一脚踏在地上。
> 穆罗啊，只需你翻动手掌，
> 整个世界都要为你而高翔！
> 上帝之下第一人，你在旋转
> 命运之车轮啊，还有宇宙之方向。

午夜过去了。残蜡的火焰将近熄灭了，但公爵还在阴暗的宝藏塔内走来走去。他想着他的苦难，想着命运的不公平，想着世人的忘恩负义。

"我什么事情得罪了他们呢？他们为什么恨我呢？他们说：我是恶人，是凶手！那么，杀死同胞兄弟的罗缪鲁斯[1]也是恶人和凶手了，恺撒、亚历山大以及古代一切英雄都是恶人和凶手了！我要开创一个黄金时代，自从亚古士督、特拉扬和安东纽斯以来没人见过的时代。只消稍待几时，意大利便要统一起来，在我统治之下，阿波罗的桂树林和拍拉斯[2]的橄榄林又要开花了，那时就产生一个永久和平和灿烂文化的国土。我是第一个君主，伟大处并不在于浴血的战功，而在于探求黄金

---

[1] 罗缪鲁斯 Romulus——古代罗马城的建立者，第一个罗马国王，约在公元前第八世纪。
[2] 拍拉斯 Pallas——希腊保护文艺之女神。

和平之果实，在于开发民智。布拉曼特、卡拉多梭、巴楚里、雷翁那图，还有好多其他的人！将来，兵刃之声早已消失时，司伏萨的名字要给后代的人同他们的名字联系起来的。我将造就何种成绩，升高到何种地位，我将变成新的配里克列，来领导我的新雅典，倘若不是这些疯狂的北方蛮族侵略进来……为什么这样呢，主啊，为什么呢？"

他的头垂了下来，重复着那几行诗：

> 你就应当明白，罗督维科：
> 那人的痛苦将加倍难忍，
> 他说：以前我也曾享受过幸运！

蜡烛火焰还光亮了一次，照耀着这塔的穹隆天盖和宝藏库门上那个墨邱利神，以后就熄灭了。

公爵吓得很厉害：将烬蜡烛之熄灭本是一种凶兆。为的免得搅醒里恰德托，他就暗中摸索到他床上去，脱了衣服，睡下来，这次立刻就睡着了。

他做梦跪在贝特丽采夫人之前，她刚才发觉她的丈夫同吕克列沙幽会，现在板起严厉面孔骂他，打他的面颊。他感觉很痛，但不以为是受侮辱，他很快活，她又活了，又是健康的。他驯顺地将面孔献给她打，他去抓她的淡褐色的小手，为的用嘴唇在那上面亲吻。他哭了，由于爱她和怜悯她。忽然不是贝特丽采站在他面前了，而是那个墨邱利神，像雷翁那图画在铁门之上的威风凛凛的天使的样子。这神握着他的头发，喊道："呆子！呆子！你还希望什么？你以为那些诡计能帮助你吗，能够从上帝的裁判救你出来吗？你这凶手！"

穆罗醒来时，窗子已经透进曙色。骑士、高官、军人和德国佣兵，陪伴他到德国去的一起有三千骑，都在花园内以及往北方阿尔卑斯山去的大路上，等待公爵。

穆罗骑上马，到圣玛丽亚修道院去，为的在他的夫人墓前做告别式的祈祷。太阳升上来时，这凄凄惨惨一队人马便开始移动了。

因为秋天多雨，道路破坏不堪，走了两个多星期还未到达目的地。九月十八日，晚间很迟，走了一天之后，公爵觉得疲倦而且生病了，决定到山上一个岩洞里过夜去，那里平时只有牧人住宿。比较安逸和舒适的住宿所，并非没有，但穆罗故意选择这个荒凉场所，作为同马克西米良皇帝派来迎接他的专使会面之地。

一堆旺火照耀着那挂在岩洞低垂天盖的钟乳石。行军厨房的烤肉叉上正在烤炙野鸡做晚饭用。公爵靠在一把皮条编成的行军椅上，衣服穿得很暖和，脚下放一个暖水炉。他的身边，吕克列沙小姐，永远是温柔而快乐的，像家主婆一样照应着，正在制造她自己所发明的一种牙痛药水，用葡萄酒、胡椒、丁香及其他浓烈的香料做成的。公爵此时正患牙痛。

"您看这种情景，鄂图亚图先生！"他对皇帝专使说，暗中他几乎是得意于他的这般重大的苦难，"您可以报告皇帝，您在什么场所遇见米兰国正经公爵的，当时又是什么情景。"

他此时又显出雄辩的才能了，每逢他长久沉默和精神痴呆之后，总要显出这个才能的。

"狐狸有洞，天空的飞鸟有窝，唯有我没有枕头的地方。"[1]

"哥里奥，"他转脸对他的宫廷史官说，"你记载我们的史迹时，不要忘记提起这个牧羊洞夜宿的故事，安内斯的同伴、特洛伊英雄安格卢的后裔、大司伏萨的儿孙的最后躲藏所。"

"爵爷，您的苦难是值得一位新塔西脱[2]大手笔来写的。"鄂图亚图回答。

---

[1]"狐狸有洞……"——这本是耶稣说的话，见《马太福音》第八章第二十节。
[2]塔西脱 Cajus Cornelius Tacitus，五五——一一七，古代罗马有名的历史家。

吕克列沙拿牙痛药水给公爵。他看看她，心里很高兴。苍白的然而活泼的，给淡红色火光照耀着，黝黑的头发梳得很光滑，直垂到耳边，一颗金刚石嵌在额头窄狭的金环之上，她含笑像母亲般慈爱地望着他，用一种带点探究的留神的严厉的天真而无邪的眼光。

"爱人啊！你绝不会背叛我、欺骗我的。"公爵想。他漱了口，再说：

"哥里奥，你这样写：在巨大痛苦的熔炉内，才认出真正的友情，像金子在火中间一样。"

穆罗宠爱的侏儒雅那基走到他身边。

"小爸爸，嘻嘻，小爸爸！"他说，坐在公爵脚下高高兴兴地敲着穆罗的膝盖头，"为什么你哭丧着面孔，扮着好像要把我们通通吃掉的样子呢？算了吧，真的，算了吧！无论什么病都有药医，唯有死没有药医。常言道：宁为活驴，莫作死王。鞍子啦！"他忽然喊起来，指着地下一堆马鞍子："小爸爸，看哪，驴子鞍子啦！"

"你想起什么，这样高兴？"公爵问。

"想起了一篇老笑话，穆罗。你一定听说过的。要我说一遍吗？"

"说吧！"

侏儒跳起来，全身铃子叮叮当当，并挥舞着他的呆棒，棒端有一个猪尿泡，装满了晒干的豌豆。

"古时有个画家，名叫卓托，在拿波里王亚尔丰梭的宫廷里供职。有一天，国王命令他把整个王国都画在宫殿一堵墙上。于是卓托画了一只驴子，背上装副鞍子，鞍上绘有国王的徽志、金王冠和权杖，另外有副新鞍子绘着同样徽志的，放在它的脚旁，它用鼻子去嗅着。'这画含有什么意思？'亚尔丰梭问他。——'这就是您的黎民，陛下，它天天想念一位新主。'是的，全篇故事就是这样的，小爸爸。我虽然是个呆子，但我说的是真理：米兰人现在嗅着的法兰西鞍子，不久就要擦伤他们的背脊的。让小驴子尝够它想要的味道吧，不久老鞍子又要变成新鞍子，而新鞍子反而变成老鞍子！"

"Stulti aliquando sapientes——呆子有时是哲人。"公爵说，忧郁地微笑着，"哥里奥，写下来吧……"

但这次，他没有能够说出一句含有深意的格言。人们听见岩洞进口有马嘶人语及马蹄践踏的声音。那位侍从马里奥罗·普斯忒辣带着惊吓的面孔冲进来，在秘书长巴多罗买阿·嘉尔哥耳边低声说几句话。

"发生了什么事情？"穆罗问。

大家都不作声。

"殿下。"秘书长开始说，他的声音颤抖起来，他住了口，脸转向他处去。

"爵爷，"路易基·马良尼说，一面走到穆罗身边，"上帝扶助您！请您准备听听最不好的消息……"

"那么说吧！快点说出来吧！"穆罗喊，面孔忽然全无人色了。

他看见岩洞进口一个人穿着沾满污泥的长皮靴，夹在兵士和廷臣中间。大家不作一声，站到旁边去。公爵一手推开路易基先生，就冲到这个快差身边，夺下那写给他的信，拆开，匆匆看了一遍，大喊起来，就倒向地下了。普斯忒辣和马良尼刚刚来得及扶住了他。

波贡绰·卜塔在这封书信内报告穆罗说：九月十七，圣萨提鲁节日，叛徒伯拿狄诺·达·哥特将米兰宫堡献给法兰西国王的元帅仗·查谷谟·特里武佐了。

穆罗素来喜欢假装昏倒，而且装得很像，他时常利用这个手段当作一种外交上的诡计。但这次，他是当真失去知觉的，人们好久唤他不醒。最后，他睁开眼睛，深深叹了一口气，站起来，很虔诚地画了一个十字，说：

"自从犹大直到现在，没有一个叛徒比这个伯拿狄诺·达·哥特更加无耻的。"

这天，他就不再说一句话了。

数日之后，深夜，穆罗同他的秘书长单独在印斯布鲁克[1]地方皇帝宫殿中一间房子里，马克西米良皇帝很优待他。他在房内大踱方步，口念一封信稿，叫巴多罗买阿先生记录下来。原来他要派一个专使秘密到君士坦丁堡去见土耳其苏丹，这信就是准备给专使带去的。

老秘书现出了十分紧张的注意。笔尖随顺地在纸头上急滑而过，几乎随不上公爵急速念出来的话："我坚定地以善意的决心和友谊的感情恭对陛下，我信任能得奥托曼帝国[2]大皇帝慷慨的援助以收复我的国土，所以决定经过三条不同道路派遣三个专使，希望其中至少有一个能办妥我所委托的事情。"

书中，公爵向苏丹控告教皇亚历山大第六："教皇，他本性上是狡诈而恶毒的……"

秘书长的不动情的笔尖停住了。他扬起眉毛，皱起额头，心里以为听错了的，问道：

"教皇吗？"

"是的，不错。快点，写！"

秘书长便低下头来在信纸之上，笔尖又滑动了。

"教皇，如陛下所知，他本性上是狡诈而恶毒的，他煽惑法兰西国王进兵伦巴底。"

以后就叙述法国人的胜利。

"我得到这个消息之时，非常惊惶，于是认为暂时到马克西米良皇帝这里来，等待陛下之援助，乃为上策。一切的人都背叛了我，欺骗了我，但最可恶的还是伯拿狄诺……"

提到这个名字，穆罗的声音就颤抖起来。

"伯拿狄诺·达·哥特是一条毒蛇，我自己在胸怀里温暖过它，是

[1] 印斯布鲁克 Innsbruck——在奥地利。
[2] 奥托曼帝国 Ottomanisches Reich——即土耳其帝国。

一个奴隶，我给了他无数的恩宠和赏赐，而他出卖了我，同犹大一般——不，等着，最好不要提起犹大的话。"

穆罗打断自己的话，他现在才想起这信是写给一个不信上帝的土耳其人的。

他接着叙述他的困苦祈求：苏丹水陆两路进攻威尼斯，保证他一定会胜利的，一定会扑灭奥托曼帝国死对头——威尼斯共和国的。他结束这信说：

"陛下明见，在此次战争中，以及其他一切行动中，凡我所有的，皆供陛下支配，陛下在欧洲一定找不到比我更强大和更忠实的同盟者。"

他走到桌子旁边，要添加什么话，但以后只做了一个拒绝的手势就坐在一张椅子上面了。

巴多罗买阿撒了些沙在最后几行字上，那几行墨水还未曾干。他忽然抬起头来望他的主人：公爵用双手盖住面孔，在那里啼哭。他的背脊、肩头、多肉的双下颏、淡蓝色的剃得很干净的面颊、光滑的鬓发，这一切都因为他的呜咽而颤动起来。

"为什么呢？为什么呢？你的正义在哪里呢，主啊？"

他将那皱襞的面孔——此时好像爱哭的老太婆的面孔，转向他的秘书长，结结巴巴地说：

"巴多罗买阿，我信任你。你凭良心告诉我一句：这事我做得对不对？"

"殿下说的，是关于派专使到土耳其去的事情吗？"

穆罗点点头。秘书长本是一位老练的外交家，他深思地扬起眉毛，翘起嘴唇，颦蹙着额头，说：

"一方面，自然，既然同豺狼一起生活，就必须跟它们一起叫嗥。但另方面……我大胆向殿下建议，请殿下再等几时。"

"不行，不行！"穆罗喊起来，"我等得够久了。我要拿点颜色给他们看看，教训他们：米兰公爵不能给他们随便放在一边去的，好像棋盘上一个无用的小卒。因为你看，我的朋友，像我这样一个正经君主受人如此虐待了，那么不仅向土耳其人求救，就是向魔鬼求救，人家也不当责怪我的。"

"殿下，"秘书长带着谄谀的声调再劝谏说，"我们不应当防备到，土耳其人侵进欧洲来会惹起意外的效果吗，譬如危害了基督教会？"

"哦，巴多罗买阿，你真以为我没有料到这一层吗？我宁愿死一千次，而不愿给我们的神圣教会有所损害。上帝保佑我不会这样做！——你还未曾完全明白我的计划哩，"停一会，他又含着从前那种狡猾的贪婪的微笑说下去，"等着吧，我们要弄得敌人寝食不安，要把他们密密网着，使得他们再也看不见上帝的光明！我同你说一句：土耳其苏丹也是我手里一种工具。时候到了，我们也要把他毁灭的。我们要根绝那不信上帝的穆罕默德教，要将圣陵从异教徒压制底下解放出来！……"

巴多罗买阿没有回答，他只皱眉蹙额低下头来。

"他很糟糕，"他想，"糟糕得很！他钻进幻想里去了。这搞的是什么政治呢？"

这天夜里，公爵祈祷了很久，非常热烈而虔诚，迫切盼望土耳其苏丹来拯救他——在他所最喜爱的圣母像前面祈祷。这是雷翁那图的作品，把穆罗的美貌情人采西丽亚·伯尔迦弥尼伯爵夫人画成了圣母的模样。

约在米兰宫堡投降以前十天，特里武佐元帅在群众"法兰西，法兰西！"欢呼之下和教堂钟声齐鸣当中，进入米兰城，如同进入一个被征服的城市。国王车驾预定于十月六日降临。市民们准备一场盛大的欢迎。行会理事们在大教堂宝藏库里寻出了两尊天使雕像，那是五十年前

"俺布罗曹共和国"[1] 时代用来代表人民自由之保护神的。鼓动背上镀金翼翅的那些发条，因为年深日久，力量薄弱了。理事们就委托过去公爵的机械师雷翁那图·达·芬奇，修理这两尊天使。

那时雷翁那图正忙着制造一架新的飞行机器。某天清早天还未大亮时，他坐在那里研究图样和算式。蒙着薄绸如同鸭蹼的轻轻的苇子骨架，这番不像蝙蝠了，却像一只大燕子。一扇翼翅已经做成了：雅致的、尖形的、各方面都好看的，从地板直高到天花板上。下面，在它的遮阴之下，亚斯特罗正在勤奋地修理米兰城两个木头天使的弹簧。

这番雷翁那图有意使飞行机器尽可能地合于鸟儿的身体构造，以为鸟儿是自然界给予人类的最好的飞行模型。他始终希望能将飞行奇迹解决于机械学法则之中。凡他所能知道的，显然他都已知道了。虽然如此，他仍旧觉得飞行之中似乎有某种秘密不能还原为机械学法则的。同过去几次实验一般，他又碰到了那个界限，即隔在一切自然产物和人手产物中间的界限，活的躯体和死的机器中间的界限，于是他觉得他好像在趋向于不可能的事情。

"谢谢上帝，好了！"亚斯特罗喊起来，把发条旋紧了。

天使动着它们的沉重的翼翅。房里起了一阵风，大燕子的轻而薄的翅膀，摇动着、萧萧响着，仿佛是活的。这铁匠用那说不出的温柔的眼光望着它。

"我毫无利益地为这两个蠢货消磨了多少时间！"他喃喃说，一面指着那木头天使。"但现在，师傅，无论您要怎样，我没有做好这些飞行翅膀，是不愿离开这个房子的。请您把尾巴图样给我。"

"还没有画好哩，亚斯特罗。等着吧，我还要仔细考虑一下哩。"

"什么，师傅？您前天已经答应我了！"

---

[1] 俺布罗曹共和国 Ambrosianische Republik——十五世纪中叶，维士孔蒂朝倾覆之后，司伏萨朝建立以前，米兰市民曾一度宣布伦巴底为俺布罗曹共和国。

"不相干的，朋友！你知道，我们的鸟儿的尾巴就是它的舵。这里，我们若是犯了一点小小的错误，便要前功尽弃的！"

"好的，您当然知道得更清楚。那么我等着好了，这期间我来做第二扇翅膀……"

"亚斯特罗，"师傅说，"最好再等一会。我恐怕有好多地方必须要改做过的。"

铁匠没有回答。他小心地举起并转动那蒙着牛筋网子的苇子骨架。以后他忽然转过脸来向着师傅，用沉浊而颤抖的声音说：

"师傅，唉，师傅，请您不要气愤我。但若您计算下去，仍旧得到这架机器又不能飞行的结果，我还是要去飞的，不管您的什么机械学不机械学。是的，是的，我等不得了，我精疲力竭了。因为我知道，如果我们这次又……"

他没有说完，就转过脸去。雷翁那图小心注视他那宽阔的、愚钝的、执拗的面孔，那个唯一的疯狂的纠缠一切的思想就僵硬地呈现在这面孔上面。

"师傅，"以后亚斯特罗又请求说，"请您明白说一句：我们究竟能飞不能飞？"

他这话中含有如此恐惧，又含有如此希望，使得雷翁那图不忍将真话告诉他。

"自然不能确定地知道，"艺术家回答，低下头来，"须待真正做了实验以后。但我想，亚斯特罗，我们能飞的……"

"好的，够了，够了！"铁匠高兴起来，挥舞着手臂，"其余的话，我不要听了。既然您自己说，我们能飞的，那么我们就能飞的。"

他显然要自制一下，但他不能够，他爆发出一种快乐的天真的笑声。

"你笑什么？"雷翁那图惊异起来。

"对不起，师傅。我总是骚扰您。好，这是最后一次了。以后再不敢了，您信我的话吧，每逢我想到米兰人和法兰西人、穆罗公爵和国王的时候，我就禁不住要笑了，同时我又替这一切的人难过！这些可怜人，他们自寻苦头，互相争战，自以为造就了伟大的功业，这些爬行的毛虫，这些没有翅膀的甲虫！他们里面没有一个人想到有何等奇迹在准备着。您试想想看，师傅，他们看见有人装着翅膀飞上去的时候，将如何张开大口，睁大眼睛！这是同木头天使不一样的，那只能动着翅膀，叫庸夫俗子开心罢了。他们将看见人家飞，但不相信。他们将以为我们是神。这话是说，他们不会认我做神，反而要认我做魔鬼，但您装上翅膀，真的像一个神。他们也许要说，这是'敌基督者'。他们将吃惊的，将跪在地下向您祈祷的，而您要他们做什么，他们就做什么。我这样想，师傅：那时就没有什么战争、什么法律、什么主人和奴隶了，一切都要改变样子，将开始一个新时代，不是我们今天所能想象的。各国人民将联合统一起来，将装着翅膀飞来飞去，同天使一样，将同声齐唱'和散那'……雷翁那图先生啊，神啊，上帝啊！那时果真是这样吗？"

他说话仿佛热病中的呓语。

"可怜人！"雷翁那图想，"他如何坚定信仰这个！天晓得，也许他真的要丧失理智了。我应当对他怎么办呢？我怎样来把真话告诉他呢？"

此时屋门外有人大声敲打着，以后听见人声和脚步，跟着工场关闭的门也敲起来了。

"魔鬼又派了谁到这儿来了？都见鬼去吧！"铁匠发起气来，咒骂着，"是谁啊？师傅不在家。他出外旅行去了。"

"是我，亚斯特罗。我，路加·巴楚里。上帝在上，快点开门啊！"

铁匠开了门，让修士进来。

"您有什么事情，路加师兄？"艺术家问，当他看见巴楚里的慌张的面孔的时候。

"我没有什么事情，雷翁那图先生。这就是说，是的，我也有点事情，那以后再谈吧。但现在……哦，雷翁那图先生！您的'巨像'喀士刚的弩手……我刚刚从宫里来，我亲眼看见的，法兰西人毁坏您的'巨像，……快点，快点，到那里去吧！"

"有什么用处？"雷翁那图完全镇静地问，唯有他的面孔稍微苍白了一点，"到那里去，我们能做什么事情？"

"我们能做什么事情？您说什么话！您的最伟大的作品被人毁灭的时候，我们总不该袖着双手坐在这儿的。我有条路线去找拉·托列穆依爵士[1]。我们必须做点事情！……"

"一个样，我们总是来不及的。"艺术家回答。

"不然——我们还是来得及的！我们从最短的道路走去，穿过菜园，跃过篱笆。但是要快一点！"

顺从这修士的敦劝，雷翁那图便同他一道，离开屋子，急急忙忙走向宫殿去了。

路上，路加修士才说起自己的不幸事情。昨晚那些佣兵抢了圣沁卜里产诺教堂的地窖，巴楚里就是居住在那儿的。他们喝了很多的酒，抢了很多的东西，那些水晶做的几何学模型也在其内，他们在一间小室发现出来，认为是役鬼术用的魔鬼的发明，认为是"预言水晶球"，于是把它打碎了。

"什么事情得罪了他们呢？"巴楚里哭丧着脸说，"我的无罪的水晶模型有什么事情得罪了他们呢？"

他们走到宫殿广场的时候，看见南大门前面、菲拉勒特塔旁边、吊桥之上，站着一个法国时髦少年，身边跟着好多随从。

"季尔斯师傅！"路加修士喊起来，并向雷翁那图解释：这位季尔斯师傅乃是所谓"调鸟人"，"最忠心于基督教的国王陛下"的所有的黄雀、喜鹊、鹦鹉、画眉等，就是由他调练到会唱歌、说话，以及诸般技巧的。他是宫廷中一位很重要的人物。有好多人传说，不仅是法兰西雀

[1] 拉·托列穆依爵士 Lauis de La Trémouille，一四六〇——一五二五。

鸟要随着季尔斯师傅的呼哨而歌舞哩！巴楚里好久以前早有计划，把他的著作《神圣比例》和《算术概要》装成漂亮的本子奉献给他。

"请您不要为了我耽搁自己的事情，路加师兄，"雷翁那图说，"到季尔斯师傅那里去吧！我知道，我自己应当做些什么事情的。"

"不，我以后再找他去，"巴楚里回答，有点狼狈，"或者，您知道吗？我赶快跑到他眼前去，问他往哪里去，我马上就回来。此时，您直接去找拉·托列穆依爵士好了！"

这位修士敏捷地卷起他的褐色道袍的大襟，赤脚拖着木屐一纵一跳地追赶那个"调鸟人"去。雷翁那图经过吊桥走到演武场米兰宫殿的内院。

是一个多雾的早晨。守卫之火将近熄灭了，院子上以及旁边建筑物上，到处都是大炮、子弹、行囊、干草捆、燕麦袋以及成堆的粪便，整个变成了一个巨大军营带着马厩和行军酒肆。围着酒肆和厨房，围着满满的和空空的酒桶，立起来做赌钱桌子用的，人们在叫喊、哗笑，用各式语言互相詈骂和诅咒。人们听到可耻的亵神话句和醉人歌声，唯有长官经过的时候大家沉默一会儿。大鼓擂着，莱茵和斯威白佣兵吹着他们的黄铜喇叭，乌里和翁特瓦登诸自由州的佣兵则用阿尔卑斯山号角奏出忧郁的牧人歌调。

雷翁那图从扰攘的人群中挤到广场中央的时候，看见他的"巨像"几乎是还未受损害的。

大弗郎西斯果·司伏萨公爵，伦巴底的征服者，露着他的罗马皇帝式的秃顶，面上现出狮子的英勇和狐狸的狡猾，还同以前一样骑在他的骏马之上，这马后脚直立起来，蹄下踏着一个倒下地去的军人。

斯威白火枪手、格劳本登弓手、毕加底掷石兵和拿弩箭的喀士刚人，喧哗叫喊拥挤在这雕像周围。他们相互了解，与其说是靠说话，毋宁说是靠做手势。雷翁那图从他们的手势明白，原来两个弩手——一个德国人和一个法国人，要来赌赛谁射得准些。他们商定两人先喝四大杯浓烈的葡萄酒，然后轮流着从五十步远处发箭。瞄的是雕像面颊上那颗黑痣。

五十步量好了。两人拈阄决定谁先放箭。随军酒肆一个女招待给他们斟酒。德国人没有歇气，接连喝干了约定的四杯酒，以后他后退一步，瞄准，射出去了，却没有射中。那箭从面颊旁边擦过，只损破左耳一块黏土，并没有碰着那颗黑痣。

法国人刚把弩弓架上，人群中就起了波动，兵士们纷纷退到两旁，让出一条道路给一队穿着华丽衣服的侍卫经过，后面随着一个骑马军官，他没有留心这些兵士在做什么事情。

"那是谁?"雷翁那图问他身边一个掷石兵。

"拉·托列穆依爵士。"

"现在还不迟，"艺术家对自己说，"我赶得上他，我可以请求他……"

可是他一动也不动地站在那里。他觉得自己无能，做不出什么事情。如此难克服的痴呆状态和意志薄弱，支配了他，使得他不知所措，此时即使要他的命，他也是一样无所举动的。恐惧、惭愧和厌恶，就要侵袭了他，当他一想到他要挤过这些人群去追赶一位贵人，像那个路加·巴楚里所做的一样的时候。

喀士刚人射了。他的箭在空气中叫着，恰恰射中了那颗黑痣。

"好得很! 妙得很!"兵士们叫嚣起来，挥舞着帽子，"法兰西得胜了!"

那些射手包围着雕像，继续他们的赌赛。雷翁那图要走开了，但他像生根一般走不动。仿佛是一场可怕的疯狂的梦，他毫不动情地望着他的生命中最好的十六个年头的作品如何被人毁灭了，也许是自从普拉克西特列斯和菲底亚斯[1]以来雕塑史上最伟大的作品。

---

[1] 菲底亚斯 Phidias，公元前四九〇——四三二，希腊雕刻家。

378

在矢石交加之下，黏土剥落下来，或如细沙，或为大块，同灰尘一般飞散了，不久那个架子，那副铁骨骼也露出来了。

太阳从云块背后探头出来。在愉快的阳光照耀之下，这纪念像的残骸显得更加是可怜的。这英雄的无头躯干，骑在一匹没有腿的马上，断残的权杖还拿在尚未伤损的手里，台座上依旧刻着："Ecce Deus! ——看哪这个神！"

此时法兰西国王手下的总司令、老元帅仗·查谷谟·特里武佐，正从这大院走过。他投了一眼在纪念像上，错愕地停住了脚步，再看一次，用手在眼上遮着太阳，然后转向他的随从问道：

"这是什么意思？"

"爵爷，"一个副官恭恭敬敬回答，"乔治·谷克本队长，以自己的权力准许弩手……"

"拿司伏萨的纪念像吗，"老元帅大声喊起来，"拿雷翁那图·达·芬奇的艺术作品，做喀士刚弩手的箭靶子吗？……"

他大踏步走向兵士队中去，他们如此忙着赌箭，竟不知觉。他抓住一个掷石兵的衣领，把他摔到地下去，开始令人难堪地咒骂起来。老元帅的面孔变成火一般红，青筋暴涨在他的颈项。

"爵爷，"那个兵士结结巴巴说，跪在地下，全身颤抖起来，"爵爷，我们不知道……谷克本队长……"

"等着吧，你们这些畜生！"特里武佐喊起来，"我要教训谷克本队长给你们看看！我把你们通通倒吊起来！……"

他亮出剑来。他展开姿势，正要刺下去，但雷翁那图用左手握着他的手臂，如此有力，连那青铜臂甲都给握扁了。

老元帅无论如何努力解脱他的手臂，总不成功。他惊讶地望着雷翁那图。

"你是谁？"他问。

"雷翁那图·达·芬奇。"艺术家安静地回答。

"你这样大胆?"老头子要发气咆哮起来,但他碰到艺术家的明亮的眼光时,他就不说下去了。

"那么你就是雷翁那图?"他说,望着艺术家的面孔,"我的手,放开我的手!你把我的臂甲握扁了!你力大得很!你真是很勇敢的,朋友……"

"爵爷,我恳求您,不要发气!宽恕了他们!"艺术家恭恭敬敬请求他。

老元帅更仔细地望着他的面孔,以后微笑起来,摇摇头。

"怪人!他们把你的最好的作品毁坏了,而你反替他们求情?"

"爵爷,即使您把他们通通吊死了,那何补于我呢,又何补于我的作品呢?他们不知道做的是什么事!"

老头子想了一下。他的面容忽然开朗起来,两颗聪明的眼睛现出了善意。

"听我说,雷翁那图先生!有一点我不明白。你怎能安安静静站在旁边看呢?为什么不来告诉我们呢?为什么不来见我或请求拉·托列穆依爵士呢?他刚才一定在这里经过的……"

雷翁那图低下头,面孔红起来,好像犯了什么罪过的样子:

"我赶不上他。拉·托列穆依爵士也不认识我……"

"可惜,"老头子说,看看地下的碎片,"我愿意牺牲我的一百个最好的战士来调换你这'巨像'的。"

归途中,雷翁那图走过靠近美丽的布拉曼特走廊——他最后一次就在这里同穆罗会面的——那座桥时,看见法国侍童和马夫正在拿那些驯服的天鹅,米兰公爵宠爱的生物寻开心,拿来做狩猎的对象。这些恶作剧的奴才,用弓弩射那些飞禽,吓得它们在这四面八方给高墙围绕着的窄狭的壕沟内狂叫乱飞。在散乱的绒毛和羽毛中间,已经有些血淋淋的鸟尸在暗黑的水面上漂浮着了。一只刚刚受伤的天鹅,伸长了脖子,发出震耳伤心的叫喊,急速动着那业已无用的翅膀,仿佛在死以前还要一次飞上天空去的。

雷翁那图掉头不顾，迅速走过去了。他觉得他自己好像这只天鹅。

十月六日星期日，法兰西国王路易十二从蒂奇诺门进入米兰城。恺撒·波尔查、瓦棱蒂诺公爵、当今教皇的儿子，也在国王随从之列[1]。车驾从大教堂广场向宫殿开动时，米兰城的两尊天使，依照预定计划，扇动着他们的翼翅。

自从"巨像"被毁坏那天以来，雷翁那图便不再动手做他的飞行机器了。亚斯特罗一个人做成功了这架机器。艺术家没有勇气敢对他说：这架机器也是不中用的。那个铁匠有意避开师傅，也不愿谈起那计划好的飞行尝试。只有几次，他抬起那只独眼，带种默默无声的责怪神情，望着雷翁那图，眼中燃烧着一股阴郁的疯狂之火。

十月的某天早晨，巴楚里带着好消息跑到雷翁那图家中来，说是国王想会会他，请他进宫里去。艺术家顺从着去，心里不大情愿。他很担心，因为那架飞行机器失踪了。他害怕，亚斯特罗死心塌地非飞不可，会闯出什么灾祸的。

雷翁那图踏进他所熟悉的罗克闳堡厅房时，路易十二正在接待米兰城的长老和行会代表。

艺术家观察他的未来的主人，法兰西国王路易十二。

路易的外表一点也没有国王的威严。他的身体是消瘦而柔弱的，肩膀狭窄，胸膛塌陷，生就一副平凡的小市民样的面孔，有好多难看的皱纹现出愁苦的相貌，却不因愁苦而呈露高贵。

---

[1] 波尔查父子与路易十二之关系——路易十二登位后，教皇亚历山大第六，老波尔查，同他订了盟约，即是允准他同发妻，前王查理第八的妹妹离婚，而娶前王的寡后布列但之安娜。同时路易帮助教皇扩张在罗曼雅的权力以为报答。教皇之子恺撒是这同盟活动中重要人物。离婚书就是他亲自带给国王的。恺撒本是瓦棱西亚红衣主教，此时路易才封他做瓦棱蒂诺公爵。

御座下最高一级站着一位二十岁左右的少年，穿一身简单的黑衣服，没有什么装饰，除了帽檐镶了几颗珍珠和胸前挂着一条大天使圣弥迦勒勋章的金色贝壳链子。他有长长的金黄头发，一部微微分开的赭色的小胡须，一副白皙的面容和一双蓝中带黑的和气的聪明的眼睛。

"您说，路加师兄，"艺术家在他的同伴耳朵旁边低声说，"这位青年贵族是谁?"

"教皇的儿子，"修士回答，"恺撒·波尔查，瓦棱蒂诺公爵。"

雷翁那图听人说过恺撒的恶行。虽然没有确凿的证据，但无人怀疑他的同胞哥哥董·卓安。波尔查是他杀死的，因为他不情愿始终做人家的弟弟，因为他要脱掉红衣主教的道袍而就护教大将军的官职。还有一些更难令人相信的传说，据说这个弑兄行为，其真正动机不仅在嫉妒哥哥，同哥哥争夺父亲的恩宠，而且为了这两兄弟的乱伦的情欲，对于他们的同胞妹妹，吕克列沙·波尔查小姐。

"不会有那种事情!"雷翁那图想，当他看着恺撒的安静的面容和无邪的眼睛的时候。

恺撒显然觉得有人在注视他。他转回头，屈身向着站在他身边的一个穿暗色长袍的可尊贵的老头子，大约是他的秘书，而且轻轻说几句话，一面指着雷翁那图。老头子回答了之后，恺撒便更加仔细观察了雷翁那图一下，脸上堆下了微妙的笑容。此时，雷翁那图想道：

"是的，会有那种事情的! 什么都做得出来的，甚至做得比人家所说还坏得多。"

为头的行会代表刚刚说完了一篇干燥无味的演说。他走到御座之下，跪下去，呈上一卷请愿书。路易失手将这羊皮卷子掉落地下去了，行会代表赶紧弯腰去拾，但恺撒已经抢在他前面，用迅速而敏捷的动作拾起卷子，行了一个鞠躬礼，呈献给国王。

"奴才!"一位法国贵人在雷翁那图背后恶意地低声说，"看他多么卑鄙无聊，爱出风头!"

"这话不错，先生，"另一个人附和他，"教皇儿子履行侍仆的职务倒很在行。您还未曾看见，他早晨如何服侍国王穿衣服，替他温暖衬衣哩。我相信，他也不嫌替国王洗刷马厩的。"

艺术家也观察了恺撒的卑躬屈节。但他觉得这事，与其说是可鄙毋宁说是可怕的，好像是一只猛兽阴险地献殷勤。

此时，巴楚里热心努力着、兴奋着，碰着艺术家的肘弯。可是当他明白，雷翁那图又陷于往常的腼腆情态，宁可整天躲在人群内，不愿找寻机会来引起国王的注意时，他便下了决心，握着画师的手行了极谦恭的礼节，把他引见于国王，一面尽说些什么"最神武的""最杰出的""无人能敌的"一类恭维的话。

路易提到了"最后的晚餐"，称赞使徒们画得好，尤其喜欢天花板上的透视画法。

路加修士期待国王聘请雷翁那图替他服务。可是此时，出现一个侍童，呈给国王一封刚从法国急递来的信件。国王认出是王后——他的亲爱的布列但之安娜[1]的笔迹，报知她分娩的消息，亲近官员都向国王道贺。人群把雷翁那图和巴楚里挤到旁边去了。国王还望了他们一眼，想起了什么事情，要对他们说，但立刻又忘记了。他和悦地邀请诸位贵人即刻同他干杯，庆贺新生的公主，就走往另一个大厅去了。

巴楚里握着雷翁那图的手，拉他跟着去。

"快点！快点！"

"不，路加师兄，"雷翁那图安静地反对说，"我谢谢您这样替我努力，但我不愿再去钻营了。陛下现在对我没有一点兴趣了。"

于是他离开了宫殿。

---

[1] 布列但之安娜 Anna von der Bretagne——本是前王查之后，现在改嫁给路易。这种婚事是有很大政治意义的。布列但本是独立的，一四九一年查理第八同布列但的合法继承人安娜公主结婚，然后合并于法国。这次改嫁可以巩固这个合并。

在宫殿南门吊桥之上，恺撒·波尔查的秘书阿加皮托先生追上了他。老秘书以公爵名义，献给他大建筑师的位置，就是雷翁那图在穆罗手下所任的官职。艺术家答应考虑几天再回答他。

雷翁那图走近家里时候，远远地就看见好多人聚集在街上，他于是加紧了脚步。卓梵尼、马可、安得烈和恺撒，抬着新造飞行机器的一扇翼翅，大概是因为没有异床缘故，这翼翅已经扁塌了、洞穿了和破损了，好像一只大燕子的翅膀，上面躺着他们的师兄弟，那个铁匠亚斯特罗·达·佩勒托拉。他的衣服破烂了，染着血，面孔死一般苍白。

师傅早就害怕的事情，果然发生了。铁匠要尝试这飞行机器。他飞起来，翼翅扇动了两三下，以后就掉下来了。若不是机器的一扇翼翅缠在屋旁一株树的枝条上，那他一定是没有命了的。

雷翁那图扶助这跌伤的人进屋子里去，小心放他在床铺上。他屈身去检查徒弟的伤痕时，亚斯特罗醒过来了，用一种难以言语形容的求恕眼光，看着师傅，轻轻说：

"对不起您，师傅！"

盛大庆祝了他的新生的女儿，监领了米兰人的忠诚誓言，并任命特里武佐元帅做伦巴底总督之后，路易十二便于十一月初动身回法国去了。

大教堂内举行一次谢恩弥撒，感谢圣神。米兰城不过表面上恢复治安罢了。民众怨恨特里武佐，因为他残暴和阴险。穆罗的党徒鼓动民众，散播传单。好多人，不久以前在穆罗逃亡时还在讥诮和咒骂他，现在则思念他，认为他是最好的君主了。

一月末了几天，民众捣毁了菑奇诺门法国收税吏的房子。同一天，一个法国兵在巴维亚附近拉狄拉古村强奸一个农民姑娘。她抵抗着，用扫帚打他的脸，法国兵拿起斧头威吓她。她的父亲听到叫喊拿了一根棍棒跑来，法国人就劈杀这老头子。于是群众聚集起来，登时就把这兵士打死了。现在法国军队派到乡下去，杀死好多民众洗劫整个村庄，这消息传到米兰城来，好像一粒火花跳进火药桶里。民众占据了广场、街道和市场，气愤地叫喊：

"打倒国王！打倒总督！杀死法兰西人！穆罗万岁！"

特里武佐的军队很少，不能抵抗一个三十万人口的城市。他叫人把大炮架在大教堂钟塔上面去，炮口对着民众，并下令，得到信号立即开火。他自己还要最后一次尝试求和，于是出现在民众面前。民众几乎把他打死了，他逃进公议堂里去。那里，他也要被人杀死的，倘若不是一队瑞士佣兵由顾尔新队长统带着从宫堡赶来援救他。

现在开始放火、杀人、劫掠。法国人以及有亲法嫌疑的市民落到暴动者手里的，都要受他们的酷刑和残杀。

二月一日夜间，特里武佐秘密从宫堡逃走了，将防守之责付托于厄斯丕队长和哥德瓦拉队长。同夜，从德国回来的穆罗得到谷谟城居民的热烈欢迎。米兰市民鹄候他，仿佛他是他们的救世主。

雷翁那图在暴动的最后数日内，因为害怕大炮——大炮已经轰毁他邻近几座屋子了——搬到地窖下面居住。他安下烟囱，造下一个炉灶和安置几间住室。仿佛在一个小炮台内一样，他把所有贵重的东西都移到这里来：所有图样、画像、书籍、写本和科学仪器。

那时，雷翁那图决定要去充任恺撒·波尔查手下官职。他同阿加皮托先生约定，至迟一五〇〇年夏季以前，要去就职的。但在到罗曼雅去之先，他还打算去探望他的老朋友季罗拉谟·默尔齐，为的在米兰附近瓦卜里奥村他的幽静的别墅内度过这个危险的战争和暴动时期。

二月二日玛丽亚纯净节清晨，洛加·巴楚里带了水淹宫堡的消息跑到雷翁那图家里来。原来米兰人路易基·达·博尔托向来在法国人方面服务，现在转变到暴动者方面来了。他夜里开了那些与宫堡壕沟相通的运河的水闸。水高涨起来，把花园内罗克冈堡墙边那座磨坊都冲倒了，而且灌进那些堆积火药、油、谷、酒以及其他粮食的地窖里去。法国人若不拼命救了一部分粮食出来，不久就要被饥饿迫着连同宫堡投降的，路易基先生就是这样打算。放水时，维塞里拿门外凹下区域邻近的运河也溢出河岸了，圣玛丽亚修道院所在卑湿地带都陷在水里去了。路加修士告诉雷翁那图，他害怕这水会损害了"最后的晚餐"，建议立刻到那里看看图画还是完好的不是。

雷翁那图装作漫不经心地回答：他没有工夫，他不操心"最后的晚餐"的，因为图画地位很高，湿气损害不了它。但巴楚里走开之后，他立刻赶到修道院去了。

那里，膳堂之内铺石地上，他看见一些污秽的积水，留下了河水泛滥的痕迹。有潮湿的气味。一个修士告诉他，水曾涨到四分之一寸高。

雷翁那图走到"最后的晚餐"所在的墙边。

颜色还是完全鲜明的。

这些颜色都是透明而柔和的，不是"水色"，像人们往常壁画上所用的，而是雷翁那图自己发明的"油色"。墙面他也曾经特别布置过，他先用掺和杜松漆和干燥油的黏土涂上，做第一重，然后再涂一重乳香、柏油和石膏。有经验的画师自然警告过他：油色画在潮湿的墙上，尤其在卑湿的凹陷的区域内，是不会持久的。但他对于艺术上新的尝试以及前人未走之路，有一种特有的热情，所以这里也固执自己的主张，而不听人家劝谏。他反对壁画上使用水色，另外还有一种原因，就是：那时在新鲜而尚潮湿的石灰上面工作，必须迅速而果决才行，但他恰好缺乏这种德行。"一个画家没有怀疑，其成功也就渺小"，他时常说这句话，这个与他结不解缘的怀疑和尝试、这个徘徊不定和时常修正，以及他的无限迟缓的工作方式，唯有使用油色才有成功的希望。

他更走近墙边，拿放大镜非常仔细地审察画面。忽然他发现底下左角头桌布旁边靠近巴多罗买使徒的脚的地方有一条小小的裂缝，过去一点，在那稍微淡白了的颜色之上又生了一片丝绒样的霉斑，同白霜一般。

雷翁那图面色苍白了。但他立刻镇静起来，更仔细地审察下去。

第一重黏土底层，由于潮湿而松散了些，脱离原来的墙面，使得外面涂抹石膏染上颜色那一层微凸起来。发生了一些肉眼不能见的小小裂缝，多孔质的旧砖头内生出的含硝的湿气就从这些裂缝排泄出来。

"最后的晚餐"的命运[1]是确定了！艺术家自身虽然不及见画上颜色的衰退——这些颜色大概可以支持四十年乃至五十年，但这个可怕的事实是无可怀疑的：他的最伟大的作品注定要没落的。

离开膳堂以前，他再看一眼基督的画容，他忽然觉得——好像他现在第一次看见——这个作品对于他是何等的宝贵。

"最后的晚餐"和"巨像"之没落，切断了那联系雷翁那图与活人——即使不是今世的活人，也是来世的活人——的最后的线索。他的孤独愈加是渺茫无望的了。……

"巨像"的黏土粉末已经给风吹散了。这堵墙上，渐渐淡白渐渐剥落的颜色，现今是基督面容的地方，将来也要蒙上一重白霉。而他生活所寄托的一切都必然要消逝的，好像影子一般！……

他回转家中来，到他的地底下的住室去。当他经过亚斯特罗睡卧的房子时，他便停住了脚步。卓梵尼正在用凉水布包盖病人的头。

"他又发热了吗？"师傅问。

"是的，他胡言乱语。"

雷翁那图屈身向着亚斯特罗，看看他的绷带，听他的急躁的不连贯的呓语。

"再高一点，再高一点！……到太阳去！当心不要叫翅膀着火了！这样小吗？……你从哪里来的？你叫什么名字？机械学？我从来未曾听过：一个魔鬼名叫机械学。你笑什么？……现在算了吧！……你的玩笑

---

[1]《最后的晚餐》的命运——这幅壁画现在还保存在米兰圣玛丽亚修道院里，经过了几次名家修补之后，虽尚可观，但已非四百多年前之真面目了。

也开够了……他拉着我……我没有办法，等着吧，让我喘喘气……唉，这就是我的死……"

一声恐怖的叫喊从他胸前爆发出来，他以为掉下到深渊里去了。以后他又急躁地喃喃着：

"不，不，不要笑他！是我的过错。他说过，机器还未曾做好……完了……我使师傅蒙受耻辱……你们听到吗？为的什么事情？我知道，为的是最沉重的小小的魔鬼，机械学……'魔鬼又领他到耶路撒冷去'[1]，"病人又用唱歌的声调说下去，仿佛在礼拜堂念经一般，"叫他站在殿顶上，对他说：你若是上帝的儿子，可以从这里跳下去；因为经上记着说：'主要为你吩咐他的使者保护你，他们要用手托着你，免得你的脚碰在石头上。'……但我忘记了，'他'怎样回答这机械鬼的。你不记得吗，卓梵尼？"

他用一种几乎同明白人一样的眼光望着卓梵尼。卓梵尼不响，因为他以为亚斯特罗还在发热胡说八道。

"你记不起来吗？"亚斯特罗再问一次。

为着安慰他，卓梵尼念《路加福音》第四章第十二节给他听：

"耶稣对他说：经上说：'不可试探主你的上帝。'"

"不可试探主你的上帝。"亚斯特罗重复一遍，说不出的感动，但立刻又胡言乱语了。

"蓝的，蓝的，没有一丝云彩……太阳不在那儿，也不会来——上面和下面都是蓝色的天。无须要什么翼翅。哦，师傅哪能知道，掉落在天上是何等好玩而柔软呢！……"

雷翁那图看他，心里想：

"是我的过错，他为我而牺牲了！我引诱了这样一个小人物，迷惑了他，像我迷惑了卓梵尼一般！"

---

[1]"魔鬼又领他……"——见《路加福音》第四章第九节至第十一节。

他放手在亚斯特罗的滚热的额头上。病人渐渐安静下来，终于睡着了。

雷翁那图走进他的地底下房子去，点起一支蜡烛，埋头于数学的研究。

为了避免以后制造飞行机器时犯新的错误，现在他依照波浪和水流的机械学来研究风力和气流的机械学。他在笔记簿上写道：

> 人们拿一般大的两个石头隔着相当距离丢在完全静止的水里去时，水面上就要形成两个向外展开的圆圈。问题就在于：这样一个圆圈渐渐扩大起来，和另一个同样扩大的圆圈相碰时，这两个波纹究竟是互穿互切呢，还是在接触点以同样的角度反跃而回？

自然界解决这个机械学问题如此简单，使得他高兴起来，在空白的边缘上写道："这是一个美妙而奇巧的问题！"

接着，他又写下去："根据一次实验，我这样回答：两个圆圈互相截切，但不混杂起来，不结合为一，而石头落水地方仍旧是它们的固定的中心点。"

以后他演了一个算式，确信：数学以其内在的纯理的必然性法则证实了机械学的自然的必然性。

一点钟又一点钟不知不觉地过去了。天晚了。雷翁那图吃了晚饭，同徒弟们谈谈天当作休息，然后又开始工作。

他所熟悉的如此锐利和明确的思想，使他觉到他走近了一个伟大的发现。

> 人们只消观察风如何吹动麦浪：浪头一个跟着一个向前涌去，但麦茎只是一屈一伸，仍旧立在那里。静水的波纹也恰恰是这样。小石落下或微风吹动激起的这些小皱纹，或者应当称为水的颤动，

而不当称为水的运动。要确证这个并不难，只消丢下一段草秆在水面那些向外展开的圆圈之上，便可看见这草秆只在上下跳动，而没有跟着前进。

草秆的实验使他想起了他研究音波时另一种类似的实验。他把笔记簿子回头翻了几页，读道：

> 一个钟敲响时，邻近另一个钟也跟着微微颤动，发出轻轻的声音。琵琶上面一根弦子响了，旁边的琵琶相当弦子也跟着响起来，若是拿一段草秆放在这第二弦上，便可以看出草秆在颤动。

他说不出的兴奋，发现了如此不同的两种现象之吻合：一个完全未知的认识世界，在这两段颤动的草秆中间，一段在皱动的水面上，另一段在共鸣的弦子上。

忽然一种思想，同闪电一般炫人，闪过他的精神：

> 恰恰是同一条机械学法则——在这里和在那里！恰恰同投石下水引起的波纹一样，音波在空气中也是向外展开，互相交叉，却没有混合为一，始终以发音之处为其中心点。那么光呢？好像回声是音的反射一般，光在镜子里的反射也就是光的回声！可见唯一的机械学法则，支配能力的一切观象！你的意志和你的正义是统一的，你，一切运动事物之最初推动者：投射角总是等于反射角！

他的面孔苍白了，眼睛火红了。他觉得，他又望进一个深渊去，而且从来未曾像这次那么靠近。这深渊是他以前无论何人都未望过的。他明白，这个发现若是真的给实验所证明了，那就是自从亚奇默德以来机械学上最伟大的发现了。

两个月之前，雷翁那图从季多·培辣尔底先生的一封信中知道了此时才传到欧洲来的关于发斯哥·达·伽马的旅行消息：他横渡两个大洋，绕过亚非利加州南端，发现了一条到印度去的新航路。当时，艺术家很欣羡这位发现者。但现在他可以自负，他做了更伟大的发现，比哥伦布的和发斯哥·达·伽马的还伟大些，他在更神秘的远处窥见了一个新天和一个新地！

隔壁房间，病人呻吟着。雷翁那图倾听着，过去的一切失败忽然都涌上他的心头："巨像"的莫名其妙的毁灭，"最后的晚餐"的无意义的没落，以及亚斯特罗的疯狂的可怕的倾跌。

"这个发现，"他仔细想，"难道也要无踪影地无声息地消逝吗，像我所做的一切？难道永远没有一个人听见我的声音，而我将永远孤独的同现在一般，在地底下黑暗当中，好像活埋在这里，连着我的一切飞行梦想？！"

可是，这些思想却不能压灭他心中的喜悦。

"无论是如何孤独！即使是在黑暗里、沉默里，完全被人遗忘了！即使永远没有人知道一点这个发现！我却已知道了！"

一种强力和胜利之感情，充满了他的灵魂，仿佛他毕生所想念的飞翼已经造成了，载着他扶摇直上。

他觉得地窖太狭小了，他要求到天上去，要求更宽阔的空间。

他离开了屋子，向着大教堂广场走去。

夜间，月光照得很明亮。火烧房子的反照，映在屋顶之上，同红色烟雾一样。雷翁那图愈走近城市中心、布洛列托广场，路上人群愈加拥挤。淡蓝色月光或火炬红光照出愤怒咆哮的面孔，米兰城的画有红十字架的白旗飘扬着，人们拿着长竿子，上面挂有灯笼，还拿着火枪、长枪矛、镰刀、干草叉和大棍棒。一尊陈旧的巨炮，拿桶板用铁环箍成的，由几只牛拉着，旁边的人如蚂蚁一般帮着牛拉。到处警钟齐鸣，大炮轰隆响着。守在宫堡内的法国兵士，扫射米兰街道。他们夸口要把全城夷为平地之后，才肯投降的。钟声、炮声当中，还夹杂有不停歇的怒号叫喊声：

"杀死法兰西人！打倒国王！穆罗万岁！"

雷翁那图所见的一切，好像一场莫名其妙的可怕的噩梦。

东门布洛列托广场近旁鱼市场，一个十六岁左右的毕加底鼓手，落在暴动者手里，现在正要给人吊起来。他立在一把靠墙的梯子上。那个永远滑稽的绣金匠马斯卡勒罗充当临时刽子手的职务。他用绳圈套住这法国青年的颈项，用手在青年头上轻轻拍了一下，带着滑稽的庄严神气说：

"上帝的仆人，法兰西步兵，姓跳过篱，名空肚皮，今日赐封为'麻绳颈带骑士'。奉圣父、圣子、圣神之名！"

"阿门！"群众回答道。

鼓手好像不明白他们拿他做什么把戏，他急速眹动眼睛如同一个要哭的小孩子，缩着身躯，动着细弱的颈项，并拉着绳圈。他的唇边现出一种奇异的微笑，最后一瞬间，仿佛从迷惘中觉醒过来一般，他转移他那吃惊的突然苍白的清秀的面孔向着群众，要说几句恳求的话。但群众气愤地咆哮着，这小孩子只做了一个软弱的无可奈何的手势，从怀中掏出一个挂在蓝带子上的银十字架，大概是母亲或姊姊送的，急速地吻了它并在身上画了十字。

马斯卡勒罗把他踢下梯子去，滑稽地喊道：

"做给我们看看吧，你这'麻绳颈带骑士'，法兰西勇士舞是如何跳的！"

在普遍笑声之下，挂在一根路灯杆子上的小孩子身体一伸一缩地同死神做最后的挣扎，好像真的在那里跳舞。

雷翁那图走过几步路，看见一个衣衫褴褛的老太婆，站在一座刚给炮弹轰毁的小屋子前面。在乱七八糟的一堆厨房用品、家具、羽毛被和枕头中间，她伸着裸露的双臂，大声哭喊说：

"呜，呜，呜！救命呀！……"

"什么事情，老婆婆?"鞋匠谷波罗问她。

"我的孩子！我的孩子掉下去了！他在床上睡着……地面塌了下去……他也许还活着……呜，呜，呜！救命呀！……"

一颗铁弹嗤嗤叫着飞了来，打中了这小屋子的已经歪斜的屋顶。梁木大响一声。一阵灰尘升起来，屋顶倒下来了，老太婆没有声息了……

雷翁那图走到公议堂去。兑换商摊子近旁鄂绪柱廊前面，有个读书人，大概是巴维亚大学生，拿一个凳子当作讲台立在上面，长篇大论地讲演民权、贫富平等和推翻一切专制君主等道理。民众听着，现出不信任的情态。

"同胞们！"读书人叫喊，挥舞着一把刀子，这刀平时一定是用于更和平的目的的，譬如削鹅毛笔、切香肠，或者在郊外榆树皮上刻画穿箭的心，旁边还刻着酒馆女侍的名字，现在他称之为"涅美西丝的匕首"[1]了。"同胞们！我们为我们的自由而牺牲吧！我们用专制君主的血浸湿这'涅美西丝的匕首!'，共和国万岁！"

"他吹些什么?"群众中有人叫喊，"我们看穿了你们的什么自由了。叛国贼，法兰西侦探！滚到魔鬼那里去吧，什么共和国！公爵万岁！揍死内奸！"

演说的人正要列举古代历史事实和引证西塞禄、塔西脱和李维的著作来阐释他的思想时，人家早把他从凳子上拉下来，放倒在地下，打他，咒骂他：

"这一下报答你的自由，这一下报答你的共和国！揍得好，还要重一点！不，不，小朋友，你骗不过我们的！你应当记住，煽惑民众反对自己的正经公爵该得到什么刑罚！"

---

[1] "涅美西丝的匕首" Dolch der Nemesis——涅美西丝本是希腊公平女神之名。

雷翁那图走到亚伦古广场时,看见大教堂如林的钟乳状白尖顶和高塔,在淡蓝色月光和血红色大火焰照耀之下。

大主教宫前,人群中心发出痛苦的叫喊,这里的人群几乎像一堆死尸。

"什么事情?"雷翁那图问一个愁眉苦脸的工匠。

"谁知道呢? 这些人自己恐怕也不明白。据说市场主管雅可波·克洛塔先生是法国人收买的侦探。据说他拿毒药放在食粮里卖给老百姓。没有这回事吧? 总之,谁先落在他们手里,他们就打死谁。发生了可怕的事情。主耶稣基督啊,宽宥我们有罪的人啊!"

玻璃匠谷谷略从这"尸堆"里跳出来,挥舞着一根长竿子,上面插了一颗血淋淋的人头,好像是战利品。

街上顽童法凡尼基阿跟在他屁股后头跑、跳着、喊着,指着那颗人头:

"狗子应当同狗一样死! 打死卖国贼! 杀死内奸!"

老工匠虔诚地画了十字,喃喃念诵祈祷文。

"A furore populi libera nos, Domine! ——主啊,从民众的愤怒底下援救我们啊!"

宫堡那边传来喇叭、大鼓、火枪等的声音,以及兵士冲锋的叫喊。然后城垛上惊天动地响了一声可怕的大炮,好像全城崩塌了。这是有名的青铜巨炮的响声。这炮,法国人叫作"疯狂的玛谷",德国人叫作"疯狂的格列特",意大利人叫作"疯狂的马格丽特"。

炮弹落在波谷诺伏后面一座着火的屋子上。一根火柱冲上黑夜的天空。全广场浸于红光之中,柔和的月色为之黯淡无光了。

人们同黑影子一般奔来跑去,都吓疯了并互相践踏着。

雷翁那图观察这些人形的鬼怪。

每逢他想起了他的发明的时候,他以为在火焰燃烧、群众叫喊、警钟乱鸣、大炮狂吼当中,又看见了那种静静的音波和光波,好像投石下水引起的皱纹一般颤动着，在空气之中展开，互相截切而不混合为一，始终以其发生地为其中心点，于是欢乐充满了他的心，当他想着：人类无论何时，无论做什么事情，都不能妨害这个无目的的游戏，这个目不能见的无限的波浪之和谐，或者那当为创造主统一的意志而支配一切的机械法则：投射角永远是等于反射角的。

于是，他在笔记簿上写过的一段话，以后时常记起来的，现在又在他的灵魂里响着了：

"你的正义是何等奇妙啊，你一切运动事物之最初推动者！你绝不从任何动力取去它的必然影响的规律和方式。神性的必然性，你强迫一切效果依照最短道路去追随各自的原因。"

在如疯如狂的人群当中，艺术家的心始终保持着观照的永恒宁静，仿佛幽静的月光照在大火的红焰之上。

一五〇〇年二月四日早晨，穆罗经过"新门"进入米兰城。

前一日，雷翁那图已经动身，到瓦卜里奥村他的朋友默尔齐家里去了。

季罗拉谟·默尔齐曾在司伏萨宫廷供职。数年前，他的年轻爱妻死去时，他便离开宫廷退隐到阿尔卑斯山下他的幽静的别墅去，在米兰西北，离城约有五个钟头道路。他住在这里，远离世界喧嚣，同哲学家一样，亲手栽培园圃，并热心研究神秘科学和音乐，他本是好音成癖的。有人说，默尔齐先生致力于"役鬼术"，只为的要从冥间唤回他的爱妻的魂灵。

嘉黎屋托·萨克罗布斯果，那个炼金术士，和路加·巴楚里修士，时常来这里做客。他们整夜之久讨论柏拉图观念之神秘和毕达哥拉斯的数目法则，那种星球音乐就是受这法则所支配的。主人的最大快乐却是当雷翁那图来此做客的时候。

艺术家还在开凿马特散那运河期间，时常到这个地方来，而且爱上了这个美丽的别墅。

瓦卜里奥村位置在阿达河陡峭的左岸。运河在园圃与河流中间流着。巉岩在这地带阻止了阿达河水之急流。人们听见水的咆哮，几乎同海涛澎湃一般。夹在风化的黄砂石构成的陡峭的河岸中间，这自由的粗犷的阿达河的凉冷的绿流奔腾着。旁边流着镜子一般平的安静的运河，也是从山上下来的凉冷的绿水，同阿达河一样，但是温和地、驯服地昏睡着，一声不响地在笔直的河岸中间。从这两种不同情景之对照，艺术家看出了一种深刻的意义。他拿二者比较一下，不能决定究竟哪个美些——是人类意志和理智的作品，他自己的作品，马特散那运河呢，还是它的骄傲的狂野的姊妹，阿达河？二者是同样接近于他的心，为他所同样了解的。

花园的最高坡上可以看到整个翠绿的伦巴底平原，在柏卡摩、特列维约、克列孟那和布列沙中间，夏天嗅到广阔而潮湿的河岸牧场的草香。肥沃的田园上立着小麦和稞麦，非常之高，直至给葡萄藤缠绕着的果树顶梢，以至麦穗吻得着梨、杏、苹果和樱桃。整个平原好像一片广阔的园圃。

北方黯然耸立着谷谟诸山，其上露出了阿尔卑斯山余脉，成为半圆形，再上去，在云端，则有雪山闪烁着黄金色的和玫瑰色的光辉。

在欢乐的伦巴底平原，那里每一小块土地都给人手经营过了的——和荒凉而野蛮的阿尔卑斯高山中间，雷翁那图觉到了那种相和谐的对立，同幽静的马特散那和狂野的阿达中间的一个样。

与雷翁那图同时在这别墅做客的，还有路加·巴楚里修士和炼金术士萨克罗布斯果，他在维塞里拿门外的那幢小屋子已给法国人毁坏了。雷翁那图疏远他们，他喜爱幽独，但他同弗郎西斯果，主人的小儿子，不久便结成很好的朋友了。

这个同小姑娘一般腼腆的怯生的男孩子，好久时候害怕同雷翁那图接近。一天，得到父亲嘱咐，来到雷翁那图房里拿点东西，他看见有些花花绿绿的玻璃，是艺术家研究余色定律时用的。雷翁那图让他透过玻璃看看。小孩子十分喜欢，平时熟悉的东西，现出了奇幻情景：有时是愁惨的，有时是快乐的，有时排拒人，有时吸引人，随着通过或黄或蓝或红或紫或绿的玻璃，而有种种不同的情景。

雷翁那图另一种发明，所谓"暗室"，也使他喜欢。在一张白纸上现出了一幅活的图画。画中，人们清楚看见：磨轮如何转动，乌鸦如何围绕教堂塔飞翔，樵夫柏辟那只驮着柴枝的灰色驴子如何沿着污秽的道路走去，白杨树梢又如何在风中低昂。——弗郎西斯果再忍不住了，快活得乱拍他的一双小手。

但最引起他的兴趣的，还是所谓"晴雨计"，那是由一个刻了度数的黄铜环子和一架担着两个玻璃球的天平构成的。一个球外面涂着蜡，另一个球则包着棉花。空气中含有湿气时，棉花便吸收了湿气，那个球便重了些，降下若干度数。至于蜡球，则不受湿气影响，始终一般轻重的，人们由此可以知道空气中含有若干度湿气。照这个方法，天平杆的位置便可以预言一日或二日后的天气。小孩子自己也造了这样一个"晴雨计"，他的预言也能说中，使得同屋居住的人惊讶起来，于是他心里十分喜欢。

在邻近修道院老院长董·罗棱慈办的乡村学校中，弗郎西斯果是个颇为不好学的学生。他学拉丁文法时，带点无可奈何的神气。一见那沾满墨水的绿皮算术书，他就头痛起来。雷翁那图的科学就完全不同了！小孩子觉得那如同童话一般有趣。机械学的、光学的、音学的以及水力学的仪器，吸引着他，好像一种活的魔术玩具。从早晨到深夜，他毫不倦怠地倾听雷翁那图谈话。在成年人面前，艺术家总是默默无言的，他知道，每句轻率的话语会给他惹出猜疑或讥诮。但同弗郎西斯果在一起，他就坦白、直率，无所不谈了。他不仅教小孩子，而且从小孩子学得许多东西。他想起了耶稣的话："我实在告诉你们，你们若不回转变成小孩子的样式，断不得进天国。"[1] 这里，他自己加上一句说："也不得进入认识之国土。"

这时候，他写他的《星书》。

三月间夜里，初春的风已经在那还冷的空气里吹着了，他时常同弗郎西斯果站在别墅房顶上，观察星宿的运行，并把月中斑点绘下来，为的同后来的相比较，看看改变了没有。

一天，小孩子问他，巴楚里关于星星所说的话是不是真的，即说：上帝将星星嵌在水晶天体之内，同金刚石一样，这些天体旋转时带着星星一同旋转，以此造成了那种星球音乐。师傅给他解释说：依照摩擦法则，这些天体几千年以来就是以令人难信的速度旋转着的，若像那样说法，早就毁灭了，水晶边缘早就磨平了，音乐早就止息了，而那些"不倦怠的舞女"也必然早已停步了。

画师拿一张纸头，用针刺穿一孔，叫小孩子从孔里看出去。弗郎西斯果现在看见星星没有一点光芒了，仿佛明亮的、无限小的圆点子或圆球。

"这些小点子，"雷翁那图解释说，"都是非常巨大的，其中好多个比我们的地球更大几百倍，以至几千倍。地球也是星星当中的一个。人类理智所发现的支配地球上的机械学法则，同样也支配一切世界和星球的。"

他便如此来说明"我们的地球的优越地位"。

"在其他星宿的居民看来，"画师说下去，"我们的地球也是一颗不灭的星宿，也是一粒明亮的小尘，同我们所看的那些世界一样。"

他说的话中，有好多弗郎西斯果还不明白。可是当小孩子仰起头，望着繁星的天空时，心里便惶惑不安起来。

"那里，星星后面，是什么呢?"小孩子问。

---

[1] "我实在告诉你们……"——见《马太福音》第十八章第三节。

"其他的世界，弗郎西斯果，我们目不能见的其他的星星。"

"那些后面呢？"

"又是其他的星星。"

"但是尽头呢，最末后的尽头呢？"

"没有什么尽头。"

"没有什么尽头吗？"小孩子重复他的话，雷翁那图觉得弗郎西斯果的手在他手里颤抖着。在小桌子上天文仪器中间点着的小灯的安静照耀之下，他看见小孩子的面孔忽然苍白了。

"那么在哪里呢，"弗郎西斯果慢慢地问，渐渐怀疑起来，"天堂在哪里呢，雷翁那图先生？天使、圣者、圣母、圣父、圣子和圣神又在哪里呢？"

画师要回答他，说上帝无所不在，小至每颗砂粒，大至一切星球和世界。但他不说了，因为他不愿损害这幼稚天真的信仰。

树木发芽的时候，雷翁那图整天同着弗郎西斯果在别墅园圃里面，或在附近林中，观察植物生命如何觉醒起来。艺术家画一株树或一朵花，总是同画肖像一个样，竭力使之逼真，竭力描出无论何时何处都不复见的那种特殊性。

他指示弗郎西斯果，如何从一株砍倒的树的圆轮来计算这树的年龄，如何从每重圆轮的厚薄来推知该年的湿度，以及树枝的方向：因为朝北部分总比较厚些，中央点离北更远，离南较近，即偏于多给太阳曝晒的方向。

他告诉小孩子，春天的时候，汁液如何从树干的内绿皮和外皮之间凝集起来，使外皮松懈发生皱襞，去年皱襞之中发生新的更深的皱襞，以此使树干粗大起来。人们若是砍下了树枝或者伤损了外皮，则自救的生命力将倾注比其他各处更多的汁液于此处，以致痊愈的伤处结成一片更厚的外皮。汁液之倾注是很有力的，有时竟停留不住，溢出伤处外面，结成了瘿疤，仿佛沸水之中的泡沫。

雷翁那图谈起自然界事物的时候，很精确，几乎是冷然而无味的，只努力求得科学上的明了。一种植物的春天生活上种种精微细致的地方，他以毫不动情的精确谈论着，好像谈论死的机器一样："枝条愈幼嫩，则枝条和树干之间构成的角度也愈加尖锐。"松针排列成为结晶体一样有规则的圆锥形，其中神秘的法则，他也还原之为抽象的数学。

可是在这种不动情的冷然的谈话中，弗郎西斯果仍旧觉得到雷翁那图泛爱一切含生之物，对于皱襞得像初生婴孩面孔的小叶子——自然界故意安置它在最上面，使它最近于阳光，而从茎上滴下的雨点不受任何障阻径直落在它身上——是如此，对于粗大的老枝——它好像祈祷者的手臂从阴影里伸向太阳——和植物汁液的生命力——它好像能跳动的活的血液，急忙注来救治受伤之处——也是如此。

他好多次立在树林深处，含笑观察着去年枯萎的叶子之下怎样生出嫩绿的小枝，或者冬眠初醒的蜜蜂如何用力钻进那含苞未放的雪钟花花蕊去。他观察很长久。周围如此寂静，弗郎西斯果连自己心脏跳动也听得见。他怯生生地抬起头来望着画师：太阳光穿过那些半秃的树枝照在雷翁那图的金黄头发、长胡子和丛密的眉毛之上，而且用一种明亮的晕光围绕他的脑壳。他的面庞安静而美丽。此时，他好像古代的潘神，在倾听花草的生长、地下泉流的潺湲和神秘的生命力的觉醒。在他看来，好像一切都是充满生命的：宇宙就是大的生机体，而人类机体也就是小的宇宙。他从一滴露珠看出给海洋水包绕的地球模型。在瓦卜里奥村附近特勒左水闸那里——马特散재运河就是从那里开始的——他研究水流降落和涡漩现象，他拿来同女人头发波纹相比较。

"你留心看看，"他说，"头发也是有两个流向的：一个顺向，随着自身重量而垂落下来，一个逆向则反转成为鬈发。水的运动也是如此。一部分向下流，另一部分则构成漩涡，与鬈发很相像。"

自然界现象间这种谜一般的类似和共性，特别吸引了雷翁那图。他觉得这中间好像各种不同世界发出的互相呼唤的声音。他研究虹霓现象时，发现飞禽羽毛、止水、朽树根、宝石、漂浮在水面的油脂以及浑浊不明的旧玻璃上面，都有与虹霓同样的景色。树叶上和窗户玻璃上凝结的薄霜，他也发现了与真实的叶、花、草相似的形态，好像自然界在冰结晶当中已经泄露了植物生命之梦。

有时，他觉得自己接近了新的伟大的认识世界了，也许未来的世代才能开启这个世界。譬如关于磁力和用布摩擦琥珀生出的力，他在笔记簿上写道：

> 我看不到用什么方法，人类精神能解释这种现象。我以为磁力是人类所未知的许多种力之一。世界充满了无量数可能性还未曾证验过的。

一天，诗人季多托·普列斯凿那里来拜访他们，他住在瓦卜里奥村近旁柏卡摩地方。晚饭时，他开始一场关于画不如诗的议论，因为雷翁那图没有充分称赞他的诗，他心里很不高兴。艺术家不作声。但后来，诗人的兴奋刺激了他，于是他半开玩笑地回答。其中有几句话这样说：

"就底下一点说，画已经高于诗了，即是：画所表现的是上帝的作物，而不是人类的观念，至少当今诗人是以人类观念自满的，他们并不表现什么，而只描写，只从他人取来一切，因此是贩卖他人的货品。他们搜集了各门科学的破铜烂铁，写出诗来，人们可以比他们做出卖赃物的人……"

路加修士、默尔齐和嘉黎屋托都反对他。雷翁那图渐渐兴奋起来，最后一本正经地说：

"人们使用眼睛比使用耳朵，得到更完全的自然界认识。目见是比耳闻更可靠些的。所以画——无声的诗——比较诗——盲目的画——更接近于精确的科学。用文字描写，只能给出那一个个分离的顺次而来的一列景象。在图画中，则一切景象、一切颜色，同时出现的，这一切融化为一个整体，好像和谐音乐之共鸣，所以在画中，以至在乐中，都可以达到比在诗中更多的和谐，但缺乏最高的和谐的，便是缺乏最高的美。试问一个钟情的人，他更喜欢爱人的肖像呢，还是更喜欢爱人姿态的描写，即使这描写是出于最伟大诗人的手笔?"

听到这个譬喻，大家不由得笑起来。

"我经历过一件事情，"雷翁那图说下去，"一个佛罗伦萨少年爱上了我画的一幅美女，就把这画买去了。他要把其中含有使人认出是神像的一切痕迹都去掉，为的吻着可爱的面庞时不致引起内心咎责。可是他的良心战胜了他的爱欲。他送这图画离开他的屋子，因为不然他不得一刻安静的。现在，你们诗人试把一个女人的魔力描写看看，能否如此激起一个男子的热情！是的，诸位先生，我并非替自己吹牛，因为我知道，我还欠缺好多东西。我是想到一位艺术家，他已经达到大成境界。这样的艺术家，由他的见力说来，已经超出人类以上了！无论他是否要见天界之美，是否要见稀奇的、有趣的、愁惨的或惊怖的景象，他都操纵一切，好像一个神。"

路加师兄责备画师没有把生平著作编集起来出版。这位修士愿意为他找寻出版人，但雷翁那图坚决拒绝了。

他彻底坚守自己的决定。他在世时绝不愿印出他写的一字一句。可是他写笔记时，好像在同读者畅谈的样子。在一本笔记簿开端上，他因为记载得无系统和时常重复，向读者求原谅说：

> 读者，请您不要责我这个。因为事物是无限的，我的记忆断不能这样排比，为了知道哪些话以前说过了，哪些话还未曾说；何况，我时常中断好多时候，又是在我的一生中不同年代中间写下来的。

有一次，为了表示人类精神的发展，他画了一长列的骰子，第一个骰子给第二个骰子掷下去时所碰翻了，第二个给第三个碰翻了，第三个给第四个碰翻了，如此继续下去以至无穷。底下他写道："这个推翻那个！"以后添加一句道："这些骰子表示人类辈代和人类智识。"

另一幅图画则画一个犁，在那里犁地。底下写道："顽强的毅力。"

他相信，也要轮他掷骰子了，他的呼喊也将得到人类的应声。

他好像这么一个人，在黑暗之中醒来，太早了，别人都还在睡觉。孤独地在那些同他亲近的人中间，他用秘密字体写他的笔记，为遥远的未来的兄弟，这孤独的犁田人，在曙色微茫中，为了未来兄弟而走到荒凉田地去，为的用"顽强的毅力"，拿他的犁，犁下神秘的田沟。

三月间末了几日，默尔齐别墅听到愈来愈令人不安的消息。

路易十二的大军，由拉·托列穆依爵士统带着，又越过阿尔卑斯山来了。穆罗害怕部下兵士的背叛，回避了一场战斗。迷信的预兆窘迫了他，他是"比女人更怯懦的"。

关于战争和政治的消息传到瓦卜里奥村来的，不过像微弱隐闻的雷声罢了。

雷翁那图心里不想法兰西国王，也不想公爵。他带着弗郎西斯果在附近山丘、树林和溪谷游玩。他们好几次追溯一条河流，直至丛生树木的山上。那里，雷翁那图雇用工人，实行发掘：他找寻洪水前的贝壳，海中动植物的化石。

一天，从这类漫游归来，他们坐在陡峭的阿达河岸斜坡之上一株老菩提树底下，为着休息。无穷尽的平原，连着其中的白杨和榆树荫路，就展开在他们的脚底下。在夕阳斜照之下，闪烁着柏卡摩地方优雅的小白屋。阿尔卑斯山的雪峰仿佛悬垂在空中。周围一切都是明朗的，唯有远远地平线上，特列维约、洛宗堡和布里雅诺中间，有一丝烟云飘浮在天边。

"那是什么？"弗郎西斯果问。

"我不知道，"雷翁那图回答，"也许那里在打仗。……看哪，那里在闪光！恐怕是大炮发射。或者是法国人正在同我们打仗吧？……"

最近几天，人们时常可以看见伦巴底平原这里或那里，有炮火射击。

他们不作声，观察了一会这烟云，以后，两人都忘记它了。他们拿出最近发掘的成绩来看，画师拿起了一根针形的还盖着泥土的大骨头，大约是洪水前一种鱼类的鳍。

"有多少民族，"雷翁那图深思地说，仿佛对自己说，一种幽静的微笑现出在他面上，"有多少君主，给时间所消灭了，自从这骨骼奇异的鱼游进了我们今天发现它的岩洞深处长眠以后！世界过了几千几万年，经了多少次变动，而这鱼始终躲在隐蔽之处，各方面给封锁了，用它那给时间拆毁的无肉的骨架，支撑着沉重的土块！……"

他用手指着他们脚底下的平原。

"你在这里所见的一切，弗郎西斯果，从前本是一个大洋之底，这大洋淹没了欧洲、非洲和亚洲的最大部分。我们在这里山上找着的海栖动物，证明那个时候亚平宁山峰只是这个大洋的一列岛屿，而意大利平原上现在禽鸟飞翔的地方，从前还是鱼虾在那里游泳哩！"

他们又去眺望远处的烟云，其中有炮火在闪光。在无限远处，夕阳柔和的斜照之下，这些闪光现在变成如此渺小、如此无害的桃红色的，以致他们难于相信：那里正在打仗，那里人们互相残杀。

一群鸟儿飞过天空，弗郎西斯果眼光追随着它们，努力去想象那些鱼虾，它们曾经在这里大洋水波之中游泳的，这大洋也是渊深而寂寞，恰同宽阔的苍穹一个样。

他们没有说话。但在这一瞬间，他们有同样的感想：不是完全一个样的吗？不管是法国人打败伦巴底人，或伦巴底人打败法国人？不管是国王打败公爵，或公爵打败国王？不管是外国人打败本国人，或本国人打败外国人？祖国、政治、光荣、战争、整个国土之覆亡、民众之暴动，以及人类所自以为强和大的一切事物，不都是同那边小小的烟云，在晚照之下，自然界永久的清朗之中，消逝去了的一个样的吗？

在瓦卜里奥村，雷翁那图完成了一幅图画。这画，他好多年前，甚至在佛罗伦萨住家的时候就已开始了。圣母坐在一个洞穴里，岩石中间，她用右手挽着小约翰，施洗者，用左手遮在他的儿子头上，好像要把这两个人和神，在一个爱之中结合起来。约翰虔诚地合起双手，屈了一膝跪在耶稣之前，耶稣则举起两个指头给他祝福。小救世主裸体坐在地下，一只圆圆的小腿叠在另一只之上，一只小肥手张开手掌撑在地面。从这姿势看来，可知他还不能走路，只能在地上爬行罢了。可是他的脸上已经现出完全的智慧，同时又有孩童的天真。一个跪着的天使，用手扶持着小救世主，另一手则指着施洗者，面带一种温柔的奇异的微笑，充满了痛苦的预感而转向观画的人。远处，从岩石中间看出去，带潮气的阳光穿过雾雨，照在尖尖的雅致的蓝山之上，这些山不是常见的样子，非尘凡所有，差不多好像钟乳石。那些给盐水波啮蚀了的挖空了的岩石，表明这里是干枯了的海底。洞穴之中颇为阴暗，如同在水底下。眼睛刚能辨认出一口地下泉水，圆圆的兽蹄形的水草叶子和淡白色泽兰花温柔的花萼。人们几乎以为听到了悬盖在上面的黑云石慢慢滴下来的水珠，在攀藤植物根和石松根上潺潺响着。唯有半孩童样的半处女样的圣母面容，在阴暗之中放光，好像从内心射出光来的细致的白玉。这位天国之后，在这里，地下洞穴神秘的朦胧当中，也许古代潘神和南芙躲藏之所，接近自然界心坎之处，第一次将那一切神秘之神秘显示给人类：人神之母在大地母亲的怀抱内。

这是一位大艺术家兼大科学家的作品。光暗之交融，植物生命之法则，人类身体之组织，地质之构造，身上皱纹和女人鬈发之机械学法则——女人头发鬈曲起来，同水中漩涡一般道理，投射角总是等于反射角的，总之，科学家用"顽强的毅力"所研究的，用不动情的精确性所

洞中圣母

证验的，测量的和如同死尸一般解剖的，这一切，现在又给艺术家结合为神性的整体，转变为生动的美丽、一种无声的音乐、一种神秘颂歌，赞美最纯洁的童贞女、万有之母。以同样的爱情和同样的知识，他描画了泽兰花花萼上细致的脉络，小孩子圆圆的肘弯上的小涡，黑云石上千年的沟纹，地下泉里深水的颤动和天使笑容中含有的深痛的颤动……

他知道一切，并爱一切，因为伟大的爱本是伟大的知识的产儿。

炼金术士嘉黎屋托·萨克罗布斯果要拿所谓"墨邱利神杖"做一次实验。这就是石榴木、扁桃木、酸果木以及其他"占星学"木头所做的棍子，据说与金属物有亲属关系的，可以用来在山上探寻金银铜等矿脉。

为此目的，他同默尔齐先生到列可湖东岸去，那里有好多矿山，雷翁那图也陪伴他们去，虽然他不相信什么"墨邱利神杖"，嘲笑它，如同嘲笑其他一切炼金术上幻想的东西。

离曼德罗村不远，在康皮昂山下，有一个铁矿。附近居民说，几年之前一次山崩，埋了好多工人在里面。又说，深处有硫黄蒸气从一个罅隙升上来，又说，一块石头丢下去，只听见碰撞声音渐渐微弱了，却没有止息，没有沉到底，因为这深坑是没有底的。

这些说话激起了雷翁那图的好奇心。他决定探索一下这荒废的矿洞，当同伴诸人在做"墨邱利神杖"实验的时候。但乡下人不肯给他领路，他们相信有"恶鬼"住在底下。最后一个老矿工答应带他下去。

一条陡峭的黑暗的地底下道路，几乎同深井一般，半颓废的滑溜的土级向湖水方面通到矿床去。领路的人提着灯笼走在前面，雷翁那图随在他背后，手上抱着弗郎西斯果。无论父亲方面如何禁止，无论画师方面如何劝告，小孩子都不听话，他一直祈求到人家携带他同去。

地底下道路愈来愈加狭窄，愈加陡峭了。他们已经走下了两百多级，但道路仍旧深入下去，似乎没有止境。底下吹上了窒人的潮气。雷翁那图用铲子敲着洞壁，听听响声，审察石头，地质和花岗岩中发微光的是云母石。

"你害怕吗？"雷翁那图含笑和悦地问弗郎西斯果，当他觉得小孩子紧贴在他身上的时候。

"不。我同您在一起时，什么都不害怕了。"

小孩子停了一下不说话。以后，他轻轻再说：

"真的吗，雷翁那图先生？父亲说，您不久就要离开我们？"

"不错，弗郎西斯果。"

"您到哪里去呢？"

"到罗曼雅去。我要替恺撒、瓦棱蒂诺公爵办事去。"

"到罗曼雅去吗？那里很远吗？"

"从这里去好几天的路程哩！"

"好几天的路程吗！"弗郎西斯果重复一句说，"那么以后我们再不能见面了？"

"为什么不能呢？我有闲空就来探望你们。"

小孩子想了一会，然后他忽然温柔地用双臂围抱雷翁那图的颈项，更加亲密地紧贴在他身上，低声说：

"雷翁那图先生，带我一同去吧！带我一同去吧！"

"你说什么，小弟弟！那不行的。那里正在打仗的……"

"打仗也不要紧！我说过了，我同您在一起，什么都不怕。这里地底下已经是够可怕的了！但即使比这还更可怕，我也不怕！我要做您的用人，我能够替您洗衣服、打扫房子、喂马，我也晓得搜集贝壳，这您知道的，也晓得用木炭将花草印在纸上，您自己不久才说我做得很好。您命令我做什么事情，我都做，同大人一样。带我一同去吧，雷翁那图先生！不要抛下我在这里吧！……"

"爸爸要说什么话呢？你以为他肯放你去吗？"

"肯的！他肯放我去的！我时时刻刻求他！他是很好的。若是我哭了，他不会不答应我的……他若是不放我去，以后我就偷跑了去……只要您说：我可以。……是吗？"

"不，弗郎西斯果。我知道，你不过说说罢了，你不忍撇下爸爸的。他老了，可怜的爸爸！你对他却是很好的。"

"我对他很好，当然的……但对您也是。雷翁那图先生，您不知道……您以为我年纪还小。但是我什么都晓得了！彭娜姨母说您是巫师，学堂先生董·罗棱慈也说您是恶人，我同您在一起会把灵魂败坏的！有一次，他这样骂您，我回答了他几句，他几乎把我敲打一顿。大家都害怕您，但我一点不害怕，因为您比其他一切的人都好些，我愿意永久同您在一处！"

雷翁那图没有说话，只抚摸小孩子的头。他不由得忽然想起了几年以前抱过的小孩子，在穆罗宫殿里祝会时装扮"黄金时代"的。

弗郎西斯果的眼睛忽然浑浊起来，他垂下嘴角，轻声说：

"好的，随您的意思！但我明白您为什么不肯带我同去。您不爱我……但是我……"

他全身抽搐起来，一面呜咽着。

"不要说，小弟弟。你不害羞吗？注意听我告诉你：你年纪大了的时候，我收你做徒弟。以后，我们就在一起过活，永远不分开。"

弗郎西斯果抬起眼睛看他，睫毛上还在闪耀着泪珠。他用探索的眼光看了雷翁那图很久。

"真的吗？您要我吗？也许您不过说说安慰我罢了，以后您又忘记了？……"

"不，我答应了你，弗郎西斯果。"

"您答应了？那么在什么时候？"

"就在七年、八年以后，等到你十五岁的时候。"

"八年……"小孩子屈指算了一下，"那时我们就永远不分开了？"

"永远不！一直到死！"

"那么好的！若是靠得住的话！但八年之后一定要这样的。"

"是的，你放心好了。"

弗郎西斯果快活得对他笑、抚慰他，以自己想出来的一种特别的方法，就是拿面孔在雷翁那图颊上摩擦，同猫一样。

"雷翁那图先生，您知道何等奇怪的事情！我有一次做梦，黑暗中走下很长很长的阶级，恰好同我们现在一样，以前是这样走着，以后还要这样走着，直到永永远远，没有一个穷尽的地方。有人抱着我，我没有看见面孔，但我知道，那是妈妈。我简直记不起她了。她死的时候我还很小很小。这梦现在忽然变成真的了！不过是您抱我，不是妈妈。但我觉得在您怀里同在她怀里一样好过的。我一点也不害怕……"

雷翁那图用无限的温柔看着他。

在黑暗中，小孩子的眼睛射出一种神秘之光。极信任地，仿佛对待母亲一般，小孩子将嘴唇献给他。画师吻着他，觉得弗郎西斯果以这个亲吻将灵魂交付给他了。

他觉得小孩子的心在自己的心边跳动着。用着坚定的脚步，带着不能满足的求知欲，随着昏昧的灯笼，他走下这可怕的铁矿阶级，愈走愈加深入地底下的黑暗中去。

回到瓦卜里奥村之后，住在默尔齐别墅的人都给法国大军临近这里的消息所吓呆了。

国王气愤伦巴底的背叛和暴动，决定将米兰城交付部下兵士去抢劫以为报复。凡是能逃的人，都逃到山中来了。官路大道都拥挤着装载家具的车辆，女人孩子啼啼哭哭坐在上面。夜间，从别墅窗子，还可以望见平原上火烧房子的反光。人们日日等待诺伐拉城下一次大战，来决定整个伦巴底的命运。

一天，路加·巴楚里修士从城里回到别墅来，带来了最新的恐怖消息。

四月十日，人们等待一次大战。公爵早晨从诺伐拉城里出来，调遣他的队伍去同敌军对垒的时候，他的主力军、那些瑞士佣兵，受了特里武佐元帅所收买，竟拒绝作战。公爵眼泪汪汪地请求他们不要陷他于绝境，并答应他们，打了胜仗以后要将自己产业分一部分给他们。他们仍旧不动。穆罗化装作修士打算逃跑，但一个卢泽恩地方的瑞士人名叫沙登哈卜的，将他出卖给法国人。公爵成了俘虏，被带到元帅面前去，元帅付给瑞士人以三千杜卡，"卖主犹大的三十块银钱"。

路易十二委托拉·托列穆依爵士送这俘虏回法国去。如此，宫廷诗人所称为上帝之下第一人，旋转命运车辆和宇宙方向的，这个人现在被装在一个格子笼内，放在农家车辆上，同猎获的猛兽一般，给人送走了。据说公爵向看守他的人求得特别恩典，准许他携带一本但丁《神曲》往法国去。

住在这别墅里，一天比一天更加危险了。法国人劫掠伦梅里拿一带，德国佣兵劫掠塞卜里奥一带，威尼斯人劫掠马特散那一带。小帮土匪出现在瓦卜里奥村附近。默尔齐先生准备同弗郎西斯果和彭娜姨娘搬到佳文那地方去。

雷翁那图在默尔齐别墅过了最后的一夜。同平常一样，他把当天所见所闻的有趣事情，写在他的笔记簿上。这夜，他写的是：

> 生着小尾巴而有宽大翼翅的鸟儿，必须用力扇动翼翅，并转移到使风恰从翼翅底下吹进去浮起它的那种位置——这是我从一只幼雕的飞行上观察出来的，在瓦卜里奥村教堂上面，往柏卡摩去的大路左边，一五○○年四月十四日早晨时候。

同一页旁边，又写道：

> 穆罗丧失了他的国土、他的产业和他的自由；他的一切事业都

化为乌有了。

此外没有一个字！仿佛这个与他聚首十六个年头的人塌台了，司伏萨大家族没落了——这件事情，在他看来，还没有一只鸳鸟的孤独飞行那般重要和有趣哩！

第十一章

我们将有飞翼

在托斯堪那区域，介于比萨城和佛罗伦萨城中间，离恩博里城不远的地方，白山[1]西面斜坡之上，有个芬奇村，就是雷翁那图的故乡。

艺术家在佛罗伦萨城办妥了他的事情以后，要来此地走一趟，然后到罗曼雅去，替恺撒·波尔查办事。他的老叔父弗郎西斯果·达·芬奇就住在此地。他是他父亲的同胞弟弟，是以养蚕致富的。全家之中唯有这个叔父爱这个侄儿。雷翁那图很想再见他一面，此外若有可能时，还要安置他的徒弟，那个机器匠左罗亚斯特罗·达·佩勒托拉在这里养病。亚斯特罗自从那次可怕的飞行跌伤以后，至今尚未医好，也许会成终生残废。画师希望，山中的空气和乡村的宁静能比任何医药更有利于病人。

雷翁那图是一个人离开佛罗伦萨的，他骑着一匹骡子从普拉托门出

---

[1] 白山 Monte Albano——按此是佛罗伦萨的白山，亦可译为阿尔班诺山，与阿尔卑斯山上的最高峰白山不同。

来，沿着亚诺河岸顺流走去。将近恩博里，便离开河谷和那条通到比萨去的官道，而走上一条绕着低低的板板的山丘的狭小路径。

这日是阴天，并不热。太阳躲在云雾后，现出没有光泽的白颜色，微弱不足的阳光预示北风即将临降。

道路两旁视野渐渐扩大了。波浪形的山丘不知不觉升高起来，使人想到后面就是高山。小块草地上长着疏疏朗朗的苍白色的小草。周围一切都是苍白、寂静、灰绿而素朴的，几乎是贫乏的，使人想起北方的情景：长着苍白的禾穗的田地，围着石墙的无穷无尽的葡萄园，距离相等，枝干弯曲而结实，投射着蛛网一般黑影于地上的橄榄树林。在一个孤寂的小教堂前面，或者一座荒凉的庄子前面——这类庄子总有光滑的黄色围墙，几扇不规则的格子窗，几间瓦盖的辅屋放置农具用。——这里和那里，以那业已显出的灰色高山为安静的背景，耸立着几排炭一般黑的纺锤形的扁柏，好像古时佛罗伦萨画师图画上所常见的。

山愈走愈高了，虽然是慢慢地升高，却显然可以看得出来。呼吸更加舒畅了些。雷翁那图走过圣奥散诺、卡里斯营户加底和圣卓梵尼小教堂。天渐渐黑了，云散开了，星星闪着光。起了一阵清凉的风，寒冷彻骨的北风开始了。

最后一个大转弯后面，芬奇村忽然呈露出来。这里差不多没有一块平地了，小丘变成高山，平地变成小丘。狭小的由小石屋构成的村子，就依附在这样一个尖形山丘之上。旧堡垒的黑塔细长而轻松地高耸向黄昏的天空。屋子的窗里射出灯光来。

高山脚下，一个岔路口，有盏小灯点在墙龛内，在一尊外涂蓝色和白色釉彩的陶土圣母像面前，这像是艺术家少时看惯了的。一个穿着贫苦黑衣裳的女人，大约是农妇，正跪在圣母像前，低着头，双手蒙着面孔。

"迦德怜娜！……"雷翁那图不由得低声唤着他死去的母亲的名字，她也是芬奇村一个简朴的农家女儿。

他穿过一座桥，越过奔腾澎湃的山溪，然后向右转，走上一条给围墙夹着的窄路。这里已经完全黑暗了。从墙头窥探出来的玫瑰花枝，轻轻拂着他的面孔，好像要在暗中吻他，而且用新鲜的香气迎接着他。

在一堵墙的旧木门前面，他下了马，拾起一块石头在铁扣上敲着。这是他的祖父安东尼阿·达·芬奇的屋子，现在属于弗郎西斯果叔叔所有。雷翁那图的童年时代就是在这里度过的。

没有人回答。唯有摩林狄葛特山溪在底下潺潺响着，冲破了寂静。上面村里因敲门而觉醒的狗吠了起来，大约是一只老看家狗的嘶哑的微弱的吠声，从这院子与之相呼应。最后出来了一个弯腰驼背的白发老头子，手里提着灯笼。他差不多是个聋子，缠了好久还不明白雷翁那图是谁。最后他认出来了，他快活得大声哭起来，灯笼几乎脱了手。他吻着四十多年前他亲手抱过的小主人的手，不断地含泪说："少爷啊，少爷啊，我的雷翁那图啊！"看家狗懒懒地摇着松缓的尾巴，显然只为取悦于它的老主人。仗·巴蒂斯塔——老园丁叫这个名字——禀告说："弗郎西斯果先生到他的在厄尔塔圣母村附近的葡萄园去了，他从那里还要到马奇扬诺地方去找一个相识，一个修士，要在那里用一种草药汁医治他的腰痛病，须等待一天或两天才能回家来。雷翁那图决定在这里等待他，尤其因为第二天早上，左罗亚斯特罗和卓梵尼·贝尔特拉非奥也要从佛罗伦萨到这里来的。

老头子领了雷翁那图进屋里去，屋内没人居住，因为弗郎西斯果的儿孙们都在佛罗伦萨住家。老头子急急忙忙走来走去，而且喊他的秀丽的孙女儿，金黄头发的十六岁少女来烧晚饭。但雷翁那图只要芬奇村土产的葡萄酒、面包和叔叔这里很有名的泉水。弗郎西斯果先生虽然有钱，过的仍旧是他的父亲、祖父，以及远祖那种俭朴的生活，过惯了大城市舒适生活的人，一定会认为是穷苦的。

艺术家踏进了他所熟悉的楼下房子，这里同时是起居室和厨房。里面陈设只有几张笨重的椅子、凳子以及乌黑木头做的因年久而变成镜子般光滑的雕了花的柜子，此外还有一个家具安置着沉重的锡器；天花板梁木给烟熏黑了，几捆干枯的药草悬挂在那上面；四面白墙没有一点修饰；一个沾满煤烟的大灶立在石地之上。唯有窗子上那些淡绿色的浑浊的厚玻璃带着圆圆的棱角，是新装的。雷翁那图记得，在他少时，这些窗子同托斯堪那区域所有农家屋子一个样，都是糊着涂蜡的麻布，以致白天房内也是阴沉沉的。楼上那些做寝室用的房子，窗子只有木头遮板，冬天这地方本是很冷的，冷得早晨房内洗脸盆的水都冻了冰。

园丁生了火，烧着发香气的山柴和杜松，点起一盏用铜链子挂在火炉上的陶土小灯，这灯有狭而长的颈项，还有把手，同人们在古代厄特鲁斯克人[1]坟墓里所找到的一个样式。灯的高贵而柔和的形式，在这俭朴的贫苦的房间内，显得更加美丽。在托斯堪那区域这个半野蛮的角落里，血统、语言、家具和民俗方面，都还保存着上古厄特鲁斯克民族之遗风。

正当小姑娘忙着备办晚饭，端来一个扁圆形的无酵面包、一盘浸在醋里的生莴苣、一瓶酒，以及一些干无花果放在桌上的时候，雷翁那图走上那响亮的楼梯去。楼上一切也是同旧时一样的。在那低矮而宽阔的房间中央，还立着那张四方形大床，即使全家的人在那里睡都容纳得下；良善的列娜祖母，安东尼阿·达·芬奇之妻，时常同小雷翁那图在这床上睡觉。这件家族圣物，现在也属于弗郎西斯果叔叔所有。同从前一样，床头上还挂着耶稣钉十字架像、圣母像、圣水贝壳，那捆灰色干草，所谓"雾草"，那张写了拉丁祈祷文的旧纸头。

雷翁那图又下楼来，坐在火炉旁边，拿水掺在酒里，斟在一个圆木碗内喝，这碗发出新鲜的橄榄木香气，又使他想起了他的童年时代。仗·巴嘉斯塔和他的孙女儿去睡觉之后，艺术家还留在这里不想去睡，

---

[1] 厄特鲁斯克人 Etrnsker——三千年前住居于现今托斯堪那一带的民族，曾统治了全意大利半岛，后来给拉丁人征服了。

他沉浸于安静的清晰的回忆之中了。

他想起他的父亲，佛罗伦萨城的公证人彼特罗·达·芬奇先生，不多日之前，他才在佛罗伦萨城里，在热闹的季别里那街舒适的公馆里见着——一个还健壮的七十多岁老头子，红红的面孔，白白的鬐发。雷翁那图一生未曾碰见一个人像彼特罗先生那般纯真地悦乐生命。早年，这位公证人是很疼爱他这私生的长子的。但后来，他的更年轻的合法的儿子安东尼阿和朱良诺长大起来时候，害怕父亲会将财产分一部分给长子，便想法挑拨这两父子间的恶感。在最近一次探亲时，雷翁那图觉得在自己家族内很生分。他的弟弟罗棱慈特别散播当时流行的关于雷翁那图不信上帝的传说。这个弟弟，就年龄上说，差不多还是一个小孩子，却已是佛罗伦萨布商公会会员，一个循规蹈矩的省俭的商人了，而且是萨逢拿罗拉底门徒，一个"哭党"。他时常当着父亲的面同艺术家谈论基督教信仰、忏悔和谦逊，谈论当代某些哲学家的异端思想。临别时，他赠送雷翁那图一本劝善书，以为纪念。

现在坐在老家火炉旁边，雷翁那图便拿出这本用干净而细小的商人字体写的小书来看。

"忏悔书，是我，佛罗伦萨人彼特罗·达·芬奇先生之子罗棱慈，所写，并献给我的嫂嫂娜娜的。——凡是愿意忏悔自己罪过的人，这书是很有用处的。请你接受而且读这本书。在其中列举的罪过里面，你若是发现了自己的罪过，就应当记下来，你未曾犯的，就由它去吧，留下来给另外的人用。因为你应知道，关于这类事情，即使有一千张嘴也是说不完的。"

跟着，就是一张很详细的罪过表，由这青年布商以迂腐而烦琐的精神搜集来的，此外还有八种虔诚的默想，"每个基督教徒，凡愿意参与忏悔圣典的，都应当记在心头"。

罗棱慈还用神学上庄重的态度讨论一个问题：穿着漏税布料做的衣

服，是罪过不是？他判断说：

"对灵魂来说，穿着外国布料是没有妨害的，倘若当时关税是不公正的话。所以亲爱的兄弟和姊妹，你们尽管完全放心好了，不要为此事负疚！但若有人说：罗棱慈，你这种关于外国布料的意见是根据什么理由呢？那么我就回答：去年，一四九九年，我因为业务关系在比萨城暂住时，亲自在圣弥迦勒教堂听一位多米尼会修士凡诺比师兄说的，他用非常繁博而新奇的论证，对于外国布料说了我现在所说的话。"

在结论中，他又用同样冗长而令人生厌的话语，叙述魔鬼如何好久要阻止他写下这本虔诚的书，魔鬼所持的理由中有一条是说：他，罗棱慈，缺乏写此书时所必需的博学的文笔，他是个好布商，照顾店里的事情比写宗教书籍更适宜些。然而他克服了魔鬼的诱惑，他得出这个结论，认为在这种事情里面，什么博学和文笔，并不像基督教的智慧和信仰那么需要。依靠上帝和童贞玛丽亚之帮助，他著成了这本书，"献给他的嫂嫂娜娜，以及同在基督之中的一切兄弟和姊妹"。

雷翁那图读了一处关于基督教的四主德。那里，大约暗中想着他的有名的艺术家和画师的哥哥，罗棱慈叫人将此四者绘成如下寓意画："智慧"是三张面孔，一张看现在，一张看过去，一张看未来；"正义"是刀剑和天平；"勇敢"是倚柱而立；"节制"是一手拿着圆规，一手拿着剪刀，而所有越出圆圈以外的东西都用剪刀剪去，丢掉了。

从这本书里，雷翁那图感到了他所熟知的小市民的虔诚精神，这精神历代相传，总是支配着他的家族，他童年时就给这气氛包围着。

雷翁那图出生以前一百多年，芬奇一姓的祖先已经在佛罗伦萨充当他父亲现在这个循规蹈矩的、省俭的、敬神的职务了。一三三九年公文中就记载有一位季多先生，弥迦勒·达·芬奇先生之子，充当执政府公证人之职，那就是艺术家的祖先。

祖父安东尼阿好像活生生地站在他面前！祖父的世故，同孙子罗棱慈的一模一样。他教子孙不要贪图贵显、荣名、文武官职以及过分的财富和博学。

"始终守着真正的中庸！"他时常说，"那是最稳妥的道路。"

雷翁那图还记得他的安静的严肃的老年声音，教训儿孙以这最重要的处世之道：黄金的中庸之道。

"孩子们，你们要学学蚂蚁的榜样，它们今天记挂着明天的需要！你们要省俭而有节制！我应当拿什么来比喻一个好家主呢？我拿蜘蛛来比喻他：蜘蛛在它的丝条远播的网子中央坐着，只要觉知最细弱的网丝有什么动静，便跑了来。"

他吩咐全家的人每天晚上晚祷钟响的时候都聚集在一处。他自己巡游全屋一周，锁了大门，钥匙带回寝室去，藏在他的枕头底下。家政上最微细的事项都逃不过他的时常警醒的眼睛：给牛吃的干草是否少了些，使女是否将灯芯提得太高了些，以致消耗太多的油。一切他都看到，都照管到，但他并不是悭吝的，他自己穿的衣服都是用最好的布料缝的，他也教子孙这样做：穿衣不必省钱，因为好布料经穿一点，并无须时常调换，所以穿好布料缝的衣服，不仅阔气，而且合算。

照他的意见，一家人必须同在一处居住。"因为大家围着一张桌子吃饭，"他说，"那么一张桌布、一支蜡烛，就够所有的人用了。但如果分做两处吃饭，则需要两张桌布和两支蜡烛。大家围着一个炉子的话，一捆柴火就够了，但若生起两个炉子，则需要烧两捆柴火。其他一切事情也是这样的。"

他很看不起女人："娘儿们只合照顾厨房和养育小孩，不该参与男人的事务。唯有呆子才会相信女人的理智！"

安东尼阿先生的世故也含有狡猾成分。

"孩子们，"他也时常说，"你们要仁慈，同教会所要求的那般仁慈，但你们要亲近幸福的朋友，而疏远不幸的朋友，亲近富人而疏远穷人。最深的世故乃是：能做慈祥可亲的人，又能使狡猾的人上当。"

他教孩子们在自己和别人田地界线上面栽种果树，使得树影只遮掩了别人的田地。他教他们，别人借钱时，总要和颜悦色地辞谢他。

"这样，有双重的利益，"他添加几句说，"一面省下了钱，一面又能够嘲笑那想骗你们钱的人。借钱的人若是聪明的，他就会谅解你们，而且为此而更加敬重你们，因为你们晓得和颜悦色去辞谢他的请求。唯有骗子才向人借钱，唯有呆子才借钱给人！但亲戚和家族，你们应当帮助，不仅用钱，而且用汗、血和名誉，用你们所有的一切。为了家庭的福利，你们甚至不应当爱惜自己的生命！因为，你们要记得，亲爱的孩子们，凡人，给自己亲人做好事，比给外人做好事，要光荣得多，有利得多的。"

离家三十年之后，雷翁那图现在又坐在祖屋之内了，听着北风怒吼，看着火炉内柴火渐渐熄灭，心里想着：他的一生都是不断地违反了祖父那种古老的省俭的蜘蛛世故和蚂蚁世故——恰好是他此种非常丰裕的余力，此种不合常规的越分，照罗棱慈弟弟的意见，须得"节制"女神拿她的铁剪刀来剪除的。

第二天一早，没有唤醒园丁，他就离了屋子，走过贫苦的芬奇村，在高丘斜坡之上从那些密密地环绕老堡垒的高耸而狭窄的屋子中间穿过，踏上一条上山的陡峭道路，通到邻村安嘉诺去的道路。

同昨天一样，太阳光又是黯淡的、苍白的，几乎像冬天的景色。天上没有云，寒冷，如此清早天边就已现出浓紫颜色。刮了一夜以后，北风更加猛烈了，但不像昨天旋转着一阵阵刮来，而是匀称地从北边吹来，仿佛自天而下，而且在人耳朵旁锐叫着单一的声调。同样的长着稀疏麦茎的苍白的安静的田地，这里高山上更加令人想起北方情景。高丘斜坡半圆形土坛上——芬奇村农民称之为"月亮"——也有同样的荒瘠的葡萄园。孱弱的无色彩的小草，开过花的罂粟，灰尘色的橄榄树，坚硬的黑树枝在风中摇曳，好像生病的样子。……

走到安嘉诺村，雷翁那图便停住了脚步，他不认得这地方了。他知道，以前这里是阿狄马里堡寨的废墟，一个尚未倾颓的塔内开了一家乡村酒店。现在，这地方，所谓"塔营"的，却耸立着一座新屋子，四面光滑的白墙，在一个葡萄园中间。低矮的石垣后面，一个农民正用铲子在葡萄根下挖土。他告诉艺术家说：酒店老板死了，继承人将这块地产卖给鄂比雅诺地方一个有钱的綦羊人，这人把高丘上旧时墙根掘掉了，布置下一座葡萄园和一个橄榄树林。

雷翁那图询问安嘉诺村的酒店并非没有特殊缘故：他就是诞生在这个酒店里面。

这里，在这贫苦山村进口之处，在从尼伏勒河谷越过白山通往普拉托和皮士托亚去的官道旁边，五十年前曾有一个富有趣味的乡村酒店，开设在骑士堡寨阿狄马里的荒凉的废墟里面。一面招牌挂在发响声的生锈的铁钩上，写着"酒家"二字；一个开着的门可以从那里看见一排一排的木桶、锡罐、大肚皮陶土酒瓶；两个格子窗，没装玻璃，只有乌黑的木头遮板，好像一对近视眼，正在对人睐眼；门前台阶石级给来往客人踏得光光的。所有这一切都掩映在一架给太阳照耀着的新鲜的葡萄棚之下。附近村庄的居民到圣弥雅托或傅采启奥地方赶集去的、猎人、赶骡子的、佛罗伦萨国境缉私兵士，以及其他不相干的人，时常到这酒店来喝一瓶便宜劣酒，谈闲天或者下棋和打牌。

在这酒店做女侍的，是一个穷苦孤女，芬奇村的一个农家女儿，名叫迦德怜娜。

一四五一年春天，佛罗伦萨城青年公证人，安东尼阿·达·芬奇先生之子，彼特罗先生，从城里回到芬奇村探望他的父亲。为职务关系，他一年之中最大部分时间是在城里居住的。一天，人家请他到安嘉诺村来，替人议订一个契约，六分之一石头油榨之长期租赁契约。契约议成，各方按照规则签了字以后，那些农民便邀请公证人同他们一起到附近酒店喝两杯，庆贺这件事情。彼特罗先生本是和蔼可亲的人，并不对乡下人摆架子，就同意去了。迦德怜娜侍候着这位青年公证人，据他后来自己承认的话，初看一眼便爱上这个小姑娘了。他托词要在乡下猎鹌鹑，直到秋天还不回城里去。他成了这小酒店的老顾客，天天同迦德怜娜调情。但她没有像这青年人心里所想的那么容易到手。可是彼特罗先生能够攻破处女的心，他当年二十四岁，穿得同花花公子一样，面孔漂亮，举动轻巧，体力强壮，而且特别会说一套甜言蜜语，容易打动单纯的女孩子的心。迦德怜娜抵抗了很长久，她祈求纯洁的童贞女玛丽亚援助，但终于降服了。在秋天多汁的葡萄喂肥了的托斯堪那鹌鹑离开了尼伏勒河谷时，她已经怀有身孕了。

彼特罗先生同安嘉诺村酒店女侍，那个穷苦孤女的恋爱关系的风声，也传到了安东尼阿·达·芬奇先生的耳朵里。他用父亲的诅咒来恐吓他的儿子，立刻迫他回佛罗伦萨去，当年冬天就给他娶了媳妇，为的"管教这个浪子"，就像他自己所说的。新媳妇阿丽比拉小姐，卓梵尼·阿马督利先生的女儿，年纪不轻、人也不漂亮，但奁资很丰富，又是出自名门。安东尼阿先生也把迦德怜娜嫁给了他家的一个短工阿加塔布里格，彼罗·德·瓦加的儿子，分奇村的一个贫农，年纪不小，性情阴郁而粗暴。据说，他的第一个妻子就是被他酒醉时打死的。这个阿加塔布里格情愿为了三十个弗罗璘和一小片橄榄树林代价，用自己清白的名字来遮盖他人的罪过。迦德怜娜不发一声怨语便顺从了，可是她忧愁成病，分娩之后几乎要死去了。她没有奶。为了喂养小雷翁那图——小孩子就叫这个名字，她租了白山的一只母山羊。彼特罗虽然爱迦德怜娜，舍不得丢开她，也只好顺从了，他不过请求父亲收留小雷翁那图在家中养育。那时人们并不以为养育私生子是不名誉的事情，人们几乎是将私生子合在正式儿女一起养育，有时甚至更加重视些。祖父同意了，尤其因为他的第一个媳妇没有生育。他将小孩子托付给他的老伴，良善的列娜祖母，她是彼罗·达·巴卡勒托的女儿。

雷翁那图，二十四岁公证人和他所诱惑的安嘉诺酒店女侍私生的儿子，便是这样来到这循规蹈矩的敬神的芬奇家族了。

佛罗伦萨城公文库里所藏一四五七年份户籍册子上，还有祖父——公证人安东尼阿·达·芬奇先生手写的如下一条：

> 雷翁那图，彼特罗与迦德怜娜（今为彼罗·德·瓦加之子阿加塔布里格之妻）非婚生之子，五岁。

雷翁那图想起他的母亲，只像做梦一般，尤其想起她的温柔的、莫名其妙地匆遽的、充满神秘的、差不多狡狯的微笑，这微笑在这素朴的、忧郁的、严肃的、几乎悲哀的美丽面孔上，现出了奇异情态。艺术家有一次在佛罗伦萨城圣马可花园梅狄奇家博物馆内看见一尊古代土地女神契贝勒[1]的铜像，从古代厄特鲁斯克民族小城阿勒左发掘出来的，也有这个奇异的微笑，同他母亲，芬奇村农家少女的一个样。

艺术家也是想到他的母亲的，当他在他的《图画论》中写下底下的话时：

> 你没注意到，山野妇女穿着一身贫苦的粗布衣裳，时常比靓服盛装的妇女更美丽些吗？

凡是见过他的母亲少年时面貌的人，都说雷翁那图很像她。他的长长的优雅的双手，他的丝一般柔软的金黄鬈发，以及他的微笑，特别使人想起了迦德怜娜。从父亲方面，他承继了强壮的体格、良好的健康和对于生命的悦乐；从母亲方面，他得到了那充塞他的整个生活的女性的温柔。

迦德怜娜同她的丈夫所住的小屋子，离安东尼阿先生家里不远。中午，祖父睡觉去，阿加塔布里格也牵了牛去田里工作时候，这小孩子就

---

[1] 契贝勒 Kybele——据希腊神话，她是萨土恩之妻，尤比德之母。

穿过葡萄园，爬过垣墙，跑到母亲那里去。她等待他，手里拿着纺锤，站在门口。远远看见他的时候，她便张开了两臂。他急忙投在她怀抱之内，面孔、眼睛、嘴唇和头发，都盖满了她的亲吻。

夜间探访，他尤其觉得快乐。每逢节日，老阿加塔布里格晚上都要到酒店里去，或者同伙伴们掷骰子、赌钱。那时，夜里，雷翁那图悄悄地从那张他同列娜祖母一道睡的宽大眠床上爬起来，披了衣服，小心推开窗子遮板，从窗子攀着一株老无花果树的枝溜到地下，跑往迦德怜娜屋里去。清凉的沾露的小草，夜鸟的啼叫，有尖刺的荨麻，刺他的赤脚的尖石头，远处星星的闪光，害怕祖母醒来寻他不见，以及等候着他的拥抱的神秘——他觉得同犯罪一样，当他暗中爬上迦德怜娜床上，在被窝之内全身偎贴着她的时候——这一切都是甜蜜的和酣畅的。

列娜祖母溺爱着孙儿。他记得祖母的始终如一的深褐色衣服，记得那条白围巾围着她的暗色的多皱纹的良善面孔，记得她的轻轻的催眠歌和她做给他吃的乡下糕饼的甜蜜味道。

他同祖父的感情并不好。起初安东尼阿先生自己教育孙儿，小孩子是很勉强听教的。到了七岁时，他就进芬奇村附近，圣彼特罗尼拉教堂附设的学堂读书。但是拉丁文法引不起他的兴味。

他时常一清早就离家出来了，但不是到学校去，而是到一个完全长满芦苇的荒凉谿谷去。他仰天躺了很久，好几个钟头观察着在他上面盘旋的鹳鸟，心里很欣羡它们。或者他小心剥开一朵花萼，怕伤害了它或者折断它，为的看看里面微妙的构造，看看那些长满细丝的含蜜的粉房和雌蕊。安东尼阿先生有事情在城里暂住时，小那图时常倚仗祖母的溺爱，整天地在山上游宕，沿着无人知的唯有山羊走过的山径，他攀过高岩和深谷，到那光秃的白山尖峰上面去，从那里他看到无边无际的草地、树林、田园，看到傅采启奥的沼泽，看到皮士托亚、普拉托、佛罗伦萨，看到阿普安方面阿尔卑斯山的雪峰，天气清朗时甚至可以看到一条狭长的雾蓝色的地中海水。然后他精疲力竭地回到家中来，全身都是灰尘，脸上晒得黑黑的，但如此快活，使得列娜祖母舍不得骂他，或者在祖父面前告他。

小孩子生活是很孤独的。他很少看见和气的弗郎西斯果叔叔，也很少看见父亲，他们两人一年中最大部分时间都是住在佛罗伦萨。父亲从城里回来，时常带了糖果给他吃。他简直不同学堂同学们在一起玩。同学们的游戏，他觉得没有意思。他们把一只蝴蝶的翅膀拔掉了，害得蝴蝶只会爬不会飞，他们于是开心得很，这时他就露出一副怜悯而忧郁的容颜，面色变青，走开了。有一次，他看见那个老妈子在院子里宰杀一只喂肥了的小猪过节，这猪挣扎着、哀叫着，他于是好多时坚持不肯吃肉，也不说出理由，害得安多尼阿先生大大生气。

有一回，那些学堂生，给一个名叫洛索的人，一个放浪而奸狡的顽童领导着，捕着了一只土拨鼠。他们用种种方去作弄了它之后，又拿绳子把这半死的畜生一只腿拴着，打算丢给狗吃。于是雷翁那图冲进这小孩子堆中来了，把三个小孩子推倒地下，他是有力而敏捷的，其他的孩子们愕然无措，他们绝未曾料想到平时如此恬静的那图会来这一手。趁这当儿，雷翁那图抢去了那只土拨鼠，急忙跑走了，跑到田里去。他的那些同学们明白过来之后，都来追赶，一面喊着、笑着、吹着呼哨，而且高声叫骂，拿石头掷他。洛索——他比那图大五岁——赶上他，抓住他的头发，一时拳足交加。若非祖父的园丁仗·巴蒂斯塔走来，雷翁那图要被人重重揍一顿的。但这孩子的目的已经达到了：正当打架时候，那只土拨鼠逃跑了。在打架当中，雷翁那图为了自卫打着了洛索的眼睛。洛索的父亲，住在邻村的一个贵族的厨子，来向祖父诉苦。安多尼阿先生生气得很，他要把孙子鞭打一顿，幸得祖母说情，才免了这场责罚。那图不过在楼梯底下一个黑洞里被关了几天。

后来有一次他想起了这回不公平的责罚，这是他以后忍受的无数不平之事的第一次，他就在笔记簿上自问道：

你做孩子时，人家已经因为你做了正当的事情而把你关起来了。——现在你已经成人，人家又将如何对付你呢？

在黑洞里坐着，这孩子观察一只蜘蛛：它蹲在网里，由门缝射进来一线阳光把蛛网映成五颜六色，它正在吃一只苍蝇。苍蝇在蜘蛛爪里挣扎着，营营之声一阵弱似一阵。那图本可以救这苍蝇的生命，正如他救了土拨鼠一般。但是一种模糊的不可压制的感情阻止了他，他让蜘蛛吃了苍蝇而观察那个丑恶虫豸的贪欲，带着那种不动情的天真的好奇心，如同观察花草的柔嫩而神秘的构造时一般。

佛罗伦萨建筑师毕亚卓·达·辣温那，那个大阿培蒂[1]的一个徒弟，此时正在芬奇村附近建筑一座大别墅。雷翁那图常到那里去，看看工人们如何筑墙，如何拿曲尺砌石，又如何用机器把石头升上去。有一天，毕亚卓先生和这孩子闲谈，很惊讶地发现这孩子有如此清楚的理解力。这建筑师便教他算术、代数、几何和力学的基本知识，起初是游戏性质，后来是完全认真教了。很难令人相信地，差不多奇迹一般地，他发现这小孩子学习一切如流水般容易，好像是在回忆那以前知道不过偶尔忘记了的事情。

祖父不喜欢孙儿的种种与众不同之处，也不喜欢他惯用左手：这件事恰好被人看作不祥的征兆。人家相信，后来那些同魔鬼立约的人，所有那些巫士和行黑术的人，生来都是惯用左手的。安多尼阿先生对于孙儿这个成见，听到了以下的话更牢固起来了：即是有个从福丑良诺来的稳婆对他说，喂那图奶的那只黑山羊的主人，住在白山上荒凉小村子福涅罗的那个老太婆，本是一个巫婆。那个老太婆为了奉承魔鬼，也许在喂那图的山羊奶上行了巫术哩！

---

[1] 阿培蒂 Leo Battista Alberti，一四〇四——一四七二，佛罗伦萨建筑家，生于热那亚，著有《建筑术》一书，也是那个时代一个无所不能的人物。

"事真，难假！"祖父想道，"在家里喂饱一只狼，这狼总想逃到树林去的。天意如此！每个家庭都生不肖子！……"

老头子十分渴望他的爱子彼特罗生一个嫡孙给他，足以承受家业，因为那图不过如同路上拾来的一般，不过是这家里的一个私生子。

白山的居民常说起本地一种特性是其他各处所没有的：就是好多植物和动物都是白的颜色。不是亲眼看过的人，不肯相信这话。但是那些逛过白山树林和草场的游人都知道，那里确实有白的紫罗兰、白的蛇莓、白的麻雀，甚至乌鸦窠里还有白的鸦雏哩。芬奇村的居民便以为，正因为这个缘故，自古以来才有"白山"的名称。

那个小那图也是白山上的一个奇迹：佛罗伦萨城循规蹈矩的公证人世家生出这样一个子弟，乌鸦窠里生出一只白色的鸦雏。

小孩子养到十三岁时，他的父亲从芬奇村带他来到佛罗伦萨城。从此以后，雷翁那图很少回转故乡。

在他的一四九四年一本笔记中——那时他正在米兰公爵手下做事，有如下一段短短的谜一般的记事，同他惯常写得那么简短：

迦德怜娜，一四九三年七月十六日来。[1]

人家读着，以为说的是雇来做工的一个女仆哩。其实说的是雷翁那图的母亲。

她的男人阿加塔布里格死后，迦德怜娜觉得自己也不久于人世了，她渴想再见儿子一面。

---

[1] "迦德怜娜……"——按各家替雷翁那图做传记的，都不晓得他的母亲的下落，梅勒什可夫斯基是第一个在雷翁那图笔记中寻出这条踪迹的。后来弗洛伊德著的《雷翁那图童年回忆》中也接受了梅勒什可夫斯基的解释。

她和那些香客结伴，从托斯堪那到伦巴底来，为的朝拜圣俺布罗曹的圣骨和那枚圣钉，她便这样到了米兰。雷翁那图恭恭敬敬地接待了她。

在她面前，他又觉得自己仍是那个小那图，夜里悄悄地赤裸着一双小腿跑到她家里去，爬上她的床，钻进被窝内，紧紧偎贴着她。

这老太婆重见了儿子之后，仍要回老家去，但雷翁那图留住她。他在维塞里拿门圣嘉拉女修道院，离他寓所不远，租了一间安静的房子给她居住，款待得她很舒服。迦德怜娜病了，不能起床，但坚持不肯搬到他的寓所去，害怕搅扰了他。他于是送她进米兰最好的医院，弗郎西斯果·司伏萨公爵建筑的那个"大医院"，同华丽的宫殿一般。他天天去探望她。临死前几天，他简直不离开她的床。但他的朋友，甚至他的徒弟当中，没有一个人知道迦德怜娜来到米兰。他的笔记本中差不多没有一字提到她。仅有一次，完全偶然地，写了一条，其中记了她的名字。这条说的是一个害重病的年轻姑娘的有趣味的或如他记的童话一般的面庞，他于同一时期，在他母亲去世的医院里看见她的。

"卓梵尼娜，童话一般的面庞——问迦德怜娜，在医院里。"

当他最后一次吻着她那渐渐冰冷的手时，他觉得，他所有的一切，都应当感谢她，感谢这个山居的微贱的女人，这个芬奇村的老农妇。他替她举行了一场阔绰的葬礼，好像迦德怜娜不是安嘉诺酒店的微贱的女侍，乃是一位贵族夫人。用他那从父亲，那个公证人遗传下来的精细心思，他把这次丧事的费用一笔一笔记下来，恰如他毫无必要地记下了安得烈·沙莱诺那件衣服上纽扣、银线和缎子的价钱一般。

六年之后，一五〇〇年，穆罗倒台了，他在米兰收拾行李要往佛罗伦萨来。他在橱内发现一个小心捆着的包裹，这是故乡土物，迦德怜娜从芬奇村带来送给他的：两件自织的灰色粗麻布衬衣和三双自织的山羊毛袜子。他从没有用过这些衣袜，因为他惯于穿着那些极细腻的东西。但此时，他在那些科学书籍、算学仪器和力学机械中间忽然发现了这一包被遗忘的物品，不觉痛心。

以后，当他多年孤独而忧愁地从这国到那国、从这城到那城旅行时，他永不忘记带着这一包从未着过的衬衣和袜子同行。他藏起来，不让那些俗人的眼睛看见，而且每次都是含羞带愧地拿来小心地同他特别心爱的那些东西捆在一起。

这些回忆，当他沿着那陡峭的但从童年以来就已熟悉的小径走上白山去的时候，一幕一幕地在雷翁那图心灵之内演过。

在一个大岩石背后不挡风之处，他在一块石头上面坐下来休息，兼看看周围风景。低矮而蜷曲的橡树披着去年的枯叶，一种淡绿色的喷香的矮树（当地人称为"扫帚树"的）、淡白色的野紫罗兰，在周围丛生着；这一切之上飘浮一种罕有的新鲜香气：茴香或某种不知名的山草的香气。山势如波浪一般，向亚诺河谷一方倾斜。右边耸立着光秃的岩石，映成弯曲的影子，露出蛇一般的裂缝，以及灰紫色的凹沟。安嘉诺恰好在他脚底下，给太阳光照成一片白色。再下去，在山下，在那个圆头的山丘旁边，紧贴着小小的芬奇村，如同一个黄蜂窠。村里的古堡塔，尖长而黑，恰如立在那往安嘉诺去的路旁的两株扁柏。

丝毫没有改变。他觉得好像昨天才在这条山路上走。今天同四十年前一样，这里也长着那些淡白色的紫罗兰和那些离披的矮树，橡树的枯叶仍是这般萧萧响着，白山依旧那样阴郁，周围一切还是如此素朴、寂静、萧条而苍白，令人想起了北方。但在这寂静和苍白之中有时微露这世上最高贵的国土的微妙而难以形容的情致。这国土古时唤作厄特鲁斯克，如今称为托斯堪那，这是文艺复兴时代的常春之国，恰如雷翁那图的母亲、芬奇村的乡下姑娘，严肃而几乎忧郁的美貌之中露出一丝稀罕的温柔的笑容。

他站了起来，继续循着山路上山去。他愈上去，那风就愈加寒冷而迫人。

他又回忆过去的生活，这次是关于他的少年时代的。

公证人彼特罗·达·芬奇先生的事业发达了。他做人圆通，快活而和气，他是属于那一类人。他们在生活上一切都如意，他们生活着，让别人生活着，同一切的人都相处得很好。彼特罗先生尤其同教会中人相处得好。他成了富裕的圣安伦齐亚塔修道院及其他好多宗教机关所信任的人物。彼特罗先生增加了他的财产，在芬奇村附近购置了田地、房屋和葡萄园，但他那个与安东尼阿先生的世故完全一致的俭朴的生活方式却未曾改变。不过他很肯拿钱出去装修教堂，他又为了尊荣他的族姓，在佛罗伦萨修道院竖下一方芬奇家的纪念碑。

他的发妻阿丽比拉·阿马督利死后不久，这位三十八岁的鳏夫便续娶了一个很年轻而美貌的姑娘，差不多是一个小孩子。她是卓梵尼·兰弗烈狄尼先生的女儿弗朗西斯卡小姐。但这位续弦夫人也未曾替他生男育女。雷翁那图那时在佛罗伦萨城里他的父亲寓所居住。这寓所在圣翡冷翠广场边，离旧宫不远，是彼特罗先生向一个名叫弥迦勒·布兰多里尼的人租来的。彼特罗先生要他的非婚生的儿子受良好的教育，用钱多少并不吝惜，准备着将来如果真的没有合法儿女时候，就立他做继承人，自然也是要他做佛罗伦萨公证人的，因为芬奇家历代长子都担任这个职务。

那时佛罗伦萨城住着一位有名的博物学家、数学家、物理学家兼天文学家保罗·达·波佐·托斯堪涅里先生。他曾写了一信给克里斯朵夫·哥伦布，信内用算式证明朝西往印度去的道路并不如一般人设想的那么远，他鼓励哥伦布去探险，并预言一定会成功。若无托斯堪涅里的帮助和敦促，哥伦布后来就发现不了新大陆。这位大航海家不过是那位静默的思想家手里一个柔顺的工具罢了，不过是实行了那位佛罗伦萨学者在孤寂的书斋里所想的和所算的一切。据他的同时人说的，托斯堪涅里住在佛罗伦萨"如同一个圣者"，远离罗棱慈·德·梅狄奇的豪华的宫廷，远离那些漂亮的然而空洞的闲谈家、新柏拉图派人士和拟古派人士。他是一个不爱说话的人、轻视金钱的人、淡食者，完全不吃肉，终身不亲女色。他的面貌是很丑陋的，差不多令人生厌的，唯有那双明亮的、静穆的、小孩子般天真的眼睛，生得美丽。

一四七〇年某日夜里，有个不认识的青年人，差不多还是一个小孩子，到他的靠近培蒂宫的屋子来拜访。托斯堪涅里起初很冷淡而不快意地接见了这个青年客人，以为他也是平常爱管闲事的那种好奇者。可是当他同雷翁那图谈了一会之后，他对于这个青年人的数学天才感到的惊异，不减于当初建筑师毕亚卓·达·辣温那的感觉。保罗先生收了雷翁那图做学生。明亮的夏天夜里，他们师徒二人一同走上佛罗伦萨郊外那座名叫波卓·德·平诺的长满了野草、香桧和多脂黑松的小山上去，一座半倒塌的古旧的守林人小屋。在那里，给这位大天文学家做观象台。他教给徒弟以他自己所知道的一切自然法则。

雷翁那图在这多次谈话之中明白了知识有一种为人类所未知的新的力量。

父亲并不阻止他的研究，不过教他选择一个能挣钱的职业。他看见雷翁那图时常在雕刻和绘画，便拿了几样成绩给他的一个老朋友冶金师、画师兼雕刻师安德烈·德·维洛启奥看去。

不久之后，雷翁那图就进入维洛启奥工场学艺去了。

维洛启奥是一个穷苦砖匠的儿子，比雷翁那图大十七岁。

他的工场设在离旧桥不远一个古老而歪斜的小屋里面，柱梁是朽烂的，墙壁浸透了亚诺河霉绿的水。他坐在朦胧的工作台边，鼻梁上架着眼镜，手上拿着一把放大镜。这个样子与其说是像一位大艺术家，宁可说是像普通的佛罗伦萨小商人。他的面容是不活动的、平坦的、白而圆而又多肉的，他有个双层下巴。唯有两片薄薄而紧闭的嘴唇和一双锐利迫人的小眼睛，泄露出他的冷静、精确和大胆研究的理智。

巴库斯

432

他称老画师保罗·乌色罗[1]为他的师傅。相传，乌色罗潜心于抽象的数学，要将数学应用到艺术上来。他潜心研究透视学上困难的问题。大家都鄙视他、抛弃他，他陷于贫困，几乎要发疯了。他好几天没有吃饭，好几夜没有睡觉，黑暗之中睁开眼睛躺在床上，有一次忽然把他的老婆闹醒，喊道：

"啊，透视学是何等可爱呀！"

他在众人非笑之下死了，大家不了解他。

维洛启奥同乌色罗一样，也将数学看作艺术和科学的共同基础。他说，数学的一个分科几何学，乃是"一切科学之母"，同时又是"绘画之母"，而绘画又是"一切艺术之父"。完全的知识和完全的享受美在他看来，是一而二、二而一的。若是有个面孔或其他人体部分，引起他的注意，无论是丑的或是美的，他都不会发生厌恶或迷醉，如同其他艺术家那样，譬如桑德罗·菩提色利就是这样。他研究着，而且用石膏塑起来，这是以前的人未曾做过的。他有无限的耐性，比较着、测量着、试验着一切。他感觉到美的法则之中含有数学必然性的法则。他比菩提色利更加孜孜不倦地追求一种新的美。但与菩提色利不同的，即他不是在奇迹中、在童话中追求，也不是在那种混合奥林匹斯和各各他[2]为一的迷人的朦胧中追求，他是深深钻入自然界里面去追求，在他以前没有人敢这样做。在维洛启奥看来，奇迹并非真理，真理实是奇迹。

彼特罗·达·芬奇先生，带了他的十八岁儿子去见维洛启奥那天，那两个人的命运就决定了：维洛启奥先生不仅是他的徒弟雷翁那图的师傅，而且是他的徒弟雷翁那图的徒弟。

华伦布洛沙修道院那些修士在维洛启奥处定画一张救主洗礼像，雷

[1] 保罗·乌色罗 Paolo Uccello，一三九六——一四七五。
[2] 各各他 Golgotha——译言"髑髅地"，即耶稣被钉在十字架上的地方，这里用来代表基督教神话，正如奥林匹斯山代表古代希腊神话一般。

翁那图在那幅画上画了一个跪着的天使。维洛启奥至今还在模糊感觉着的和暗中摸索着的一切，雷翁那图都看见了，找到了，而且在这幅图画上表现出来了。后来有人说，这位画师看见一个小孩子竟超出了他，不禁悲愤起来，从此要完全搁笔了。实在说，这二人中间绝无敌意存在。师徒之间短长相补：徒弟有着那种为维洛启奥本性所未具的敏捷，而师傅则有着那种坚定的恒心，那也是太贪务多得的和无常性的雷翁那图所缺少的。师徒二人并不互相妒忌，并不互视为敌手，时常各人自己也不知道，谁是施教者，谁又是受教者。

维洛启奥那时替鄂尔·圣弥迦勒教堂铸铜像，铸的是耶稣基督和使徒多马[1]。与贝托·安哲里哥的天国幻觉和菩提色利的神话迷醉相反，维洛启奥铸的这尊用指头探入耶稣手上钉痕的圣多马像，却是自古以来第一次用艺术表现的人类在神前的空前大胆——批评的理性对于奇迹的大胆。

雷翁那图的第一幅画，是画在绸幔上的，这画要送到弗兰德地方绣金去，作为佛罗伦萨市民献给葡萄牙国王的礼物。画的是亚当和夏娃犯罪的故事[2]。伊甸乐园中一株棕榈树的多节的树干，画得如此之完美，据当时一个人说，"使人难以相信世界上竟有如此耐性的人"。那条狡猾的蛇的女人般面貌现出了迷人的美丽，人们好像听到它在说着：

你们不一定死，因为上帝知道，你们吃的日子眼睛就明亮了，

---

[1] 使徒多马——按《约翰福音》记耶稣复活后第一次向门徒显现时，门徒中那个低土马的多马不在场，后来多马表示，他非用指头探入耶稣手上的钉痕，便不信有复活之事。到了第二次显现时，耶稣就教多马拿指头探入他的钉痕看看。这个故事，以前都解释作多马信心不坚。到了文艺复兴时代，这个理性觉醒时代，维洛启奥才拿多马来作为那怀疑奇迹的理性之化身。维洛启奥铸这铜像时，是以少年雷翁那图为多马模型的。
[2] 亚当夏娃故事——见《旧约·创世记》。

你们便如上帝一样能知道善和恶。[1]

那个女人向着"智慧之树"伸出手去，她的脸上现出了表示大胆的好奇心的微笑，正是维洛启奥那尊不信奇迹的多马像用指头探入基督钉痕时候那种微笑。

有一次，彼特罗先生请他的儿子雷翁那图替芬奇村一个邻居画一幅画。这位邻居常常帮助彼特罗先生捕鱼和打猎，他要在那种"圆木盾"上画点东西，那是人家装饰屋子用的，以前的人喜欢在那上面画些寓言式的图画或题几句铭辞。

雷翁那图决定画一只怪物，能令看见的人吃惊，如同梅杜沙的头一般。

他搜集了蜥蜴、蛇、螳螂、蜘蛛、蜈蚣、飞蛾、蝎子、蝙蝠，以及许多其他的丑陋动物，放在房间里，不让一个人进房，他从这些动物之中选出各种不同的身体部分，拼凑起来，放大起来，如此画成一只超自然的怪物，这个怪物是不存在的，然而却是真实的。他渐渐地从真实中演出不真实来，如此明白，恰如欧几里得或毕达哥拉斯从这条定理演出那条定理一般地明白。

人们看见那只怪物从洞口爬出来，此时好像听到了它的生着鳞片、黝黑而光滑的肚皮在地面上擦过的声音。张开的大口吐着臭气、眼睛发焰、鼻孔喷烟。但是最令人惊异的，乃在于这个可怕的怪相却能吸引人，如同美的东西一样。

雷翁那图整天整夜地关在房间内做工作，房里那些死了的动物发着臭气，令人不能呼吸。但是平时对于臭气有着过分敏感的雷翁那图居然能够忍受下去。最后他对父亲说：画好了，可以拿去。彼特罗先生来时，雷翁那图请他在旁边房间等一下，自己到做工的房间去，把图画安

[1]"你们不一定死……"——见《创世记》第三章第四节和第五节。

在架上，用黑布围绕着，窗板关好了，只让一线光明正射在图画上。然后他喊父亲来看。彼特罗先生走进来，看了一眼，大声叫起来，吓得朝后退。他以为面前是一只活的怪物。雷翁那图的锐利的眼睛注视着父亲的面部表情，看他如何渐渐地从恐怖而变为惊奇，然后含笑说道：

> 这幅图画达到目的了，它的确有了我预期的影响。请您拿去吧，已经画好了！

一四八一年，雷翁那图受了圣多那托修道院委托，在祭坛上画三王[1]朝拜之像。

画上表示了他如何熟悉解剖学以及人体动作时感情的表现，以前的画家未曾有他这类的知识。

画的背景是些关于古代希腊生活的图像：有趣的游戏，骑马决战，美少年的裸体，以及一座寂寥的破庙，拱门半倒，台阶半塌。在一株橄榄树的阴影里、一块石头之上，圣母抱着小耶稣坐着，含着一种腼腆的笑容，好像看见三王从远地来朝拜觉得很惊讶的——他们竟将他们的宝物：黄金、乳香、没药，一切代表尘世财宝的东西，献给那生在马槽的孩子。那三个博士疲倦，受了几千年智慧的重压而低着头，用手遮着那半瞎的眼睛，注视着这个奇迹——这是一切奇迹之中最大的奇迹：神变了人。他们俯伏在这个小孩子面前，小孩子大了有一天要说道："我实在告诉你们，凡不能像小孩子一般的，便不能进天国。"[2]

这两幅最初的图画，似乎把雷翁那图的世界观包含在内了："宿罪"中，蛇的聪明代表了理性的大胆，"三王朝拜"中则表现了信仰的谦逊

---

[1]"三王"——按即东方来的几个博士，向初生的耶稣朝拜的，见《马太福音》第二章。第八世纪时，基督教会不知根据什么，居然访出了这三个博士的名字：加斯帕、默尔奇奥和巴尔塔莎尔，而且追封他们为"王"。
[2]"我实在告诉你们……"——见《马可福音》第十章第十五节。

和天真。

"三王朝拜"并没有画完成，他以后差不多所有的作品都是未曾完成的。他追求那达不到的完美时，自己造成了一些困难，使他的画笔无法克服。"过分的口渴是无法可解的。"佩特拉克说。

彼特罗先生的续弦夫人弗郎西斯卡，年纪轻轻就死了。这位公证人第二次续弦，娶了弗郎西斯果·狄·雅可波·狄·顾里谟先生的女儿马格丽塔。她带了三百六十五个弗罗璘做嫁妆。这位继母不喜欢雷翁那图，尤其是自从她给她的丈夫生了两个儿子安东尼阿和朱良诺以后。

雷翁那图很会花钱。彼特罗先生供给他，虽然不是很富足地供给他。马格丽塔太太时常同她的丈夫吵闹，说他夺去了他的合法继承人的财产，送给"那个私生子，那个巫羊奶喂大了的孩子"——她就是这样称呼雷翁那图的。

在维洛启奥工场以及其他工场同事之中，雷翁那图也有许多仇人。其中有一个人，看见这两师徒之间异乎寻常的友谊，竟投了匿名状，控告二人犯同性恋之罪。这种诬蔑，有好多人肯信，因为年轻的雷翁那图是当时佛罗伦萨城最美的少年之一，他又远离女色。有个同时代的人说："他的全身如此之美，一见了他连最忧愁的灵魂也要快活起来的。"

就在那一年，雷翁那图离开了维洛启奥工场，自己租了房子居住。那时已经有人传说他有"异端的思想"，传说他"不信上帝"了。在佛罗伦萨的生活，他觉得，一天比一天更不愉快。

彼特罗先生替他的儿子从罗棱慈·德·梅狄奇那里拉了一件很有进益的工作。但是雷翁那图不晓得去逢迎罗棱慈。罗棱慈要求于他周围的人的，首先是一种很无聊的奉承，虽然比较一般更高超的更精妙的奉承，他不能容忍太勇敢的太自由的人。

雷翁那图由于没有事情做，很觉得难过。当时，埃及苏丹有个公使凯德·拜居留在佛罗伦萨，经过他的介绍，雷翁那图甚至暗中同叙利亚伊斯兰教总督谈判要求到那里去当宫廷建筑师，明知那时非脱离基督教而改信伊斯兰教不可。

无论到那里去都可以的，只要能离开佛罗伦萨。他觉得在这个城里再耽搁下去，他就要堕落了。

一件偶然的事情帮助了他。他发明了一种多弦的银琴，形如马脑壳。豪华者罗棱慈本是爱好音乐的，喜欢了这个怪异的琴式和琴音。他要发明这乐器的人亲身到米兰走一趟，将这乐器献给米兰公爵罗督维科·司伏萨。

一四八二年，雷翁那图离开佛罗伦萨到米兰去。那年他三十岁。他不是以艺术家或学者资格到那里去的，他是到那里去当宫廷音乐家。未曾动身以前，他写信给穆罗公爵道：

> 高贵的殿下，我检查了现时那些战具发明家的成绩之后，认为他们并未曾贡献什么与现时普遍使用的不同的东西。所以我胆敢自荐于殿下，愿将我的艺术的秘密向殿下公开。

接着，他列举他的一切发明：轻而耐火的桥梁；无须炮轰即可毁坏一切非建筑在岩石之上的要塞和堡寨；在壕沟和江河底下挖掘地道尽可能地无声和迅速；蒙甲的战车，能冲入敌阵，敌人无法可以阻止；炸弹、大炮、臼炮等，制为"很美观而合用的新形式"；围城用的冲城机，巨大的投石机，及其他能发挥神奇效力的器具，每样都有新发明；海战用的各种进攻和防守武器；能抵御铁石攻击的船；最后，完全未为人知的新炸药。他临了说：

> 在和平的时候，我希望做个建筑师，替殿下办事，我将建筑私人的和公家的房屋，挖掘运河和设立水道。
>
> 雕塑大理石、黄铜和陶土的艺术，以及绘画，凡有委托，我也能做，不下于其他的人。

　　铸一尊青铜骑马像以纪念殿下尊人老公爵及四方闻名的司伏萨家族，我也能承办。

　　殿下若以为上面列举的种种发明似乎难以相信，则我愿意做个试验，或在大宫花园内或在殿下指定的其他地方。我愿做殿下最恭顺的仆人。

　　　　　　　　　　　　　　　雷翁那图·达·芬奇

　　当他第一次在翠绿的伦巴底平原之上看见阿尔卑斯山那些积雪的尖峰时，他觉得从今要开始一个新生活，这个异邦也要变成他的故乡了。

　　当雷翁那图爬上白山去时，这样回忆着他的半世纪的生活。

　　他已经快走到山顶了。山路现在没有蜿蜒曲折，在干枯的荆棘和那披着陈年叶子的矮橡中间，笔直地向上升。风在山顶上刮着，这座百合花颜色的淡白的山，是荒凉和寂寞，好像不是在这个世界上，而是在另外一个星球。风吹着他的脸，好像冰针一般刺着他，他的眼睛睁不开来。有时，他的脚底下一颗石头滑下去，隆隆的声音直滚到深谷。

　　他愈走愈高。当他在爬着这座粗糙、忧郁而多风的白山时，他的疲劳之中含有一种奇异的快乐，他做小孩子时就感到这个快乐了：好像每走上一步，他的眼光就更扩大了、更锐利了、更包围得广阔了，因为每走上一步，看见的距离也更远了一些。

　　这里没有什么春天。树没有发芽，草刚刚绿了一点。人们只闻到潮湿的苔藓味。但是上面，他要去的地方，则只有石头和苍白色的天。那边，佛罗伦萨所在的山下，什么都看不见。但这边，一望无际的地方，直至于恩博里，则清楚地摆在他眼前：起初是寒冷的百合花颜色的山，连着它的广阔阴影、它的起伏陵谷，然后是无穷尽的波浪形的山坡，从里伏诺，经过卡斯忒里诺马里蒂摩和伏特兰诺，直至圣哲弥尼安诺，到处都是广阔而空虚的空间。脚底下的山径好像动摇了、消失了，雷翁那图好像生着大翼在慢慢地飞，好像不知不觉地向这波浪形的平地之上翱翔。此时，飞翼好像是自然而必要的；此时，灵魂上为了没有翼而感到的惊异和恐怖，正不减于一个人忽然两脚走不动的时候。

于是，他回想少时如何观察鹳鸟的飞，如何听到那微弱的鸟声时，因欣羡而啼哭着——鹳鸟叫时好像在说："我们飞呀，我们飞呀！"

他又记起：当初他把祖父养的噪林鸟和白颊鸟偷偷放出笼去，看见它们出笼时的喜悦，他也很开心。有一次学校先生同他说起伊卡鲁士的故事：达达鲁士的儿子伊卡鲁士[1]装了蜡制的翅膀飞上天去，但结果掉下来跌死了。后来先生问他谁是古代最伟大的英雄，他毫不迟疑回答道："达达鲁士的儿子，伊卡鲁士！"又有一次，他在佛罗伦萨圣马利亚大教堂的钟塔上，卓托的浮雕——其中表现一切的艺术和科学——里面初见达达鲁士像时，感觉惊异和喜悦：巧匠达达鲁士从头至脚插着鸟羽，在飞行着。

早期童年时代，他还有一个回忆，这种回忆在普通人看来是没有意义的，但在谨记此回忆的人看来则完全是一种秘密，好像一种含有预言意味的梦境。他在笔记之中论此回忆说：

> 好像是命运要我去详细描写秃鹫。因为我记得，早期童年时代，有一次做梦，梦见我躺在摇篮里面，一只秃鹫飞了来，用它的翼撬开我的嘴，在嘴上摩擦了几次，好像表示我终身将替飞翼说话

---

[1] 达达鲁士和伊卡鲁士 Dädalus und Ikarus——飞行的愿望人类很早就有了。中国历史记载，新莽时代就曾有人尝试飞行。希腊神话，巧匠达达鲁士和他的儿子伊卡鲁士被囚在克列底岛上"迷宫"之内，设法用蜡把羽毛粘在身上飞了出来。伊卡鲁士一时高兴违反了父亲的警告飞得太高了，太接近太阳了，身上的蜡给太阳晒化，羽毛脱落，遂掉落海里淹死了。现在希腊群岛中有个伊卡里岛，据说就是纪念他的。

似的。[1]

这个预言果真说中了：人类的飞翼成了他的一生的最后目的。

此时，站在白山顶上，同四十年前做小孩子时一样，他又觉得：人类没有飞翼是如何不可忍受，是如何不堪设想。

"无所不知的人便无所不能，"他想道，"我们到了无所不知的时候，也要长出飞翼来了。"

走到了最后的转弯路上，他觉得有人在背后拉他的袍角，他回转头来，看见了他的徒弟卓梵尼·贝尔特拉非奥。

卓梵尼，眯缝着双眼，低着头，帽子紧握在手上，在风中挣扎。他一定是叫了很久，喊了很久，但风吹散了他的声音。现在师傅掉转头来时，在这荒凉而寂寞的高山之上，他的披着长波形头发的面孔、他的被风吹向肩头上去的长胡子，以及在他的眼睛、他的深深的额纹、他的紧锁的眉毛中表现出来的不可屈挠的思想和意志，在徒弟看来，是如此之陌生和可怕，几乎不能认识了。那件在风中飘扬着的深红色宽袍，好像一只大鸟的翼翅。

"我刚刚从佛罗伦萨来。"卓梵尼大声喊道。但在怒吼的风中，他的大声叫喊如同低语，唯有几个零碎的字眼听得出来的："信……很重要的……命令……立刻交到的……"

雷翁那图明白了，从恺撒·波尔查处来了一封信。

卓梵尼将信交给师傅，雷翁那图认出了这是公爵的秘书长阿加皮托先生的手笔。

"下去吧，"当他看见徒弟的冻成铁青的面孔时，他对卓梵尼叫喊，

---

[1] 雷翁那图关于秃鹫的回忆——按精神分析学家弗洛伊德著的《雷翁那图童年回忆》一书乃是精神分析学最光辉的应用之一。他在这个关于秃鹫的回忆中找到了解释雷翁那图一切性格、艺术和思想之锁钥——自然是以精神分析去解释的。

"我立刻就来。"

贝尔特拉非奥沿着陡峭的山径下去。他攀着荆棘的枝条，弯腰屈背地从石头上滑下去，他的样子如此渺小、如此可怜、如此柔弱，好像大风随时都可以把他刮起来，吹开去，如同一根小草。

雷翁那图望着他。徒弟的可怜相，令师傅想起了自己的柔弱，想起了命运注定他一生无所成就，想起了一长串的失败史，想起了"巨像"的无意义的毁灭，"圣餐"的终于沦亡，机械匠亚斯特罗的飞行倾跌，一切爱他的人的不幸、恺撒的仇恨、卓梵尼的病、乌鸦眼睛中的迷信的恐怖，以及那个可怕的永久的孤寂。

"飞翼呀！"他想到，"这方面的努力，难道也要白费吗，如同我的所有制作一样？"

他又想起了机械匠亚斯特罗病中谵语时所说的话，就是耶稣回答魔鬼拿深渊的可怖和飞翔的可乐来试探他时说的一句话："不可试探主，你的上帝！"

他抬起头来，更加咬紧了嘴唇蹙紧了眉毛，同风和山作战，再往上走去。

已经看不出道路来了。现在他在那没有道路的不毛的岩石之上继续走去。那上面，以前，也许没有人走过的。

再努力一次，再走上几步，于是他到一个悬崖峭壁的边缘。再不能向前走了，除了飞。岩石突然中断，在他面前的是个以前看不见的深谷。这深谷，空虚、模糊，百合花一般的颜色，张开大口在迎接着他。下面，好像不是地，而是天，而是那个空虚和无限，同头上的一个样。

风更变得大了，在他耳边咆哮着如同响雷，又如一群群看不见的鸷鸟飞过去，以它们的大翼鼓动空气作声。

雷翁那图低下头来看这深谷，忽然他又感到了，比以前更强烈地感到了，从儿时就熟悉的那种感情：必须要飞。

"飞翼要长出来的，"他低声说，"我们将有飞翼！如果我做不到，将来总有人做到。人类一定飞得起来的！精神从未说过诳语：无所不知的人将有飞翼，将同上帝一个样。"

于是他看见空中统治者，看见一切限制和一切重力的征服者，看见"人子"在他的荣光和他的权力之中，看见那只大天鹅以其雪一般白的大翼在蔚蓝的天空之中翱翔着。

一种快乐和一种恐怖充满了他的灵魂。

当他从白山上走下来的时候，太阳已经快下山了。在浓黄色的夕阳光之下，那些扁柏看来如炭一般黑，那些渐渐隐去的山峰也表现温柔而透明，同紫色水晶一般。风也渐渐平息了。

他走近了安嘉诺村。在一个转弯路上，他忽然看见，底下深处摇篮般的山谷里，躺着那个黯淡的小芬奇村。全村如同一个蜂窠；它的尖塔，黑得同扁柏一样。

他停住了脚步，拿出笔记簿来，写道：

> 从那名为"胜利"的山上[1]，那只大鸟、那个骑在一只大天鹅背上的人，将第一次起飞，将震惊全世界，将以其不朽的名字充满一切书上。永远的荣光归于那诞生他的窠巢！

他再看一眼白山脚下他的故乡，又说道：

> 永远的荣光归于那诞生大天鹅的窠巢！

阿加皮托的信，要求新任的机械师立刻来恺撒军中执行职务，因为

---

[1] 名为"胜利"的山上——按芬奇村，意文 Vinci 系从动词 vincere 变来，本有"胜利"之意。

要制造攻城机器，以为最近即将开始的围攻法因柴之用。

二日之后，雷翁那图就从佛罗伦萨动身往罗曼雅^[1]去替恺撒·波尔查办事了。

---

[1] 二日之后去罗曼雅——按雷翁那图离开米兰后往罗曼雅去之前曾至威尼斯，路过曼土亚时，且曾为伯爵夫人厄斯特之伊萨伯拉，即贝特丽采的姊姊画过肖像，此肖像至今还保存着。这段故事未曾写入本书。但本书关于雷翁那图童年时代和少年时代的记述有非其他传记家所能及的。梅勒什可夫斯基为了著作此书，曾亲自至芬奇村，亲登白山之上，访问这"诞生大天鹅窠巢"。除此以外，书中根据的材料，主要是出于雷翁那图自己的笔记以及下列诸书的记载：

    a. Breve vita di Leonardo da Vinci, scritto da Anonymo nel 1500.

    b. Luca Pacioli—De divina proportiono, Venis, 1509.

    c. Vasari—Dalle Vita de piu excellenti pittori 1550.

    d. Lomazzo—Trattato della pittura, 1584.

第十二章

不为恺撒宁为虚无[1]

> 我，恺撒·波尔查[2]，蒙上帝恩
> 典，为罗曼雅公爵，为安德里亚伯爵，
> 为彭比诺领主，等等，等等，又为神圣
> 罗马教会护教大将军——
>
> 今命令我属下一切总督、司令、将
> 军、头领、官吏、兵士和臣民：凡遇呈

---

[1] "不为恺撒宁为虚无" Aut Caesar, aut nihil——直译应为："或是恺撒，或是虚无。"
其中"恺撒"作"皇帝"讲。这句拉丁文格言，相传是恺撒·波尔查自己刻在他的
剑上的。

[2] 恺撒·波尔查 Caesar Borgia，一四七六——一五〇七，波尔查一家系出自西班牙，此
时父子当权不可一世。恺撒虽终于失败，仍不失为历史上一个怪杰；他当时怀有很
大野心，要统一意大利，改革教皇制度，支配全欧洲，总之即恢复罗马旧帝国。这
本是意大利文艺复兴时代经济繁荣必有的政治要求。但因这繁荣如昙花一现，遂使
恺撒野心成了流产，意大利的文艺复兴也从此衰歇了。恺撒的尝试仅被马基雅维利
写入于他的《君主论》中，传给后人，成为有名的马基雅维利主义最好的标本之一。

验此证书之人，即有名的和可爱的雷翁
那图·达·芬奇，我的大建筑师和大工
程师——须礼遇之，须任他及其随从自
由通过，须许他测量、视察及检查我的
要塞和堡寨内一切事物，须不迟疑地供
给他以必需的人员，须诚恳而热情地帮
助他并同他合作。我委任上记之雷翁那
图监察我的辖境之内一切要塞和堡寨，
我命令我的其他一切工程师服从他的
指挥。

　　我君临罗曼雅之第二年，基督降生
后一五○二年，八月十八日，于巴维
亚发。

罗曼雅公爵恺撒

　　以上便是雷翁那图去视察要塞时携带的通行证。

　　在这时候，恺撒·波尔查使用欺骗和残暴，在罗马教皇和法兰西最
忠心于基督教的国王宽容之下，占据了昔时属于"教会国"的领土。这
些领土，据说是当初君士坦丁大帝[1]赠予教皇的。恺撒抢占了法因柴
城和福里城。前者的合法君主、十八岁的阿斯托尔·曼弗烈狄，后者的
君主迦德怜娜·司伏萨，都因信任了他的骑士诺言，却仍被他关在罗马
圣天使监狱之内。他同乌比诺公爵订了一个同盟，只为的先解除公爵的
武装，然后袭击他、劫掠他，如同路劫盗所做的。

　　一五○二年秋天，他带兵去攻打波伦拿君主本蒂伏约，想占据此城

---

[1] 君士坦丁大帝 Konstantin der Grosse，二七四——三三七，罗马皇帝，定基督教为罗
　　马帝国国教。

以为新国的首都。邻近诸国君主都害怕起来了，他们明白：他们迟早要做恺撒的牺牲品，恺撒要消灭一切敌对者，而自为全意大利唯一的主人。

一切反对瓦棱蒂诺公爵的人：红衣主教巴果罗、公爵格拉维那·奥西尼、维特络索·维特利、奥里维罗托·达·费摩、秘鲁查君主仗·保罗·巴容尼、塞拿共和国的公使安东尼阿·达·卫拿弗罗，以及其他的人——九月二十八日在秘鲁查国的马终城开会，缔结一个秘密同盟反对恺撒。开会时，维特络索·维特里，同古代汉尼拔尔一般宣誓，誓于一年之内将共同的敌人或杀死，或生擒，或逐出意大利境外。

这个阴谋消息一经传播出去，其他好多受过恺撒侵害的君主都来加入了。乌比诺公国崛起反抗。恺撒自己的军队也背叛他。法兰西国王迟疑不肯救援他。恺撒将近塌台了。但虽被人反叛、离弃和差不多解除武装，他仍令人害怕。他的敌人们由于琐细的内争和犹豫，放过了那个足以消灭他的最有利的时机，反而同他进行谈判，同他协定休战。他以诡诈、恐吓和许诺对付他们、欺骗他们，弄得他们中间失和，他以特长的假情假意迷惑他的那些新朋友，请他们到那刚刚降服的西尼加亚城来，说是要在一个共同战役之中以事实而非空言向他们表明他的忠实。

在公爵周围的人中，雷翁那图是最得宠任的一个。

艺术家受了恺撒的委任，拿华丽的建筑物、宫殿、学校、图书馆等来装饰那些占领来的城。他在那波伦拿要塞废墟之上建筑了宽敞的营盘给恺撒军队居住。他开辟了亚德里亚海西岸最优良的海岸采塞那港，并挖了一条运河与采塞那城相通。他在彭比诺建筑坚固的要塞。他制造战争机器和测绘地图。他陪伴公爵各处出征，凡恺撒杀人流血之处他都去过：在乌比诺，在佩沙罗，在伊穆拉，在法因柴，在采塞那，在福里。同平常一样，此时他也写他的简短而精确的笔记。但是他在笔记之中没有一字提及恺撒，好像他没有看见或不愿看见他的周围发生的事情。他在路上看见的琐细事情，他都记下来了，譬如采塞那农民如何用葡萄藤缠绕着果树，塞拿的人如何安排杠杆去运动大教堂的钟，黎弥尼城的喷泉落水如何发出罕有的温柔音乐等。他画出乌比诺宫殿里面的鸽巢和那座装有螺旋梯的塔，据当时的人说，遭受恺撒劫掠的不幸公爵季多巴图不久之前才穿着衬衣从这座塔逃走出去。他观察到，罗曼雅境内、亚平宁山下，牧童们如何将他们的号角上宽阔一端钻些深孔，以此加强号角的声音；那个雷一般响的震动全谷的号角声，经过回声之后，如此之强，连最远的山上羊群都听得到。雷翁那图时常整天地一个人站在彭比诺荒凉的海滩上，观察着波浪如何前后相催着，又如何驱来或卷去那些沙砾、木片、石子和水草。他在笔记上写道：

> 波浪便是这样争抢着那些牺牲品，那些落入胜利者之手的牺牲品。

正当他的身边，人的正义的一切法则都被破坏之时，他却不加审讯和裁判，而在那貌似偶然的和任意的而其实不可改变的和合乎法则的波浪运动之中观察着神的正义的不可破坏的法则，即机械学的法则——那是"最初推动者"所立下的。

一五〇二年六月九日，罗马近旁底伯河中发现了法因柴青年君主阿斯托尔和他的弟弟两人的尸首。他们两人是被人用绳子勒死的，被人用石头缚在颈项之上，从圣天使监狱抛入河中去的。据当时的人说，这两个人尸首如此之美，"几千人中都难遇到一个"。他们身体上显然有"反乎自然的强暴"留下来的痕迹，民众都认为这是恺撒的罪孽。那几日雷翁那图在他的日记之中写道：

> 罗曼雅的人用的四轮车，前面两个小轮，后面两个大轮。这个构造是很愚蠢的，因为照物理学法则说——见我的《机械学原理》第五节——全车重量都是压在前轮之上的。

如此，道德均衡法则被人肆无忌惮地破坏了，他默不作声，却热烈气愤于罗曼雅车子构造上之违反机械学法则。

一五〇二年十二月下半月，瓦棱蒂诺公爵及其整个朝廷和军队，从采塞拿迁移到繁诺城去。这城在亚德里亚海滨阿奇拉小河岸上，离西尼加亚城约二十迈尔，约好在那里同以前阴谋反对他的人奥里维罗托·达·费摩、两奥西尼和维特里会面的。十二月底，雷翁那图也从佩沙罗动身往恺撒那里去。

他动身得很早，希望当天能赶到目的地。但路上起了大风雪。山给雪盖满了，难以通行。骡子不断地踉跄着脚步，它们的蹄子踏在那蒙了冰的石头上，时常滑跌。紧靠在悬崖边上那条狭路左边，下面就是亚德里亚海的黑波在咆哮着，在冲击着那盖满了雪的白海岸。当雷翁那图的坐骑嗅着一个吊死的人在白杨树上时，领路的人吓了一跳。

天渐渐黑了。他们放松缰绳，任凭坐骑走去，信任那几匹聪明的牲口。忽然看见远处闪着光，领路的人认出那是诺维拉辣山村的大客店，这个山村恰好在佩沙罗和繁诺之间一半路上。

他们在那个钉满了铁钉的大门上敲了很久，这门好像要塞的门。最后，一个睡眼惺忪的马夫提了灯笼出来，以后客店主人也出来了。他拒绝招待他们，因为不仅所有的房间，连所有的马厩都住得满满的，没有一张床夜里不睡三个人或四个人，所有的客人都是贵人，是公爵属下的军官和廷臣。

雷翁那图说了自己的姓名，而且拿出通行证给他看，那上面有公爵的印章和签名，店主于是连声道歉，请他住在店主自己的房间之内，那里只有三个法国高级军官住着，已经喝醉了酒，现在睡得同死人一般熟。他自己则要同老板娘一起，搬到打铁坊隔壁一个小房间睡去。

雷翁那图走进那个同时作为食堂和厨房用的地方去，那里给烟熏黑了，肮脏得很，罗曼雅所有的客店都是这样的。光秃的、剥落的墙壁上现出潮湿痕迹，鸡在一根横棍上打瞌睡，小猪在格子栏内嗥叫，金黄色的葱、腊肠和火腿，一串串地挂在那被烟熏黑的屋梁上。一个附有砖砌的烟囱的大灶上发出熊熊的火光，铁棒穿着一只全猪在火上烤得吱吱地响。火焰红光之中，客人围绕一张长条桌坐着，吃、喝、叫、吵、掷骰子、下棋和打纸牌。雷翁那图坐在火旁，等候晚饭送来。

旁边桌子客人之中，艺术家认出了公爵部下长矛骑兵队老队长巴达沙尔·希皮翁、宫廷度支官亚历山德罗·斯班诺启奥先生和费拉拉公使潘多尔福·哥伦努楚先生。此外还有一个不认识的人，很兴奋地在说话，说时挥舞着手臂，声音高而锐：

"我可以从古代和近代历史中举例向你们证明的，先生们，我可以证明得同数学一般准确！你们试想想那些武功显赫的国家，如罗马、斯巴达、雅典、埃土利[1]、亚该[2]以及阿尔卑斯山外其他好多民族！所有攻城略地的伟人无有不以本国人民组成军队的：尼诺士[3]的军队是亚述人，居路士[4]的军队是波斯人，亚历山大的军队是马其顿人。……固然俾鲁士[5]和汉尼拔尔是拿雇佣兵作战的，但那是出于这些大将军的异乎寻常的本事，能赋予外国兵士以本国军队所有的勇敢和荣誉心。此外，请你们不要忘记了那个要点，不要忘记了一切军事学的基本原则，即是军队中有决定意义的力量乃是步兵，仅仅是步兵，我说：而不是骑兵，也不是什么火器和火药这类近代荒唐的发明品！……"

"您说得太远了，尼古罗先生，"那位骑兵队长很客气地带笑反驳道，"如今火器一天比一天更加显得重要。无论您如何向我们称赞罗马人和斯巴达人，我总认为，我们现在的军队比古代人武装得好多了。请

[1] 埃土利 Aetolien——古代希腊一个国家。
[2] 亚该 Achaie——古代希腊一个国家。
[3] 尼诺士 Ninos——古代亚述皇帝，尼尼微城的建立者。
[4] 居路士 Kyros——古代波斯帝国的创立者。
[5] 俾鲁士 Pyrrhus——纪元前三世纪时希腊爱皮尔国国王。

450

原谅我不敢苟同于阁下，我以为一队法国骑兵或一队携有三十尊大炮的炮兵，连石崖都能推翻，何况一队古罗马步兵！"

"诡辩！完全是诡辩！"尼古罗先生连忙回答，"我从您的话里发现了致命的错误，当代那些最好的统兵元帅就是拿这个错误来隐蔽真理的。等着吧，终有一日北方蛮族要叫意大利人睁开眼睛，那个时候他们就可觉悟到雇佣军队是如何懦弱无力了，就可觉悟到什么骑兵和炮兵，同真正的步兵比较起来，简直不值一枚臭蛋！但是那时觉悟已经太迟了。人们如何能认那些明显的事实呢？试想想，当初卢古鲁士[1]以一小队步兵就打败了蒂格兰努士[2]的十五万骑兵，其中好多队骑兵编练得同现时法国骑兵一般好！……"

雷翁那图怀着好奇心观察这个人，他说起卢古鲁士胜利时的口气，好像是他自己亲眼看见的一样。

这位不认识的客人，穿着一件深红色的长袍子，袍上有笔直的褶痕，样式很高贵，如同佛罗伦萨共和国高级官吏，如使馆参赞一类人所穿的。但是这件袍子已经破旧了，有许多地方简直是龌龊的，虽然是在不大显眼的地方。袖口都磨光了。紧围着颈项的袍领上露出一点衬衣领，拿这衣领来推测，他的衬衣是否清洁也是很可疑的。那双瘦骨嶙峋的大手，沾着墨水迹；中指上有个老茧，表明他是属于写字很多的那一类人。这个人的外表，不很威严，不很能引起人家敬畏。他也不老，大约四十岁，瘦削的、狭肩的、面貌很特别，活泼、锐利而清癯。说话时，他屡次抬着那个长而平坦的鼻子，几乎像鸭嘴巴；他的小头向后仰，眼睛眯着，沉思地突出下嘴唇；以后，当他越过对话者的头好像向远方眺望时，此时他的样子就像一只眼睛锐利的鸷鸟，伸长了它的细长颈，注视远处的物象。他的不安宁的举动，他的褐色瘦颊上突出大骨处

[1] 卢古鲁士 Lucullus——古罗马大将军。
[2] 蒂格兰努士 Tigranus——阿美尼亚国王。

热病一般的红晕，尤其他的迫人的灰色大眼睛，使人想起了他的心内之火。那双眼睛要装出凶恶样子，但好几次，在冷酷的严厉和刻薄的讽刺之外，还露出一点畏葸的和悲伤的神气。

尼古罗先生继续发挥着他的步兵战力论，雷翁那图听着，不得不惊讶，他的议论之中夹杂着真和假、夹杂着无限制的勇敢创见和奴隶样的崇拜古人。为了证明火器之无用，他列举了许多理由，其中有一条说：大口径的炮很难得射中目的，炮弹不是太高了超过敌人的头，便是太低了简直达不到敌阵。艺术家觉得这个观察很深刻而正确，因为他凭自己的经验很明白那时大炮的种种缺陷。但接着，尼古罗先生又断言：要塞绝不能保护一个国家。他举出罗马人做例，他们并未曾建筑要塞，又举出斯巴达人做例，他们不肯在斯巴达设防，为的鼓励国民的勇气，仅仅以自身为国家防卫。好像古代人所想出的一切都是不可动摇的真理似的，他引据了学童所共知的一个斯巴达人论雅典城墙的话："如果仅有女人住在城里，这些城墙就是很有用的。"

艺术家没有听到辩论的结果，因为店主引了他到楼上房间去，那里已经铺好了他的床。

第二天早晨，风雷更加厉害。领路的人不肯走，他说，这样的天气，一个明白事理的人，连狗也不肯放出门去的。雷翁那图不得已再耽搁一天。

他没有事情可做，便在灶火之上安下一个自动烤肉机，那是他发明的：一个大轮子，周围斜插着一些铲形的东西，烟囱的热气转动着轮子，轮子又转动着烤肉棒子。

"使用这个机关，"他对那些惊奇的观众解释道，"厨子不必担心肉被烤焦的，因为热力始终是一样的：灶火大些轮子就转得快些，灶火小些轮子就转得慢些。"

艺术家为了这完美的烤肉机，其热心和致力正不减于为了他的飞行机器。

同在一个地方，尼古罗先生向几个法国青年炮兵军官、那些赌鬼，解释他靠抽象数学的帮助发明出来的一种赌法，掷骰子时只会赢不会输的，足以打败"命运女神，那个婊子"，如他自己说的。解释他的规则时，他说得非常之聪明而流利，但每次实际应用起来，他都要输钱，自己非常惊讶，他人则十分开心。但他总是归罪于应用有错，至于办法自身则是不会错的，他以此自慰。赌钱结果，尼古罗先生很觉狼狈，因为付钱时，发现他的钱袋是空的，原来他是赊账赌钱的。

晚上很迟，客店到来了一大群包裹和箱子、无数的仆役、侍童、马夫、呆子、黑女，以及各种各样好玩的动物，还有他们的主人，那位高贵的威尼斯名妓、"豪华的校书"列娜·格里华。当初就是她，在佛罗伦萨，几乎给季罗拉谟·萨逢拿罗拉修士手下的小圣军所糟蹋。

大约两年之前列娜小姐学着同业诸姊妹的榜样，厌倦了尘世生活而去做一个"忏悔的抹大拉"[1]，她进修道院去，但只为的以后出来，那张有名的"为高贵外邦人而定的，附记各人特点及虔婆姓名的威尼斯全体校书花名册和价目表"上，她的价钱能定得更高些。深黑的修士蛹化为一只光彩夺目的蝴蝶，列娜·格里华身价增高得很快，同所有上等的妓女一般，这位威尼斯神女也自造了一个很好看的家谱，竟说她是米兰公爵一个兄弟红衣主教亚斯干尼奥·司伏萨的私生女。同时，她做了另一位红衣主教的第一情妇。这位主教衰老得变成半痴呆了，但很有钱。她现在从威尼斯到繁诺去，因为老主教在那里，在恺撒·波尔查朝廷等待着她。

店主东左右做人难：如此高贵的太太、某红衣主教的姘头夫人，是

---

[1] 忏悔的抹大拉 Büssende Magdalena——按即抹大拉的马利亚，本是妓女，信了耶稣教，用香膏替耶稣洗脚。

不敢不留宿的，但他没有一个空房间。最后，他同一些从安科那来的商人谈好了条件，要他们搬到打铁坊里睡去，腾出房间来让这位高贵校书的随从居住，店主方面则允许在房饭钱上给予商人们一个大大的折扣。至于太太自己，店主则要把尼古罗先生和法国军官们现在住的房子腾出来给她，而请先生们搬到打铁坊去与那些商人同住。

可是，尼古罗先生发起脾气来了，他问店主是否发了昏，是否知道在同谁说话，竟敢为了一个下贱的婊子来同正派的人说这些无耻的话！此时老板娘也来发话了，她是很会说话，很能相骂的婆娘，她的舌头并未曾当在犹太人店里。她说，尼古罗先生，应当把他自己、他的仆人和他的三匹马的房饭钱先付了，再来发脾气骂人。此外还要请他归还她的男人在上星期五好意借给他的四个杜卡。然后好像自言自语一般，但声音颇大，当场的人都能听到，她祷祝所有走江湖的骗子都要给人吊死，他们搭着老爷架子，却不付钱，而且看不起正经的旅客。

老板娘这几句话一定含有实情在内的，因为尼古罗先生忽然不作声，在那个婆娘的凶恶眼睛之卜低下头来，而且显然在考虑着如何下台。

客店仆役已经在搬移他的行李了。列娜小姐那只心爱的丑猴，半路上几乎冻死，现在扮着悲惨的鬼脸，在桌子上跳来跳去，那上面本放着尼古罗先生的纸、笔、书籍，书籍之中有提多·李维的《罗马史》和蒲鲁塔克的《伟人传》。

"先生，"雷翁那图带着和悦的微笑对尼古罗说，"您若是不嫌弃与我同住的话，让我能尽这一点心，那我认为是很光荣的。"

尼古罗有点惊讶地转回头来，他的神情更加狼狈，可是他立刻镇静了，很大方地道了谢。

他们一起到雷翁那图房间去，艺术家马上腾出最好的位置给他的同房新友。

艺术家愈加亲切观察这位怪人，就愈加觉得他能吸引人而有趣。现在他报了姓名和职位：尼古罗·马基雅维利[1]，佛罗伦萨共和国执政府秘书。

三个月以前，佛罗伦萨那些狡猾而谨慎的执政，派了马基雅维利做代表来同恺撒·波尔查接洽事情，他们希望能欺骗恺撒，能以柏拉图式的双关的友情回复恺撒提出的建议。恺撒曾向佛罗伦萨建议订立防守同盟，反对共同敌人本蒂伏约、奥西尼和维特里。事实上，这个共和国害怕这位公爵，既不愿与他为敌，亦不愿与他为友。尼古罗·马基雅维利并没有什么真实的权力，不过奉委替佛罗伦萨商人们设法在亚德里亚海滨恺撒领土之上找一条自由通路而已。这的确是商业——这个"共和国保姆"，如代表训令中说的——上的一个重要问题。

雷翁那图也报了他的姓名，和他在瓦棱蒂诺公爵朝廷中的职位。

二人立刻交谈起来了，很真诚地、很信任地交谈着。凡是完全特别的、孤寂的、能思想的人，相互间总是这样的。

"先生，"尼古罗立刻很坦白地说，这种坦白很合雷翁那图的意，"先生，我自然听说过，您是一位大画家。但我不得不自认，我对于图画一无所知，而且不感兴趣，虽然我明白这门艺术可以拿但丁的话来回答我——当初一个嘲笑者在街上拿一个无花果给但丁看时，但丁回答道：'我的一个无花果，还不肯换你的一百个无花果哩。'但我也听说过，瓦棱蒂诺公爵敬重你很懂得军事学，关于这方面的事情，我却喜欢同阁下谈谈。这门学问，我始终觉得是最重要、最值得注意的，因为一个民族的地位高低，全凭其武力来判断，全凭其常备军强弱来判断，这一点是我在我的论君主国和共和国的书中所要证明的。我在那本书中，

---

[1] 尼古罗·马基雅维利 Niccolo Machiavelli，一四六九——一五二七，这个时代，马基雅维利在政治学和历史学上建立的功绩，不减于雷翁那图在艺术和科学上的贡献。所谓"马基雅维利主义"的主要内容具见本章。从这个时代起，关于马基雅维利主义的论争，从未绝迹于思想界，但无论为褒为贬，在政治和历史上探究自然法则的尝试，尼古罗先生可说前无古人了。我们很有权利称他为第一个唯物史观者。

要把那些决定国家的生、盛、衰、亡的自然法则订立起来，如同数学家之订立数的法则、自然学家之订立物理的和机械的法则一般的准确。有一点必须对您说的就是：自古至今关于国家有所著作的人……"

说至此时，他忽然停止不说，而现出和悦的笑容，问道：

"对不起，先生！我也许滥用了您对我的好意。您对于政治也许是没有兴趣的吧，同我对于图画一般？"

"啊，不，完全同您想的相反！"雷翁那图回答，"或者，我也应当对您说真诚话的，同您对我一般，或者，这样说：我自然不爱听普通人关于战争和政治的议论，因为其中大多数都是空洞无根据的闲谈。但您的意思则与众人不同，对于我是如此之新奇和特创，令我听着确实很快活。"

"您要当心呀，雷翁那图先生！"尼古罗笑起来，神态更加和悦，"以后不要懊悔才好！您还不认识我。这是我的一匹爱马，我一骑上去，就不肯下来的，除非您自己禁止我说话。同聪明人谈政治，对于我，比每日的面包更加是不可缺少的。但不幸的是：哪里去找聪明人呢？我们那些高贵的执政，除了呢绒和绸缎市价之外，不愿听别的话。但是我，"说到这里，他就露出一种骄傲的但含有一点刻薄讥刺的微笑，"则命运生我显然不是要我来说些赚钱和亏本、呢绒和绸缎一类的话的。我或者默不作声，或者畅谈国家大政。"

艺术家再安慰他一次，为了话题能退回到他真正感兴趣的地方去，便问道：

"您刚才不是说过了吗，先生，您说政治必须成为一种准确的科学，恰如那些以数学为基础、以实验和观察为证明方法的自然科学一般。我没有听错吧？"

"对的，完全对的。"马基雅维利回答，他的眉毛高扬起来，他的眼睛眯着，他的神情紧张得很，眼光越过雷翁那图头上望出去。他的样子好像一只眼睛锐利的鸷鸟，伸着细长的脖子，眺望很远地方的一个物象。

"我也许不能完成这件事业，"他接下去说，"但我要告诉人们一些话，一些关于人事的话，为前人所未说过的。柏拉图在他的《共和国》里，亚里士多德在他的《政治》里，奥古斯丁[1]在他的《上帝之城》里，以及一切关于国家有所写作的人，都忽略了那个要点，即是忽略了决定一个民族生命的那些自然法则，这些法则是超出人类意志之外的，是超出善和恶之外的！所有的人都在说着各人认为善的和恶的、贵的和贱的事情，都在思想一些应当如此的国家形式，这些形式本为事实上所无且为事实上所不能有的。我要说的，则不是那应当如此的事情，不是那似乎如此的事情，而是那确实如此的事情。那个被称为君主国或共和国的大群体，我要去探究它的本性，探究时，不用爱也不用恨，不用称赞也不用斥责，完全同数学家探究数的本性、解剖学家探究身体的构造一般。我知道，这是困难的和危险的，因为人类害怕和反对真理之处，莫甚于政治了。但我还是要把真理告诉人类，即使后来人们把我捉去放在柴堆上烧死，如季罗拉谟修上那样，我也是不管的。"

雷翁那图不由得微笑着观察马基雅维利面孔上那副勇敢的神气，好像先知者的神气，但同时又是轻浮的，差不多像小学生一般的。他又观察那双射出一种奇异的差不多迷乱的光芒的眼睛。艺术家想道：

"他议论'安静'时，是何等兴奋呀；他议论'不动情'时，又是何等动情呀！"

"尼古罗先生，"艺术家说，"您的计划若是实行了，那么您的发现的重要不减于欧几里得的几何学或阿奇默德的机械学。"

尼古罗先生的新议论，的确感动了雷翁那图。他想起了十三年前写成了一本有插图的关于人体内部器官的书时，在边缘上写道：

"一四八九年四月。愿上帝帮助我也能够去研究人类的本性、其风

[1] 奥古斯丁 Heilge Augustinus，三五四——四三〇。

俗及其习惯，同我研究人体内部构造一般。"

二人谈了很久。雷翁那图顺便问尼古罗，他根据什么理由，昨晚与长矛骑兵队长谈话时，完全否认要塞、火器和火药的军事上的重要性？也许只是说笑话吧？

"古代罗马人和斯巴达人，"尼古罗回答，"那些绝无错误的军事学教师，并不晓得什么叫作火药。"

"可是实验和进步的自然知识，不是教了我们许多新的东西吗？"艺术家喊起来，"这些知识不是一天比一天多显示我们以古代人所不敢梦想的东西吗？"

马基雅维利还是坚持他的意见。

"我认为，"他说，"近代民族，在战争和国家大政上若不遵照古代人的榜样，就是走了错路的。"

"在这一方面依样画葫芦是可能的吗？尼古罗先生？"

"为什么不可能呢？人和物、天和太阳，曾经改变了运动、秩序和力量吗？它们今天曾是和古代不同的吗？"

无论什么论据都不能改变他的这个意见，雷翁那图看出了，尼古罗在其他一切方面是勇敢的，勇敢至于鲁莽的程度，独有提到古代时，则变成迷信的、胆怯的，如同一个老学究。

"他有大计划。但他如何来实行他的计划呢？"艺术家心里想道。他不由得想起了今天掷骰子的事情。马基雅维利无论如何聪明解释他的抽象的赌法，但每次实行时他总是输了的。

"您知道吗，先生，"尼古罗在辩论中喊起来，他的眼睛射出不可抑制的快乐，"我愈听您的说话，就愈惊讶，我简直不敢相信我的耳朵了！……试想想，是什么星宿奇怪的会合使得我们二人于此相遇！我以为世界上有三种人：第一种人，自己看见了一切，看透了一切；第二种人，仅仅看见别人指示他们看的；最后一种人，则自己什么也没有看见，人家指示他们看的，他们也不明白。第一种人是最好的，最珍罕的人；第二种人是好的中才人；最后一种人则是普通的人、没有用的人。阁下，也许还有我，免得您要说我假谦恭，我要将您我二人算入第一种人里的。您笑什么？我说的不对吗？请说！——无论您怎样想，我总相信这次相遇不是偶然的，乃是出于最高命运主宰的意志，这样的一种相遇是难得再有的。因为我知道，世界上聪明人是何等稀少。但为了将我们的谈话做个庄重的结束之故，请您允许我，从李维书上读一段给您听，然后听我的解释……"

他从桌上拿起一本书来，把那将烬的脂油烛移近一点，戴起他的大圆玻璃眼镜，眼镜的铁框已经断了，用线小心捆缚着，他的面孔扮起了严肃而虔诚的皱纹，好像他要祈祷或者行其他的圣礼。

可是，他刚扬起眉毛、举起食指，寻得那一章论统治拙劣的国家、胜利和征服反促成灭亡的地方，他刚用古铜般的声音读了李维的第一句书，房门忽然轻轻开了，一个弯腰驼背满面皱纹的老太婆悄悄走进房里来。

"各位老爷，"她低声说，深深鞠了一躬，"请原谅我来搅扰！我的女主人，高贵的列娜·格里华小姐，有一只心爱的小兔子走失了，兔子的脖子上束了一条蓝带。我们找了又找，把全屋子都翻转来了，可不知道它逃到什么地方去……"

"这里没有什么兔子，"尼古罗先生发起脾气来，打断了她的话，"给我滚出去！"

他站起来，要把老太婆推出去。但他忽然经过眼镜仔细看着老太婆，然后把眼镜拉到鼻尖上去，越过镜子上面看着她的面孔。最后，他合起了双手，叫道：

"阿微佳婆婆！是你吗？你这老巫婆！我以为魔鬼早已用他的钩子把你那几根老骨头钩进地狱里去了……"

老太婆眯着那双半瞎的狡猾的眼睛，用一种无牙齿的狞笑回答他的善意的嘲谑。这狞笑更显得她的丑陋。

"尼古罗先生！多久不见了！我想不到，上帝还会叫我们活着再见一面的。"

马基雅维利向雷翁那图道了歉，他要邀阿微佳婆婆到厨房去，同她谈谈过去快活的事情。但是雷翁那图说，他们谈话并不妨碍他。他拿起一本书坐到旁边去。尼古罗喊仆人来，叫了酒，装着那种神气，好像他是这个客店里最高贵的客人。

"孩子，去对那个骗子老板说，叫他再不要拿酸酒给我们了，同上次一样！阿微佳婆婆和我，我们不爱喝下等的酒。我们同阿洛托教士一般——有人说，他行圣餐礼时，用的若是劣酒，他就不肯跪下的，因为他说：劣酒绝不会变为救世主的血。"

阿微佳婆婆忘记了她的兔子，尼古罗先生也忘记了他的提多·李维。他们二人在酒杯面前畅叙旧情，如同一对老朋友。

雷翁那图从他们的谈话里听出了，这老太婆以前也是做妓女的，后来在佛罗伦萨做老鸨，又在威尼斯做皮条客，现在则在列娜·格里华小姐手下当管家婆。马基雅维利问她关于前时相识人的情形，问起了那个十五岁的蓝眼睛阿脱兰塔——她有一次说起恋爱罪孽的时候，含着一种温柔而天真笑容喊道："难道这是亵渎圣灵的罪孽吗！不管修士和教士怎样教训我们，我总不相信让可怜人快活一下，就是犯了死罪！"也问起了那个迷人的黎查太太——她的丈夫听说她偷了汉子时，便同哲学家一般漠不关心地说道："家里的老婆好像灶里的火，邻居来讨时尽可以给他，因为总不会缺少的。"他们二人又说到了那个红头发的肥胖的玛弥雅——她每逢同情人交媾时，总要很虔诚地把圣像面前的帷幕放下来，"不要给圣母看见"。

在此类无聊而猥亵的谈话之中，尼古罗好像如鱼得水。雷翁那图很惊讶，他的新交的聪明朋友、政治家、佛罗伦萨共和国秘书，竟变成了浪子和嫖客。可是马基雅维利的欢乐并非真诚的，在他的犬儒式笑声之中，艺术家听出了一种隐秘的痛苦感情。

"是的啊，我的大人，青年人长大了，老年人更老了，"阿微佳做结论说，她现出感伤的样子，摇着她的头，好像衰老的司爱女神[1]，"现在世界变得大不相同了……"

"你说谎话，老巫婆，你这魔鬼的使女！"尼古罗扮出奸狡的神气，向她眨眨眼，"你不要激恼了亲爱的上帝！像你这类女人现在顶顶得意！现在那些美貌的太太再没有什么嫉妒的夫君了；她们若得与像你一类的艺术家好好相处，不怕不快乐过活。现在只要有钱，无论如何贞洁的女人都弄得到手；全意大利流行着无耻和荒淫。卖淫妇和良家妇女中间，至多只有黄色记号这一点分别罢了。……"

所谓"黄色记号"乃是一种特别的深黄色包头巾。依照法律，所有妓女都应当扎这种头巾，免得在街上同良家妇女混杂了。

"请您莫这般说，先生！"老太婆叹了一口气，现出忧愁的样子，"现在哪能与从前相比呢？就拿一件事情来说：前几年，意大利没有一个人晓得什么叫作'法兰西病'[2]，我们无忧无虑过着生活。再拿这个'黄色记号'来说吧。啊，我的天，那简直是一件祸殃！请您想想，今年谢肉节时，人家差不多要把我的主人捉去坐牢！请您说，人家可以要求列娜小姐扎上黄头巾吗？"

"为什么不可以呢？"

"您说什么？您怎能这样说！我的高贵的小姐并不是街上的野鸡，随便同什么人都肯睡觉的！请问大人，您知道，她的被单比教皇在复活节穿的衣服还值钱些吗？说到学问，那我相信，波伦拿大学所有的博士都要给她装进口袋里去的。可惜，您没有听过她谈论佩特拉克、谈论罗拉、谈论天国的爱的无限性……"

---

[1] 司爱女神 Parze der Liebe——按 Parze 是罗马神话中地狱三女神，司人类命运。
[2] "法兰西病"——按即梅毒，据说是哥伦布发现美洲后从红种人传到欧洲来的病症。

"自然，"尼古罗讥诮说，"谁个比她更懂得天国的爱的无限性呢？……"

"是的，您尽管笑吧，先生，您尽管笑吧！但是，上帝在上，我不改变我的意思。最近有一次，她用诗写成了一封给某可怜的青年的信，劝他勤勉修德。她读这信给我听，我听着，感动得哭了起来，如此感动了我的心，就好像当初在圣马利亚教堂听季罗拉谟修士说教的时候。——愿上帝赐福他！是的，她真是当代一位西塞禄！我还说一点：那些高贵的老爷，为了一次谈论关于柏拉图式的爱的秘密，付给她的钱，要比付给其他女人整夜代价还多些，至少多上二三个杜卡！您还说什么黄头巾呢！"

最后，阿微佳婆婆也说起了她自己的少年时代。她有个时候也是漂亮的，也有好多人追求她，她的愿望都满足过了，她还有什么世面没有见过呢？她曾有一次在巴杜亚大教堂的圣服室里，把主教的帽子从头上脱下来，戴在她的婢女头上！但一年复一年，她的红颜消逝了，爱她的人都走开了，她只好靠出租房子和替人洗衣服苟延生活。她害了病，穷得不得了，正想到教堂门口去讨布施，以为购买毒药之用。但此时，圣童贞救了她的死。一位修道院长，爱了她的邻居一个铁匠的老婆，遂帮助了她重新走上平坦的道路。她做了一行比洗衣服更有进益的生活。

她正在讲那次圣母救她的神奇故事时，列娜小姐派来一个婢女打断了她的话。婢女说，主人要一小罐油膏来摩擦小猴子的冻僵了的肢体，还要薄伽丘的《十日谈》——这位高贵的校书，睡觉之前总要读这本书的，然后同祈祷书一起，放在她的枕头底下去。

老太婆走了之后，尼古罗先生便拿出纸头，削尖了笔，给佛罗伦萨诸执政写报告，关于瓦棱蒂诺公爵的计划和行事。这个报告，虽是用一种轻松而半开玩笑的笔调写成的，却充满了政治智慧。

"先生，"他忽然从报告上抬起头来，望着雷翁那图，"您一定奇怪，我正在谈论重大问题，谈论古代斯巴达人和罗马人的品性时，忽然去同

462

老虔婆谈论婊子的事情。但是请您不要太严厉批评我，请您想想，'自
然'本身以其对立和变化造成我们这个多方面的性格。主要的，就是在
一切方面都应当毫不畏惧地跟随'自然'走去。我们为什么要装假呢？
我们都是人。您知道旧时关于哲学家亚里士多德一个传说吗？据说，亚
里士多德莫名其妙地爱上了一个妓女，在他的学生大亚历山大之前，屈
从了这个妓女的要求，伏地做马，让妓女骑在背上，那个无耻的裸体女
人便是这样骑在哲人背上，同骑骡子一般！这自然只是一个传说，但其
中含有深意。亚里士多德尚且为了一个美貌的姑娘闹了这种笑话出来，
何况我们？"

夜已深了。所有的人都久已入睡了。寂静笼罩着，唯有一只蟋蟀在
房角吱吱地叫。木板后面，隔壁房间，阿微佳婆婆在喃喃自语，一面用
药膏摩擦着小猴子的冻僵了的四肢。

雷翁那图躺下来，但他好久睡不着觉。他望着马基雅维利，这位佛
罗伦萨政治家还在执着鹅毛笔很起劲地写报告。烛光把他的头在那无装
饰的白墙上映成了一个大黑影、一个侧面影，轮廓分明，下唇突出，颈
项特别细长，鼻子同鸟的长喙一般。关于恺撒政策的报告写完之后，尼
古罗便用火漆封起来，在封面上写下了快差送的文书上常见的字眼：
"急！紧急！万分紧急！"然后他打开了提多·李维写的书，沉溺于他的
得意著作之中，即替《罗马史》作注——他做这工作已有好几年了。

他写道：

假装疯子的尤纽士·布鲁都士[1]，得到了比最聪明的人更多
的荣誉。我考察了他的一生之后，明白了：他如此行为是为了避免
引起任何疑心，因而便于推翻暴君的。——这个行为值得一切谋杀

[1] 尤纽士·布鲁都士 Junius Brutus——按此处说的似乎不是刺死朱理亚·恺撒的
Marcus Junius Brutus，而是他的祖先，推翻暴君建立共和国的 Lucius Junius Brutus。

暴君者所取法。他们若能公然行事，自然是更高贵些。但力量若是不够做公开的斗争，则应当秘密行事，应当求得君主的宠爱。为此宠爱之故，什么事都做得出来。必须分担君主的一切罪恶，每件恶事都与他同谋共犯，因为如此接近，一来才能保护着阴谋者的生命，二来也才能在便利机会杀死暴君。所以我说，必须同尤纽士·布鲁都士一样学做疯子，而违反本心地去称赞、去斥责、去说出一切的话，只为的是陷害暴君而恢复祖国的自由。

雷翁那图观察着在将烬的烛光影下，白墙上那个怪异的黑影在跳动在扮无耻的鬼脸，至于那位佛罗伦萨共和国秘书的面孔则保持着他的庄严的安静，犹如古罗马伟大的一种余晖。唯有在他的眼睛深处，唯有在波形的嘴角唇边，时时流露着一种怀疑的狡猾的和刻薄讽刺的表情，差不多是犬儒式的，同刚才与老虔婆谈论嫖经时表示的一个样。

第二天早晨，风雪停止了。太阳光射在客店房间那个蒙了霜的昏暗的绿色窗玻璃上，如同射在苍白色的碧玉上面一般。积雪的田园和山丘，在蓝天之下，发出耀眼的光辉，而且柔软得犹如绒毛。

雷翁那图醒来时，他的新伴已不在房中了。艺术家到楼下去。灶里烧着旺火，一只羊在自转烤肉机上吱吱叫着。店主对于雷翁那图的机器百看不厌；一个僻远山村来的老太婆，带着迷信的恐怖神气，睁大眼睛看那只羊，它自己烤熟，自己转动，好像是活的，它不停地转着，却不会被火烧焦。

雷翁那图叫他的领路的人准备牲口。自己则坐在桌旁，吃点东西，然后动身。他的身边，尼古罗先生很兴奋地同两个新到的旅客说着话。其中一个是佛罗伦萨来的快差，另一个则是年轻的先生，一身整齐的服装，一副普通人的面孔，既不愚蠢，亦不聪明，既非善，亦非恶——这种面孔，看的人是很容易忘记的。雷翁那图后来知道这位先生名叫鲁楚，是佛罗伦萨有地位的公民弗郎西斯果·维托里的侄儿。他的叔父和共和国大执政彼罗·索德里尼是亲戚，又广结人缘，也同马基雅维利相好。鲁楚为了家庭事务到安科那去旅行，顺便在罗曼雅拜望一下尼古罗先生，并带给他佛罗伦萨朋友的书信。他是同快差一道来的。

"您着急没有用，尼古罗先生，"鲁楚说，"弗郎西斯果叔叔保证钱就寄来的。上星期四，各位执政已经允许了他……"

"老兄，"马基雅维利气愤地打断了他的话，"我有两个仆人三匹马，各位执政的许诺是喂饱不了他们的！我在伊穆拉收到六十个杜卡，但我须还七十个杜卡的债。如果没有好心的人怜悯我，佛罗伦萨共和国秘书早已饿死了。我不得不说，执政们若是叫自己派出的使者陷于这种窘境，必须在他国宫廷向人家乞讨三个杜卡或四个杜卡，那他们是要使祖国失面子的。"

他明白，他的诉苦是白费力气。但不相干，他不过要把心中沸腾的怒气发泄出来而已。厨房里现在差不多没有人了，他们可以自由地说话。

"一位同乡，雷翁那图·达·芬奇先生，大执政必须认识他的！"马基雅维利指着雷翁那图说下去。

鲁楚很有礼貌地鞠了躬。

"雷翁那图先生昨晚才亲眼看见我受人家侮辱。……"

"我要求，请您听清楚我的话！我不是请求，我是要求辞职！"最后，他喊起来，态度更加激昂，好像拿这个青年人看作佛罗伦萨全体政府，"我是没有财产的人，自己的家事弄得一塌糊涂，我又有病。长此下去，不久就要拿棺材装我回乡了。此外，凡是我的使命能够做到的事情，我都做到了。但是要把谈判拖延下去，尽管在本题周围兜圈子，一步进，一步退，一时说是，一时说非——那我可敬谢不敏！我认为公爵是太聪明了，绝不会上这种幼稚的政策的当，而且我也写了信给令叔……"

"凡是家叔能够做的事情，他一定替您做的，先生，"鲁楚打断他的话，"但不幸的是执政府如此看重您的报告，认为是国家福利所必需的，因为您的报告把此地状况说得如此明白，以致没有一个人肯听您辞职的话。他们说：'辞职吗？可以的，但是我们没有代替的人。马基雅维利是唯一的人物，他是共和国的眼睛和耳朵。'我对您说实话，尼古罗先生，你的书信在佛罗伦萨受人欢迎至何种程度，是您自己万想不到的。每个人都迷醉于您的文笔的不可仿效的优美和轻松。家叔告诉我，有一天在政府大厅宣读您的一封满含滑稽的报告时，执政诸公都笑得前仰后合地……"

"啊，原来如此！"马基雅维利喊道，他的面孔忽然抽搐起来，"现在我明白一切了。执政诸公觉得我的书信有趣味了吗？谢谢上帝，尼古罗先生还是有点用场的。您看，那边，诸公笑得前仰后合，他们看中了我的漂亮的文笔。我在这里则同狗一般生活着，忍饥，挨冷，发热病，受人侮辱，又如冰底下的鱼挣扎图存。这一切都是为了共和国的福利！这个共和国，叫魔鬼拖去了吧，连着它的大执政，那个老太婆一般哭丧着脸的人物！你们莫想有棺材和尸布来埋葬你们，你们只合乱七八糟地丢在土坑里面！……"

他破口大骂起来，骂些极粗鄙的话。每逢他想起这些国家要人时，就止不住惯常那种无力的气愤。他看不起他们，但又不得不服从他们的差遣。

为了转移话题，鲁楚便给他一封信，那是他的年轻的夫人玛丽叶塔写的。

马基雅维利匆匆看了几行写在灰色纸上的孩子般笨拙的字体。

"我听说，"玛丽叶塔信内写道，"您今所在之地流行着热病及其他病症。您容易想象，我的心里如何着急！由于想念您，我日夜不得一刻安静。……谢谢上帝，孩子身体很好。他变得更加像您了。他的小面孔同雪一般白，他的小头满生着密密的深黑的头发，完全同您一样。我觉得他很可爱，因为他如此像您。他活泼而有趣，好像已经满了周岁。您相信吗？——他刚生下来，便睁开了小眼睛，张口大哭，哭声充满了全屋子。……但愿您不要忘了我们！我请求您，请求您，马上就回家来！我不能也不愿再等待了。上帝在上，请回家来呀！愿上帝保护您，愿圣童贞玛丽亚保护您，愿圣安多尼[1]保护您——为了您的平安，我毫不倦怠地在圣安多尼面前祈祷……"

雷翁那图看见，马基雅维利读这封信时，面孔上现出一种良善的笑容，立刻改变了他那副苦相，好像换了一个人，但这个笑容不久又消逝了。他装作不屑意的神态，耸耸肩膀，把那信揉作一团塞进口袋里去，他气愤地问道：

"谁又在那边多话，说起我的病了?"

"这是秘密不了的，"鲁楚回答，"每天，玛丽叶塔都要拜会您的一个朋友或一位执政，探问您在什么地方，身体好不好……"

"是的，我知道了，我早知道了。不要再说这件事情。我拿她没有办法！"

他做了一个不耐烦的手势，又说道：

"国家的事情应当只叫那些单身汉去办。二者不可得兼：或是老婆，或是政治!"

他稍微转开了脸，继续高声说下去：

"您不计划结婚吗，青年人?"

"目前尚未计划这事情，尼古罗先生!"鲁楚回答。

"听我说，永远不要做这种蠢事！愿上帝保护您不做这种事情！老兄，结婚就像把手伸进一个满装长虫的口袋里去摸一条鳝鱼！结婚生活是太重了，连巨人的肩膀也负担不起的，何况常人！这话对吗，雷翁那图先生?"

---

[1] 圣安多尼 Heilige Antonius，二五一——三五六。

雷翁那图看看尼古罗，觉得他内心里热爱玛丽叶塔夫人，但为了他的爱而惭愧，想要拿一种犬儒式的玩笑来掩盖它。

客店的人渐渐走空了。大多数客人一清早就动身，此时已经走了很远。雷翁那图也束装待发，他邀请马基雅维利同他一路走。但是尼古罗很愁苦地摇摇头，说他必须等待佛罗伦萨寄钱来，付房饭钱和马匹租费。他的以前那种放荡不羁的态度，完全消失了。他现在沮丧而狼狈，似乎果真自觉可怜而生病似的。长久呆守一地而感觉无聊，这种生活确能给他致命的打击。共和国那些执政，在一封信上，责备他无目的地漫游有害于他所负的使命："你看，尼古罗，你的好动和无常性，把我们弄到什么地步来了。"执政诸公这个责言，不是没有根据的。

雷翁那图拉着他的手，带他到旁边去，自愿借钱给他。尼古罗拒绝了。

"不要令我难堪，我的朋友，"艺术家说，"您记得吗，昨晚您自己才说，是什么星宿奇怪的会合，使得我们二人于此相遇！您为什么要您和我都抛弃了命运给予我们的这个恩惠呢？您不觉得这件事情并非我帮您的忙，而是您帮我的忙吗？"

艺术家的面貌和声音之中含有如此之善意，尼古罗再不忍违逆他，便向他借了三十个杜卡，言明佛罗伦萨的钱一到手就偿还他。如贵人一般慷慨，他立刻付清了他的房饭账。

他们动身走。早晨是静穆的，晴朗而柔和。太阳光底下差不多有春天的温暖，雪在融化，但阳光照不到的地方则有寒冷而清香的鲜气。蓝影之下的积雪，在牲口蹄下响着。白色丘陵之间有时闪耀着冬天淡绿色的海。海上，这里或那里，有些斜悬的黄色的帆，如同金蝴蝶的翅膀。

尼古罗滔滔不绝地说话、开玩笑、纵声大笑。每件琐细事情都出人意料地引起他快乐的或忧愁的思想。

他们骑马经过阿奇拉河口海岸上一个穷苦的渔村时，看见教堂前面小广场上一大群年轻乡女围绕着几个修士。修士们一个个脑满肠肥的，快乐得很，他们将十字架、念珠、圣骨、洛勒托圣母庙里的小石头以及大天使弥迦勒翅膀上的羽毛，卖给乡下人。

"你们张开大口站在那里干什么？"尼古罗对着女人们的那些丈夫和兄弟叫喊，他们也在广场旁边看热闹，"不要让那些修士同你们的娘儿们亲近呀！你们不知道干柴近火容易烧起来的吗？那些神父不仅要漂亮的娘儿们称他们作'父'哩，还要做个实在的'父'！"

尼古罗先生然后把话题转到罗马教会去，告诉他的旅伴，教会如何陷害了全意大利。

"凭着巴库斯发誓，"他喊道，他的眼睛露出气愤之光，"若有人能够强迫教士和修士，那些杂种，抛弃了他们的权力或改变了他们的淫荡的生活，那我一定爱他，像爱我自己一样。"

雷翁那图问他对于萨逢拿罗拉有什么感想。尼古罗承认，自己曾有个时候热烈拥护这位修士，希望他能拯救意大利，可是不久就明白这个先知者是没有力量的了。

"这种假圣者的行为令我生厌，令我十分生厌。我连想也不高兴去想哩。让魔鬼把他们通通拖走吧！"他现出轻蔑的神气，做了这个结论。

中午时分，他们走进了繁诺城门。所有房屋都给兵士、军官和公爵随从占满了。雷翁那图以公爵手下大工程师资格，在离宫殿不远的广场边得到两间房子。他让一间给他的旅伴，尼古罗要另找一间住所的确是很困难的。

马基雅维利进宫去，带了一个重要新闻回来：公爵手下的大总督，辣弥罗·德·洛加被砍了头了。十二月二十五日，圣诞节早晨，民众在宫殿和采塞那山岩之间的小广场上，发现那个无头尸体浸在血泊之中，旁边有一把斧头，那颗头则挂在一根竖立的长矛之上。

"没有人知道杀头的原因，"尼古罗结束他的新闻说，"但现在全城的人说的都是这件事情，可以听到奇奇怪怪的议论，我特为叫您出去才回来的。去吧，到广场上去，听听人家说些什么话。这是一个好机会，拿实际的例子来研究政治的自然法则，我们若是放过了这个机会，那才是罪孽哩！"

圣福土那托老教堂面前，有一大群人等待着恺撒经过，据说他要骑马到营地阅兵去。人们说着总督杀头事情。雷翁那图和马基雅维利杂在民众中间。

"各位朋友，这是怎么一回事呢？我不明白，"一个老实面孔的青年工匠问道，"不是常听人说，在那些大老爷之中，公爵最爱的、最宝贵的，就是这个总督吗？"

"因为爱他，所以也要罚他呀，"一个穿着松鼠皮袍的庄重的店主教训他，"辣弥罗总督欺骗了公爵。他假借公爵名义，压迫老百姓，动不动捉人去坐牢、上刑具，他又收受贿赂。但在公爵面前，他装作好人。他一定以为他的罪恶决不会被揭穿的。谁知不然！他的时辰到了，公爵再不肯容忍了。公爵为了老百姓的缘故，不顾惜他手下第一员大官；他不等待审判，便把总督斩了头，好像杀一个普通的强盗，为的叫别人当心。现在凡是良心有亏的人都夹住了尾巴，他们看见了，公爵生气时何等无情，公爵断案时又何等地公道。他慈爱那些谦逊的人，但压制那些高傲的人。"

"Regas eos in virga ferrea（他必用铁杖管辖他们）[1]。"一个修士引证《启示录》的文句。

"是的，是的，必须拿一根铁杖来敲敲那些杂种，那些民贼。"

"他晓得惩罚人，也晓得施恩于人。"

"我们不能想望一个更好的君主了。"

"不错，不错，"一个农民说，"上帝一定怜悯了我们的罗曼雅。从

---

[1]"他必用铁杖管辖他们"——见《启示录》第二章第二十七节。

前，活人和死人，都要被人剥皮的。我们都为了捐税倾家荡产。我们若是欠了税，即使没有饭吃了，人家也要把我们剩下的牛只拉走。瓦棱蒂诺公爵来了以后，我们才能喘息一下。愿上帝保佑他平安！"

"审判案件方面也是这样的，"一个商人接着说，"以前人家把案件尽管拖延下去，害得当事的人都急死了。现在，一切案件都是立即判决的，不能够再快的了。"

"他保护孤儿，抚恤寡妇。"修士又说。

"他爱惜老百姓，那是一定的。"

"他不肯让一个人受委屈。"

"啊，我的天，我的上帝，"一个衰朽的老乞婆感叹起来，"你是我们的慈父，我们的恩人，我们的衣食父母，我们的光明太阳，但愿天上圣母保护你！"

"听到吗？您听到吗？"马基雅维利在他的同伴耳边低声地说，"人民的声音就是上帝的声音！我时常说，不居深谷不见高山，不到民间去就不认识君主的！那些把公爵看作妖怪的人，我都要拉他们到这里来听听！这种事情，上帝启示给凡庸的人，但对聪明的人隐瞒起来。"

军乐奏起来了。人群起了骚动。

"是他……一定是他……他来了……看哪！……"

大家踮起脚跟，伸长脖子。窗子里探出好奇的面孔。少年妇女跑出阳台上来，要用她们的媚眼来看她们的英雄，那个"金头发的美恺撒"——那是很难得的机会，因为公爵差不多是不出来给民众看的。

军乐队走在前面，震耳的铜鼓声音伴随着兵士的庄严步伐。接着来的是公爵的罗曼雅卫队，都是特别挑选的美少年，手执两米长的大戟、铁盔、铁甲，两种颜色衣服，右边是黄的，左边是红的。恺撒自己编练的这支军队，确有古罗马军的威仪，尼古罗百观不厌。卫队之后是侍童和马弁，服装非常华丽，从未见过的华丽：绣金的马甲，红丝绒的短褂，丝绒上也用金线绣着羊齿草叶子，剑鞘和衣带是蛇皮制的。纹章上画着七头女神耶喜娜[1]，七颗头朝天喷毒，那是波尔查家的图案。各人胸前有银线在黑绸之上绣着"恺撒"字样。以后来的才是公爵的亲身卫队阿尔班尼亚轻骑兵，头扎土耳其式绿布，手执弯刀。司令巴多罗买阿·加布兰尼加高举着罗马教会护教大将军那把出鞘的剑。司令背后，就是瓦棱蒂诺公爵、罗曼雅君主恺撒·波尔查。他骑在一匹黑色的巴勃雄马之上，马的额头缀着一颗金刚钻。他穿着一件浅蓝色的绸外套，上面用珍珠绣成法国的白色百合花，身上的青铜甲胄光滑得同镜子一般，胸甲之上则刻着一只张开大口的狮子。他的头盔制成海怪或恶龙形态，有尖刺的羽毛、翼翅和鳞鳍，都是用精炼的黄铜做的，每有动作都发出响声。

瓦棱蒂诺公爵那时候才二十六岁，他的面孔比雷翁那图第一次在米兰路易十二宫廷上看见他时瘦削得多了，脸上条纹也更清楚得多了。那双眼睛，同那个黑蓝色的钢一般的眼光，现在也更坚硬些、更难测些。金黄色的丛密的头发和分做两边的胡子，则比较深暗了一点。那个细长鼻子使人想起了鸷鸟的喙。但这不动情的面孔上仍旧有从前那种明朗情态，不过更加表现出勇敢和威严，差不多好像新磨的刀剑的光滑锋芒。

公爵之后随着炮兵，那是全意大利最好的炮兵。细长的铜炮、轻战炮，以及投掷石弹用的铁制的粗臼炮。这些大炮给牛拖着，发出轰隆声音，与铜鼓喇叭的声音混合在一起。在斜阳的红光之下，大炮、盔甲和戈矛闪耀着，使人觉得，恺撒如同战胜之后凯旋，在这冬日帝王般朱红色之中，骑马向那血红的大落日疾驰而去。

群众一声不响，忍住了呼吸，在近于恐怖的沉思之中看着英雄走过去，他们要欢呼致敬，但不敢喊出来。那个老乞婆满面流泪。

"啊，各位圣者！圣母马利亚！"老乞婆喃喃自语，一面在身上画十

[1] 耶喜娜 Echidna——神话上的怪物，蛇首女身，其他的怪物如奇默拉、斯芬克斯、果贡之类，都是它产生的。

字，"上帝赐福给我，让我看得见你的光辉的面貌，看得见我们的朗耀的太阳！"

教皇交付于恺撒手里，为护卫教会之用的那把闪光的剑，老乞婆竟以为就是大天使弥迦勒[1]的火剑。

雷翁那图不由得微笑着，他看见尼古罗面孔上也现出那种天真的陶醉，同愚蠢的老乞婆一个样。

回到寓所来，艺术家看见了公爵的秘书长阿加皮托先生签字的一个命令，叫他明天去谒见公爵殿下。

鲁楚来辞行。他要到安科那去，不过在繁诺城经过，明天就要动身。尼古罗说起辣弥罗·德·洛加被杀头事情。鲁楚问他，这次杀头的真实原因何在。

"像恺撒一般的君主，要揣测他的举动的原因是很困难的，即使不是不可能的，"马基雅维利回答，"但您既然要知道我的感想，那我就说给您听吧。您知道，公爵未来以前，罗曼雅全地都在许许多多小暴君压迫底下，抢劫、强暴、无法无天之事，好久以来成了家常便饭。为了迅速革除这类风气，恺撒便任命他的聪明而忠实的臣下辣弥罗·德·洛加做总督。这位总督以刑罚和杀戮，使人知道害怕法律，以此在短时间之内取缔了混乱和建立了完全的秩序。公爵看见，他的目的已经达到了，他便决定毁弃他的严酷的工具，借口收取贿赂罪名，他把总督捉了来，杀了头，拿尸首去示众。这个吓人的尸首，使民众满意，同时又使民众糊涂起来。但这件很值得取法的最聪明的行为，对于公爵有三种利益：第一，以前那些弱小的暴君在罗曼雅播下的纷争种子，被他连根拔除了；第二，他叫民众相信，所有的残暴行为，公爵本人并不知情，以此他就卸脱了罪责，他将整个责任都放在总督头上去，自己则收获着总督

---

[1] 大天使弥迦勒 Erzengel Michael——在天堂上替上帝统带天兵的一位使者。见《启示录》。

的残暴所结成的良果；第三，他以事实表明他的大公无私，因为他为了民众竟不惜牺牲他的最宠任的臣下。"

他说这些话时，声音安静而平和，他的面容完全是不动情的、无感觉的，好像他在诠释着抽象数学的定理。唯有眼睛深处流露出一种得意的、狡猾的、差不多像小学生一般作弄人的光辉——这光辉有时发扬，有时又熄灭了。

"我应当说，这件事情做得很公道，"鲁楚喊起来说，"但是，尼古罗先生，从您的话中听来，只有说这个公道竟是以可厌的卑鄙为基础了！"

这位佛罗伦萨共和国秘书，垂下了眼睛，努力压抑眼中的火焰。

"可能的，"他很冷淡地回答，"很有可能的，先生。但果真如此，那又怎么样呢？"

"那又怎么样呢！您难道说卑鄙的行为是值得取法的聪明的政治行为吗？"

马基雅维利耸耸肩膀。

"青年人，您在政治上若有相当经验的话，那您也会明白，人真实做的事情和应当做的事情之间有很大的差别；忘记了这个差别的人，一定要倒霉的！因为人性都是恶的、坏的，除非是为了自己的利益或者为了害怕，人才不得不去修德。所以我说，一个君主，如果要避免倒霉，那他首先必须学会了那套本领，装作有道德的人。但有道德或没有道德，他必须随需要而定的，切不可为了良心而不敢去做一切秘密的罪恶。没有这套本领，他就不能维持他的权力。因为如果我们拿善和恶的本性认真研究一下，那我们就可知道，好多看来是善的事情，反而危害于君主的权力，至于看来是恶的事情，则往往巩固了他的权力。"

"您说什么话，尼古罗先生！"鲁楚终于愤激起来，"若是这样判断，那么什么事情都可以做了！那么再没有什么邪恶的和卑鄙的行为不可以辩护了……"

"不错，什么事情都可以做的!"尼古罗更加冷静而低声回答。为了加强他说的话，他便举起手来，重说道："什么都可以做的。凡要统治而且能统治的人，什么都可以做的!"

"现在回到我们的出发点去吧，"他又说下去，"我断言：瓦棱蒂诺公爵，靠了辣弥罗帮助，统一了罗曼雅，取缔了一切抢劫和强暴，他这样做，不仅比我们佛罗伦萨人更聪明些，而且无论如何残酷也比我们更仁慈些——我们在自己国境之内宽容着不停息的叛变和混乱。对少数人残酷，总比那种陷全国人民于永久混乱之中的仁慈要好些的。"

"对不起，"鲁楚反驳说，他显然惊吓了，完全愕然了，"您怎样说呢？历史上没有伟大的君主，不用残酷亦能治理国家吗？譬如安多尼努士[1]皇帝和马克·奥勒尔皇帝？在古代历史和近代历史之中，都有这一类的例子……"

"请您不要忘记了，先生，"尼古罗回答，"我是少注意于世传的国家，而多注意于新创的国家的，我是少注意于保持权力而多注意于获取权力的!安多尼努士皇帝和马克·奥勒尔皇帝自然可以施行仁政，不致大害于国家，因为他们以前已经有了不少的残酷而流血的行为。您试想想，罗马建国之初，被母狼喂养大的两个兄弟，其中一个就不得不杀害其他一个。这自然是一件可怕的罪孽!但是他方面，谁晓得呢，当初若不曾有过为着建立一权统治而必须杀弟的行为，以后是否有个罗马国?[2]以后的罗马国能否不因双权统治所不能免的冲突而趋于灭亡？谁又能判别天平上哪一头重些呢，倘若一头放着杀弟罪孽，另一头放着这"永久之城"的一切德行和智慧？自然有好多人宁愿陷于最悲惨的命运，而不愿要这建立于那种罪孽之上的统治权的。但凡一次离开了善的

---

[1] 安多尼努士 Antoninus，八六——一六一，罗马皇帝。

[2] 罗马建国故事——据传说，一对孪生的兄弟，长名罗缪鲁斯，幼名鲁玛，被弃在河边，一只母狼用奶把他们喂大了，建立了种种的功业。后来为了在罗马筑城事情，兄弟起了争执，罗缪鲁斯竟杀死他的弟弟鲁玛，独揽大权，完成了建国事业。

道路的人，自己若不愿灭亡，就必须沿着那条命运注定的道路走到底，不许回头走，因为人们只报复小的和中等的罪孽，大罪孽使人失去了报复力量。所以，君主对于他的臣民可以施行顶大的罪孽，但必须避免小的和中等的罪孽。可是一般人大多选取那条最危险的道路，即是善和恶中间的道路。他们既无勇气完全行善，又无勇气完全行恶。一件恶事既然需要大魄力来做，所以一般人就害怕做，他们只好做些日常的卑劣事情了。"

"尼古罗先生，听了您的话，不由人毛骨悚然！"鲁楚害怕起来。他的世故教了他，这类谈话最好开一个玩笑来结束，于是勉强装出笑容，接下去说道：

"由您说去吧，但我总不相信，您心里果真这样想。我觉得您的话是不近情理的……"

"十全的真理差不多都要被人看作不近情理的……"马基雅维利很冷淡地打断了他的话。

雷翁那图很留心听着他们二人说话。他好久就看出了，尼古罗虽然装作不动情的样子，但时常偷偷地向鲁楚投射探试式的眼光，好像要计量自己的思想对于鲁楚发生了什么影响，这些思想之中新的异乎寻常的东西是使对方惊异呢，还是使对方害怕？这种不确定的暗试的眼光之中，就含有近于虚荣的心理。雷翁那图觉得马基雅维利自己并不是完全有把握的，他的精神无论如何锐利和精细却缺少安静的说服力。他不愿意同别人一般思想，他厌恶一切老生常谈，因之走到另一个极端去了：倾向于夸张和猎奇，爱说些虽非完全正确但总能使人错愕的议论。他以大无畏的熟练手段玩弄着相反的观念，譬如仁慈和残酷，把这些观念拼凑在一起，如同江湖卖艺者流玩弄刀剑一般熟练。他有一大堆这类磨砺的、炫目的、迷人的、危险的半真理，每逢同那些敌手、那些可尊敬的平凡人，如鲁楚先生之流辩论时，他就拿出来投掷，同毒箭一般投掷在他的敌手身上。他便是如此报复他们，报复了他们的得意的平凡，报复了他们不认识他的优越。他刺着，砍着，但不杀死人，也不认真伤人。

艺术家忽然想起了，当初彼特罗·达·芬奇先生叫他替邻居画的那个圆盾——他选取了那些可厌的动物的各种身体部分，在那圆盾之上凑成了一只怪物。尼古罗先生恐怕也是没有目的地、没有作用地想象这样一只怪物，想象这样一个并不存在也不可能的君主、这样一只违反自然却又能吸引人的奇兽、这样一颗梅杜莎的头，来恐吓着一般的人群吧？

然而雷翁那图又觉得，在这种无愁虑的游戏一般的幻想背后，在这种艺术家的不动情风度背后，却隐藏着一种深刻的苦痛，好像那些玩弄刀剑的江湖卖艺者流故意伤害自己一样，因为在他赞美别人的残酷之中也含有他对于自己的残酷。

"他也许是属于那一类可怜的病人吧，"雷翁那图心里想道，"他们故意抓破自己的伤疤来减轻自己的苦痛。"

但如此接近于他又如此远离于他的这颗朦胧的复杂的心，其最后的秘密，他还是没有懂得。

正当雷翁那图深深注意观察马基雅维利时，鲁楚先生则有气无力地在同那个吓人的梅杜莎的头相搏斗，如同在一场荒唐的梦中同它搏斗一样。

"好的，我不再辩论了，"他说，他退回到那个叫作"健全常识"的最后堡垒去，"您说的君主不得不实行残酷的话，若是拿来对过去时代伟大人物说，也许真的含有一点儿真理。他们是很可以原谅的，因为他们的德行和伟业超出了一切限度。但是请问您，尼古罗先生，您这些话同罗曼雅公爵有什么相干呢？Quod licet Jovi non licet bovi（尤比德做得，牛却做不得）.亚历山大大王和朱理亚·恺撒做得，难道亚历山大第六和恺撒·波尔查也做得吗？我们现时还不晓得这个恺撒是什么！是'恺撒'呢，还是'虚无'。所以，至少，我想，我相信，所有的人都要赞成我的意见……"

"自然，自然，所有的人都要赞成您的意见的，"尼古罗打断他的话，尼古罗此时显然失去自制力了，"不过这还不能拿来做证据，鲁楚先生。真理并非在通衢大道上的。为了结束我们的争论，我把最后几句话告诉你吧：我仔细观察了恺撒的行事，觉得他做得十分美满。我认为，一切要依靠武力和功绩而达到政权的人，都可以拿他作为最值得仿效的模范。最残酷的刚毅，在他身上，如此密切地同仁慈结合起来，使他能够令人感知他的恩意，又能够毁灭人；他在短短的时间之内居然巩固了他的权力至于如此地步，以致人们今天就须将他看作意大利的唯一的真实的绝对君主了，也许是全欧洲的绝对君主哩！至于将来怎样，那是不难想象到的！"

他的声音颤动了，瘦削的双颊现出红晕，他的眼睛火一般红。他好像一位先知者，在犬儒主义者讥刺人的面具之下，现在露出了萨逢拿罗拉的旧日信徒的真容。

可是鲁楚辩论得疲倦了，提议到附近的小酒馆去喝几杯来和解一下，此时马基雅维利那副先知者真容又消逝了。

"您晓得吗？"尼古罗回答，"我们宁可到另一个场所去好些！对于这种事情，我有猎狗一般的嗅觉：我断言，此地有很漂亮的姑娘。……"

"在这穷苦的小城市哪来漂亮的姑娘？"鲁楚表白他的疑心。

"听着，青年人，"佛罗伦萨共和国秘书板起面孔抢着说，"不要看不起穷苦的小城！上帝保佑您不存这个心思吧！恰是在最污秽的穷人区、最黑暗的小街巷，常常发现美人哩。"

鲁楚很亲密地拍拍马基雅维利的肩头，叫他作浪子。

"外面又黑又冷，"鲁楚迟疑着，"我们要冻死的。……"

"我们带灯笼去，"尼古罗鼓励他，"我们穿起皮衣，戴起风帽，把风帽蒙着我们的脸，那时就没有人认识我们了。这种事情做得愈秘密就愈有趣味。雷翁那图先生，您同我们去吗？"

艺术家拒绝了。

他厌恨男子汉谈论女人时那种粗鄙的话，一种不可抑制的羞耻心使他远离这种谈话。这位五十岁的人，毫不畏惧地探究自然界的一切秘密，他陪伴那判死刑的人到刑场去，为的观察临死者面上最后的恐怖表情，但他听到了一句猥亵的玩笑话竟如此之羞惭，不晓得眼睛向哪里望去才好，面孔红得像小学生一般。

尼古罗拉了鲁楚先生走出去。

第二天清早，宫殿里来了一位公爵侍从，打听大工程师满意这分派给他的住所吗？他在这充满异乡人的城市之中缺少什么东西吗？这位侍从代替公爵问好，并交给雷翁那图以公爵送他的礼物。依照当时待客礼节，这送来的东西只是日常有用的东西：一袋面粉，一小桶酒，一只宰好了的羊，八对阉鸡和子鸡，两把大火炬，三包蜡烛和两盒糖果。尼古罗看见恺撒如此敬礼雷翁那图，便请求艺术家在公爵跟前替他说一句好话，求一个谒见。

晚上十一点钟，公爵素来接见宾客的时间，他们二人一同到宫里去。

公爵的生活很特别。有一次，费拉拉国诸使臣在教皇面前诉苦，说他们简直不能见公爵一面，教皇陛下回答他们说：他自己也是很不满意他的儿子的习惯的，恺撒以夜作昼，国事会谈时常推延又推延直至二三个月之久。

恺撒把他的一天照如下分配：无论冬天或夏天，他都是早晨四点钟或五点才睡觉，下午三点钟才是他的天明，四点钟才是他的日出。下午五点钟，他穿衣、吃早饭，时常在床上吃饭，饭后处理例行公事。他的整个生活都包藏在密不通风的神秘之内，不仅由于他的本性使然，而且含有作用在内。他很少离开宫殿，每次出宫时差不多都要戴着假面具。他在重大节日才现身于民众，在打仗最危险的顷刻才现身于他的军队。如此，他的出现总是发生了特别的影响，好像半神降落尘世一般。他喜欢而且懂得造成强烈印象。

　　关于他的慷慨，有许许多多令人难信的传说。为了供养护教大将军，全世界基督教徒流到圣彼得库藏的金子还不够用的。各国使臣向各人君主报告，说大将军每天至少要用一千八百个杜卡。恺撒每逢骑马在城里街道经过时，总有民众跟在他背后跑，因为民众传说他的马脚都钉着特别的轻而松懈的银蹄，半路上故意让蹄子掉落。

　　关于他的体力也有许多奇异的传说。据说，有一次，青年的恺撒，那时还是瓦棱西亚红衣主教，在罗马斗牛时，一刀就把牛的脑盖劈破了。最近几年，"法兰西病"影响了他的健康，但未至于危害程度。他用那只女人一般的美丽而纤细的手指头，可以弯曲马蹄铁，可以扭转铁棒，可以捏断粗大的船缆。

　　周围的官员和大国的使臣，差不多不能见他的面，但他时常到采塞那附近山上去，看罗曼雅那些半野蛮的牧人斗拳，有时自己也参加他们的游戏。

　　但他又是　位殷勤的骑士和时髦的月旦。他的妹妹吕克列沙小姐[1]结婚时，他夜里离开了他的正在围攻某要塞的大军，从军营笔直到新郎君费拉拉公爵亚尔丰棱·德·厄斯特的宫殿去。他穿着黑丝绒袍子，戴着黑面具，没有一个人认得他。他在宾客群中走过，行了礼，大家向后退时，他就一个人随着音乐节奏跳起舞来。他在大厅上跳了几个圈子，跳得如此优美，立刻就被所有的人认出来了。"恺撒！恺撒！唯一的恺撒！"人群中很快活地互相耳语。

　　但他不理会宾客，也不理会主人，把新娘拉到旁边去，在她耳边低声说话。吕克列沙小姐低下头来，起初脸红了，然后苍白得同麻布一般，这更显得她美丽，她是温柔而灰白的，如同一颗珍珠，也许还是清

---

[1] 吕克列沙·波尔查 Lucrezia Borgia，一四八〇——一五一九，恺撒这个妹妹也是此时代有名的人物，她在费拉拉国提倡和保护文学、艺术和科学，使她的宫廷成了一种文化中心。本书没有特别写她。

白的，但她懦弱，又屈服于哥哥的可怕的意志。据人说，连乱伦之事也服从她的哥哥做了。

唯有一种事情是恺撒所关心的：不留下他的罪恶的明显证据。也许众人传说夸大了公爵的罪恶，但也许事实比一切传说还更可怕些。总之，他会抹去一切踪迹。

公爵殿下住在繁诺城那个老哥特式的市政宫内。

雷翁那图和马基雅维利走过一个寒冷而阴郁的大厅，那是普通宾客候见之所，然后进入一个小的内房，大概是从前的祈祷室。尖形窗子装着彩色的玻璃，高高的橡木椅子刻着十二门徒和初期教父神像。天花板上一幅褪色的图画，画着那些代表圣灵的鸽子在浮云和天使中间翱翔。恺撒最亲近的人在此地聚集着。人们谈话都很低声，因为公爵离此不远，他的威严经过墙壁影响于人。

一个秃头老头子，黎弥尼国不幸的使臣，已经候了三个月了，尚不得一见公爵。他显然为了多夜没有睡觉，支持不住，现在正在房角一把高椅子上打瞌睡。

每隔相当时间，房门开了。秘书长阿加皮托，鼻梁上架着眼镜，耳朵后插着鹅毛笔，很忙的样子，探出头来，唤一个候见的人到公爵跟前去。

每逢阿加皮托出现时，黎弥尼国使臣就很痛苦地震动一下，立起身来。然后看见不是叫他时，又深深叹了一口气，重新假寐了，一种药杵在铜臼中研磨之声替他催眠。

为了这狭小的市政宫里没有适宜房间的缘故，人们就借用这个祈祷室做军中制药所。窗子前面，从前做祭坛的地方，一张摆满了医生用的瓶、葫芦和盒子的桌子旁边，那位太医圣朱斯塔主教加斯帕·托勒拉，正在替教皇陛下和公爵殿下制造一种时兴的药品，医"法兰西病"之用的。这是一种煎药，用那种所谓"卡耶克圣木"[1]煎成的，那种木头产于哥伦布新发现的"南方诸岛"上。太医主教用他的细嫩的双手研磨着卡耶克木髓，这东西本作深黄的油腻腻的粒状，有刺鼻的气味。他一面含着和悦的笑容，解释这种能医病的木头的药性。

大家满含兴趣地听他解释，虽然好多在场的人都不曾由于亲身的经验知道这种病症。

"这种病是从哪里发生的呢？"圣巴比那红衣主教问道，他一面迷惘地摇摇头。

"据说是西班牙的犹太人和穆尔人传来的，"爱尔那主教回答，"现在自从我们颁布了禁止亵渎上帝的新法律以后，谢谢上帝，这个病已经减少了。但是五六年前，不仅是人，连畜生、马、猪、狗之类都害这种病哩，甚至树和田里五谷也害这种病哩。"

太医表示不相信小麦和荞麦能害"法兰西病"。

"那是上帝降罚了我们，"特兰尼主教很悲伤地叹气说，"为了我们的罪孽缘故，上帝降下灾殃来发泄他的愤怒。"

谈话中止了。人们只听得杵臼相磨的单调声音。刻在椅子边上的那些初期教父，听着当今诸神牧这种奇异谈话，好像现出了非常惊讶的神气。这个祈祷室只有一盏制药灯淡淡地照着，室内药木的窒息人的樟脑味，同以前留下的几乎嗅不出来的香烟气味交杂着，这些罗马教会的主教们会集其中，好像在举行着一种神秘的宗教仪式。

"大人，"宫廷星士华古约问太医道，"听说这种病经过空气可以传染给人，这话靠得住吗？"

太医耸耸肩，表示不相信。

"当然啰，经过空气可以传染啰！"马基雅维利狡猾地微笑着附和星士的话，"不然，这种毛病如何能在男女修道院同时猖獗起来呢？"

---

[1] 卡耶克圣木 Heilige Guajakholze——此木本有清血的效用。

大家笑起来。

一位宫廷诗人巴蒂斯塔·奥菲诺，同祈祷一般庄严地朗吟托勒拉主教论"法兰西病"的一本新书上的献给公爵的献辞，其中说恺撒在各方面的德行都超过古代所有英雄：公正超过布鲁都士，坚毅超过德秀士，制节超过西庇阿，诚实超过马古士·勒古鲁士，宽宏超过保罗士·爱弥留士，此外又尊崇罗马教会护教大将军为水银治疗的发明者。

正当人们谈话的时候，那位佛罗伦萨共和国秘书，有时拉着这员官，有时又拉着那员官，到旁边去，很巧妙地问他们关于恺撒未来的政策。他细听着、偷窥着、用鼻子嗅着，如同一只猎狗。然后他走到雷翁那图身边，垂下头来，用食指按在嘴唇上，眼睛从下朝上望着艺术家，沉思地重复了几遍：

"我要吃蓟菜……我要吃蓟菜……"

"什么蓟菜？"雷翁那图问他，心里莫名其妙。

"问题就在这里呀：什么蓟菜？……最近公爵出了一个谜给费拉拉国使臣潘多尔福·可伦努楚去猜。他说：'我要吃蓟菜，一叶又一叶。'他说的也许是他的敌人们的同盟吧，他要拆散他们，因而消灭他们？也许是另外的事情吧？我已经绞了一个钟头脑汁。"

他又附着雷翁那图的耳朵低声说道：

"这里什么都是谜！他们畅谈着种种荒唐的事情，但一提到正经事情，他们就不响了，缄默得同鱼一般，或者同修士们在吃饭时一般。他们骗不了我的！我觉得有什么大事情在准备着。但是，什么事情呢？究竟什么事情呢？请您信我的话，先生，我若能知道究竟什么事情，连灵魂卖给魔鬼，我也愿意的！"

他的眼睛发火了，如同一个下了孤注的赌徒。

门开了，阿加皮托的头探了出来。他向艺术家做了一个手势。

经过一条朦胧的由阿尔巴尼亚轻骑兵守卫着的长甬道，雷翁那图就走到了公爵寝室：一间很舒服的房子，壁上蒙着绸缎，上面绣着一幅猎独角兽的图画；天花板上的浮雕是关于帕丝法后[1]和公牛恋爱的故事。
这只公牛，这只红色的或金色的牛犊，本是波尔查家徽，它戴着教皇的
三层冕，携着圣彼得的钥匙，在房内装饰图案之中到处都可看见的。

房内过分地热：医生教病人摩擦水银过后须防伤风，应当晒太阳或
者烤火。大理石火炉内烧着香桧，灯油之内杂有紫罗兰香水，因为恺撒
喜欢浓烈的香气。

照他的习惯，他和衣躺在床上，这床安在房子中间，低低的，没有
挂帐子。他惯常只有两种姿态：不是躺在床上便是骑在马上。不动地、
无情地，肘弯支在一个枕头上，看两个侍从坐在近床处一个玛瑙桌旁下
棋，同时听他的秘书长做报告。恺撒能够同时注意好几件事情。他在沉
思之中，用缓慢的单调的动作滚动着那个充满香气的金球，他两手交换
着滚这金球，永不离身，如同他的那把大马色匕首一般。

公爵以特有的迷人的和颜悦色接待雷翁那图，不许他下跪，同他很
亲密地握握手，请他坐在一把椅子上面。

恺撒召他来，为的同他商量布拉曼特画的要在伊穆拉城建筑的瓦棱
蒂诺修道院的图样。这个修道院中兼有一个华丽的礼拜堂、一个医院和
一个旅舍。恺撒要以这些慈善机构来替他的基督教徒的仁慈心留下一个
纪念。布拉曼特的图样之后，他又拿为繁诺城季罗拉谟·松西诺印刷厂
用的新刻的字体给雷翁那图看。这个印刷厂受到他特别保护，为的繁荣
罗曼雅的艺术和科学。

阿加皮托拿宫廷诗人弗郎西斯果·乌培蒂的一本颂诗集放在公爵面
前。公爵殿下看了很喜欢，命令丰富一点酬报这个诗人。

以后公爵要求，不仅要拿颂诗给他看，也要拿讽刺诗给他看，秘书
长于是拿来了拿波里诗人曼松尼写的一首讽刺诗。这个诗人已经在罗马

[1] 帕丝法后 Königin Pasiphae——希腊神话，克列底国王米诺士之后，与公牛恋爱生下
牛首人身的米诺托。

被捕了，关在圣天使监狱之内。那首充满了粗俗骂语的十四行诗，称恺撒为骡子，说他是教皇和妓女苟合私生的儿子（这教皇坐在那个以前属于基督现在则属于撒旦的宝座上），说他是土耳其人，是个过势的人，是革了职的红衣主教，是乱伦者，是弑兄者，是不信上帝的人。

"宽宏的上帝啊，你还等待什么呢？"诗人喊起来，"你没有看见，你的教会被他变为骡子窝，变为娼妓院了吗？"

"殿下叫人如何去处置这个混蛋呢？"阿加皮托问道。

"等到我回去时再说，"公爵低声回答，"我要自己同他算账的。"他更放低声音说道："我要教训诗人们懂得礼貌！"

恺撒"教人懂得礼貌"有什么意思，是不难明白的：为了更普通一些的侮辱他的话，他就叫人把侮辱者的手砍下来或者拿烧红的铁签刺穿舌头了。

秘书长报告完了之后就走开了。

宫廷占星士华古约携了新算的星文来见。恺撒很注意地、差不多虔诚地听他的报告，因为公爵相信命定难移，相信星宿威力。华古约报告之中说起了公爵最近一次"法兰西病"发作，纯然出于乾火星走入了潮湿的天蝎宫的恶影响，但火星一行到金牛宫同金星会合之后，这病自己就会好了。然后，他建议，殿下如果想做什么重要事情，那么十二月三十一日下午是个最好的日子，因为这日星宿的会合特别有利于恺撒。他举起了食指，屈身向公爵耳边，神秘地连说三声，说得很低：

"做吧！做吧！做吧！"

恺撒低下头来，没有回答。但艺术家好像觉得公爵面上飘过一种暗影。

公爵做个手势辞退了占星士，又转过来同宫廷机师说话。

雷翁那图摊开军用地图在他面前。这些地图不仅是一位科学家研究地形、河流、山脉、深谷所得之结果，这也是一位大艺术家的作品。这是鸟瞰图。图上，海用深蓝色，山用褐色，河用浅蓝色，城用深红色，草地用淡绿色，各种细目都画得完全，广场、街道、城楼等，立刻可以辨认出来，无须乎看旁边写着的名称。好像人们在眩人的高空上飞行，看着距离无限远的地下。公爵特别仔细看着那个地方的图，那里南以波塞那湖为界，北以爱玛河谷（亚诺河的一个支流）为界，东以阿勒左和秘鲁查为界，西以塞拿和海岸地带为界。这是意大利的心脏、雷翁那图的故乡佛罗伦萨，公爵好久以来就梦想着这块肥肉了。

恺撒看得出了神，心里感觉一阵飞行的欢乐。他所感到的，他不能用语言表达出来，但他觉得，雷翁那图和他，互相了解，思想一致。他朦胧预见到，科学能给予他以新的大力超出于众人之上，他要这大力，他要具有这些飞翼作胜利的飞行。最后，他抬起眼睛来看雷翁那图，以一种迷人的和悦笑容同艺术家握握手：

"我谢谢你，我的雷翁那图！同以前一样地替我办事吧，我晓得酬报你的。你在这里也觉得舒服吗？"然后他很关心地问，"你也满意你的待遇吗？也许你还有什么愿望？你知道，无论你要求什么，我都很情愿地答应你的。"

雷翁那图便利用这个机会替尼古罗先生说话，请公爵赐他一面。

恺撒很温和地微笑着，耸耸肩。

"一个怪人，这尼古罗先生！他千方百计求见，但我叫他来见时，我们之间又没有什么话说。人家派这个怪人到我这里来做什么？"

他不响了。以后他问雷翁那图对于马基雅维利有什么感想。

"殿下，我以为他是我一生遇见的最聪明的一个人。"

"不错，他是聪明人，"公爵同意于艺术家，"他也许懂得一点国家大政。但是……人家总不可以信任他。他是一个梦想者、一个无常性的人，不晓得凡事有个限度。我一向都善待他，现在晓得他是你的朋友之后，我更加要善待他。根本上说，他是好人！他并不是诡诈的人，虽然他以为自己是最奸狡的。他要耍弄我，好像我是你们的共和国的仇敌。但我并不怨他。我很明白，他这样做，因为他爱他的祖国过于爱自己的

486

灵魂。好的，他一定要见我，就叫他来见吧。……对他说，我喜欢见他。此外，我最近听说尼古罗先生计划着写一本论政治和战术的书，是吗？"

恺撒自己笑起来，好像他忽然想起了一件有趣味的事情。

"他也同你说起他的马其顿方阵吗？不曾说吗？那么听我告诉你。有一天，尼古罗讲说他的论战术的书中一个段落给我的司令巴多罗买阿·加布兰尼加和其他高级军官听。那是关于一种与古代马其顿方阵相似的阵势。他讲说得如此能感动人，以致大家都急着要实际上试验一下。大家到营外去，把兵队交给尼古罗去指挥。他拿着这二千人没有办法，叫他们在风雨寒冷之中站立三个钟头，始终排不成那个受他如此夸奖的阵势。最后，我的巴多罗买阿，忍耐不住了，他走到军队面前，他虽然平生未曾读过一本论战术的书，却能在鼓声之下，转瞬间把步兵排成很好的阵势。于是大家又明白了，说话和行事之间有如何重大的差异。但是雷翁那图，请你不要同他提起这话！尼古罗不喜欢人家提起他的马其顿方阵的。"

时候很晚了，将近早晨三点钟。人们送了清淡的晚餐来给公爵：一盘蔬菜，一尾鲟鱼，一点白酒。他以清淡的饮食表明了真正的西班牙人性格。

雷翁那图告辞。恺撒以那种迷人的和气，再向他道谢一次关于军用地图的事情，然后命令三个侍童拿火炬送他出来，那是一件特别有面子的事情。

雷翁那图告知马基雅维利关于谒见公爵的情形。

尼古罗听到艺术家替恺撒画的佛罗伦萨地图时，吓了一跳。

"什么？您是共和国公民，竟替祖国的最凶险的敌人做出这种事情吗？"

"我以为，"艺术家回答，"大家都说恺撒是我们的同盟者……"

"大家都说！"佛罗伦萨共和国秘书喊起来，他的眼睛气得发火焰，

"您知道吗？先生，我们的执政如果知道此事，那您就要被控叛国的……"

"真的吗?"雷翁那图问道，他很天真地惊讶起来，"但请您不要把我想成叛国，尼古罗先生，我的确一点不懂得政治。在这方面，我是一个瞎子……"

他们二人不作声，互相望了一眼，忽然都明白了：在这点上，二人的心底最深处是何等不同，是永远不能互相了解的。这个人看来，似乎根本没有什么祖国；那个人，则正如恺撒说的，爱祖国"过于爱他自己的灵魂"。

就在这个夜里，尼古罗走了，没有说到哪里去，也没有说为了什么事情。

第二天中午时分，他回来，疲倦、冻得要死。他到雷翁那图房里来，小心关了房门，说好久就要同他商量一件事情，那是需要极端守秘密。然后从好久以前说下来。

三年前有一天黄昏的时候，罗曼雅一个荒凉地方，介于采尔维亚和采塞那港之间，一些蒙面的骑马人攻击一队马兵，这队马兵是护送着威尼斯步兵队长巴蒂斯塔·加拉楚洛的夫人朵罗塔从乌比诺到威尼斯去的。那些蒙面人捉住了朵罗塔太太和她的侄女马利亚——一个十五岁的姑娘，在乌比诺修道院做预备修士，此次同她一路旅行的，把她们绑在马上，带走了。从那天起，朵罗塔和马利亚便毫无一点踪迹可寻。

威尼斯政府和元老院，宣布它的步兵队长受人侮辱就是它的共和国受人侮辱，于是求援于西班牙王路易十二和教皇，向他们控告罗曼雅公爵抢劫了朵罗塔，但没有公然的证据。恺撒很俏皮地回答道：他并不缺少女人，并不需要到大路上抢劫女人去。

人们传说，朵罗塔太太不久就甘心了，她陪伴公爵各处征战，不很想念她的丈夫。但马利亚有个哥哥，名叫第昂尼几，是一个青年军官，替佛罗伦萨服务，正在同比萨作战中。佛罗伦萨政府也尽力量设法，但是同威尼斯共和国的控告一般地没有效果，于是第昂尼几决定自己动手去营救。他改名换姓来到罗曼雅，自荐于公爵，得到了公爵信任，偷进采塞那要塞的塔里去，把马利亚化装作男孩子，一同逃走。可是逃到秘鲁查边境，被人追上了。第昂尼几被杀，马利亚则被解回来监禁。

马基雅维利以佛罗伦萨共和国秘书资格，与闻这件事情。第昂尼几先生成了他的朋友，把这个勇敢计划的秘密都告诉了他。马基雅维利又从第昂尼几知道了看守告诉他的关于他的妹妹的事情。看守们把马利亚看作一个女圣者，说她能医病、能先知，手脚都有血痣，好似塞拿之圣迦德怜的伤痕。

恺撒厌倦了朵罗塔之后，便来打马利亚的主意。他诱惑女人的手段很有名，知道自己有魔力，哪怕最贞洁的女人都抵抗他不了的。他确信马利亚迟早也要顺从他，同所有其他的女人一般。但是他想错了，他的意志在这女孩子的心里遇着了不可克服的抵抗。听说公爵近时常常到她的临房来看她，单独同她在一起很长久，至于会面时候发生了什么事情，那是谁也不知道的……

最后，尼古罗声明他想去营救马利亚。

"雷翁那图先生，如果您愿意帮助我的话，"他接着说，"那我就会把事情做得没有一个人知道有您帮助。其实我只要请您告诉一点关于马利亚所在的圣弥迦勒堡垒的地势和内部构造。您是宫廷机师，一定容易进那里面去，探看一切必需的形势的。"

雷翁那图不说话，很惊讶地望着他。在这个探试的眼光底下，尼古罗忽然纵声大笑起来，笑得很不自然、很鄙俗而且差不多含有敌意。

"我总可以希望，"他然后喊道，"您不至认为我过于多情、过于侠义吗？公爵是否诱惑了那个姑娘，我是不管的。您要知道我为什么替这件事情出力吗？也许是为了向我们那些执政表明，我除了替他们当呆子之外，还能做别的事情，但重要的乃是：我必须有件事情做着。人生本是这样，过一个时候若不做一二件蠢事情就要无聊死的。天天闲谈，掷骰子，逛窑子，替佛罗伦萨呢绒商人写无聊的报告，这种生活，我早厌倦了。所以我想出干这个冒险事情。这不仅是坐而言的事情，还要起而行的哩！放过这个机会是很可惜的。我已拟好了十分巧妙的计划……"

他说得很快，好像他在替自己辩护。但艺术家看得很清楚：尼古罗为了自己的善心而惭愧，惭愧到痛苦的程度，他总是图谋拿犬儒主义假面具来掩盖他的善心的。

"先生，"雷翁那图打断他的话，"我请您在这件事情上依赖我，如同依赖您自己一般！但有一个条件，即失败时，我必须与您同等负责任。"

尼古罗显然受感动了。他回答雷翁那图的握手，而且立刻把他的计划展现于艺术家之前。

雷翁那图没有纠正什么，虽然他内心深处十分怀疑，这个他认为太细密的太巧妙的而又太不像真实的计划，实行起来，是否能同说话时那般容易。

营救马利亚的日子，定于十二月三十日。那天，公爵要从繁诺起身往别处去。

定好的日子两天以前，晚上很迟，尼古罗收买的一个看守跑了来，为的警告他有被人出卖的危险。尼古罗不在家，雷翁那图到城里各处寻找他。

他兜了许多圈子才在一个赌窟找到那位佛罗伦萨共和国秘书。赌窟之中有一群骗子，大多数是恺撒军中的西班牙人，他们在骗取那些无经验的赌徒的金钱。在一群年轻的酒徒和浪子当中，马基雅维利正解释着佩特拉克那首以如下字句结束的十四行诗：

"但我明白，她深深打中我的心。"

这首诗中，每一字，他都寻出含有一种秽亵的意义。他推断说：罗拉把"法兰西病"过给佩特拉克。听的人笑得喘不过气来。

隔壁房间吵闹得很。男人吆喝，女人锐叫，桌子翻身，刀剑冲击，钱满地滚，破碎的酒瓶响着清脆的声音——一个赌骗子被捉住了，尼古罗的伙伴们都走到那边去。雷翁那图在他耳边低声说：有关于马利亚的重要消息报告他，他们二人走出街上来。

夜是寂静而多星。干净的新降的雪，在脚底下沙沙响着。呼吸了赌窟的闷人空气之后，雷翁那图现在享受着这寒冷而清香的空气。

尼古罗听到有被人出卖的危险时，便用一种出人意料的漠不关心的态度说道：目前还不必着急。

"您一定惊讶在那种地方找到我吧？"他问雷翁那图，"佛罗伦萨共和国秘书竟做了那些宫廷流氓的玩物，替他们说笑话！有什么办法呢？穷叫人舞，穷叫人跳，穷叫人唱小调！他们虽然是光棍，但总比我们那些执政慷慨得多了。……"

尼古罗这几句话之中含着他对于自己的残酷，残酷到令雷翁那图也受不了，不得不打断他。

"这话不对！您为什么对于自己说这样的话呢？您晓得我是您的朋友，我不像别人那样判断您的！……"

马基雅维利转过脸去，不作声。然后，他换了一种声调，低声说下去：

"我晓得。……请您不要怨我，雷翁那图！好多次，我心里十分难过的时候，我总是说滑稽话，大声笑，来代替哭的。……"

他呜咽着说不下去，他垂下了头，更放低声音说道：

"这是我的命运！我是在不祥的日子生下地的。我的同辈人，连最庸碌的人，都很得意，他们生活得舒服、名声好，有了金钱和权力，唯有我落在所有的人背后，让那些蠢材挤到墙边去。他们把我看作轻薄汉。他们也许是对的，不错，我并不害怕辛劳、牺牲和危险。但若叫我一生忍受小气的卑鄙的侮辱，永远穷困，不得不为了每个小钱发起抖来，那我的确是受不了的！……啊哈，为什么说这些话呢？……"他做了一个绝望的手势，他的声音之中含着眼泪，"倒霉的一生！上帝若不怜悯我，不久我就要抛弃一切了，抛弃我的官职，我的玛丽叶塔，我的小儿子，我只有拖累了他们。愿他们以为我死了。……我要逃到天涯海角去，躲在什么角落里面，不让一个人认得我。我要替什么地方官当书吏，或者在三家村学堂里教孩子们识字，借以苟延残喘，当我尚未曾完全痴呆，完全丧失了自觉时候。因为，我的朋友，最可怕的事情莫如觉知了自己有力量、有本事、能做事情，却始终一事无成，却不得不毫无意义地趋于毁灭！……"

时间过去。雷翁那图觉得，营救马利亚的日子愈近，尼古罗先生虽然仍装作很有把握的样子，却渐渐动摇了，渐渐失去了他的机警，有时无缘无故地迟疑着，有时又莫名其妙地慌张起来。艺术家凭着自己的经验感觉到马基雅维利内心上的变迁。这并不是胆怯，乃是那种不能解释的弱点、那种犹豫、那种忽然缺乏意志——正当需要断然行动的最后顷刻忽然缺乏了意志。这是一个不是为"行"而生的人所常见的。这一切，雷翁那图自己是太熟知了。

预定的日子前一晚，尼古罗到圣弥迦勒堡垒附近一个地方去，为的最后准备好马利亚越狱事所需要的一切。约好，雷翁那图第二天早晨也要到那里去的。

艺术家一个人留着，每个顷刻都在等待不幸的消息。他再不怀疑：这事情，如同小学生的把戏一般，必定以悲惨的失败告终的。

愁惨的冬天早晨渐渐在窗前明亮了。此时有人敲门。艺术家开了门。尼古罗面无人色，狼狈不堪，走了进来。

"完了！"他说，有气无力地坐在一把椅子上面。

"我心里早作如此想了！"雷翁那图毫不惊异地回答，"我早对您说过，尼古罗，我们一定要陷入圈套去的。"

马基雅维利无精打采地望着他。

492

"不，不是这个话，"他然后说，"我们没有陷入圈套的。但是鸟儿飞出樊笼了。我们去得太迟。……"

"什么，飞出去了？"

"是的呀。今天东方未白时，人们发现马利亚割断了喉管，倒在地下。"

"谁杀死她的？"艺术家问。

"不晓得。但是照伤痕看来，恐怕不是公爵干的。在平常情形之下我一定要说绝不是他干的，但是恺撒和他的刽子手无疑很在行，能够随心所欲将小孩子喉管以种种样式割断。据说马利亚死时还是处女。我相信，她是自杀的。……"

"不可能的！像马利亚这样的姑娘是可能的吗？她不是被人视为一位圣者吗？……"

"什么事都是可能的！"尼古罗说下去，"您还不认识这个人。怪物……"

他忍住了话，面孔更苍白了。然后他很兴奋地说完他的话：

"这个怪物什么事情都做得出来！一位圣者也可以被他迫得去自杀的。以前看守还不十分严密时，"他接着说，"我见了她一两次。她是消瘦的、细长的，如同一根草。一副小孩子的面孔，纤细的、麻一般金黄的头发，同佛罗伦萨公墓内菲力平诺·李皮[1]画的显灵给圣伯尔拿图看的圣母像一个样。她并不见得怎么样美丽，公爵为什么如此放不过她呢？……啊，雷翁那图先生，您知道，这是一个何等可怜又可爱的孩子……"

尼古罗转过脸去，雷翁那图觉得他的眼睫毛中闪着泪珠。

但是尼古罗立刻就镇定了，他用高锐的声音做结论道：

"我常常说，一个正经人在朝廷里面，好像鱼在热锅里一般。现在

----

[1] 菲力平诺·李皮 Filippino Lippi，一四〇六——一四六九。

我再受不住了！我不适宜于替暴君做奴才，我一定要执政诸公派我到其他国家去，无论去哪里都可以，只要能远离这个地方！"

为了马利亚，艺术家心里很难过，若能救得她，他什么都肯牺牲。但他想到了现在无能为力时，他的内心深处却也感觉一种轻松和自在。他觉得，尼古罗也是同他一般感觉的。

十二月三十日，一清早，恺撒的大军，一万步兵和二千骑兵，就从繁诺出发，到那往西尼加亚去的大路上，在默陶罗小河岸边扎下了营，在那里等待公爵。他将于明天，宫廷星士华古约择定的日子，即十二月三十一日动身的。

在马终城阴谋反对的那些人，已经同恺撒媾了和，而且与他约定了共同去征讨西尼加亚。西尼加亚城投降了，但防守司令宣布须待公爵亲来才肯开门。那些以前反对公爵如今与他同盟的人，觉得这中间有什么不祥兆头，因此避免与公爵见面。但是公爵又欺骗他们了，又使他们放心了。如马基雅维利后来形容的，公爵"以其温柔魅惑了他们，好像神话中鸟头蛇尾怪物以其甜蜜的歌声引诱它的牺牲品一样"。

尼古罗为好奇心所驱策，他不肯等待雷翁那图，他立刻跟在公爵背后走。

几个钟头之后，艺术家才一个人动身。

大路朝南走，同佩沙罗来的道路一样，总是沿着海岸走的。右边耸起高山，有时山直伸到海岸来，以致只留下很窄狭的平地做道路。

那一日是灰色而平静。海也是灰色而光滑，同天一样。在那似乎睡着的空气之中，什么都没有动弹。乌鸦啼叫预告快要解冻，早降的黄昏夹着细雨或潮雪一同来。

西尼加亚城那些暗红色的砖塔已经看得见了。

这城夹在山和海两种天然屏障之中，真像一个陷阱，离平坦的海岸有一迈尔路程，离亚平宁山脚下也有一弩箭远近。大路走到弥沙小河边就向左大转弯。这里有一座桥斜斜的跨过小河去，直通往城门。城门前面有个小广场，旁边是些矮房子，大部分是威尼斯商人们的货栈。

当时西尼加亚是半亚洲式的大商港，意大利商人在那里同土耳其人、阿美尼亚人、希腊人、波斯人，以及门得内哥罗和阿尔巴尼亚等处的斯拉夫人交易货品。但现在，艺术家来时，连最热闹的街道：居比路街、灿特街、干地亚街、克法龙尼亚街，都凄凉得很，雷翁那图只看见兵士。在街道两旁无穷尽的单调的店铺之间，他往往发现劫掠痕迹：破碎的玻璃窗，脱落的锁和门闩，打破的门，乱七八糟丢在地上的货物。有火烧气味，那些半成灰烬的房屋还在冒烟。古旧的砖宫角隅，那些插火炬用的粗铁环，悬挂着吊死的人的尸首。

雷翁那图走到城内大广场时，天已经暗了。这广场界于大宫和那个圆而低矮又给深壕沟围绕着的西尼加亚堡垒中间。雷翁那图在那里，在火炬光中看见了恺撒在他的军队里面。

恺撒正在审判那些犯抢劫罪的兵士，阿加皮托先生宣读判决书。

恺撒做了一个手势，那些判了死刑的人便被带去吊死了。

艺术家的眼睛在廷臣群中寻觅一个可以告诉他这里发生的事情的人，他忽然看见了佛罗伦萨共和国秘书。

"您知道吗？您听说了吗？"尼古罗对他叫喊。

"没有，我什么都不知道。我遇着了您，心里很快活。告诉我吧！"

马基雅维利领他走进一条旁街，然后经过几条窄狭的黑暗的积雪的小巷，到了近海滨一个荒凉市区。那里离造船所不远，有个孤独的歪斜的小屋。尼古罗早晨寻找了好久，才找到这里有空房子，那是城内还在空着的唯一的房子。他向屋主人，一个造船匠的寡妇租下来。两个小房间，一个自己用，一个给雷翁那图。

尼古罗不说话，急忙点起一支蜡烛，从他的行李箱内取出一瓶酒，扇旺了炉里的火，在雷翁那图对面坐下，抬起那双发光的眼睛看他。

"您的确还不知道吗？"他很得意地问道，"那么听我说。这是一件异乎寻常的、值得牢记的大事！恺撒报复了他的那些仇人，那些阴谋反对他的人被捉起来了。奥里维罗托、两个奥西尼和维特利，现在等待着死刑！"

他仰靠在椅子背上，默然观察着雷翁那图的惊讶表情。然后装作平静而不动情的样子，好像记载古时大事的历史家，又好像描写自然现象的科学家，他开始叙述"西尼加亚陷阱记"……

恺撒清早来到默陶罗河边营盘时，就派了两百名骑兵先走，以后随着步兵，再以后才是他自己同其余的骑兵。他知道，他的那些盟友会来迎接他的，他们的大军会安置在附近其他堡垒，而让出位置给新来军队的。

他快到西尼加亚城门时候，便命令骑兵停在大路沿着弥沙河岸向左转弯之处，列成两行：一行背对河水，另一行则背对田园。步兵则在两行骑兵当中穿过，没有停留便走过桥去，经过城门开进西尼加亚里面。

三个盟友，维特络索·维特利、格拉维那·奥西尼和巴果罗·奥西尼，由许多骑马的人陪伴着，坐在骡子背上来迎接他。

维特利好像预感到危险，竟如此颓丧，使得一切平时认识他是活泼而勇敢的人，都很惊讶。后来有人说，他动身到西尼加亚来时，同家里的人告别，那种神气好像预见到他是去赴死的。

盟友们下马来，脱帽向公爵致敬。公爵也下马来，先轮流着同每个人握手，然后抱着、吻着所有的人，称他们为亲爱的兄弟。

此时恺撒部下那些军官把奥西尼和维特利三人包围起来，其中每个人都被夹在恺撒部下两个军官中间。这是预先吩咐好的。恺撒看见奥里维罗托没有来，便给他的队长弥迦勒·科勒拉做一个手势，科勒拉立刻骑马前行，在城门外找着了奥里维罗托。他现在也加入这队人马了。他们便是这样一面走着，一面很和气地谈论战事，一直走到堡垒前面宫殿门口。在那里，盟友们要告辞，但公爵以其和悦可亲的态度留住他们，请他们进宫里去。

496

他们刚刚走到会客室，背后的门就锁起来了。八个武装的人向这四个人冲来，两个对付一个，捉住了他们，解除了他们的武装，把他们绑起来。这四个不幸的人做梦也没有想到，如此出于意外，几乎没有抵抗。

人们传说，公爵今夜就要结果他这四个仇人，把他们绞死在宫内密室里面。

"啊，雷翁那图先生！"马基雅维利结束他的报告，"可惜您没有看见他如何抱吻他们！此时若有一个游移的眼光、一种可疑的神气，全部计划都要败坏了。但是他的声音和笑貌之中竟是如此之诚恳，使得我——您以为是可能的吗？——直至最后顷刻都不怀疑其中含有什么恶意。那时我敢同人打赌保证他没有装假，即使拿我的手臂砍下做赌注，我也肯干的！我相信这个骗局乃是自有政治以来世界上行过的最美的骗局。"

雷翁那图不禁微笑起来。

"自然不能否认公爵是大胆而狡猾，"他回答，"但是，尼古罗，我还须承认我在政治上是如此外行，竟至不能明白您为什么如此喜欢这个背信行为？……"

"背信吗？"马基雅维利打断他的话，"为了救祖国，先生，是不能说什么守信和背信、善和恶、仁慈和残暴的——一切手段都是可以用的，只要能达到目的。"

"这件事情同救祖国有什么关系呢，尼古罗？我觉得，公爵只是为了他一己的利益！……"

"什么？您也说这话吗？您也不明白吗？可是事情明明白白地摆在面前！恺撒是意大利未来的统一者、未来的唯一君主。您看不出来吗？……从来没有像现在这个时代如此有利于英雄出现。以色列民族在埃及为奴，受尽种种痛苦，然后才有摩西；波斯人在米太压迫之下，然后才有居路士；雅典人陷于内部纷争之中，然后才有德秀士。——意大利也必须像今日这般堕落，为奴惨过犹太人，受压迫重过波斯人，内争多过雅典人，没有头脑、没有领袖、没有政府，被野蛮人劫掠和践踏，凡是一个民族能忍受的痛苦它都受过，然后才能出现新的英雄，才能出现祖国的救主！以前虽然也出了一些似乎神选的人，带来了一丝的希望，可是他们每逢达到权力尖峰时，就被命运推倒了，尚未能真正做出大事业。国家在半死状态之中，几乎不能呼吸了，时刻在企望着那个人，他能减轻它的伤痛，他能终止伦巴底的暴力压迫、托斯堪那和拿波里的抢劫和勒索，他能医治那些年深日久的臭脓疮。国家无分日夜向上帝呼吁，祈求一个救主……"

他的声音好像一根过于紧张的弦索，忽然弹断了。他面色苍白，全身发抖，眼睛火红。在这感情爆发之中，同时也含有一种痉挛性的无力的东西，如同发癫痫病。

雷翁那图想起了，几日之前，受了马利亚之死所激动，尼古罗才把恺撒叫作"怪物"哩。

艺术家并未曾把他这个矛盾指出来，因为心里明白，尼古罗此时将他的对于马利亚的同情心当作可惭愧的弱点而排斥着的。

"好的，我们等着看看，尼古罗，"雷翁那图说，"不过我还要问您一点：为什么恰恰在今天，您才如此确信恺撒是上帝派遣下凡来的呢？难道这个'西尼加亚陷阱'比他的其他作为更加明显表白他是个大英雄吗？"

"对呀，"尼古罗回答，他又恢复自制力了，又装作完全不动情地说话，"这个骗局做得如此美满，恰恰比公爵其他一切的作为更加表白了一些伟大而互相冲突的品性在这个人身上很特别地结合起来。请您注意，我不褒，也不贬，我只要明白事实。我的意思是说：每个目的都可以经过两条道路走到——依照法律或施行强暴。第一条是人路，第二条是兽路。谁要统治国家就必须晓得走这两条路，就必须能够选择去做人还是去做兽。这也是古代那个神话的秘密意义，这神话说阿奇耳和其他的英雄都是半神半兽的'马人'齐朗[1]养大的。'马人'养大的君主，同'马人'自己一样，身上也同时具有神性和兽性。普通的人忍受不住自由，他们害怕自由更甚于害怕死，他们若是犯了什么罪过，便要在良心谴责之下懊悔得要命。唯有命运挑选出来的英雄才有力量忍受得住自由，不畏惧，又无良心谴责，破坏法律，做了恶事，却又是清白的，同兽一样，同神一样。今天，我第一次，在恺撒身上看见了这个最后的自由——那是他蒙神选的印记！"

"好的，现在我懂得您的意思了，尼古罗，"艺术家在深思之中回答他，"不过我觉得，自由的并不是恺撒那种人，他们敢做一切事情，因为他们毫无所知、毫无所爱；自由的乃是另一种人，他们敢做一切事情，因为他们知而且爱。人类须有这种自由，才可以克服善和恶，克服高和深，克服一切障碍和限制，克服一切重力。那时他们将同神一般，那时他们将飞了起来……"

"飞了起来吗？"马基雅维利很惊讶地问道。

"是的，他们如果有了完全的知识，"雷翁那图解释说，"他们也就会给自己造成了飞翼，就会发明一种飞行机器。我在这方面也费了很久的思想。也许没有一点成就的，但不相干，我现在做不出来，将来总有一个人会做的。人类的飞翼一定会发明出来的……"

"好哇，我恭喜您！"尼古罗大笑起来，"现在我们说到有飞翼的人类来了。我的君主，半神和半兽，再长起鸟翼来，一定好看得很！那真是一只奇默拉！"

此时他听到附近一个塔上敲钟。他跳了起来，急忙走出去了——他到宫里去，为了更详细地打听那些阴谋反对恺撒的人如何被处死的。

---

[1] "马人"齐朗 Zentaur Cheiron——按 Zentaur 是神话中人首马身的种族。其中有个名叫齐朗的奉了神委托养育荷马史诗中最大的英雄阿奇耳。

意大利各国君主为了这次"美妙的骗局"向恺撒道喜。路易十二得知"西尼加亚陷阱"时，便说：这是一件古罗马人做的伟业。曼土亚侯爵夫人伊萨伯拉·贡察加赠送公爵一百副绸制的各种颜色面具，以为临近的谢肉节化装跳舞之用。

公爵回答她的信说道：

> 高贵的夫人，亲爱的姊姊！您送给我的面具已经收到了，我很喜欢这些面具做得罕见的华丽以及各种不同的样式，我尤其喜欢的，是赠送来的时间和地点不能选取得更适宜的了。好像夫人预先感到了我的一连串的事件的意义。因为蒙上帝恩典，我于一日之间占领了西尼加亚城，其领地及其一切要塞；我又判决了我的敌人，那些阴险的叛逆，以公道的死刑；我也从那些暴君压迫之下解放了卡斯特洛、费摩、西斯特拿、孟吞和秘鲁查，使之应服从那在尘世代表基督的圣父所治理。但我最喜欢的却在于这些面具乃是最真实的证据，表明夫人对于我的好意，如同一位姊姊对于她的弟弟。

尼古罗笑着说道：雌狐狸贡察加送给雄狐狸波尔查，送给这位假情假意的老行家，再没别的东西比这一百个面具更适宜的了。

一五〇三年三月初，恺撒回到罗马来。教皇要他手下那些红衣主教拿"金玫瑰"授予这位英雄，这是教会所能授予它的护卫人的最高的勋章。红衣主教们同意了，二日之后就举行授勋典礼。

梵蒂冈宫中第一层楼，窗子朝着美景院开的教皇大殿之内，会聚着罗马教会的高官和各大国的使臣。

一个肥胖的康健的七十多岁老头子，身穿那闪耀着宝石的大礼袍，头戴那三层冕，生着一副慈祥而威严的面孔，由孔雀羽毛大扇扇着，走上宝座台阶来——这就是教皇亚历山大第六[1]。

唱礼官的喇叭吹响了。司仪官长德国人约翰·布哈德做了一个手势，公爵手下那些执鞭者、随镫者、侍童和卫队，便走进殿里来，还有他的司令官巴多罗买阿·加布兰尼加，手持那罗马教会护教大将军的宝剑，出鞘，剑锋向上举，也走进殿里来。

这把剑下部三分之一装了金，刻了精致的图画。其中有忠心女神坐在宝座上之图，题着"忠心强于刀剑"；又有朱理亚·恺撒立在凯旋车上之图，题着"不为恺撒宁为虚无"；又有渡过鲁比康河[2]之图，题着"骰子掷下来了"；最后还有献祭阿卑士神——那是波尔查家的公牛——之图：年轻的女祭司们，完全裸体，在一个刚刚宰杀的人牺之上烧香，祭坛上题着"一个牺牲献祭于最好的最大的神"，那上面又题着"恺撒之名即恺撒之幸运"。那个献给神牛的人牺含有一种特别可怕的意义，因为恺撒叫人刻这些图画和题这些铭辞时，他的心里已经存了杀死他的哥哥董·卓安·波尔查的念头，为的能够代替他的哥哥做罗马教会护教大将军了。

英雄自己走在宝剑背后。他的头上戴着高高的公爵帽子，上面用珍珠绣着圣灵鸽子。

恺撒走近教皇身边，脱了帽子，跪下来，吻着圣父鞋子上的红宝石十字架。

红衣主教孟勒阿尔把"金玫瑰"呈给教皇，这是金器制造术上一件奇迹：金花瓣之中藏有一个小管，里面装着香油，发出了无数玫瑰的香味。

---

[1] 亚历山大第六 Alesxander Ⅵ，一四三一——一五〇三。

[2] 鲁比康河 Rubikon——分隔意大利和东高卢的小河，公元前四九年，罗马元老院为了防止高卢驻防军内侵，宣布说：凡敢带兵渡过此河者即为叛逆。但驻防军司令朱理亚·恺撒不理会这个禁令，毅然带兵渡过此河。渡河时，恺撒喊道："骰子已经掷下了！"

教皇站起来，他的声音因内心激动而颤抖着，他说：

> 亲爱的孩子，现在给你这个玫瑰，象征着天上和地下两个耶路撒冷[1]的快乐，争得胜利的教会的快乐，这是难以言传的花，这是公正者的幸福，这是不朽的花冠的美饰。但愿你的德行在基督之中开展，如同水边玫瑰一般繁盛！阿门！

恺撒从他的父亲手里接了玫瑰。教皇再不能自制了，"肉体克服了他"，如同一个目见的证人说的。害得那位循谨的布哈德着急起来，他竟打破了典礼的庄严气氛，屈身伸出颤抖的双手向着他的儿子。他的面容皱起来了，他的肥胖身躯颤动着。他突出了肥厚的嘴唇，以苍老的声音呜咽着：

> 我的孩子……恺撒……恺撒……

公爵必须把玫瑰交付于那站在他身旁的圣克列蒙红衣主教。教皇很猛烈地拥抱他的儿子，紧紧地抱在自己胸前，笑着，哭着。

唱礼官的喇叭又吹起来了，圣彼得教堂的钟敲响了，罗马一切教堂的钟与之相呼应。圣天使监狱放了大炮。

"恺撒万岁！"罗曼雅卫队在美景院中叫喊。

公爵走到阳台上来，现身给他的军队。

蓝天之下，早晨太阳光中，他身穿金紫的衣服，头戴珍珠圣灵鸽的帽子，手执那个象征两耶路撒冷快乐的玫瑰——在民众看来，他不是人，而是神。

夜里举行一场豪华的化装跳舞，扮演着朱理亚·恺撒的凯旋，如同

---

[1] 两个耶路撒冷——按天上的耶路撒冷指天堂，地下的耶路撒冷指罗马。

瓦棱蒂诺公爵剑上所刻画的一个题着"神性的恺撒"的战车上，立着罗曼雅公爵，头戴桂冠，手执棕树枝。兵士们装成古罗马兵样子，带着铁鹰和棒束，护卫着那个战车。凡是书上记的、纪念像上塑的、浮雕上和奖章上刻画的，都照着打扮了。

战车之前，一个人身穿埃及祭司的白长袍，高举一面大旗，旗上画着装了金的朱红色的波尔查家徽——那只公牛，阿卑士神，教皇亚历山大第六的保护神。一些身穿绣银衣服的青年人，一面敲着铜鼓，一面喊着：

公牛万岁！公牛万岁！波尔查万岁！

繁星底下，旗上那只畜生，高出众人头上，在火炬光中摇晃着，它的颜色红得像火，又像初升的太阳。

看热闹的人群中也有雷翁那图的徒弟卓梵尼·贝尔特拉非奥，他刚从佛罗伦萨到罗马他的师傅这里来。他看了这只红兽，想起了《启示录》的话：

也拜兽说：谁能比这兽呢，谁能与它交战呢？……我就看见一个女人骑在朱红色的兽上，那兽有七头十角，遍体有亵渎的名号。……在它额上有名写着说：奥秘哉，大巴比伦，作世人的淫妇和一切可憎之物的母。[1]

卓梵尼"看见了它，就大大惊讶"[2]，正同当初写这些话的人一般地惊讶。

---

[1]"也拜兽说……"——见《启示录》第十三章第四节及第十七章第三节和第五节。
[2]"看见了它，就大大惊讶"——见《启示录》第十七章第六节。

第十三章

红兽

　　雷翁那图有个葡萄园在佛罗伦萨近郊菲索勒山丘上。某邻居同他争一块地，告了他。艺术家此时在罗曼雅不能分身，便委托卓梵尼·贝尔特拉非奥去主持这个诉讼。一五〇三年三月底，他叫卓梵尼到罗马来。

　　卓梵尼路过奥维托时，停了下来，为的在那里的大教堂内看看路加·辛诺勒里[1]不久之前才画成的那些有名的壁画。其中有一幅画着"敌基督者"的降世。

　　"敌基督者[2]"的面孔令卓梵尼吃惊。起初他觉得这面孔是恶的，但仔细看了一下又觉得不是恶的，宁可说是表现无限的悲哀。明亮的眼睛、深深的温和的眼光，含有一种无神论者的智慧的最后绝望神气。他是美的，虽然生着尖尖的沙提尔一般的丑耳朵，又有弯弯的猛兽爪子一

---

[1] 路加·辛诺勒里 Luca Signorelli，一四四一——一五二三。

[2] 敌基督者 Antichrist——按《新约启示录》说，临到世界将终时，必有僭窃者出来，使全世界陷于罪恶和淫秽，然后基督自己出马，战胜这个僭窃者，举行最后审判，完结了世界。这个僭窃者就是所谓"敌基督者"。中古时代这个迷信深入于人心。

般的指头。卓梵尼在这张面孔里看见了另一张神性的面孔，与他当初害热病发昏时所见的非常相像，他要认识这张面孔，但不敢去认识。

同一幅壁画左边画着"敌基督者"的灭亡。他依靠着看不见的飞翼飞上天去，为的向世人表示：他是"人子"，现在来到云端上审判死人和活人。但一位天使把这个上帝的敌人打落到无底坑里去了。这个失败的飞行、这种人类的飞翼，引起了卓梵尼对于雷翁那图所宿抱的可怕的思想。

与卓梵尼同时，还有一个五十岁左右脑满肠肥的修士也在看那些壁画。修士有个伙伴，一个高个子，看不出多少年纪，面孔有点饿相，但神气很快活，穿着游方的学者的服装。

这两人同卓梵尼互通了名姓，从此同他一路旅行。修士是德国纽伦堡人，在奥古斯丁派某修道院管理图书，名叫多马·史旺尼茨。他为了钱财纠葛的事情到罗马来。他的伙伴也是德国人，德国萨尔斯堡人，名叫汉士·卜拉特尔，是他的秘书，兼是他的呆子和马夫。

一路上他们畅谈着各种各样的教会问题。

史旺尼茨冷静而明白地证明了所谓"教皇不会错误"这个教条之不合道理。他说，无须再过二十年，全德国都要崛起，抛弃罗马教会的枷轭了。

"这个人是不会为了他的信仰去牺牲生命的！"卓梵尼一面望着这位纽伦堡修士的肥肥的团团的面孔，一面心里这样想，"这个人是不会同萨逢拿罗拉一样走入火中去的！但谁晓得呢，也许是他对于教会更有危险。"

到了罗马之后不久，卓梵尼有一天晚上又在彼得广场上遇着汉士·卜拉特尔。这个游方学者引了他到附近西尼巴狄巷去，那里有许多德国人开的旅馆给外国游客居住。他们走进那个"银猬"小酒店里，店主是一个捷克人杨跛子，属于胡士[1]派，很喜欢招待他的同派人，拿顶好的酒款待他们。他们都是秘密反对教皇的人，那些希望教会大改革的自由思想者也同他们结合，因此人数一天比一天多起来。

在招待普通酒客的大房间背后，杨跛子还有一个秘密的小房间，唯有经过挑选的人才能进去。现在那里面聚集着一群人。多马·史旺尼茨坐在桌子上端荣誉席上，背靠着一个酒桶，那双肥胖的手则捧着他的大肚皮。他的生着双下颏的多肉的面孔，一动也不动，他的朦胧的眼睛几乎睁不开了，显然是喝了太多的酒。他时时拿他的杯子对着烛火看，看见磨光的水晶杯内莱茵葡萄酒的淡金色光辉，很觉开心。

一个游方修士，马蒂诺师兄，痛骂教皇底下贿赂公行。

"一次，两次，是可以忍受的，但凡事总有个限度。请问，长此下去变成什么样子呢？我宁愿落在强盗手里，不愿落在此地的教会要人手里！此地是明公正气地抢劫你！忏悔官要你的钱，收发官要你的钱，圣礼官要你的钱，马夫要你的钱，厨子要你的钱，那个替红衣主教姘头倒脚盆水的奴才也要你的钱！正同歌中唱的：'他们同犹大一般出卖了耶稣。'"

汉士·卜拉特尔站起来，扮着一副庄严的面孔，大家一声不响地望着他，他然后拉长了声音如同教堂里说教一般说道：

"教皇的孩子们，那些红衣主教，于是走到教皇跟前，问道：'圣上，我们应当做些什么事情才能得救恩呢？'亚历山大回答：'你们还要问吗？诫命说过了，现在我再告诉你们：当诚心爱金和银，当爱富人如

---

[1] 胡士 Jan Huss，一三六九——一四一五，波希米亚人，有名的宗教改革家，被教皇亚历山大第五逐出教会，又用火活活焚死。他的信徒，称为胡士派，与教皇和德国皇帝军队作战，战争直延长至一四七一年才解决。其实这就是中古晚期的农民战争。胡士派军事失败之后，和平的仇视正式教会运动，始终没有停息，直至同路得运动合一起来。此时（一五〇三年）路得已有二十岁了，再过十七年德国果然爆发宗教大改革运动。

同爱你自己。你们照这样做，就可得到永生了。'于是教皇坐在他的宝座上，说道：'富人是有福的，因为他们将看见我的脸；那些送钱财来的人是有福的，因为他们将称为我的孩子们；那些奉金银之名来的人是有福的，因为我手下办事的人将替他们办事。但是空手前来的穷人有祸了！我对你们说，你们最好拿磨石缚在穷人颈项上，把他们淹死在海里最深的地方。'红衣主教们回答道：'圣上，我们一定要照着你的话做。'于是教皇又说道：'孩子们，我做着，给你们当榜样，那么你们也抢劫吧，同我抢劫活人和死人一个样。'"

大家哄然大笑。

风琴师鄂托·马布格，一个含着天真笑容的可尊敬的老头子，以前坐在一角没有作声，此时从袋里拿了几张小心折着的纸头出来，朗读一封无名氏致枢密顾问保罗·萨维利的信。萨维利由于得罪教皇逃到德国马克西米良皇帝那里去了。其实这是一种攻击亚历山大第六的文字，刚刚出现于罗马，抄录多份，手手相传，故意写成书信形式。信内列举了当今罗马教皇家族的一切罪过和残暴，从教廷贿赂公行说起，直至恺撒杀死他的亲兄董·卓安和教皇奸淫他的亲女吕克列沙。结论号召欧洲各国君主起来，联合一致，扑灭"这个怪物，这个人面兽"：

> 敌基督者已经来了。自古以来，上帝信仰和上帝教会的确未曾遇着如此凶恶的敌人，如教皇亚历山大第六和他的儿子恺撒。

读信之后，大家热烈讨论着：教皇果真是敌基督者吗？

各人意见相差很远。风琴师鄂托·马布格承认他久已为了考虑这个问题心里不得安宁了，但他认为真正的敌基督者不是教皇，而是他的儿子恺撒——好多人推测，他的父亲亚历山大第六死后，恺撒自己要做教皇。马蒂诺修士则根据某圣书中的一段，断定敌基督者虽具人形，其实不是人，而是一种无形体的幽灵。因为照亚历山德里亚之圣齐里鲁士[1]说，"邪恶之子，在黑暗中走近来的，名为敌基督者，其实正是撒旦自己，正是那条大蛇，正是贝里亚，即降临尘世为君的"。

多马·史旺尼茨摇摇头。

"你错了，马蒂诺师兄。克里索斯托谟士之圣约翰[2]说得很明白：'那是谁呢？是撒旦吗？绝不是！而是一个具有撒旦形态的人；因为他有两种品性：魔性和人性。'此外，教皇和恺撒也都不会是敌基督者，敌基督者必须是童贞女的儿子……"

史旺尼茨从圣喜博里特[3]书中论"世界末日"的地方引了一段，又引了叙利亚人以法莲[4]的话："魔鬼将遮阴但[5]支派的一个处女，淫秽的蛇将钻入她的身体里面，她将怀孕而且生产。"

大家抢着问史旺尼茨，或者反驳他。他援引着圣喜隆尼谟士[6]、圣西卜里安[7]、圣伊伦纳[8]及其他好多教父的话。他讲述敌基督者的降世说：

"有些人说，他将生于加利利[9]，同基督一样；又有些人说，他将生于一个大城，这城精神上称为巴比仑或所多玛和蛾摩拉[10]。他的面貌将像'人狼[11]'的面貌，好多人将认为是基督的面貌。他将大显神

----

[1] 亚历山德里亚之圣齐里鲁士 Heilige Cyrillus von Alexandrien，三七六——四四四。
[2] 克里索斯托谟士之圣约翰 Johannes Chrysostomus，三一七——四〇七。
[3] 圣喜博里特 Heilige Hippolyte——三世纪时人。
[4] 叙利亚人以法莲 Ephraim der Syrer 死于三七九年。
[5] 但 Dan——以色列十二支派之一。
[6] 圣喜隆尼谟士 Heilige Hieronymus 死于四二〇年。
[7] 圣西卜里安 Heilige Cyprian 死于二五九年。
[8] 圣伊伦纳 Heilige Irenäus 死于三世纪初。
[9] 加利利 Galiläa——在犹太。
[10] 所多玛和蛾摩拉 Sodom und Gomorra——《旧约创世记》所记罪恶深重的两个城。
[11] 人狼 Werwolf——据中古的人迷信有一种巫士称为"人狼"，白天是人，夜里则变成狼在野外跑来跑去。

通。他对海说话，海就风平浪静了；他对太阳说话，太阳就黯然无光了；山将为他迁移；石头将为他变成面包；他将喂饱肚子饿的人，将医治病人、哑子、瞎子和跛子。他能否叫死人复活，我就不知道，因为《西比灵谶书》[1] 第三卷虽说'他将复活死人'，但教父们怀疑这句话。以法莲说：'对于精神，他无权力——non habet potestatem in spiritus.'那时地上四方列国，歌革和玛谷[2]，都要奔赴于他，地要为他们的营帐变白，海要为他们的船帆变白。他要集合他们在他的周围，要在耶路撒冷最高的上帝宝殿内登位，也要说道：'我是永在的，我是子和父。'"

"死狗！"马蒂诺修士喊起来，他再忍耐不住了，他拿拳头重重地打着桌子，"但是，多马师兄，谁肯信他呢？他连无知的童子也欺骗不了的。"

史旺尼茨又摇摇头。

"他们要信他的，好多人要信他的，马蒂诺师兄。他们要受他的假圣行所欺骗。因为他也要克制肉体，保持贞洁；他不亲近女人，不吃肉，不仅慈爱人类，而且慈爱一切有气息的生物。同林鸡一般，他也要诱惑别的鸡雏，用假甜蜜的呼唤去诱惑。他要说道：'大家都到我这里来呀，凡是辛苦的和劳碌的都到我这里来呀，我要宽慰你们……'"

"若是这样，"卓梵尼问道，"那么谁能认识他的真相呢？谁能揭破他的面具呢？"

修士用一种迫人的锐利的眼光看着他，回答道。

"没有一个人能认得他，唯有上帝能认得他。连那些大义人也不能认得他，因为他们的精神已经纷乱了，他们的思想已经糊涂了，他们看

---

[1]《西比灵谶书》Das Sibyllinische Buch——关于古罗马命运的一种谶书，罗马人很重视它，每逢有大灾祸时都要向它求卜。

[2] 歌革和玛谷 Cog und Magog——据《旧约以西结书》，歌革是玛谷地方罗施，米设，土巴诸国的王；据《新约启示录》，则歌革和玛谷系泛指尘世上反对基督的各国人民和君主之意。此处用的是后一个意义。

不见哪里是光，哪里是暗。地上将有悲哀，民间将有疑惑，自从创造世界以来从未如此悲哀和疑惑过。人类要对山说：'倒下来吧，把我们藏起来吧！'人类将在恐惧和等待的痛苦之中死去。痛苦将降临于人类，因为天的力已经动摇了。然后那个坐在最高上帝殿堂内宝座之上的，才开口说话：'你们害怕什么？羊群不认识牧羊人的声音了吗？你们这些无信的和狡诈的人！你们要看一个表记，你们一定看得见的。你们要看见'人子'到云端上来，审判活人和死人。于是他长成巨人，挟着魔鬼机智发明的飞翼，在轰雷和闪电之中，一群天使模样的年轻人拱卫着他，飞呀飞呀，飞上天去……'"

卓梵尼听着，面色苍白了，眼睛吓得发呆。他想起路加·辛诺勒里图画上那个被天使打到无底坑去的敌基督者衣裳上宽阔的折痕；他又想起雷翁那图的衣服给风飘在肩膀上如同大鸟飞翼的情景，当他在白山荒凉尖峰上看见师傅站在悬崖边缘的时候。……

隔壁大房间里，现在响着姑娘的喊声和笑声，原来那个学生不耐烦久听有关学问的谈话，溜到隔壁去了。那里又有人跑着、赶着，椅子碰翻了，玻璃杯打破了，汉士·卜拉特尔在同那个美貌的女侍者调情。

以后忽然寂静无声了，一定是他捉着了那个姑娘，吻了她，把她抱在怀里。

琴弹起来，还唱着一首老歌：

> 亲爱的酒侍，美貌的姑娘，
> 你像玫瑰花一般好看和清香，
> 我向你唱赞美歌，赞美圣母娘娘，
> 哪怕老板是狐狸，是光棍流氓，
> 但是一切教堂都比不上这儿醋畅。
> 我们的道袍，念珠兼秃顶，
> 抵不了爱神的飞箭攻心，

510

只要你肯给我一个吻，

即使在柴堆上烧死了，我也甘心。

斟给我吧，那葡萄的美汁，

我不怕神父们闲言喋喋；

因为我知道得清澈：

这儿罗马只听得见黄金声响，

经典呢早已不知去向！

罗马是个强盗窠巢，

前面唯有一条地狱道路好走。

教会变了分赃的机关，

教皇变了强盗的头脑！

那么快给我一个吻呀，卿卿！

Dum vinum potamus——

赞美巴库斯呀，酒神，

Te Deum laudamus!

多马·史旺尼茨倾听着，他的肥胖的面孔含着快活的微笑。他举起了酒杯，杯中闪耀着淡金色的莱茵葡萄酒。他用那微细而颤动的声音和唱着这首第一次向罗马教会举起叛旗的老歌：

赞美巴库斯呀，酒神，

Te Deum laudamus!

雷翁那图在罗马圣神医院里研究解剖学，贝尔特拉非奥做他的助手。

艺术家觉得卓梵尼总是愁眉苦脸的，有一天遂邀他到梵蒂冈宫里去散散心。

　　那时西班牙人和葡萄牙人都来请求教皇亚历山大第六，要他解决他们之间关于不久之前哥伦布新发现的大陆和岛屿的所有权的争执。教皇现在要最后确定那条划分地球的界线了——十年前第一次听到发现新世界的消息时，他就划下了这条线。圣父延揽了许多有学问的人来商议，雷翁那图也是其中之一。

　　卓梵尼起初拒绝不去，但后来好奇心战胜了他，他要亲见教皇一面，因为他听到了关于当今教皇的许许多多的议论。

　　第二天早晨，两个人都进梵蒂冈宫里去。他们走过教皇大殿，即是亚历山大第六授予恺撒金玫瑰的地方，然后踏进内室去，即所谓基督室和圣母室，最后才到教皇会客厅。穹隆上以及拱门之间半圆形地位上，都由平杜黎启奥[1]画了《新约》书中和圣者传中的种种故事。

　　这些图画旁边还画着异教神话。尤比德的儿子太阳神鄂绪里斯，从天上下凡，与地神伊丝士[2]结婚。他教人类耕种土地，收获果实，栽培葡萄。人类把他杀死了，但他从坟墓中复活，又现身为白公牛，无疵的阿卑士。

　　罗马教皇厅里画着这两种图画：《新约》故事图和波尔查家金牛化身为阿卑士神之图，对照起来虽令人有奇异之感，但这两种故事：耶和华儿子的故事和尤比德儿子的故事，都渗透了同一乐生感情，互相调和着。温柔的山丘好像寂寞的翁布里亚[3]一带的山丘，其间细长的新柏在风中低昂，天空中翱翔着的鸟儿唱着春之恋歌。圣以利沙伯[4]拥抱着圣母，祝道："你所怀的胎是有福的！"那旁边，一个小小的侍童正在教一只小小的狗用后腿站直起来。但鄂绪里斯和伊丝士结婚图中也有一

---

[1] 平杜黎启奥 Pinturicchio，一四五四——一五一三，原名 Bernardo Betti，意大利宗教画家。
[2] 鄂绪里斯和伊丝士 Osiris und Isis——二者都是埃及神话的神。
[3] 翁布里亚 Umbria——在秘鲁查城郊外。
[4] 圣以利沙伯 Heilige Elisabeth——施洗约翰的母亲，故事见《路加福音》。

个裸体小鬼骑在一只做牺牲用的鹅背上。这一切都表现同样的欢乐。在一切装饰图案之中、在花球中间、在拿十字架和香炉的天使中间、在拿提苏杖和果篮而跳着的山羊脚的牧羊神中间，都藏着神秘的公牛，那只金红色的兽——好像这一切欢乐都是因它而起的，犹如一切光明出自太阳。

"这是什么呢？"卓梵尼想道，"这是亵渎神圣呢，还是孩童的天真？胎儿在腹内跳动的以利沙伯和对着丈夫的分裂肢体而哭泣的伊丝士，面容上不是表现同一的神圣感情吗？亚历山大第六跪拜那复活的基督时和埃及祭司献祭那被人类杀死而又复活为阿卑士的太阳神时，各人面容上不也是表现同一的虔诚和同一的陶醉吗？"

可是那个神，波尔查家徽上画的那只金牛犊，为人们所焚香跪拜和颂赞的，不是别人，正是这位罗马教皇自身。诗人们简直尊他为神！

> 恺撒的罗马，
> 不如今时大：
> 当初恺撒还是一个人，
> 亚历山大则是一个神。

但比一切矛盾更加惊吓了卓梵尼的，却是人和兽之间这般调和无间。

他一面细看图画，一面听着在厅内等待教皇的那些贵人的闲谈。

"您从哪儿来的，贝尔特兰图？"红衣主教阿波黎亚问费拉拉使臣。

"从大教堂来的，大人。"

"圣上怎么样？他不很疲倦吗？"

"毫不疲倦。他做了弥撒，做得非常好，不能再好的了。又庄严，又神圣，又天使一般美丽。我当时觉得不是在尘世上，而是在天堂上，在上帝手下诸圣者中间。当教皇奉起圣饼和圣酒的时候，不仅我一个人，还有好多其他的人都哭了。"

"红衣主教弥迦勒究竟害什么病死的呢？"不久之前才进来的法国使臣问道。

"他吃了或喝了一样什么东西，胃里不消化。"文书官朱安·洛别茨低声回答。他是个西班牙人，亚历山大第六手下官吏大多数是西班牙人。

"据说，"贝尔特兰图插话说，"星期五，弥迦勒主教死后第二天，圣上急欲见面的西班牙使臣来见时，圣上竟不能接见。他说，他为了主教去世感觉烦恼和忧愁，不能见客。"

这个谈话，除了表面的意义之外，还含有秘密的意义：主教去世惹起教皇的烦恼和忧愁，这意思是说他整天数算死者的钱财；主教胃里不能消化的饮食，这意思也是指一种有名的波尔查家毒药，一种甜蜜的白粉，食下去依照预定的时间慢慢地发生效力，或者是一种西班牙蝇，晒干磨成粉末筛过的。教皇自己发明了这种迅速而容易的敛钱方法。他很注意考察所有红衣主教的进款，每逢他要钱用时，他就送一个他认为是足够有钱的主教上天堂去，而自立为死者财产的继承人。所以人家说，他喂养红衣主教们，如同喂养猪猡。他的司仪官德国人约翰·布哈德，在笔记内描写教堂典礼之中，也时常很简单地提及某红衣主教的忽然死去："他喝了那个杯子了。"

"据说，"一个侍从彼德罗·卡兰察问道，他也是西班牙人，"红衣主教孟勒阿尔昨天夜里也病了，是真的吗？"

"真的吗？"阿波黎亚喊起来，"他害的什么病呢？"

"我不大清楚。据说是恶心、呕吐……"

"天啊，天啊！"阿波黎亚重重地叹口气，他又按着指头数道，"红衣主教奥西尼、费拉里、弥迦勒、孟勒阿尔……"

"恐怕是此地的空气，或者底伯河里的水，不利于诸位大人吧？"贝尔特兰图插话说，话里含有嘲谑意。

514

"一个又一个！一个又一个！"阿波黎亚低声说，他的面孔没有人色，"今天活着，但是明天……"

大家都不作声。

一群贵人、骑士、卫兵（教皇侄孙罗德里格·波尔查统带的）、侍从及教廷其他官吏，从隔壁巴巴加洛大厅走进来。

"圣父来了！圣父来了！"起了一阵敬畏的低语，然后又寂静了。

人群中起了骚动，腾出地位。各门齐开了，教皇亚历山大第六走进厅里来。

他年轻时是个美男子。据说，那时他只消看女人一眼，就可以煽起女人的欲火，好像他眼中有一种魔力能吸引女人，犹如磁石吸引铁。现在，他的面貌还是庄严的和美丽的，虽然由于太肥胖缘故，线条有点模糊了。他的面色是晦暗的，他的脑壳光秃得只剩下后脑稀疏的几根毛；他有一个大鹰鼻，一个下垂的双下巴，一双非常生动活泼的小眼睛，两片肥厚柔软而突出的嘴唇，这些显得他的面貌含有一种淫荡的、狡猾的而又小孩子般天真的神气。

卓梵尼要在这个人的外表找寻什么恐怖或残酷的痕迹，但找寻不到。亚历山大·波尔查非常懂得交际礼貌，他具有一种天生的得人欢心的魔力。凡他说的话，做的事，人家总觉得必须是这样说的，这样做的。

"教皇有七十岁了，"一位使臣写道，"但他一天比一天更年轻些，他的最重大的忧愁没有能压抑他至一天以上的。他有一种快乐的本性，凡他进行的事情都能遂心如意。此外，他想的并没有别的事情，除了为他的儿女的光荣和幸福。"

波尔查的家谱，可以追溯到加斯蒂尔[1]地方的穆尔人，他们原是

——————
[1] 加斯蒂尔 Castille——西班牙的大高原。

从阿非利加洲迁移来的。亚历山大第六的晦暗的皮色、肿胀的嘴唇和火红的眼睛，确能令人相信他的血管里流着非洲人的血。

"除了平杜黎启奥这几幅壁画，"卓梵尼自己说道，"对于教皇再没有更好的背景了。这几幅画是用来颂赞老阿卑士神，即太阳所化之公牛的。"

老波尔查虽然有七十岁，还是健康和强壮的，如同公牛，的确像他的家徽上那只金红色的牛犊的后代——那牛犊是太阳神，是乐生，是欢愉，是茂盛。

亚历山大第六走进大厅来，一面同那个犹太金匠所罗门·达·塞沙谈着话。瓦棱蒂诺公爵那把剑上朱理亚·恺撒凯旋之图就是这个犹太人刻的。他特别得圣上恩宠，因为他在一块平坦的大绿玉上，模仿古代宝石雕了一尊加里皮哥之维纳斯像[1]，雕得如此之合乎教皇的意，教皇竟教人拿这宝石镶在十字架上面。亚历山大每逢在圣彼得大教堂做礼拜时都是拿这个十字架替民众祝福的，所以他每次拿这十字架放在嘴唇上时候，他吻的乃是那位美貌的女神。

但是亚历山大并非不信上帝的：他不仅遵守着教会一切外表的规条，在他的内心深处也是虔诚的。他尤其崇拜圣童贞玛丽亚，以之为她的特别保护人，认为她总是在上帝面前热烈替他祈请的。

现在他向这犹太人所罗门定制一盏灯，为了民众玛丽亚教堂之用。他捐这灯给教堂是为了替吕克列沙小姐病愈还愿的。

教皇现在坐在窗子旁边，细看他心爱的那些宝石。他的美丽的手的细而长的指头，有时摸着这颗宝石，有时又摸着那颗宝石，一面突出那两片贪婪的淫荡的嘴唇。

他特别心爱的是一颗大玛瑙石，颜色阴暗过于绿玉，但放射出金紫

---

[1] 加里皮哥之维纳斯像 Venus Kallipygos——古代留下来的维纳斯雕像之一，现藏拿波里博物馆。

色的神秘光芒。

他叫人从他的珠宝房里取来一匣珍珠。

他每逢开这珠匣时，总要想起他的爱女吕克列沙，她是如此相似一颗淡灰色的珍珠。他用眼睛在候见的人群中寻觅他的女婿费拉拉公爵，亚尔丰梭·德·厄斯特派来的使臣，寻到了，喊他近前来。

"听着，贝尔特兰图，不要忘记了向我讨礼物给吕克列沙小姐。你见了她的叔叔，空手回去，她是不高兴的。"

他自称为叔叔，因为正式文书不说吕克列沙小姐是教皇的女儿，而说是他的侄女，教皇本不许有嫡亲儿女的。

他在珍珠匣里摸掏，结果掏出一粒榧子大的长形的玫瑰颜色的印度珠，一个无价之宝。他拿起来对着亮光看，心里很快活。他想象着，这颗珍珠系在吕克列沙小姐的淡白色的胸前，由她的黑衣服衬托起来，将如何好看。但他还在踌躇，这颗珍珠究竟送给费拉拉公爵夫人好呢，还是送给圣童贞玛丽亚好呢？可是他立即对自己说：许了天后的东西，转送给别人，是一件罪过，于是把这珍珠交给犹太人之手，命令他镶在那盏灯上面最显眼的地方，夹在那颗大玛瑙石和苏丹送的一块红玉中间。

"贝尔特兰图，"他又转脸同费拉拉使臣说话，"你看见公爵夫人时候，请你告诉她：我要她好好保养身体，要她在天后像前热烈祈祷。感谢上帝和童贞玛丽亚，我的保护人，你看见，我身体非常好，现在替她祝福。至于礼物，那我今晚就叫人送到你的公馆去的。"

西班牙使臣走近珍珠匣旁边来，很恭敬地喊道：

"我还未曾见过那么多的珍珠哩！这些至少有七升吧？"

"八升半哩！"教皇很得意地纠正他，"是的，很可以夸耀的。我的珍珠是很好看的。我费了二十年搜罗这些物什。我的女儿很爱很爱珍珠。……"

他眯着左眼，笑起来，一种轻声的奇异的笑。

"这丫头晓得，珍珠同她很配称的。"接着，他又很庄重地说，"我愿在我死后，吕克列沙是全意大利有最美丽的珍珠的人。”

他双手都放在珍珠匣里去，把珍珠捧起来，又让它们从指缝中滑下去，看着这些温柔灰白的颗粒，听着轻微的滑落声音，很觉开心。

“这一切都要给她的，给我的亲爱的女儿的。”他说，同时咽了一口气。

忽然，他的火红的眼睛流露出一种神气，使得卓梵尼背脊上发了一阵冷战，卓梵尼不由地想起了人家传说的老波尔查对于他的亲生女儿含有乱伦的欲念的话。

人们通报恺撒来见圣上。

教皇为了一件很重要的事情召了他来。原来，法兰西国王，经过他派驻梵蒂冈的使臣，表示他对于瓦棱蒂诺公爵阴谋危害佛罗伦萨共和国之气愤。这个共和国是受法国保护的。法兰西国王又责怪亚历山大第六庇护他的儿子这个阴谋。

教皇得到他的儿子来见的报告时候，便偷偷看了法国使臣一眼，走近这个法国人身边，在他耳朵里说了几句话，好像偶然地拉他到恺撒候见的房间的门口去。然后教皇走进这房里，又好像偶然地让房门半开着，使得站在房门近旁的人都能够听着房里的谈话。法国使臣也是这些人当中的一个。

不久他们就听着教皇气愤叫喊。

恺撒要安静而恭敬地回答他。但是老头子顿脚，叫喊得更厉害：

“滚出去吧，离开我的眼睛！要把你吊死的，你这狗子，你这婊子儿子！……”

“天啊，您听到了吗？”法国使臣低声问他身边的威尼斯公使安东尼阿·朱士蒂良尼说，“他们还要打架的！圣上还要打他的儿子的！”

朱士蒂良尼只耸一耸肩膀。他明白，如果打起架来，只有儿子打父亲，不会有父亲打儿子的。自从恺撒杀死了他的亲兄干底亚公爵之后，教皇看见他就发起抖来了，虽然现在还更加爱他。教皇心里，父亲的得意之中杂有迷信的恐怖。大家也知道，那个青年侍从毕罗托，为了得罪恺撒逃至教皇身边，躲在教皇袍子里面，恺撒竟在父亲胸前刺死他，以致鲜血喷了父亲一脸。

朱士蒂良尼又觉得，现在这个争吵，不过是做戏罢了：父亲和儿子都要欺骗法国使臣，要向他表明，即使公爵对于佛罗伦萨不怀好意，但教皇是不与闻的。朱士蒂良尼时常说这两父子在演双簧：父亲只说不做，儿子只做不说。

公爵告退时，教皇拿父亲的诅咒和教会的驱逐来恐吓他，然后自己气愤得发抖回到大厅来，喘息着，揩去红面孔上的汗珠。唯有他的眼睛深处闪耀着一种快乐的光辉。

他走向法国使臣身边，又把这个法国人拉到旁边去——这次是拉到那通往美景院的门龛下去的。

"圣上，"那个有礼貌的法国人表示歉意，"想不到为了我的事情致使圣上生气……"

"唔，你听着了?"教皇假意表示惊讶，很和悦地问他，又不让他有思索的余暇，便用两个指头拉着他的下巴，同父亲对儿子一般的亲爱，这是亚历山大第六特别宠爱人的一种表示。他说话，说得很快、很流畅，滔滔不绝地说他如何忠实于法兰西国王，公爵的本意又如何良好。

使臣听着，糊涂得很。他手里虽然持有差不多不可否认的阴谋证据，但他居然不信任自己的眼睛而去信任教皇的眼睛、面貌和声音了。

老波尔查扯谎扯得很自然。他并非预先想好了他的谎话，而是随口而出的。他的扯谎是清白的而非故意的，正如对女人们说情话一般。他的一生都在练习这个本事，练得如此成功，使得所有的人都相信他，虽然都明知他是在扯着谎，或者如马基雅维利说的，他是在"为了最不愿做的事情发最多的誓"。他的扯谎的秘密就在于他自己也信了他的谎话，正如一个艺术家把他自己的幻想看作真实一般。

同法国使臣谈了话之后，亚历山大第六便去同他的秘书长秘鲁查红衣主教弗郎西斯果·勒谟里诺·达·伊列大说话。这位主教就是当初奉命去审判和烧死萨逢拿罗拉的。主教拿着那张关于出版检查的诏书等候签字。这张诏书文字是教皇自己起草的。

诏书中有一段说：

> 我承认印刷很有用处，这个发明能使真理永存且为大众所能接近，但我要预防自由思想和诱惑性的书籍之危害于教会，所以凡不得主教或副主教允准之书籍皆不许印刷。

诏文宣读之后，教皇便向红衣主教们望了一眼，循例问道：

"Quid videtur？（你们有何意见？）"

"除了印刷的书之外，"红衣主教阿波黎亚建议道，"我们不可以采取什么办法来取缔那些手抄的著作吗，譬如无名氏著的《致保罗·萨维利的信》……"

"我知道，"教皇打断他的话，"伊列大拿给我看过。"

"圣上既然知道了，那么……"

教皇直看着他的眼睛。这位主教惶恐起来。

"你的意思是要问：我为什么不追究吗，为什么不设法查出写信的人吗？啊，我的孩子，控告我的人，如果控告的句句是实话，那我怎能追究呢？"

"圣上！"阿波黎亚害怕得喊了起来。

"不错，"亚历山大第六用庄严而动人的声音说下去，"控告我的人是有道理的！我是最坏的罪人，我是贼，是骗子，是淫棍，是杀人凶手！我全身发抖，我在人面前不知何处躲藏是好。将来到了基督可怕的审判时候，又要怎么样呢？那时连义人也要惊惶的！……但是主活在一天，我的灵魂也活在一天！也是为了我，我的主才去被人判刑，被人戴上荆棘冠冕、鞭打、钉十字架，死在十字架上。他的一滴血，就足够洗清我的罪，洗得如同雪一般白了！你们控告我的人，你们当中是谁晓得上帝仁慈到什么程度呢，才敢如此对一个罪人说：你定了罪永不得赦免了！义人们尽管在上帝面前替自己辩护吧。我们罪人，我们只能够依赖谦卑和忏悔。因为我们知道，没有罪便没有忏悔，没有忏悔便没有解救。所以我犯罪，我忏悔，我又犯罪，我又为了我的罪而哭泣，同税吏一样，同卖淫妇一样。是的，主啊，强盗在十字架上称颂你的名，现在我也称颂你的名！判我有罪的人，他们自己也是有罪的。但即使不仅是人判我有罪，连所有天使和所有在天的圣者都判我有罪，都抛弃我，我也不沉默的，我也不放弃向圣童贞玛丽亚、我的保护人求告的，因为我知道她一定要施恩于我，她一定要施恩……"

他呜咽起来，他的肥胖的身躯都震动了，他伸长两臂向着厅门上画的圣母像。好多人相信，当初平杜黎启奥画这圣像时，是遵照教皇嘱咐，将美貌的罗马女人朱丽亚·叶纳丝的面貌画上去的，她是亚历山大第六的情妇。

卓梵尼看着、听着，又怀疑着：这是说笑呢，还是信仰？或者二者都是？

"但是我还有一点要告诉你们的，"教皇说下去，"就是：重要的并不是要替我自己辩护，而是要尊崇上帝。写那封《致保罗·萨维利信》的人，说我是个异端邪说者。但是上帝可以替我做证，我没有犯这个罪！你们自己——不，你们不肯当我的面说实话的，但是你，伊列大，我知道唯有你爱我，你看进我的心，你不是一味奉承的人。你对我说吧，弗郎西斯果，你说，同在上帝面前一样说：我犯了异端邪说之罪吗？"

"圣父，"这位红衣主教很感动地回答，"我怎能审判你呢？你的最恶毒的敌人，若是读了你的著作《罗马神圣教会的盾牌》之后，也一定承认你没有犯异端邪说之罪的。"

"你们听到吗？你们听到吗？"教皇喊起来，一面指着伊列大，得意得如同小孩子一般，"如果他判我无罪，上帝也要判我无罪的。别的话我不说，但是我们这个时代的反叛精神、自由思想、异端邪说，则我毫无沾染！我的灵魂没有一丝一毫无神的思想或怀疑，我的信仰是纯洁而不动摇的。但愿今天这个关于出版检查的诏书，也能替上帝神圣教会做个金刚石一般坚固的新盾牌！"

他拿起笔来，在羊皮纸上签了字。字体粗大而笨拙，同小孩子写的一般，但很威严。他签道：

钦此奉行！亚历山大第六，主教，上帝仆人之仆人。

两个掌管教皇玺的修士，悬挂一个铅丸在一条通过羊皮纸裂缝的丝绳上面。他们拿铁钳把铅丸压成一个平坦的印，上面刻着教皇的名和一个十字架。

"主啊，现在赦免你的仆人的罪过啊！"伊列大低声说，一面在幻想的热情中抬起他的狂热的凹眼睛望着天上。

他真的相信：如果拿个天平来，把波尔查的一切罪孽放在一头，又把这个出版检查诏书放在一头，那么放诏书的一头要比较重些的。

一个侍从走到教皇身旁，在他耳边说了几句话。亚历山大便带着着急神气走进旁边房间去，从那里再走进一个藏在壁帷后面的小门，而到了一条给挂灯照着的狭窄的走廊，中了毒的红衣主教孟勒阿尔家的厨子，在那里等待他。教皇听到风声，说毒药分量不够，病人又复原了。

他很详细地询问厨子，结果得到令人放心的结论：原来这位主教虽然暂时好了，二三个月后仍要死去。如此一来还更好些，因为什么嫌疑都没有了。

"这个老头子确实是很可惜的，"他心里想，"他是个快乐而和气的人，又忠实于教会。"

他很难过地叹了气，垂下头来，突出他的肥厚而柔软的嘴唇。

教皇并不说谎。毒死这位红衣主教的事情的确使他心里难过。如果不用这个手段能够取得主教的财产，那他是很快活的。

回到大客厅来时，路过自由艺术厅，那里时常设宴招待少数的客人。现在他看见宴席已经摆好了，肚里不觉饿了起来。划分地球的事情只好推到下午去了，圣上于是邀请客人入席。

席上，水晶盆中饰着白色的鲜百合花，那是报知之花，是教皇特别喜爱的，因为这种花的处女样的美丽，令他记起了吕克列沙小姐。

宴席并不丰盛，亚历山大第六是以饮食淡薄著名的。

卓梵尼站在一群侍仆中间，倾听酒席上的谈话。

文书官朱安·洛别茨把话题转到今天圣上同恺撒争吵上面去，他热烈地替恺撒辩护，好像不知道那一切都是假装的。

大家同意他的话，大家称赞恺撒的德行。

"唔，不！不！不要说这种话！"教皇摇头回答，带着生气的温柔神态，"你们还不晓得他是个什么人哩！每天我都提心吊胆等待着他又要玩了什么把戏出来。你们想一想我的话：他还要叫我们大家都倒霉的，他自己也要折断颈项的……"

他的眼睛流露出父亲的得意神态。

"他还肯听谁的话呢？你们认识我，我是一个坦白而诚实的人。我心里想什么，嘴里也说什么。但是恺撒，天晓得，总是阴阴沉沉的。你们信我的话：我虽然常常吆喝他、骂他，但我心里害怕。是的，我害怕我自己的儿子。他总是很恭敬的，甚至于太过恭敬了，但如果他忽然瞪眼望我时，我就觉得有什么东西刺着我的心。……"

客人们更加热烈地替公爵辩护。

"好的，好的，我知道了，我早知道了。"教皇带着狡猾的笑容说，"你们爱他，同爱你们的孩子一般，不愿听人家说他坏话……"

大家都不作声了。他们不知道，他还想听些什么样的称赞的话。

"你们总是说他这样那样，"老头子说下去，他的眼睛射出真正快乐的光辉，"但我明明白白对你们说，你们当中没有一个晓得恺撒是什么人！孩子们，听我说吧，我要把我的心底的秘密告诉你们，并非我自己夸耀他，而是一个更高的神意夸耀他。有两个罗马，第一个罗马把地上的一切人民团结在它的刀剑权力之下。但'凡动刀的必死于刀下'[1]。所以罗马灭亡了。所以地上没有什么统一的权力，人民分崩离析，如同没有牧人的羊群。但是没有罗马，世界就不能维持下去的！新罗马要在精神权力之下团结一切人民，但人民不来团结，因为经上写道：'他必用铁杖管辖他们。'单单精神的杖，对于世界没有权力。我是第一个教皇，给上帝教会这把刀，这根铁杖，去管辖人民，把他们结合为一个大群。恺撒就是我的刀。看哪，两个罗马，两把刀，要结合起来了；教皇要做恺撒，恺撒要做教皇；于是精神之国，由刀剑之国支持着，将常存于'永久的罗马'当中！"

教皇不作声了，抬起眼睛望着天花板，那里画的红兽，如同一个太阳放射金色的光辉。

"阿门！阿门！但愿如此成就！"罗马教会那些贵人和主教同声礼赞。

厅内是闷热的。教皇头昏了，与其说是因为喝了酒，毋宁说是因为梦想他的儿子的伟大而陶醉。

大家走出阳台上来，俯瞰着底下美景院。

院内，马夫们正从马厩里牵出牡马和牝马。

"放它们出来吧，阿尔丰梭！"教皇对着马夫头脑叫喊。

阿尔丰梭懂得这话的意思，便照着做了。看着牡马和牝马交尾，是亚历山大第六最喜欢的娱乐之一。

---

[1] "凡动刀的必死于刀下"——耶稣说的话，见《马太福音》第二十六章第五十二节。

马厩的门都开了，鞭子响着，一大群马儿很快乐地嘶鸣着，跳出院子内来。牡马追赶牝马，一对对地交起尾来。

教皇在红衣主教和教会贵人包围当中看了许久都不厌倦。但后来，他的容颜渐渐黯然了。他想起了几年之前他同吕克列沙小姐一起欣赏这个游戏。于是女儿的容貌就活现在他的脑中：金黄头发，蓝眼睛，同父亲一般肥厚而富肉感的嘴唇，新鲜而温柔同珍珠一样，无限的随顺和恬静，处在罪过之中而不知罪过，陷于最可怕的恶行，却又是纯洁的和淡泊的。教皇满含怒意和仇恨想起了他现在的女婿，即她现时的丈夫费拉拉公爵阿尔丰梭·德·厄斯特。当初为什么把女儿嫁给他呢？为什么答应这件婚姻呢？……

他深深地叹了气，垂下头来，好像忽然感到年龄的重量压在他的肩上，然后他回到客厅里去。

这里已经准备好了地球仪、地图、圆规和罗盘，为了划那条大经线之用的。这经线定好要在亚佐尔岛和维德岬西边三百七十个葡萄牙里地方划起。所以要在这个地方划起者，因为据哥伦布说，这个地方乃是"大地的肚脐"，乃是那个梨尖形的，像女人奶头的、向月界耸起的高地。他第一次航行时，磁针的偏向使他确信有此高地存在。

一面从葡萄牙最西的尖端，另一面从巴西海岸，到此经线之距离应当是相等的。至于距离多远，则待以后航海家和天文家根据旅行日数去详细规定。

教皇做了一个祈祷，用十字架给地球仪祝了福，这十字架上镶有那雕着加里皮哥之维纳斯像的绿玉。他然后拿起一支小画笔来，蘸了红墨水，从北极到南极通过大西洋划了一条界线：在这界线以东已发现和未发现的一切陆地和岛屿都属于西班牙所有，以西则属于葡萄牙所有。

他如此一举手便把地球分成两半了，如同分苹果一样分给基督教国家。

在此时候，卓梵尼觉得亚历山大第六威严而伟大，完全自觉着他的权力，真像他所预言的世界统治者"教皇兼恺撒"，真像灵凡两界的统一者。

当天晚上，恺撒在梵蒂冈宫中他的邸宅款宴教皇和红衣主教们，招了五十个最美丽的罗马妓女来侍候。宴席散后，窗板和门户都关闭了，桌上那些银制的大烛台都拿下来放在地上。恺撒、教皇和众宾客，都把那些焙熟的栗子抛给姑娘们，要她们全身赤裸、四肢着地，在地下无数蜡烛之间爬来爬去，把栗子捡起来。她们在地下抢着、笑着、喊着、倒下去。不久，在光耀将烬的从地下亮上来的烛光之中，就有一大堆褐色的、白色的和玫瑰色的人体倒在圣上脚下了。

这个七十岁的老头子快活得同小孩一个样：他一把把抓起栗子往地下丢，大声拍掌，叫那些妓女作他的"小鸟儿"。

但不久，他的容颜又渐渐黯然了，同下午在美景院上面阳台上一个样。原来他又想起了一五〇一年万圣节夜里，他曾同吕克列沙小姐、他的爱女，欣赏过这个栗子游戏。

散场之后，众宾客都到教皇的私室去，即所谓基督室和圣母室。这里，那些妓女和公爵的罗曼雅卫队中最强壮的兵士在做"爱的竞赛"，胜利者得到奖品。

人们便是这样在梵蒂冈宫中庆祝着这一个日子！这一天有两件大事：分割地球和制定书刊检查，足为罗马教会的纪念。

雷翁那图参加了宴会，什么都看见了。奉邀参加这种宴会乃是最高的恩宠，不能推辞。

艺术家回家来之后，当夜，在笔记上写道：

塞尼卡说得很对："每个人都是神和兽的混合体。"

接着他又在一幅解剖画旁边写道：

我认为，具有粗俗的灵魂和卑鄙的情欲的人，不配生着美而巧妙的身体，同智慧高超的人一样。两头开口的一种袋子就够那种人做身体了！一个口容纳食物，一个口则排泄食物。因为事实上他们也不过是食物通过的一种管子，制造粪便之用的。他们唯有形态和声音像人，其他一切连畜生也不如。

第二天，卓梵尼看见师傅在工作场画他的圣喜隆尼谟士像。

一个山洞里，一个狮子洞里，这位隐士跪在十字架前面，拿一个石头猛力敲自己的胸膛，以致躺在他的脚下那只驯狮张开大口望着他的眼睛，一定是忧愁地长吼着，为了怜悯这个人。

卓梵尼不由得想起了雷翁那图另一幅图画，想起了白列达和白天鹅之图，想起了这个淫欲女神之图，当初在萨逢拿罗拉点的火堆上烧去了的。同往常一样，卓梵尼又自问道：这两个如此相反对的深渊，师傅的心究竟接近于哪一面呢？或者是同样接近于两方面呢？

夏天到了。罗马城里流行着从邦丁沼泽[1]发生出来的热病疟疾。七月底和八月初，没有一天不死去教皇身边一二个人。

最后几天，教皇变得坐立不安，忧愁得很。但并不是害怕死，而是为了另一件事情：思念吕克列沙小姐。以前他就发过几次这种狂野的盲目的昏迷得近于疯癫的相思病了。他害怕这种病，觉得若不得见吕克列沙小姐一面，他就要死去的。

他写信给吕克列沙，请她来，哪怕只来几日，他希望来了之后可以强迫她留住不走。她回信说她的丈夫不放他来。老波尔查并不害怕什么罪孽，如果办得到的话，他也要消灭这个最后的最可恨的人，同消灭以

---

[1] 邦丁沼泽 Pontinischen Sümpfe——罗马附近一个广大的平原区域，纵横有一千五百平方公里，古时是个富饶的区域，但因水政失修，沦为沼泽，不仅毫无出息可言，且以其污秽危害于邻近区域，尤其罗马城。

圣喜隆尼谟士

528

前吕克列沙所有的丈夫一样。但是对于费拉拉公爵开不得玩笑：他有全意大利最好的炮兵。

八月五日教皇到红衣主教阿德里亚诺·狄·科纳托的郊外别墅去。晚饭时，不顾侍医劝告，他食了他心爱的加了很浓香料的菜，喝了很厉害的西西里酒，在危险的罗马晚凉中坐了很久。

第二天早晨，他觉得不舒服。后来据人说，教皇从打开的窗子看见两口棺材抬过去。一口是他的一个侍从的，另一口是古叶谟·莱蒙底先生的。这两个死者都是很胖的人。

"这是我们胖人的危险时代！"教皇感叹了这一句话。

他刚说了这句话，就有一只斑鸠从窗外飞进来，头触着墙壁，昏倒在圣上脚底下。

"不祥的兆头！不祥的兆头！"教皇吓得面无人色，低声喊起来。他立刻退到寝室去。

夜里就恶心和呕吐。

御医们的意见各不相同。这个人说是"三日热"，那个人说是"黄疸"，第三个人又说是"中风"。城里纷纷传说教皇被人下了毒药。

他一点钟比一点钟衰弱下去。八月十六日，人们决定使用最后的手段：把一种宝石捣碎来做药。但服了之后病更加重了。

有一天，他恢复了知觉，在胸前衬衣之内摸索着。好多年以来，亚历山大第六便带着一个小金球在身上，其中装着一点儿基督的肉和血。那些星士对他说过：有这个东西带在他身上，他就不会死去的。这个东西现在不见了，是他自己遗失了呢，还是身边有个希望他死的人把它偷去了呢？仍是无法知道的。他听到这个东西找不着时，便绝望地闭了眼睛，说道：

那么我一定要死了。完了。

八月十七日早晨，他自己觉得临死一般疲倦，便叫众人都出去，单留下他的得宠的侍医温诺沙主教。他向医生提起教皇以诺尊爵第八的御医，一个犹太人，发明的一种治疗法：拿三个小孩子的血注入临死的教皇的脉管里。

"圣上也知道这个试验结果怎样吗?"主教问道。

"我知道，我知道，"教皇含含糊糊说，"但是那次失败，也许是因为用的是七八岁的小孩子。必须用很小的、吃奶的……"

主教没有回答。病人的眼睛迷乱了，他已经在做幻想。

"是的，是的，顶顶小的……白的……他们的血是干净的，红的。……我爱小孩子……Sinite parvulos ad me venire……（让孩子们到我这里来，不要阻拦他们。……）[1]"

基督在尘世的代理人，临死时昏迷中说这种话，连这位习见一切绝不动心的主教也害怕起来了。

教皇的手，用着一种单调的、绝望的、痉挛一般迅速的动作，同溺水的人一样，仍在胸前摸索着那个装着基督的血和肉的小金球。

在他病中，他未曾有一次思念他的儿女。恺撒也病得要死的消息，他听着漠不关心。人家问他有什么最后的遗言给他的儿子或女儿的时候，他就不作声转过脸去，好像他一生如此狂爱的两个人此时对他已不存在了。

八月十八日，星期五早晨，他向他的忏悔师加里诺拉主教彼罗·刚包亚行了忏悔，受了圣餐。

晚上，做临终祈祷。临死者屡次表示要说话或打手势。红衣主教伊列大屈身向着他，听着他的嘴里微弱的声音，猜出了他要说的是：

快点，快点!《悲哀的母亲站着》……

---

[1]"让孩子们……"——这是耶稣说的话，见《路加福音》第十八章第十六节。

依照教堂的规则，这个祈祷文不能在临终时候念的，但伊列大还是不忍违背他的老友的最后愿望，于是念着这祈祷文说：

> 悲哀的母亲，你站着，
> 看你的儿子钉在十字架上，
> 你的灵魂好像被刺了一剑。
> 你眼见儿子如何受苦，如何死亡。
> ……
> 不要把我推开啊，童贞女！
> 让我与你站在一起，
> 在这血淋淋的十字架地。
> ……
> 因为，你看见了，我的心在渴望，
> 渴望受苦，同你的儿子一样。
> 童贞中之童贞啊，爱的泉源！
> 我愿享受十字架上的苦难，
> 你的儿子的苦难！
> 为的我有了这爱的火焰，
> 在悲哀和痛苦中间，
> 使我得见天国的荣显。

一种说不出的感情从亚历山大第六的眼睛中流露出来，好像他看见他的特别保护人圣童贞玛丽亚已经站在他的面前。他用尽最后的力量伸出手臂、发抖、要坐起来，用断断续续的声音说："不要把我推开啊，童贞女！"然后又落在枕头上，断气了。

此时，恺撒也是半死不活的。

他的侍医、主教加斯帕·托勒拉，用一种很不平常的治疗法医他：医官叫人把一只活骡肚皮剖开了，将这冷得发抖的病人藏在那个热气腾腾的血淋淋的肚皮内，以后发热时又叫人将他浸在冰冷的水中。恺撒的病居然好了，出于这种治疗法的少些，出于他的铁的意志力的更多些。

在那危险的几天，他也是完全镇静的，注意一切事变的发展，听取报告，口授书信和颁发命令。他听到教皇去世消息时，便叫人把他从一条秘密道路搬出梵蒂冈宫到圣天使要塞去。

城里纷纷传说最骇人的谣言。关于亚历山大第六之死，威尼斯公使马里诺·萨努托报告他的共和国说：有人说，教皇临死以前不久看见一只猴子戏弄他，在房里跑来跑去。一位红衣主教要去捕捉这只畜生，但亚历山大吓得喊起来："莫惹它，莫惹它！它是魔鬼！"其他的人则说，他喊了几声："我来了，我来了，再等一等呀！"人们解释道：罗德里哥·波尔查，即后来的亚历山大第六，当初教皇以诺尊爵第八死后开选举会议时，曾同魔鬼订了一个契约，言明倘得让他做十二年教皇，就将他的灵魂交给魔鬼。又有人说，临死前一分钟，他的床头上出现了七个魔鬼，他的身体断气之后立刻就腐烂了，沸腾了的口里喷出泡沫来，如同火上的汤锅，而且胀大、臃肿，失去一切人形，最后变成黑色，"同炭一般黑，面孔也变成同非洲黑人一般"。

依照向例，罗马教皇死后，须在圣彼得大教堂做九天长久的安灵弥撒，才可下葬。但是亚历山大第六的尸体，引起人家如此恐怖，以致没有一人肯去做弥撒。在他的尸床旁边，既没有点烛，又没有烧香，既没有教士念经，又没有人守尸或祈祷。好久找不到抬棺材的人，最后才找到六个瘪三，他们只要有一碗酒喝，什么事都肯做的。棺材太小了，人们只好把那个三层冕从他头上脱下来，拿一张破地毡盖着他，代替尸布，用脚使劲把他踏进那个太短的和太窄的棺材里去。又有人说，连棺材都没有给他一副的！人家只用一条绳子把他的脚捆着，同死狗或瘟尸一样，拖到坑里去。

但在墓坑里，他也不得安宁的。民间迷信的恐怖一天增加一天。致人死命的疟疾气息，在罗马空气之中好像结合了一种新的不知名的更可厌更难受的臭味。有人看见一只黑狗在圣彼得大教堂中非常迅速地兜圈子，兜成一个有规则的螺旋形。城里居民黄昏之后就不敢出屋门。好多人坚决相信，教皇亚历山大第六是不得善终的，他还要活转来再登宝座的，那时就要开始敌基督者的统治。

所有这些事实和谣言，卓梵尼都是在西尼巴德巷捷克人胡士派杨跛子开的酒店里，详详细细听到的。

此时，雷翁那图专心致志地画着一幅图画，完全不理会外边的事情。这图画是好久以前佛罗伦萨圣安伦齐亚塔修道院请他画的，他在恺撒手下做事时仍在画着这图画，同习惯上那样缓慢地画下去。那上面画的是圣安娜[1]和童贞玛丽亚。

在一个幽静的山中牧地上，在一个望得见远山蓝峰和明湖静水的高地上，童贞女玛丽亚，依照古时习惯，坐在她的母亲安娜怀抱里，手拉着婴孩耶稣，耶稣则拉着一只羔羊的耳朵，压它跪下去，喜喜欢欢地跷起一条小腿，要骑在羔羊身上去。圣安娜好像永远年轻的古代女先知。她的下垂的眼睛和她的微颤的嘴唇之间现出来的笑容，是神秘而有诱惑性的，好像透明的蓝水，这是蛇的智慧的笑容，令卓梵尼想起了雷翁那图自己的微笑。玛丽亚的孩子般明亮的面貌，在母亲旁边现出了鸽子一样的天真。玛丽亚是完全的爱，安娜是完全的知；玛丽亚因爱而知，安娜因知而爱。卓梵尼看了这幅图画，才相信真正懂得了师傅的话："大爱乃是大知的女儿。"

同时，雷翁那图又画了各种机器的图样，巨大的起重机、抽水机、捻丝机、锯石机、辊铁机、织布机、剪布机和制陶机等。

---

[1] 圣安娜 Heilige Anna——耶稣的外婆。

圣安娜

卓梵尼很惊讶，师傅如何能够同时制造机器又绘画圣安娜像？然而这两种工作同时进行并不是偶然的。

雷翁那图在他的《机械学原理》内写道：

> 我断言，力是精神的，是不可见的。是精神的，因为它的生命没有形体；是不可见的，因为它在其中发生的那些形体毫不改变重量和形态。

他以同样的喜悦心情注意着那些美丽的机器各部分——轮子、杠杆、发条、皮带、螺钉、铁轴、轮齿等之间如何传力和分力，又注意着爱——即运动世界的精神的力，如何从母亲传到女儿，从女儿传到外孙，从外孙传到那只神秘的羔羊去，又回到出发点来，如此永远周而复始。

雷翁那图的命运与恺撒的命运同时解决了。恺撒，这位"命运知音"，如马基雅维利说的，表面上虽然保持镇静和勇敢，但内心已经明白命运之神从此抛弃他了。他的那些仇敌，一得教皇死去和恺撒病重的消息便联合起来，占夺了罗马郊外康班雅。卜罗斯佩罗·哥龙那进攻罗马城门，维特里一家人进攻卡斯特罗，仗·保罗·巴容尼进攻秘鲁查，乌比诺起来反抗了，卡默黎诺、卡里、彭比诺一个跟着一个陷落了。选举新教皇会议，要求公爵离开罗马。所有的事情都不利于他，所有的功业都丧败了。

不久之前看见他就发抖的人，现在都嘲笑他，看他倒台都很开心。他们用驴子的蹄踢着这临死的狮子。诗人们写了刻薄的诗讥诮他：

> "不为恺撒宁为虚无！"
> 也许二者都是吧？
> 以前你做过了恺撒，
> 如今你要变成虚无！

雷翁那图有一天在梵蒂冈宫内一个厅堂同威尼斯使臣安东尼阿·朱士蒂良尼闲谈天。这位使臣当恺撒还在权力尖峰时候，就预言恺撒要"同草堆上的火灾一样，不久就熄灭的"。艺术家把话题转到尼古罗·马基雅维利先生去。

"他也曾同您说起他的论政治的著作吗？"雷翁那图问道。

"自然。不止一次哩。尼古罗先生爱开玩笑，他永远不会发表这本书的。这种事情是写不得的！向那些君主献计策，把他们的权力的秘密泄露于人民面前，证明所谓政治不过是假借正义之名行暴力之实。如此一来，不啻是教小鸡去学狐狸的狡猾，教绵羊去生豺狼的牙齿罢了！谢谢上帝，我们不要这个政治。"

"您的意思是说尼古罗先生走错了道路，应当改变他的意见，不是吗？"

"不然！我是完全同意他的。一定要照他说的去做的，但不可以同他这样说！但如果他拿这本书发表出来了，那么别人绝无损失，只有他自己遭殃。上帝是仁慈的：绵羊和小鸡仍旧要信任它们的合法统治者豺狼和狐狸的，但豺狼和狐狸就要控告尼古罗先生提倡一种魔鬼政治，即提倡狐狸的狡猾和豺狼的残忍。于是一切仍旧同旧时一样，至少当我们活着的时候是不会有什么改变的！"

一五〇三年秋天，佛罗伦萨共和国终身大执政彼罗·索德里尼聘请雷翁那图在他手下做事。他想重用艺术家做军事工程师，在比萨军营里制造围城战具。

雷翁那图在罗马最后几天，有一天下午，到巴拉丁[1]山丘上去散

[1] 巴拉丁 Palatin——罗马七丘之一，据传说罗马最初的住宅建筑于此丘上。帝国时代，诸恺撒在此建筑皇宫。

步。那里以前是亚古士督、加里古拉[1]、塞丁谬士·塞卫鲁士[2]诸皇帝皇宫所在之地，如今断井颓垣之中只有清风吹着，灰色的橄榄树下还可听到羊群鸣声和蟋蟀叫声。根据地上许多的白色大理石残片判断起来，一定有些意想不到的美丽的神像，埋藏在泥土底下，如同死人等待着复活。

这是一个晴朗的黄昏。那些砖砌的残余拱门、穹隆和墙壁，给斜阳照着，现出深红色，耸向暗蓝色的天空。这些罗马皇帝宫殿，木是用金和紫装饰着的，如今秋叶的金紫色比当初还更好看。

在山丘的北方斜坡上，靠近加布龙尼古花园的地方，雷翁那图跪下去，把草排向旁边，仔细审视着一个古时大理石块，上面雕着细致的装饰花纹。

荆棘后面小径之上走出一个人。雷翁那图看了他一眼，便站起来，再看一次，然后一直走到他身边，喊道：

"是您吗，尼古罗先生?"没有等待回答，艺术家就抱了他和吻了他，如同抱吻自己的兄弟。

佛罗伦萨共和国的秘书，服装比当初在罗曼雅时更加破旧了。共和国那些执政显然未曾优待他，仍旧让他处于窘境。他更消瘦了，剃光的双颊更陷下去了，细长的颈项更长了，扁平的鸭鼻子更尖了，那双眼睛更火红了，更像害热病一样了。

雷翁那图问他到罗马耽搁多久? 为什么事情来的? 当艺术家提起了恺撒的时候，尼古罗便转过脸去，避开他的眼光，耸耸肩膀，假装冷淡地回答道：

"受了命运的捉弄，我的一生看过这种事情好几次了，所以什么事情都不能令我惊讶了。"

---

[1] 加里古拉 Caligula 在位三七——四一。
[2] 塞丁谬士·塞卫鲁士 Septimius Severus 在位一九三——二一一。

显然为了转移话题，他反问雷翁那图近来做什么事。他知道了艺术家要去替佛罗伦萨共和国办事时，便扮了一个不屑意的姿势。

"那您不会有什么快活的！天晓得，究竟是如恺撒一般的英雄所做的恶行好呢，还是我们的蚁群共和国的善行好呢？总之，两方面的价值是相等的。您问我吧，我是晓得一点民主政治有什么好处的！"他说，含着苦笑。

雷翁那图告诉他安东尼阿·朱士蒂良尼批评他的话，即说他要教小鸡学狐狸的狡猾、教绵羊生豺狼的牙齿。

"他批评得十分对！"尼古罗笑起来，很真诚地笑着，"我要激恼那些蠢鹅的。我已经明白了，那些正直的人要把我捉去放在柴堆上烧死的，只因我第一个说出了大家做着的事情。暴君方面要说我煽惑民众，民众方面要说我谄媚暴君，虔诚者方面要说我不信上帝，善人方面要说我是恶人，恶人方面又最恨我，因为他们认为我比他们自己更可恶些。"

接着，他的声音微带忧愁，又说下去：

"您还记得我们在罗曼雅的谈话吗，雷翁那图先生？我常常想起那几次谈话。我好多次觉得，我们二人同走一条命运！发现新的真理始终是危险的，同发现新大陆一样。无论对于暴君或对于民众，对于大人或对于小人，我们两个都是被见外的、被视为多余的，我们都是丧家狗一般，到处碰壁。凡不是同众人一样的，便要以一人对敌众人，因为世界是为庸人而创造的，唯有庸人居此世界。本来是这样的，我的朋友。"他更放低声音、更沉思地说下去，"生活在这世界上是无聊的，我说。生活上最难堪的，并不是忧愁、不是疾病、不是贫穷和痛苦，乃是无聊。……"

他们两个走下了巴拉丁山丘的西方斜坡，没有说话。他们经过污秽而狭窄的小巷，走了加皮托尔[1]丘下萨土恩神庙废墟，走到了古时

---

[1] 加皮托尔 Capito1——罗马七丘之一。

538

"群众大会场"所在之地。

在古旧的圣街两旁，从塞丁谬士·塞卫鲁士的凯旋门到弗拉维安诸帝的圆剧场[1]，立着一些低矮而破旧的小屋子。有人说，这类屋子之中有好多个是拿古代奥林匹斯山诸神的贵重的雕刻像的断肢残骸建筑成的。好几百年之久，这"群众大会场"成了采石之所。古代异教神庙废墟中间，点缀着若干可怜相的基督教堂。由于垃圾、灰尘和瓦砾的堆积，地面比从前高了十寸，但这里和那里，仍然可见古时屋柱从地面上耸立起来，上面还架着残余的横梁，含有忽然倒塌下来的危险。

尼古罗指点给他的同伴看古时罗马元老院所在的地方，那个地方现在叫作牛场，做牲畜市场用的。黄牛和水牛一双双休息在地上，大猪躺在污泥里，小猪则噍叫着。倒塌的大理石柱及石碑，上面刻的字还隐约可辨，如今横躺在兽粪当中。提多·卫士巴襄努士[2]皇帝的凯旋门旁边靠着一个古旧的骑士塔，以前是弗郎季邦尼男爵的强盗窝。凯旋门前面有个酒店，为了买卖牛羊的乡下人开设的。酒店窗子响出了婆娘们的詈骂声，也有一阵阵浓烈的熬油味和烤鱼味冲出来。破衣服晾在一条麻绳之上。一个老乞丐，带着一副病容，坐在石头上，用破布裹着他的臃肿的病腿。

凯旋门内两边都有浮雕：一边雕着提多·卫士巴襄努士皇帝征服耶路撒冷之后凯旋之图：皇帝立在四匹马并排拉着的二轮车上。另一边雕着被俘虏的犹太人和胜利品：从所罗门庙搬来的祭坛、祭饼和七臂烛架。上面，穹隆当中，则雕着一只鹰展开双翅负着成神的皇帝上奥林匹斯山去。在凯旋门的横额上，尼古罗还能读出如下的拉丁字：

[1] 圆剧场 Amphitheater——即 Kolosseum，建筑开始于卫士巴襄努士皇帝，而完成于提多皇帝（纪元后八〇年）。这两皇帝都是姓弗拉维安 Flavien 的。
[2] 提多·卫士巴襄努士 Titus Vespasianus 在位七九——八一年。

Senatus Populusque Romanus divo Tito divi Vespasiani filio Vespasiano Augusto.

落日以其最后的血红光辉从加皮托尔丘顶上照下来，穿过香烟一般在空中缭绕的厨房臭气，而照射在皇帝的凯旋图上。

尼古罗的心紧缩得痛了起来，当他最后一眼望着民众大会场上解放者圣马亚教堂前面，耸立在落日红光当中的三根白大理石柱的时候，悲惨的微弱的教堂钟声响了。敲着"福哉玛丽亚"的祈祷钟，是做晚祷的时候了。这钟声好像在哀悼着民众大会场。

他们二人走入那个圆剧场里面去。

"是的，"尼古罗说，他看着剧场中那些大石砌成的围墙，"能够建筑这种屋宇的人，是和我们不相同的。这里，在罗马，我们感觉到了古人和今人之间有着怎样的差异！我们怎能同他们相比呢？我们简直想象不到他们是如何伟大的！"

"我觉得，尼古罗，"雷翁那图慢慢地反驳说，好像他在用力从沉思之中醒觉过来，"我觉得，您这话说得不对。今人的能力也不逊于古人，不过表现不同罢了！"

"您说的也许是基督教的谦卑德行吧？……"

"是的，谦卑也在其内……"

"也许是这样！"尼古罗冷然回答。

他们坐在剧场内最低一层台阶上休息，那台阶已经倒塌一半了。

"我以为，"尼古罗忽然兴奋起来，说下去，"人们应当完全信仰基督，或者完全摒弃基督。但我们既不完全接受，又不完全摒弃。我们不是基督教徒，也不是异教徒。我们已经离开此岸，但还未曾到达彼岸。我们无力行善，但又害怕作恶。我们不是黑的，不是白的，却是灰的；不是冷的，不是热的，却是温的。我们摇摆于贝里亚和基督中间，以致我们现在自己也还不明白，我们究竟要的什么，究竟朝哪方面努力。至于古人，则他们知道他们要的什么，他们凡事做到底，毫不装假；人家打他们左颊，他们绝不肯再送上右颊给人打的。但是自从人们相信必须为了天堂幸福而忍受尘世上所有不平以来，那些痞子就有一个广大而无危险的活动场地了。世界所以衰弱，那些痞子所以猖獗，不是这种新学说造成的，还是什么？"

他的声音颤抖了，他的眼睛流露出几乎疯狂的仇恨。他的面孔变得很难看，好像是忍受不了痛苦。

雷翁那图不作声。明亮的、天真的思想，在他的灵魂当中经过。这些思想如此简单，他反而不能以言语形容出来。他抬起头来从剧场颓垣之间望着头上的蓝天，他想道：这种断墙破壁之下望着的天蓝色，比在别处望着的，还更幼嫩些、更快活些。

当初征服了罗马的北方蛮族，还不晓得开矿采铁，他们只晓得从这剧场壁上取下那些勾连石块用的铁条，只晓得将古罗马这些铁拿去铸成新的刀，而让壁上留下空洞给飞鸟营巢。雷翁那图现在看见，那些乌鸦如何快乐地叫喊着，寻觅它们的巢，然后隐藏于巢中。他想：无论那些建筑这剧场的皇帝，或那些破坏这建筑的蛮人，都未曾料到他们是为另一种生物辛苦，为另一种生物忙的。关于这生物，经上写道："它们不播种，它们不收获，它们也不积谷存仓，但你们的天父还是养活它们。"[1]

雷翁那图不反驳马基雅维利，他觉得尼古罗不会了解他的。因为凡是雷翁那图觉得快乐的，尼古罗就觉得忧愁，雷翁那图的甜蜜乃是尼古罗的苦胆。在马基雅维利看来，大知的女儿不是大爱，而是大恨。

"您知道，雷翁那图先生，"马基雅维利说，他总习惯于开一个玩笑来结束谈话的，"我今天才明白，那些说您是怀有异端邪说又不信上帝的人，都是说错了的。请您记住我的话：将来，到了最后审判，将我们

---

[1] "它们不播种……"——这是耶稣说的话，见《马太福音》第六章第二十六节。

判别为绵羊和山羊时，您一定同那些谦卑的基督羔羊在一起，跟着诸圣者上天堂去的！"

"您也同我一路去的，尼古罗先生。"艺术家笑起来，回答他。

"不，谢谢您！谁要我的位置，我就让他。尘世的无聊，我已经够受了……"

但忽然快活起来，他又说：

"听我说，老朋友，我做了一个很有意思的梦。我梦见人家把我带到一群饥饿肮脏的人中间，一群修士、妓女、奴隶、残废者和白痴中间，对我说：这些人就是经上写的'精神贫乏的人有福了，因为天国是他们的'[1]。然后又带我到另一个地方，那里我看见许多的伟人，如在古代元老院一样！那里有元帅、皇帝、教皇、立法者、哲学家，有荷马、亚历山大大王、柏拉图、马克·奥勒尔，他们在谈论着学问、艺术和政治。人们对我说：这是地狱，这些是受上帝责罚的有罪的灵魂，因为他们爱了世俗的智慧，爱了上帝所斥为荒谬的东西。于是人们问我：愿意进哪一边，进天国呢，还是进地狱？我毫不迟疑地回答道：'进地狱呀，我要进地狱呀，我自然要到哲人和英雄那里去呀！'"

"好的，如果真像您梦见的，"雷翁那图回答，"我也不反对进地狱去……"

"不，那已经太迟了！您不能不到天国去了。人家要用力把您拉进天国去的。照您的基督教德行说，您一定要得到基督教天国的酬报的。"

他们离开圆剧场时，天已经黑了。月亮大而黄，从君士坦丁教堂的黑圆顶背后升上来，冲破了那些像珠母一般透明的云层。从提多·卫土巴襄努士皇帝的凯旋门直至加皮托尔丘上，笼罩着蓝灰色的烟雾。给此

---

[1] "精神贫乏的人……"——这也是耶稣说的话，见《马太福音》第五章第三节。按中文译本，"精神贫乏的人"作"虚心的人"，二者意思当然有很大的区别。

烟雾衬托着，解放者圣玛丽亚教堂前面那三根耸立的石柱，在月光之中，更美丽得多了。敲着"天使"晚祷钟的微弱声音更加令人忧愁、更加像是在哀悼着古罗马的"民众大会场"。

第十四章

丽莎·琢箜铎夫人

雷翁那图在他的《图画论》中写道：

> 要画肖像，你必须有个特别设备的画室：一个长方形的院子，
> 十米宽，二十米长，墙壁刷成黑色，有突出的屋檐盖着一部分，还
> 有一个遮阳布篷可以随需要而舒卷的。黄昏时候，或浮云多雾的天
> 气底下，才卷起布蓬画画。此时的光是最美满的。

雷翁那图在佛罗伦萨的寓所就有这样一个画肖像用的院子。他的房
东是佛罗伦萨高贵的公民彼罗·狄·布拉楚·马特里先生，他在执政府
有职务，爱算学，聪明，且很敬重雷翁那图。这寓所在马特里街上。若
是从圣卓梵尼广场往梅狄奇宫方向来说，则是沿街左边第二个屋子。

这是一五〇五年暮春，平静温暖而多雾的一日。太阳从潮湿的云层
背后射过来，如同穿过一重水，现出淡淡的光辉，阴影是柔和的，同烟
一般模糊的。雷翁那图最爱这种光，据他说，这种光给予女性容貌以一

种完全特别的美。

"她会不来的吗?"他想起那个女人,他替她画肖像已经画了三年了。与他的习惯不同,这次是非常有恒心,又非常致力地画着的。

他把画室一切都安顿好,等待她来。卓梵尼·贝尔特拉非奥偷偷地观察他,很惊讶:一向很冷静的师傅,如今等待的时候,竟如此之不安宁、如此之着急。

雷翁那图在壁架之上排列了画笔、调色板,以及装各种颜色的小罐子。小罐子里面的颜色,由于长久没有搅动的缘故,上面凝结了一层透明的胶壳,同冰一样。活动的三脚画架之上立着那个肖像,上面蒙着一块布,雷翁那图把布揭开了,然后又让院子中间特别为娱乐"她"而设置的喷泉喷出水来。泉水落在半球形的玻璃上,发出一种奇异的轻微的音乐。喷泉周围长着艺术家亲种亲培的花,"她"的心爱的花——彩虹花。艺术家又拿出一篮切碎的面包,准备让"她"亲手去喂那只在院子内走来走去的驯鹿。"她"坐的那只有格子靠背和靠手的光滑而黝黑的橡木椅子,前面也铺上了厚厚的地毡。地毡之上,那只罕见的亚洲种白猫已经缩作一团在打鼾,那也是为了娱乐"她",艺术家才买下来的。猫的眼睛两边不同色:右边是黄的如黄晶,左边是蓝的如蓝玉。

安德烈·沙莱诺拿来了乐谱,又调弄着提琴。然后来了另一个乐师阿塔兰特。雷翁那图在米兰穆罗公爵宫廷里就认得他,他弹银琴弹得特别好听,这银琴是雷翁那图自己发明的一种乐器,形如马脑壳。

雷翁那图请了最好的乐师、歌人、说书者、诗人和滑稽家到画室来,供"她"消遣,免得画像时候"她"感觉无聊。他也观察着音乐、故事和滑稽话在"她"心里引起的思想和表情如何表现于"她"的面貌之上。

但近来这种设备已经渐渐减少了,因为他知道,她无须乎这些东西了,她在画像时不会感觉无聊了。唯有音乐未曾弃置,因为音乐能帮助两人在工作——画肖像时,"她"自己也参加工作的。

一切都准备好了，但她还不来。

"她会不来的吗？"他想，"今天的光和暗好像是为了她而造的。我可以叫人去请她吗？但是她知道我在等她，她一定要来的。"

卓梵尼看见师傅如何一分钟比一分钟更加着急起来。

忽然一阵轻风把喷水吹向旁边去，玻璃球响了，彩虹花的白瓣在水珠之下颤抖着，听觉灵敏的鹿伸长了颈项，尖起了耳朵。雷翁那图细听着，卓梵尼自己什么也没有听到，但他从师傅面容上看出，"她"已经来了。

起初进来的是嘉美拉姑娘，她恭恭敬敬地鞠了躬。她是一个女修士，住在"她"的家里，每次伴"她"到雷翁那图画室来。她有一种美德，即不惹起人家注意。她双手捧着祈祷书，很谦卑地坐在一个角隅，从不抬起眼睛来，从不说一个字。她来这里已有三年了，但雷翁那图差不多未曾听过她的声音。

在嘉美拉之后进来的，就是这里大家等待的那个人：一个三十岁左右的女人，穿着一身朴素的黑衣裳，蒙着一个直挂至半额头的透明的黑色的压发网——丽莎·琢笠铎夫人。

卓梵尼知道，她本是拿波里人，旧世家出身，她的父亲安东·麦里亚·格拉底尼本是一个有钱的贵族，但在一四九五年法国人来侵略时破产了。她现在是佛罗伦萨公民弗郎西斯果·德·琢笠铎的妻室。琢笠铎先生一四八一年娶过马里奥托·鲁色莱伊的女儿嘉美拉为妻，但结婚二年之后嘉美拉就死了。以后他又娶了托马莎·维兰妮，不久又断弦了。第三次才娶了丽莎小姐。雷翁那图替她画肖像时，艺术家已过了五十岁，丽莎夫人的丈夫才四十五岁。琢笠铎先生是"十二个 Bonuomini"之一，不久就要做首长了。这是一个平常人，无论何时何处都有很多像他这一类的人，不很坏，也不很好，干练地、谨慎地致力于他的职务和他的田产。他把他的年轻的美妻视为他的家屋的一件最适宜的装饰品，但他懂得丽莎夫人的美丽还不如他懂得西西利新种牛优点或粗羊皮关税税率那般清楚。人家说，她并非为了爱嫁给他的，而是屈从父命。她的第一个追求者，自愿地在战场上打死了。又有人传说，也许是谣言，还有好多热烈的顽强的但都无望的追求她的人。但那些恶毒的口舌，在佛罗伦萨是不少的，对于丽莎夫人都无坏话可说。她是恬静的、谦逊的、虔诚的，严谨遵守教会一切规则，施恩于穷人，会持家，忠实于她的丈夫，慈爱于她的丈夫的前妻留下的一个十二岁女儿狄安诺拉。

以上便是卓梵尼关于她所知道的一切。但是到雷翁那图画室来的丽莎夫人，卓梵尼却觉得仿佛是另一个女人。

这三年当中，每逢她进来时，卓梵尼总要感到一种惊讶，几乎是一种恐怖，好像害怕什么鬼怪。这个奇异的感情经过了三年不仅没有减弱，反而加强了。好多次，他自己解释这个感情，说是他常常看她的肖像，认为师傅的艺术如此伟大，以致活的丽莎夫人，在他看来，还没有画的丽莎夫人那般生动，但此外还有一个更神秘的理由。

他知道，师傅只能当画像时看见她，此时或是有好多人在旁，或是只有那个与她形影不离的嘉美拉姑娘在旁，从未有两人单独相对的时候。虽然如此，卓梵尼仍旧觉得，这两个人：师傅和丽莎夫人之间，有个秘密，这个秘密联系了他们二人，而使他们与众有别。他也知道，这个秘密并不是爱，至少不是一般人所说的爱。

他曾听雷翁那图说过：一切艺术家都倾向于拿自己的身体、自己的面容，画在所欲画的身体和面容上面。师傅认为这倾向的原因乃在于人的灵魂本是自己的身体的创造者，每逢要创造另一个身体的时候，总是图谋重复它创造过的东西。这个倾向如此之强，以致好多肖像画，外表上虽然与被画者相似，但此相似之中，即使不透露出画者的面貌，至少也透露出画者的灵魂。

但现在卓梵尼所见的还更奇怪得多哩。他觉得，不仅画的丽莎夫人，而且活的丽莎夫人，也是一天比一天更像雷翁那图，譬如人们多年相聚，常会变为相像一般。可是这个愈来愈加相像的性质，多属于眼和笑的表情上，而少属于面貌方面，虽然最近面貌上的相似也好多次令卓梵尼吃惊了。卓梵尼说不出的惊讶，记起了他在那尊用手探入基督钉痕的无信心的多马的面孔上已经见过这种微笑，这尊多马像乃是维洛启奥拿少年的雷翁那图做模型雕刻成的。师傅的第一幅图画里，知识树前夏娃的面貌上也有这种微笑，"洞中圣母像"内，天使的面貌上也有这种微笑。此外，"列达和天鹅像"内，以及其他好多女性的面貌上也都有这种微笑。这些像都是师傅于认识丽莎夫人以前画成的或塑成的。好像他的一生，在他所有的作品之中，都在寻觅着他自己的美的反映，而最后在丽莎夫人的面貌上找着了。

卓梵尼长久观察着这两个相似的微笑时，有时会恐慌起来，差不多好像是看见一个奇迹而心里害怕。真实化为梦幻，梦幻化为真实。好像丽莎夫人并不是活的女人，并不是佛罗伦萨公民。这个平常人——琢箜铎先生的妻，是师傅的意志召出来的鬼怪，是魔术幻化出来的东西，是霄翁那图的女性的"彼身"。

丽莎夫人抚摸着她心爱的那只白猫，它已经跳到她的怀里去了。在她的温柔而纤细的手指之下，猫皮上有目不能见的火花轻轻响着。

雷翁那图开始工作。忽然他停了画笔，很注意地看她的面孔：这张面孔上最朦胧的暗影、最微细的变化，都逃不过他的眼光。

"夫人，"他问，"您今天有什么不舒适吗？"

卓梵尼也觉得她今天比往常更不像她的画像。

丽莎夫人抬起她的安静的眼睛看着雷翁那图。

"是的，有一点儿，"她回答，"狄安诺拉有病，我整夜没有睡觉。"

"您今天也许疲倦了，不耐烦久坐吧？我们今天不画好吗？"

"不，不要紧。如此好天气，不画，您不难过吗？您看，柔和的阴影、潮湿的阳光，这正是我的天气！"

"我知道，"停顿了一下，她又说，"您等待我来，我本可以早点来，但不得脱身。苏丰妮斯巴太太……"

"谁呀？啊，晓得了。……她说话同卖小菜的女人一样声音，一身气味也好像卖便宜香料的店铺……"

她笑起来。

"苏丰妮斯巴太太一定要告诉我关于昨天旧宫内大执政夫人安哲里佳太太宴客的情形，告诉我酒席散后还有什么事情，告诉我太太们穿的什么衣服，谁又在吊谁的膀子……"

"原来如此！那么不是狄安诺拉的病，而是一个婆娘的饶舌，使您不快乐了！奇怪得很！您觉得吗，夫人，常常有些与我们不相干的闲谈、常常有些庸俗人做的蠢事，忽然搅扰了我们的灵魂，使得我们比遇着重大的痛苦还更难受？"

她默然点头。显然，好久以来，这两个人中间，无须说一句话，只用示意，便能互相了解了。他还要画下去。

"讲个故事给我听！"丽莎夫人请求道。

"讲什么呢？"

她想了一会，然后说道：

"讲维纳斯国。"

他肚里有些故事，是她特别爱听的，其中大部分是他自己或别人的回忆、游历、自然观察以及绘画计划等。他常常用简单的小孩子般的字句，配着轻轻的音乐，将这些故事讲给她听。

雷翁那图做了一个手势，安德烈·沙莱诺便去调弄提琴，阿塔兰特便去调弄马脑壳形的银琴，他们奏出预先配好的乐调，以便伴随维纳斯国故事。雷翁那图用他的尖锐的女人一般的声音讲起来，好像在讲着古童话或唱着催眠歌：

　　　　住在西西利海滨的船夫们常说，那些注定死于海里的人，往往于最狂的风暴之中看见居比路岛，即恋爱女神的国土。岛的周围，旋风怒吼，波涛汹涌。好多航海的人被岛上美丽的风景所迷了，常在那汹涌的波涛中触了礁。有多少船在那里破碎了，沉到海底下去！人们还可看见船的残骸漂在岛岸上，掩盖着海沙，缠绕着水草。其中有的船头翘起来，有的船尾翘起来，这里有船的骨架躺着，好像死人的骸骨，那里又有舵桨的残片。这些东西如此之多，令人设想，末日审判[1]已经到了，海已经吐出它所承受的物品，即一切沉陷的船只。但岛的上空永远是那个蔚蓝的天色，阳光照射在开花的山丘上，空气是静寂的，所以庙前台阶上炉里的香烟笔直冲向天空，一动也不动，同白屋柱一样，同一个平滑如镜的湖水映出的黑扁柏一样。唯有悦耳的喷泉声可以听得着，喷泉的水从这个云斑石池子溢出来，流入另一个云斑石池子里去。那些注定要在海里死的人，就看得见那个寂静的平湖距离很近，风送了长春树林子的香气到他们面前来。风浪愈大，维纳斯国土就愈加安静的。

他不响了。提琴和银琴的弦声也静止了。于是来了一场寂静，音乐后的寂静，比一切声音都更能令人迷醉。唯有落在半球形玻璃上的喷泉水轻轻响着。

好像给音乐催眠了，在此寂静之中，丽莎夫人以其明亮的眼睛望着雷翁那图——一种离开现实的神态，什么都不关心，除了师傅的意志。她含着一种如静水般神秘的微笑，完全透明的、非常之深沉的、无论如何探究都达不到底的那种雷翁那图自己的微笑。

此时，卓梵尼觉得，雷翁那图和丽莎夫人好像两面相对着的镜子，无穷无尽地互相反映着。

第二天早晨，艺术家在旧宫内画着"安嘉里之战"。

雷翁那图一五〇三年从罗马来到佛罗伦萨时，就受了终身大执政彼

---

[1] 末日审判——基督教神话，世界末了，基督举行审判，"于是海交出其中的死人，死亡和阴间也交出其中的死人"。见《启示录》第二十章第十一节以下。

安嘉里之战

罗·索德里尼的委托，在旧宫内新建的执政会议厅一堵墙上，画一幅可资纪念的战役图。艺术家选了有名的安嘉里之战：一四四〇年佛罗伦萨人曾于此处战败了尼古罗·辟西尼诺，他是伦巴底公爵菲力浦·麦里亚·维士孔蒂手下的司令。

会议厅墙上已经有一部分画图可以看见了：四个骑马人搏斗着争抢一面战旗。那个长旗杆已经折断了，断杆尖头招展着一面撕破的旗布。五只手抢这面旗，大家拼命地向各方面拉。白刃在空中相砍，相斗的人都张着大口，使人觉得可以听到他们的狂野的叫喊。人的紧张面孔，是同他们的黄铜胸甲上画的神话怪物嘴脸一样可怕的。马好像传染了人的狂暴，直立起来，前脚缠绕一起，耳朵卷到后面，歪斜的眼睛发出怒火，张牙露齿同野兽一般互相咬着。马蹄下面、血泊之内，有一个人握着另一个人的头发，把他的头在地上砸，要砸死他，却未曾留心到他们二人随时都可能被马蹄踏死的。

这就是战争和它的一切恐怖，这就是无意义的互相残杀，这就是"一切蠢事之中最兽性的，使得地面之上没有一片干净土不曾染过人血"，如雷翁那图自己说的。

雷翁那图刚刚开始他的工作，就听得空厅石砖之上响着脚步。他知道是什么人来，于是皱起了眉头，却不转过去看。

来的人就是彼罗·索德里尼。他是马基雅维利说的那种人之一：不是冷的不是热的却是温的，不是黑的不是白的却是灰的。佛罗伦萨高贵的公民们本是因为祖先做生意发了财而成为高贵的，他们推选这个人做共和国元首，因为他是完全中庸的、无个性的、与他们相像的，因此对于大家都是没有危险的，希望他能成为一个柔顺的工具。可是他们想错了，索德里尼表示他是穷人的朋友，是平民利益的保护者。但没有一个人重视这个事情。他是太渺小了：他没有国家领袖的才具，只有奉公尽职的热心；没有聪明，只有谨慎；没有德行，只有善意。大家知道，他的妻，那位骄傲得难于亲近的安哲里佳太太，并不隐藏她看不起她的丈

552

夫之意，她一向只叫他作"我的老鼠"。彼罗先生的确像公事房地窖之中一只可尊敬的老鼠。他毫无那种圆通、毫无那种灵活，那是治理国家的人所不可少的，正如机器轮子不可少油一样。在他的共和荣誉心之中，他是如此之干燥、坚硬、笔直、平坦，好像一块木板。他是如此之廉且洁，正如马基雅维利说的，他总是"散发出新洗的衣服的肥皂味"。他总是要调和一切的人，但更令大家气恼。他没有得到富人的欢心，又没有帮助穷人什么，他总是一个屁股坐两把椅子，总是陷于两面夹攻之中。他是为了"黄金中庸"的殉道者。马基雅维利本是索德里尼庇护下的人，写过一首墓碑铭辞讽刺他，大意说：彼罗·索德里尼死的一夜，灵魂直到阴间去，管阴间的卜鲁托神叱他道："蠢材，你来这里做什么？你应当到收容孩子们的那一部分去呀！"

雷翁那图接受这个委托时，不得不签了一个很不惬意的契约，其中规定若不如期画好，即使迟了一日也须罚赔的。那些高贵的执政，计较得同小商人一个样。索德里尼最爱无聊的文书，他要求艺术家，凡支用国库来建筑栅架，购买漆、碱、石灰、颜色、麻油或其他微细物件，都须开出细账来，一分一厘不可缺少。雷翁那图当初在穆罗宫廷或恺撒宫廷"替暴君办事"（索德里尼时常很鄙蔑地这样说）时，还未曾感到如今这般屈辱哩。如今他是在自由共和国，人人平等的国土之内，替民众服务。但最糟糕的还是彼罗·索德里尼与大多数不能和不懂艺术的人一样，具有一种癖嗜：爱向艺术家贡献意见。

索德里尼问雷翁那图一笔款子，那是付给他购买三十五磅亚历山德里亚铅华之用的，但报销账上没有记入这笔款。艺术家承认他并没有购买铅华，但忘记这笔钱用到哪里去了。他答应付还这笔钱。

"您说什么话，雷翁那图先生！我不过为了手续上、为了凡事清楚起来，问您一声。您不要见怪，您自己也明白，我们是平民。同那些慷慨豪华的公侯如司伏萨和波尔查一类人比较起来，您也许认为我们的俭省乃是悭吝。但是有什么办法呢？人人都要量力行事。我们不是什么公呀侯呀，我们只是人民公仆罢了，支出一分一厘都须向人民报账的。您自己也知道：国库上的钱是神圣的，那里面有寡妇们的积蓄，有工人们的汗，又有兵士们的血。公侯只有一个人，我们则有许多人，我们大家在法律面前都是平等的。是的，就是这样的，雷翁那图先生！暴君们拿金酬谢您，我们只能拿铜酬谢您。但是自由人的铜不是比奴隶的金更好些吗？良心上安静不是最好的报酬吗？"

雷翁那图一声不响听着，装作同意的样子。他等待索德里尼的训话说完，他无可奈何地等待着，好像行路的人忽然遇着一阵灰尘，只好低着头、闭着眼睛，等待灰尘过去。在凡庸人这类老生常谈之中，雷翁那图感觉有一种盲目的笨重的毫不容情的力，差不多是一种自然力，无法抵抗。这类老生常谈，初看时虽然觉得是坦坦平平的，但更深刻地想一想，雷翁那图就好像看见了一片吓人的荒漠，一个令人眩晕的深渊。

但是索德里尼此时愈说愈起劲，他要引起雷翁那图来反驳。为了搔着艺术家的痒处之故，他于是对图画大发议论。

他戴起了他的圆圆的银眼镜，扮着一副内行人的严肃面孔，注视墙上画成的部分。

"好极了！神妙得很！筋肉何等像真！远近距离何等准确！还有马，那些马！好像活的一般！"

然后他越过眼镜，看看艺术家。他的态度是温和而又严厉的，好像教师看着一个聪明而不够用功的学生一般。他说道：

"是的。但是，雷翁那图先生，我还要同您说我时常同您说过的话。如果您照开始那样画下去，这幅图画就要给人以太重压的、太不快乐的印象了。而且，请您莫怪我直说，我总是当面说实话的，而且，我们期望的不是这个样子……"

"您期望的是什么呢？"艺术家怀着好奇心很谨慎地问道。

"期望您给后代人显扬共和国的武功，发挥我们的英雄们的可资纪念的业绩。您晓得吗？就是要您画些东西能够提高我们人类的灵魂，画些东西可作为爱国和公民品德之善良模范的！战争也许真是同您画的那般凶残。但我问您，雷翁那图先生，为什么不可以把那太凶残的东西加以美化，使之高贵起来，至少使之温和一点呢？一切事情都有个限度。也许我想错了，但我总觉得，艺术家的真正天职就在于以指导和教训为手段而造福于民众……"

索德里尼每逢说到造福于民众的话的时候，更不会住口的。他的眼睛闪出兴奋之光，那是常识的兴奋；他的单调的语音中含有那种洞穿石头的水滴的顽强性。

艺术家没有作声，好像无感觉的人，听他说下去。不过有时，有点好奇心，要猜测一下，这个有德者对于艺术究竟抱什么见解。然后他心里难过起来，如此不舒服，好像他走进一间狭小的、昏暗的、拥挤着人群的房子里面，空气如此恶浊使人存身不住。

"没有造福于民众的艺术，"彼罗先生说下去，"不过是闲人的消遣品、富人的玩弄品，或暴君的奢侈品罢了。我的话对吗，雷翁那图先生？"

"当然对的。"雷翁那图赞成他。接着，艺术家又带了一种几乎看不出的讥诮的笑意说下去：

"阁下，这样办好不好？这样也许可以解决我们的老争论。您可以召集佛罗伦萨共和国公民们到这会议厅来开大会，以黑白球表决手段，凭多数来决定：我的图画能否造福于民众！这有两种好处，一来有算学般的精密，因为只消计算球数就可以寻出真理了；二来一个有见识的聪明人有时也许会想错的，但是一万二万无知和愚蠢的人表决的，绝不会错，因为民众的声音就是上帝的声音。"

索德里尼起初不明白这话的含意。他如此敬畏神圣的黑白球，简直想不到会有人讥诮这件圣物。但后来明白了之后，他就糊涂而惊讶地、几乎是满含恐怖地望着雷翁那图。他那双圆而弱的小眼睛眳着和转着，好像嗅着猫味的老鼠的眼睛一般。

但他不久就镇静了。他心里总以为艺术家一般是没有健全理智的人，所以对于雷翁那图的玩笑并不见怪。

可是彼罗先生心里还是难过的。他一向自视为雷翁那图的恩人，因为不管人们如何传说雷翁那图叛国，如何说他替国敌恺撒·波尔查绘画佛罗伦萨周围的军用地图，他仍是很宽宏地聘艺术家来替共和国做事的，他希望以他的良好影响能使艺术家懊悔过去的作为。

为了转移话题，彼罗先生现在扮了上司的严肃面孔，告知艺术家一些消息，其中有个消息说：米开朗琪罗·邦那罗倜[1]也奉了委托，要来在这个大厅对面墙上画一幅战役图。然后，他冷淡地告了别，走开了。

艺术家望着他走出去：灰色头发，灰色衣服，弯弯的腿，圆圆的背，远看更像一只老鼠。

雷翁那图走出了旧宫，在宫前广场上，米开朗琪罗雕的大卫[2]像前，停下来。

这尊白大理石雕的巨像，立于佛罗伦萨政府门前，好像在守卫着的一般。在优雅而黯淡的石塔旁边，这尊巨像更加触目。

那个青年人的裸体，是瘦削的。右手拿着甩石的机弦，垂下来，以致全臂筋肉都明显可见；左手拿着石子，举在胸前。眉毛是紧锁的，眼睛好像望着远处的一个目标。低额头上，鬈发结成同花环一样。

雷翁那图想起了《撒母耳记》第一卷的话：

　　　大卫对扫罗说："你仆人为父亲放羊，有时来了狮子，有时来

---

[1] 米开朗琪罗·邦那罗倜 Michelangelo Buonarroti，一四七五——一五六四，米开朗琪罗也是这个时代特殊的人物，文艺复兴时三大艺术家之一，在艺术方面对于后代的影响并不减于雷翁那图。他的一生也是可歌可泣的。

[2] 大卫 David——古犹太国王，约当公元以前十世纪时。事迹见《旧约撒母耳记》。

556

了熊，从群中衔一只羊羔去。我就追赶它，击打它，将羊羔从它口中救出来。它起来要害我，我就揪着它的胡子，将它打死。你仆人曾打死狮子和熊。这未受割礼的非利士人也必像狮子和熊一般。"……他手中拿杖，又在溪中挑选了五块光滑石子，放在袋里，就是牧人带的囊里。他又拿着甩石的机弦，就去迎那非利士人。……非利士人对大卫说："你拿杖到我这里来，我岂是狗呢？"……但大卫对非利士人说："今日耶和华必将你交在我手里，我必杀你，斩你的头，又将非利士军兵的尸首，给空中的飞鸟和地上的野兽吃，使普天下的人都知道以色列中有上帝。"

当初焚死萨逢拿罗拉那个广场上，现在立着米开朗琪罗雕的"大卫"，犹如季罗拉谟修士所要召请的先知者，犹如马基雅维利所欲等待的英雄。

雷翁那图在他的敌手这个作品里面感到了一种灵魂，虽然与他自己的灵魂同等的，却完全相反，犹如行动与观念相反，狂热与平和相反，风暴与安静相反。这个异样的力吸引了他，惹起了他的好奇心和愿望，要更进一步彻的认识它。

当初，在佛罗伦萨圣玛丽亚大教堂的建筑材料库里，有一大块白的大理石，被一个笨拙雕刻匠弄坏了的。好多的雕刻家都认为这块石头再不堪雕刻之用了。

雷翁那图从罗马来时，人家也请他雕刻这块石头。他用平时那种迟缓的动作，考虑着、测量着、计算着、迟疑着。此时，另一个艺术家，比他小二十三岁的米开朗琪罗·邦那罗偶，却出来接受了这个工作，非常之快地进行着，不仅白天做工，夜里也点着灯做工，结果，二十五个月之间，把这尊巨像雕刻好了。雷翁那图塑司伏萨的黏土像时，费了十六年还未塑好，若是他来雕刻这尊大卫立像，那要费多少时候呢，他简直想都不敢想。

佛罗伦萨人现在公认米开朗琪罗在雕刻方面可以同雷翁那图相匹敌了。邦那罗偁毫不迟疑地同雷翁那图挑战。现在他来会议厅画战役图时，也是要在绘画方面同雷翁那图较量的。这是近于疯狂的大胆，因为他差不多从来未曾拿过画笔。

他的敌手愈向他表示善意和温情，他的仇恨亦愈增大。雷翁那图的冷静，被他认为是一种轻视。他怀着病态的妒忌心，留意听闲话，找寻冲突借口，凡有机会他都要用来侵犯他的敌手。

大卫像雕成之后，执政府召集了佛罗伦萨最好的画家和艺术家来商议，这尊雕像应当放在什么地方。雷翁那图赞成建筑师朱良诺·达·桑噶罗[1]的意见，主张安在执政府广场上中央拱门下面。米开朗琪罗知道了之后，便说：雷翁那图是为了嫉妒，要把他的"大卫"放在黑暗的角落里去的，使之永远照不到太阳光，而且没有人看得见。

艺术家们常在雷翁那图工场，即他替丽莎夫人画肖像的黑墙院子里面集会，其中有波拉约里兄弟们，有老桑德罗·菩提色利，有菲力平诺·李皮，有罗棱慈·狄·克列狄，也有佩鲁基诺的好几个徒弟。某次集会时，大家谈到了一个问题，即雕刻和绘画这两门艺术，究竟哪一门高些？这是当时艺术家们很爱讨论的一个问题。

雷翁那图默然听他们说话。但是到了人家迫着他发表意见时，他才说道：

"我的意见，以为一门艺术，离开手工愈远，便愈完美。"

然后含着他特有的那种轻微而双关的笑容，使得人们难于断言：他是说正经话呢，还是开玩笑。他又说道：

"这两门艺术的主要差别，就在于绘画需要更多的精神力，而雕刻则需要更多的肉体力。雕刻品仿佛像粗糙而坚硬的石壳所包藏的核心一般，雕刻者必须一切肉体力都紧张起来，由于使用锤子和凿子至于精疲

[1] 朱良诺·达·桑噶罗 Giuliano da Sangallo，一四八五——一五四六。

力竭了，然后慢慢地脱去了石壳而显露出来。雕刻者工作时，全身出汗同苦工一样，汗又夹杂了灰尘，污秽得很。他的面孔出了油，蒙了大理石白粉，好像面包司务；他的衣服沾满了石屑，好像沾满了雪片，他的家屋充塞了石头和灰尘。画家则不然，他很舒适地坐着，穿着漂亮服装，在自己的工场里面。他工作时用的是轻松的画笔和悦目的颜色，他的家屋是明亮而清洁的，饰了美丽的图画，永远寂静无哗。工作时，还有音乐、谈话或读故事可供娱乐，没有铁锤声或其他难听的声音骚扰他。"

雷翁那图这几句话被人传到米开朗琪罗耳朵里去了，他听着认为这话是说他的。但他忍住了怒气，只耸一耸肩膀，用刻薄的讥讽回答道：

"达·芬奇先生，酒店女侍者的私生子，尽管去做闲人和雅人吧！我是老世家的后代，不为我的工作感到羞惭。我本是简单做苦工的人，也不厌恶汗污。至于雕刻和绘画哪门高些的问题，则我以为这种争论是没有意义的：一切艺术都是平等的，因为都出于同一个源头，又都趋向于同一个目的。但是那个人，他认为绘画高于雕刻，他对于其他事情的判断如果都是这样的，那么他的见识比我的洗衣妇也就高得有限了。"

米开朗琪罗急急忙忙在会议厅里画那幅画，如同发疯一般，为了赶上他的敌手。这对于他说，并不是困难的。

他从那次与比萨人作战中选了一段故事。佛罗伦萨兵士，夏季热天某日在亚诺河洗浴，忽闻警报，敌人攻来了，兵士们急忙泅向岸边，从水里上来。他们的疲倦身体刚下水去凉爽一下，很忠心地着起了汗水淋漓和尘埃布满的衣服，披起了给太阳晒热的铜制的甲胄。

可见与雷翁那图画的相反，米开朗琪罗并非把战争画作无意义的互相残杀，画作"一切蠢事之中最兽性的"，而是画作刚强的伟业，履行一种永久的义务，画作英雄们为了祖国的光荣和伟大而斗争。

雷翁那图和米开朗琪罗之间这种比赛，佛罗伦萨人很留心地看着，好像群众看一场罕见的把戏时那般留心。但因与政治无关的一切事情，佛罗伦萨人都觉得淡而无味，如同一盘菜当中没有放入香料和盐，所以他们急忙宣布：米开朗琪罗是代表共和国反对梅狄奇家族的，雷翁那图则是代表梅狄奇家族反对共和国的。于是这个斗争就为大家所能了解，而具有新的力量了。斗争到大街和广场上来，现在连那些对于艺术毫无兴趣的人也来参战。雷翁那图和米开朗琪罗的作品，成了敌对双方的战旗。

斗争发展下去，竟至于有人夜里拿石头去投掷大卫像。没有一个人知道是谁投掷的，贵族说是平民做的，平民领袖说是贵族做的，当地艺术家们说是新近在佛罗伦萨开设工场的佩鲁基诺那些徒弟做的，但邦那罗偶则在大执政的面前说：拿石头投掷他的大卫像的那些流氓，一定是雷翁那图收买出来的。

好多人相信他的话，或至少装作相信他的话。

有一天，雷翁那图又在替琢箜铎夫人画像。画室里只有卓梵尼和沙莱诺两人在旁。话题谈到米开朗琪罗，雷翁那图便向丽莎夫人表白道：

"我相信，我若能同他俩对面谈一次话，一切就可以自然消除的，这个完全无聊的争吵就可以消失得无影无踪的。那时他可以明白，我并不是他的仇敌，而且世界上也没有人能比我更加爱他……"

丽莎夫人摇摇头：

"果真是这样吗？雷翁那图先生？他果真可以明白吗？"

"他可以明白的，"艺术家很活泼地喊起来，"像他这样的人一定可以明白的！不幸的是，他如此胆怯，如此缺乏自信心。他心里着急、嫉妒又害怕，因为他不认识他自己。那一切都是幻想出来的，都是发昏！我要告诉他一切，他就可以放心了。因为我有什么令他害怕呢？夫人，您知道，最近我看见了他的'战士沐浴图'画稿，我几乎不敢相信我的眼睛！没有人想象得到他的艺术到了什么地步，将来又能达到什么地步。我知道，他今天不仅已经同我相匹敌了，甚至强过于我。是的，我觉得他是强过于我的……"

她用那种眼光看他，卓梵尼觉得，那就是雷翁那图自己的眼光反映出来的。她恬静而奇异地微笑着。

"先生，"她问道，"您还记得《圣经》中那一段吗？先知以利亚逃避那不信上帝的亚哈王，逃到何烈山上一个洞中时，上帝便对他说：'你出来站在山上，在我面前。'那时上帝从那里经过，在他面前有烈风大作，崩山碎石，上帝却不在风中。风后地震，上帝却不在地震中。地震后有火，上帝也不在火中。火后有安静的微小的声音，上帝就在那里面[1]！邦那罗偶先生也许是同上帝前来崩山碎石的烈风一般强吧，但他没有上帝所在的那种安静。他明白这个，他恨您，因为您强过于他，犹如安静强过于狂风暴雨的。"

嘉尔明之马利亚老教堂中，布郎加西祈祷厅里面，有着托马索·马萨楚那些有名的壁画，这些壁画乃是意大利一切大画家的范本，雷翁那图少时也曾在那里临摹过。有一天，艺术家到那里去，看见一个不认识的少年人，差不多是一个小孩子，正在研究着和临摹着那些壁画。他穿了一件沾了颜色的旧外衣，衬衣是干净的，但布料很粗糙，一定是自己家里织的布。他身体颀长而柔软，颈项长而细，非常之白嫩，差不多像虚弱的小姑娘一般。他的蛋形的苍白的面孔含有一种矫饰的甜蜜的美，他的大而黑的眼睛使人想起了翁布里亚一带的乡下女人，就是佩鲁基诺画圣母像时拿来做模型的。这种眼睛，与一切思想无缘，深沉而空洞，同头上的青天一样。

不久之后，雷翁那图又在圣玛丽亚新修道院的教皇厅里面，即他的"安嘉里之战"画稿陈列的地方，遇着那个少年人，在研究和临摹这个画稿，同那天研究马萨楚壁画时一般用心。

少年人此次好像认得雷翁那图，呆呆地看他，似乎要同他说话但又不敢的样子。

---

[1] 先知以利亚故事——见《旧约·列王纪》上第十九章。

雷翁那图看出了，就自己走去同他说话。少年人红着脸，急速地、兴奋地、差不多啰唆地、但天真而含有奉承意思地对雷翁那图说：他把艺术家当作自己的师傅，看作意大利最大的画师，米开朗琪罗连替《最后的晚餐》画者解鞋带也不配哩。

雷翁那图以后还有几次遇着这个少年人，同他谈了很多的话，审查他的画稿，认识他愈清楚，就愈加确信：这是一位未来的大画师。

少年人的性情是容易感受的，他反映了一切声音，他接受了一切影响，他模仿佩鲁基诺、模仿平杜黎启奥。不久之前他刚在塞拿图书馆工作过，尤其模仿雷翁那图。虽然有些不成熟地方，艺术家仍感到这少年人有一种新鲜的感情，为他所未曾有过的。最令他惊异的，却在于这个小孩子已经进入艺术和生命最秘密之处，好像是偶然而非有意进去的。他轻易地、差不多游戏一般地克服了那些最大的困难。他达到一切，毫不觉得辛苦。在他看来，好像艺术之中并没有雷翁那图一生所感痛苦的那种无穷的追求、那种辛劳、那种奋勉、那种动摇和那种疑惑。艺术家同他谈起必须耐心慢慢地研究自然现象时，或者谈起图画上数学一般精确的规律和法则时，少年人便睁大了那双惊讶而无思想的眼睛望着，虽然在留心听着话，但显然有点不耐烦，只为了表示敬意之故才听下去的。

有一次，少年人露出一句话来，所含着的深刻意义出于雷翁那图意料之外，几乎令他惊吓。少年人说：

我觉得画画时，最好不要思想——那时画得更好些。

这个小孩子，以其整个性格，不啻向他表明：他一生所追求的那种感情和理智间的统一，那种爱和知间的完全和谐，简直是不存在的，或不能存在的。

小孩子的那种无忧无虑而又无思想的温柔和安静，比之米开朗琪罗的一切怒和恨，更加惹起雷翁那图的怀疑和恐惧，为了艺术的前途，为了他的一生的劳作。

"你是哪里人呢，我的孩子？"雷翁那图起初遇着他时有一次问了他，"你的父亲是谁呢？你叫什么名字呢？"

"我是乌比诺地方的人，"少年人回答，说时含着他那种和悦的但有点矫饰的笑容，"我的父亲是画家卓梵尼·桑楚。我名叫拉斐尔[1]。"

这个时候，雷翁那图为了一件重要事情不得不离开佛罗伦萨。

从不可记忆的时候起，佛罗伦萨城就同邻近的比萨城进行一个无穷尽的不顾一切的战争，这个战争几乎使两城同归于尽。

有一天，同马基雅维利闲谈时，艺术家提出了一个战争计划：开掘一条新河道和一些沟渠，使亚诺河水不流到比萨去，而流入里伏诺沼泽，如此一来就可以切断比萨城通海的水路和粮食的供给，以此迫得它降服。尼古罗素来是好奇的，他立刻赞成了这个计划，而且向大执政建议去。他很巧妙地迎合了彼罗先生的心意，以他的言辞说服了彼罗先生，但隐瞒了这个计划实行时所需的庞大费用和所遇的种种困难。近日，一般人都把比萨战事劳而无功归罪于彼罗·索德里尼的无能。索德里尼将这个计划向执政府提出来时，大家都笑了他，他气愤起来，他要表示他也同别人一样具有健全的理智，于是坚持他的提议。他的提议终于通过了，恰是因为他的政敌们热烈拥护它。他们认为这个提议是极端的疯狂，一定要失败的，图谋借此来推翻他。马基雅维利没有预先把他的诡计告诉雷翁那图，他希望以此迫得索德里尼陷于骑虎难下之势，非照他们的计划实行到底不可。

工作开始似乎是很顺利的，河水低落，但不久就遇着一些困难，一

---

[1] 拉斐尔·桑楚 Raffacl Sanzio，一四八三——一五二〇，文艺复兴时代第三个大艺术家，后代有一派人认为他是最伟大的艺术家哩。

天比一天需要更多的钱。而那些省俭的执政老爷一分一厘也要斤斤计较的。一五〇五年夏季，一阵暴雨之后，泛滥的河水冲坏了一部分河堤，雷翁那图被召唤到河工上去。

动身前一天，雷翁那图到亚诺河那边马基雅维利家里去，同他讨论这事情，此时他才把他的诡计告诉艺术家，害得艺术家吓了一跳。回到寓所的路上，雷翁那图在圣三一桥上经过，向妥那邦尼街走去。

时候已经不早了，街上只有很少的人。唯有加辣耶桥后面磨坊堤边的潺潺水声打破了寂静。白天很热，黄昏时候落了一阵雨使空气清凉些，桥上有夏天热水的气味，月亮从圣弥雅托黑丘背后升上来。右边，旧桥码头上，古老的小屋子连着那些架在斜木柱上的附加建筑，从浑浊、霉绿而静止的深水中反映上来。左边，百合花颜色的温柔的白山支脉顶上，闪烁着一颗奇异的星。

在纯净的天空底下，佛罗伦萨城的景致好像古书里无光泽的金底之上一幅书面画。这个全世界特别的城市，本是艺术家所熟悉的，如同人面一般：前面，朝北的方面，是圣克洛采钟塔，以后是宜而长且忧郁的旧宫塔，是白大理石的卓托钟塔，最后则是圣玛丽亚教堂那个砖砌的淡红圆顶。这圆顶好像一朵含苞未放的大花，好像旧时徽章上画的红百合。在晚霞和月光朦胧映射之下，整个佛罗伦萨城也好像是一朵乌银制的大花。

雷翁那图知道，每个城同每个人一样，都有特别的气味。佛罗伦萨含有潮湿的彩虹花粉的香味，其中更夹杂了一点陈年旧画上的油漆味和颜色味，几乎嗅不出来的。

他想起了丽莎夫人。

关于她的生平，他知道得差不多同卓梵尼一般少。她有一个丈夫。这事，并不令他难过，不过令他惊讶罢了。这位瘦而长而诚实的弗郎西斯果先生有一对浓眉毛，有一颗黑痣在左颊之上，很爱谈论西西利牛种的优点和新颁的羊皮税则。有些时候，雷翁那图欣赏着她的透明的、异样的、遥远的、非实在的美，这美却是比一切实在的东西都更实在的。但又有些时候，她的活的美影响了他。

丽莎夫人并不是当时所谓的"女学士"，她从不卖弄她的书本知识。他不过偶然知道了她能读拉丁文和希腊文，她一言一动都是很朴实的，以致好多人把她看作普通的妇女。但他觉得她具有一种比理智更深刻的东西，即她具有女性的理智，能预见的智慧。她有时说了几句话，忽然使她接近于他，比他所认识的一切人都更接近于他，使她成了他的唯一的永久的朋友和妹妹。在这时候，有一种力量驱迫着他去超越那隔离抽象观念和实在生活的魔圈，但他立刻把这愿望压制下去了。每逢他压制着他对于丽莎夫人的活的美的欲望时，则他在画布上画的她的肖像就变成更加生动、更加实在的。

他以为她明白了此点，心甘情愿，帮助他去画像，为了自己的肖像而牺牲，很快乐地把自己的灵魂奉献给他。

联系他们两人的，是爱吗？

当时人们爱谈什么柏拉图式的爱，爱说什么天国的情人凄恻感叹，爱写什么佩特拉克体裁的甜蜜的十四行诗，这些只能惹起雷翁那图的厌恶和讥诮罢了。大多数人所称为爱的，也是与他无缘的。他不吃肉，并非因为持斋，而是因为厌恶肉食。同样，他远离女色，也是因为婚姻内或婚姻外的肉体交接，虽不被他视为罪孽，却被他视为是俗恶的。他在他的解剖学笔记上写道："生殖行为以及为生殖而用的器官，是如此之丑恶，若非实行此行为的人面貌美丽、装饰娱人以及冲动力量，那人类早已灭绝了。"他远离这种丑恶，远离男女间肉欲的斗争，如同远离弱肉强食一般，但他既不气愤，也不斥责，也不辩护。他承认爱或饿斗争中的自然必然性法则，但他自己不愿参加这种斗争。他遵守另一条法则：爱和贞洁之法则。

即使他爱了她，但还有另一种比这更美满的办法同爱人相结合吗？现在这种含在深刻而神秘的爱慕之中的结合方法，是最美满的。两人共同画一幅不朽的肖像，创造一个新生命如同父亲和母亲生产婴孩一般（父亲和母亲就是他和她）。

然而即使是如此纯洁的结合，他也觉得含有一种危险，也许比普通肉体的爱更加危险。他们两个人都在未经人迹的深渊边缘走来走去，一面抵抗着深渊的诱惑，他们二人之间交换着两可的透明的话语，他们的秘密从这些话语之中流露出来，如同经过潮湿云雾的太阳光。好几次，他想道：倘若云消雾散，露出朗耀的太阳，使得一切神秘和幽灵都消失无踪了呢？倘若他或她有一个忍耐不住了呢？倘若他们越过界限了呢？倘若幻梦变为现实、观念变为行动了呢？一个活的灵魂，唯一与他接近的灵魂，即是他的永久朋友他的妹妹的灵魂，他有权利用同样不动情的好奇心去探究吗，如同探究机械学或数学的法则，如同探究一株注射了毒药的树的生命，如同探究一具解剖了的死尸的肉体构造。她不会生气吗？她不会仇恨他、鄙视他、厌弃他，如同其他每个女人都会厌弃他一般吗？

好几次，他又觉得，他在用可怕的手段，慢慢地使她痛苦以至于死。为了她的柔顺，他害怕起来。这柔顺是没有界限的，正如他的强硬无情的求知欲没有界限一般。

最近，他才感觉有这界限存在。他明白，或迟或早必须弄清楚。对于他说来，她究竟是什么？是活人呢，还是幽灵，还是他自己的灵魂在女性美镜子里映出来的影像？他希望，别离一下能够推延那个不可避免的决定。所以当他非离开佛罗伦萨不可时，他差不多是很快活的。但是现在，别离的日子到了，他觉得他想错了：别离不是推延那个决定，反而加速那个决定。

心里这样想着，他不知不觉地走进一个偏僻小巷来。他向周围看看时，不能立刻明白，他走到了什么地方。根据屋顶上望得见的大理石钟塔来判断，那里一定是离开大教堂不远的。那条狭而长的小巷，有一边完全蒙在深暗的阴影之内，另一边则给那明亮的差不多白色的月光照着，远处闪烁着一盏深红色的灯。那里有个阳台，细长的柱子支着半圆形的拱门，上面覆着倾斜的瓦盖。阳台前面有几个人戴着黑面具，穿着长袍和着琴声，在唱小曲。雷翁那图倾听着。

这是"豪华者"罗棱慈写的一首老情歌，当初为了谢肉节扮演巴库斯神和亚丽安妮神时唱的，是一首无限欢喜的却又凄婉动人的情歌，雷翁那图很爱听，因为他少时常常听着：

青春何美好，
惜哉易蹉跎！
今时不行乐，
明朝唤奈何。

最后两句歌词使他的心里有了不祥的预兆。

现在，临老的时候，命运才送了一个亲而活的灵魂来给他吗？给他的坟墓般黑暗和孤寂的生活吗？他要推辞、要拒绝这个灵魂吗？如同好几次为了观念缘故而拒绝行动一样，他又要取远舍近吗？又要为了虚幻、为了唯一的美而舍弃实在吗？他应当选择哪一个呢？活的琢箜铎夫人呢，还是不朽的琢箜铎夫人呢？他知道，取了这个便要弃了那个，而二者对于他都是同样宝贵的。他又知道，他必须选取一个，他不可再踌躇了，不可再拖延这个痛苦了。但是他的意志没有力量，他不愿也不能决定：究竟为了不朽的而牺牲活的好呢，还是为了活的而牺牲不朽的好呢？究竟是实在的、现有的好呢，还是画上的永存的好呢？

他还穿过两条街道，最后到了他的房东彼罗·马特里先生的屋子。

屋门关闭了，灯火熄灭了。他举起那悬在一条链上的锤子，在铁板上敲着。看门人没有答应，他大概睡着了或出去了。石阶门洞之内，这几下声音起了回响，然后又不响了，现在是万籁无声，月光照着，更显得寂静。

忽然有沉重的缓慢而有规则的黄铜声音响起来，那是附近钟塔报时之声。这个声音使人想起了时间悄然飞逝，想起了黑暗的孤寂的老年，想起了过去不能复来。

最后的钟声还在颤动着、摇曳着、时弱时强地在月光之中展放音波，好像不断地重复着：

今时不行乐，
明朝唤奈何。

第二天，丽莎夫人按平时钟点到画室来，破天荒地单独一个人，没有嘉美拉姑娘做伴。她知道，这是她最后一次同雷翁那图见面的机会了。

这是一个朗耀而光辉的天气。雷翁那图把布篷遮起来，于是黑墙院子便充满了温柔的朦胧的好像通过了水的透明的光影，最能显出她的面貌的美。

画室中只有他们两人。

他全神贯注地画着，没有说一句话，完全安静地。昨日的思想，关于目前的别离，关于不可避免的决定等等，他都忘记了，好像对于他，没有什么过去，也没有什么未来，好像时间是静止的，好像"她"过去永远含着恬静而奇异的微笑坐在他面前，将来也要这样永远坐着。他在生活中所不能做的，如今在观念中做着了。他把两个形态配合为一，他结合了实物和镜影，结合了活着的和不朽的。他于此感到一种快乐，仿佛解除了什么重压。现在他不为了她而难过了，现在他不害怕她了。他知道，她要顺从他到底，要牺牲一切、要忍受一切，以至于死，毫不抵抗。他有时也用那种好奇心看她，好像他陪伴那些死囚上刑场去看他们的最后的痛苦表情一样。

忽然，他以为看见了一种思想的奇异阴影在她的脸上飘过，犹如活的气息吹在镜面上留下的轻微痕迹一般，一种活生生的非他所影响的、非他所愿意的思想。为了拉住她、为了拖她回到他的圈子里面、为了驱除那种奇异的阴影，他于是如同巫师念咒语一样，用唱歌式的命令式的声音，向她讲说一个谜样的神秘的隐喻，他的笔记里时常写下这类隐喻。他说：

"我抵抗不住一种冲动，要去看看自然艺术所创造而为人类所未知的那些形态。我很长久在光秃而昏暗的崖壁中间穿来走去，最后走到了一个洞穴，迟疑不决地在洞口站着。但后来，我提起了勇气，低下头，弯着背，左手放在右膝上，右手遮着额头，走进洞里去，走了几步，我紧蹙着眉毛、眯缝着眼睛，为了在黑暗中能看得清楚一点，我时常改变方向，在暗中摸索着，看这里、看那里，努力要看见什么东西。但是黑暗太浓厚了，我在洞里耽搁了一个时候之后，朦胧中发生两种感情互相战斗着：恐惧心和好奇心，我一面害怕探究这个洞穴，一面又要知道有无什么奇异的秘密藏在这个洞穴里面。"

他住了口。那个奇异的阴影并未曾从她的脸上消逝。

"这两种感情，哪一种战胜了呢？"她问道：

"好奇心！"

"那么您知道洞里的秘密了。"

"凡是能够知道的，我都知道了。"

"您要把知道的告诉人吗？"

"我不能通通告诉人，我也不晓得怎样去告诉人。但我很愿意激发人们的好奇心到这种地步，使得他们时时能够战胜恐惧心。"

"但如果单单好奇心还不够用呢，雷翁那图先生？"她的眼光忽然光耀起来问道，"如果还需要一种更大的东西才能发现洞里最后的也许最奇异的秘密呢？"

她含着一种微笑，直看进他的眼睛。这微笑，是他从来未曾在她的脸上见过的。

"还需要什么呢?"他问道。

她不作声。

此时,一丝炫目的阳光经过布篷夹缝射进来,朦胧的景色明亮了一点,以前那种如同远处音乐一般温柔的"亮的影"和"暗的光"的魔力在她脸上消逝了。

"您明天动身吗?"丽莎夫人问道。

"不,今天夜里就走。"

"我不久也要出门了。"她说。

他拿探究的眼光望着她,他要说话,但他不说了。他明白,她出门,是为的离开他,不愿留在佛罗伦萨。

"弗郎西斯果先生,"她说下去,"为了商业上的事情,要到卡拉布里亚去住三个月,秋天才回来。我求了他带我去。"

他转过脸去,生气而忧郁地望着那一条可恶的刺眼的真实的太阳光。喷泉的水珠,以前是单色的、无生气的、幽灵般苍白的,现在在这闯进来的活生生的太阳光之下,就发为灿烂的颜色、虹的种种颜色、生命的颜色。艺术家忽然觉得他回到现实生活中来了:腼腆的、柔弱的、受人怜悯的和怜悯人的。

"不要紧,"丽莎夫人说,"您可以把布篷拉好,时间还早。我也不疲倦。"

"不,没有用。已经够了。"他回答,就把画笔放下来。

"您不把这肖像画完成吗?"

"什么?"他连忙问道,好像吃了一惊,"您旅行回来之后不再来我这里吗?"

"我要来的。但是经过三个月,我也许完全改变了,怕您不认得我。您自己说过,人的面貌,尤其女人的面貌,改变得很快……"

"我很愿意画完这个肖像,"他慢慢说,好像对自己说话,"但是我不晓得……我屡次觉得,凡我要做的,都是不可能的……"

“不可能的吗？”她很惊讶地问，“是的，我听人说，您从来未曾完成一个作品，因为您追求那不可能的……”

在这几句话里面，他觉得听到了一种温柔而悲哀的责怪，也许只是他的感觉吧？

“现在……”他想到，他忽然害怕起来。

她站起来，同往常一般平淡地说道：

“是时候了，再会吧，雷翁那图先生！祝您旅行快乐！”

他抬起眼睛来看她，又觉得看见了她的面貌之中含有一种最后的绝望的责怪、含有一种祈求。

他明白，这一瞬间对于他们两人都是一去不复返的，都是永久的，同死一样。他知道，此时他不应当缄默。但是他愈振作他的意志来决定，来想出适当的话，就愈觉得他的懦弱，觉得他们二人间横隔着的深渊愈是深陷而不可越过的。丽莎夫人安静而明朗地微笑着，同往常一般。但现在，他感觉到这种微笑好像死了的人的微笑。

无限的不能忍受的痛苦充满了他的心，使他更是一筹莫展了。

丽莎夫人伸手给他，他接来吻着，一声不响。自从他们二人认识以来，这是第一次。同一瞬间，他觉得她也很迅速地低下头来，用她的嘴唇印着他的头发。

“上帝保护您！”她说，同往常一般平淡。

他清醒过来时，她已经走了。周围是夏日中午时那种死的寂静，是比最黑暗的子夜的寂静更加不祥的。

同昨夜一般，缓慢而有规则的黄铜声音又响起来了，但也更加不祥、更加庄严。这邻近塔上报时的钟声，使人想起了时间可怕地悄然飞逝，想起了黑暗的孤寂的老年，想起了过去不能复来。

最后的几下钟声仍是颤动了很长久，才渐渐停息，好像不断地在呼唤着：

　　今时不行乐，

　　明朝唤奈何。

　　雷翁那图当初答应参加这转移亚诺河道的工作时，他确信此种战争手段或迟或早总要产生更和平更重要得多的事业。

　　他少时已经想着要开辟一条运河使得从佛罗伦萨直至海口这段亚诺河上可以通航，而且经过许多小水沟去灌溉田野，使得土地更加肥沃，整个托斯堪那区域都能变为一个茂盛而灿烂的花园。他在草图上写道："普拉托、皮士托亚、比萨、鲁加等，如果参加了这个事业，那它们每年的进项就要增加二十万个杜卡。若能将亚诺河水加深又加阔，则每片土地都有财宝可寻了。"

　　雷翁那图想着，现在快老了，也许是最后一次，命运要给他机会，当他替平民服务时能完成当初替公侯服务时所不能完成的事情，即是向人类显示：知识有征服自然界的权力。

　　马基雅维利把实在话对艺术家说了，说他当初瞒骗了索德里尼，没有说出这计划的真实困难，而且保证有三万个至四万个工作日就够用了，艺术家知道了之后，为了卸除责任起见，遂决定把实在情形完完全全告诉彼罗先生，而且提出一个预算说明：开辟两条通到里伏诺沼泽去的运河，各有七尺深、二十至三十尺宽，相当于八十万平方米的地面，至少共需要二十万个工作日，也许还多些，须看地质如何而定。执政们吓了一跳！各方面都来攻击索德里尼，没有一个人明白，他的头脑如何能产生这个疯狂思想。

　　但尼古罗并不绝望。他在各方面努力，施行诡计、说谎、欺骗、写着动人的书信，向一切人保证那业已开始的工作一定能成功。可是虽然一天比一天支出更多的费用，这项事业却愈做愈不好。

　　尼古罗先生好像是个不祥的人。凡是他进行的事业，都要失败、倾颓、脱离他的手，变成空洞的话语、抽象的思想或恶劣的玩笑，而最受损失的还是他自身。艺术家不由得想起了当初在罗曼雅客店里，马基雅维利实行他自己发明的"常赢赌法"时，总是输钱，又想起了他援救玛丽亚没有成功，他的马其顿方阵也闹了笑话。

这个怪人，努力要做事情，但完全不能做事情。他在思想上是强的，但在生活方面则毫无力量，如同天鹅在陆地上一般。雷翁那图在这个怪人之中认识了他自己。

雷翁那图写给执政们的报告内，主张这个工作或者马上放弃了，或者进行到底，不顾惜任何费用。但是共和国诸领袖一向爱走中间的道路。他们决定将已成的运河当作战壕使用，借以抵御比萨军队之进攻。至于雷翁那图的太勇敢的计划，则他们并不信任，他们从费拉拉聘了一些水利专家和土工专家来。当他们在佛罗伦萨互相争吵、攻击，把这工作付托于好几个机关，又召集会议，拿黑白球来多数取决之时，敌人们却不迟疑，用大炮把以前所做的工程都轰坏了。

这整个事情终于引起艺术家厌恶，不愿去理会了，他早就可以回到佛罗伦萨来的。但他偶然知道了，琢箜铎先生须待十月初才能从卡拉布里亚回来，于是决定后十日回去，那时丽莎夫人一定在佛罗伦萨城里的。

他计算着日子，他想着这次别离也许还要延长些时候，于是恐惧和挂念便重压着他的心，使他不敢去想这个事情，不敢同人谈论这个事情，不敢问人家这个事情，因为他害怕人家会告诉他：她没有于原定时间回到她的家里。

他回到佛罗伦萨来时，是清早的时光。

秋天多雾而潮湿的佛罗伦萨城，在他看来，是特别可爱和可亲的，因为使他想起了琢箜铎夫人。这是"她"的日子：没有风，太阳好像经过一重水照下来，能给女性面貌以完全特别的美丽。

他再不思索：如何迎接她，说什么话，做什么事，才能不再同她分离，才能将琢箜铎先生的妻作为他的唯一的永久的朋友。他知道，一切会自然成就的，一切困难会变得容易，一切不可能的会变成可能的，只消他再见着她。

"首先不要思想，然后一切都更好些！"他重复了拉斐尔的话，"我要问她，现在她会说出那天说不出的话来。就是：好奇心以外还需要什么才能发现洞里最后的也许最奇异的秘密呢？"

快乐充满了他的心，好像他没有五十四岁，只有十六岁，好像他的一生刚刚开始。唯有他的心底最深处，智力之光未曾射到的地方，这个快乐底下还含有一种不祥的预感。

他现在到尼古罗家里去，为的将那关于开河工程的种种文书和图案交付于马基雅维利。他打算第二天早晨再去拜访琢箩铎先生。但他忍耐不住了，他决定当日晚上从马基雅维利那里回家来的路上，要在伦卡诺附近琢箩铎先生住宅旁边经过，寻得一个马夫或一个侍仆或一个门丁问问：老爷太太回来了吗，身体都好吗？

他沿着妥那邦尼街向圣三一桥走来，这是他动身前一夜走的那条路线，不过方向相反而已。

将近黄昏，天气忽然改变了，佛罗伦萨秋天时候常有这个事情，从穆农谷吹来一阵猛烈而刺人的北风。穆哲罗高丘上凝了霜，好像忽然头发变白的人。下毛毛雨，但地平线上乌云裂了一条缝，露出一线青天，太阳在乌云底下照出来，以它的橙黄的寒冷的光辉照着污秽而潮湿的街道、五色缤纷的屋顶以及人的面孔，雨丝也是橙黄色的。远处，窗子玻璃被照得同红炭一般。

圣三一教堂对面，桥边、河岸和妥那邦尼街转角之处，立着那个用粗糙的棕灰色石头筑成的斯比尼宫。这宫殿有格子窗和雉堞，看来好像中古的堡垒。沿墙排列着宽阔的石板凳，佛罗伦萨好多旧宫殿，墙外都有此设备。无分老少，各行市民都爱在这种凳子上面坐着、掷骰子、下棋、听新闻、谈闲天，冬天晒太阳，夏天乘凉。靠河岸一边，那些石凳之上还有瓦盖，由柱子支持着，同走廊一般。

574

雷翁那图在那里经过时，看见有一群人在那里，其中有些人是他认识的。一些人坐着，一些人站着。他们谈话如此兴奋，似乎连雨丝风片也没有注意到。

"先生！雷翁那图先生！"有人叫他，"请您来一下，请您来评判我们的争论！"

他停下来。

他们争论的是《神曲》中"地狱"部分第三十四首诗内几句意义不明的话，那里诗人说：鲁西飞，堕落的天使们的领袖，在地狱作王，他的身体深深陷在被诅咒的井里，自胸以下都在冰中。他有三张面孔，一张是黑的，一张是红的，一张是黄的，这是三位一体的神格反映于地狱中的。他的三张嘴各衔着一个罪人，咬个不停：黑面孔的嘴衔着加略人犹大，红面孔的嘴衔着布鲁都士，黄面孔的嘴衔着加秀士[1]。现在他们争论着：但丁处罚杀朱理亚·恺撒的凶手，为什么同处罚出卖耶稣的叛徒差不多一个样呢？因为所不同的仅是：布鲁都士脚在嘴内头在嘴外，而犹大则头在嘴内脚在嘴外罢了。有些人解释说，但丁是热烈的季别林党[2]，拥护皇帝权力而反对教皇的尘世统治权，他认为罗马帝国对于世界福利，是与罗马教会一般或差不多一般神圣的和必需的。另有些人则反对这个解释，认为这是异端邪说，不适合于一切诗人中最虔诚的诗人的基督教精神。他们争论得愈久，则诗人的秘密愈加不能捉摸。

一个老年的呢绒业富商，很详细地把这争论问题向艺术家解释了。正当解释时候，雷翁那图是望着远处的，望着伦卡诺方向。为了起风缘故，他眯缝着眼睛。此时他看见有个人从伦卡诺方向走来，踏着笨重的熊一般的脚步，衣服破旧而随便，瘦骨嶙峋的，头很大、头发黑而硬而

[1] 布鲁都士和加秀士 Marcus Brutus und Cassius——二者合谋杀死朱理亚·恺撒。
[2] 季别林党 Chibelline——中古意大利有两派人互相争斗着，一派拥护神圣罗马皇帝，一派拥护教皇；前者叫作季别林党，后者叫作格尔夫党。

卷曲，一部稀疏的纷乱的山羊须，一双招风耳朵，一个骨架宽大而扁平的面孔。这是米开朗琪罗·邦那罗偶。他的鼻子特别丑陋，几乎令人见而生厌的。他年轻时和一个同行、一个雕刻家开玩笑，闹得过火了，惹起对方生气，重重打了他一拳，把他的鼻子打塌了。黄褐色小眼睛里那对瞳仁，有时闪耀着奇异的红色光辉。发炎的差不多没有睫毛的眼皮红得很，因为他夜以继日地做工，夜里做工时他还扎了一个小圆灯笼在额头上，看来好像一个独眼怪[1]，一颗火红眼睛生在额头中间，正在地底下黑暗之中，以熊样的吼声和沉重的铁锤，气愤地打击着岩石。

"尊意如何，雷翁那图先生?"那些争论的人问艺术家。

雷翁那图始终在希望着，他和邦那罗偶两人能够化仇为友。在离开佛罗伦萨期间，他很少想起他们二人的冲突，差不多忘记了。

现在他的心如此安静而明朗，愿意同他的敌人说几句好意的话，他以为米开朗琪罗一定会了解他的。

"邦那罗偶先生对于但丁很有研究，"雷翁那图回答，一面恭敬而安静地笑着，指着米开朗琪罗，"他来解释这个问题，一定比我解释得好些。"

米开朗琪罗习惯于低着头走路，不向左右看，他自己不知不觉地走进人群里来了。当他听到雷翁那图说他的名字时，才停止脚步，抬起头来。

他慌张而羞惭，在众人眼光之下非常不舒服，因为他知道自己生得丑陋，引以为耻，总是相信所有的人都在取笑他。

现在突然遇着这事情，他起初手足失措了，他用那双黄褐色的小眼睛很猜疑地望着所有的人，发炎的眼皮一眨一眨地不知如何是好，太阳和众人眼光迫着他眯起眼睛。

---

[1] 独眼怪 Zyklop——神话中一种怪物，奉了武尔刚命令，在耶特那火山里替尤比德制造雷火。

可是当他发现了雷翁那图的安静的微笑，以及从上而下——因为雷翁那图比米开朗琪罗更高些——朝他看的探究的眼光，他的羞惭忽然转成了愤怒，这本是他常有的事情。他好久说不出话来，他的面孔一时苍白，一时现出不规则的红斑。最后，他很辛苦地用着沉重而受压的声音说道：

"你自己去解释吧！你读了很多的书，你是最聪明的人，你在米兰塑一尊黏土像，塑了十六年还没有铸成青铜哩。什么事情都要被你很可耻地弄得乱七八糟……"

他自己也明白他的话没有表达出他的意思，他还在寻找着刻薄的话来侮辱对方，但寻不出来他认为够刻薄的。

大家都不作声，怀抱好奇心望着这两个人。

雷翁那图不回答。有个时候两个人默然互相望着：这一个还是含着以前那种温和的笑容，不过现在有点惊讶和悲哀；那一个则要表示鄙视人的讥诮神气，但不能完全表示出来，仅仅扮起了痉挛样的鬼脸，更显得他难看。

在邦那罗偶的气愤的力面前，雷翁那图那种女性的安静的温柔好像是无限懦弱。

雷翁那图有一次画过龙和狮的斗争。有翼的空中王战胜了无翼的地上王。

现在发生于这二人中间的正像那种斗争，虽然二人都没有感觉到，都非自己所要的。

雷翁那图现在知道丽莎夫人说得对：他的敌手永远不会宽恕他那种安静的、那种强过于狂风暴雨的安静的。

米开朗琪罗还要说什么话，但只做了一个手势，便很快转过脸去，举起他的笨重的熊样的脚步走开了，嘴里不知哼些什么话，头低着，背驼着，好像有无限重担压在他的肩上。不久就看不见他了，好像消失于模糊的雨丝和凄凉的阳光里面。

雷翁那图也走着他自己的道路。

他走到桥上，忽然斯比尼宫旁那群人中有个人走出来赶上了他——一个好管闲事的讨厌的人，看来好像犹太人，但他是地道的佛罗伦萨人。艺术家记不起他是谁、他叫什么名字，只认得他是个令人憎厌的饶舌者。

桥上风刮得更厉害，在人耳边吹着呼哨，刺人的脸如同冰针一般。河中水波向远处滚去，向着衔山的太阳滚去，在低低的阴暗的差不多石头一般的天宇之下，亚诺河水好像是阴间熔铜之流。

雷翁那图在一小条干燥的路上走，没有理会这个人。这个人同他并排走着，在烂泥里一纵一跳地如同小狗，时刻望着他的脸，要同他谈论米开朗琪罗，显然是希望从雷翁那图嘴里听得一二句话，立刻拿去同米开朗琪罗说，并传遍于全城的。但雷翁那图一句话不说。

"先生，请问您，"这个啰唆的人追问他，"您还未曾画好琢箜铎夫人的肖像吗？"

"没有，"艺术家沉下脸来回答，"这事情同您有什么相干呢？"

"不相干。我不过问问罢了。您用心画这肖像整整三年了，还没有画成功！我们外行人觉得这画已经是美满的了，我们不能想象还会画得更好些。"

他笑着，现出奉承的神气。

雷翁那图满心嫌厌地看看他。这个人忽然如此惹起艺术家的憎恶，几乎要抓住他的领口，把他抛下河去。

"这肖像以后怎么处置呢？"那个固执的人追问下去，"也许，您还没有听说吗，雷翁那图先生？"

他显然在卖关子不把话说明白，他存有什么特别的意思。

雷翁那图对于这个人，除了憎厌之外，忽然感到一种不祥的恐怖，现在觉得他的身体如此光滑、他的四肢如此活动，好像什么虫豸。这个人也感觉到了，他现在更像犹太人，他的手抖起来，他的眼睛跳动着。

"啊，自然，自然！您是今早才回来的，您还不知道！您想何等不幸的事情！可怜的琢箜铎先生！他第三次做了鳏夫！是的，一个月以前丽莎夫人蒙召归主了……"

雷翁那图眼前一阵黑暗。有一瞬间，他觉得要昏倒了。他的同行者用锐利的小眼睛注视他。

但他以超人的力量镇静下来，他的面孔不过苍白了一点，但还是没有什么表示的。总之，那个人没有发觉什么。

这个好管闲事的人非常之失望，走到了弗列斯科巴底广场便停下来了，他连踝骨也陷在污泥里面。

雷翁那图清醒过来时，他的第一个想法就是：这个饶舌者在扯谎，杜撰这个消息，只为的看看能给他什么印象，以便到处传播去，给那早已流传的关于雷翁那图和琢箜铎夫人有恋爱关系的风声，添加新的资料。

这个死讯之合乎事实，他起初是完全不相信的。

但是当天晚上他知道一切了。弗郎西斯果先生在卡拉布里亚做的生意很挣钱，他也包办了供给粗羊皮于佛罗伦萨城的生意。他们两夫妻从卡拉布里亚回来途中，经过一个偏僻小城拉贡涅罗时候，丽莎就害病死去了。有人说害的是疟疾，又有人说是喉痧。

亚诺河改道工程也有了一个不幸的结局。

秋天，洪水冲坏了一切已成的工程，肥沃的平原变做了腐臭的沼泽，工人们死于瘟疫。许多的劳动、金钱和人命，一切都是徒然牺牲了。

佛罗伦萨那些工程师，把一切责任都推在索德里尼、马基雅维利和雷翁那图三人头上。认识的人在街上看见他们都转过脸去，不向他们敬礼。尼古罗为了惭愧和悲愤害了病。

两年之前，雷翁那图的父亲死了。

艺术家在他的笔记里，同惯常那么简短，写道：

一五〇四年七月七日，星期三，晚上七点钟，我的父亲，执政府公证人，彼特罗·达·芬奇先生，死了。他活了八十岁，遗下十个儿子和两个女儿。

彼特罗先生在人前屡次表示过，他的非婚生的长子雷翁那图也能承受他的财产，同他的其余的儿子的权利一样。是他自己死前改变了意向呢，还是他的其余的儿子不尊重死者的志愿呢？总之，他们宣布：雷翁那图以非婚生的儿子的资格，对于遗产没有权利。于是有个放重利的人、一个狡猾的犹太人，曾因他有得到遗产希望而借钱给他的，便向他提议购买他同弟弟们争产的权利。雷翁那图虽然厌恶家务纠纷和诉讼，但是那时他的经济景况如此枯窘，不得已答应了犹太人。于是开始了诉讼，争三百个弗罗璘的财产，持续了六年时间。他的弟弟们利用一般人对于雷翁那图的不满，火上添油，攻击他不信上帝，在恺撒底下做事时出卖祖国、行巫术、掘发死尸来解剖，亵渎基督教徒坟墓。他们也重提那二十五年前已经止息的关于他的反乎自然的罪孽的传闻，而且侮辱他的已经逝世的母亲迦德怜娜。

除了这些不快意的事情之外，还有会议厅图画的失败。

雷翁那图工作习惯上是如此之迟缓，所以他画壁画时只能用油色，用水彩色必须画得快，但他厌恶那种快，以致虽然有《最后的晚餐》的经验来警告他，此次画《安嘉里之战》时他还是要用油色的，自然用的是那种他认为比较完满的特别的油色。工作完成了一半时，他便在画前用铁盆燃起一把大火，试图催促颜色入于石灰之内。但是不久他就知道，热力只能及于图画下面部分，至于上面热力达不到的部分，则漆和颜色并没有干。

经过了好多徒然的努力，他终于明白了，他在墙壁上作油画的第二次尝试也是失败的，同第一次一样。《安嘉里之战》恰恰同《最后的晚餐》一样，都要趋于消灭，他又是如邦那罗偶说的，"什么事情都可耻

580

地弄得乱七八糟"了。

　　会议厅的壁画，比转移河道工程和兄弟诉讼，更加令他难过。

　　索德里尼拿手续上种种不相干事情来烦渎他，要他照当初签订的契约行事，迫他定一个期限画成这幅画，否则要科以原定的罚金。他看见这一切都没有效力的时候，便公然骂雷翁那图卑鄙，侵占国家钱财。可是，雷翁那图向朋友借了钱，把他从国库上支来的款项都要偿还国库时，彼罗先生又拒绝收受了。这个时候，邦那罗偶的朋友又在佛罗伦萨传播索德里尼致佛罗伦萨共和国驻米兰公使的一封信，这位公使曾代替法兰西国王派驻伦巴底的总督查理·俺拔斯爵士请求容许雷翁那图到米兰来一趟。彼罗先生信内有一段说："雷翁那图的行为是不纯洁的。他预支了一笔大款，但工作开始不久，就丢下了。在这种事情上，他对于祖国的行为如同叛徒一般。"

　　冬天有一夜，雷翁那图一个人坐在他的工作室里面。

　　狂风在烟囱里怒吼着，房屋的墙给风吹得颤动起来，蜡烛焰摇来晃去。一只大鸟制成的标本，研究飞行用的，已经给老鼠咬得一塌糊涂了，现在挂在梁上，摇动不停，好像要飞走的。房角书架之上，放自然科学家卜里尼著作的地方，有一只熟见的蜘蛛在它的网里急急忙忙地走着，雨点或雪珠打着窗子玻璃仿佛有人在轻轻敲着。

　　做了一天日常的事务之后，雷翁那图觉得疲倦而无趣，好像发了一夜的热一般。他起初想做点老工作：研究物体在斜面上的运动。后来他拿出一张老太婆漫画来看，画中人生着瘤一般的小鼻子、猪一般的小眼睛，又有非常大的向下伸出的上嘴唇。他想读书，但又读不下去。他还不想睡觉，因为夜长得很哩。

　　他看着那几堆灰尘积满的旧书，看着那些瓶瓶罐罐以及用酒精浸着的苍白的人胎，看着那些铜制的四分仪、地球仪以及种种机械学的、天文学的、物理学的、水力学的、光学的、解剖学的仪器，一种不可解释的厌倦充塞了他的灵魂。

他自己守着这些发霉的图书、人骨和机器，不也是同黑暗房角里那只老蜘蛛一样吗？生活中还有什么等待着他呢？他还有什么和死了不同的呢，除了留下一些纸头，上面写满了一种没有人明白的字体？

他想着做小孩子时候如何爬到白山顶上去，听鹳鸟飞鸣，呼吸植物香味，或者朝下面望着佛罗伦萨城——这城透明而淡白，同紫玉英一样，在日光中浴着，如此之小，仿佛两丛开花的金棘之间就可容纳它了，这种植物春天生满了山坡。那时他是快乐的，什么也不知道，什么也不思想。

他的一生工作难道只是幻景吗？大爱不是大知的女儿吗？

他听着狂风的叫号、怒吼和悲鸣。马基雅维利的话浮到他心上来："生活上最难堪的，并不是忧愁，不是疾病，不是贫穷和痛苦，乃是无聊。"

夜风的悲惨声音使人想起了人心所熟悉的不可避免的当然的事情，想起了在可怕的盲目的黑暗之中，在宇宙根源老混沌之中最后的寂寞，想起了这个世界的无限凄凉。

他站起来，拿了蜡烛，开了房门，到隔壁房间去。他走到三脚架上被尸布样的黑幕蒙着的画像面前，他揭开了那张布幕。

那是丽沙·琢箜铎夫人的肖像。

自从他们两人最后一次见面至今，自从他最后画这幅像至今，他还未曾揭过这张布幕。现在他觉得仿佛是第一次看见。他看见画中人面貌含有如此活力，他几乎给自己的作品吓住了。他想起了那些迷信的故事，说是：行了魔术的画像，只要用针刺一下，被画的人就要死去的。现在他看见的是相反的情形：他从一个活的取来了生命，为了给予一个死的。

画上的她，一切都是清楚而准确的，连衣服的微小皱纹，连围绕白胸膛的黑色花边，都画得同真的一样。仔细看看，好像看见胸膛在呼吸着，咽喉下面的小窝在颤动着，面貌的表情在变化着。

同时，她又是虚灵的、遥远的、奇异的。她的不朽的青春比画中背景上那些古老的岩石、那些天蓝色的钟乳般的似乎属于久已消逝非同尘凡的世界的山峰，还更古老些。在岩石中间蜿蜒着的河流，使人想起了她的弯曲的嘴唇及其永久的微笑。头发的波形，在那透明而黯淡的压发网底下垂下来，遵守着神性的机械学上那些法则，同水波一样。

好像她的死开启了他的眼睛，现在他才明白，丽莎夫人的美就是他用着如此难以满足的求知欲在自然界里所探求的一切；才明白，世界的秘密就是丽莎夫人的秘密。

现在不是他探究她了，而是她探究他。那双眼睛看人的神气表示什么呢？他的灵魂从那双眼睛反映出来，他们二人互相反映直至于无穷无尽。是重复着末次相见时她对他说的话吗？即说：除了好奇心之外还需要一种东西，才能发现出洞里最深的也许最奇异的秘密。或者是无所不知者的不动心的微笑吗？死人便是用这种微笑来看活人的。

他知道，她的死不是偶然的。他当初若是愿意的话，本可以救全她的生命。他想，他从来未曾如此公然如此接近直看着"死"的。琢箜铎夫人的冰冷的和悦的眼光使他的全部灵魂都害怕起来，至于不能忍受，使他的心要结成冰了。

他的一生第一次到了深渊之前急忙退走，不敢望下去，第一次，他不要求知。

慌慌张张地同偷儿一般，他又把布幕遮起来，好像拿尸布遮盖着她的面孔。

经过法国总督查理·俺拔斯的请求，执政们允许雷翁那图请三个月的假，春天时候到米兰去一趟。

他又很快活能够离开他的故乡了。同二十五年前一样，他又如无家可归的流浪人看见了阿尔卑斯山的雪峰俯瞰在伦巴底碧绿的平原之上。

第十五章

异端裁判法庭

　　雷翁那图第一次住在米兰替穆罗办事时，很勤勉研究解剖学。同他一起研究的，还有个很年轻的科学家马可·安东尼阿，那时只有十八岁，但已经是个有名的学者了。马可·安东尼阿是卫隆那旧世家德拉·托勒族出身，这一族人历来都爱研究学问。他的父亲在巴杜亚大学教医学，他的几个哥哥也是学者。他自己从做小孩子时候起，就献身于学问了，好像其他有名世家的子弟献身于宗教或恋爱一般。无论孩子的游戏或青年的热情，都不能转移他对学问的兴趣。

　　他曾爱了一个姑娘，但他觉悟了不能同时服侍两个主人：恋爱和科学，他于是抛弃了爱人，完全谢绝了应酬。做小孩子时，因为精神工作过度之故，他的健康已经受了损害。他的消瘦而苍白的面孔，给了他以刻苦修行者的神态，但这面孔还是美丽的，令人想起拉斐尔，不过其中含有更深的思想和更多的悲哀。

　　当意大利两个有名的大学巴杜亚大学和巴维亚大学，争着聘他的时候，他差不多还是一个小孩子哩。雷翁那图回到米兰时，马可·安东尼

584

阿也才有二十五岁，但已经是全欧洲第一等学者了。

　　这两个人研究学问的方向似乎是一致的：二人都舍弃中古阿拉伯人那种经院式的解剖学（这些阿拉伯人只晓得替古代名医喜波克拉特[1]和葛棱努士[2]作注）而代之以实验和观察，代之以精密研究活体的构造。但在表面相同之下，却藏有深刻的差异。

　　艺术家感到有个秘密存在于知识的最后限界，这秘密透过一切自然现象吸引了他，如同磁石透过布帛吸铁一般。他描写肩头筋肉时说道："这些筋肉，仅仅以其细丝的尖端附着于骨骼的最外边缘：'大师'如此安排，使得这些筋肉能够随着需要自由开展和紧缩、变长和变短。"在另一幅画稿上，他也写道："试看这些美妙的筋肉甲、乙、丙、丁、戊。试做一个试验：若是验得筋肉多了些，就取消几条；若是少了些，就添加几条；若是多少恰好的，那就赞美'最初的制造师'吧，他造出这样一种美妙的机器。"如此，在他看来，一切知识的结果，都引导人去大大地钦佩那不可探究的事物，钦佩神性的必然，钦佩机械学上"最初的推动者"和解剖学上"最初的制造师"。

　　马可·安东尼阿也感到自然现象之中有秘密。但他不肯在此秘密面前谦卑屈服，他又不能排去它或克服它，只好同它作战而且惧怕它了。雷翁那图的科学引到上帝去，马可·安东尼阿的科学则反对上帝：他要用一种新信仰，对于人类理性的信仰，去代替那业已丧失的信仰。

　　马可·安东尼阿是很慈悲的。他往往拒绝富人延请，而情愿到穷人家里去，免费替穷人治病，而且拿钱帮助穷人，凡他所有的都肯拿出来施舍。唯有那些沉于默想而隔绝尘世的人，才有他这个善心。但谈话之中如果说起了修士和教士的无知时，说起了那些敌视科学的人时，他就要改变面容，他的眼睛就要闪耀出不可抑制的怒火。此时，雷翁那图觉

[1] 喜波克拉特 Hippocrates，纪元前四六〇——前三七七。
[2] 葛棱努士 Claude Galenus，一三一——二一〇。

得，这个慈悲的人若是有人给他权力，一定会为了理性缘故把人拖到柴堆上去烧死的，正如他的仇敌，那些修士和教士，为了上帝缘故把人烧死一般。

雷翁那图在科学方面也是完全孤独的，恰如在艺术方面。马可·安东尼阿则团结了一大群学生。马可·安东尼阿能吸引人群，煽起心中火焰，同先知者做的一样。他又能行奇迹，令垂死的人复活，他依靠药品还少些，依靠信仰更多些。他的青年学生们，同所有名师的弟子一样，把先生的思想发展至于极限。他们并不同"世界秘密"作战，他们干脆地否认了它，而且以为：今天或明天科学将克服一切，将解决一切，旧的信仰殿堂将完全拆毁至于没有一砖一石存留。他们夸耀他们的"无信仰"如同小孩子夸耀新衣。他们闹着、吵着，好像小学生！他们的勇敢也好像狂吠着的小狗。

在艺术家看来，那些自称为科学仆人的狂热，正如那些自称为上帝仆人的狂热一般地讨厌。

"如果科学胜利了，"他忧愁地想到，"如果庸夫俗子走进了科学的神圣殿堂，那时，他们不会以其崇拜玷污科学吗，如同过去玷污了教会一样？众人的智能比众人的信仰不更庸俗些吗？"

为了教皇邦尼发士第八[1]有诏书禁止之故，当时要找到尸体来解剖是很困难而且危险的。二百年以前，蒙狄诺·德·鲁齐是第一个科学家，敢公然在波伦拿大学解剖两具死尸。他解剖的是女尸，因为"女人本性上更接近于畜生"。虽然如此，据他自己说，他的良心还在谴责他，令他不敢解剖头部，因为"那是精神和理性所在之地"。

时代改变了。马可·安东尼阿那些学生胆子大起来了。他们不害怕什么危险，也不害怕什么罪过，他们把新死的人弄来解剖。他们不仅出很多的钱向刽子手和仵作购买死尸，而且用暴力去抢夺死尸，从绞刑架

[1] 邦尼发士第八 Bonifazius VIII——一二九四年至一三〇三年之间做教皇。

上偷下来，从公墓地下掘出来，先生若不反对的话，他们夜里还要在僻静的街巷杀死过路人哩。

德拉·托勒家中既有许多尸首可供解剖，在那里做工作对于艺术家就是特别重要而有价值的。

他画了许许多多的解剖画，羽毛笔的、红铅笔的都有，旁边还有说明和注释。在研究方法上这两位学者中间的差异更加是明显的。

一个仅仅是科学家，一个则是科学家兼艺术家。马可·安东尼阿知而已，雷翁那图知而又爱，他的爱加深了他的知。他的解剖画都画得如此准确，同时又如此美丽，使人难于决定哪里是艺术的终点和哪里是科学的起点，二者是互相混杂、互相融化，成为一个不可分离的整体。

雷翁那图在他的旁注之中写道：

若有人反驳我，说学解剖学时，与其研究我的图画，毋宁研究尸体。我则回答他说：你若能在一次解剖之中看见我所画的一切，那么你说这话就有道理，但无论你如何明察，你只能看见和认识若干脉管而已。我则为了得到完全知识之故，解剖过了十具以上的人体，各种年龄都有，所有肢体都剖开了，所有遮蔽脉管的人肉都剔除了，却不让血流出来，除了毛管中挤出几乎看不见的几滴血。如果一具尸体，当解剖时候腐烂了，不够用，我便解剖许多的尸体，务使全知而后已。我又重复了同样的研究，为的在其中寻出差别来。我画这许多图画时，是把每个肢体和每个器官画成了那种样子，好像你拿在手里来看，可以翻来覆去从各方面去看的，从内面和外面去看，从上面和下面去看。

艺术家的明察，给予科学家的眼和手以一种数学仪器般的准确。脉管的分支，掩蔽在交织纤维和黏膜之下无人知道的，以及最微细的血管和神经，分布于筋和腱之中的，他都拿解剖刀接触到而且剔出来，用他

的左手拿刀，这手如此有力，能够弯曲马蹄铁，又如此温柔，能够在琢
笃铎夫人的微笑之中重现女性美的秘密。

马可·安东尼阿除了理性，什么也不信。他在这种明察的知识之前
时常觉得惶惑，甚至恐惧，好像他看见了一个奇迹。

好几次，艺术家预先说道："必须是这样的，这样是好的。"他研究
下去，发现果真是这样。创造者的意志似乎适合于观察者的意志：美是
真，真是美！

马可·安东尼阿觉得，雷翁那图研究科学同从事所有其他事情一
样，是断断续续地、游戏一般地保留着做其他事情的自由。但他也看见
这种工作本需要无限的耐心和"顽强的努力"，而落在艺术家之手竟同
游戏和消遣一般容易。

雷翁那图在他的旁注中对读者说：

> 你爱了科学之后，不嫌臭秽吗？你习惯了臭秽之后，夜里不害
> 怕剖开的血淋淋的尸体吗？你克服了害怕之后，有一个明确而合于
> 目的的计划吗？——这计划是解剖尸体时不可或缺的？你有了计划
> 之后，懂得透视学吗？你懂得透视学之后，能够使用几何证明法，
> 又有必需的机械学知识，来测量筋肉的力量和紧张吗？最后重要
> 的：你有足够的忍耐性和准确性吗？所有这些条件，我具备到何种
> 程度，是可以拿我写的关于解剖学的一百二十卷书来证明的。我的
> 工作所以未曾如愿完成，并非为了自私之故，也非为了疏忽之故，
> 而仅仅由于缺乏时间。

> 托勒米[1]在他的宇宙观中，先乎我描写了宇宙状况。现在我

---

[1] 托勒米 Claude Ptolemäus——二世纪时希腊天文学家，他以大地为整个宇宙的
不动的中心。这个宇宙观成了中古崇奉的权威，哥白尼出来，他的权威才
被推倒。

则描写着人体这个小宇宙，宇宙之中的宇宙。

他预感到了，他的著作若是得到一般人接受和了解，一定会在科学之中造成一个大变化的。他期望将有拥护者和继承者出来，晓得估量"他对于人类的贡献"。

他写道：

> 《机械学原理》一书，预先可以帮助你去研究人及其他动物的运动和力的法则。你依靠机械学的帮助能够以几何学准确度来证明解剖学的每一条定理。

他将人类和动物的肢体视为活的杠杆。在他看来，一切知识都是从机械学生根的，机械学乃是"最初推动者的奇妙的正义之化身"。"最初制造师"的行善意志，正是从"最初推动者"的公平意志产生出来的，那是一切秘密的秘密。

在他的数学般准确性之外，雷翁那图还提出一些猜测、先感、预言，以其勇敢惊吓了马可·安东尼阿，令他觉得这些是不可信的。正如一个人，他第一次看见山，把遥远的山峰当作空中的浮云，很难相信这个虚幻的景象竟有花岗石的根基，一直伸到地球中心。

当研究孕妇尸体子宫之内胎儿发育种种阶段时，艺术家发现了人类身体构造同动物相似，不仅同四足兽相似，而且同鱼和鸟相似。

他写道：

> 你试拿人类去同猴子以及类似的好多其他动物比较一下。你试拿人类的内脏，去比较猴、狮、牛、鱼、鸟等的内脏。你试拿人手的指头去比较熊掌的指头，或鱼鳍的软骨，或鸟翼和蝙蝠翼的骨架。……凡是完全认识人类身体构造的人，就容易心胸阔大的，因

为一切动物的肢体都相类似。

他在肉体构造的繁多形态之中看出了一条统一的发展法则，一个统一的无所不包的自然计划。

马可·安东尼阿起来争辩、生气，把这些猜测称为发昏，不是科学家所当取的，与谨严的科学精神相违反的。但好几次，他似乎服输了，好像中了巫术，哑口无言，倾心听着。此时，他的孩子般温柔的和修士般严肃的面孔是美丽的。雷翁那图每逢看到他的深沉而永远忧愁的眼睛时，总感觉到：这位科学中的隐士，不仅是科学的祭司，而且是科学的祭品。对于他，"大知的女儿"不是大爱，乃是大忧。

经过法兰西国王和他的总督查理·俺拔斯的说情，佛罗伦萨执政府准许艺术家无限期请假。第二年，一五○七年，雷翁那图便正式在路易十二手下供职，搬到米兰来居住了，偶然有事情才去佛罗伦萨走一趟。

四个年头过去了。

卓梵尼·贝尔特拉非奥此时已经是个优秀的画家了。一五一一年末，他在新建的圣谋利西奥教堂画一堵墙壁，这教堂附属于女修道院，所谓"大院"，而这古旧的修道院乃是建筑在古罗马游戏场和尤比德神庙等废墟之上的。修道院旁边，沿葡萄街一堵高墙背后，有个荒芜的园圃，其中立着嘉曼雅拉家族的半倾圮的邸宅，以前本是很华丽的，但久已无人居住了。

女修士们把这片园圃和这座邸宅租给炼金术士嘉黎屋托·萨克罗布斯果先生和他的侄女嘉山德拉小姐居住。她是他的弟弟、有名的古物搜罗家路易基先生的女儿。这伯父和侄女两个人不久之前才从远方回到米兰来的。

法国人第一次攻下米兰时，维塞里拿门附近，干塔拉那运河岸上，稳婆细东尼亚太太那座小屋子受了兵士抢劫。此事之后不久，这伯父和侄女两人便离开了伦巴底，在东方漂泊达九年之久。他们到过希腊、多岛海上诸岛、小亚细亚、巴勒斯坦和叙利亚，人们传播着关于他们二人的奇奇怪怪风声。有人说，这位炼金术士已经发现了"智者之石"，能变铅为金；有人说，他骗了叙利亚总督一笔大款来做试验，他带着钱逃走了。有人说，嘉山德拉小姐同魔鬼订了契约，并根据她的父亲的遗文，在菲尼基一个亚斯他录神庙所在地，掘发了一宗古代藏宝；又有人说，她在君士坦丁堡用巫术劫了士每拿来的一个很有钱的老商人的财产。无论如何，这两个人同叫花子一般离开米兰，而今成了富人回来，则是真确的事实。

嘉山德拉以前的女巫，德美特留·哈尔孔底拉斯的徒弟、老巫婆细东尼亚的义女，如今变成一个虔诚的信女了，至少表面上是这样。她严格遵守着教会一切规则和斋期，热心做礼拜，慷慨布施，以此不仅获得了"大院"诸师姊的好意，租房子给她居住，而且获得了米兰大主教本人的好意。固然，那些恶毒的舌头还在说着（也许仅仅由于嫉妒吧，嫉妒是人类的通病）：她远地旅行了一次回来，更加是异教徒了。这女巫和那炼金术士不得不逃出罗马，害怕异端裁判法庭把他们捉了去，但他们或迟或早总逃不掉柴堆上的刑罚的。

嘉黎屋托先生还是那样敬畏雷翁那图，尊他为师，总认为他具有"赫尔谟·特里斯墨季斯托的秘密的智慧"。

炼金术士在他的旅行当中搜集了不少罕见的书籍带回来，其中大部分是托勒米时代亚历山德里亚派学者们的数学著作。艺术家向他借阅这类书籍，往往派卓梵尼去借，因为卓梵尼在附近的圣谋利西奥教堂内做工作。不久之后，由于旧时的习惯，贝尔特拉非奥便常到炼金术士家里来，每次来总有所借口，其实是为了见嘉山德拉一面的。

起初几次见面时，这个姑娘同他说话很谨慎。她装作忏悔的罪女，表示要蒙起面幕当女修士去。但渐渐确信无须害怕他的时候，她说话就要坦白一些了。

　　他们二人便是如此回忆着十年前时常闲谈的情景，那时二人都差不多还是小孩子，时常在圣拉德恭达修道院近旁、干塔拉那运河岸边荒凉小丘之上会面。他们还记得那一天晚上，淡白色的电闪、运河水夏天闷人的气味，好像在地下响着的沉重的雷声。就是在那一天晚上，她向他预言奥林匹斯山诸神都要复活，她又邀请他赴群巫大会去。

　　现在她同隐士一般生活着。她生着病，或至少装作在生病，凡礼拜上帝余下来的时间，她都是在一个僻静的房间内度过的，那是旧邸宅中少数完好的房间之一，她不让一个人进去。这是一个阴暗的厅堂，尖形的窗子开向那个荒芜的园囿，园中扁柏排成了一堵墙，明亮的潮湿的苔藓盖满了空洞的榆树干。房里的摆设使人想起了博物馆或图书馆。嘉山德拉从东方带回来的古物都陈列在这里：希腊雕像的断片，光滑的黑花岗石刻的埃及狗头神，主知派学者的刻字石头（上面刻着那个表示三百六十五高天的魔字 Abraxas）。刚硬如象牙保存着希腊诗歌断片的拜占庭[1]羊皮书，刻着亚述楔形文字的砖片，用铁订成的波斯博士书以及花瓣一般薄而透明的孟菲[2]纸草书。

　　她向他讲述她的漫游故事，讲述看见的奇景，讲述海水侵蚀的黑岩石上寂寞的白大理石神庙，这岩石立在那永远蔚蓝的伊奥尼海[3]波之中，海水含着盐味如同初生的维纳斯女神裸体鲜味。她又讲述她的种种几乎难以相信的辛苦、困难和危险。有一次，他问她：究竟在这旅行中寻觅什么，为什么要搜集这些古物，要忍受这许多艰苦？她于是用她的父亲路易基·萨克罗布斯果先生的话回答道：

　　"我要起死回生呀！"

　　她的眼睛发出一种火焰，由此火焰他又认得了旧时的女巫嘉山

---

[1] 拜占庭 Byzanz——即后来的君士坦丁堡，或现在的伊斯坦布尔，但以前是基督教的一个中心，东罗马帝国的首都。

[2] 孟菲 Memphis——埃及古都。

[3] 伊奥尼海 Joniche Meer——地中海一部分，界于意大利、阿尔巴尼亚和希腊中间。

德拉。

她改变得很少。她的面孔还是那样的，既非忧愁也不快乐，同古代雕像一般地冰冷，额头阔而低、眉毛细而直、嘴唇紧紧闭着，绝无笑意，眼睛黄而透明，好像琥珀。这张面孔，为了病或者为了不间断的深刻思索，更显得清秀了，尤其下面太窄的太小的部分以及那个微微突出的下嘴唇，也更加显出一种严肃的安静，同时有一种孩子般无可奈何的情态。那些干枯的蓬松的头发，看来比全张面孔更加活跃，好像有了自己的生命，又好像梅杜莎那些蛇一般，构成一个黑色的光轮围绕着那张面孔，显得她的面色更加苍白、更加冰冷，她的红嘴唇更加光亮，她的黄眼睛也更加透明。这个姑娘的美，激起了卓梵尼的好奇心、恐惧心和怜悯心，而且比十年前更难于抵抗地吸引着他。

在希腊旅行时，嘉山德拉也探访过她的母亲的故乡，那个穷苦小城弥斯特拉，离斯巴达故墟不远，夹在柏禄奔尼那些给太阳烧炙了的荒凉山丘中间，半个世纪以前最后一个希腊哲学大师格弥斯托士·卜列东就在那里死去的。她也搜集了这位大师的未曾发表的残缺的著作、书信以及他的学生们关于他的满含敬畏的传说。那些学生相信，柏拉图灵魂又从奥林匹斯山下凡一次，化身为卜列东。她告诉卓梵尼这次探访经过时，又提起了卜列东那个预言。十年前，他们二人在干塔拉那运河边闲谈时，她已经告诉过他了，从那时起他时常想起那个预言。据说，这位百龄高寿的哲学家，死前三年曾经预言道："我死了几年之后，将有一个唯一的真理照耀着地上万族万民，一切的人都将以一致的精神趋向于一个唯一的信仰。"人家问他：是什么信仰呢，是基督教呢，还是回教呢？他答道："既非基督教，也非回教，而是一种同古代希腊教没有差别的信仰。"

"卜列东死后至今已过去半世纪了，"卓梵尼反驳说，"但他的预言还未实现。您至今还在相信吗，嘉山德拉小姐？"

"完全的真理，卜列东也是不知道的，"她安静地说，"他好多地方都想错了，因为他好多事情都不知道。"

"不知道什么？"卓梵尼问道。他忽然觉得，在她的深沉的探究眼光之下，他的心已经慌乱了。

她不回答，只从壁架上取下一卷老羊皮，那是伊士基勒的悲剧《捆着的普罗默德》。她选了几节读给他听。卓梵尼懂得一点希腊文，凡他不懂之处，嘉山德拉也解释给他听。

那个"底但族"列举了他送给人类的礼物，人类靠着这些东西迟早可以同诸神平等的，那就是：死之遗忘，希望，以及从天上偷来的火。他又预言宙斯要倒台：

> 倒台时，克龙诺士的父权诅咒，
> 于是要完全应验在你的身上；
> 诸神之中没有一个神，除了我，
> 能指示你如何逃避这场灾难。

诸神使者赫尔谟通知普罗默德：

> 这痛苦永无终结的时辰，
> 除非诸神之中有个神明，
> 他肯降临地狱最深部分，
> 为了引你脱离这些苦辛。

"你试想想，卓梵尼，"嘉山德拉问道，她一面把古书卷起来，"这个神，肯到地狱深处来的，究竟是谁呢？"

卓梵尼不回答。他觉得，好像电光突然一闪，他的面前现出一个无底的深渊。

但嘉山德拉小姐总是用她那透明的眼睛盯住卓梵尼面孔。此时，她果真像古代亚加绵农俘虏来的那个不祥的处女预言家嘉山德拉。

　　"卓梵尼，"停了一会，她又说，"你听过关于那个人的故事吗？他在一千年前就同哲学家卜列东一样，梦想着叫已死的诸神复活起来，他就是弗拉维·克罗狄·朱理安皇帝[1]。"

　　"您说的是叛教者朱理安吗？"

　　"不错，是他。在他的敌人那些加利利派看来，以及在他自己看来，他是个叛教者。可惜，他不敢做一个叛教者，因为他不过拿旧酒装在新瓶里罢了。那些希腊教徒，也可以同基督教徒一样，骂他作叛教者……"

　　卓梵尼告诉她，他在佛罗伦萨曾有一次看见富豪罗棱慈编的一出戏，演两个青年人卓梵尼和保罗殉道的故事，他们为了信仰基督被叛教者朱理安杀死了。他还记得这出戏中几句台词，特别感动了他的，其中有一句，就是朱理安被圣默古留的剑刺穿快死时，叫喊道："加利利人[2]呀，你得胜了！"

　　"听我说，卓梵尼，"嘉山德拉说下去，"这个人的奇异而悲惨的命运之中含有一个大秘密。我说，他们二人，朱理安皇帝和卜列东哲学家，都是不对的，因为他们只见到半边真理，若无其他半边真理来补充，则他们所见的都是谎言。他们二人都忘记了那个底但族的预言，即

----

[1] 弗拉维·克罗狄·朱理安皇帝 Kaiser Flavius Claudius Julianus，三三一——三六三，君士坦丁大帝的侄儿，当时基督教已由君士坦丁大帝宣布为罗马国教了，朱理安自己就在基督教信仰中长大的，但他即位之后反对基督教，图谋复兴以前的希腊罗马宗教，即基督教徒所称为"异教"的东西。当时全国基督教徒宣布他是"叛教者"，群起反对他，他的企图终于失败，后来与波斯王萨普尔打仗时，他受了重伤，临死拿起伤口的鲜血向天洒道："加利利人呀，你得胜了！但你终必灭亡，最后的胜利属于我们！"从此以后开始了真正的中古时代，基督教统治一切的时代，知和美成了不合于教义的东西，直至于文艺复兴这个"诸神复活"的时代。梅勒什可夫斯基这个三部作的第一部《诸神死亡》，就是以"叛教者朱理安"为主角来写中古精神之战胜古代精神的。
[2] 加利利人 der Galiläer——即耶稣。当时"异教徒"称耶稣为"加利利人"，称基督教徒为"加利利派"。

是说：须待光和暗相合，须待上天和下天相合，须待二变为一，诸神才会复活起来的。他们不懂得这点，他们的灵魂是徒然为了奥林匹斯山诸神而牺牲了……"

她停了话，好像不敢完全说出来，以后她又轻轻地说几句：

"你能知道就好，卓梵尼！我能完全告诉你就好！但是，不，现在还不到时候。暂时我只说一点：奥林匹斯山诸神中有一个神，比其他所有诸神都更接近于他的地底下兄弟们。一个神，光而又暗同黎明一样，仁慈而又残忍同死一样，他下凡来，教凡人忘记死，送凡人一种新火，这火在他自己的血里面，在迷醉人的葡萄汁里面。但是，我的兄弟，人类之中是谁能了解他呢，是谁能对世界说：戴着葡萄冠冕者的智慧同戴着荆棘冠冕者的智慧一个样？即是同那人的智慧一个样，他曾说'我是真葡萄树'[1]，他也曾同狄昂尼索神一个样拿他的血去迷醉世界。我说的话的意思，你懂得吗，卓梵尼？你若是不懂得，就不要作声，也不要问，因为这是一种秘密，此时还不许说的……"

卓梵尼近来有一种思想上的大胆，这是他以前所没有的。他什么都不害怕，因为他没有什么可以丧失的。他觉得，无论本涅德托修士的"信"，或雷翁那图的"知"，都不能平息他的痛苦，都不能解除他的灵魂的矛盾。他在嘉山德拉这些朦胧的预言中才模糊觉到一种出路，也许是最可怕的出路，但是唯一的出路。所以他以拼死的勇气，在这条最后的道路上跟着她走。

他们二人愈来愈加接近了。

有一天，他问她：既然认为是真理，为什么不明白说出来呢？为什么在人前遮遮掩掩呢？

"并非所有的东西都要给所有的人知道的，"嘉山德拉回答，"群众需要殉道者的自白，正如需要奇迹和预兆一般，因为唯有那些不全信的

---

[1] "我是真葡萄树"——按这话是耶稣说的，见《约翰福音》第十五章第一节。

596

人才要为了自己所信而死，为的向别人和向自己证明他的所信。但是完全的信乃是完全的知。你以为，毕塔哥拉斯若是殉道而死，就足够证明他发现的几何学真理吗？完全的信是不作声的，它的秘密高过于一切自白，正如师傅说的：'你要认识一切，但不让人认识你。'"

"哪一位师傅？"卓梵尼问道。他心里想："雷翁那图也能说这话的：他也认识一切，但没有人认识他。"

"埃及主知派学者巴西里德[1]呀。"嘉山德拉回答。她接着解释说，基督教初兴几百年中那些大师都以为完全的爱和完全的知是一而二二而一的，所以他们自称为"主知者"。

于是她又告诉卓梵尼主知派那些奇怪的吓人的噩梦一般的学说。

特别感动他的，是其中亚历山德里亚崇蛇派[2]关于创造世界和人类的学说。

诸天之上飘着一种无名的不动的永在的黑暗，比一切光明都更庄严，那就是"混沌父"，就是"深而静"。他的唯一的女儿苏菲亚[3]即"神知"，同父亲分开了，认识了"存在"，遂陷于悲哀。她的悲哀的产儿就是耶达鲍特[4]，即创世的神。耶达鲍特要单独存在，遂离开母亲，比母亲更深陷于"存在"之中，而创造了肉的世界，这是宇宙的一种歪像。他又在这世界中创造了人类，使之反映他的伟大和证明他的能力。但是耶达鲍特的仆役，即那些元素精灵，拿着尘土只能造成功一个莫名其妙的肉块，虫一般地在尘土之中蠕动着。他们引了这肉块来见他们的主人耶达鲍特，要他把生命吹进去。但"神知"苏菲亚怜悯了人类，她又要报复她的自由和悲哀所产生的儿子，因为他离开了她。她于是借着

[1] 巴西里德 Basilide——第二世纪时人，图谋调和基督教、亚里士多德哲学和斯多伊派哲学。
[2] 崇蛇派 die Ophiten——主知学派中的一派，以蛇为救世主象征，为宗教中心。
[3] 苏菲亚 Sophia——按希腊文 Sophia 本系"智慧"之意。
[4] 耶达鲍特 Jaldabaoth——意为"能创造者"。

耶达鲍特之口，吹入生命时，也吹入一星星的"神知"，那是她得之于"混沌父"的。于是那个可怜的创造物，土之土和尘之尘，本是创造者要求证明他的全能的，忽然无限地高过于创造者本身，并非耶达鲍特的映像，而是真神"混沌父"的映像了。人类从尘土里抬起头来。创造者看见了那个不受他的权力支配的创造物，于是气愤和恐怖。他投射了他的因嫉妒而火红的眼睛，进物质的最内心去，进黑土之内去，那里反映了他的忧郁的眼睛之火和他的气愤面孔，这个映像遂成了黑暗天使，成了蛇一般爬行着的狡猾的俄菲莫浮士[1]，成了撒旦，成了被诅咒的智慧。依靠撒旦帮助，耶达鲍特遂造成了三大自然界，他把人类放在最低下的处所，好像恶臭的监牢之内，又订立律法，你不可做这，不可做那，你犯了律法就要死。因为他还在希望着能依靠律法压制、利用那怕恶和怕死心理，仍旧使他的创造物屈服于他。可是"神知"解放者，并不抛弃人类，她爱了人类，爱到底，她送给人类一个安慰者，即知识精灵，蛇形的、有翼的、晨星一般的即光明天使，"如蛇一般聪明"。这精灵降临人世，对人类说："你们吃吧，你们便有知识，便睁开眼睛，便同神一样。"

　　"物质的人，这个世界的儿女，"嘉山德拉做结论说，"乃是耶达鲍特和那些狡猾的蛇的奴隶，他们在畏死之中过生活，他们在律法压制底下爬行着。但是光明的儿女、主知派，苏菲亚所选拔的，知道了智慧的秘密，践踏一切律法，打破一切界限不可捉摸的犹如精灵，自由的能飞的犹如神明，不因行善而高超，在恶中仍是纯洁的，好像污泥之中的金子，同黎明时闪光的星一般，光明的天使引导他们穿过生和死、善和恶，穿过耶达鲍特世界的一切灾难和恐怖，到他的母亲苏菲亚那里去，经过她又到无名的黑暗怀抱中去，这黑暗在诸天诸渊之上飘浮着、不动的、永在的，比一切光明都更庄严的，这就是混沌父。"

　　卓梵尼倾听着这个崇蛇派学说，他拿耶达鲍特来比较克龙诺士，拿

---

[1] 俄菲莫浮士 Ophiomorphos——意为"蛇形者"。

苏菲亚的星星智慧来比较普罗米修斯的火，拿造福人类的蛇、拿照明天使鲁西飞，来比较那个被捆缚的底但族。

在一切时代中，在一切民族中，在伊士基勒的悲剧中，在主知派的神话中，在叛教者朱理安皇帝的传记中，在哲学家卜列东的学说中，他都发现了一种遥远而熟悉的回声，与他自己心中那个大冲突大斗争相呼应。他知道了一千多年以前的人已经同他一般与怀疑作战，因矛盾和诱惑而趋于灭亡了，于是他的痛苦更深刻了些，但也更和缓了些。

有些时候，他从这些思想之下醒悟过来，好像醉后清醒，好像发过了一阵热昏。此时他便觉得，嘉山德拉小姐不过装作刚强、装作智慧、装作懂得秘密罢了，而其实并不比他多知道些，也是同他一样在暗中摸索着。他们二人比十二年前更加是可怜而无助的孩子，而这种半神性和半魔性的智慧讨论比群巫大会也更加是胡闹的。当初她邀请过他赴群巫大会去，现在她则鄙视这个玩意儿，称为俗人的娱乐。他害怕起来，他要逃走。但太迟了，好奇心的魔力把他引到她那里去，无法抵抗。他觉得，在他彻底知道一切，而且与她同得解救或同趋灭亡以前，不能离开她。

那个时候，传说有名的神学博士、异端裁判官卓尔曹·达·加撒勒修士，要到米兰来了。教皇朱留士第二[1]听说伦巴底一带巫术猖獗得很，不放心，发了严厉的诏书派他来此查办。"大院"那些女修士以及大主教手下庇护嘉山德拉小姐的人，都来警告她当心危险。卓尔曹修士是异端裁判法庭[2]裁判官，而嘉黎屋托先生和嘉山德拉小姐正是为逃避这个法庭才离开罗马的。他们明白，如果落入法庭手中，那就无论人

---

[1] 朱留士第二 Julius II——一五〇三年至一五一三年之间做教皇。
[2] 异端裁判法庭 die Heilige Inquisition——中古时代为裁判非基督教思想而设立的一种特别法庭，正式开始于一二三三年，由多米尼会修士主持裁判。这是人类历史上最残酷的最不合理的制度之一。多少人在这个法庭的毒手之下惨遭非刑和焚死！尤其是含有革新思想的人物成了这个法庭猎获的对象。近代，十六世纪以后西方诸国先后废除这个残酷制度，但西班牙和意大利十八世纪还流行着，直至十九世纪中叶才确定废除。

家如何说情，都救不了他们的。他们于是计划到法国去，如有必要，还要走得更远些，到英格兰或苏格兰去。

计划着动身的前二日，早晨，卓梵尼同平时一样，在嘉山德拉的工作室嘉曼雅拉邸宅内那间僻静的房子中和她闲谈。

太阳穿过丛密的黑扁柏枝条照进窗子来，同月光一般淡白，照得这姑娘的面孔更加美丽而冰冷。现在，快分别时候，卓梵尼才觉得她是何等接近于他。

他问道：他们二人还能再见一次面吗？她常说的那个最后秘密可以告诉他吗？

嘉山德拉看着他，然后不作一声从珠宝盒里取出一个扁平的透明的四方形的绿石，这是那个有名的"绿玉法牌"，据说是在孟菲附近一个洞中，从一个祭司木乃伊的手上取下来的。这祭司，据传说乃是赫尔谟·特里斯墨季斯托的化身，或埃及的无常、接引死人到阴间去的霍卢神的化身。

绿石一边用埃及文，另一边用希腊文，刻着四句诗：

天在上，天在下，
星在上，星在下，
一切在上，一切也在下——
你明白了，你就有福了。

"这诗句有什么意思？"卓梵尼问道。

"今天夜里到我这里来，"她低声回答，很庄重地，"凡我知道的，都要告诉你，听到吗？什么话都要告诉你！但现在，我们要依照老习惯，临别之前喝干了最后的兄妹杯。"

她拿来一个圆形小坛子，上面用蜡封着，这是东方人常用的酒坛。她从那里面倒出一种浓厚而奇香的金玫瑰色酒，倒入一个古代的橄榄玉杯子，杯上刻了狄昂尼索神及其祭司们。她走到窗口，举起了杯子，好像献祭一样。在淡白色阳光照射之下，杯上刻的那些跳着舞的祭司们的裸体，经过玫瑰色葡萄酒现出来，好像有了温暖的血。

"有个时候，卓梵尼，"她更低声更庄严说，"我以为你的师傅雷翁那图知道了最后的秘密，因为他的面貌如此美丽，好像奥林匹斯的神和地底下的底但族在他身上合而为一。但现在我明白：他不过努力而已，还没有达到什么；不过寻觅而已，还没有发现什么；不过知而已，还不识得什么。他是后来者的先驱，这个后来者比他更大。那么我们同干这杯别离酒吧，我的兄弟，为了祝贺那个不知名的人，我们求告于他，视他为最后的和解者。"

她恭恭敬敬地，好像在举行着一种秘密的圣礼，喝完了半杯酒，就拿杯子交给卓梵尼。

"不要害怕，"她说，"这里面没有什么巫术。这酒是纯洁而神圣的，这是拿撒勒[1]山丘上的葡萄酿成的。这是狄昂尼索和加利利人的最纯洁的血。"

他喝了酒之后，她便很亲密地拿双手放在他的肩头上，迅速而坚决地在他耳边说道：

　　来吧！你要知道一切，你就来吧！我要把秘密告诉你，我从来未曾同人说过的。我要你试尝最后的痛苦和最后的快乐，我们二人要在这痛苦和快乐之中永远合而为一的，如同哥哥和妹妹，如同新郎和新妇！

同在十年前可纪念的雷电之夜干塔拉那运河岸上情形一样，她现在在月亮般淡白色的太阳光中，又把她的冰冷、严肃大理石般白面孔靠近

---

[1] 拿撒勒 Nazareth——耶稣的故乡。

着他了——蛇形的散发，血红的嘴唇，还有琥珀黄的眼睛。

一阵熟悉的恐怖感透过了卓梵尼的心，他想到：

白色女鬼呀！

依照约定钟点他来到僻静的葡萄街，嘉曼雅拉邸宅旁边那个园圃门前。

园门密闭着。他敲了很久，没有人来开门。他转到那边圣羔羊街，要从隔壁"大院"大门走进去，但在那里，看门女人告诉他一件可怕的消息：教皇朱留士第二派来的异端裁判官卓尔曹·达·加撒勒修士忽然出现于米兰，立刻下令逮捕炼金术士嘉黎屋托·萨克罗布斯果和他的侄女嘉山德拉，因为这两个人都有行巫术的嫌疑。

嘉黎屋托逃走了。嘉山德拉小姐则被捉去关在异端裁判法庭的监牢里。

雷翁那图知道了这件事情，便设法去营救这个不幸的女孩子。他向他的保护人、法兰西国王路易十二派驻米兰的总督查理·俺拔斯和度支长弗罗里孟·罗伯特，请求替嘉山德拉说情去。

卓梵尼也努力奔走，请师傅写信，到法庭打听消息。这法庭就设在大教堂近旁、大主教宫殿之内。

这里，他结识了裁判长卓尔曹修士的秘书长神学士弥迦勒·达·瓦卫德修士。这位神学士写过一本论巫术的书：《最新的巫锤》，其中有一处说，主持群巫大会的所谓"夜羊"，乃是山羊的一种近亲，当初希腊人在淫荡的跳舞和歌唱时候献祭狄昂尼索神之用的。这种淫荡的跳舞和歌唱就是后来悲剧的滥觞。弥迦勒修士对待卓梵尼非常客气，他表示非常关切嘉山德拉的遭遇，或者装作这个样子。他自称确信嘉山德拉受了冤枉，他又表明钦佩雷翁那图，钦佩"一切基督教画家之中最伟大的人物"。如他自己说的，他向徒弟探问师傅的生活、习惯、兴趣和思想。

但谈话之中说到雷翁那图时，卓梵尼就很谨慎，他宁可死，却不愿说一句话陷师傅于危险。弥迦勒明白了他的诡计不成功，有一天他就说：他虽然认识卓梵尼不久，却已经爱了他，把他当作弟弟看待了，在责任上应当警告他当心危险，因为达·芬奇先生有行巫术的重大嫌疑！

"这是胡说！"卓梵尼喊起来，"他从未做过巫术上的事情，反而是……"

卓梵尼住了口。这位裁判官秘书长很长久地注视着他。

"您要说什么，卓梵尼先生?"

"不，不说什么……"

"您对我不很坦白，我的朋友。我知道您要说雷翁那图先生不信世间有巫术之事……"

"不，我不说这话，"卓梵尼赶紧回答，"但是假如他不信有巫术的，那可以当作他有罪的证据吗?"

"魔鬼是个良好的论理家，"修士带着轻微的冷笑回答，"他时常害得他的最有经验的敌人头脑糊涂。不久之前，我们从一个巫婆嘴里知道了他在群巫大会上讲演的一篇话。他说：'孩子们，你们快活吧，因为我们的新盟友，那些科学家帮助了我们。他们否认有什么魔鬼权力，以此把异端裁判法庭的刀剑弄钝了。我们不久就要完全战胜这个法庭，而把我们的势力扩展于全世界。'"

弥迦勒修士安静而确信地说起"恶势力"的种种不可思议的行径。譬如他指出一些特点，可以辨认魔鬼和女巫合生的婴孩：这种孩子总不肯长大，比较其他的乳儿更重得多，约有八十磅至一百磅，哭得长久，一次要喝五六个奶妈的奶。

他能说魔鬼的数目，说得数学般精密。他说，大魔鬼共有五百七十二个，各种等级的小魔鬼则有七百四十万五千九百二十六个。

但是特别令卓梵尼吃惊的，还是那个关于所谓雌雄怪的学说。这是一种阴阳两性的魔鬼，可以随意变成男人或女人，去诱惑人类，同他们交媾。修士又对卓梵尼说，魔鬼如何拿浓厚的空气或绞刑架上偷来的尸首，做成肉体以为淫秽之用，这些肉体虽在最酣畅时也是冰冷的同死尸一样。他征引了圣奥古斯丁的话，圣奥古斯丁虽然否认有对跖人[1]的存在，以为这是一种亵神的邪说，但并不怀疑有雌雄怪，据说从前异教徒就是拿雌雄怪当作浮因、沙提尔、南芙、哈马德里亚及其他居住山林水气诸精灵来崇拜的。

"古时，那些淫乱的男神和女神，"弥迦勒修士说下去，"降临尘世同人类交媾。同样，现在不仅次等的精怪，连上等的最有力的精怪，也会这样做的，譬如亚普罗和巴库斯就是雄怪，狄安娜和维纳斯就是雌怪。"

卓梵尼从这几句话明白了，跟了他一生的那个白色女鬼，正是一个雌怪，正是亚弗罗狄特。

弥迦勒修士有时也邀他去观审，还在希望迟早能使他变成一个助手、一个告发者，因为从经验上知道，异端裁判法庭种种恐怖能令人神智失常的。卓梵尼克服了恐怖心和嫌厌心，并不拒绝去参观审讯和施刑，因为他也希望，即使不能减轻嘉山德拉的灾祸，至少也可以打听她的消息。

一部分由于观审时候听来，一部分由于那位秘书长的叙述，卓梵尼知道了一些难以置信的案件，其中有可笑的也有可怕的，二者夹杂在一起。

一个女巫、一个最小的姑娘忏悔了，回到教会怀抱中来，她感谢那些拷打她的人从撒旦爪里救了她出来，她以无限的耐心和柔顺忍受着一切痛苦，她快活而安静地去死，因为她坚信尘世的火可以免除她将来受永久的火所焚烧的。她只要求裁判官一件事，就是趁她未死之前把她手

---

[1] 对跖人 die Antipoden——在地球上正相反两点居住的人。中古时代不信有人存在，因为人们不信大地是球形的。

上的魔鬼剔除了，因为她相信，魔鬼化作一枚针钻进她的手里去了。那些主持审判的神父请了一位有经验的外科医生来商议，但无论给他多少酬劳，这位医生始终不肯做这剔除魔鬼的事情，因为他害怕行手术时魔鬼会扭断他的颈项。

另一个女巫，面包师傅的寡妇，一个康健而美丽的女人，被告同魔鬼交媾了十八年，生下了许多孽胎。在可怕的刑讯之中，这个不幸的女人有时祈祷着，有时狗一般吠着，有时忍痛不响，有时失了知觉，人们必须用一种木制的特别刑具强迫她开口说话。最后，她挣脱了施刑人的手，向裁判官冲去，发昏一般叫喊道："我把灵魂卖给魔鬼了，我永远属于他的了！"然后倒在地下死去。

嘉山德拉的义母细东尼亚太太也被捉了来。她受了长久痛苦之后，有一天夜里放火把监房内草垫烧了，在火烟中熏死，为了避免以后的刑罚。

一个拾荒的老太婆，有点痴呆，被告每天夜里都去赴群巫大会，而且是骑在她自己女儿的背上去的。她的女儿手脚都是残废的，而且给魔鬼钉上马蹄铁。老太婆很俏皮地向裁判官使眼色，好像她同他们之间有了默契。凡有控告她的话，她都甘心供认。她身上发冷，当人们引她到那点着火的柴堆上去，要把她烧死时，她很快活地摩擦着双手，同小孩子一般笑着，喃喃自语道："一堆好火呀！一堆好火呀！愿上帝保佑你们，亲爱的人，我终于可以烤暖了。"

一个十岁女孩子，既不羞惭也不害怕，告诉裁判官说：一天晚上，她的女主人，卖牛奶的，在养牛的院子里给了她一块奶油面包，上面涂些酸而甜很有味道的东西，那就是魔鬼。小姑娘吃了面包之后，就有一只黑猫，眼睛同火炭一般红，跑到她身边来，拱起了背脊，咕噜着同她亲密。她同猫一起到谷仓里去，同它交媾，它要几次就给它几次，当时并不晓得它就是魔鬼。女主人对她说："看哪，你的新郎！"后来她生了一条白虫，大小如初生的婴孩，头是黑的。她拿来埋在粪堆里，但是黑猫走了来，抓她，用人话命令她拿新挤出来的牛奶去喂养它的孩子，那条贪食的虫。这小姑娘说这一切，准确而详细，而且抬起无邪的眼睛望着那些裁判官，令人难以断定：她是同小孩子常有的情形一样无目的地信口胡说呢，还是神经错乱！

但是激起卓梵尼特别恐怖，使他永远不能忘记的，还是一个十六岁女巫。她异乎寻常的美丽，裁判官无论如何问她、劝她，她总是回答："烧死我呀！烧死我呀！"她说魔鬼住在她的体内，"如同住在自己屋里"，每逢魔鬼活动时、每逢魔鬼沿着她的背脊奔走"如同地窖中的老鼠"时，她的心里便如此慌张，如此难过，此时如果不捉住她的手或把她捆起来，她会在墙上撞破头。劝她忏悔求恩的话，她听也不要听，因为她认为已经从魔鬼怀了胎，无法可救了，活着时就被判了永久的罪行，所以她请求人家趁魔鬼孩子还未出世以前就把她烧死。她是一个很有钱的孤女。她死后，财产要归一个远亲所有，这人是个老守财奴。神父们知道，她如果不死，她的财产都会献给异端裁判法庭的，所以他们想法拯救她，但没有结果。最后他们派了一位忏悔师去见她，这人是以善于软化最执拗的罪人的心而驰名的。他告诉她，没有什么罪过，而且不能有什么罪过，不可以拿救世主的血来洗清的，救世主饶恕一切。她用那种可怕的叫喊回答道："他不饶恕的，他不饶恕的，我知道。烧死我吧，否则我要自杀。"如弥迦勒修士说的，"她的灵魂渴求圣火，如同受伤的鹿渴求凉泉一般"。

裁判长卓尔曹·达·加撒勒是个驼背老头子，生着一张瘦削的、苍白的、安静而朴素的面孔，好像圣方济谷的面孔。据深知他的人的判断，他是"世界上最仁慈的人"，鄙视金钱，不爱说话，持斋，从来不亲近女色。卓梵尼细看这张面孔时，往往确信其中并没有恶毒和狡诈神气。他比他的牺牲者更痛苦，他是为了怜悯才刑罚他们和烧死他们的，因为他相信非如此不能救得他们免于永久之火。

但有几次，尤其当最严酷的刑罚和最荒唐的供认时，卓尔曹修士眼睛之中忽然现出一种可怕的神气,令卓梵尼不能断定:哪方面更吓人些,更疯狂些?是裁判官方面呢,还是被告方面呢?

一个老巫婆稳婆,有一次在法庭上供认,她爱用大拇指按入初生婴孩的脑壳,她已经用此方法杀死二百个孩子了,没有什么目的,不过觉得软脑壳像蛋壳一般破裂时那种声音很好听而已。她这样说着,也开心得笑了起来,害得卓梵尼背脊上发了一阵冷战。卓梵尼忽然觉得老裁判官眼里也射出了一种快乐之火,同老巫婆眼里一个样。下一瞬间虽然转了念头,以为自己眼花了,卓梵尼灵魂内仍留着一种说不出的恐怖。

有一次,卓尔曹修士谦卑而懊悔地自承,他做过一件事情,比一切罪过都更烦扰了他的良心:好多年以前,有一次,"受了魔鬼拨弄,他发了有罪的慈悲心",没有把几个同雌雄怪行淫的七岁孩子烧死,只把他们在广场上鞭打一顿,他们的父母正烧死在这广场上的柴堆里面。

在法庭内部,流行于罪人和判官中间那种疯狂也渐渐传染于全城了。那些明白事理的人,忽然相信了他们平时笑为童话的事情。告发之事一天多似一天,仆人告发主人,老婆告发丈夫,孩子告发父母。

一个老太婆只因有一次感叹:"上帝若不来帮助我,就请魔鬼帮助我吧!"便被人捉去烧死了。

另一个老太婆为了邻居告发她养的母牛比常牛多出三倍牛奶,也被人当作巫婆办了罪。

在圣玛丽亚女修道院,差不多每天晚祷之后,魔鬼都要变做一只狗走进来,轮奸所有的女修士,从十七岁的预备修士起,到衰老的院长为止。不仅在房间里奸淫,而且在礼拜堂内做礼拜的时候。圣玛丽亚那些女修士如此同魔鬼厮熟,既不害怕也不惭愧。这样过了八年之久!

在柏卡摩附近山村,发现了四十一个吃人的巫婆,她们把那些未经洗礼的婴孩拿来吸血,血吸干了再吃肉。

米兰城内也有三十个教士被告:"替小孩子行洗礼时,不是奉圣父圣子圣神之名,而是奉魔鬼之名。"城内也有些女人把肚里怀的孩子预先献给撒旦，又有些三岁至六岁的男孩和女孩，受了魔鬼诱惑同魔鬼实行难以用言语形容的淫秽之事。有经验的裁判官，从这类孩子的特别的眼色、憔悴的笑容和潮湿而鲜红的嘴唇，容易辨别出来。这类孩子除了拿火烧死是无他法可救的。

但是最可怕的，还在于无论神父们如何努力，魔鬼不仅没有停止活动，反而更加猖獗了。魔鬼好像在这事情里面感到趣味，现在才是得意的时候。

嘉黎屋托·萨克罗布斯果先生丢下来的实验室里，人们发现了一个异常肥大、满身长毛的魔鬼，有人说还活着，有人说刚刚死去。这鬼据说关在一个水晶瓶内，保存得很好。仔细检查一下，原来不是什么魔鬼，而是一只跳蚤，那个炼金术士常用放大镜观察的。虽然如此，好多人还是相信，这本是真正的魔鬼，落到裁判官手里才变成跳蚤的，为了捉弄他们。

似乎一切事情都是可能的，真实和幻想之间的界限消失了。传说，卓尔曹修士在伦巴底破获了一万二千个男巫和女巫的共同阴谋，他们宣誓，要于三年之内陷意大利全境于大饥荒，使人相食，同兽类一般。

这位裁判长、基督大军的有经验的统帅，本很熟悉敌人诡计的，但在撒旦大军这个进攻之前，连他也束手无策，甚至害怕起来了。

"我不晓得这事情如何结局，"有一天，弥迦勒修士在闲谈中对卓梵尼说，"他们烧死愈多，愈加从尸灰里钻出来。"

普通的刑具：所谓西班牙靴子，所谓铁箍（用螺丝使之渐缩渐小，箍得人骨头响），所谓钳子（烧得白热，把人指甲拔出来），拿来同"世界上最仁慈的人"卓尔曹修士发明的新刑法相较，不过是小孩子玩具罢了。这些新刑法之中，譬如有一种叫作"无眠刑"的，就是不让犯人睡眠，叫他几日几夜在牢内走廊奔跑，跑至脚无完肤、神经错乱而后已。但魔鬼也嘲笑这些刑罚，因为魔鬼比饥渴、比睡眠、比铁、比火都强得多，正如精神强过于肉体。

　　裁判官们乞灵于诡诈，但也没有用。犯人带来刑讯时，是倒行着，不让他们的眼睛施巫术于裁判官，引起裁判官的有罪的怜悯心。妇人和女子，用刑以前都脱得精赤条条的，身上的毛剃得一根不剩，为的容易发现身上魔鬼的印记。这种印记常常隐藏在皮肤下或头发内，使得犯人不觉得苦痛。人家拿圣水给他们喝，又洒在他们身上；人家拿祭香熏着刑具，拿圣餐和圣骨来触着刑具；人家拿基督身体一般长的布条捆扎犯人的腰，又拿纸条贴在他们身上，字条上写着教主在十字架上说的话。

　　这一切都没有用，魔鬼战胜了一切圣物。

　　那些招认同魔鬼行淫的女修士们，说魔鬼是在两个晚祷之间钻进她们体内去的。她们嘴里虽含着圣餐，仍然感觉到这淫鬼在她们身上无耻地抚摸。那些不幸的女人呜咽着说道："她们的身体和灵魂都是魔鬼的了。"

　　审判的时候，魔鬼假借巫士之口嘲笑那些裁判官，他们吐出不堪入耳的亵渎神圣的话，即使最能镇静的人听着也要毛发耸然的。他们用狡猾的诡辩和神学的矛盾，说得那些神学博士和学士哑口无言，他们又拿问题来难为裁判官们，以致判官反成被告、被告反成判官。

　　市民们糊涂到了极点，当他们听到了一种传闻，说教皇接到人家告发，以不可反驳的证据，证明良善牧人的羊群里混进一只狼，这狼披着羊皮，本是魔鬼的仆人，但假装作迫害魔鬼，以便更有把握来败坏基督的羊群，这狼就是撒旦大军的统帅，就是教皇手下的异端裁判法庭庭长卓尔曹·达·加撒勒修士！

　　根据裁判官们的言论和行事，卓梵尼可以推知：在他们看来，魔鬼的力是同上帝的力一般大的，他们也完全没有把握知道这个斗争结果谁胜谁败。卓梵尼很惊讶，异端裁判长卓尔曹修士的学说和女巫嘉山德拉的学说，在两极端之中竟能互相接触。因为二者都说，上面的天和下面的天是相等的，而人生的意义正在于人心之中两个势力互相战斗。所不同的仅在于嘉山德拉始终趋向于一种和解，也许不可达到的和解，至于这位裁判长则更加煽旺这个斗争之火，更加增进这个斗争的无结果的希望而已。

卓尔曹修士如此无力攻击的魔鬼，即那个蛇一般爬行的狡猾的东西，在卓梵尼看来，不是别的，正是曲面镜子中反映出来的那个有翼的善蛇的歪像、那个最高的智慧之子、那个晨星一般的鲁西飞，或那个底但族普罗默德。它的敌人，耶达鲍特那些可怜的仆役，如此无力仇恨它，又再一次替这个不败者唱胜利歌了。

在这个时候，卓尔曹修士向人民宣布，几日之后就要有一场热闹了，教会敌人要惊恐的，忠实信徒要快乐的，即是：要在布洛列托广场上烧死一百三十九个男巫和女巫。

卓梵尼从弥迦勒修士那里听到这个消息时，便面无人色地问道：

那么嘉山德拉小姐怎么样呢？

这位修士一向都是假殷勤的，他说了许许多多新闻，但卓梵尼至今毫不知道一点关于嘉山德拉的消息。

"嘉山德拉小姐，"弥迦勒修士回答，"与别人一起同判死刑了，虽然她应当判决更重的刑罚。卓尔曹修士认为她是他一生看见的最厉害的女巫。刑讯时，巫术保护她如此有力，使她毫无痛苦感觉，害得我们不能迫她说一句话或呻吟一声，更用不着说招认和悔过了。我们简直未曾听到她的声音如何！"

他说这几句话时，眼睛直对卓梵尼看，好像等待卓梵尼有什么表示。卓梵尼此时忽然起了一种念头，要赶紧中止这一切，要诬陷自己，要假认他是嘉山德拉小姐的共犯，以便和嘉山德拉一同受刑一同死。但他忍住了。不是为了害怕，而是为了冷淡，一种奇异的冷淡近日渐渐征服了他，好像刑讯时保护巫士不觉痛苦的那种冷淡心情。他是安静的，同死人一般安静的。

焚烧巫士前一天，卓梵尼·贝尔特拉非奥夜里很迟还在师傅工作室中坐着。雷翁那图画着一幅画，画的是上臂和肩膀部分的筋和腱，他特别注意这部分的筋腱，因为他的飞行机器的杠杆将由这些筋腱来运动。这晚上，卓梵尼觉得师傅的容貌特别美丽。近来，自从丽莎夫人死后，他的面上才有了几条皱纹，但始终是完全安静和明朗的。

他时常抬起头来，看看徒弟，两个人都不说话。卓梵尼早已不期待师傅能给他什么了，他也再不希望什么了。

他毫不疑惑，雷翁那图知道了异端裁判法庭种种恐怖事情，知道了嘉山德拉小姐和其他不幸的人不久就要烧死，也预感到了他，卓梵尼自己的没落。他时常自问道：师傅对这一切有什么感想呢？

雷翁那图画好了之后，便在纸上筋腱图旁边写了以下几行字：

> 人呀，你在这纸上细看自然界奇妙的创造物的画图。你若是以为把我的图画毁坏了，是件罪孽，那么你试想想把一个人的生命取去了是更多倍罪孽哩。你也想想，肉体构造固然是很美满的，但拿来与同住在其中的灵魂相比，就比不上，因为灵魂总是神性的。灵魂不肯同肉体分开，我们从啼哭和悲哀可以看得出来。所以你切勿妨害它住在它自己创造的肉体里面，它爱住到什么时候就让它住到什么时候。你切勿以阴险和恶毒毁灭人的生命。生命是如此美丽，凡不尊重生命的人是不配有生命的。

师傅在写字的时候，徒弟使用那种绝望的快乐望着他的安静的面孔，好像在沙漠中迷路的人，热得要死、渴得要死，望着远远的雪山一般。

第二天，卓梵尼·贝尔特拉非奥没有离开他的房间。从早晨起，他就感觉不舒服了，他头痛。直到黄昏时候，他都躺在床上，昏昏迷迷地没有想着什么事情。

天黑时候，城里起了一阵异乎寻常的钟声，既像丧钟，也像贺钟。

空气之中又传来一种很难受的焦味，不很强，但经久不散。这种气味害得卓梵尼头更痛起来，他又想呕吐。

他走到街上去。

天是闷人的，空气潮湿而热，这是伦巴底一带夏末秋初发东南风时常有的天气，没有下雨，但屋顶和树上有水珠滴下。路上砖头发亮，在露天底下，浑浊昏黄而有黏性的雾气中，那恶臭的焦味更加浓厚了。

时光虽然不早，街上还是热闹的。行人都是来自一个方向，来自布洛列托广场。他看看别人的面孔，觉得别人都同他自己一样，都是昏昏迷迷的，要觉醒过来，但是不能觉醒。

人群之中悄悄私语，听不大清楚。从偶然间听来的几句话可以知道他们是在议论刚刚烧死的一百三十九个男巫和女巫，也有议论嘉山德拉小姐的。卓梵尼忽然明白了，跟着他走的那种臭味原来是烧焦了的人肉的气味。

他加速了脚步，差不多是在快跑，不晓得要到哪里去，同醉鬼一样乱跑，撞着别人身上，他也不管。他的全身发抖如害疟疾，他觉得浑浊、昏黄而有黏性的雾气中那种臭焦味，始终跟随他、包裹他、扼勒他，钻进他的肺脏去，压缩他的太阳穴，害得他头痛不可忍，害得他要呕吐。

他不知不觉走到了圣方济谷修道院，走进本涅德托修士的房间里去。院里的人让他进去，但本涅德托修士不在那儿，到柏卡摩去了。

卓梵尼关了房门，点起蜡烛，精疲力竭地倒在床上。

在这和平而安稳的小房间内，一切是寂静而神圣的，同以前一样。他呼吸更舒畅些了，这里没有那种可怕的气味了，这里有着修道院内特别的香味：素油、香烟、蜡烛、旧皮带等气味，也有着新鲜的漆和轻微而温柔的颜色的气味。本涅德托修士常用这些颜色画画，他看轻那些透视学和解剖学，以为是无益的。他以他的天真的心画着天真的圣母像，画着在天上荣光之中的圣者像，画着彩色飞翼、金黄鬈发和蔚蓝衣服的

612

天使像。床头光滑的白墙上面，挂着一个黑色的耶稣钉十字架像，耶稣像上又挂着卓梵尼送的一件礼物：一个干枯的花环，扎的是罂粟花和紫罗兰，那是他在一个可纪念的早晨，于菲索勒高丘上柏树林中采集的，在萨逢拿罗拉脚前采集的，那时圣马可修道院诸修士正在唱歌、弹琴，同小孩或天使一般围着师傅跳舞。

他抬起头来望耶稣的像。救世主总是张开着被铁钉钉着的两臂，好像呼唤全世界的人都到他怀抱中来，"凡劳苦担重担的人都到我这里来呀"[1]！

"这不是唯一的完全的真理吗？"卓梵尼心里想，"我应当跪在他的脚前，喊道：是的，主啊，我有信心，帮助我呀，当我缺乏信心的时候！"

但是祈祷的话到了他的嘴边说不出来。他感觉到，他不能扯谎，即使要落永劫地狱也不能扯谎。他不能忘记他所知道的，他的心中两种相战斗的真理，既不能舍弃，也不可和解。

带着原来那种安静的绝望心情，他离开了十字架像。此时，他觉得那种恶臭的雾气、那种可怕的焦味，也钻进这里来了，也钻进这最后的逃避处来了。

他拿双手盖住面孔。

于是那个景象又呈现于他的面前，那是他不久之前看见的，他不能断定是做梦呢，还是实事？他看见：在监狱深处、红焰照耀底下，刑具、行刑人和血淋淋的人体中间，躺着嘉山德拉的裸体，被善蛇的巫术保护着，无论如何施刑，无论铁、火或施刑人的凶恶眼睛，她都没有感觉，不可损毁的，不可伤害的，好像处女般纯洁的坚硬的大理石雕像。

他清醒过来时候，看那蜡烛残余，听那修道院钟声，知道他昏迷了几个钟头之久了，此时已经过了夜半。

---

[1]"凡劳苦……"——见《马太福音》第十一章第二十八节。

周围是完全寂静的。雾气大约是散了，臭味也消逝了，但天气更热些。经过窗子可以看见天空淡蓝色的闪电，也可以听到沉重的好像在地底下响着的雷声，正如当初永不能忘的一夜，他在干塔拉那运河岸上所见所听的一个样。

他头脑昏眩，他口渴欲死，他记得房角上放着一个水坛。他扶着墙站起来，拖着脚步走到那里去，喝了几口水，沾湿他的头，正要回到床上去，但此时他忽然觉得房里有个人。他转回头来，看见本涅德托修士床上、黑十字架底下，有个人坐着，穿一件暗黑的修士袍，直拖到地下，一顶尖风帽蒙住面孔。卓梵尼很诧异，因为他记得房门关好了的，但他并不害怕，反而觉得轻松了，好像长久努力之后现在才清醒，头痛忽然消逝了。

他向那坐着的人走去，留心看着。那人站起来，风帽落到脑后去。卓梵尼看见一张大理石般白色的不动情的面孔，一副血红的嘴唇，一双琥珀黄的眼睛，一头丛密的黑发，这头发比那面孔更加活跃，好像有自己的生命，同梅杜莎的蛇一般。

嘉山德拉——那人正是嘉山德拉——庄严而从容地站起来，举起手臂，好像要宣誓。雷声现在响得很近了，他觉得雷声伴随着她说的话：

天在上，天在下，
星在上，星在下，
一切在上，一切也在下——
你明白了，你就有福了。

黑长袍脱落了，卷作一团在她的脚下，于是他看见了她的灿烂的白体，毫无一点瑕疵，如同千年坟墓内掘出来的亚弗罗狄特神像的身体，如同桑德罗·菩提色利画的在海沫中初生的维纳斯女神的身体，带着纯洁的圣童贞玛丽亚的面容，眼中含有超于尘世的忧愁，又如同萨逢拿罗拉柴堆上火焰之中那幅风骚的列达像。

最后一次，卓梵尼抬头去看耶稣钉十字架像，最后一次，他满含恐怖地想起了"白色女鬼"！于是生命之幕在他面前裂开了，最后的结合的最后秘密泄露出来了。

她走近他的身边，用双手搂抱他，把他紧压在胸前。一种炫目的闪电结合了天和地。

他们二人落在这修士的穷苦的床上。

卓梵尼整个身体都感觉着她的处女身体的清凉，既酣畅又可怕，同死一样。

左罗亚斯特罗·达·佩勒托拉，那次失败的飞行跌下来以后，并没有死，但始终医不好，终生成了废人。他不会说话了，只喃喃着一些没有意义的字眼，除了雷翁那图之外没有一人听得懂。有时，他烦扰得很，扶着拐杖在全屋子中走来走去，身躯粗大，面貌奇丑，头发散乱，如同一只大鸟。有时，他很专心倾听人家说话，好像努力着要明白话中意思。有时，他叠着腿，坐在房角，不理会人，拿一条长带轻快地缠绕着一根圆轴，这是师傅替他想出来的一种方法，因为他的手还保存着从前的灵巧，而且需要运动，或者在那里削尖木棒，锯断木头，制造陀螺。他也时常几个钟头长久坐着，迷迷糊糊地呆笑，身体摇来摇去，两臂像翼翅那般扇动，嘴里则永远哼着一首歌：

> 咕咕噜，咕噜！
> 鹳鸟，老鹰，老老鹰，
> 在云端上——
> 望不见下地凡尘。
> 鹳鸟，老鹰，老老鹰……
> 咕咕噜，咕噜！

然后就用他的独跟呆呆地望着师傅，忽然哭了起来。

此时，他的样子如此可怜，雷翁那图不忍看下去，急忙转过脸或者走开了。但是他也不忍叫这残废离开他的家里，他在旅行当中也未曾忘记这个徒弟，照料他，寄钱给他，到了有固定住所时又把他弄到身边来。

如此过了几年，这个残废宛如一个活生生的谴责，一个永在的讥讽，对于雷翁那图的毕生事业：他的发明人类飞翼的事业。

对于另一个徒弟，师傅也是同样担忧的。这个徒弟也许是最接近于他的心，这就是恺撒·达·塞斯托。

在一味模仿之中，恺撒得不到满足，他要独立。师傅毁了他、束缚了他、同化了他。恺撒说弱又不肯依附，说强又不能独立，他便是这样受苦着，没有出路。他天天赌气，既不能救拔出来，又不会没落。他也是一个残废，同卓梵尼和亚斯特罗一样，不死不活的，他也是中了雷翁那图的"恶眼"的一个人。

安得烈·沙莱诺报告师傅关于恺撒暗中同拉斐尔诸徒弟通信的事情，此时拉斐尔在罗马，在教皇朱留士第二那里，替梵蒂冈宫内厅堂画壁画。已经有好多人预言说：雷翁那图的声名，在这颗新星光芒之中，要黯然失色了。师傅有好几次确实觉得，恺撒存心要背叛他。

但友人的忠实比敌人的背叛，还更糟些。

伦巴底有一部分青年画家在米兰形成了一个学派，自称为"雷翁那图学派"，其中有些是他的以前的徒弟，此外则都是新人物，多至不可胜数，而且一天更多一天。他们拥挤在他的周围，都自以为是跟随他的足迹走，对人家也是这样说。雷翁那图对于这些所谓友人的纷纷扰扰，毫不感觉兴趣，这些人自己也不明白他们做些什么。有时，他感觉到一阵恶心，当他看见他生平视为神圣的和伟大的，如今给俗人拿去玩弄时：《最后的晚餐》中耶稣的面容被人描摹了去，同教会的庸俗观念结

616

合一起，丽莎·琢笠铎的微笑也被人描成了淫荡的或者纠缠到什么"柏拉图式恋爱"的幻想中去。

一五一二年冬天，马可·安东尼阿·德拉·托勒死于加达湖边一个小城黎瓦狄特棱托里面。他在那里替穷人医疟疾，不幸自己受了传染的，他死时才有三十岁。

他一死，雷翁那图更加感觉孤独了。马可·安东尼阿虽然不与艺术家完全同心，却比别人更接近些。现在，老年的阴影降临于他的生命时，雷翁那图觉得，凡联系他于活人世界的一切线索都先后剪断了。他的周围，孤独和寂寞一天天扩大，他好像是沿着一条狭窄而黑暗的小径深入地底下，而且拿铁铲在岩石中间开掘一条道路，孜孜不倦地开掘着，始终希望能在地底下掘通一条路通到新的天去的，这希望也许是妄想。

冬天某夜，他孤独一个人坐在他的房间内，倾听着寒风怒吼，恰如琢笠铎夫人死的那年冬天夜里一样。夜风的不祥声音说着人心能了解的事情，说着熟悉的不可转移的事情，说着混沌父怀抱里可怕的盲目的黑暗之中最后的孤独，说着人世的无限的凄凉。

他想起了死。近来他时常想起死，而且每次都要联想到丽莎·琢笠铎夫人。

忽然有人敲门，他起来开了门。

一个不认识的少年人走进房里来，眼睛温柔而活泼，面孔冻得通红，深金色的鬓发沾满了雪花。

"雷翁那图先生！"少年人喊道，"您不认得我吗？"

雷翁那图仔细看着他，认出了这是他的小朋友弗郎西斯果·默尔齐，某年春天曾同他一道在发卜里奥附近林子内游玩的。那时，这个少年人还是八岁的小孩子哩。

艺术家以父性的慈爱抱吻了他。

弗郎西斯果说他现在从波伦拿来。一五〇〇年法国人攻陷伦巴底之后不久，他的父亲就搬家到波伦拿去了，为的不愿看见故国的耻辱和苦难。他的父亲害了好多年的重病，不久之前才去世。他自己现在赶到雷翁那图这里来，是要画师践行当初的诺言的。

"什么诺言？"画师问道。

"什么？您忘记了吗？我这个呆孩子却时刻记着。您果真想不起来吗？就是我们分别前一天，在康皮昂山下列可湖边曼德罗村里，您允许我的话。我们到一个矿洞里去，您抱着我，怕我跌倒。那时您说，您要到罗曼雅去，替恺撒·波尔查办事。我哭了，我要丢下父亲同您一道去，但是您不答应我，您允许我：十年之后，我长大了的时候……"

"我记得了，我记得了！"画师很快活地打断了他的话。

"那么现在！我知道，雷翁那图先生，您不需要我了。但是我不会骚扰您的。您不要赶我走就好！不相干，您赶我，我也不走的。师傅，无论您如何对待我，我总不离开您……"

"我的孩子。"雷翁那图说，他的声音颤抖着。

艺术家又抱了他一次，吻着他的头。弗郎西斯果缩作一团偎在师傅怀抱内，同当初做小孩子时候被雷翁那图抱着到黑暗的矿洞里面去一个样。

艺术家从一五〇七年离开佛罗伦萨至今，是以宫廷画师名义在法兰西国王路易十二手下供职的。但他没有一定的薪俸，完全随国王陛下恩意赏赐。人家时常忘记了他，他又不晓得以他的作品引起人家注意，他的工作一年比一年更少了，也更迟缓了。同以前一样，他总在闹穷、借债，凡能借到钱的地方，他都去借，甚至向自己的徒弟借钱。他旧债未还，又借了新债。他写了一些笨拙的、惭愧、卑屈的乞求信给法国总督查理·俺拔斯和度支官弗罗里孟·罗伯特，同当初写给穆罗公爵的一个样。

"并非存心麻烦大人，实在不能不敬问一声：我的薪俸能发给我吗？我不止一次上呈大人了，但至今未得回答……"

618

他耐耐心心地在大人们的候见室里等待赐见，同其他求见的人一起等待着，虽然他的年纪愈大，别人的楼梯愈不好爬，别人的面包也愈不好吃了。他觉得，替王侯做事的时候，同替民众做事的时候，一样被人视为多余的，无论何时何处他都是一个陌生的人。

拉斐尔利用了教皇的慷慨，从穷少年做到富翁，而且封了罗马贵族。弥迦郎哲罗也积蓄了养老的本钱。唯有雷翁那图还是同以前一样，还是一个无家的游客，不知道死时何处安置他的皮囊。

战争的胜利和失败、法律和政府的变换、人民的奴服和暴君的灭亡，这一切人们所视为重大事变的，都在他身旁过去了，好像大路上一阵灰尘在行路人身旁过去了一般。

他照旧对于政治不感兴趣。他现在替法兰西国王布置米兰要塞工事，以防备伦巴底人进攻，正如他当初替伦巴底公爵布置这个工事以防备法国人进攻一般。路易十二在阿雅德罗地方战败了威尼斯人，为了庆贺胜利之故，人们叫雷翁那图搭一个凯旋门，门上的木料以及那些能动的天使的金翅，还是旧时留下来的，还是当初庆贺俺布罗曹共和国、庆贺弗郎西斯果·司伏萨，以及庆贺罗督维科·穆罗时所使用的。

三年之后，教皇朱留士第二、皇帝马克西米良第一和西班牙国王费迪南结成"神圣同盟"，把法国人赶出伦巴底去了，而且依靠瑞士雇佣兵的帮助，叫罗督维科·司伏萨的儿子马西米良诺，即所谓"小穆罗"的，回来做公爵，新公爵是在皇帝宫廷长大的一个十九岁的少年人。

雷翁那图也搭了一个凯旋门欢迎他。

小穆罗的公位坐不稳当。那些瑞士雇佣兵太不关心他，把他当作无足重轻的傀儡，反之，神圣同盟那些人物又太关心他了。青年公爵无心顾到艺术，但他还是聘任了雷翁那图，请艺术家给他画像，定了薪俸数额，但始终没有付过。

此时，托斯堪那也发生了变乱，同伦巴底一样。代表天意的民意，以及费迪南王的大炮，推翻了那个可怜的彼罗·索德里尼先生。他对于公民们的共和德行，完全绝望了，只好逃到辣古沙去。过去的暴君、豪华者罗棱慈诸子、梅狄奇家兄弟们，回到佛罗伦萨来了。其中一个名叫朱良诺的，是个奇异的梦想家，对于权力和荣誉都很冷淡，是个忧郁的怪人，爱好炼金术。嘉黎屋托·萨克罗布斯果先生从米兰逃出来后，就在他那里避难，告诉了他奇奇怪怪的关于雷翁那图有什么秘密智慧的话。这位朱良诺·德·梅狄奇现在复国之后，便来聘请雷翁那图，并非把他看作艺术家，而是把他看作炼金术士的。

一五一三年初，仗·查谷谟·特里武佐元帅同那些瑞士雇佣兵谈判，要他们交出小穆罗，这个青年公爵要陷于他的父亲的命运了。雷翁那图预见到伦巴底又有变乱发生了。

最近几年来，他厌倦于那种变幻无常的政治了，厌倦于替人搭凯旋门、替人修理天使翅膀上破损的发条了。他时常对自己说：这些天使和他一样，现在该是安息的时候了。

他决定离开米兰，替梅狄奇家办事去。

教皇朱留士第二死了。

选出来继他做教皇的，是卓梵尼·德·梅狄奇，如今称为利奥第十[1]，这位新教皇任命他的兄弟朱良诺为罗马教会护教大将军，即是当初恺撒·波尔查的官职。朱良诺到罗马去了，雷翁那图秋天也要到罗马去供职。

雷翁那图离开米兰以前几天，即布洛列托广场上焚烧一百三十九个男巫和女巫那件事情后第二天，黎明时分，圣方济谷修道院那些修士发现了雷翁那图的徒弟卓梵尼·贝尔特拉非奥不省人事，倒在本涅德托修士房里的地板之上。

他显然又发了那种病症。十五年前他听了巴果罗修士演说萨逢拿罗

[1] 利奥第十 Leo X （Giovanni de Medici）——从一五一三年至一五二一年之间做教皇，也是这个时代的有名人物。

拉死时情形之后，他曾害过这种病。但这次卓梵尼复原得很快，不过他的死人一般冰冷的面孔上、不动情的眼睛里面，有时露出一种神气，比十五年前的重病更加令雷翁那图担忧。

师傅还是希望徒弟若能离开他的"恶眼"就可得救，所以他要卓梵尼在米兰本涅德托修士处养病，不要跟他去罗马。但卓梵尼如此拼命如此固执请求同去，使得他不忍心拒绝了。

法国大军快到米兰了，民众之中起了骚乱。小穆罗幼稚而固执，非灭亡不可，再不能延缓了。

他当初从罗棱慈·德·梅狄奇到穆罗，从穆罗到恺撒，从恺撒到索德里尼，从索德里尼到路易十二，现在他又同历次一样地动身去替新主人朱良诺·德·梅狄奇供职了：厌倦地无可奈何地，这个无家可归的人走着他的没有希望的行程。

他在笔记中，以惯常的简短文句，写道：

> 一五一三年九月二十三日，我同弗郎西斯果·默尔齐、沙莱诺、恺撒、亚斯特罗和卓梵尼，从米兰动身往罗马去。

第十六章

雷翁那图、米开朗琪罗和拉斐尔

教皇利奥第十信守着梅狄奇家族的传统，一向是以艺术和科学的保护人著名的。他听到了被选为教皇的消息时，便对他的弟弟朱良诺说道：

上帝既然送了教皇权力给我们，我们就来享受一下吧！

他宠爱的呆子马里安诺修士，于是同哲学家一般正正经经地接着说道：

圣父呀，我们要及时行乐，因为其他一切都不过是胡闹罢了。

于是教皇在自己身边集合了诗人、乐师、画家和学者。凡能写平稳的长诗的，哪怕写得并不高明，也都可以希望在圣上手下找得一个舒服的位置和一份丰饶的薪俸。那些拟古派文人，坚信西塞禄的散文和维琪尔的韵文是不可企及的最高峰的，便认为他们的黄金时代从今开始了。

"凡认为今代诗人能够超过古代的，"他们说，"这种思想，乃是一切无神论的根源。"

那些灵魂牧人，在他们的说教之中，避免提起"基督"名字，因为西塞禄的演说中没有此字。他们不说"女修士"，只说"灶神女祭司"[1]。不说"圣神"，只说"最高的尤比德的呼吸"。人们又请求教皇追封柏拉图为一位圣者。

彼特罗·彭波[2]，后来的红衣主教，著有一本论超尘世的爱的对话集《阿索兰尼》和一篇非常秽亵的诗《园神普里阿卜》，他自夸未曾读过保罗使徒的书翰[3]，因为他害怕读了之后会败坏他的文笔。

后来法兰西国王弗郎琐亚第一[4]战败了教皇，向教皇索要那个新发现的劳昆雕像[5]时，利奥第十便声明：要他把葬在罗马的圣彼得的头斩去送人，他还舍得哩，至于劳昆像，则他无论如何舍不得。

教皇爱他的那些学者和那些艺人，但尤其爱他的那些呆子。有名的诗匠、能食善饮的葵诺，他得封为"大诗人"，戴着桂冠庄严地游行，又受了他丰厚的赏赐，不减于拉斐尔·桑楚得到的赏赐。他为了款宴学者和艺人，耗费了斯普列托、安科那和罗曼雅各地的大宗进款，但他自

---

[1] 灶神女祭司 die Vestalinneu——按古代罗马大祭司常在罗马世家中选择若干女子，任为灶神祭司，日夜守护祭坛上的圣火，奉职期间必须是绝对贞洁的；若有不洁之事或者让圣火熄灭，则须受活埋处分。
[2] 彼得罗·彭波 Pietro Bembo，一四七〇——一五四七，有名的人文主义者，威尼斯人，拉丁文写得很好，著有《威尼斯史》。
[3] 保罗书翰——共十三封信，皆在《新约》中。
[4] 弗郎琐亚第一 François I 一四九四——一五四七，这个时代有名的国王，曾赞助法国的文艺复兴运动。
[5] 劳昆雕像 Laocoon——劳昆是特洛伊国王卜廉的儿子，做特洛伊城阿普罗神庙祭司，他和他的两个儿子都被两条怪蛇缠绕死了。维琪尔的叙事诗里详细说这个故事。一五〇六年罗马发现了一个大理石雕像，刻着父子三人被蛇缠绕之状，大约是公元前二世纪时刻的，非常生动而感人，是古代遗下来的艺术杰作之一。现藏梵蒂冈宫。

奉则颇俭约，因为他的肠胃消化得不很好。这位戴教皇冕的厄比鸠派[1]，害了一种医不好的病症即生了一个流脓的疮。同他的肉体一样，他的灵魂也有一种隐秘的脓疮在侵蚀着，就是"无聊"。他的动物园里搜罗了远方来的珍禽奇兽，他又从医院里找了许多奇形怪状的人物来供养。但无论是那些禽兽或那些人物都不能解除他的无聊。在佳节时或宴会席上，即在最有趣味的娱乐当中，那种无聊和厌倦情形也从未曾在他脸上消逝的。

唯有在政治方面才显露出他的本性：他也是冷静、残忍而不顾信义的，同波尔查一般。

利奥第十临死时，所有的人都背弃了他，唯有他宠爱的呆子马里安诺修士仍旧忠实于他，也是他的唯一的朋友。这位善良而虔诚的侏儒，看见教皇要像异教徒一般死去时，便含泪恳求道："想一想上帝呀，圣父，想一想上帝呀！"这话，无意之中成了对于这位"永久讽刺者"的最恶毒的讽刺。

雷翁那图到罗马之后几日，在梵蒂冈宫内候见室中等候赐见。他不是第一次在这里候见的，因为连教皇自己渴欲见面的一些人也很难得见圣上的面哩。

雷翁那图听着宫廷中人的闲谈，说起不久之后要举行一个盛大的游行，为了圣上宠嬖的一个奇形怪状的侏儒巴拉巴洛。这个侏儒，据说要坐在一只刚从印度运来的大象背上，在街上经过。人们也说起了马里安诺修士最近一场伟业：不久之前，他当着教皇的面，晚餐时跳到桌子上去，在桌上奔跑，于哄堂的笑声当中敲着红衣主教和主教们的头，而且从桌子这一头把烤熟的鸡丢到那一头给他们吃，丢得鸡汁溅了主教们一身和一脸。

---

[1] 厄比鸠派 der Epikureer——本指实行希腊哲人厄比鸠（或译伊壁鸠鲁）学说的人，但此地说的仅是"享乐主义者"之意。

雷翁那图听他们闲谈时，隔壁乐声和歌声响起来了。那些候见的人本已疲倦的面孔，听着更加拉长下来。

教皇是个蹩脚的音乐家，但非常爱好音乐。奏乐时，他自己往往参加进去，以致奏得非常长久，害得那些有正经事情来见他的人陷于绝望状态。

"您知道吗，先生？"一位不得志的诗人在雷翁那图耳朵旁边说，他坐在雷翁那图身边，面有饥色，已经在这里等候两个月了，始终不得教皇赐见，"您知道，究竟用什么手段最有把握能得圣上赐见的吗？那就是装作呆子！我的老友，有名的学者马可·马苏罗，明白了学问在这里没有用场，便自称为'新巴拉巴洛'，请一位侍从向教皇通报，他立即蒙圣上接见了，凡他要的，他都得到了。"

但是雷翁那图不肯顺从这个忠告，他不肯自认呆子，他等了好久之后便走开了。

近来，他有了一种奇异的不祥之感，不知道为了什么事情。杂务的纷繁以及在利奥第十和朱良诺·德·梅狄奇底下的不得志，并不引起他的难过，因为他久已习惯于此了。但是他心里的慌张一天更甚一天，尤其这一天，晴朗的秋日黄昏，他从梵蒂冈宫回家去的时候，他的心更慌得厉害，好像就要遭遇一件不幸的事情。

他仍旧住在当初亚历山大第六时代他住的那所屋子，这是属于教廷造币厂的一所孤立的小屋，在圣彼得大教堂背后一条小巷之内，离梵蒂冈宫只有几步路。房屋古旧而阴暗，自从雷翁那图离开罗马到佛罗伦萨去以后，好多年来都没有人居住，现在又是潮湿的，而且比以前更加破烂了。

他走进一个宽阔的穹隆形的房间，石灰剥落的墙壁上，现出蛛网般的裂痕，窗外不远就是邻家的墙，以致黄昏时候，外边还是明亮的，房里则已经黑暗了。

房内一角，那个残废的机器匠亚斯特罗叠着腿坐着，在削木棒，在摇来摇去哼着他的毫无变化的小歌调：

> 咕咕噜，咕噜！
> 鹳鸟，老鹰，老老鹰，
> 在云端上——
> 望不见下地凡尘，
> 鹳鸟，老鹰，老老鹰，……
> 咕咕噜，咕噜！

不祥的预感更加重压着雷翁那图的心。

"你有什么不好过吗，亚斯特罗？"艺术家很温和地问他，而且拿手按在他的头上。

"没有什么，"亚斯特罗回答，很注意地望着师傅，几乎同好人一样，而且含着狡猾神态，"我没有什么不好过。但是卓梵尼……不过，他如此更好。他飞去了。"

"你说什么，亚斯特罗？卓梵尼哪里去了呢？"雷翁那图问道，他忽然明白了，重压着他的心的那种不祥预感，是同卓梵尼有关系的。

那个残废再不看师傅了，他尽管削他的木棒。

"亚斯特罗！"雷翁那图迫着他回答，拿起了他的手，"我请你想一想，你说的话有什么意思！卓梵尼哪里去了呢？你听到吗，我的朋友？我立刻要看他！……他哪里去了呢？他怎么样了呢？"

"您不知道吗？"那个残废回答，"他就在那上面！他……他……摇着……跳着……飘着……"

亚斯特罗显然想不起了应当说的适当字眼，他时常是这样的，他拼错了音，说错了字，应当说这个字，他反说那个字。

"您不知道吗？"他又安静地说下去，"我带您去看，不过您不要害怕，如此更好些。"

他站起来，扶着拐杖，一颠一摇地引了师傅走上那个响亮的楼梯去。

他们二人走进了顶楼。

这里，在那被太阳晒热的瓦盖之下，空气是很闷热的，其中还含着鸟粪味和干草味。夕阳红光从老虎窗射进来，光中充满了灰尘。他们进来时，有一群鸽子吃了一惊，鼓翅从屋顶上飞走了。

"这里！"亚斯特罗仍旧很安静地说，一面指着楼房深处黑暗之中。

于是，雷翁那图看见，卓梵尼在一根粗大的横梁之下，笔直地不动地站着，很奇异地伸直了身体，睁大了眼睛，好像呆呆地望着师傅。

"卓梵尼！"师傅喊起来。他忽然面无人色了，他说不出话来了。

他冲上前去，看着徒弟的吓人的面孔，摸着徒弟的手：这手是冰冷的，身体摇动着，卓梵尼原来是吊在一根坚固的丝绳之上，如师傅扎飞行机器时用的。横梁上有个新铁钩，显然是不久之前钉上去的，那丝绳便是挂在铁钩上面。一块肥皂放在旁边，这个自杀者一定先拿肥皂擦了绳子的。

亚斯特罗又糊涂了，他走到老虎窗边，呆呆地望出去。

这屋子立在高地上。从这窗子可以看到很远地方，可以看到罗马许多房屋的瓦盖和高塔，可以看到落日斜照下海波一般起伏的淡绿色的康班雅平原，其中有黑色的长线条纵横着，那是古罗马留下来的水道，可以看见白山、弗拉斯加狄山、罗加狄巴巴山，又可以看见燕子在明朗的天空中兜圈子。

亚斯特罗半闭着眼睛望出去，含着得意的笑容，身体摇来摇去，两臂一上一下地如同飞翼，嘴里哼着歌：

咕咕噜，咕噜！
鹯鸟，老鹰，老老鹰。……

雷翁那图要逃走，要喊救命，但他一动也不能动，他站在那里，吓得肢体也瘫痪了，在他的两个徒弟中间：一个是死的，一个是疯的。

……

这件事情之后几日，雷翁那图检查死者的遗物，发现了那本笔记，他很留心地从头至尾读了一遍。

陷卓梵尼于绝境的那些矛盾，雷翁那图并不了解，不过他比以前更明白了：他是徒弟没落的原因，徒弟中了他的"恶眼"，受了他的智识树上的果子所毒害。

笔记中最后几段特别感动了他。照墨色和笔迹看来，这几段文字显然是多年中断之后再写上去的：

不久之前，在本涅德托修士那个修道院里，有个从阿托士山[1]来的修士拿一卷老羊皮给我看，上面有幅彩色图画，面的是救世主先驱，生有飞翼的约翰。这种图画，意大利没有，乃是从希腊的至像摹来的。四肢细而长，面貌奇异而可怕，那个披着粗糙的骆驼毛衣服的身体，看来好像是生了羽毛，同鸟儿一样。"看哪，我要差遣我的使者，在我面前预备道路。你们所寻求的主不久就要进入他的殿，立约的使者就是你们所企望的，快要来到。看哪，他来了。"见《玛拉基书》第三章第一节。——但他并不是天使，并不是圣神，而是一个生有大飞翼的人。

一五〇三年，红兽统治最后一年，即亚历山大第六做教皇最后一年，奥古斯丁派修士多马·史旺尼茨告诉我关于敌基督者的飞行的事情。他说："那时在锡安庙里坐着最高上帝宝座的那只畜生，即是那个从天上偷了火来的，就要告诉人说：你们为什么害怕呢？你们要什么呢？啊，你们这些虚伪而奸狡的种族呀，你们要看见一

----
[1] 阿托士山 Athos——在希腊马其顿地方，山上诸修道院藏有许多珍贵的古书。

628

个表记！你们将有表记可见的：看哪，你们要看见人子到云端来，审判活人和死人。他就要这样说，他也要装起了撒旦机智做成的大火翼，在轰雷和闪电之中起飞，他的那些天使形的徒弟拱卫着他，飞上天去。"

接着是几行歪歪斜斜的字，其中涂抹了很多，显然是发抖的手写的：

基督和敌基督者，是相似到万分了。敌基督者的面容在基督的面容之内，基督的面容在敌基督者的面容之内。谁能辨别他们呢？谁能抵抗诱惑呢？最后的秘密乃是最后的悲哀，乃是尘世间未曾有过的悲哀。

奥维托大教堂内，路加·辛诺勒里画的图中，敌基督者飞入无底坑去时，他的衣服下摆被风刮起来。这种情景也见于雷翁那图站在芬奇村上面白山尖峰、悬崖边缘时候，那时他的袍子也被风刮着，同大鸟的飞翼一般，环绕着他的肩膀。

最后一页末了，更加不同的笔迹写了以下几行字，一定是中断了很长久又才写上去的：

白色女鬼无时不在，无处不在。她是该诅咒的！最后的秘密乃是：二就是一！基督和敌基督者是一个。天在上，天在下。不，不当如此，不当如此！宁可死好！我把我的灵魂交到你的手里呀，我的上帝！审判我吧！

这一句话就结束了那本笔记。雷翁那图明白，这几行字是自杀前一日或当日写上去的。

梵蒂冈宫中一个会客厅里，即拉斐尔才画好了壁画的那个大厅里，教皇利奥第十坐着，他的身边围着罗马教会那些贵显，围着学者、诗人、术士、侏儒和呆子，他的头上天花板正画着阿波罗神立在巴拿斯山[1]上诸缪斯中间。

他的白皙的身躯肥大而近于臃肿，同那害水肿病的老太婆一样，与他的面孔一般难看。这个面孔肥而圆而苍白，两只淡白的蛤蟆眼睛突出来。有一只眼睛差不多看不见，另一只眼睛也很衰弱，他要仔细看看什么东西时，用的却不是放大镜，而是一个用透明的绿玉琢成的透镜。那只能见物的眼睛透露出冷静、明朗而绝望的无聊的理智。教皇得意的是他那双的确生得很美的手，一有机会就要拿手出来给人看。他夸耀他的手，犹如夸耀他的好听的声音。

此时圣父接见过了宾客，正在休息，同亲信的人们议论着两篇新诗。

这两篇诗都是用拉丁文写的，都是模仿维琪尔底《安内亚叙事诗》的，而且都写得无疵可指地漂亮。一篇名为《基督叙事诗》的，写的是《福音书》上的故事，依照当时的风气，把基督教神话和异教神话糅合在一起。譬如，《最后的晚餐》被称为一种"神餐，化为色勒斯和巴库斯形态（即面包和酒）以遮掩人类柔弱眼睛的"；狄安娜、忒蒂丝[2]和爱乌鲁丝[3]则服侍着圣母，当大天使加百列在拿撒勒城报知喜讯时，墨邱利神就在门口偷听着，他急忙把这个消息传给奥林匹斯山上集会诸神，要他们采取有力的措置。

第二篇诗是季罗拉谟·弗拉加斯托[4]写的，名为《席霉利士》[5]，

---

[1] 巴拿斯山 Parnass——在希腊，相传艺术之神阿波罗和九缪斯都住在那上面。
[2] 忒蒂丝 Thetis——海之女神，亚奇耳的母亲。
[3] 爱乌鲁丝 Aolus——风之女神。
[4] 季罗拉谟·弗拉加斯托 Girolamo Fracastore，一四八三———一五五三，医生兼诗人。
[5] 席霉利士 Syphilis——即梅毒。

是献给以后的红衣主教彼特罗·彭波的。献给那个人，他从来不读保罗使徒的书翰，因为害怕败坏了他的文笔。这个诗篇也是以毫无瑕疵的维琪尔风诗句歌颂法兰西病及其治疗法：硫黄浴和水银膏。这病的起源据说是这样的：古时，有个牧人名叫席霉鲁士的，说了几句刻薄话，得罪了太阳神，太阳神便罚他害这个病症，无法医得好，直至最后南芙阿美利加才把她的秘密告诉他，领他进一个能治病的卡耶克树林中一口硫黄泉和一个水银湖去。后来西班牙旅客跨过大洋，发现了南芙阿美利加住的那个大陆，但因射死了圣鸟，也得罪了太阳神。有一只鸟用人话预言道：阿波罗为了这种亵渎神圣事情，要降下法兰西病来处罚他们的。

这两个诗篇，教皇都读得很熟，他能够背诵其中若干段落。他特别喜欢墨邱利向奥林匹斯山诸神报告大天使传来喜讯这一段，以及牧人席霉鲁士向南芙阿美利加诉爱的一段话。

在众人兴奋的赞美和恭敬的掌声中，他背诵了这两段诗句，此时有人通报：不久之前从佛罗伦萨来的米开朗琪罗求见。

教皇眉头皱起了一点，但还是吩咐立即引他进来。

那个阴郁的邦那罗偶引起了利奥第十一种感情，几乎是一种畏惧的感情。教皇宁愿会见那个有趣的和气的什么事都肯做的少年拉斐尔。

教皇以他那种始终不变的无聊的和悦神气接待米开朗琪罗。可是当这位艺术家说起了他认为受了致命侮辱的一件事情时，即说起了佛罗伦萨圣罗棱慈教堂一座大理石新门面委他建筑之后忽然又收回去的事情时，圣父便把话题转到别处去，用惯常的手势举起那个绿玉透镜在他的能见物的眼睛上面，很和气地细看艺术家，然后暗藏刻薄的讥讽说道：

"米开朗琪罗先生，我有一件事情，很想同你商议一下。我的弟弟朱良诺公爵叫我委托你的同乡佛罗伦萨人雷翁那图·达·芬奇承办一些工作。请你告诉我，你对他有什么感想，以及拿什么工作托这位艺术家承办最好呢？"

米开朗琪罗不作声，忧郁地低下头来。凡是用好奇的眼光看他，都要使他手足无措的，因为他害羞，又自知生得丑陋。教皇穿过那个透镜仔细观察他，等待着他回答。

"圣上，"邦那罗倜终于回答道，"圣上也许不晓得，好多人都把我看作达·芬奇先生的仇敌。无论这种看法对或不对，我总以为我最不适宜于判断这件事情，最不适宜于发表一种意见，不管是好的意见或坏的意见。"

"凭着巴库斯发誓！"教皇喊起来，他显然存心拨弄一件有趣味的事情，于是活泼起来，"果真如此，那我更加要听你说说你对于雷翁那图先生的感想了！因为我反认为别人会有所偏袒的，至于你，则我毫不怀疑你判断仇敌时，将与判断朋友时同样地光明正大。此外，我也不相信你们两人果真是互为仇敌！决不会的！你和他那般的艺术家，一定会超出一切虚荣之上的。有什么能隔离你们呢？有什么能引起你们争执呢？即使你们中间有过什么不愉快的事情，又为什么要记在心里呢？大家和平相处不好些吗？常言道，和好则小变大，冲突则大变小。我的孩子，如果我做你们的父亲，把你们的手连接起来，那时你会拒绝我，不肯伸手给他吗？"

邦那罗倜的眼睛冒了火，他常常是这样的，他的羞惭忽然转变为愤怒。

"叛国贼我是不肯伸手给他的！"他气愤地说，几乎不能自制了。

"叛国贼？"教皇惊讶起来，神气更加活泼，"这是一个严重的控告，米开朗琪罗，这是一个很严重的控告！我相信，你若无确凿的证据，就不敢这样控告人的……"

"我没有证据，我也不需要证据！我只说出大家都知道的事情。他有十五年之久奉承着穆罗公爵，而穆罗是第一个招请蛮子到意大利来的，而且把意大利卖给蛮子的。以后上帝降罚了这个暴君，把他推倒了之后，雷翁那图又去替另一个更凶恶的暴君恺撒·波尔查服役。他自己是佛罗伦萨人，反去替恺撒绘画托斯堪那区域的军用地图，为了帮助敌人来占领自己的乡土!"

"不受他人审判之罪,亦不可以审判人,"教皇带点冷笑说,"我的朋友,你忘记了,雷翁那图先生不是军人,不是政治家,他只是艺术家罢了。替自由的缪斯服务的人难道没有权利比其他的人更自由些吗?战争和政治以及人民和君主之间的仇怨,这些同你们艺术家有什么相干呢?你们是生活于更高超的境界之上,那里没有自主的,也没有为奴的;没有犹太人,也没有希腊人,没有蛮子,也没有鞑子;那里只有亚普罗统治着。你们不可以如古代哲学家一般自称为世界公民吗?古代哲学家是到处为家的,哪里适于他们的生活,哪里就是他们的祖国。"

"圣上,请您原谅我!"米开朗琪罗差不多很粗暴地打断他的话,"我是没有学问的粗人,我全不懂得哲学上什么微言大义。我只晓得白叫作白,黑叫作黑。一个人,他不尊敬自己的母亲,他背弃自己的家乡,那我就认为他是个非常可鄙的小人!我知道,雷翁那图先生自以为他是超出一切人类律法之上的。但他有什么权利呢?他常常说,要做出一些奇迹引起全世界惊异,现在不是由空话到实行的时候吗?他的奇迹在哪里呢?也许是那个飞翼吗?他有个徒弟,拿着试飞,结果几乎跌断了颈项。我们还可以相信他的话吗?对于平常的人,我们没有权利怀疑吗,没有权利问道:他的一切疑谜和一切秘密背后究竟藏些什么东西吗?……啊,说这些话有什么用呢!以前小人叫作小人,骗子叫作骗子,现在他们就叫作贤士和世界公民了。不久之后,世界上将没有一个流氓和饭桶,不可以自称为赫尔谟·特里斯墨季斯托神或普罗米修斯了……"

教皇以那双明亮的蛤蟆眼睛注视着米开朗琪罗,安静而冷淡地观察他,一面想着人世无常,万事虚幻,崇高者卑微,伟大者渺小。利奥第十已经在梦想着,要把这两个人召集在一起,唆使他们当面争斗,以为笑乐了。这是未曾见过的把戏,一种斗鸡戏,一种哲学上的游戏,他素来喜欢一切稀奇古怪的事情,一定会带着厄比鸠式的轻视而厌倦的心情去欣赏的,犹如欣赏他的那些呆子、跛子、疯子、矮子、猴子等的一场混战。

"我的孩子,"最后他说,说时带了一声轻微的忧郁的感叹,"现在我知道了,你们二人中间确有敌意存在,以前我还不肯信哩!但我还是惊讶的,老实说,我很惊讶、很不明白,你如此判断雷翁那图先生。如何有此可能呢,米开朗琪罗?我们听了许多关于他的好话。姑且不说他的艺术高超和学问深邃,只说他的仁慈就够了,他不仅慈爱人类,而且慈爱动物和植物哩,他不许人家伤害生物,好像印度哲人、那些裸智派[1]所做的,旅行家告诉我们关于他们的许多奇奇怪怪事情……"

米开朗琪罗转过脸去,不作声。他的面孔一阵一阵现出怒意。他觉得教皇是在戏弄他。彼特罗·彭波那时正在他旁边站着,很留心听着二人谈话,害怕这场玩笑会造成恶结果的,因为邦那罗偎是不适合做教皇的游戏对象的。这位老练的官僚,为了自己对于雷翁那图亦无好感的缘故,更加愿意出来替米开朗琪罗帮忙。据说,雷翁那图嘲笑过当时的文人,说他们是"古人的应声虫",是"饰着孔雀羽毛的乌鸦"。

"圣上,"彭波说,"米开朗琪罗说的话也未尝没有理由。总之,一般人对于雷翁那图的感想是异常分歧的,甚至互相矛盾的,使人不晓得如何判断他是好。他慈爱动物,从不吃肉,但同时他发明一些杀人机器,足以灭绝人类。他又爱陪伴死囚到刑场去,为的观察他们面孔上最后的恐怖感情。我也听说,他的徒弟们和马可·安东尼阿的学生们,曾经偷了尸首做解剖用,不仅从医院里偷搬出去,而且从教堂公墓地下偷挖出去。总而言之,无论古今,凡是大学者都有些性格与常人不同的。譬如古时人说,亚历山大里亚有名的自然科学家厄拉西斯特拉吐士[2]和赫罗菲鲁士,把那些判了死刑的人拿来活活地解剖了。他们拿爱学问

---

[1] 裸智派哲人 die Gymnosophisten——印度一派哲学家,实行禁欲和静观。
[2] 厄拉西斯特拉吐士 Erasistratus——古代希腊医生,公元前三世纪时人。

做理由去辩护他们对于人类的残酷。摄尔苏士[1]也证实了此事，他说：'Herophilus homines odit, ut nosset——赫罗菲鲁士为了求知而仇恨人类'……"

"不要说了，不要说了，彼特罗！上帝保护我们！"教皇打断他的话，教皇现在的兴奋不是假装的了，"拿活人来解剖吗？好学问！你再不要同我说这种话！我若是知道，雷翁那图……"

他说不下去，他很虔诚地划了一个十字。他的整个肥胖而臃肿的身体都颤动起来。

利奥第十虽是怀疑论者，但仍旧同老太婆一般迷信。他尤其害怕黑巫术。他一只手奖赏《席霉利士》和《普里阿卜》二诗的作者，另一只手则授予异端裁判长卓尔曹·达·加撒勒修士以全权，同男女巫士作战。

他听到掘坟盗尸的话的时候，便记起了不久之前接到的一个控告，他一直没有留意的。即是朱良诺·德·梅狄奇派去住在雷翁那图家里的人中，有个德国制镜匠约翰，向教皇控告雷翁那图，说艺术家名为研究解剖学，实则替黑巫术服务，从孕妇尸体割取胎儿。

但是教皇的恐怖并不经久。米开朗琪罗走后，奏了一阵音乐，其中有段困难的曲调，圣上奏得特别好，每每能使圣上快活起来的。中饭时，他同那些呆子商议，关于筹备矮子巴拉巴洛骑象游行的事情，此时他专心一志议论此事，完全把雷翁那图忘记了。

但是第二天，"圣神修道院"院长——雷翁那图就是在他管辖下的医院里研究解剖学的，奉到教皇非常严厉的谕旨，不许他拿尸体给艺术家，又不许艺术家进医院内来，同时也提起了当初教皇邦尼发士第八那个有名的诏书：未得教廷准许而解剖人体者，当驱逐出教。

---

[1] 摄尔苏士 Celsus——公元初年时人，医生，有文名。

卓梵尼死后，雷翁那图在罗马居住就觉得很不舒服了。

彷徨，等待，以及无可奈何的闲散，使得他厌倦。他的平时工作，书籍、机器、实验、绘画之类，都引不起他的兴趣。

秋天长夜，他与亚斯特罗疯子和卓梵尼幽灵同住于那座愈来愈加凄凉的屋子里面，觉得很不自然，所以他时常到佛罗伦萨公使弗郎西斯果·维托里先生处闲谈去。维托里先生同尼古罗·马基雅维利常有书信往来，他说起了尼古罗近况，而且拿尼古罗寄来的信给艺术家看。

命运仍旧在捉弄尼古罗先生。他一生梦想着要编练一支国民军来解救意大利，他编练好了一支军队，但在一五一二年普拉托被围时候，他眼看着西班牙枪炮一响，这支军队就四散奔逃了，如同一群绵羊。

梅狄奇家族复国后，马基雅维利便失去了官职，"被人推倒，被人驱逐，丧失了一切"。不久之后，有个推翻暴君复建共和国之阴谋被人发现了，尼古罗参加了这个阴谋。他被人捕去，审判、施刑，他有四次被人吊起来拷打。他忍受着肉刑，如此坚强忍受着，据他自己说，是出乎他意料之外的。人家交保释放他，放出来又监视他，禁止他一年之内离开托斯堪那疆界。他陷于如此贫穷地步，不得不离开佛罗伦萨城，住在他继承的一个小田庄去，在离城十里来罗马大路旁边、圣加祥诺附近一个山村里面。但住在那里，他经过了困苦的一生之后，仍旧不得安静的：他从热烈的共和党人变成了热烈的君主党人，而且是诚心实意的。每逢他突然转变，从这一极端走到那一极端时，他总是诚心实意的。他关在牢里时，就已写了满含忏悔的诗篇上呈梅狄奇家兄弟们。在他著的那本献给罗棱慈的书《君主论》中，他就是拿恺撒·波尔查作为最高的政治智慧之模范，当时恺撒已经在放逐中死去了，恺撒当权时曾被他骂为怪物的，现在他则拿着几乎超尘世的光辉安在恺撒头上，而且排列恺撒于不朽的英雄队伍中了。马基雅维利内心上未尝不明白他在欺骗着自己：梅狄奇家的市侩君主国和索德里尼的市侩共和国，一样地引起他的反感。但他已无勇气抛弃他的最后梦想了，他紧紧抓住这个梦想，犹如溺水的人抓住一根草秆。生病的、孤寂的、受刑时手脚伤痕尚未医好的他已经请求了维托里在教皇面前或朱良诺·德·梅狄奇面前替他吹嘘，为他谋得一个微小的职位，"因为赋闲对于我是比死更可怕的。只要人家叫我去服务，无论什么工作我都肯做的，要我去旋转石头也行"。

害怕他不断的请求和诉苦会令人生厌，他于是在致维托里的信中说些笑话，或者报告他的恋爱故事，让人家开开心。他已经五十岁了，又是一个挨饿的家庭的家长，但他天天恋爱，同中学生一般，或者他假装这个样子。"我已经把一切聪明的重要的思想都放在旁边去了，无论古代英雄故事或当代政治议论都引不起我的兴趣：我在恋爱着！"

雷翁那图看了这些无聊的书信之后，想起了当初在罗曼雅时，尼古罗同他说的几句话。那是尼古罗在一个赌窟里装呆子让那些西班牙流氓发笑以后出来对雷翁那图说的，他说："穷教人舞，穷教人跳，穷教人唱小调。"好多次，雷翁那图在这些书信中，除了厄比鸠式的忠告、恋爱故事的叙述和犬儒主义的自嘲之外，也发现了一二声绝望的叫喊。譬如说："果真没有一个活人想到我吗？如果您现在还爱我，弗郎西斯果先生，同您从前爱我的一般，那您看见我现在过的无聊生活，您就非气愤不可的。"

另一封信里，他写了他的生活：

> 猎鹌鹑事情，以前是我的主要工作。我未天明就起床，亲手准备绳套，携着鸟笼，离家出去。我的样子好像那个旧时奴隶，携着俺菲特里昂[1]书籍从港口回来的。我猎得的鹌鹑每天总在二只至六只之间，九月这个月就是这样度过的。以后，连这种快乐也享受

----
[1] 俺菲特里昂 Amphitryon——神话中提林特国王，有事外出，尤比德大神变做他的模样回家来欺骗他的妻阿尔克曼，由此诞生了有名的英雄赫丘利。拉丁文学家布劳都士曾著一本喜剧演这故事，其中俺菲特里昂的仆人索西的举动是最滑稽好笑的。

不到了。虽是无聊的快乐，我现在还想念它。

现在我起床晚了些。我走到我的小林子去，那里正在砍伐树木，我在那里逗留了两个钟头，看看昨天砍下来的树木，又同伐木工人谈闲天。然后我到井边去，从那里又到我以前打猎的树林去。我身边总带着一本书：但丁，佩特拉克，提布尔或渥维德。当我读着他们的热烈的诉告时，我就想着我自己的恋爱事迹，我在这些幻梦之中暂时忘记了烦恼。然后我到公路旁边那个酒店去，同旅客们谈闲话，打听新闻，观察人类的嗜好、习惯和脾气。中饭时，我才回家来，同家人坐在一起，拿俭朴食物充充饥，我的地产的微小收入只能允许我有这种食物。午饭后，我又到酒店去了。已经有一群人汇聚在那里了：酒店老板、磨坊师傅、屠夫，还有两个面包匠。我同他们一起消磨了整个下午，下棋、掷骰子、打牌。我们互相抬杠子、生气、叫骂，大多只为了几个小钱的输赢。我们吵的声音，连圣加祥诺城里也听得见的。

我便是沉陷于这个烂泥潭之中了！我只担心一件事，即是如何能不至于完全腐朽了，或不至于为了无聊而变成疯子，此外我则完全交付于命运摆布，让它践踏我，任它的意处置我，为的看看它的无耻是否有个限度。

晚上，我回到家里来。但未曾关起门来睡觉以前，我把每天穿的脏衣服脱下来，而着起了官服或元老服，如此打扮着，我走进了古代宫殿，那里大哲人们和英雄们起来欢迎我，飨我以我应得的筵席，我自由自在地同他们谈话，询问他们、探求他们的行事的动机。他们好意回答我，犹如回答一个与他们平等的人。这几个钟头之内，我并不无聊，我不怕穷，也不怕死，忘记了我的一切烦恼，而完全在古人世界过生活。然后，我把从他们探问来的一切，都写下来，如此著成了我的《君主论》一书……

638

雷翁那图读了这些书信之后，感觉到尼古罗如何接近于他，虽然许多方面与他相反。他想起了当初马基雅维利说的一句话，即说：他们二人走的是同一的命运，在这俗人世界里，他们要成为永远无家可归的游客。事实上，雷翁那图在罗马的生活，也与马基雅维利在圣加祥诺附近荒村的生活一般地不如意、一般地无聊、一般地寂寞、一般地被迫无事可做更苦于任何刑罚、一般地认识自己的能力，以及无处使用此能力。同尼古罗一样，雷翁那图也是交付于命运摆布的，让命运践踏他，任意处置他，不过更加能忍受些，因为他并不想去探究命运的无耻是否有个限度。他早已明白，这个限度是不存在的了。

利奥第十一心忙着替他的呆子筹备骑象游行事情，没有闲空接见雷翁那图。为了敷衍他，便派他去改良造币厂用的模型。雷翁那图无论什么微小的工作也不嫌弃的，他把这件工作做得很好。他发明了一种造币机器，制造出来的钱币完全是圆形的，不似以前那样周围参差不齐。

他的境况，此时为了旧债缘故，陷于如此贫困，大部分薪俸非拿去付利息钱不可。若非弗郎西斯果·默尔齐继承了父亲遗产，拿钱帮助他的话，不知他要如何艰难过活了。

一五一四年夏天他害了一场疟疾，这是他一生第一次害重病。他不吃药，也不请医生，唯有弗郎西斯果服侍他。雷翁那图一天比一天更爱这个徒弟，更看重他的纯洁的爱。好多次觉得，仿佛上帝派了这个孩子给他，做他的最后的朋友，做他的护卫天使，安慰他的无家可归的老年生活。

艺术家觉得人们忘记了他，于是尝试着要引起人家记得他，但都没有效果。他生病时候，写了几封信给他的雇主朱良诺·德·梅狄奇，用当时流行的恭维话写的，但他不习惯于写这种恭维话。有一封信说：

我听到大人贵体复原的消息时，我心里快活得很，以致我自己的病也好了，好像奇迹一般令我起死回生了。

秋天，疟疾过去了，但他总是感觉疲倦无力。卓梵尼死后几个月中间，他的身体如此衰弱、如此苍老，好像过了几个年头。

一种奇异的无兴趣、内心的不安定、几乎死一般的疲倦，一天比一天更加征服了他。

有几次，他好像很热心地开始他以前心爱的一种工作：数学、解剖学、图画或飞行机器，但不久他又抛开了做别的事情，这别的事情也引不起他的兴趣，又被他丢下了。

最无聊的那几天，他忽然喜欢从事于小孩子一般的玩意儿。

他拿羊的肠子小心洗净晒干，变做软而薄、叠起来不满一个手掌。他拿肠子一端通到旁边房间去，同风箱联起来，风箱动着，肠子渐渐涨大了，看的人害怕起来，被迫退到房角去。他拿这肠子来比拟那种德行：起初看来是微不足道的，但渐渐长大起来，充塞了全世界。

他在美景园里捉了一只大蜥蜴，他在蜥蜴身体上粘了好看的鱼鳞和蛇鳞，头上装了角、须、眼睛，身旁又装了灌有水银的翅膀，蜥蜴每一动作都能使翅膀活动。他拿这蜥蜴关在一个盒子里喂养着，他拿出来给客人看。客人都把这怪物认作魔鬼，吓得倒退几步。

或者他用蜡制造些非实有的小动物，生了翅膀，体内灌了热空气，如此之轻，能够上升，又能够飞行。看的人或表示惊奇，或表示迷信的恐怖，雷翁那图望着都很开心。他的面上黯淡的皱纹之中、他的眼睛忧郁的神气之中，忽然露出一种小孩子般的快乐，但这快乐现出于衰老而疲倦的面貌上，如此令人难过，害得弗郎西斯果的心几乎破碎了。

有一天，师傅不在房间，恺撒·达·塞斯托送客出门时候，弗郎西斯果偶然地听恺撒对客人说道：

"就是这样的，诸位先生，我们现在玩着这些把戏，为什么要隐瞒呢？我们的老头子有点昏头昏脑的，不久就要返老还童了，这个可怜人！他从人类飞翼做起，结果做成功了能飞行的蜡玩具，大山诞生了一只耗子。"

他带着恶意的冷笑又说道：

"我真不明白，教皇最懂得赏识呆子和疯子的，照理他一定会宠爱雷翁那图先生，这个正为那个而生在世上的。但是他们二人何以不投机呢？诸位先生，就请你们替我们的师傅游说一下吧，让教皇聘了他去！诸位尽管放心，教皇一定会喜欢他的：我们的师傅一定比马里安诺修士和巴拉巴洛矮子更会使得圣上开心的！"

这几句话貌似说笑，却很接近真实。雷翁那图那些奇巧游戏，如涨大的羊肠、有翼的蜥蜴、能飞的蜡像之类，传到教皇耳朵以后，利奥第十就急欲看看这一切东西，而忘记害怕雷翁那图的巫术和邪说了。那些老练的官僚示意艺术家，说现在是行动的时候了，命运给了他机会，使他得圣上宠爱，不仅能打倒拉斐尔，而且能打倒巴拉巴洛哩！但是，同过去一样，雷翁那图这次仍不肯听从那些聪明人的忠告，他仍不晓得利用机会，及时地攀附幸运的轮子。

弗郎西斯果内心觉得，恺撒是雷翁那图的敌人，他警告师傅要当心，但是雷翁那图不信他的话。

"由他吧，不要干涉他，"师傅反替恺撒辩护，"你不晓得他如何爱我，即使他恨了我。他是同样不幸的，甚至是更加不幸的，比……"

雷翁那图没有说下去。但是默尔齐明白他的意思是说：比卓梵尼·贝尔特拉非奥还更不幸些。

"我能裁判他吗？"师傅又说，"也许是我对不起他……"

"您——对不起恺撒？"弗郎西斯果很惊讶地问道。

"不错，我的孩子。你不懂得。但是我好多次觉得，仿佛他中了我的巫术，受了我的毒害。因为你知道，我的确有着什么'恶眼'的……"

他想了一会，然后带着轻微的良善的笑容再说道：

"由他吧，弗郎西斯果，你不要害怕。他不会害我的，他不会离开我的，不会背叛我的。如果他起来同我作对，那他是为了他的灵魂，为了他的自由，因为他找寻着自己，因为他要做他自己。但愿上帝帮助他成功！因为我知道，到他成功之后，他将回到我这方面来并将原谅我，将懂得我如何爱他。那时我所有的一切都要给他，艺术和科学的所有秘密都要告诉他，等我死后他能够传给人类。因为除了他谁能做这事情呢？……"

夏天，当雷翁那图生病时候，恺撒曾有一次离开师傅寓所几个星期之久。秋天，他确定地走开，不再回来了。

雷翁那图发现了他不在的时候，问过弗郎西斯果。弗郎西斯果很慌张地低下头来回答：恺撒到塞拿去，办理一件紧急的事情。

弗郎西斯果害怕师傅会追问他：恺撒为什么不辞而行。但是师傅信了这个笨拙的谎言，或至少装作相信。他说起了别的事情，唯有他的嘴角动着垂下来，表示一种悲苦而厌烦的感情，近日来，他一天比一天更常表示这种感情。

秋天多雨。但是十一月底有几日出了太阳，阳光十分朗耀，又无风，而且没有一处能比罗马更好看的。晚秋的景致最适合于点缀这"永久之城"的寂寞的庄严。

雷翁那图好久就想到西克士特教堂[1]去，看看米开朗琪罗作的壁画。但他延期了又延期，好像害怕去看。有一天早晨他终于携了弗郎西斯果出门到那教堂去了。

这是一座狭而长而又很高的建筑物，素白的墙壁，尖形的窗子。天花板和穹隆形地方，就有着那刚完成不久的米开朗琪罗壁画。

雷翁那图看着惊呆了。他虽然为了害怕，不敢来看，但他未曾料想到能看见现在所见的。

那些巨大的景象如同噩梦中所见的：上帝在混沌怀中判别光暗，创造万物[2]，拿泥土造亚当，又拿亚当一条肋骨造夏娃；人类始祖的堕

---

[1] 西克士特教堂 die Sixtinische Kapelle——在梵蒂冈宫内，一四八〇年左右，教皇西克士特第四建筑的，因其中的米开朗琪罗壁画而闻名后世。壁画画的都是《圣经》上的故事。
[2] 上帝创造世界——见《创世记》前三章。

落；亚伯和该隐[1]的献祭；洪水，闪和含[2]嘲笑那睡着的父亲的裸体，美丽的裸体少年，元素精灵，以永恒的音乐和舞蹈伴随着宇宙悲剧，伴随着人和神间的斗争；男女祭司和先知，那些可怕的似乎含有超人的忧愁和智慧的巨人们；耶稣的那些祖宗，那一长列默默无闻的家谱，一代代地把生命重担传下去，忍耐生产、养育和死亡的痛苦，而期待着不知名的救世主出现。在他的敌手所画成的这一切景象前面，雷翁那图无从判断了、无从度量了、无从比较了，他只觉得自己完结了。他一件件回想着自己的作品：那个注定要毁灭的《最后的晚餐》，那个无意义地毁灭了的"巨像"，那个"安嘉里之战"以及其他许多未完成的作品，一长串徒然的努力可笑的失策、可耻的败北。他的一生总是开始着、计划着、准备着，但至今未成就一件事情，而且何必自欺呢？现在已经太迟了，他再也不会成就什么事情了。无论他的一生工作如何辛勤，他不是好像那个又恶又懒的仆人把银子埋在地下[3]的吗？

　　但同时，他也明白，他比邦那罗偶趋向于更伟大的更高超的事情，趋向于那种统一，那种最后的和谐，那是米开朗琪罗所不认识的，而且不愿认识的。米开朗琪罗始终在分歧、在反抗、在愤怒和混沌之中。雷翁那图想起了丽莎夫人论米开朗琪罗的话：他的力好像上帝未出现以前那个崩山碎石的烈风，至于雷翁那图则他是强过于米开朗琪罗的，正如平静强过于烈风，因为上帝乃在平静之中，而非在烈风之中。现在他比以前更加明白了，事情确是这样的，丽莎夫人没有说错的，人类精神迟早要回到他雷翁那图指示的道路上来的，要从混沌回到和谐，从分歧回到统一，从烈风回到平静来的。但是谁能知道，邦那罗偶还要得意多少时候呢，他还要拖着多少代人类跟着他走呢？

---

[1] 亚伯和该隐——见《创世记》第四章。
[2] 闪和含——见《创世记》第九章。
[3] 仆人埋银故事——见《马太福音》第二十五章。

明白了自己的趋向是正确的之后，一想起无力去实行，雷翁那图心里更加难过。

师徒二人没有说话，离开了教堂。

弗郎西斯果猜出了师傅心里想着什么，但不敢问他。但他抬起头来看看师傅的脸时，他觉得师傅在西克士特教堂里过了一个钟头好像忽然老了几岁。

他们二人走过圣彼得广场，沿着新城街向圣天使大桥走去。

此时雷翁那图想起了另一个敌手，其对于他的危险性也许不减于邦那罗偶，即想起了拉斐尔·桑楚。

雷翁那图在梵蒂冈宫殿堂内见过了拉斐尔新画的壁画，心里还不很明白，其中哪一点更伟大些。是画得精细呢，是全无思想呢，是能令人忆起最光耀的古画而难以仿效的完满呢，或者是奴隶性的谄谀借以求得当世大人物的恩宠呢？教皇朱留士第二梦想把法国军队逐出意大利，拉斐尔便画了一幅天兵驱逐叙利亚元帅，亵渎神圣的赫利奥朵[1]离开最高的上帝庙堂之图，来奉承他。教皇利奥第十自命为伟大的演说家，拉斐尔便画了一幅利奥第一[2]大帝劝说蛮王阿提拉[3]莫攻罗马之图，来奉承他。辣温那之战时，利奥第十已经做了法国俘虏，幸而逃脱出来，拉斐尔又画了一幅使徒彼得因奇迹而出狱之图，来奉承他。

拉斐尔便是这般将艺术变成了教皇宫廷的一个必需的成分，教廷谄谀的一种甜蜜的香味。

这个从乌比诺来的陌生人，这个梦一般的少年人，具有一张无邪的圣母面孔，好像下凡的天使，他却很懂得看重他的尘世利益的。他替罗马银行家阿果斯丁诺·契基画马厩里的壁画，又画金匙和金碟，这些食

[1] 赫利奥朵 Heliodo——纪元前二世纪时人。
[2] 利奥第一 Leo I——四五七年至四七四年东罗马皇帝。
[3] 阿提拉 Attila——五世纪时匈奴族皇帝，征服了东西罗马两帝国。

器就是契基款宴教皇后抛到底伯河里去的，免得别人拿去使用。这个"幸运童子"，如某人称他的，轻而易举地获取了荣誉、财产和爵位。他的和悦可亲，能解除他的最恶毒的仇敌的武装。他并非假装的，他的确可以同所有的人做朋友，所有的人都祝他幸福，幸福仿佛自动地投进他的怀里来。布拉曼特死了，新建大教堂这个肥缺就落在他的手里，他的进款一天多似一天。红衣主教比比那要把侄女儿嫁给他，但他还在观望着，因为他还有着上主教红袍子的希望哩。他在新城区自建一座华丽的邸宅，在那里过着公侯般阔绰的生活。高官贵爵以及外邦使臣，从早至晚拥挤在他的候见室中，求他画肖像，或者其他的图画，以为纪念。他的工作忙不过来，通通推辞了。但是那些求画的人不肯放松，简直是包围着他。好久以来他就没有工夫自己画图了。每幅图画，他只开始画二三笔，便交给徒弟了，让徒弟去画，而且很快画好。拉斐尔的工场变成了大工厂，在那里，那些敏捷的人物如朱里奥·罗曼诺之类，以惊人的迅速和大胆，将颜色和麻布变成了响亮的金钱。他自己再不讲究画得尽美尽善了，能敷衍得过，他就满意。他替俗人服务，俗人也替他服务，俗人很兴奋地视他为他们之中的优秀分子、为他们的宠儿，是他们的肉做的肉，是他们的骨做的骨，是他们自己精神的一个产物。他得到了普天之下古往今来最伟大的艺术家的声名，拉斐尔成了"画圣"。

但是最糟糕的还在于：他虽在堕落之中仍是伟大的，仍有迷人的美，不仅在众人眼中如此，在少数优秀者眼中亦然。他漫不经心地从幸运女神手中接受了光辉灿烂的玩具，他自己仍是纯洁而无邪的，同小孩子一般。这个"幸运童子"自己不知道他在做些什么。

拉斐尔·桑楚这个轻易的和谐、他的学院式的死板的虚假的和解，对于未来艺术说，是比米开朗琪罗的分歧和混沌更有害得多了。

雷翁那图感觉，在这两个尖峰后面，在米开朗琪罗和拉斐尔后面，是没有道路通到未来去的，那后面只有深渊和空虚。但同时，他又看出了他们二人应当如何感谢他：他们从他学去了光暗学、解剖学、透视学，学去了关于自然界和人类的智识。他们是从他学出来的，而现在转过来毁灭他。

他心里正在想着这些事情，他的脚步同做梦一般向前走去，眼睛望着地下，头垂得很低。

弗郎西斯果想要同他说话，但是一看师傅的面孔，一看老年人苍白的唇边现出无限的厌倦神气，要说的话就不能出口了。

快到圣天使大桥时候，他们遇着一群六十几个衣服华丽的步行人和骑马人从对面走来，新城街很狭窄，他们不得不退避街旁，让这群人走过去。

雷翁那图起初不过随随便便看了一眼，因为他以为这是某达官、红衣主教或外邦使臣的侍从，忽然有个少年人面孔引起了他注意。这人穿得比别人更加华丽些，骑在一匹阿拉伯白马之上，辔头是金制的，上面还镶了很多宝石。这个面孔，他记得，曾在什么地方见过的。他忽然想起了八年前，在佛罗伦萨，看见的一个白面孩子，身上的黑袍沾满了颜色，肘弯之处也磨破了，腼腆而兴奋地对他说："米开朗琪罗还不配替您解鞋带哩，雷翁那图先生！"不错，这个少年人就是他，就是雷翁那图和米开朗琪罗的敌手，就是"画圣"拉斐尔·桑楚！

他的面孔还是那样天真的、无邪的、毫无思想的，但是现在不很像基路伯[1]了，现在更丰满些、更严肃些。

拉斐尔是从他的新城区邸宅往梵蒂冈宫见教皇去的。同平时一样，这天也有一大群朋友、徒弟和崇拜者护送他。从来没有一次，他出门没有五六十人护送的，所以他每次行路都好像一场胜利游行。

他认得雷翁那图，他的脸微微红起来，过于恭敬地急忙脱下他的帽子，行了鞠躬礼。他的几个徒弟，不认识雷翁那图的，非常惊讶地望着这个服装朴素的、几乎穷苦相的老头子，他躲到墙边去让路，但"画

---

[1] 基路伯 Cherub——《圣经》中最接近于上帝的天使。

圣"反而很恭敬地向他行礼!

但是雷翁那图并不看拉斐尔那些徒弟,他只注视着一个人,很惊讶地注视着,好像不相信自己的眼睛。这个人紧靠在拉斐尔身边,同那些最亲近于拉斐尔的学生在一起,这个人就是恺撒·达·塞斯托。

艺术家忽然什么都明白了:恺撒的出走,自己预感的不安,弗郎西斯果的笨拙的谎言,原来他的老徒弟背叛了他。

恺撒泰然自若地在雷翁那图注视之下,而且含着无耻的然而可怜的笑容回看他,一面扮着鬼脸,同疯子一般吓人的鬼脸。

不是恺撒,反是雷翁那图低下头来了,说不出的狼狈,好像是他对不起徒弟似的。

这一队人马走过去了,师徒二人继续走他们的路。弗郎西斯果搀扶师傅走路。雷翁那图的面孔是苍白而安静的。

他们走过了圣天使大桥,穿过了哥隆那里街,来到了拿逢那广场,那里有卖鸟的市场。

雷翁那图买了许多的鸟:喜鹊,黄雀,画眉,鸽子,一只猎鹰,一只野天鹅。他身上所有的钱都买完了,还向弗郎西斯果借钱。

老少二人提了这许许多多鸟笼,笼内鸟儿在咕噪着,引起众人惊奇。过路的人盯着他们看,街上野孩子跟在他们背后跑。他们横过全罗马城,走过万神庙,越过特拉扬大会场和爱士葵林[1]高丘,从"大城门"出了城,直走到古罗马官道辣比康那路,然后他们转入一条僻静的乡村小路。

一望无际的、寂静的、淡白的康班雅平原,展开在他们面前。

近旁有克劳狄、提多和卫士巴襄努士诸帝建筑的架空水道,已经倒塌一半了,缠满了常春藤,通过水道的拱门可以看得见一些单调的冈陵,灰绿色,在黄昏时候宛如海波一样。这里或那里耸立着一个孤独的

[1] 爱士葵林丘 Esquilinische Hügel——罗马七丘之一。

黑塔、一个残破的骑盗巢。远处，在地平线上，蔚蓝色的山围着这个平原，一级一级高上去，好像圆形戏场的座位。白云背后斜阳的光辉如同长而阔的草束照射在罗马城上。那些大角牛，一身闪光的白皮、一对聪明而良善的眼睛，听了脚步声，懒懒地回过头来看，仍旧慢慢咀嚼着草料，馋涎从潮湿的黑嘴里流出来，滴在那多灰尘的荆棘丛中有刺的叶子上。枯焦而坚硬的草丛里蟋蟀的悲鸣，艾草死茎中秋风的萧瑟，以及远处罗马城里沉闷的钟声，好像更加显出了寂静。此地，在这个平原之上、庄严而奇异的寂寞当中，天使的预言好像已经实现出来了，他坐在"那昔在，今在，以后永在者"面前宣誓说："从今以后不要再有什么时间了。"

他们在一个高地上选定了一个位置，把鸟笼放下来，于是雷翁那图开了笼门，将鸟儿一只只地释放了。

从他做小孩子时候起，这个事情就成了他的最有趣的娱乐。他带着和悦的眼光看看鸟儿如何快乐地叫着，扇着翅膀，飞到天空去。一种无言的微笑使他的面孔明朗起来。他现在忘记了一切烦恼，快活得同小孩子一般。唯有猎鹰和野天鹅还关在笼子里，画师要回去时才肯放它们的。

他坐下来休息，而且从旅行袋里取出俭朴的晚餐：面包、烘熟的栗子、干无花果，一瓶用草扎着的奥维托红酒，两样乳酪，山羊乳酪给自己吃的，牛乳酪给徒弟吃的。他知道弗郎西斯果不爱吃山羊酪，所以带了牛酪来。

画师叫弗郎西斯果坐下来一道吃晚饭。师傅一面吃着，一面很快活地看着那两只鸟儿，它们感知快要释放了，便在笼里扇着它们的翅膀。在野外，露天底下，吃着饭庆贺他的有翼的囚徒们得到自由，这始终是他的一件乐事。

师徒二人不说一句话，吃他们的晚饭。弗郎西斯果时常偷偷地看看师父。自从生病以来第一次，他在露天底下、明亮光中，细看雷翁那图的面容，他从来未曾看见师傅是如此疲惫、如此老迈的。头发已经变了灰色，但还带点淡黄色光泽，上面很稀少，露出了强而大而又生着高傲而严肃皱纹的额头，但下面还是丛密的、丰满的，而且同络腮胡子相通连。胡子从颊骨底下生起，很长，直垂到胸前，但也已经有点灰色了。淡蓝色的眼睛还是同以前一样的锐利、一样表现无畏的求知欲，从浓厚而下垂的眉毛底下深而黑的双窝中照射出来。但是这个表情、这个几乎是超人的思想力和求知意志的表情，同另一个表情是相矛盾的，这另一个乃是软弱和疲惫的表情，表现于瘦削的双颊的皱纹中，表现于眼睛底下沉重的老年泪囊中，表现于轻轻突出的下嘴唇中以及下垂的口角所显示的无限厌倦神气中。这就是衰老的普罗默德的面孔。

弗郎西斯果看着他，心里生起了熟知的怜悯之感。

弗郎西斯果知道，一件小小的事情往往足够突然地改变了人类面孔的表情，而出人意料地暴露其内心状态。他时常在路上遇着与他不相干的异乡游客，拿出干粮，坐在背人处，转过脸去，含羞带愧地吃着，凡是在不习惯的地方不熟悉的人群当中吃饭的人，都有此羞愧感情的。此时，不知为了什么缘故，他的心里忽然发生了一种难以解释的奇异的感情，怜悯他们，仿佛他们是如此孤独、如此不幸的。他做小孩子时候最常勃发这个感情，大了之后也曾勃发了几次。这个怜悯感情是发源于下意识之中，他无法加以解释。他平时并不去想，但到了勃发时候，他立即就知道了，而且不能压抑下去。

现在就是这样。现在他看着师傅坐在草地上那些空鸟笼中间，一面望着那两只尚未释放的鸟儿，一面用一把破柄小刀割着面包和乳酪，往嘴里送，小心而努力咀嚼着，同牙齿衰弱的老人一般咀嚼着，颊骨上面的皮跟着嘴动，他的心忽然又生起那个熟知的强烈的怜悯之感了。这次是更难忍受的，因为怜悯感情同尊敬感情结合在一起。他要拜伏在雷翁那图脚下，要呜咽着拥抱师傅，要对师傅说：师傅即使被众人唾弃了，被众人轻视了，但在这个默默无闻之中，也有比拉斐尔和米开朗琪罗二人的得意更多的光荣在。

但他没有这样做，他不敢这样做。一声不响，忍住了眼泪，苦煞了咽喉，勉强吞下了面包和乳酪，他观察着师傅。

雷翁那图吃完了饭之后，站起来，先把鹰放走了，然后开启那个最后的最大的鸟笼，野天鹅便是在这笼中关着。

这只大白鸟飞了出来，高声而快乐地鼓动着它那被斜阳照红的双翅，笔直地向落日飞去。

雷翁那图目送它飞去，心里含着无限的欣羡和无限的悲哀。

弗郎西斯果觉得，师傅是为了他的一生的梦想而悲哀的，为了人类飞翼，为了那只"大鸟"，关于这"鸟"，他在笔记之中曾预言道：

　　　人类将骑在一只大天鹅背上作第一次飞行。

教皇却不过他的弟弟朱良诺·德·梅狄奇的请求，便向雷翁那图预定一幅小画。

艺术家同平时一样迟疑着，动手的日子推延了又推延，只做些预备的工作。他改良着颜色，而且发明了一种新漆为这幅画之用的。

利奥第十得知这个情形的时候，便假装绝望神气，喊道：

"这个怪人永远做不成一件事情！他一心只想着结局，却永远不去动手做。"

宫廷中人抓住了教皇这个玩笑话，在罗马城里到处散播。雷翁那图的命运已经注定了。利奥第十，最伟大的艺术鉴赏家，已经判断了他。现在，彼特罗·彭波和拉斐尔、巴拉巴洛和米开朗琪罗，可以放心保持他们的桂冠了，他们的敌手已经毁灭了。

好像是大家约好了一般，所有的人忽然都离弃了他。人们忘记了他，好像忘记了死人。但是教皇的判词还是有人传到他的耳朵里去的。雷翁那图如此不动心地听着这个判决，仿佛他早已预见到了，仿佛他并

650

未等待别种的判决。

这天晚上，当他一人独处时候，他在笔记内写道：

忍耐之于被侮辱的人，正如衣服之于挨冷的人。天气越寒冷，你就越加要穿暖些，那时你就不觉得冷了。同样，你受的侮辱越重，你也越加要忍耐，那时侮辱就不会伤损你的灵魂！

一五一五年一月一日，法兰西国王路易十二死去了。他没有儿子，他的最近亲，即他的女儿克劳狄的丈夫安古廪公爵弗郎琐亚·德·瓦路亚，继承了他的王位，名为弗郎琐亚第一。这新王是萨伏衣之路易丝的儿子。

青年国王登了王位，便命驾亲征，去夺回伦巴底领土。他出人意料地迅速，越过了阿尔卑斯山，穿过了阿真底耶关隘，忽然出现于意大利，在马里雅诺打了一个胜仗，推翻了小穆罗，威风凛凛地进入米兰城里去。

此时，朱良诺·德·梅狄奇到萨伏衣去了。

雷翁那图在罗马既然无事可做，便决定在新王身边活动一下。这年秋天，他到巴维亚来，弗郎琐亚第一宫廷就是驻在那里。

那里，战败者举行一个盛会来欢迎胜利者。雷翁那图被请去参加欢迎会筹备工作，因为那里的人从穆罗时代起就识得这位机械师了。

他制造了一只自动狮。欢迎会那一天，这狮子在大殿上奔走，走到国王面前停下来，后脚直立，胸前开了一个洞，法兰西国花白百合从洞里出来落在国王陛下的面前。

这个玩具，比他的其余一切制作和发明，更多增进了他的荣名。

弗郎琐亚第一聘请意大利诸有名的学者和艺术家都去替他办事。但是拉斐尔和米开朗琪罗二人，教皇不肯放走的。国王现在来聘请雷翁那图，给他七百盾年俸，而且拨了杜兰州内克鲁小宫堡给他居住，这个小宫堡就在国王的离宫俺拔斯近旁，界于都尔和布鲁亚中间。

艺术家接受了。六十四岁那一年，这个终身迁客，不存希望，也没有惋惜，离开了他的故乡。一五一六年初，他同他的老仆役维兰尼斯、他的厨娘马士邻娜、他的徒弟弗郎西斯果·默尔齐和左罗亚斯特罗·达·佩勒托拉，从米兰动身往法国去。

这段旅途是很难行的，尤其当这个季节，必须经过毕孟到土灵去，然后从那里沿着多拉黎帕里亚河谷——这河流入波河——越过柯尔德弗列宙斯岭以及塔布尔山和仙尼斯山中间的高地。

一清早，天还未曾亮时候，他们就从小城巴东涅奇亚出发，希望黄昏以前可以走过这条岭。骡子驮着人和行李，铃声响着，四蹄踏着，沿着狭径爬上山去，狭径旁边就是深崖。

下面，朝南的山谷，已经有春天香味了，上面则还是冬天。但在干燥、稀薄而又无风的空气之中，人们不很感觉寒冷。天刚刚亮，深崖下面，冻了冰的瀑布奇形怪状的，如同钟乳石，闪着白色之光。峭坡上生着黑松，如同乱草，从积雪中突露出来，深谷之中还留着夜之阴影。再上面，苍白色的天边，已经看得见阿尔卑斯山那些雪峰，此地的光好像是由这些雪峰照下来的。

在一个山路转弯之处，雷翁那图下了马，要仔细看看山景。他从带路的人口里知道了，旁边那条更陡的更难走的人行道，同这条马行道一样，可以通到目的地。他于是同弗郎西斯果二人走上最近一个高峰，从那里，许多的山都可以看得见。

铃声听不见之后，周围寂静得很，唯有很高的山上才有此寂静。游客听得着自己的心跳，以及有时山雪崩陷的雷一般反复回声。

他们愈走愈高了。

雷翁那图扶在弗郎西斯果肩头上，于是徒弟想起了好多年前在康皮昂山下曼德罗村附近的事情，那时他们两人沿着一条油滑而可怕的台阶走下铁矿里面去。那时雷翁那图把他抱在手里的，现在则是他扶持雷翁那图了。那时铁矿下面也是同现在高山上面一般寂静的。

"看哪，雷翁那图师傅！"弗郎西斯果喊起来，一面指着他们的脚底下突然出现的深谷，"多拉黎帕里亚河谷又现出来了。也许是最后一次吧？不久，我们就到岭那边去了，那时一定看不见这个河谷的。"

"那里就是伦巴底，就是意大利！"他又低声说一句。

他的眼睛射出了快乐而又悲伤的光辉。

声音更低些，他重复道：

"最后一次了……"

师傅照着弗郎西斯果手指指处，看了一眼，向着故国所在的方向看了一眼，但他没有表示一点情感。他不作一声，回过脸去，继续向着塔布尔山、仙尼斯山以及洛其亚梅隆的永久雪峰和冰河闪光之处走去。

现在，他不觉得疲乏，很迅速地向前走去。弗郎西斯果还在下面深崖边上同意大利辞别，以致落在师傅后头很远。

"师傅，师傅，您到哪里去呢？"他在雷翁那图背后远远地叫喊，"您没有看见山路已到了尽头吗？不能再上去了。那是悬崖。当心呀！"

但是雷翁那图没有听他的话，仍旧用坚定而轻松的脚步，飞一般地在令人眩晕的深崖边缘上走过，愈走愈高了。

苍白色的天边，那些大冰块在闪光，好像上帝造的一堵巨墙，隔离着两个世界。这些冰块诱惑他、刺激他，好像它们背后藏着最后的秘密，唯一能够满足他的求知欲的秘密。虽然有不能逾越的深谷横阻着他，使他走不到那些冰块去，但他还是觉得那些冰块是与他有缘的，为他向往的，同他接近的，只消一伸手便可以接触到了。它们看着他，好像死人看着活人，含着永世的微笑，琢箜铎夫人的微笑，看着他。

雷翁那图的苍白的面孔反映了它们的苍白的光辉。他微笑着，同它们一样微笑着。当他在冰一般寒冷而明朗的天空底下看着明朗的大冰块的时候，他便想着琢箜铎夫人，他又想着死，好像死和琢箜铎夫人是一而二、二而一的。

第十七章

死——有翼的先驱者

　　在法兰西心脏俺拔斯地方，洛亚河旁边高地之上，国王有个离宫，宫墙都是杜兰黄白石砌成的。每逢太阳下了山，在那淡绿色的如同透过了水的光辉之中，这宫殿连同它在河中的倒影，看来好像幻景，好像云块一般轻飘的。

　　人们从角隅高塔上可以看见洛亚河两旁的森林、牧地和田野。那里春天的时候，红罂粟花的田和蓝麻花的田疏密相间着很好看。这个笼罩着潮湿蒸汽的平原，长着一排排的黑杨树和银柳树，令人想起了伦巴底平原，正如洛亚河的绿水令人想起了阿达河一般。不过阿达河是条湍急而健壮的山河，而洛亚河则安静而缓慢地在沙床上流着，好像是衰老而疲倦的样子。

　　宫殿脚下拥挤着那些民屋，尖形的屋顶之上盖着那在太阳光中闪烁的平滑的青石瓦，又高耸着砖砌的烟囱。俺拔斯城里，那些迂回、狭窄而阴暗的街巷之中，一切还在喷着中古气味，门框、屋檐、窗角、直柱和横梁，都饰着石雕的人物，就是离宫围墙用的那种杜兰白石雕成的，胖子修士冷笑着，手携酒瓶和念珠，脚穿木屐。法院书记或神学博士穿着长袍子，忙忙碌碌的小气的市民则把钱袋挂在胸前。在街巷中走路的人，面孔恰恰同这些石雕人物一个样的，一切都是小康的、清净的、吝啬的、精明的、冰冷的和虔诚的。

每逢国王来俺拔斯行猎时候，这小城就活跃起来了，满街都响着犬吠声、马蹄声和号角声。宫廷人物穿着五颜六色的衣服招摇过市，夜里音乐声从上面宫殿响下来，那时云一般白的宫墙就照耀在火炬红光之中了。

国王一离开，这小城又归于安静和沉默。唯有星期日，那些家庭妇女戴着高而尖的白草帽到教堂做弥撒去，其余的日子则城里同死人一般，听不见步声和人声，至多只有在宫殿白塔上盘旋的燕子叫声或某黑暗作坊中一架机器轮子转动声打破寂静。春天黄昏，当新鲜的杨柳香味从城外吹进来时，男孩子和女孩子便手携着手绕成一个圈子，跳着舞，唱着法国的保护圣者圣邓尼士[1]的老歌，虽在游戏之中，小孩子还是同成人一般正经。在透明的暮色之下，那些苹果树，越过石墙散落它们的淡红色花瓣于小孩子头上。但歌声一停止了，空气中又恢复那般深沉的寂静，全城只听得见钟塔上一响一响的黄铜声音，以及镜一般平的反映着淡绿色天空的洛亚河底沙岸上野天鹅叫喊之声。

俺拔斯离宫东南方，约走十分钟可到，在那往圣多马磨坊去的路上，就立着那个克鲁小宫堡。这小宫堡以前是属于路易十一[2]朝代某总管大臣所有的。

小宫堡这边是一堵高墙，那边是阿马斯小河，流入洛亚河去的，前面有片茂盛的草地直通至大河，草地右边立着一个鸽子巢。在柳树和榹

---

[1] 圣邓尼士 Saint Denis——第一任巴黎主教，一世纪或二世纪时人，在野蛮的高卢人中宣传基督福音。
[2] 路易十一 Louis XI，一四二三——一四八三。

子树密织的枝柯阴影之下，急流的大河水好像是静止着的，同井水或池水一般。小宫堡的玫瑰色砖墙在浓绿的栗树、榆树和榛树丛中耸立起来，墙上门窗四周也镶有杜兰白石。青石瓦盖的尖形屋顶、大门右边的小礼拜室以及那个八角形的小塔，塔内木质的螺旋梯联络了下层八个房间和上层八个房间，这一切同那个小建筑物合起来看，好像是一座乡村别墅。这个小宫堡是四十年前翻造的，外观上是新的、愉快的和得人欢心的。

弗郎琐亚第一拨给雷翁那图·达·芬奇居住的就是这个宫堡。

国王非常殷勤接待这位画师，同他长谈，谈起他以前和以后的工作，很敬重地称他作"父亲"和"师傅"。

雷翁那图建议要翻造这俺拔斯离宫，要开掘一条大运河，把附近的索伦沼泽区这个传播疟疾的荒凉区域，变成一个茂盛的大园圃，又在马康地方把洛亚河和沙翁河通连起来，以此经过里昂联系了法国心脏杜兰州和意大利，而开辟一条新路从北欧通到地中海岸去。雷翁那图现在梦想着要拿知识礼物来造成外国幸福了，这礼物是他本国拒绝不要的。

国王同意了开掘运河的计划，所以艺术家来到俺拔斯不久，便去研究地势了。弗郎琐亚第一打猎时，雷翁那图便在罗莫兰丹地方研究索伦沼泽区形势，调查洛亚河和雪尔河诸水源，测量水位，绘画地图。

当他巡游各地时候，有一天到了俺拔斯南方因德尔河旁一个小城洛雪斯，这城处于杜兰州广阔的牧地和森林中间。那里有座古旧的离宫，前伦巴底公爵罗督维科·穆罗曾在宫内塔中关过八年，而且死在那里面。

老看守告诉雷翁那图说，穆罗曾越狱了一次，藏在农家车子的干草里逃走了，但因不识路径迷困在附近的森林里面，第二天早晨就给追兵捉回来了：猎狗在荆棘丛中发现了他。

米兰公爵最后几年的生活是在宗教默想和祈祷之中度过的，他读着但丁的书，那是人家允许他从意大利带来的唯一的书。五十岁时候，他已经像个衰朽的老头子了。唯有政治大事传到他的耳朵来的时候，他的眼睛才闪出以前的火焰。

一五〇八年五月十七日，他生了几天病之后，温和地死去了。

老看守又说，穆罗死前几个月曾想出一种奇异的消遣方法：他求得画笔和颜色，便在狱室墙上和天花板上画起来。

在那因潮湿而剥落的石灰墙上，这里和那里，雷翁那图还看得见壁画的遗迹：纷乱的图样，粗细线条，十字形，星点，红色画在白地上，黄色画在蓝地上。一个戴头盔的罗马军人，大概是公爵自画像画得不像的。那个大头中间写了如下几句不通的法文："在监禁和痛苦中，我的格言是：忍耐是我的武器。"又有一句更不通的法文从天花板这头写至那头，开头几个字写得很大，一个字母足有三寸长，拿黄色用古代字体写的，"一个心……"，但因地位不够，接下去的是几个小字"……里不快活的人"。

艺术家读着这几句可怜的题词又看着那几幅笨拙的壁画（好像小学生在练习簿上涂抹的）的时候，不禁想起了好多年前穆罗在米兰宫中壕沟旁微笑着欣赏天鹅的情景。

"谁晓得呢，"雷翁那图想到，"这个人灵魂里面也许含有如此之多的爱美心，到了末日审判时足够替他辩护的？"

当他想着不幸的米兰公爵的命运时，他又记起了西班牙来的某旅客同他说的关于他的另一个保护人恺撒·波尔查的结局。

亚历山大第六的后任、教皇朱留士第二不顾信义，把恺撒献给他的仇敌们了，他们把他解到加斯蒂尔去，把他监禁在梅迪那·德·监博高塔里面。

他非常灵巧而勇敢地设法越狱，他打破狱室窗子，靠着一根长绳从眩人的高空上滑下来。看守赶到，把绳子截断了，他跌落地下，受了伤，但还是镇静的，一经恢复知觉，他就爬到外应者准备好的马匹上去驰走了。他走到邦贝鲁那他的岳父那伐拉国王宫廷里去，替他的岳父当雇佣兵司令。恺撒的越狱消息使得全意大利惊惶失措，教皇发起抖来。人家悬赏一万杜卡买恺撒的头。

一五〇七年冬季某天下午，恺撒在维安拿城下与波蒙的法国雇佣兵打仗，太深入敌阵了，自己的人遂抛弃了他，他被迫到一个山峡里去，到一个干河床，同野兽一般非常勇敢地拼命抵抗直至最后顷刻，结果被砍了二十几刀，倒地死了。波蒙雇佣兵们看见他的盔甲和衣服很华丽，便把他剥得精光，让尸首丢在峡谷里面。夜里，那伐拉兵从被围的要塞冲出来，找到了他，但起初不认得他。最后小侍童欢尼托认得他的主人，便伏在地下抱着尸首痛哭，因为他是爱恺撒的。

那个仰天躺着的死人面孔还是美丽的：他死时同生时一样，既不惧怕，也不懊悔。

费拉拉公爵夫人吕克列沙·波尔查一生都在哭着她的哥哥。她死时，人们发现她身上穿着一件头发织的衣服。

年轻守寡的瓦棱蒂诺公爵夫人，法国郡主夏绿蒂·达尔布列特，与他共同生活没有几日，便爱了他，至死都忠实于他，犹如再世的侯爵夫人格黎色狄[1]。当她得知丈夫死耗时便永久退隐于拉摩特·费宜堡去，这堡在一个幽静的树林中间，四面枯叶随风飞舞。唯有到邻近乡村做布施，请穷人替恺撒灵魂祈祷时，她才离开那个饰着黑丝绒的房间。

罗曼雅受过恺撒统治的人、亚平宁山谷中半野蛮的牧人和农民，想起了他也是很感激的。他们长久不肯信他真是死了，他们期望他来，犹如期望一个解放者、一个神。他们希望他迟早要回到他们那里去，要在尘世重立正义的，要推翻那些暴君而爱护民众的。在城市和乡村，花子们唱着"瓦棱蒂诺公爵哀歌"，其中有两句说："他的行事是残酷的，

---

[1] 侯爵夫人格黎色狄 Marquise Griseldis——传说中人物，据说是十一世纪时人，为丈夫守节，凛若冰霜；佩特拉克、薄伽丘等曾有诗篇歌咏她。

658

但很崇高。"

雷翁那图拿着穆罗和恺撒这两个人的一生来同自己的一生比较：两个人都做了许许多多大事业，但都同影子一般不留踪迹消逝了，而他自己生平则充满了高尚的观照，现在他觉得他的一生少空虚些了，他再不埋怨命运了。

翻造俺拔斯离宫和开掘索伦运河，同雷翁那图差不多所有的事业一样，都没有结果。

那些谨慎的顾问官不久就说服了弗郎琐亚第一，使他确信雷翁那图的太大胆的计划是不能实行的，国王的兴趣冷下来了，他清醒了，他终于完全忘记这些计划了。艺术家觉悟，弗郎琐亚第一待他无论如何有礼貌，仍旧不会比穆罗、恺撒、索德里尼、梅狄奇家兄弟们和利奥第十更能帮助他实行计划的。他要使人懂得他，要拿一生辛苦获得的东西送给人类，至少送给一部分，这个最后的希望也落空了。他于是决定从此决然地退隐到孤寂生活中去，放弃一切的活动。

一五一七年春天，他在索伦沼泽区染了疟疾，扶病回到克鲁堡来。夏天，他的病好些了，但他的健康至死都未完全恢复。

俺拔斯森林直展延到克鲁堡墙外阿马斯小河对岸之上。

每天下午，弗郎西斯果·默尔齐扶着师傅出门去，因为雷翁那图总是衰弱的，沿着幽静小径走进森林深处，在一块石头上坐下来。徒弟躺在他的脚下草地上，读但丁的诗，读《圣经》，或者读古代哲学家的著作给他听。

周围是阴暗的，唯有太阳冲破阴影之处，在远远的空地上，以前未曾见到的一丛茂盛的花忽然发出紫焰或红焰来，同蜡烛一般。一株被狂风吹倒的半朽的树身上，凹处生的苔藓映出绿玉的光辉。

这是炎热而郁闷常发雷雨的夏季天气，但这日天上虽有乌云，却不曾下雨。

弗郎西斯果书声中断又不说话时，树林中就笼罩着深夜一般寂静。只有一只鸟儿，大约一只雌鸟儿找不着它的雏儿，有时发一二声哀鸣，好像在啼哭，但最后连鸟儿也不作声了，更加寂静了，热得令人喘不过气来。腐叶、野菌以及潮湿蒸汽的气味窒塞了人的呼吸，有时可以听到远处雷声，很微弱的，好像在地底下响着的。

徒弟抬起头来望望师傅。雷翁那图坐着不动，如同僵硬了一般。他细听着寂静，细看着天空、树叶、石头、花草和苔藓，用一种辞行的眼光看着，好像在永别之前最后一次看着这一切。

渐渐，弗郎西斯果也中了寂静巫术，也僵硬起来了。他好像在梦中看见师傅的面孔，师傅好像渐行渐远地离开他，好像渐入渐深地落于阴暗的寂静之内。他要醒过来，但醒不过来，他害怕起来，好像有什么不祥的不可避免的事情临近了，好像在这个寂静之中现在要听到了潘神的叫喊，一切有生之物听到这个喊声都要陷于超自然恐怖中的。最后他紧张了一切注意力，把这僵硬克服下去了，但不祥的预感和难解的怜悯紧束着他的心。他不作一声，战战兢兢地吻着师傅的手。

雷翁那图低下头来看他，轻轻抚摸他的头，好像抚摸一个受惊的孩子，如此悲哀、如此温柔，使得弗郎西斯果的心更加无望地紧缩起来了。

就在那几天，艺术家开始了一幅奇异的图画。

在一片凸出的岩石遮阴之下，潮湿的阴影之中，那些将枯的野草里面，坐着那个戴葡萄冠的长头发的女人一般的神。那是中午时分，毫无气息的寂静，比子夜更加神秘的寂静。这神生着一副苍白而消瘦的面孔，腰围一张有斑点的幼鹿皮，手执菖苏杖。他叠着腿、垂着头，好像在细听着，面上现出了好奇的神气，非常紧张地等待着的神气。他含着一种难解的微笑，用指头指着声音来处，那声音也许是马那德门的歌声，也许是远处的雷声，也许是大潘神的震耳喊声，一切有生之物听到这个喊声都要陷于超自然的恐怖中的。

在已故的卓梵尼·贝尔特拉非奥遗下的箱子中，雷翁那图发现了一块紫石英，上面雕着巴库斯神像，大概是嘉山德拉小姐送的。

在同一箱子中，画师又发现了几页纸，写着幼里披得《酒神祭司》剧中的诗句，从希腊文译出来的，由卓梵尼亲笔写上去的。雷翁那图好几次翻阅这些诗句。

在这悲剧中，奥林匹斯山诸神内最年轻的巴库斯雷神和塞美列所生的儿子，化身为印度来的一个女人般的含诱惑性的美少年，出现于人前。底比斯国王彭德斯下令捉了他来，要杀死他，因为他假借新智慧之名向人类传播野蛮的密仪、血腥的纵欲的牺牲狂。

"异邦人呀，"彭德斯冷笑着向这未为人识的大神说，"你是美丽的，你有了迷惑女人的一切，你的长头发披在双颊上非常可爱，你又同小姑娘一般不肯晒太阳，在阴影中保持着你的白面孔，要去迷惑美神亚弗罗狄特。"

祭司们的合唱，与这国王相反，则是恭维巴库斯神的，说他是"诸神之中最可怕的和最有恩的，在陶醉里给人类以完全快乐"。

那几页纸头上，除了幼里披得的诗句之外，还有卓梵尼亲手摘录的《圣经》文句。

譬如从《雅歌》中摘录了：

> 你们喝吧，我的朋友，你们也要被喝吧！[1]

从《福音书》中摘录了：

---

[1] "你们喝吧……"——见《旧约雅歌》第五章第一节，但此处所引，与中文《圣经》不尽同。

我不再喝这葡萄汁了，直至我在上帝国里喝新汁的日子。[1]

我是真葡萄树，我父是栽培葡萄的人。[2]

我的血真是可喝的。[3]

喝了我的血的人就有永生。[4]

人若渴了，可以到我这里来喝。[5]

　　雷翁那图没有把那幅"巴库斯"画完便丢下来了，另外开始一幅更奇异的图画"施洗约翰"。

　　他以一种异乎惯常的恒心，很着急地进行这幅画的工作，好像他预感到他的余生是可数的，他的精力是一天比一天衰落下去的，所以现在赶忙要在这最后的作品之中泄露他的最神圣的秘密。他的一生中不仅未曾把这秘密泄露给别人，而且未曾泄露给他自己。

　　画了几个月之后，人们已经能够了解艺术家的根本思想了。

　　画的背景是一片阴暗，令人想起了当初他同丽莎·琢筌铎夫人讲的那个洞穴里的阴暗、那个惹起人们恐惧和惊奇的洞穴里的阴暗。但是那个初看似乎漆黑的阴暗，细看下去就渐渐透明了。最黑的暗，虽然保持着一切神秘性，却同最白的光交织在一起，如同轻烟般飘散于光中，好像远处的音乐之声。在暗背后，在光背后，又现出了那种非光非暗的东西，即是雷翁那图常说的"光的暗"或"暗的光"。于是，同奇迹一般，但比一切实有的都更实在的，同幽灵一般，但比整个生命都更有生气的，从这光的暗或暗的光中露出了一个女人般的含诱惑性的美少年的面孔和裸体，令人想起了彭德斯王的话：

---

[1]"我不再喝这葡萄汁了……"——见《马可福音》第十四章第二十五节。

[2]"我是真葡萄树……"——见《约翰福音》第十五章第一节。

[3]"我的血真是可喝的……"——见《约翰福音》第六章第五十五节。

[4]"喝了我的血……"——见《约翰福音》第六章第五十四节。

[5]"人若渴了……"——见《约翰福音》第七章第三十七节。

662

"你的长头发披在双颊上非常可爱，你又同小姑娘一般不肯晒太阳，在阴影中保持着你的白面孔，要去迷惑美神亚弗罗狄特。"

如果这是巴库斯，他的腰为什么不围着有斑点的幼鹿皮，而围着一件骆驼毛织的衣服呢？他的手为什么不执着酓苏杖，而拿着旷野芦苇做成的十字架呢？这是各各他十字架的原型。为什么他低着头细听着、带着好奇心和非常紧张的等待神气细听着，而又半苦笑半冷笑地一手指着十字架，一手指着他自己呢？好像他要说道：

> 有一位在我以后来的，能力比我更大；我就是弯腰给他解鞋带，也是不配的。[1]

一五一七年春天，俺拔斯要举行一场盛会，为了庆贺国王弗郎琐亚第一诞生太子。

教皇被请来行洗礼。他派了他的侄儿乌比诺公爵罗棱慈·德·梅狄奇代表他来，这位公爵已经同布尔奔公爵的女儿玛德怜郡主定了婚，此次也是为了结婚到法国来的。欧洲诸国使臣来参加典礼的，其中也有驻罗马法庭的俄罗斯使臣尼启大·卡拉恰洛夫，他要从罗马来的。

利奥第十好久以来就同莫斯科国大公华西里·伊凡诺维趣结交朋友了，因为他把大公看作一位有力的盟友，与欧洲各国君主联合去反对索里曼苏丹[2]，这苏丹占领了埃及之后，势力如此强大足以危害欧洲了。但教皇心里还存着另一种希望，即希望东西两教会复归于统一。莫斯科国大公对于这个希望虽未曾给予丝毫鼓励，利奥第十还是派了两个狡猾的多米尼会修士森伯格两兄弟到莫斯科去。罗马教皇答应，莫斯科若肯承认罗马的精神上的最高权，则东方教会的一切仪式和教条都可照原样

---

[1]"有一位在我以后来的……"——见《马可福音》第一章第七节。
[2]索里曼苏丹 Sultan Soliman，一四九五——一五六六。

保持着。他又预许承认一个独立的俄罗斯教长高升大公为王爵，而且将来占领君士坦丁堡之后把这东方大城给予莫斯科国。大公认为教皇买好于他的这些条件，对他非常有利的，于是派了两个使臣到教廷来：狄弥特里·格拉西莫夫和尼启大·卡拉恰洛夫。后者，二十年前曾做当时俄罗斯使臣但尼罗·马弥洛夫的随员，经过米兰时还参加过"黄金时代"盛会，而且同雷翁那图畅谈过莫斯科国情形的。

狄弥特里·格拉西莫夫，诨名"通事弥恰"，是个读熟《圣经》而又通晓外交事务的人。他少年时曾奉新城大主教格那宙斯派遣来意大利游历，"为了有用的研究"在威尼斯、罗马和佛罗伦萨度过二年，而且在那些地方搜集了有关于两重和三重哈利路亚的材料，以及有关于第八千年和著名的"修士白帽"传说的材料，带回新城去。后来，老年时，这位格拉西莫夫就告诉了意大利作家保罗·卓维奥以种种式式的俄罗斯事情。

俄罗斯使臣们来罗马的主要目的，据大公训令说，乃是要延聘几个矿学帅和建筑帅、一个攻城专家、一个铸炮专家、一个石匠能建筑宫殿的和一个银匠能制造、鼓铸和雕刻大器皿的，此外还要延聘一个医生和一个风琴乐师到莫斯科去。

在卡拉恰洛夫手下当秘书长的，是一个外交部官员伊里亚·博大比希·哥比洛，一个六十多岁的老头子，他手下有两个书记：一个是他的侄孙费多·伊雅递维趣·卢督谬托夫，诨名"烤肉费特卡"的，另一个是犹蓄奇·拜塞耶维趣·加加拉。

这三个人都喜欢宗教画。费多和犹蓄奇两人自己就是能干的画家，伊里亚·博大比希则是一个精细的赏鉴家和批评家。

犹蓄奇是一个穷寡妇的儿子，他的母亲是乌格里希地方报知圣母教堂烘祭饼的女人。母亲死后，他完全成为孤儿了，同一教堂的教役华襄·耶略索洛夫收养了他。他做小孩子时，已经在哥罗德茨人普罗霍尔修士那里学画圣像画了。这位修士是个正直的人，但不是什么大画家，

《圣像画谱》中论西耶之圣安多尼的话很可以借用来形容他，这就是说："这位圣者对于这门艺术并非是很高明的，他的圣像画简直是平常得很，他在斋戒和祈祷中用的工夫更多些，这就可以补偿他的艺术才能的缺乏了。"

在普罗霍尔那里学了之后，犹啻奇又到但尼罗·楚尔尼修士那里学去，斯帕索·安得罗尼可夫修道院的礼拜堂就是这位修士画的，他是昔时俄罗斯最大画家安得烈·卢卜里奥夫的一个徒弟。犹啻奇经过了这门艺术的各种阶段，从挑水磨墨的学徒做到画师。为了他天生的能力，他的技艺如此进步，竟被人请到莫斯科去，替教长宫邸的圣油室画一幅圣像了。

这里，他同费多·伊雅递维趣·卢督谬托夫结交了朋友，后者也是一个年轻的圣像画家，懂得透视学，在同一室内墙壁上画着"金地草"。

卢督谬托夫带了他的新朋友到波尔凡街圣尼古拉教堂附近贵族费多·嘉尔溥夫家里去。卢督谬托夫在这贵族家里画着饭厅天花板，他画着星宿运行、十二月份以及天体，他还画着自然和人生上种种事物，甚至画着风景，这是违反昔时画家传统的，昔时画圣像的人不许画俗世的物体和人事。

费多·嘉尔溥夫同大公华西里·伊凡诺维趣的御医"德国人"[1]尼古拉·布列夫很要好。这个布列夫，一个外道邪魔、一个"拉丁人"，如希腊人马克沁说的，曾写了一些很有罪过的文字，议论正教信仰[2]，并主张两教会合并。那些虔诚的莫斯科人说，在这个布列夫影响之下，连贵族费多也变成"拉丁人"了，而且去研究数学、几何学、天文学

---

[1] "德国人"——按系泛指崇拜外国之人，并非真正的德国人。

[2] 正教信仰——按基督教，自从三二五年后就成为罗马国教，至一〇五四年教皇利奥第九底下教会分裂为二：西教会（或拉丁教会）和东教会（或希腊教会）。乐教会自称为"正教"，不受罗马教皇管辖。回教徒土耳其人侵入东方，小亚细亚希腊各地沦亡之后，俄国人遂以继承"正教"传统自居了。

(这些都是巫术和黑术),希腊寓言诗歌(这些都是邪说)以及种种其他的魔鬼艺术和智慧,能令人离弃上帝的。

他们还控告他信奉犹太邪教。

贵族费多不久就看中了在他家里工作的两个圣像画家费特卡·卢督谬托夫和啬沙·加加拉。他认为,他们二人若能去外国游历一次,艺术定会大大进步的,于是荐引他们到外交部去做书记官。

在莫斯科嘉尔溥夫家里时,费特卡看到了外国稀奇物件和异端邪说书籍,又听到了那关于准犹太教的自由主义谈话,信仰已经有点动摇了。到了外国之后,置身于威尼斯、米兰、罗马和佛罗伦萨诸意大利城市中间,看着一切奇珍异品,他简直头脑糊涂了。他生活在不间断的惊奇中、在"精神迷乱"之中,如伊里亚·博大比希说的。他以同样的热心去游赌场、图书馆、教堂和妓院。他以小孩子的好奇心、以野蛮人的贪求心,奔赴于这一切。他学了拉丁文,他梦想着要穿外国衣服,甚至要剃去胡子,而这是俄罗斯人视为致命罪孽的。

"谁剃了胡子的,谁没有胡子死去的,"伊里亚·博大比希警告他的侄孙道,"就没有人替他祈祷、替他做弥撒,或者在教堂里替他点蜡烛了。这种人应当算作邪教徒,他改变了男子形态,同骚女人一个样,或者同猫狗一个样,猫狗只有半部胡子,但没有全部胡子。"

费特卡开始在说话之中穿插几个外国字了。没有必要,也用外国字。他夸耀他的智识,装作很博学的样子。他议论炼金术,即是制造金子的法术,又议论辩证术,即是探究真理的法术,又议论智辩术,即是显示人类本性难以捉摸的东西的法术。

"莫斯科简直没有一个人,"他向犹啬奇诉苦道,"只有许多蠢家伙,不能同处的。"

每逢他兴奋起来时,他很爱审查种种信仰学说,而提出种种怀疑问题。

"我学过哲学了,我很可引以自夸的,"他屡次说,"我知道了一切已过去的事情和现在发生着的事情。"

他审查了种种信仰学说，达到这样一种自由思想，认为外国的智辩术还不够用的，因而赞成俄罗斯本土哲学家，即那些所谓准犹太教异说的人的更激烈的学说。他们说：耶稣基督还未出世，将来他到世界上时，虽然自称为"人子"，但并非为了他的本质，而是为了恩惠，至于基督教徒所称为上帝和耶稣基督的，则不过是普通的人而非上帝：他已经死了，并且在墓中腐烂了。他们又说：不应当拜圣像、拜十字架、拜杯，应当敬重这些东西，但只有上帝才应当拜的，又不应当降服于尘世威权之下。费特卡又征引了几句论灵魂不死和死后生命的话，据说这些话是那个信奉准犹太教异说的莫斯科大主教索西马说的：

"但是什么是天国呢？什么是基督再来呢？什么是死人复活呢？都没有这些事情！死了的就是死了的，绝不会再来了。"

他的叔公伊里亚·博大比希不仅要拿言语教训他，而且要拿鞭子教训他，所以费特卡虽然有这一切小学生般的勇敢，仍旧害怕他的叔公。

伊里亚·博大比希·哥比洛是个老派人物，信心异常坚定。外国艺术和科学的种种奇迹毫不能迷诱他。

"这一切不过是敌基督者将要到来、一切痛苦将要开始的征兆罢了，"他时常说，"不要拿你们的诡辩来迷惑我们这些基督羊群，我们没有工夫去听你们的哲学，因为世界末日已经临近了，上帝审判来到门前。暗同光有何关涉呢？贝里亚同基督有何关涉呢？醒醒的拉丁教会同我们的正信的基督教会又有何关涉呢？"

"欧罗巴洲地方，"哥比洛说，"即大地第三部分，属于挪亚第三个儿子雅弗所有的，其中生活着骄傲而诡诈的人群，他们在战场上打仗是勇敢的，但抵抗肉体快乐和尘世享受则很懦弱，他们永远是照着自己意志而行事。他们爱博学，喜欢种种智识和科学。在宗教信仰方面说，他们是迷乱了，而且受了魔鬼哄骗分裂为种种邪魔派别，所以今天全世界只有俄罗斯人信仰是坚定的，他们虽然不热心研究学问、不习惯于聪明的诡辩的谈论，但因之坚持着健全的信仰不至误入歧途的。我们那里的人是很庄重的，他们留着长长的胡须，穿着合适的衣服。上帝教堂因唱圣歌而美丽。像这样的国家或比这样更好的国家，在欧洲别处是找不到的。"

在犹蕾奇·拜塞耶维趣·加加拉这个乌格里希教堂烘祭饼女人的儿子的心里，外国事物也惹起了无限的惊异，不减于费特卡。但他并不重视他的同伴的自由思想，他认为其中夸口成分是超过了真正异端邪说的。但另方面，他也不赞成伊里亚·博大比希那种鄙视一切外国事物的态度。他在外国见过一切和听过一切之后，那些《绿玉》、那些《金源》、那些《节日讲演书》再不能满足他了，那些书籍是将人类各方面的知识，用问答写出来的，譬如其中有几条说："哲学家，请你猜猜，是蛋生鸡呢？还是鸡生蛋？亚当以前是谁生胡子呢？是山羊。最初的手艺是什么呢？是裁缝，因为亚当和夏娃用树叶缝衣服给自己穿。四只老鹰生一个蛋是什么呢？是四位福音圣者，他们同写了《福音书》。什么支持着大地呢？水。什么支持着水呢？一个大石头。什么支持着石头呢？提比里亚海[1]中八尾大金鲸鱼和三十三尾小金鲸鱼。"

但犹蕾奇也不肯信费特卡这个邪说，即说："大地的构造不是四方形的，不是三角形的，也不是圆形的，而是同蛋一般：里面是蛋黄，外面是蛋白和蛋壳。你也要这样想象宇宙：地就是蛋里面的蛋黄，空气是蛋白，天则像蛋壳一般包着地和空气。"他虽然不信这个邪说，但他觉得，以前以为那些支持地球的鲸鱼是不动的，现在则以为是在动着，在推移着，世界上没有力量可以阻止它们的。

他朦胧觉得，费特卡对于外国艺术的迷信崇拜，虽是有意过分了的，但仍含有真理，无论用嘲笑、用恐吓、用哥比洛叔公的鞭子都不能反驳的。

---

[1] 提比里亚海 See Tiberias——按即加利利海，在巴勒斯丁。

"从别人学到好处，不应当引以为愧的。追随外国榜样也不应当引以为愧的。算术和透视学是有用的东西，比蜜还甜些，而且绝不违反上帝的。"费特卡常常带着深刻感情说出这话。这话在犹蒂奇心里得到了回声。

他祈求上帝赐他力量和智能，并非为了背弃父祖的信仰而变成拉丁人，同费特卡一样，亦非为了毫无选择地排斥一切外国东西，同伊里亚·博大比希一样，而是为了能够判别麦粒和秕糠，能够发现真正的道路、真正的智慧。这个事情，对于他虽是困难而可怕的，却有一种神秘的声音告诉他说：这是神圣的事情，上帝不会拒绝帮助他的。

乌比诺公爵的婚礼和新生太子的洗礼，罗马两个俄罗斯使臣之中只有一个到俺拔斯去参加，就是尼启大·卡拉恰洛夫。他要送莫斯科大公的礼物给法兰西国王：一件绣了金花的大红缎面黄鼠狼袍子，一件细毛的海狸袍子，一件全用肚皮集成的貂鼠袍子，四十倍四十只灰鼠皮，以及银狐、灰狐、装金的马刺和一些猎鹰。

启尼大带到法国去的书记和随员之中，也有伊里亚·博大比希·哥比洛、费特卡·卢督谬托夫和犹蒂奇·加加拉三个人。

一五一七年四月底，一天清早，看守王家森林的人，在那穿过俺拔斯森林的官道上，看见一群奇装异服的骑马人经过，说的话又是如此奇异的，使他不由得站住了脚步，看他们走过去，直至看不见了为止。他不能断定：这些人是土耳其苏丹派来的呢，是蒙古可汗派来的呢，还是那个住在世界尽头天地接合处的约翰神父派来的呢？

但是他们既不是土耳其人，也不是蒙古人，也不是约翰神父[1]派来的人，他们是属于所谓"兽国"的人，是那个国家来的客人。这个国

---

[1] 约翰神父——按中古传说，有个基督教传道者名约翰，到东方极远处向野蛮人传播基督福音，而且建立了一个基督教的国家，自己做王，因为地方太远了，不能与文明世界发生关系。

家并不比神话上的歌革和玛各更少野蛮些，他们是启尼大·卡拉恰洛夫率领下的俄罗斯人。

那个装载使馆仆役和赠送国王礼物的重车，早已驶过去了，尼启大自己则骑马与乌比诺公爵同走。守林人看见的那些骑马人是护送着那些波斯猎鹰的，那也是赠送国王的礼物。这些贵重的鸟儿很谨慎地装在一辆特别的车子上面，关在麻皮织的鸟笼之内，外面用羊皮裹着。

费特卡·卢督谬托夫骑着一只活泼的灰白色牝马，在这车子旁边行走。

他的身材如此魁伟，在外国官路上走路时都要引起人家惊讶注目。他的颊骨宽大，面孔扁平，皮肤暗黑，头发有松脂一般黑，所以人家叫他作"烤肉"。他的淡蓝色的眼睛无精打采的，但同时表现热烈的好奇心，含有充满矛盾的、时常变化的俄罗斯人面孔上特有的一种神气，混合着腼腆和厚颜、率直和诡诈、忧愁和高兴。

费特卡听着两个伙伴马敦·乌恰克和伊瓦尸卡·特鲁番茨的谈话。这两个也是使馆人员，对于鹰猎很内行，这次尼启大就是付托他们护送猎鹰到俺拨斯来的。伊瓦尸卡说着某次打猎情形，即是法国贵族安·德·孟穆伦西为了愉悦乌比诺公爵在沙提勇森林中举行的。

"你说加马云飞得很好吗？"

"是的，好得很！"伊瓦尸卡喊起来，"好得难以言语形容！星期六早晨，我们正在沙提勇放鹞子时，这加马云已经在飞着，一次就把两巢锦鸡和三巢半野鸭杀死了。第二次起飞时，一只母锦鸡飞到林子去，就抢加马云爪里的鸡雏，但这家伙在母鸡颈上啄了一下，害得母鸡一翻身掉进水里去了。我们正要开枪，因为我们以为它不过轻伤罢了，但是它连肠子都拖出来了，它还在水里泅了一会，就到岸上来，加马云就捉了它！"

伊瓦尸卡做手势形容着这老鹰如何捉那锦鸡，形容得活灵活现的，害得坐马吓了一跳。

"是的，"乌恰克很庄重地说，"心里忧愁时候看到这种打猎会快活起来的。拿鹰行猎是件快活事情，这个高贵的鸟儿飞起来，那种姿态令人看着好过。"

前面，离车子有一段路，走着伊里亚·哥比洛和犹蚩奇·加加拉。

伊里亚·博大比希生着一副阴郁而严厉的面孔，一部雪白的胡子和一头雪白的毛发。他身上一切都是庄重的、尊严的，唯有那双淡绿色的流泪的小眼睛，流露出诡诈神气。

犹蚩奇大约有三十岁，但身体衰弱，远看好像小孩子。他生着稀疏的山羊须，相貌很平凡，很难得引起人注意的。唯有当他兴奋起来时，他的灰色眼睛中才流露出深刻的感情。

费特卡听厌了那两个人关于鹰猎的谈话。虽是早晨，他的行军酒瓶已经浅了，现在他的舌头发痒，要同人家辩论，要开始一场"高尚的精神谈话"。

从断断续续听来的话，他知道：骑马在他前面走的加加拉和哥比洛，正在谈论圣像画。他于是拿马刺刺激他的坐马，赶上了他们二人，听他们谈论。

"今天，"伊里亚·博大比希发牢骚说，"人们拿圣像印在纸头上，随随便便拿去装饰房子，并非为了信仰，并非为了敬神，只为了这些圣像画得好看。德国以及其他外国邪教徒，拿这些圣像，照他们的可恶的信仰，刻在木头上，邪恶而失真的，而且印了出来。他们的圣者好像他们自己国里的人，穿着他们的衣服，毫不像古时画谱里面的。他们也是照拉丁人样式画圣母像，头上没有戴帽，头发是散开的……"

"叔公，你的话是什么意思？"费特卡貌似恭敬，但暗藏挑衅神气，打断了他的话。费特卡又从行军瓶里喝了一口酒。"你是说唯有俄罗斯人画圣像吗？外国艺术如果是神圣的和美丽的，为什么不可效法呢？"

"你的话说得很糊涂，费特卡，"哥比洛板起面孔教训他，"关于圣像，你说了些不该说的有罪过的话。"

"为什么不该说的呢?"费特卡受了委屈反问道。

"因为永久存在的界限不可以跨过的!喜欢了和称赞了别人的信仰,就要亵渎了自己的信仰。"

"我没有说到信仰呀,叔公。我只说透视学是件有用的东西,比蜜还甜。"

"你的透视学能告诉我们什么呢?总是那几句话。我已经告诉过你了:神父们的旧规是不可违背的!你听到吗?无论是透视学或别的东西,都不可以任凭己见改变什么。新的东西总要造成错误的。"

"你说得对,叔公,"费特卡假装恭顺,避开正面的辩论,"我也说:今天,好多圣像画家是完全胡闹的。画画时应当知道做的是什么事,这是说应当研究一下古时画师是怎样画的。但困难的就在这里,古时画师太多了,有新城的、有高顺的、有莫斯科的,各人有各人的画法。画谱也是各不相同的,这本是这样,那本是那样。有时老的变为新的,有时新的变为老的。究竟什么是新的,什么是老的呢?不,叔公,不管你怎样说,但没有思想,没有自己的主张,是不会有好画师的!"

老头子受了这意想不到的攻击,一时间头脑糊涂了。

"还有一点,"费特卡利用了老头子的糊涂,更勇敢地说下去,"什么地方有规则写着,说:一切神像只能画成阴暗的颜色呢?难道全人类只有一种面孔吗?若说阴暗比明亮更有尊崇意义,那不是笑话吗?上帝拿阴暗去处罚魔鬼,仅仅去处罚魔鬼而已,至于他的儿孙,不仅那些义人,而且那些罪人,他都允许赐予明亮的。他说:'我要使得你们如雪一般白,如羊毛一般洁净。'他又说:'我是世界的光,跟着我的人就不会在黑暗中行走。'先知也说:'主坐着宝座,穿着美丽的衣裳。'"

费特卡虽然是夸张的,但并没有说错。

犹蚩奇不响,从他的发亮的眼睛可以看出他是在留心听着的。

"照神父们的旧规说,"伊里亚·博大比希又很庄严地教训起来,"凡在上帝面前是神圣的,就是美的……"

"凡是美的，也就是神圣的，"费特卡急忙插话说，"这是一个东西，叔公。"

"不，这不是一个东西！"老头子现在气愤地叫起来了，"也有一种美是从魔鬼来的。"

他转过脸来看他的侄孙，瞪眼看着，好像在考虑是否要拿出他的惯常的"论据"即鞭子，但是费特卡回看他，没有低下头来。

于是哥比洛举起右手来，很庄严地叫喊，好像他要把恶魔驱走似的。

"带着你的机诈滚开去吧，你这该诅咒的，消灭了吧！基督是我的救世主，我的光，我的快乐，我的不可动摇的屏障。"

这群骑马人走到俺拔斯森林的边缘了，他们在克鲁堡篱垣右边经过，然后骑进城门里去。

俄罗斯使臣公馆设在王家公证人纪涌·波乐先生家中，那里离钟塔不远，这是当时拥挤着外邦人的小城中唯一有空房间的屋子。

犹蕾奇和他的伙伴们只好住在一间狭小的顶楼。他在老虎窗底下设置一个小工场：钉了一块木板在墙上，板上摆着画圣像用的平滑的橡木板和菩提木板，装着熟漆和透明鱼胶的小瓷罐，盛着金水和蛋清的陶碟和贝壳。一个箱子，上面铺着毛毡当作床。他在床上悬挂一幅乌格里希圣母像，那是他的师傅但尼罗·楚尔尼送他的。

房里这一角是狭小的，但是平静、光亮而舒适的。窗外，透过人家屋顶和烟囱中间，可以看见一片绿色的洛亚河，看见远地的草场以及森林的蓝色树梢。有时，底下小菜园里，一阵朽木气味——因为天气热——吹上来，吹进窗子里来，使得犹蕾奇想起了故乡乌格里希城外可爱的老菜园，那里有酵母花和覆盆子，又有半颓的板条篱在教役的旧屋子前面。

到了俺拔斯之后几天，一晚上，他独自坐在他的工场里面。伙伴们进宫看那为欢迎乌比诺公爵而举行的比武去了。

一切都是寂静的，只听到窗子底下群鸽的咕噜声和鼓翼声，有时还可听到附近塔上一响一响的报时钟声。

犹菑奇读着他的心爱的《圣像画谱》。这是一本集子，依照月日次序用简单几句话记着圣像如何画的。这本书，犹菑奇差不多背得出来了，但他反复读着仍有新鲜兴趣的，他总能从那里面得到新的鼓励。可是最近几日，因为那天在森林中来俺拔斯的路上听到了伊里亚·博大比希和费特卡辩论的缘故，他的旧疑惑、好久潜伏着而被外国一切见闻挑起的疑惑又觉醒了。他现在图谋在这《画谱》里面，在"真形态之美的认识"这唯一真源里面，解决这个疑惑。

他在书中最得意的一段读道：

> 圣母的肉身是怎样呢？她是中等身材，她的面孔犹如麦颗，头发是黄的，眼睛是锐利的，瞳仁好像油树之果，眉毛下垂、很黑，鼻子不太短，嘴是一朵玫瑰花，非常甜蜜的，面形不圆也不尖，稍微长一点，她的接受神恩的双手，指头是很纤细的，她是很天真的，并非懦弱，却是完全谦逊。她穿一身黑衣裳。

他又读着女殉道者迦德怜娜的画谱。为了她的美而光亮的面貌，她被希腊人说作"同月亮一样的"。他再读着圣菲拉勒特的画谱，他活到九十岁才死去，虽然如此高龄，他的面孔还是没有改变的，生得很齐整，同红苹果一般美丽。

于是犹菑奇觉得费特卡的话是对的，圣者的容颜必须是明亮而愉快的，因为主自己也是穿着美丽的衣裳，凡是美的都是出于上帝的。

他翻过几页，再读到：

> 十一月九日，列斯波之圣德奥克菑斯特纪念日。一个猎人看见她在荒野上，便脱了自己的衣服给她遮羞。她站在他面前，很可

怕，几乎不像人形。她的身上看不见一块活肉：为了禁食，她只剩有一张皮包着骨头和关节。她的头发是白的，同羊毛一般，面孔是黑的，又是铁青的，她的整个姿态好像是久在墓中的死人姿态。她几乎不能呼吸了，她只能轻声说话。在她身上毫无一点人性美。

"这是说，"犹蓄奇想道，"并非一切圣者都是美的！即使鄙弃了一切人性美，即使化为兽类的姿态，那些伟大的殉道者也还是天使姿态。"

他想起了圣克利斯朵夫[1]。俄罗斯圣像常画这位圣者，关于他，《画谱》中五月九日项下说道："这位美丽的殉道者有个奇异的形态，即他生了一颗狗头。"

圣者生了狗头！这位圣像画家心里不禁慌乱起来，他的头脑愈来愈多糊涂而恐惧的思想了。

他把书放到旁边去，而拿一本颂歌集在手里，这是一四八五年在乌格里希写的旧书。他就是从这本颂歌集学会识字的，那时他就爱看那些替歌中故事做注释的简单的图画了。

自从他离开莫斯科以来就未曾翻看这本颂歌集。现在，他在威尼斯、罗马和佛罗伦萨宫殿和博物馆里，看了那么多的古代图画之后，这本书中那些他从小时就熟悉的画像忽然含有新的意义。他明白了，那个蓝色的人斜拿着盘子，盘中的水向外流着的，画在"如鹿渴求清凉水，上帝啊，我的灵魂渴求你！"几句诗下面的就是河神；那个躺在地上麦粒之中的女人就是地神色勒斯；那个戴花冠的少年人立在红马拖的车子上的就是亚普罗；那个生胡子的老头子同裸体女人在绿色怪物之上的，画在"海及其中活动的都赞美他"那句诗下面的，就是湟普顿和一个小妮勒。

那些被驱逐了的奥林匹斯山诸神，因何奇迹，又经过什么道路，变

---

[1] 圣克利斯朵夫 Heilige Christophorus——二五〇年殉道。

过多少形态，被古代俄罗斯诸画师从更古的拜占庭画像摹来，而传到乌格里希城里去呢？

这些神灵，经过了蛮族某画师之手，改变了原来形态，成为蠢笨而恐惧的，好像在那些严厉的先知和隐士群中，为了自己的裸体而惭愧。他们在那里发着抖，好像他们的裸体受不了极北国土夜间寒冷的。但是这里或那里、手臂转弯之处、颈项曲折之处、臀部圆形之处，仍旧闪耀着永久的美的余晖。

犹蒂奇在乌格里希颂歌集那些图画之中，在他从小时就熟悉的心爱的和视为神圣的那些图画之中，居然看出了诱惑人的希腊鬼怪，他不禁惊讶而害怕起来了。

他又记起了俄罗斯古书传下来的其他的有罪孽的故事，那是异教的古代的淡影：处女果贡妮亚，人面、人乳和人手，但有马脚和马尾，而且以蛇为头发；住在西西利耶特拿山下的独眼巨人；启托弗辣斯王或肯陶洛斯王，人头而马脚；那些伊萨塔尔或沙提尔，和野兽同住在树林中："他们跑得很快，没有人追得上他们；但是他们赤身露体游来游去，而且身上长着羊毛，不说话，只能学羊鸣。"

犹蒂奇害怕起来，又镇静了，很虔诚地划一个十字，低声念着俄罗斯某学者几句安慰人的话，那是他从伊里亚·博大比希里听来的：

"一切都是胡说。没有什么启托弗辣斯，什么处女果贡妮亚，什么生羊毛的人。那些都是希腊哲学家想象出来的，使徒们和圣父们已经排斥过和诅咒过那些胡说了。"

但他同时又想到：

"果真是这样吗？一切都是胡说的，被咒诅了的吗？但是古时俄罗斯教堂为什么要在可爱的圣者旁边画着异教的哲人、诗人和祭司呢？他们部分地预言了基督的降生，他们虽非圣徒，但为了他们的纯洁生活的缘故，圣灵曾接触过他们的，如同画谱上所说的。"

这几句话，几乎以基督教圣者地位给予异教诸先知者，使得犹蒂奇大大地快活起来。

他站起来，从墙板上拿下一块小木板，上面已经开始了一幅画，他自己画的一幅小圣像画："一切有气息的都赞美主上帝。"[1]——这是一幅小画，上面画着许许多多的人和物，必须透过放大镜才能看得清楚。

在天上，坐着"万有主宰"，他的脚下是日、月和五星，旁边写道："赞美主啊，你们这些星宿；赞美主啊，日和月；赞美主啊，一切发光的星星！"再下面，是飞鸟、暴风、雹、雪、树、山、地中出来的火、各种走兽和昆虫，一个无底坑，宛如山洞，旁边写道："赞美主啊，能结果的树，一切的木头，一切的禽兽，一切的山丘！"两旁又画着天使的头、圣者、列王、士师、人群，旁边写道："赞美主啊，一切天使，赞美主啊，以色列儿孙，地上万族和万民！"

犹蒂奇进行着工作，因为他的感情没有办法表现出来，他便于常见人物之外再添上狗头殉道者克利斯朵夫和兽神肯陶洛斯。

他知道，他是违背了"画谱"旧规的，但是他的灵魂中既无怀疑，又无抵抗，好像有只无形的手拉着他的手画上去的。

与天堂和地狱，风和火，山和树，禽兽和昆虫，人类和无形力，狗头圣克利斯朵夫和信奉基督的肯陶洛斯同时，有个灵魂也唱着一首歌道：

一切有气息的，都赞美主上帝！

弗郎琐亚第一是个好色的国王。每逢他出征时，随从的除了大臣、呆子、矮子、星士、厨子、黑人、狗奴和教士之外，还有一群妓女，由女官珍妮·丽妮叶率领着。一切典礼，她们都来参加，她们甚至参加宗

[1] "一切有气息的都赞美主上帝"——见《旧约诗篇》第一百五十篇第六节。

教游行。整个宫廷同这行军妓院关系如此密切，几乎难以区分这些是妓女和那些是命妇：妓女们半可视为命妇，而命妇们又以其淫荡的生活，替她们的丈夫戴上了绿头巾。

国王为女人们花的钱是多得不可胜数的。捐税一天增加一天，虽然如此，钱还是不够用的。从民众拿来的钱不够，国王还从他底下那些贵人家里拿来贵重的食器。有一次，他甚至将都尔之圣马丁[1]坟墓上的银栏杆拿去铸钱币了，并非出于自由思想，而是为了需钱用，因为他自命是罗马教会下忠实信徒的，他取缔一切异端思想和无神论，好像这些是他自己的仇敌一般。

自从圣路易[2]时代以来，民间就有一种传说，以为瓦鲁亚一姓的国王都具有能医病的神秘力量，只要用手一按，生疗疮的、生瘰疬的，都会好了。复活节、圣诞节、五旬节以及其他重要的节日，求医的人纷至沓来，不仅从法国各地来，还有人从西班牙、意大利和萨伏依等处来求医。

现在适逢罗棱慈·德·梅狄奇的婚礼和王太子的洗礼，也有好多病人到俺拔斯来了。在那一天，他们都进离宫院子里来。以前，这种信仰更强烈的时候，国王陛下是在病人队中经过，给每个病人画十字，拿指头按按，说道："王按了你，上帝就要医好你。"后来，信仰减退了一点，求医的人少了些，这两句话便化为愿望形式："愿上帝医好你，王按过你了！"

这日，治病仪式行过之后，人家就捧了一个面盆和三条手巾到国王面前来。第一条手巾蘸了醋，第二条手巾蘸了干净水，第三条手巾蘸了橘子汁。国王洗着，擦着手、面孔和颈项。

---

[1] 都尔之圣马丁 Saint Martin de Tours，三一六——三九六。
[2] 圣路易 Saint Louis，一二一五——一二七〇，即路易第九，几次十字军东征的主持人。

看了贫穷、残废和疾病之后，国王现在要看些美的东西来愉快他的眼睛了。他想起好久就计划着要去看看雷翁那图的工场，于是携带几个随从往克鲁堡去。

画师虽然孱弱而疲倦，还是整天地努力画着他的"施洗约翰"。

夕阳经过拱形窗子斜照进工场来，这工场设在一个寒冷的大房子里面，下面是砖砌地，上面是橡木天花板。他利用着将逝的日光，忙着画完这位施洗圣者的举起来指着十字架的右手。

窗子底下响着脚步声和说话声。

"不要放人进来！"画师命令弗郎西斯果·默尔齐说，"什么人都不许进来，听到吗？告诉他们，我害病或者出门去了。"

徒弟走到大门口去，为了拦阻那些不速之客。但是他一看见国王，就恭恭敬敬鞠了躬，开了门让他们进来了。

雷翁那图几乎来不及遮盖立在"约翰"旁边那个"琢箜铎夫人"了，每次有人来时他总是要把这画像遮起来的，因为他不愿意外人看见。

国王走进工场里来。

他一身穿得很华丽，并非无疵可指的华丽。衣料颜色太复杂了、太触目了，上面绣的金、银和宝石也太多了些。他穿一条紧贴着的黑短裤，一件镶着黑丝绒长条和绣着金的短衣，衣袖膨大，上面开了无数的洞眼；他戴的是一顶平坦的黑丝绒帽子，插着白鸵鸟毛。胸前四角形的衣口露出细长的象牙般的颈项，他用了太多的香料。

弗郎琐亚第一只有二十四岁，他的朋友们说，他的外表如此威严，即使不认识他的人看见他，也会说他是国王的。他的确是高而大、灵活而非常有力，他能够现出令人迷醉的和悦神气。但是他的狭而长又很白的面孔，给那松脂一般黑的乱须围绕着，额头很低，鼻子细长，针一般下垂着，一双小眼睛狡猾而冰冷，好像新截的锡块一般耀眼，嘴唇很红而潮湿，这一切给了他以一种不愉快的、太明显的、几乎畜生一般的荒淫神气，如同猴子或山羊的神气，令人想起了田野之神，即浮因。

雷翁那图要依照朝廷礼节向国王屈膝下跪。但是弗郎琐亚第一阻止他，自己向他鞠躬，很敬意地拥抱他。

"我们好久不见了，雷翁那图师傅，"国王很和气地说，"你好吗？画得多吗？有什么新画吗？"

"我病了很久，还没有好，陛下。"艺术家回答，一面正要把"琢箜铎夫人"推到旁边去。

"这是什么？"国王指着这幅画问道。

"一幅旧画，陛下，您以前看过的……"

"不相干，让我看看。你的画，愈看愈好看的。"

艺术家正在迟疑，就有一位侍从上来把遮布揭开了，露出琢箜铎夫人的肖像。

雷翁那图皱起了额头。国王坐在一把椅子上，不作一声，长久看着这画像。

"神奇得很！"最后他说，好像从深思之中觉醒过来，"这是我一生见过的最美丽的女人。是谁呀？"

"丽莎夫人，佛罗伦萨公民琢箜铎的太太。"雷翁那图回答。

"你画了很久吗？"

"十年前画的。"

"她还是这般好看吗？"

"她已经死了，陛下。"

"陛下，"宫廷诗人圣哲莱插话说，"雷翁那图·达·芬奇师傅这幅画整整画了五年，还未曾画好哩，至少他自己说未曾画好……"

"未曾画好？"国王惊讶起来，"什么话！还有什么没有画上去的？她同活的一个样，只差不会说话。……"

"是的，我要说，"他又转过脸来同艺术家说话，"我很羡慕你，雷翁那图师傅。五个年头同这样一个女人相对着！你不应埋怨命运了，你

丽莎夫人

是幸福的人，老头子！他的男人眼睛哪里去了呢？如果她不死，你今天还未曾画好的，不是吗？"

他笑起来，映着那双闪光的小眼睛，更像一个浮因。他绝对不会想到丽莎夫人也许是个忠实妻子的。

"不错，我的朋友，"他又含笑说下去，"娘儿们的事情，你很内行。那双肩！那酥胸！还有那个看不见的地方，一定是更美的吧？"

他仔细看这画像，他的神气好像一个人，他把女人浑身脱光了，不顾羞耻地尽情抚摸着。

雷翁那图不说话，面上苍白了一点，低下头来。

"要画这样一幅画，"国王又说下去，"仅仅是个大画师，还不够的，必须钻入女人心中一切秘密里面去。这不是容易的事情！这个迷魂阵，连魔鬼走进去也要糊涂的！看哪，这婆娘好像是很恬静、端庄而谦逊的，她叠着那双软手同女修士一样，干净得连水都沾不上身，但是细看一下吧，猜猜她的心里转什么念头！"

他哼着两句歌，他自己做的歌。当初为了女人的狡猾，他做一首歌，自己用金刚石刻在逼褒宫一片窗玻璃上的，其中两句说道：

> 劝君莫轻信，
> 难测妇人心！

雷翁那图站到旁边去，装作要把别的画像推到亮光处来的样子。

"陛下，我不知道传说的话可靠不可靠，"圣哲莱在国王耳朵边低声地说，不让雷翁那图听见，"据人家告诉我，这个怪人不仅未曾爱过丽莎·琢箜铎夫人，而且一生未曾爱过女人哩，他至今还是个童男子……"

然后更放低声音，带着犬儒式的微笑，他又在国王耳边说了几句话，几句难以出口的话：关于苏格拉底式的爱，关于雷翁那图有几个徒弟长得很漂亮，关于佛罗伦萨艺术家们放荡不羁的生活。

弗郎琐亚第一惊讶起来，但他耸耸肩膀，一面含着通达世故的人的微笑，这种人是没有成见的，他自己生活着，又不妨害着别人生活，他知道，在这种事情上，各人嗜好是不相同的。

他细看了琢箜铎夫人画像很久之后，才转移他的注意力到旁边那幅未成的图画上面去。

"是谁呢?"

"根据上面的葡萄球和嵇苏杖看来，一定是巴库斯神。"诗人猜度说。

"这一幅呢?"国王指着第三幅画问道。

"又是巴库斯神吗?"圣哲莱怀疑起来。

"奇怪得很!"国王说，"头发、胸膛和面孔完全像女人。他和丽莎·琢箜铎有相似之处，两人的微笑是一个样的!"

"也许是个'阴阳人'[1]吧?"诗人说。国王读的书不多，不晓得"阴阳人"是什么，便要诗人解释。圣哲莱于是说起了柏拉图的旧寓言，关于一种合男女两性为一的生物，比人类更美丽更完满的。这种生物是太阳神和地神合生的，如此之强大和骄傲，同那些底但一样起来反抗诸神，要把诸神赶出奥林匹斯山去。宙斯生起气来要惩罚他们，但是不要绝灭他们，因为宙斯舍不得他们的祈祷和牺牲。于是，这诸神主宰便拿他的电闪，把那些"阴阳人"劈成两半了，如柏拉图说的："好像乡下女人用一根线或一根头发劈开咸蛋一般。"从此以后这两半边：男人和女人都互相思慕着永不能满足地渴望着，能够同以前一般复合为一。这个感情就是我们说的"爱"。

"雷翁那图师傅，"诗人做结论说，"在他这幅幻想画上，也许要复活那久已不存在于自然界的东西吧? 也许要重新结合那被诸神劈开的男

---

[1]"阴阳人"Androgynos——见柏拉图的对话集《客筵》。

施洗约翰

女两性吧?"

"弗郎琐亚第——面听着诗人的解释,一面用那种不顾羞耻的眼光去看这画像,同他刚才看"丽沙"夫人时候一个样。

"师傅,请你解决我们的疑问吧!"他回过头来问雷翁那图,"这画的是什么?是巴库斯呢,还是'阴阳人'?"

"都不是,陛下,"雷翁那图回答,一面脸红起来,好像他做错了事,"这是施洗约翰,救世主的先驱者。"

"施洗约翰?不可能的!你怎敢说这话!……"

可是他更仔细看看,他就发现,阴暗的背景之中有个细长的十字架,用苇子做的。他很惊奇地摇摇头。

如此糅杂神圣和邪魔,在他看来是亵渎上帝的,但同时令他喜欢。他立刻对自己说道:这种事情是不应当苛求的。艺术家头脑里有什么稀奇古怪的事情想不出来呢。

"雷翁那图师傅,我买这两幅图画。这幅'巴库斯',不,'施洗约翰',和那幅'丽莎·琢箜铎'。你要我付多少钱呢?"

"陛下,"艺术家很胆怯地说,"这两幅画都未画好哩。我打算……"

"胡说!"国王打断他的话,"'约翰',你给我画好;好的,我等待着。但是你不要再去碰'琢箜铎'一下了!你再不会使她更美些了!我立刻要拿去的,听到吗?开价给我吧!你放心,我是不还价的。"

雷翁那图觉得,必须想出一个借口、一种理由,来拒绝把画像卖给他。但是,这个国王,凡他接触过的一切都要化为醒醍和卑贱的,能拿什么话对他说呢?可以告诉他,琢箜铎夫人的画像是他,雷翁那图,一生最可宝贵的,无论任何代价都不肯割舍的吗?

国王以为雷翁那图不说话,是害怕开出太低的价钱。

"那就没有办法了。你既然不肯说,我就说一个价目吧。"

他向"丽莎夫人"看了一眼,说道:

"三千盾。太少吗?三千五百盾!"

"陛下，"雷翁那图声音发起抖来，"我斗胆请您……"

他说不下去，他的面孔又没有血色了。

"好的，四千盾吧，雷翁那图师傅！大概够了吧？"

侍从队中起了一阵低语声，大家惊讶得很：一切艺术保护人，连豪华者罗棱慈在内，从未出这高价买过图画的。

雷翁那图心里说不出的慌乱，抬起头来望望弗郎琐亚第一，他几乎要跪下去，哀求国王施恩不要取去"琢箜铎夫人"，好像别人哀求着饶命一般。但是国王误以为他的慌乱是出于感激，于是站起来要走了，再拥抱了艺术家一次，同他告别。

"那么讲定了吧？四千盾！这笔钱，你什么时候要，什么时候可以拿去。明天，我就要叫人来取琢箜铎的。你放心吧，我会给她一个令你满意的位置。我知道这幅画的价值，我会替后代人保存下来的。"

国王走了以后，雷翁那图便一筹莫展地坐在椅子上面。他呆呆地看着琢箜铎夫人，心里还不完全相信刚才发生的是真实的事情。他的头脑又产生了一些荒唐的、小孩子一般的计划。要把这幅画藏起来叫人家寻不着，要守住这幅画，如果人家拿死刑来恐吓他，就要叫弗郎西斯果·默尔齐把画送到意大利去，或者自己带着画一同逃走。

天渐渐黑了。弗郎西斯果来工场看了几次，但他不敢同师傅说话。雷翁那图始终坐在"琢箜铎夫人"面前。在暮色当中，他的面孔是苍白而僵硬的，同死人面孔一般。

夜里，他到弗郎西斯果房间去，那时弗郎西斯果已经解衣上床了，但尚未睡着。

"起来！我们到宫里去。我有话要同国王说的。"

"太迟了，师傅。您今天又很疲倦，您又要病的。明天去不好些吗？……"

"不，现在就去，你把灯笼点起来，陪我去吧！你不去也不要紧的，我自己一个人去。"

686

弗郎西斯果不再反对了，他从床上起来，穿了衣服，点了灯笼。他们二人出发向俺拔斯离宫走去了。

从那里到宫殿，要走十分钟，但是路很陡，又铺得不好。雷翁那图扶在弗郎西斯果臂膀上慢慢地走。

天上没有一颗星，夜是沉闷的、漆黑的，几乎同在地底下一般。风一阵阵地吹着，树枝一动一动地，如同受了惊吓，或者有什么苦痛。经过树丛可以看见上面宫殿明亮的窗子，底下也听得到音乐。

国王正在同少数亲近的人吃宵夜饭。他正在开一个玩笑，他特别爱开的玩笑：他拿出一个大银杯，杯旁刻些淫秽的图画，强迫那些青年命妇和半成人的处女，拿这大杯喝酒，而观察各人的神气。有些女人大声笑着；有些女人脸红起来，羞得要哭；有些女人则生了气，闭着眼睛不看，或者装作虽然看见了，却不明白什么意思。

这些命妇贵女中间有着国王的同胞妹妹马格丽特公主，"珍珠中之珍珠"，如一般人称她的，能得人欢心，"对于她，比能每天有饭吃都更需要"。但她虽然迷惑了所有的人，她却对于每个人都是冷淡的，只爱着她的哥哥，以一种奇异的过分的爱去爱他。在她看来，他的缺点反成了优点，他的罪过反成了德行，他的浮因般的面孔反成了阿波罗般的面孔。她无论何时都肯为他而牺牲，如她自己说的，"不仅肯为了他，让自己肉体化为灰尘随风四散而已，而且肯为了他，而抛弃自己的不朽的灵魂"。人家传说，她爱他超过于妹妹爱哥哥的限度。总之，弗郎琐亚第一时常滥用了她的爱，不仅一切辛苦、疾病和危险要她去做，连他的恋爱活动也要她来帮忙哩。

这天夜里，有个小姑娘，一个女孩子，第一次用那个淫秽杯子喝酒。她是一个旧世家的遗裔，是马格丽特在布列檀州一个偏僻地方发现，然后介绍到宫廷里面来的。她已经得蒙国王陛下垂青了。这女孩子无须乎装假，她的确不明白那些淫秽图画表示什么意思。在众目注视之下，她不过脸上轻泛红潮而已，国王是很开心的。

阉人报告雷翁那图求见。弗郎琐亚第一叫人引他进来，而自己同马格丽特两人走去迎接他。

当艺术家低着头，很慌乱地走过灯烛辉煌的大厅，穿过那些贵人和贵妇队中时候，一些半惊异的和半讥讽的眼光伴送他过去。虽然如此，但是连那些最无思想的和最轻薄的人也感觉到了：这个魁伟的老头子，生着灰色长发，扮着忧郁面孔，含着畏怯而腼腆眼光的，却带来了另一个世界的气息，好像一个从严寒空气走入温暖房间里的人带来的冷气。

"雷翁那图师傅，"国王向他致敬，很尊敬地拥抱他，"一位稀客！我应当拿什么款待你才好呢？我知道你是不吃肉的。吃点蔬菜好吗？或者水果？"

"谢谢您，陛下……对不起得很，我有几句话要同陛下说说。"

国王睁大眼睛看着他。

"你有什么话呢，朋友？你不是生病了吧？"

他引艺术家到旁边去，一面指着他的妹妹问道：

"她不碍事吧？"

"不，"艺术家回答，同时向马格丽特鞠了一躬，"我倒希望公主能帮我向陛下求情哩。"

"说呀！你知道我总是喜欢……"

"我又是为了那件事向陛下求情的，就是为了陛下要买的那幅画，为了丽莎夫人画像……"

"什么，又是为了那事情吗？你当时为什么不对我说呢？怪人！我想，我们价钱已经说好了的。"

"不是为了钱，陛下……"

"那么为了什么呢？"

在国王冷淡而和悦的眼光之下，雷翁那图又觉得关于琢箜铎夫人画像的话说不出来了。

"陛下，"他终于克服了感情，说道，"陛下，请您发慈悲心，不要从我那里拿去这幅图画！这画是您的，钱呢，我不要。但是请您让它再跟我一个时候吧，直到我死的时候……"

他停住了话，说不下去，只眼里含着绝望的哀求，看看马格丽特。

国王耸耸肩膀，皱起了额头。

"陛下，"公主替雷翁那图说情道，"请您答应雷翁那图师傅吧！应该答应他的。请您开恩吧！"

"您也帮他说话吗？您也说这话吗？这简直是阴谋！"

她拿一只手搁在哥哥肩上，低声在他耳边说道：

"您看不出来吗？他至今还在爱她……"

"但是她已经死了！"

"这有什么关系呢？死人也可以爱的。您自己也说，她在画上同活的一般。请您做好事吧，亲爱的哥哥，让他保持着这最后的过去纪念，不要害得老人家伤心……"

于是，国王灵魂里激发了某种半被遗忘的感情，他做学生时候、读书时候怀抱的感情，关于灵魂永久结合的、关于超尘世爱情的、关于骑士的忠贞精神的，这就使得他表示宽宏大度。

"上帝保护你，雷翁那图师傅，"弗郎琐亚第一带着轻微的嘲笑说道，"我知道无法拒绝你要求的，你能够找到这样一个人帮你说情。请放心吧，我要照你的愿望做的。但不要忘记，这画是我的，钱呢，你可以预支去！"

他又敲敲艺术家的肩头。

"不要着急，我说过的话一定作准的。没有人会分开你和你的丽莎的。"

马格丽特眼睛含着泪，轻轻带点笑容，伸了手给雷翁那图，让艺术家一声不响地吻着。

音乐又响了，跳舞又开始了，一双双一对对在兜着圈子。

　　再没有人想着这个怪异的宾客了。他同影子一样滑过大厅，又消失于地底下一般的无星的漆黑的夜里面去了。

　　弗郎西斯果有个远亲给了他一笔小遗产。为了接受这笔遗产，他须得到俺拔斯城公证人纪涌·波乐先生那里办理若干手续。这位和气的公证人很敬重雷翁那图。

　　有一天，他同弗郎西斯果闲谈师傅新近的工作，无意之中说笑道：他的家里也住了一位奇异的画家，是从极北的国土来的。弗郎西斯果更进一步问他，他便引了他上顶楼去，指示他看这低矮的房间内、鸽子巢旁边、老虎窗里面，犹酋奇·拜塞耶维趣·加加拉的小小的工场。

　　画师这几天来更加是郁郁不乐了。为了引他快活，弗郎西斯果便拿蛮子国画家工场当作一件有趣事情告诉他，而且劝他有机会去参观一下。雷翁那图还记得好多年前，在米兰穆罗宫廷里，举行"黄金时代"盛会时，曾与现时的俄罗斯使臣尼启大·卡拉恰洛夫谈过话，关于远方莫斯科国的，这就更加推动他去看看这位从半神话国土来的艺术家。

　　一天下午，离弗郎琐亚第一买了琢箜铎夫人画像以后不久，师徒二人到纪涌先生家里去。

　　犹酋奇的伙伴们，此时都到宫里看化装跳舞去了。他自己本来也要去的，但是不得不赴会的伊里亚·博大比希劝他不要去：

　　"照这里的恶俗，男人和女人要戴着假面具，穿着异样服装，一道儿狂欢。他们在琴声、笛声和鼓声当中，闹着、跳着、唱着淫秽的歌曲，做着亵渎神圣的事情。这个人的丈夫和那个人的老婆互相接吻、喝酒、牵手、谈情话，而且交织着撒旦罗网的。"

　　犹酋奇所以一个人留在寓所里，为了害怕诱惑还少些，为了清清静静画他的图画更多些。他画着那幅"一切有气息的都赞美主上帝"的图画。他坐在窗子旁边惯常的位置上工作着。

　　他的艺术上一切手工性质的细节，在他看来，是与最高的法则一般神圣而可贵。他不仅注意到美，而且注意到能经久。画他的圣像时，他是准备着能经过几百年不会损坏的。

他选择的大多是菩提木板和枫木板，又是属于匀称的白色的。这种树木大多生长于干燥的高地，因此不容易腐朽。他把一切裂缝都补好了，用很浓的鱼胶涂在上面，然后铺上一重柔软的旧麻布，再一层层地涂上做画底的颜色，其中没有石灰，只有那种最贵重的最坚硬的最温柔的雪花石膏，因为唯有那些贪便宜而不图经久的画家才去使用石灰的。他让这一切干透了，拿木贼磨平。然后，他拿一支细毛笔蘸墨，把旧画谱描在上面。为了避免错误的缘故，他用指甲把画谱轮廓画在画板之上。最后，他调理颜色，把颜色溶解在蛋黄里面，研碎在陶碟和贝壳之内。但最温柔的颜色则研碎在他自己指甲上，他拿自己的指甲当作调色板。最后，他就画起来了。人类面孔留在最后画，先画其余的一切：山画成圆平帽形状，树画成香菌形状，草画成生翅的黑红色海草形状，加上蓝点便成了毋忘侬草，云则画成不规则的白圆圈。衣服，则先画深褐色做底，然后画上折痕，把高起处涂为白色。天使和圣者衣服上的金饰，以及草木的尖端和细茎，他是用一枚针蘸了红金色涂上去的。

除了人面之外，一切都画好了。这天下午他画到了全部工作最后的、最重要的而又最困难的部分，即是画人面。同衣服一样，他也是先拿深暗色涂上去的，然后用三种画人面的赭石颜色渐渐使之"活泼"起来，其中这个颜色比较那个颜色更加明亮一点。最后，他在颊、唇、口、须和颈项涂了一点红色。

旧时新城画派那种坚白色，他不满意，他倾向于卢卜里奥夫的新作风，这作风与古代拜占庭作风相似，比旧派更完满些，"如浮云一般"，如当时画师所说的。在这作风之中，玫瑰的赭石色渐变为一种细致而明亮的阴影。他特别重视姿态齐整的男子，他们的胡须有时是短而乱的，有时是长垂在地，有时是宽阔的披于双肩之上，有时则是分散为绒毛，"如轻烟一般"，有时是褐色的，有时又是灰色的。面孔表情总是高贵而严肃的，或者痛苦而温柔的。

犹菩奇完全沉陷在他的工作之中了，当他听着窗前群鸽鼓翅声的时候，他知道邻家太太又在喂养鸽子了！那是老面包匠的少妻，他常常偷看她。她站在黄杨树枝条中间，衣服没有领，犹菩奇从上面可以看见她的胸膛以及两乳之间温暖的暗影。她的白面孔上微微有些雀斑，头发是红色的，在太阳光之下如金子一般灿烂。

"孩子，不要看美貌女人呀！"他想起了伊里亚·博大比希的话，"因为美貌女人起初同蜜一般甜，后来就比黄连和胆汁更苦了。你如不自甘堕落，就不要看美貌女人。孩子，一遇美貌女人你就应当逃避，不可回头，如同当初挪亚逃避洪水，罗得[1]逃避所多玛和蛾摩拉一样。因为女人是什么呢？是撒旦造成的陷阱，带着甜饵来引诱人的，又是毒蛇洞、魔鬼花、不治之症、疯狂的山羊、北风、阴天以及犹太人旅馆。宁可害热病，不可为女人所迷惑：热病固然困苦你，但也能放松你。至于女人，则她紧紧地缠住你，至死方休。女人缠住你，你就好像浑身生癣，这里痛着，那里痒着。你要制服她时，她便起来反抗，你要打她时，她便闹得同魔鬼一样。恶女人比一切恶鬼都更凶恶！"

但是犹菩奇依然要看他这个邻居太太。她对他笑时，他也不由得对她笑着。以后回到工作来，他便把画上一位女殉道者的头发画成了金红色，同这个漂亮的面包匠太太一般。

楼梯上响着人声。使馆老翻译佛辣喜走进来，他的背后跟随着房东纪涌·波乐先生、弗郎西斯果·默尔齐和雷翁那图·达·芬奇。

犹菩奇听佛辣喜说客人们要参观他的工场时，不禁惭愧起来，而且差不多是吃惊了。正当客人们东张西望时候，他不作一声站着，低着头，不晓得如何是好，只时时偷看一眼雷翁那图。艺术家的面孔给了他很深的印象，他觉得这面孔简直是同画谱上画的先知以利亚[2]一个样。

[1] 挪亚和罗得——故事均见《旧约创世记》。
[2] 以利亚 Elias——《旧约》诸先知之一，见《列王纪》。

692

雷翁那图看了这个小画室的一切物件，看了那些从未见过的墨笔、铁锉、小木板、装颜色的贝壳以及装胶漆的碟子，然后转移他的注意力在那幅图画上面："一切有气息的都赞美主上帝。"佛辣喜无法把这画名翻译清楚，他愈解释愈糊涂了，虽然如此，艺术家还是明白这幅画的含意的。他很惊讶，这个蛮子、这个"兽国"——当时意大利旅行家称俄罗斯为"兽国"之人，居然达到了人类一切智慧的限界：因为那个君临七星之上的、那个受着天地火风动植人神所赞美的，不正是雷翁那图的神性机械学的"最初推动者"吗？

画师以更大的注意力和更多的兴趣翻阅着那本《圣像画谱》，其中用黑炭或红墨画着简单的圣像。他在那里面看见了俄罗斯各种圣母像，有"减轻我们痛苦的圣母像"，有"成为一切忧愁人之欢乐的圣母像"，有"引人快乐的圣母像"，有"被感动的圣母像"，有"生命之源的圣母像"。像中，圣贞女立在一口泉水旁边，所有生物都到这泉来喝水止渴。有"富于痛苦的圣母像"，像中小耶稣看见一个面容愁苦的天使送了十字架来，竟吓得把头转开了。此外，他又看见了"湿胡子救世主像"，救世主的头发是光滑而不散乱的；又看见了"非人手画成的画像"，这是圣菲隆尼卡在救世主从各各他去半路上替救世主揩脸上汗珠的那块汗巾；又看见了"圣缄默的救世主像"，像中救世主双手合在胸前。

雷翁那图觉得，这些虽然不能算作图画，或至少不能算作他称为图画的东西，但无论如何不完备，无论光暗如何错误及缺乏一切透视学和解剖学法则，他仍然发现这里面含有一种信仰力，同他在辣温那看见的那些古拜占庭镶嵌画一样，比意大利画师齐马布和卓托的最早的作品更旧些，同时又更新些。这是一种大的和新的美之朦胧的预告，好像一种神秘的黎明，希腊晚霞的最后余晖和一种未知的光明的最初朝霞混合在一起。那些笨拙的野蛮的奇异的但同时又无形体的透明的像孩子梦一般温柔的姿态，给人的影响好像音乐的影响，正因为是违反自然法则的，更加具有超尘世的风味了。

两幅施洗约翰像、"有翼的先驱者"像,特别引起艺术家注意。其中一幅,约翰左手捧着一个金盘,盘中盛着那个永久的婴孩,右手指着婴孩说:"看哪,这是上帝的羔羊,除去众人罪孽的。"第二幅是"斩头之像",约翰反乎自然法则,竟有两个头,一个活的,长在颈项上,一个死的则放在盘里,由他双手捧着,好像表示:人类唯有绝灭一切人性,才能具有超人的飞翼。两副面孔都是奇怪的和可怕的,圆睁的双眼好像老鹰看着太阳时候一样,胡须和头发好像被大风吹得散乱,骆驼毛做的粗衣服好像鸟羽,两臂和两腿,细而长,十分消瘦,只有一张皮包着骨头,如此之轻,好像是同鸟骨一般空虚便于飞行的。肩头上长了两扇大飞翼,如同一只天鹅的飞翼,或者雷翁那图一生梦想的那只大鸟的飞翼。

艺术家于是想起了卓梵尼笔记中摘引的先知玛拉基的几句话:

看哪,我要差遣我的使者在我面前预备道路。你们所寻求的主不久就要进入他的殿。立约的使者,就是你们所企望的,快要来到。看哪,他来了!

国王一离开,俺拔斯就恢复了平时那种荒凉和寂静了。人们只听到钟塔上一响一响的黄铜声音。黄昏时候还可听到平滑如镜反映着淡绿色天空的洛亚河沙岸上野天鹅的叫喊。

雷翁那图同以前一样画着他的"约翰"。但是这工作愈来愈加困难、愈加迟缓了。好几次弗郎西斯果觉得,师傅好像在追求着不可能的事情。当初画"丽莎夫人"时,他大胆探究人生的秘密,现在,画着这个手指着各各他十字架的约翰时,他也是同样大胆图谋指示出生和死是如何合流于独一的更大的秘密之中的。

好多次,在朦胧之中,雷翁那图揭开了遮布,长久细看着琢莶铎夫人和约翰二像,好像在比较着这两个画中人。此时徒弟感觉到了,也许是光暗作用造成的幻觉吧？这少年和那女人好像在改变着面貌表情，好像被艺术家用他那超尘世的爱的强烈眼光注入了灵魂，同幽灵一般从画布上走下来，又好像约翰和丽莎夫人面貌是相似的，他们二人又同雷翁那图少时面貌相似，仿佛父母与儿子相似一般。

画师的身体一天衰弱一天了。弗郎西斯果劝他休息一个时候以后再画，但没有效力。雷翁那图简直不肯休息。

一五一八年秋天，有一日，他觉得特别不舒服，但他仍旧忍耐着病和疲倦整天不间断地工作着，不过比往时停止得早一点，而且叫弗郎西斯果搀扶他到楼上他的寝室去。螺旋形的木楼梯很陡，他又常有晕眩之病，近日来没有别人搀扶，他就不敢上楼去。

这日，弗郎西斯果又搀扶着师傅。雷翁那图勉强用力慢慢地走上梯子去，每走二三级便停下来喘息一下。

忽然他站不稳了，全身重量都压在徒弟身上。弗郎西斯果知道师傅中风了，又害怕一个人扶他不住，于是叫老仆役巴蓓斯塔·维兰尼斯上来帮助。两个人抬着雷翁那图还抬不起，再来两个仆役才把病人抬进他的寝室里去了。

同向来一样，他不要延医和服药。他整整六个星期长久躺在床上，右半边麻痹，右手完全废了。

冬季开始，他的病好了些，但复原很困难而迟缓。

雷翁那图一生中，左右两手都可使用的，工作时候两只手是同时需要的：他用左手画图，右手涂上颜色。这只手做的事情，那只手不能做。他超过其他画家之处，据他说，正是从这互相反对的两种力量的合作发生出来的。但现在，右手指头因中风而残废，差不多不能使用了，于是他害怕从此不能作画了。

十二月初，他能够起床，开始只在楼上各房间走走，以后也下楼到工场来。但他不画画了。

一天，午饭之后，全屋的人都休息去了，这是最清静的时候。弗郎西斯果有事情找师傅，在楼上房间找不到他，便到下面工场来找。他小心开了门，看进去。雷翁那图近来比以前更加忧郁而怕见人的，他最爱独自在一处，没有他许可，不要人到他旁边来，好像怕人家观察他。

经过半开着的门，弗郎西斯果看见师傅站在约翰像面前，图谋用那只病手去画它。他的面孔现出一种绝望的紧张神气，两片嘴唇紧闭着，嘴角下垂，眉毛高起，灰色的头发粘在大汗淋漓的额头。那几个僵硬的指头不肯受他指挥，画笔在大画师手里发着抖，好像是无经验的徒弟拿着的一般。

弗郎西斯果不敢作声，他吓得忍住了呼吸，观察着活的精神在死的肉体之内这个最后的挣扎。

这年冬天非常寒冷。流水冲断了洛亚河上的桥梁，官路上有人冻死，狼直到城边来，老园丁说他还看见狼来到克鲁堡花园内窗子底下哩。夜里，没有携带武器，人们不敢出门，过路的候鸟常常落地死了。一天早晨，弗郎西斯果到门口来，发现雪中有一只冻得半死的燕子。他把这只燕子拿到师傅那里去，雷翁那图用自己的呼吸去温暖它，在火炉背后温暖之处做一个巢给它睡觉，等到春天时候再放它出去。

雷翁那图不想再去画画了：那幅未完成的约翰像，他拿来同其余的图画、毛笔和颜色，一起藏在工场中最僻远的角落。每日都是闲暇无事的。公证人纪涌·波乐先生时常拜访他们，同他们谈闲话。他谈起了今年的收成，谈起了盐价贵，谈起了郎格独地方羊毛长些，贝里和里莫新地方羊肉好吃些，或者他教厨娘马土怜娜如何凭前腿上活动的关节来辨别小兔和老兔。从意大利来的一个方济谷会修士古叶谟也时常拜访他们。他是弗郎西斯果的忏悔师，住在俺拔斯已经很久了，为人天真、有趣而和气，极会讲旧时佛罗伦萨滑稽家和捉狭鬼的故事。雷翁那图听他讲故事，同他一般天真地大笑。冬天下午，他们下棋和打牌。

天黑得很早，铅灰色的光经过窗子照进来，客人走了。以后雷翁那图就在房子里走来走去，很长久，有时看一眼机器匠左罗亚斯特罗·达·佩勒托拉。这个残废，现在比以前更加是个活生生的谴责，是个嘲谑，对于艺术家一生的工作：制造人类飞翼。亚斯特罗同惯常一样叠着腿坐在房角，拿一条长麻带裹着纺锤，锯着木头做玩具，制造陀螺，或者闭着眼睛慢慢地摇来摇去，呆笑着挥动手臂如同鸟的翅膀，而且做梦一般地哼着那一首老歌：

> 咕咕噜，咕噜！
> 鹳鸟，老鹰，老老鹰，
> 在云端上——
> 望不见下地凡尘。
> 鹳鸟，老鹰，老老鹰……
> 咕咕噜，咕噜！

这首忧愁的歌，雷翁那图听着，心里更加难过。寒冷的黄昏更增加他的绝望情绪了。

最后，天完全黑了，屋子里是寂静的。但外面雪风怒吼着，老树枯枝吹着响，这声音好像是个邪恶巨灵发出来的。风声之中还杂有更悲惨的声音，大约是林边狼嗥。弗郎西斯果扇旺了炉里的火，雷翁那图坐下来。

弗郎西斯果琴拉得很好，而且有个好歌喉，他时常用音乐驱除师傅的忧愁思想。有一次他唱了豪华者罗棱慈作的一首老歌给师傅听，那是谢肉节化装巴库斯和亚丽安妮游行时歌唱的。这是一首无限欢愉而又忧郁的情歌，雷翁那图很爱听，因为他少年时代常听人唱的：

> 青春何美好，
> 惜在易蹉跎！

今时不行乐，

明朝唤奈何。

师傅垂着头静听。他记起了那年夏夜的情景：僻静的小巷，漆黑的影子，淡白的月光，大理石阳台前面的琴声，以及上面那首情歌。他想起了丽莎·琢箜铎夫人……

最后的歌声在雪风怒吼之中颤动着消逝了。弗郎西斯果坐在师傅脚前，现在抬起头来看看师傅，只见两行眼泪流过老人的面孔。

雷翁那图有时翻阅他的笔记簿子，而且把他的新思想写在那上面去，现在最萦绕于他的心胸的是关于死的思想。

"现在你看见了，你的希望，你的志愿，要回到故乡，复归第一个存在去的，简直同飞蛾扑火一般迫切。你也看见了，人类不耐烦地不间断地期待着再来一个春天，再来一个夏天，再来几个月和几年，人类总以为所期待的事情迟迟不至，他却不明白：他不过是渴慕着自己的死亡和消灭而已。这个愿望却是自然本质，却是元素灵魂，它自觉被锁闭在人类灵魂里面，而时刻想念着能脱离肉体而回到那个派遣它来着的地方去。"

"自然界中除了力和运动之外没有别的东西，但力乃是求幸福的意志，乃是宇宙之永远趋向于最后的均衡，于最初的推动者。"

"愿望的对象和愿望的主体若是结合起来，愿望便止息了，快乐便发生了。譬如爱者和被爱者结合之后，爱情就安静了。重物落地之后也是如此。"

"部分总是要同全体结合起来，借以免除缺陷。灵魂总是要留在肉体里面，因为灵魂若无它的器官便不能行动，也不能感觉。但是肉体毁坏之后，灵魂并不毁坏，它在肉体之中工作，如同风在风琴之中工作。一个铜笛损坏了，风便无法吹出正确的声音。"

"白天过得好，夜里睡觉也快活。同样，一生活得好，死时也快活。"

"活得好的一生乃是长的生命。"

"每件灾害都在记忆之中留下苦痛,唯有最大的灾害——死,没有留下苦痛,死同时消灭了生命。"

"我以为是在学生哩,但学的仅是死。"

"自然界的外的必然性适合于理性的内的必然性;一切都是合理的,一切都是好的,因为一切都是必然的。"

"我的父啊,但愿你的旨意成就于地上,如同成就于天上!"

他便是如此在死之中拿理性去辩护神的必然性,去辩护"最初的推动者"的意志。但在他的心之深处有什么东西起来反抗,这个东西是不能也不愿屈服于理性的。

一天夜里,他做了一个梦,梦见他没有死便被人葬了,在地下棺材之中醒转来,不能呼吸,拼命地拿双手去推棺材盖。第二天,他又叮嘱弗郎西斯果:他的身体未曾发现腐败征象以前,切勿埋葬他。

冬天夜里,每逢寒风怒吼,他眼睛看着炉中将烬的炭火时候,他就想起了童年时代在芬奇村过的生活,想起了鹳鸟在无限远处快乐而含诱惑性的叫喊"飞呀!飞呀!",想起了荆棘的木脂香味,想起了佛罗伦萨的远景。这城在向阳的山谷里躺着,同紫石英一般,又如此之小,好像长满荆棘的白山斜坡之上金色枝条间的位置就可容纳得下的。然后他觉得,他还是爱生命的,他现在成了半死之人仍旧紧抓着生命,他也害怕死,把死设想为黑暗的坟墓,今天或明天他要发一声最后的恐怖叫喊投进去的。于是他的心充满了悲哀,要像小孩子一般,大声哭出来。一切理性安慰、一切关于神的必然性、关于最初推动者意志的话,他觉得都是说谎的。这些话,在这莫名其妙的恐怖面前,同烟一般飞散了。只要有一线太阳光,只要有一丝充满鲜叶香味的春风气息,只要一枝白山斜坡开满金黄色花朵的荆棘,则他情愿牺牲了什么黑暗的永恒,什么地下世界的秘密。

夜里，师徒二人独在一处而不愿睡觉的时候，雷翁那图近日失眠，弗郎西斯果便读《福音书》给他听。

这书，他从未像现在那样感觉得如此新奇、如此非凡、如此受人家误解了的。许多的话，他细想下去，好像深渊那般不可测度。譬如《路加福音》第四章：主抵抗了最初两种试探即食物和权柄以后，魔鬼又拿飞行来试探他：

> 魔鬼领了他到耶路撒冷去，叫他站在圣庙顶上，对他说："你若是上帝的儿子，可以从这里跳下去，因为经上记着说：'主要为你吩咐他的使者保护你，他们要用手托着你，免得你的脚碰在石头上。'"耶稣回答道："经上说：'不可试探主，你的上帝。'"[1]

雷翁那图从这几句话中可以找到那对于他一生的问题的回答了，即是：我们人类将有飞翼吗？

> 魔鬼用完了各样试探，就暂时离开耶稣。

"暂时？这话含有什么意思？"雷翁那图想到，"魔鬼什么时候又要来试探他呢？"

又有几句话，似乎充满了胡说的、似乎违反了自然必然性的经验和法则的，但并不会使他头脑糊涂：

> 你们若有信心像一粒芥菜种，即使你们对这座山说"你从这边移到那边去吧"，山也必移去的。[2]

---

[1] "魔鬼领了他……"——见《路加福音》第四章第九节至第十三节。
[2] "你们若有信心……"——见《马太福音》第十七章第二十节。

他时常设想，最后的也许人类不能达到的知，和最后的也许人类同样不能达到的信，必然要经过不同的道路而走到同一的目的的，即是要融合内的必然性和外的必然性，融合人的意志和上帝的意志。若是有人以真正的信心对山说道："你从这里移开，投到海里去吧！"则他也知道，事情不能不照着这几句话做出来。因为在他看来，超自然的东西乃是自然的。但是这几句话的伤人的刺不是恰在于：叫山"从这里移开而投到海里去"是更容易些，而获得信心，哪怕像芥菜种子一般小的信心，则更困难些吗？

救世主又有几句谜样的话，他无论如何努力，也不能明白：

> 父啊，天地之主啊，我感谢你，因为你将这些事向聪明通达的人藏起来，向婴孩就显出来。父啊，是的，因为你的美意本来如此。[1]

如果上帝有个秘密显示给婴孩，如果完全的天真并非完全的聪明，那么同一书上为什么又说"你们要灵巧像蛇，驯良像鸽子"呢？这两种话中间有一个深渊存在。

以后又有几句话说：

> 你们看，野地里的百合花怎么长起来！所以不要忧虑，说：吃什么，喝什么，穿什么，这都是外邦人所求的。因为你们需用的这一切东西，你们的天父是知道的。这些东西都要加给你们了。[2]

---

[1]"父啊，天地之主啊……"——见《路加福音》第十章第二十一节。
[2]"你们看，野地里的百合花……"——见《马太福音》第六章第二十八节至第三十三节。

雷翁那图想起了他的发现、他的发明和他的机器，这些东西本能给人类以制服天行的能力。他自问道：这些东西都不过是为了肉体而忧虑吗，为了吃什么、喝什么、穿什么而忧虑吗？这不过是事奉玛门的吗？或者人类的劳动，除了有益之外再没有其他什么？如果爱是马利亚，她选择了最好的福分，她坐在主的脚前，听他讲道，那么知就是马太了，她忧虑了许多事情，而其实只有一件事情是不可少的。[1]

此外，他根据自己的经验也知道：最深刻的知，同在深渊的油滑的边缘一样，也含有最可怕的和最难防备的危险。他又想起了那些"小子"，想起了他自己的徒弟恺撒、亚斯特罗、卓梵尼，他们都受他诱惑了，也许是为了他的缘故而趋于没落的，当他听着底下几句话的时候：

> 凡使这信我的一个小子跌倒的，倒不如把大磨石拴在这人的颈项上，沉在深海里。这世界有祸了，因为将人绊倒！绊倒人的事是免不了的，但那绊倒人的有祸了！[2]

可是同书另一个地方又说：

> 凡不因我跌倒的就有福了。你们不要以为我来是叫地上太平。不，我对你们说，我来不是叫地上太平，乃是叫地上动刀兵。[3]

但最令他骇怪的，却是马太和路加说的耶稣死时情形：

> 从午正到申初，遍地都黑暗了。约在申初，耶稣大声喊着说：

---

[1] 马利亚和马太——故事见《路加福音》第十章。
[2] "凡使这信我的一个小子跌倒的……"——见《马太福音》第十八章第六节和第七节。
[3] "凡不因我跌倒的……"——见《马太福音》第十章第三十四节。

702

　　"以利，以利，拉马撒巴各大尼？"就是说："我的上帝，我的上帝，为什么离弃我？"耶稣又大声叫喊，气就断了。[1]

　　"为什么离弃我？"雷翁那图想道，"儿子临死时向父亲叫喊的这一句话这儿子曾说过'我和父合而为一的'，岂曾仅仅他的敌人认为是最后的绝望叫喊吗？如果拿他的全部教训放在天平一边，拿他这句话放在天平又一边，究竟是哪边重些呢？"

　　正当他想着的时候，他已经看见那个可怕的黑墓穴张开在他面前了。今天或明天，他一定要跌下去的，要含着最后的恐怖叫喊"以利，以利，拉马撒巴各大尼？"而跌下去的。

　　早晨起床时，他好多次从结了冰的玻璃窗看出去，看见积雪的山丘、灰色的天以及凝霜的树。这冬天好像是永远过不完的。

　　然而，到了二月初，空气温暖一点了，朝太阳一面的房子，屋檐上垂下的冰条化成一滴滴明亮的水珠，落地有声。麻雀咕噪着，树干周围的积雪开始融化了，苞蕾胀大起来，云块中间有时露出一片淡蓝色的天。

　　早晨太阳斜照进工场里来时，弗郎西斯果便把师傅的靠背椅移到日光中来，老头子坐在那里晒太阳。低着头，瘦削的双手搁在怀中，坐了几个钟头，一动也不动，手和面容以及半闭的眼皮表现出无限疲弱神气。

　　雷翁那图那只驯养的燕子，在屋子里过了冬，现在飞来飞去，有时停在他肩头上，有时停在他手上，让他捉住，让他吻那小头，然后又急忙地一面叫着，一面飞着，好像感觉春天来到了。画师很留心观察着它的小身体的每一回旋、它的翼翅的每一转动，于是他的关于人类飞翼的

[1] "从午正到申初……"——见《马太福音》第二十七章第四十五节至五十节。又《路加福音》第二十三章第四十四节至四十六节。

旧思想又浮现在他的脑中了。

有一天，他开了那口放在工场一角的大箱子，在箱内掏摸着，那里面尽是订成的抄本和单零的字纸，其中也有机器草图和简短解释，这就是他一生著作的二百本《自然论》。

他一生都在计划着把这乱七八糟的稿本整理一下，以一个共同思想把那些断片联系起来，构成一个整体，一本论自然界的大书。但他总是把这个工作推延下去，直至如今。他明白，那里面写下的发现可以缩短人类几百年的研究工作，可以改变人类命运，引之走上新的道路。同时他又明白，这个事情是做不到了，因为太迟了。这一切又要无结果地无意义地毁灭了，同《最后的晚餐》一样，同《司伏萨纪念像》一样，同《安嘉里之战》一样。因为在科学方面，他也只有一些无飞翼的愿望而已，他永远开始着，从未完成什么，现在也不能完成什么了，好像爱作弄人的命运故意拿他的行为过俭来处罚他的愿望过奢。他预先看到了，人类还要去寻觅他已经找到了的东西，还要去发现他已经发现了的东西。人类要走上他的道路，要跟随他的足迹，但也要在他身边走过去，忘记了他，好像未曾有他存在过的。

这天，他在那堆稿本里面寻着了一个薄本子，外面写着"鸟"字，因年深日久，纸张已经发黄了。他寻出来，放在旁边。

最近几年他差不多完全没有去制造飞行机器了，不过常常想起这件事情。但现在看着燕子飞行的时候，他得到一种新思想，决定做个最后的试验，希望在制成了人类的飞翼之后，他的一生事业就可得到辩解而免于毁灭，这个最后的希望也许杂有幻想成分。

他仍旧如此顽强、如此热烈、如此迫切去进行这个新工作，同他以前画《施洗约翰》时一个样。他不再想起死了，他克服了衰弱和病痛，忘记了睡眠和饮食，整天整夜坐着绘图和计算。弗郎西斯果好几次感觉到：这并不是工作，而是疯子发狂。徒弟一天比一天更加担忧而着急，他看着师傅的面孔，这面孔很难看，表现着拼死的几乎气愤的意志的紧张，表现着追求不可能的事情的神气，追求那不许人类追求的事情。

一个星期过去了。弗郎西斯果未曾离开雷翁那图左右，夜里也不睡觉。第三夜不睡觉之后，他疲倦得要死，就靠在熄灭的火炉边一张椅子上睡着了。

窗子渐现灰白色了。燕子醒来了聒噪着。雷翁那图低着头在那张小写字台上，手里拿着笔，面前摆着一张纸头，上面写满了数目字。

忽然，他的身体摇动起来，神气很特别。鹅毛笔脱离了他的手指，头愈垂愈低。他努力要站起来，要喊弗郎西斯果，但是低得听不见的叫声到了他的嘴唇就止息了，他的全身重量都压在桌子上面，桌子被他压翻了，将烬的蜡烛掉落地下。这响声惊醒了徒弟，弗郎西斯果跳了起来，在黎明的微光中，他看见师傅躺在地下，旁边有翻倒的桌子、熄灭的蜡烛、散乱的纸头。燕子吓得在房间里乱飞，用它的翅膀碰触着天花板和墙壁。

弗郎西斯果立时明白，师傅又中风了。

病人昏睡了几天，在热昏之中还继续着他的演算。当他恢复知觉的时候，他立即要求拿飞行机器图案给他。

"不，师傅，"弗郎西斯果吓得喊起来，"随您怎样都可以，但是您没有完全复原以前，我宁死也不肯让您工作的。"

"你把图案放到哪里去了呢？"病人很生气地问道。

"您放心，我好好藏起来了。您病好了之后，我会给您的。"

"你藏在哪里去了呢？"雷翁那图又问一句。

"我拿去藏在顶楼上，锁起来了。"

"钥匙在哪里呢？"

"在我身上。"

"给我！"

"但是，师傅，请您原谅。您要钥匙做什么呢？"

"给我！快点给我！"

弗郎西斯果迟疑不决，病人眼睛闪出了怒火。为了不再激恼他，弗郎西斯果便把钥匙给了他。雷翁那图把钥匙接来，藏在枕头底下，就放心了。

他这次的病好起来比弗郎西斯果料想的快得多。

四月初，有一次，雷翁那图很安适地过了一整天，而且同古叶谟修士下了棋。晚上，弗郎西斯果坐在师傅脚下一个矮凳上，头靠着床，竟睡着了，因为他好几夜没有睡觉，疲倦得很。忽然，好像受了一个打击，他醒转来。他细心听着，但是听不到床上师傅的鼾声。灯已经熄了，他点了火，看见床是空的。他急忙在楼上所有房间寻找，而且唤醒巴蒂斯塔·维兰尼斯，这老仆人也未曾看见雷翁那图。

弗郎西斯果已经要下楼到工场里找去了，忽然想起了藏在顶楼上的飞行机器图案，他连忙走上去，开了那个没有锁的门，看见了雷翁那图披着衣服坐在地板上，把一口箱子翻转来做桌子用，一支蜡烛头光照之下，他在写字，显然又是为了飞行机器在演算着的，因为同发热昏一般，他一面写着，一面嘴里低声而急速地念着。他的喃喃自语、他的火红眼睛、他的散乱的灰白头发、他的因紧张思想而频蹙着的眉毛、他的表示老年衰弱的低垂而凹陷的嘴角以及他的异样的为弗郎西斯果未曾见的整个面孔，这一切如此可怕，害得徒弟停止在门口，不敢走进去。

雷翁那图忽然拿起了铅笔，把那张密密写满了数目字的纸头涂抹了，如此急剧，连铅笔尖都划断了。然后他回过头来，看见了徒弟，便站起来，立足不稳，面无人色。

弗郎西斯果急忙走到他面前去搀扶他。

"我告诉过你了，"师傅带着温和而奇异的笑容说，"我告诉过你了，弗郎西斯果，我不久就可完工。现在我完工了，我一切工作都做完了。从此以后，你无须着急，我再不做什么事情了。够了！我老而又蠢，比亚斯特罗更蠢！我什么都不晓得。以前晓得的，我也忘记了。我还忙着这飞翼做什么呢？到魔鬼那里去吧，这一切都到魔鬼那里去吧！……"

他从桌上拿起了那些纸头，皱成一团，而且扯碎了。

从这一天起，他的身体又变坏了。弗郎西斯果预感到这回他好不起来。病人时常整天不知人事，昏昏迷迷的。

弗郎西斯果是很虔诚的。凡是教会说的话，他都真心信仰。唯有他一个人未曾受了雷翁那图的"巫术"，未曾中了那个"恶眼"，其余一切与雷翁那图接近过的人都不能免的。他知道师傅不愿遵守教会仪式，但是他从爱的本能觉得雷翁那图并非否认上帝的。此外他全不管，也没有兴趣探究下去。

但现在想起了师傅也许要没有经过忏悔仪式即行死去，他不禁害怕起来。他宁愿牺牲自己的灵魂去拯救师傅，但是他不敢同师傅说起这个事情。

一天晚上，他坐在床边，呆呆地望着师傅，心里正在思想这个可怕的事情。

"你想什么？"雷翁那图问他。

"古叶谟修士今天早上来过这里，"弗郎西斯果很不自然地托词回答，"他要见您。我对他说，这是不可能的。"

师傅瞪着眼看他，看见徒弟的眼睛满含恳求、着急和希望的神气。

"你想着别的事情，弗郎西斯果。你为什么不告诉我呢？"

徒弟不响了，垂下了头。

但是雷翁那图心里明白了。他忧郁地转过脸去。他一向准备着怎样生便怎样死，即是他生在自由和真实之中，他也要在自由和真实之中死去的。然而弗郎西斯果的恳求，他又不愿拒绝。现在临死的时候，他又要伤害这个徒弟的虔诚信心吗？又要叫这个"小子"跌倒了吗？

他回过脸来看着徒弟，把他的瘦削的手放在徒弟手上，微微笑着说道：

"我的孩子，你叫人往古叶谟修士那里去，请他明天到我这里来吧。我要忏悔，要领受圣餐。你也请纪涌先生来见我。"

弗郎西斯果没有回答，他只含着无限感激的心情吻着师傅的手。

第二天早晨，复活节星期六，即四月二十三日，公证人纪涌先生来了，雷翁那图向他立了遗嘱。画师留在佛罗伦萨圣马利亚教堂的四百个弗罗璘，赠给他的弟弟们，此时他还在同弟弟们诉讼哩，这笔遗产就是作为完全和解的表示；他的一切书籍、科学仪器、机器、手抄本以及王家库藏积欠他的薪俸，都赠给他的徒弟弗郎西斯果·默尔齐；克鲁堡的家具和米兰维塞里拿门附近半个葡萄园，赠给他的老仆巴蒂斯塔·维兰尼斯；其他半个葡萄园，则赠给他的徒弟安得烈·沙莱诺。

关于丧事用费以及其他一切，则他请求公证人会同弗郎西斯果决定之，他又指定默尔齐为他的遗嘱执行人。

弗郎西斯果同纪涌先生商议，要给师傅举行一种葬礼，借以证明：无论外人如何传说，雷翁那图死时终是教会的忠实信徒。

病人一切都同意了。为了表示弗郎西斯果要举行盛大葬礼的主张也是他自己的主张，他于是将那做送终弥撒用的蜡烛，从原定的八磅改为十磅，施舍穷人的钱也从原定的五十个杜兰苏，改为七十个杜兰苏。

遗嘱立好、证人尚未签字之时，雷翁那图又想起了他的老厨娘马土怜娜。纪涌先生还在文件后面添加了一款，即是赠给她一件上等黑布缝的衣服、一顶镶皮的布帽子以及两个现杜卡，以酬谢她多年的忠心服务。临死的人不忘酬谢他的穷苦的厨娘，这事又使弗郎西斯果勃发了熟悉的难以忍受的怜悯心情。

古叶谟修士带着圣餐进房间来了。大家都走出去。

后来，修士出来之后，告诉弗郎西斯果说：雷翁那图是虔诚而顺从神意地履行教会一切仪式的。于是弗郎西斯果完全安心了。

"我的孩子，"古叶谟最后几句话说，"不管人家怎样传说他，他总可以拿主耶稣的话来辩护的，即是说：'清心的人有福了，因为他们必得看见上帝。'[1]"

---

[1]"清心的人……"——见《马太福音》第五章第八节。

夜里，病人呼吸很困难。默尔齐害怕他就要死了。

次日早晨，即四月二十四日复活节，病人觉得轻松了一些。但因他呼吸还不舒畅，房间里又很热，弗郎西斯果便把窗子打开了。白鸽子在蔚蓝天空之下飞翔，复活节钟声同鸽子鼓翅声合成一片。但是临死的人已经不能见闻了。

他觉得好像有个难以相信的重量，如同大石块落下来，压在他的身上，窒塞着他。他要起来，要把这石块推开，但不能够。他做个最后的努力，忽然解脱出来了，生着两扇大飞翼飞起来了，但是那石头又压了他，在他身上旋转，使他不能呼吸。他又挣扎，又胜利，又飞起来了。如此循环不息，这重量一次比一次更加可怕，而他的努力也是一次比一次更加惊人。最后，他觉得再也不能挣扎了，他只好降服，而发出一声绝望的叫喊："我的上帝，我的上帝，为什么离弃我呢？"他刚刚降服，便明白了，原来石头和飞翼、重压和飞行、上面和下面，都是一而二、二而一的。飞上去和落下来，是一个样的。他便是这样飞上去而又落下来。他再不知道究竟是一种无限的运动之波温柔地摇着他呢，还是他的母亲抱他在怀里催他睡眠呢？

他的肉体好多天之内还在活着，但再不曾恢复知觉了。最后，到了五月二日早晨，弗郎西斯果和古叶谟修士发现他的呼吸渐渐衰弱了。修士于是念了送终经。

不久之后，弗郎西斯果拿手放在师傅胸前，发现他的心不再跳动了，于是把他的眼皮闭拢来。

死人的面貌很少改变，仍旧含着在生时那种深刻而安静的注意神气。

弗郎西斯果、巴蕾斯塔·维兰尼斯和马土怜娜三人给尸体沐浴时，门窗都是大开的。

那只燕子这几日完全被人忘记了，此时，在自由的预感之中，从楼下工场沿着楼梯飞到上面来，飞进了停尸的房间。在光耀的朝阳之中，它飞翔于死人上面、那些燃点着的送终蜡烛中间。大概由于旧时习惯，它飞了一会，竟停止在雷翁那图的叠着的双手上面了。然后它忽然动了一下，飞起来，很快活地叫着，从那大开的窗子飞上天空去。弗郎西斯果想到：这是最后一次师傅爱做的事情了，释放有飞翼的俘虏，还它自由，本是师傅生平一件乐事。

尊重死者的愿望，尸体在地下放了三天之久，但不是放在停尸室里的，弗郎西斯果不肯这样做，而是放在断气的房间里面。

下葬时，遗嘱上规定的一切都遵照施行了：教士和修士随柩而行，六十个贫民拿着六十支蜡烛，俺拔斯地方四个教堂做了三场大弥撒和三十场小弥撒，这中间点去了十磅大蜡烛。七十个杜兰苏施舍于本城圣拉撒医院内的贫民。从这一切，那些虔诚的人看得出：这日下葬的乃圣公教会的一个忠实信徒。

他埋葬在圣弗罗棱廷修道院里面。但是他的坟墓不久就被人忘记了，被人铲平了。他在俺拔斯的纪念也没有留下踪迹，雷翁那图埋骨之所，后代的人是寻不到的。

弗郎西斯果将师傅的死讯通知了师傅的在佛罗伦萨的弟弟们，信内有几句话写道：

> 这个人对于我还不仅是个父亲哩，为了他的死，我感受的痛苦是不能以言语形容的。只要我活着，我总是为他悲哀的，因为他以一种温柔而伟大的爱爱了我。而且我相信，每个人看见这样一个人死去，也要悲哀的，因为自然界再不能产生像他这样一个人了。现在，全能的上帝啊，请赐他永远的安息！

雷翁那图死去那一天，弗郎琐亚第一正在圣日耳曼森林行猎。他得知这个死讯时，便下令封闭艺术家的工场，在他未到以前不许一个人进去，因为他要选取其中最好的图画。

　　然而在此时弗郎琐亚第一正忙着比艺术更重要的事情。原来，四个月以前，即一五一九年一月十二日，皇帝马克西米良第一死去了。英格兰、西班牙和法兰西三个国王，竞逐神圣罗马帝国的皇冕，相互之间进行着许多阴谋和诡计。弗郎琐亚第一已经梦想将法国国王和罗马皇帝两把权杖合执在他手里，而在欧洲建立下一个空前的王国了。他决定支出三百万去购买选举票。他要同教皇缔结一个盟约，答应他做了皇帝之后一定要派遣十字军去打土耳其人，去夺回圣墓，而且发誓登位三年之后占领君士坦丁堡，在苏菲亚大教堂[1]顶上竖立十字架。一切竞争者之中，他特别仇恨西班牙少年国王查理[2]；他声明宁愿赞成无足轻重的布朗登堡选侯做皇帝，甚至赞成波兰国王西季斯蒙[3]做皇帝，而不愿赞成查理做皇帝。

　　利奥第十同惯常一样，很狡猾地摇摆于这两个竞争者中间，对双方要求都不置可否。同时他又经过多米尼会修士狄特里希·森伯格去和莫斯科国大公华西里·伊凡诺维趣做买卖，邀大公加入神圣同盟以反对土耳其人，而拿调停莫斯科国和波兰国的战争作为酬报。

　　这个时候，在意大利的两个俄罗斯使臣，有一个，狄弥特里·格拉西莫夫已经回莫斯科去了，另外一个，尼启大·卡拉恰洛夫，还在罗马。

　　尼启大知道了选举皇帝的消息，又听到了弗郎琐亚第一正在拉拢他的主人的最凶恶仇敌波兰国王西季斯蒙时，为着打听更确切而详细的消息，便同教皇钦使一路又到法国来了。同上次一样，这回他也带了他的老秘书伊里亚·博大比希·哥比洛，翻译佛辣喜以及两个少年书记费

---

[1] 苏菲亚大教堂 Hagia Sophia——建于五三七年，形如希腊式十字架，一四五三年以后被土耳其人改为回教教堂。
[2] 查理 Clarles d'Espagne，一五〇〇——一五五八，即后来的查理第五皇帝，在欧洲史上有重要作用。
[3] 西季斯蒙 Sigismund 一五〇七——一五四八在位。

多·伊雅递维趣·卢督谬托夫和犹菌奇·拜塞耶维趣·加加拉。

犹菌奇在外国旅行时身边备有一本笔记簿，把他所见所闻一切奇异的事情都记上去。当时好多俄罗斯旅客都是这样的。犹菌奇笔记之中有一节论佛罗伦萨城说：

> 那个名叫佛罗伦萨的城市，是很大的，在以前描写的许多城市之中，我们还未曾见过这样的城市。教堂是很美的，宫殿是白石筑成的，很高，又富于艺术。这城又有个很大的教堂，是白大理石和黑大理石筑成的。这个教堂旁边有座钟塔，好像一根柱子，也是白大理石筑成的。这个艺术是我们的智能不能明白的。我们走到塔顶上去，计算梯子的级数：四百五十级。凡是我们的浅薄的智能所能明白的，我们都如我们所见的写下来了，但有好多其他的东西，我们写不出来，因为那是很神奇的，不可形容的。

这一句话结束了他这段笔记。那些最能令他惊异的东西，他的确写不出来的。他说的圣马利亚大教堂高钟塔，里面、下部，有着卓托的一些六角形浮雕，刻在大理石之上的。这些浮雕表现人类发展的各个相续阶段：畜牧、农耕、驯马、造船、织布、冶金、图画、音乐、天文等等。犹菌奇在这些浮雕之中看见了希腊巧匠达达鲁士正在试验着他发明的蜡制巨翼，他的身体粘满了鸟羽，巨翼用皮带缚于躯体之上，双手紧握着里面的棍子，棍子的运动造成巨翼的运动，以此飞了起来。这个浮雕，曾经给了从芬奇村初到佛罗伦萨来的少年雷翁那图以最初的飞行机器观念，关于"大鸟"的观念。

这个具有飞翼的人的谜样的画像，特别引起了犹菌奇的注意，因为那几天他正在画着一幅圣像：有翼的先驱者，施洗约翰。在朦胧的预感的恐惧之中，他觉到了：那真实的，也许借助魔鬼机智而造成的飞翼，和那表示"肉身天使"施洗约翰向上帝飞升的情形，其间是完全不同的。

弗郎琐亚第一从圣日耳曼到丰登布洛去，又从丰登布洛到俺拔斯来。一五一九年六月初，俄罗斯使臣尼启大·卡拉恰洛夫也到俺拔斯来了。同上次一样，他又下榻在本城大街钟塔近旁公证人纪涌·波乐先生的家里。

国王一到俺拔斯就去访问雷翁那图工场。同一天下午马格丽特公主也来克鲁堡观光，陪她来的有白朗登堡选侯的使臣和其他外国君主的使臣，尼启大·卡拉恰洛夫也在其内。

费特卡知道此事之后，便怂恿伊里亚叔公和犹菌奇·加加拉二人同到克鲁堡参观去。他对二人说："这位雷翁那图老师傅家里，有许许多多有趣味的东西值得看一看的。这是一个具有神异智能的人，心肠很好，很博学，会修辞，富于自然智识，又是个聪明而锐利的思想家。"

于是，伊里亚·博大比希和犹菌奇·加加拉，同那个翻译弗辣喜，也跟随使臣到克鲁堡来了。

他们来时，马格丽特和其他的人已经参观完毕，正要出去，但是弗郎西斯果·默尔奇依旧和悦可亲地接待新来的客人，凡是来参观师傅工场的人，他都一样接待，不问官阶和姓名。

他引导他们参观工场，指给他们那里面一切的事物。

他们腼腆而惊奇，看着那些从未见过的东西：机器，天体仪，球形仪，四分仪，曲颈瓶，蒸馏器，研究光学法则用的水晶人眼，研究音学法则用的乐器，小小的潜水钟模型，能在水中行走的船样尖鞋，解剖学图画，以及可怕的战争机器草图。费特卡看见这一些，大有兴趣，他认为这是"占星学的智慧和最高的炼金术"。伊里亚·博大比希则相反，他总是扮着阴郁的面孔，转过脸去，很虔诚地画着十字架。特别引起犹菌奇注意的，却是那扇破旧的飞翼，好像大燕子的翅膀。默尔奇经过翻译勉强使他明白：这是雷翁那图一生用心制造的飞行机器的一部分。此时犹菌奇便想起了佛罗伦萨大理石钟塔内刻着的有翼的人达达鲁斯，于是他的心里又唤起那些令人恐惧的奇异思想了。

以后参观雷翁那图那些图画。犹蛮奇很惊讶地在"施洗约翰"面前停下来。他起初以为是个女人，弗郎西斯果经过弗辣喜告诉他，说这是施洗约翰时，他简直不肯信。但他仔细看着，就发现了那个苇子做的十字架，"交叉的棍子"，如俄罗斯那些圣像画家画施洗约翰时所常画的。他又看出了骆驼毛衣服，他心里不安起来了。这个无翼的约翰和他常见的那个有翼的约翰之间，虽有很大的差异，但是愈看下去，画中女人般少年人的异样的美以及指着十字架时那种微笑，就愈加吸引他了。同中了魔一样，他什么都不想，呆呆地站在这幅画面前，只觉得他的心在不可解释的兴奋之中愈跳愈快了。

伊里亚·博大比希再忍耐不住了，他气愤地吐了一口唾沫，大骂起来：

"魔鬼玩意儿！淫荡！这个无廉耻的家伙，赤身露体同淫妇一般，又没有胡子，是施洗约翰吗？是基督先驱者吗？即算他是个先驱者，但是替敌基督者做先驱的，不是替基督做先驱的！……走吧，犹蛮奇，走吧，我的孩子！不要玷污了你的眼睛。我们正教徒不应当观看这种取悦魔鬼的疯狂画像的，这些画像都是该当诅咒的！"

他拉着犹蛮奇的手，差不多是用力从画像前拉出去。离了雷翁那图屋子之后，他还在长久气愤着。

"现在你们明白了，"伊里亚·博大比希警告他的那些伙伴道，"一个爱了几何学、巫术、炼金术、占星术以及其他一切的人，在上帝面前是如何有罪过？因为凡信仰智能的人，是容易受诱惑的。孩子们，你们应当爱诚朴过于爱智慧，你们不要追求那最高的，不要探究那最深的，只坚守着上帝一劳永逸地赐予你们的教训便够了！有人问你懂得哲学吗？你就要谦逊地回答：我粗识文字，却不爱希腊式的小聪明，未曾读过修辞的天文学，又全不知道什么叫作哲学，我仅仅在神圣律法书中学习，为了拯救我的有罪的灵魂……"

714

犹蕾奇听着老头子教训，莫名其妙。他心里想着其他的事情，想着那幅"取悦于魔鬼的"圣像画，要忘记它，却忘记不了。那个没有飞翼的女人一般的少年人的神秘面貌，在他的眼前浮动着，惊吓他而又吸引他，如同魔鬼那样作弄他。

尼启大·卡拉恰洛夫第二次到俺拔斯来时，城里外邦人没有上次那般拥挤了，房东现在可以让出楼下较宽大的和较舒适的房子给俄罗斯使臣及其随员们居住。唯有爱幽静的犹蕾奇还住在两年前住过的房间，即是屋顶底下鸽子巢旁边那个房间，他的小小的工场仍旧设在那个老虎窗里面。

从克鲁堡回来后，为了抵抗一切诱惑起见，他马上去画那幅差不多画好了的圣像。有翼的先驱者约翰站在蓝天底下一个好像给太阳晒焦了的半圆形的黄色沙丘上面，这沙丘好像在地球边缘，有个深蓝色的几乎黑色的大洋把它围绕着。这位圣者有两颗头，一颗活的在他的颈项上，一颗死的在一个盘子里，他自己用手捧着，好像表示：人类需待绝灭其中人性才能生出超人的飞翼来。他的面孔是奇异而可怕的，圆睁的眼睛好像朝太阳看的鹰眼，粗糙的骆驼毛衣服好像鸟羽，胡须和头发好像被狂风吹乱了。两臂和两腿过分地长、细而瘦，同鹳鸟脚一般，只有一张皮包着骨头，那些骨头又好像反乎自然地轻飘，仿佛是中空的，有如鸟骨。肩膀上生着两扇大翼翅，在蓝天之下张开于黄沙和黑水上面，外部同雪一般白，内部则是金红色，如火的颜色，简直好像是一只大天鹅的翅膀。

只有翼翅内部尚待犹蕾奇涂金。

他拿出几小张纸一般薄的红金叶，在手里皱作一团，用指头在盛鲜漆的贝壳中研碎，然后用热水冲进去，水热到人手几乎忍不住的温度。他让这贝壳静静地放着，等到金子沉淀以后，才把水倒掉。以后，他就用一支鼬鼠毛做的尖笔，蘸了金，涂在先驱者翼翅上的羽毛去，很小心地一笔一笔涂着。他又拿蛋清涂在金色上面，拿兔足擦着，拿熊牙磨着，那双翅膀愈来愈加生动和光耀了。

　　但是这回他在工作的时候并不能像往时那样忘记其他一切。先驱者的翅膀，有时令他想起了希腊巧匠达达鲁斯，有时又令他想起了雷翁那图的飞行机器。那个神秘的女性少年的面貌，那个无翼者的面貌，呈露在他面前，而且遮盖了这个有翼者的面貌，诱惑他、惊吓他，如魔鬼那样迫害他。

　　他心里很难过。画笔脱离了他的手。他觉得不能再画下去了。他离开了寓所，在街上乱跑了很久，然后沿着幽静的洛亚河岸走了很多时候。

　　太阳已经下山了。镜一般平的水面反映着淡绿色的天以及西方那颗太白星。另一方向来了一片云，天边有电闪抽动着，好像一起一落的火红的巨翼，空气是沉闷而寂静的。在此寂静之中，犹啻奇的心愈来愈加紧张而痛苦了。

　　他回家来，在乌格里希圣母像前点着了灯，读了预先写好的祈祷文。然后，他摊开了旅行毡子在那只当作床用的狭长的木箱子上，脱了衣服，躺下来睡觉。但他无论如何睡不着觉。

　　一点钟一点钟过去了。他有时发热，有时怕冷。在那时常给电闪照亮的黑暗之中，他睁开眼睛躺着，他倾耳细听，一切是寂静的，但他以为听到了奇异的低语声和萧瑟声。神秘的声音，古时俄罗斯著作家会在其中看出不祥的预兆："耳鸣，墙响，鼠叫。"如同热病之中发昏的时候一样，他的头脑发生了不连贯的思想。他想起了种种神话上的精灵和怪物：可怕的兽因德里克，它"在地下行走，好像太阳在天空行走，又喷出众河和众泉"；不祥的鸟司特拉沉，它"居于大洋边缘，激动海浪，沉没船只"；所罗门王的弟弟启托弗辣斯，他"白天治人，夜里则变为兽形，在地上狂跳"；还有那些人，他们在深渊之上，在永不熄灭的火上翱翔着，不饮也不吃，细而长，如蛛网一般在风中飘扬，永不会死去的。此时他觉得自己也是一个蛛网般的人，在永久的旋风之中翱翔于深渊上面。

雄鸡啼过第二次了。他又想起了古时传说，说是夜半时分，天使们从上帝宝座接奉了太阳，送到东方去，此时基路拍动着翅膀，地上的鸟都快活起来，公鸡醒了，抬起头，展开翅膀，报告全世界：光明即将到来。

那些不连贯的思想又在他的头脑中经过，如同断线，而且纠缠在一起。

他依照索拉之尼鲁士的规则，忍住了呼吸祈祷，但没有用，那些幻象愈来愈加清楚而迫人了。

忽然，黑暗之中出现了那个女性少年，魔性的美丽，同活的一般，一手指着各各他十字架，冷笑着，以和悦而迫人的眼光直看犹嗇奇的脸，看得他吓得心脏静止了，额头上冷汗直流。

他只好点起了蜡烛，决定坐待天明。他从墙板上取下了一本书读起来。这是古俄罗斯传说：《巴比伦国》。

当尼布甲尼撒王[1]和他的继承者时代，巴比伦城荒芜了，变成了群蛇巢穴。几百年之后，拜占庭皇帝利奥，受圣教洗礼名为巴西留士的，派了三个人到巴比伦去访寻尼布甲尼撒王的冠冕和紫袍。这三个人走了很长久，因为道路是狭窄难行的，最后，他们走到了巴比伦，但那里什么都看不见，既无墙壁，又无房屋，这座荒芜的城周围十六里以内都长着荆棘，荆棘丛中又蜿蜒着令人恶心的虫豸：蛇和大蛤蟆，数不尽的，互相重叠如干草堆，又呼哨、怪叫、喷出冷风。第三天，这三个钦差就走到一条大蛇身边，这蛇以其全身围绕着巴比伦城，头和尾都在一个城门口。有一架扁柏做的梯子架在城墙上，他们攀上了梯子，走进了城，在一座王宫里面找着了尼布甲尼撒王的冠冕和一口白玛瑙箱子，其

---

[1] 尼布甲尼撒王 Nebukadnezar 公元前六〇五——五六二，古代巴比伦名王，曾于公元前五八六年攻陷耶路撒冷，迁徙犹太民族。故事见《但以理书》。

中有紫袍和权杖。三个钦差把找着的东西带回利奥皇帝那里以后，君士坦丁堡教长们在苏菲亚（即神智）教堂拿巴比伦和全世界之王尼布甲尼撒的冠冕和紫袍，给利奥皇帝戴上和穿上了。后来君士坦丁·摩诺马赫皇帝就把这顶王冕送给莫斯科大公佛拉底弥·佛塞伏洛多维趣，象征着上帝赐给俄罗斯国以统治世界的权力。

犹蜜奇将《巴比伦国》放置旁边，另外拿起一本书《修士白帽》，这书是几年前狄弥特里·格拉西莫夫从罗马寄给新城大主教格那宙斯的，当时格拉西莫夫同卡拉恰洛夫做伴到意大利来，而现在卡拉恰洛夫正是犹蜜奇的上司。

这个故事说：古时，与使徒同等的君士坦丁皇帝，信仰了基督教而受教皇西尔卫斯特洗礼之后，正想着拿一顶王冕去酬谢这位教皇。但一个天使命令他：赐给教皇的，不应当是一顶尘世权力的王冕，而应当是一顶天堂权力的"修士白帽"，这顶帽子象征着受难至复活这三天事情。历代正教的教皇都很尊敬这顶"修士白帽"，直至于查理皇帝和福谟苏[1]教皇时候，他们二人堕落到拉丁邪说去了，不仅承认教会的天堂权力，而且承认教会的尘世权力。于是天使又以新姿态现身于一位教皇之前，命令他将这顶帽子送到拜占庭去，给那里的教长菲罗德奥斯。教长非常恭敬地接受了这件圣物，正要留作己用，然而君士坦丁皇帝和西尔卫斯特教皇托梦给他了，叫他把这顶帽子送到别处去，送到俄罗斯的新城。教皇西尔卫斯特梦中告诉这位教长说："老罗马以其骄傲自愿地背弃基督的光荣和信仰，而屈服于拉丁诱惑之下了。至于新罗马，即君士坦丁堡，基督信仰也要被不信上帝的撒拉森人用暴力毁灭的。第三个罗马，即俄罗斯国，则圣神恩典将放射光辉。菲罗德奥斯啊，你知道：所有基督教国家都要消灭，而统一于唯一的俄罗斯国！以前，尼布甲尼撒王冕已经被君士坦丁·摩诺马赫皇帝送给俄罗斯皇帝了，那么现在这

---

[1] 福谟苏 Formosus，八一六——八九六。

顶白帽子也应当送给新城大主教。这顶白帽比那顶王冕神圣得多了！一切神圣的东西，上帝都要赐给俄罗斯国的，上帝也要授权俄罗斯皇帝去统治许多民族。依照上帝意旨，这个国家将称为'光明的俄罗斯'，因为这第三个罗马的唯一神圣教会，在其纯正的基督教信仰中，将比太阳更加光明而照耀全世界。"事情就是这样做了。新城大主教接奉了"修士白帽"，而安置于圣苏菲亚教堂之中。感谢主耶稣基督的恩典，这顶帽子从此以后永远戴在俄罗斯大主教头上了。

巴比伦国故事预言了俄罗斯国的尘世的伟大，修士白帽故事则预言了俄罗斯国的天堂的伟大。

犹奢奇每次读着这两个故事时，他的灵魂便充满了一种混乱的自己也莫名其妙的感情：好像是一种无限的希望，使他的心跳动起来，使他的呼吸不能舒畅，仿佛俯临于深渊之上。

拿祖国和外国比较起来，他虽然觉得贫乏而可怜的，但他相信这些预言：关于第三罗马的未来伟大的；关于真正的耶路撒冷的；关于上升的太阳在俄罗斯的世界教堂、苏菲亚教堂、七十个金顶之上，放射光明的。

然而在他的灵魂最深处，却有一种疑惑，一种不可解决的矛盾感觉。他想道，尼布甲尼撒王不是昏王吗？不是自古以来最残暴的国王吗？他不是要万国人民只能服侍他一个人，只能崇拜他为天神吗？他不是叫传令的人大声叫喊："你们应当俯伏敬拜尼布甲尼撒王所立的金像"[1] 吗？但是真神责罚了他，上帝拿兽心换去了他的人心，他被赶出离开世人，吃草如牛，身被天露滴湿，头发长长好像狮毛，指甲长长如同鸟爪。此外《启示录》也说过了："巴比伦大城倾倒了，倾倒了，因为万民都喝了它的邪淫大怒之酒。哀哉，哀哉，这大城啊，素常穿着

---

[1]"你们应当俯伏……"——见《但以理书》第三章第五节。

细麻，紫色和朱红色的衣服！"[1] 于是犹蛮奇自问道：既然如此，那么在将来第三罗马中，在俄罗斯国中，"修士白帽"怎能与那被上帝诅咒过的尼布甲尼撒王的冠冕结合起来呢？基督冠冕又怎能与敌基督者冠冕结合起来呢？

他觉得这里面藏着一个大秘密，如果探究下去，他还要看见比刚才所见的更可怕的幻象哩。他努力不再去思想什么了，他熄了蜡烛上床睡觉去了。

他做了一个梦，梦见一个女人，生着一副火红的面孔，驮着两扇火红的飞翼，穿着一身灿烂的衣裳，立在云中一弯新月之上，七根柱子支持着的大祭器遮盖着她，祭器上刻几个字道："智慧为自己建立了一座屋子。"[2] 先知、祭司、列祖、持矛天使、大天使、帝王和公侯，包围着她。在"智慧"脚下，先知者群中，立着先驱者约翰，同他画像内的约翰一样；手脚细而长好像鹳鸟，也生着两扇大白翅。但面貌是完全两样的：额头光秃，生有高傲的皱纹，眉毛竖起，头发是灰白的，长胡子也是灰白的，犹蛮奇认得这是那个老头子的面貌，他两年前曾来参观这个小工场，为了样子像先知以利亚的缘故，给了犹蛮奇以深刻的印象。这是人类飞翼发明者雷翁那图·达·芬奇的面貌。下面，这女人所在的云块之下，闪耀着教堂金顶和十字架。再下面，人们也可看见新犁的田地、蔚蓝的树林、明亮的河流和无限的远景。犹蛮奇在远景之中认出了俄罗斯国。

钟庄严地敲了，哈利路亚歌声响了，那些六翅天使以其翅膀盖住面孔，喊道："一切人类都莫作声惊心静听！"于是七位天使动着他们的翅膀，七个雷声响了。火红的女人圣苏菲亚（即智慧）头上，天开了，其

---

[1]"巴比伦大城倾倒了……"——见《启示录》第十四章第八节及第十八章第十六节。
[2]"智慧为自己建立了一座屋子"——见《旧约箴言》第九章第一节。

中现出白的东西，太阳一般的东西，可怕的东西。犹喜奇知道，这是"修士白帽"，这是基督冠冕，临于俄罗斯国头上的。

有翼的先驱者手中执的一卷书展开了，犹喜奇看见上面写着：

> 看哪，我要差遣我的使者在我前面预备道路。你们所寻求的主不久就要进入他的殿；立约的使者，就是你们所企望的，快要来到。看哪，他来了！

雷声、钟声、天使鼓翼声以及哈利路亚歌声，合成了一片赞美圣苏菲亚（即神智）之声。

田野、树林、河流、山岳，以及俄罗斯国土的无限远处，都附和着这片赞美之声。

犹喜奇醒来了。

这是灰色的清晨。他从床上起来，开了窗子。雨后花草的清香迎面吹了来：原来夜里落了雨。太阳尚未出来。但是天边，对河阴暗的树林上面，平时太阳出来的地方，云块已经染上了金紫色。城里的街道还在朦胧之中睡觉，唯有圣虎伯特白钟塔闪着淡绿色光辉，好像是通过了水的光辉。一切都是寂静的、满含希望的，仅仅幽静的洛亚河沙岸上有几声野天鹅叫喊而已。

犹喜奇坐在窗口一张小桌子旁边，桌上有块倾斜的写字板，有只牛角制的墨水瓶，又有个装羽毛笔的小抽屉。他削尖一支鹅毛笔，打开一本大簿子。这是他的教师、那位虔诚的普罗霍尔修士留下给他的一本著作，他自己接着写下去，已有好多年了。这是一本新改良的《圣像画谱》。

> 圣像画起源如何？圣像画并非人类开始的父上帝自己造了他的道，他的活像，如同生了初胎儿子……

上面便是犹嗇奇以前写过的最后几句话。现在他拿鹅毛笔蘸了墨水，继续写道：

> 我有罪的人，从上帝接奉了一种才能，为我的微薄力量所能承受的。我不愿将这才能埋在地下，致于刑罚。我努力着把我的艺术的初步功夫，即是用于圣像画的人体各部分画下来，给那些致力于这门虔诚艺术的人做模范，并有利于他们。但是兄弟们，我为了你们而努力，我请你们大家都要诚心热烈祈祷上帝，求他允许我这个在尘世画他自己以及他的使者的像的人，有一天能够在天堂上看见他自己以及他的使者的面貌啊。凡有气息的都在天堂上赞美他、荣耀他，现在以及将来以及永永远远。阿门。

正当他写字时，太阳如炽红的火炭从阴暗的树林背后升上来了。有种像音乐的东西在天和地上面飘动着。

那些白鸽子从屋顶底下飞了出来，响着它们的翅膀。

阳光通过窗口照进犹嗇奇的小画室里面来，照在那幅先驱者施洗约翰画像上面。两扇涂金的翅膀，向里是金红的颜色，如同火焰，向外则是雪一般白的，好像一只大天鹅的翅膀，在蓝天之下展开，而俯瞰于黄沙和黑水之上。现在这翅膀给朝阳照耀着，忽然闪起光来，仿佛含有超自然的生命了。

犹嗇奇想起了他的梦，便拿起画笔，蘸着红颜色，在有翼的先驱者白卷之上写道：

> 看哪，我要差遣我的使者在我面前预备道路。你们所寻求的主不久就要进入他的殿。立约的使者，就是你们所企望的，快要来到。看哪，他来了！